Patricia Potter

IN DER FEURIGEN UMARMUNG DES HIGHLANDERS

Roman

Aus dem amerikanischen Englisch von
Ulrike Moreno

BASTEI LÜBBE
TASCHENBUCH

BASTEI LÜBBE TASCHENBUCH
Band 16 754

1. Auflage: Mai 2010

Vollständige Taschenbuchausgabe

Bastei Lübbe Taschenbuch in der Bastei Lübbe GmbH & Co. KG

Deutsche Erstausgabe

Titel der amerikanischen Originalausgabe: »Beloved Warrior«
Originalverlag: Berkley Sensation, The Berkley Publishing Group,
a division of Penguin Group (USA) Inc.
Dieses Werk wurde im Auftrag der Jane Rotrosen Agency LLC
vermittelt durch die Literarische Agentur Thomas Schlück GmbH,
30827 Garbsen.

Textredaktion: Susanne Kregeloh, Drestedt
Titelillustration: © Franco Acconero via Agentur Schlück GmbH
Umschlaggestaltung: Rainer Schäfer
Satz: Urban SatzKonzept, Düsseldorf
Gesetzt aus der New Caledonian
Druck und Verarbeitung: GGP Media GmbH, Pößneck
Printed in Germany
ISBN: 978-3-404-16754-8

Danksagung

Mein herzlichster Dank gilt Vickie Mazzola –
für ihre unermüdliche Unterstützung, ihre Ermutigung
und ihre Freundschaft.

1. Kapitel

Spanien, 1514

»Heiraten? Einen Mann, den ich nicht kenne?«

Juliana Mendoza gelang es nicht, ihr Entsetzen zu verbergen, als sie ihrem Vater gegenüberstand.

»Du sagst doch immer, du würdest gern einmal nach England reisen und es kennenlernen«, erwiderte ihr Vater.

»Aber doch nur zu einem Besuch! Mein Zuhause ist in Spanien.«

Sie sah ihre Mutter an, die neben dem Vater stand. Juliana hatte sie noch nie so traurig und so hilflos gesehen. Sie wusste seit Jahren, dass die Ehe ihrer Eltern nicht glücklich war, doch es war nicht nur das. In den Augen ihrer Mutter lag heute eine neue Art von Furcht.

»Madre?«, sagte Juliana bittend. *»No ...«*

Ihre Mutter wandte den Blick ab, um ihr nicht in die Augen sehen zu müssen.

»Nach der Beschreibung deines Onkels ist Viscount Kingsley ein junger, stattlicher Mann«, erklärte ihr Vater. »Er ist eine gute Partie für dich. Eine weitaus bessere, als ich je erwartet hätte. Denn für den Geschmack eines Spaniers ist dein Haar viel zu hell. Genau wie das deiner Mutter. Der Earl of Chadwick erhofft sich von dieser Verbindung politische Vorteile, und unserem Seehandel wird sie auch von Nutzen sein.«

Juliana erschauderte bei diesen Worten. Es war nicht das erste Mal, dass der Vater geringschätzig über das hellblonde Haar ihrer Mutter und über ihres sprach, das allerdings eher honigfarben war. Nachdem ihre Mutter ihm keinen männlichen Erben hatte schenken können, war er immer beleidigender und brutaler gegen sie geworden. Juliana hatte Angst um ihre Mutter, was auch einer der Gründe war, warum sie Spanien nicht verlassen wollte.

Und sie wollte auch nicht in einer arrangierten »Vernunftehe« gefangen sein wie ihre Mutter. »Kann er nicht nach Spanien kommen?«, fragte sie verzweifelt. »Vielleicht gefalle ich ihm ja nicht.«

»Er hat schon zugestimmt«, beschied ihr Vater sie. »Unsere Familien planen eine solche Verbindung schon seit Jahren.«

»Aber mit seinem Bruder«, wandte ihre Mutter schüchtern ein.

Ihr Mann bedachte sie für diese Einmischung mit einem ärgerlichen Blick. »Sein Bruder ist tot«, sagte er. »Und Chadwick will nicht riskieren, noch einen Sohn in Spanien zu verlieren. Juliana soll auf den Familiensitz des Earls in Nordengland gebracht werden, damit dort die Verlobung angekündigt werden kann. Die Hochzeit wird dann einige Monate später in London stattfinden.«

Juliana hatte gewusst, dass ihr Vater eine Verbindung mit der Familie des einflussreichen Earls of Chadwick anstrebte. Nicht nur, weil ihre Mutter eine entfernte Verwandte des Earls war, sondern auch, weil umfassende Finanz- und Handelsbeziehungen zwischen den beiden Familien bestanden.

Juliana hatte gehofft, dass mit dem Tod des ältesten Erben des Earls auch die Aussicht auf die Ehe mit einem Mann hinfällig geworden war, den sie nicht kannte und der in einem ihr fremden Land lebte, weit weg von allen, die ihr lieb und teuer waren. Sie hatte schließlich mit eigenen Augen gesehen, wie schrecklich eine arrangierte Ehe war. Ihre schöne Mutter war zu einem Schatten ihrer selbst geworden. Doch wie sich jetzt zeigte, war ihr Wunsch ein sehr törichter gewesen.

»Sowohl König Henry als auch König Ferdinand heißen diese Heirat gut«, fuhr ihr Vater fort. »Sie wollen die Beziehungen zwischen unseren Ländern festigen. Zumal Frankreich immer noch mit Schottland konspiriert.«

Juliana war es egal, was die Könige guthießen.

Sie wollte ihre Mutter auf keinen Fall allein lassen. Natürlich hegte sie durchaus den Wunsch zu heiraten, aber wenn, dann sollte es ein Mann ihrer eigenen Wahl sein. Sie liebte Kinder und wünschte sich welche, doch sie sollten in einer glücklichen Familie aufwachsen und nicht an einem Ort der Furcht.

Jetzt blieb ihr jedoch keine Wahl mehr. Offenbar war ihr einziger Sinn und Zweck im Leben, ihrem Vater von Nutzen zu sein ... Spaniens Bande mit England zu festigen ... und eine gehorsame Tochter zu sein und zu tun, was man ihr sagte.

»Darf *madre* mich begleiten?«, bat sie.

»Nein«, lehnte ihr Vater schroff ab. »Deine Mutter bleibt hier. Geh jetzt. Du hast noch viel zu tun. In zwei Wochen wirst du abreisen. Ich habe Schneiderinnen kommen lassen. Du musst präsentabel sein und wirst unsere Familie doch nicht beschämen wollen.«

Juliana zögerte und wollte erneut protestieren, doch sie unterließ es, als sie sah, dass ihre Mutter den Kopf schüttelte. So würdevoll sie konnte, schob Juliana das Kinn vor und erwiderte noch einmal kühl den Blick ihres Vaters, bevor sie sich abwandte und das Zimmer verließ.

Sie zog leise die Tür hinter sich zu, ohne sie jedoch ganz zu schließen, und blieb stehen. Sie erwartete, dass es zwischen ihren Eltern noch einen Wortwechsel geben würde.

»Tu es nicht«, hörte sie ihre Mutter da auch schon sagen, und ein Frösteln durchlief Juliana, weil sie wusste, wie viel Mut ihre Mutter aufbringen musste, um ihrem Vater zu widersprechen. »Garrett wäre eine gute Partie gewesen. Ein Gentleman. Aber Harry ... Ich kannte ihn, als er ein Junge war. Er war böse. Ein Tyrann.«

»Glaubst du, das interessierte mich? Du sprichst vom nächsten Earl of Chadwick, dem Erben eines enormen Vermögens und einer bedeutenden Schifffahrtslinie«, entgegnete Luis Mendoza. »Juliana kann sich glücklich schätzen.«

»Sein Bruder Garrett hätte der nächste Earl und Julianas Ehemann werden sollen.«

»Garrett ist tot. Und wir werden durch diese Heirat sehr viel gewinnen. Chadwick hat sich Märkte erschlossen, zu denen wir keinen Zugang haben, und wir sind hoch verschuldet. Wir brauchen diese Märkte, und wir brauchen den Handel mit England. Wenn ich Chadwick brüskiere, werden wir diese Möglichkeit verlieren.« Er schwieg einen Moment. »Und wir müssen uns auch Ferdinands Gunst bewahren. Er fürchtet eine Allianz zwischen Frankreich und England und will, dass seine Schwester, König Henrys Frau, eine Freundin am Hof hat.«

»Bitte«, flehte ihre Mutter mit für sie ungewöhnlicher Beharrlichkeit. Julianas Frösteln wurde so stark, dass sie am ganzen Körper zitterte. Ihre Mutter widersprach ihrem Vater nur äußerst selten, und wenn, so hatte es meistens schlimme Folgen.

Und da hörte Juliana auch schon das verhasste Klatschen eines Schlages und trat blitzschnell von der Tür zurück. Aus Erfahrung wusste sie, dass es ihren Vater nur noch mehr erzürnte, würde sie sich jetzt einmischen. Es würde ihrer Mutter nur noch mehr Schläge einbringen.

Juliana hörte Schritte und entfernte sich schnell von der Tür. Ihr war übel. Sie war von Kind an dazu erzogen worden, ihrem Vater alles recht zu machen und ihm zu gehorchen. Jedes Aufbegehren hatte für sie harte Konsequenzen zur Folge, für ihre Mutter aber noch viel schlimmere. Die Liebe zu ihrer Mutter war die stärkste Waffe ihres Vaters. Eine Waffe, die er erbarmungslos benutzen würde.

Juliana wandte sich ab, um in ihr Zimmer zu gehen. Was würde ihre Mutter ohne sie tun? Sie war doch der einzige Grund für ihre Mutter, weiterzuleben. Und nun …

Juliana kämpfte gegen ihre Tränen an.

»*Señorita?*«, fragte Carmita schüchtern. »Kann ich etwas für Euch tun?«

Juliana schüttelte nur stumm den Kopf. Das junge Mädchen war erst vor Kurzem zur Zofe aufgestiegen und deshalb noch ein wenig unsicher, was ihre Pflichten anging. Würde ihr Vater wenigstens erlauben, Carmita mitzunehmen? Oder wäre das dem Mädchen gegenüber unfair?

»Nein«, sagte sie und bemühte sich um einen ruhigen, festen Ton.

»Darf ich Euch helfen, Euch zum Abendessen anzukleiden?«

Juliana wollte nicht zum Abendessen hinuntergehen. Sie wollte ihren Vater nicht sehen, weil sie befürchtete, ihre Zunge nicht im Zaum halten zu können und ihn zu noch mehr Gewalt zu provozieren.

Aber sie nickte Carmita zu und seufzte resigniert. Ihrer Mutter zuliebe würde sie sich zum Abendessen umziehen. Genau wie sie auch ihrer Mutter zuliebe nach England reisen würde.

»Ein letzter Galopp, *madre*«, bettelte Juliana. »Uns bleibt nicht mehr viel Zeit zusammen.« Ihre Mutter nickte, und beide trieben ihre Pferde über den goldenen Sand des Strandes.

Die letzten Tage waren viel zu schnell vergangen. Juliana dachte mit Schrecken an jede Stunde, die verstrich.

In zwei Tagen würde ihr Schiff in See stechen. Ihr Vater war zum Hafen geritten, um die Fracht des Schiffes zu inspizieren. Er und sein Bruder Rodrigo waren Eigner einer ganzen Flotte solcher Schiffe. *Tio* Rodriguez würde als Kapitän das Schiff befehligen, das sie in den Norden Englands bringen würde, zu Chadwicks Burg.

Juliana zügelte ihre andalusische Stute Joya, als ihre Mutter ihren Wallach zum Stehen brachte. Weder die frische Brise noch die nach Salz schmeckende Gischt, die sie vom Ozean herantrug, vermochten die Stimmung der zwei Frauen aufzuhellen. Ihre Mutter wandte sich zu Juliana um und gab ihr einen kleinen Lederbeutel.

»Was ist das?«, fragte Juliana, als sie den Beutel entgegennahm.

»Schmuck und einige Münzen. Und jetzt geh, Juliana«, sagte sie mit ungewohntem Nachdruck. »Reite in die nächste Stadt, miete dir eine Kutsche nach Portugal, und nimm von dort das nächste Schiff nach England. Meine Schwester wird eine sichere Bleibe für dich finden.«

»Ist der Viscount Kingsley so schrecklich?«

»Als Junge war er das«, erwiderte ihre Mutter, und ihr Blick umwölkte sich. »Ich erinnere mich an zu viele schlimme Dinge. Er ... quälte gern Tiere.«

»Aber was ist mit dir? Was würde aus dir werden? Vater würde sofort vermuten, dass du mir geholfen hast.«

»Wenn ich weiß, dass du in Sicherheit bist, bin ich zufrieden.«

»Aber *du* wirst nicht mehr sicher sein.« Juliana hatte zu oft gesehen und gehört, wie ihr Vater ihre Mutter geschlagen hatte. Auch sie hatte so manchen Hieb einstecken müssen. Ihre Mutter hatte keinen männlichen Erben geboren und durchlitt deswegen ein niemals endendes Martyrium. Juliana wusste, wie viel Mut diese plötzliche Rebellion ihrer Mutter abverlangte. Denn sollte ihr Vater herausfinden, dass sie ihrer Tochter geholfen hatte, seine Pläne zu vereiteln ...

Es war ein Risiko, das Juliana nicht eingehen würde. Sie wollte sich ihre Freiheit nicht auf Kosten des Lebens ihrer Mutter nehmen.

»Du musst mit mir kommen«, sagte sie und hielt die Hand ihrer Mutter fest.

»Das kann ich nicht. Vor Gott bin ich seine Frau.« Sie beruhigte ihren Wallach, als das Tier unruhig mit den Hufen scharrte. »Dein Vater könnte die Schande nicht ertragen, liefe ihm seine Frau davon. Er würde überall auf der Welt nach uns suchen.«

Juliana wusste, dass ihre Mutter recht hatte. Luis Mendoza war ein stolzer, rachsüchtiger Mann. Trotzdem versuchte sie es noch einmal, ihre Mutter umzustimmen. »Deine Familie ...«

»Sie haben meine Heirat mit deinem Vater arrangiert. Nichts bedeutet ihnen mehr als die Heiligkeit der Ehe. Meine Schwester könnte dir vielleicht heimlich helfen, aber mir nicht, Juliana.«

»Dann werde auch ich nicht davonlaufen«, sagte sie und streckte die Hand aus, um ihrer Mutter eine Träne von der Wange zu wischen. »Der Preis ist mir zu hoch, *madre*. Ich muss den Viscount Kingsley heiraten.«

2. Kapitel

Vor! Zurück!
Vor! Zurück!
Vor! zurück!

Schweiß lief von Patrick Macleans Gesicht und vermischte sich mit dem auf seinem Körper.

Er packte das schon halb zersplitterte Ruder fester, beugte sich mit seinem ganzen Gewicht vor und zog das Ruder wieder zurück an seine mit Narben übersäte Brust. Sein Körper spannte sich an, wenn er das Ruder im selben Takt wie die anderen Gefangenen auf seiner Bank hob und wieder senkte, um das Wasser damit zu durchpflügen.

Vor! Zurück!

Denny, der Mann neben ihm, geriet aus dem Takt, und Patrick legte sich noch härter in die Riemen. Er konnte nicht zulassen, dass die Wächter Dennys Aussetzer bemerkten. Sein Rücken war schon übel genug zugerichtet worden, viel schlimmer als sein eigener. Dennys Unfähigkeit, die Befehle zu verstehen, machte ihn zu einem ständigen Ziel der Peitsche.

Ich sollte besser mich selbst retten, dachte Patrick selbstsüchtig. *Wenn Denny dafür bezahlt, dann soll das eben so sein.*

Doch sein Gewissen ließ ihm keine Ruhe. Denn Denny mochte zwar ein *Sassenach*, ein verhasster Engländer, sein, aber er war auch bedauernswert einfältig. Patrick ruderte noch härter, obwohl ihm jeder Muskel schmerzte. Wie viele Stunden waren es diesmal gewesen?

Vor! Zurück!
Vor! Zurück!
Vor! Zurück!

Er hörte das Zischen der Peitsche, bevor ihn der Schmerz

durchzuckte. Der Wärter war auf Denny aufmerksam geworden. Der Peitschenschlag ging auf ihrer beider Rücken nieder. Patrick hatte gelernt, sich gegen den Schmerz zu wappnen, selbst wenn dieser ihn fast zerriss und er das Blut über seinen Rücken laufen spürte.

Er ignorierte den Schmerz. Ignorierte das Hämmern seines Herzens.

Und betete. Betete um Wind.

Denk an zu Hause, an die Seen und die grünen Hügel. Er konzentrierte sich auf dieses Bild, während sein Körper schuftete, und jeder Schlag der Ruder bestärkte ihn in seinem Entschluss, irgendwann in die Highlands zurückzukehren. Nach Inverleith.

Inverleith. Ob sein Vater wohl noch lebte? Und seine Brüder? Wenn ja, warum hatten sie nicht das Lösegeld für ihn gezahlt? Soweit Patrick wusste, hatte der spanische Edelmann, dessen Gefangener er monatelang war, in mehreren Schreiben Lösegeldforderungen gestellt. Nachdem Patrick ein ganzes Jahr lang in einem feuchten Kerker gefangen gehalten worden war, hatte man ihn schließlich als Sklaven an Mendoza verkauft.

War sein Vater gestorben und seine Brüder glaubten – hoffen vielleicht sogar –, dass er nie mehr zurückkehren würde, um seinen Platz als Laird des Clans zu beanspruchen? Dieser Gedanke ließ Patrick keine Ruhe, und sein Groll wuchs mit jedem Ruderschlag.

Seine Brüder und er hatten sich nie nahegestanden. Sie waren nur Halbbrüder, und sein Vater hatte sie von klein auf miteinander konkurrieren lassen. Sein Vater war ein zorniger, verbitterter Mann, und sowohl Patrick wie auch Rory, der zweitälteste Sohn, hatten miteinander um die seltene Anerkennung ihres Vaters gewetteifert. Lachlan hingegen, der jüngste der Söhne, war ein Träumer und hatte seinem Vater ständig Anlass zum Zorn gegeben, weil er sich lieber in den Hügeln herumgetrieben hatte, als sich im Schwertkampf zu üben.

Oder waren sie vielleicht alle tot? Waren Opfer der Campbells geworden? Der blutigen Fehde, die schon seit über hundert Jahren tobte? Oder waren sie bei der Schlacht von Flodden Field gefallen? Die spanischen Wärter hatten ihn verhöhnen wollen, als sie ihm von dem großartigen Sieg der Engländer im schottischen Grenzgebiet berichtet hatten. Patrick hatte gehofft, es seien nur Lügen, doch dann war ihm von einem Neuankömmling, der nach der Schlacht in Gefangenschaft geraten und von einem englischen Grenzbewohner an die Spanier verkauft worden war, bestätigt worden, dass die schottische Armee vernichtend geschlagen worden war.

Dieser Mann lebte inzwischen nicht mehr. Er war an Erschöpfung gestorben und über Bord geworfen worden wie so viele andere. Patrick konnte sich nicht erklären, warum er als Einziger bis jetzt den Strapazen getrotzt hatte. Bei den Wärtern war er mittlerweile als Nummer eins bekannt, als der Ruderer, der am längsten überlebt hatte.

Und er würde diesen Bastarden auch nicht die Genugtuung geben, ihn sterben zu sehen.

Vor! Zurück!

Vor! Zurück!

Das Ruder heben, sich vorbeugen, es eintauchen und dann mit jeder Unze Kraft, die er besaß, durchs Wasser ziehen. Er tat es, ohne nachzudenken, aber seine Muskeln waren verkrampft und schmerzten. Sein Herz hämmerte, seine Lungen fühlten sich an, als könnten sie jeden Augenblick bersten. Sein Atem kam in kurzen, qualvollen Stößen, seine Kehle war ausgedörrt und verlangte nach Wasser. Und das Stöhnen um ihn herum verriet, dass nicht nur er am Ende seiner Kräfte war.

Er wusste nicht, wie viele Stunden sie dieses Mal gerudert hatten, aber es kam ihm vor wie Tage.

Er konnte den Takt für sich und Denny nicht mehr halten. Patrick war in seiner Bankreihe der Schlagmann und leistete deshalb ohnehin schon die schwerste Arbeit. Dennys Aufgabe war die zweitmühsamste, aber er war seit Tagen krank.

Der Engländer brach über dem Ruder zusammen, sodass Patrick jetzt nicht nur das eigene, sondern auch Dennys Ruder mitziehen musste.

»Denny!«, keuchte er.

Denny fuhr hoch und stöhnte. Sein Gesicht war rot vor Anstrengung, die Narbe an seinem Haaransatz glühte wie eine Flamme.

Sein wahrer Name lautete nicht Denny. Patrick war nicht einmal sicher, ob er überhaupt Engländer war, da er kein Wort gesprochen hatte, seit er vor Monaten neben ihm angekettet worden war. Doch er hatte etwas an sich, das Patrick vermuten ließ, dass er Engländer war. Vielleicht waren es das blonde Haar und die helle Haut.

Denk nicht an den Schmerz, denk an was anderes, ganz egal, was.

Patrick konnte die verdammten *Sassenachs* genauso wenig leiden wie die Spanier. Im Grunde genommen waren sie seine Todfeinde. Aber als der junge Mann neben ihm angekettet worden war, hatte er so verwirrt und hilflos wie ein kleines Kind gewirkt, auch wenn er ungefähr in Patricks Alter sein musste. Er sprach nie und reagierte kaum auf irgendetwas anderes als die Peitsche. Patrick nannte ihn kurzerhand Denny und nahm ihn, wenn auch widerstrebend, unter seine Fittiche. Er achtete darauf, dass kein anderer Rudersklave ihm sein Essen wegnahm und dass er seinen gerechten Wasseranteil erhielt.

»Weitermachen«, flüsterte er jetzt.

Denny nickte leicht, als Patrick plötzlich eine Veränderung in der Bewegung des Schiffs wahrnahm. »Blas, Wind, blas«, murmelte er, und als hätte der Himmel ihn erhört, spürte er, wie das Schiff an Fahrt zunahm. Oben an Deck hörte er auf Spanisch gebrüllte Befehle, mehr Segel zu setzen.

Patrick wappnete sich für die kommende Anstrengung und ruderte weiter, bis der Befehl kam, die Ruder aus dem Wasser zu nehmen und abzusichern. Er und die anderen Ruderer sanken vollkommen erschöpft in sich zusammen.

Manuel, der Junge mit dem Wasser, kam den Gang hinunter und füllte die Zinnbecher, die neben einem Zinnteller und einer Decke der einzige Besitz der Ruderer waren. Er blieb an Patricks Bank stehen und nickte ihm fast unmerklich zu, als er die Becher füllte, die vom Ende der Bank zu Patrick und wieder zurück gereicht wurden.

Ein leiser Hoffnungsschimmer erwachte in Patrick, während er an seinem Becher nippte, um das brackige Wasser nicht sofort in einem Schluck hinunterzustürzen, und Manuels Nicken zu deuten versuchte. Hatte der Junge einen Weg gefunden, den Schlüssel zu der Kette zu stehlen, die die Ruderer auf ihrer Bank festhielt? Vor drei Wochen hatte er Patrick zugeflüstert, er könne es, denn er sei der beste Dieb von ganz Madrid gewesen.

Eine Art Freundschaft war zwischen ihnen entstanden. Soweit so etwas möglich war, wenn jedes Wort mit Peitschenhieben abgestraft wurde. Manuel war noch nicht lange an Bord gewesen, als er, sehr zum Ärger der Wärter, gestolpert war und Wasser verschüttet hatte. Keiner der Ruderer hatte an diesem Tag auch nur einen Schluck erhalten. Es war Patrick gewesen, der Manuel vor der Peitsche bewahrt hatte, indem er die Schuld für dieses Missgeschick und damit auch die Bestrafung auf sich genommen hatte. Patrick hatte versucht, dem Jungen zu helfen, so wie er auch versuchte, Denny beizustehen. Diesen letzten Rest von Menschlichkeit würden ihm die verfluchten Spanier nicht auch noch nehmen.

Manuel war ihm anscheinend dankbar gewesen, und seit jenem Tag hatte Patrick versucht, dem Jungen hin und wieder ein ermutigendes Wort zuzuflüstern. Von Manuel selbst, zum Teil von den Wärtern, hatte er erfahren, dass der Junge einen ranghohen Staatsdiener bestohlen hatte und zur Strafe auf die Galeeren geschickt worden war. Da er jedoch zu klein und schmächtig war, um an ein Ruder gesetzt zu werden, war er zum Laufburschen gemacht worden. Patrick schätzte ihn auf nicht älter als dreizehn.

Manuel war ebenso verzweifelt wie Patrick, vielleicht sogar noch verzweifelter als er. Denn er wurde von einigen der Offiziere, einschließlich des Schiffsarztes, regelmäßig missbraucht und gedemütigt, und der Junge wusste nur zu gut, was ihn erwartete. Noch weitere dieser Quälereien, bis er zu einem Mann herangewachsen war. Dann würde auch er an eine Ruderbank gekettet werden. Und mit seiner eher schwächlichen Konstitution würde er dort nicht lange überleben.

Monatelang hatten Patrick und Manuel einander abzuschätzen versucht, ehe sie begonnen hatten, hin und wieder geflüsterte Worte auszutauschen. Über Patricks Entschlossenheit zu fliehen und Manuels möglichen Zugang zu dem Schlüssel, der das Schloss der Kette öffnen konnte, die sie an die Bank fesselte. *Freiheit!* Ein paar hastig gewechselte Worte, und schon war eine Vereinbarung getroffen, besiegelt durch ihre Verzweiflung.

Dann hatte sich lange nichts getan. Bis jetzt.

Konnte der Junge das wirklich schaffen?

Die Eisen um Fuß- und Handgelenke waren mit einem Bolzen verschlossen, doch an die Bank gefesselt wurden die Ruderer durch eine Kette, die durch einen Ring lief, der an den Fußketten befestigt war. Diese Kette war am Sitz neben dem Gang verankert, aber alle ließen sich mit demselben Schlüssel öffnen.

Patrick und Manuel war bewusst, welches Schicksal den Jungen erwartete, falls er sich erwischen ließ. Entweder würde er zu Tode gepeitscht werden, oder man würde ihn kielholen. Beides war kein leichter Tod.

Und selbst wenn Manuel den Schlüssel an sich bringen konnte, stünden ihre Chancen im besten Fall nur sehr gering. Alle Männer würden trotzdem noch ihre Hand- und Fußfesseln tragen. Zudem waren sie unbewaffnet, und die meisten waren vom Hunger und der harten Arbeit sehr geschwächt.

Aber selbst die kleinste Chance war besser, als der Verzweiflung zu erliegen und wie ein Kettenhund zu krepieren.

Patrick behielt seinen Plan für sich, weil einige der Ruderer alles für ein zusätzliches Stück Brot oder die Aussicht, wieder frei zu sein, tun würden. Sie würden nicht einmal davor Halt machen, jemanden zu verraten.

Zum Teufel aber auch, wenn er doch nur mit Manuel reden könnte! Aber heute begleitete ein Wärter den Jungen. Vielleicht konnten sie ein paar Worte wechseln, wenn er ihnen zum Abendbrot die üblichen Bohnen und das trockene Brot brachte.

Patrick trank Schluck für Schluck sein Wasser und kostete jeden Tropfen aus, der durch seine ausgedörrte Kehle lief. Er legte warnend die Hand auf Dennys Arm, um ihn zum langsameren Trinken zu bewegen. »Langsam«, flüsterte er auf Englisch. »Sonst wird dir schlecht.«

Denny nickte.

Würde Denny dazu fähig sein, das Seine beizutragen und es Patrick nachzutun? Und die anderen? Würden sie ihr Handeln so aufeinander abstimmen können, dass sie ihre spanischen Wärter überwältigen konnten, ehe diese Alarm schlugen? Oder waren sie schon zu sehr misshandelt worden, um noch aus eigenem Antrieb handeln zu können? Wenn ja, dann waren sie verloren. Eine zweite Chance würde es nicht geben. Nur einen qualvollen Tod.

Das waren viele Fragen, doch auf dem Schiff zu bleiben war noch schlimmer als der Tod.

Patrick leerte seinen Becher, weil er wusste, dass der Mann hinter ihm versuchen würde, das Wasser zu stehlen, wenn er es nicht trank, oder dass es durch das Schlingern des Schiffs verschüttet werden würde. Falls Manuels Nicken bedeutete, was Patrick erhoffte, würde er seine ganze Kraft und Konzentration benötigen.

Und so beugte er sich nach vorn und flüchtete sich in einen erschöpften Schlaf.

Juliana blinzelte, um ihre Tränen zurückzuhalten, als sie auf das Meer hinausblickte. Spanien war schon lange außer Sichtweite. Es war so fern, wie es die Sonne war.

Sie waren gestern Mittag in See gestochen, und endlich gewann das Schiff durch einen steifen Wind an Schnelligkeit. Juliana sprach ein kurzes Dankgebet für die Ruderer unten.

Bis vor ein paar Stunden war das Schiff allein durch die Anstrengung dieser Männer vorangetrieben worden. Sie hatte das rhythmische Schlagen einer Trommel gehört und das Stöhnen der Ruderer, die sich abmühten, den schnellen Rhythmus einzuhalten.

Doch jetzt, da ein kräftiger Wind wehte, schwieg die Trommel. Wieder blickte Juliana sehnsüchtig in Richtung Spanien. Sie gab alles auf, was sie kannte und liebte – für einen Ehemann, auf den weder das eine noch das andere zutraf.

Und zu allem Übel reiste sie auf einem Sklavenschiff.

Sie hatte die Ruder bemerkt, als sie an Bord gegangen war, und ihren Onkel danach gefragt. Sie wusste natürlich, dass ihr Vater Schiffe besaß, aber er hatte nie erwähnt, dass sie nicht nur von Segeln, sondern auch von Rudersklaven angetrieben wurden.

Ihr Onkel hatte ihre besorgte Frage mit einem Achselzucken abgetan. »Die Ruderer sind Verbrecher, Juliana. Mörder. Ketzer. Sie alle sind zum Tode verurteilt worden. Wäre es dir lieber, wenn sie durch die Hand der Inquisition sterben würden?«

Darauf hatte sie keine Antwort gefunden. Natürlich hatte sie von den Schrecken der Inquisition gehört und wusste von der Angst, die allein schon dieser Name in den Menschen hervorrief.

Trotzdem waren ihr die Geräusche, die sie gestern von unten gehört hatte, die ganze Nacht nicht aus dem Kopf gegangen …

Sie versuchte nun, sie zu verdrängen und ihre Lage einzuschätzen. Was, wenn dieser Viscount Kingsley wie ihr Vater war?

Ihr war klar, dass sie nur eine Schachfigur im Streben ihres Vaters nach Geld und Macht war. Er hatte sie nie geliebt. Und sie hielt es auch für sehr wahrscheinlich, dass es niemanden gab, den er liebte.

Ihre Mutter hatte ihr Bestes getan, um sie für seine Verachtung und die Tatsache, dass er einen Sohn gewollt hatte und stattdessen nur sie bekommen hatte, zu entschädigen. Lady Marianne Hartford, die in London aufgewachsen und erzogen worden war, hatte ihrer Tochter die Liebe zum Lernen und für Bücher vermittelt, obwohl ihr Ehemann dagegen gewesen war. Eine Erziehung sei an eine Frau verschwendet, hatte er gesagt.

Doch in dieser einen Sache hatte Marianne sich ihm widersetzt, und schließlich hatte er nachgegeben. Die Engländer, so hatte ihre Mutter beharrt, ließen ihren Töchtern eine gute Erziehung angedeihen. Und sollte Luis Mendoza eine englische Heirat für seine Tochter anstreben, dann täte er besser daran, ihr nicht die Ausbildung zu verweigern, die einer vornehmen englischen jungen Dame zustand.

Ihre Mutter hatte sie jahrelang beschützt. Jetzt musste Juliana das Gleiche für sie tun.

Selbst wenn es bedeutete, einen Fremden zu heiraten … einen Mann, den ihre Mutter fürchtete.

Juliana schaute zum Himmel hinauf. Ihre Hand an der Reling zitterte, als sie über die Ungerechtigkeit des Ganzen nachdachte. Sie war verkauft worden, so einfach war das.

Bitte, lieber Gott, lass ihn kein Ungeheuer sein.

»Es muy bello, no, Juliana?«

Ihr Onkel war zu ihr gekommen und stand jetzt neben ihr an der Reling. Wie sehr Juliana auch bestrebt war, ihm aus dem Weg zu gehen, schien er doch immer wieder an ihrer Seite aufzutauchen. Sie nickte pflichtbewusst. Bis auf seine Gesellschaft *war* es ein schöner Tag. Sie hatte ihren Onkel nie wirklich gemocht. Er war ihrem Vater zu ähnlich und gierte genau wie dieser nach Einfluss und Macht. Dass er Sklaven ausbeutete, ließ ihn in ihrer Achtung auch nicht steigen. Wie hatte sie nur so naiv sein können, nichts davon zu ahnen? Ihr Zuhause, ihr Schmuck, ihre Kleidung, all das kam von dem Elend anderer.

»Si, tio«, erwiderte sie.

»Pass auf, dass du nicht zu viel Sonne abbekommst«, sagte er, während er sie mit einem Blick betrachtete, als wäre sie ein preisgekröntes Tier. »Es wäre nicht gut, wärest du nicht so hübsch wie möglich, wenn der Earl of Chadwick und der Viscount Kingsley dich kennenlernen.«

Juliana sah keinen Grund, darauf zu antworten, und blickte wieder auf die See hinaus. Mit gutem Wind, hatte ihr Onkel gemeint, würden sie Englands Küste in fünf Tagen sichten. Sie würden sich nicht in London aufhalten, sondern gleich weiter nach Handdon Castle fahren, zum Familiensitz des Earls of Chadwick, der weiter nördlich lag. Und obwohl Juliana sehr neugierig auf die Heimat ihrer Mutter war, freute sie sich keineswegs darauf, ihrem zukünftigen Ehemann zu begegnen.

Vielleicht sollte sie krank werden. Sehr krank. Dann würde der Viscount sie ganz gewiss nicht wollen …

»Du siehst nachdenklich aus«, brach ihr Onkel das Schweigen zwischen ihnen. »Freust du dich schon darauf, England kennenzulernen?«

»Ich wünschte, ich wüsste mehr über den Mann, den ich auf euren Wunsch heiraten soll.«

»Den du heiraten *wirst*«, berichtigte er sie.

»Und wenn ich keinen Gefallen an ihm finde?«

Ihr Onkel zuckte mit den Schultern, als sei das völlig nebensächlich. »Diese Verbindung wird deiner Familie und deinem Land von großem Nutzen sein.«

»Und wenn der Viscount Kingsley keinen Gefallen an mir findet?«

»Er hat schon eine Miniatur von dir gesehen. Er ist ganz bezaubert, hörte ich.«

Sie hatte auf das Gegenteil gehofft. »Kennst du ihn?«

»O ja. Er ist ein gut aussehender junger Mann.«

Juliana, die durch die vergitterte Luke über dem Ruderdeck das Rasseln von Ketten hörte, erschauderte.

»Dir ist kalt«, sagte ihr Onkel und zog seine Uniformjacke aus.

Sie schüttelte den Kopf. »Ich kann nur nicht aufhören, an diese Männer da unten zu denken.«

Ihr Onkel zuckte wieder mit den Schultern, als wären sie nicht der Rede wert. »Sie werden gut behandelt, wenn sie ihre Arbeit tun. Du brauchst dich nicht um sie zu sorgen. Sieh lieber nach vorn und denk an England, dein neues Zuhause.«

»Mein Zuhause ist in Spanien.«

Ein Ausdruck der Ungeduld erschien auf seinem Gesicht, und von seinem Charme war nichts mehr zu spüren, als seine Stimme einen barschen Ton annahm. »Ich muss jetzt gehen«, sagte er. »Du und mein Erster Offizier werdet heute Abend mit mir essen.«

Juliana wollte kein Abendessen in Gesellschaft des Ersten Offiziers, der sie mit begehrlichen Blicken ansah und sich keine Gelegenheit entgehen ließ, sie wie zufällig zu streifen. Er war laut und ungehobelt und schien das Elend unter Deck sogar noch zu genießen.

»Ich bin müde«, sagte sie, »und wenn du meinst, ich müsste gut aussehen, sollte ich mich früh zu Bett begeben. Und meine

Zofe ist noch immer seekrank. Könntest du uns bitte etwas zu essen in meine Kabine bringen lassen?«

»Ich werde *ihr* etwas bringen lassen, *querida*.« Er sah sie mit seinen dunklen Augen durchdringend an. »Aber du wirst mit mir zu Abend essen.«

Und damit ging er, und Juliana blieb, wo sie war, und versuchte, die frische Meeresbrise noch ein wenig länger zu genießen.

Dann hörte sie das Geräusch eines Schlüssels in einem Schloss und drehte sich zu der Luke um, unter der eine Treppe zum Ruderdeck hinunterführte. Ein Junge stand dort und wartete, während das Gitter geöffnet wurde. Um seine Fußgelenke schlossen sich Metallschellen, die mit einer Kette verbunden waren, und er trug einen Eimer in der Hand, der viel zu schwer für ihn zu sein schien. Er hatte kein Hemd an, sodass die blauen Flecken an seinen Armen zu sehen waren. Mit gesenktem Blick stieg er zum Ruderdeck hinunter.

Instinktiv blickte Juliana ihm nach.

Fast nackte Männer saßen in Reihen über die Ruder gebeugt. Auf dem Rücken des einen sah sie Blut. Sie wusste, dass sie wegschauen sollte, und wollte es auch tun, als einer der Ruderer unerwartet zu ihr hochschaute.

Ein mehrere Tage alter Bart bedeckte seine Wangen, doch sein Haupthaar war kurz geschnitten. Sein Blick begegnete dem ihren, und sein Mund verzog sich zu einem spöttischen Lächeln, als er sich ein wenig straffte, um ihren Blick zu halten. Seine Augen waren grimmig und funkelten vor Zorn. Und Hass.

Dann wandte er den Blick ab, tat sie mit einer Arroganz ab, als wäre sie nicht mehr als eine lästige Fliege.

»Juliana?« Ihr Onkel kam wieder zu ihr. »Du solltest dich von diesem Gitter fernhalten«, sagte er und runzelte die Stirn.

Es würde ihr nicht schwerfallen, die Anweisung ihres Onkels zu befolgen. Das Bild des Ruderers hatte sich in ihr Gedächtnis eingebrannt, insbesondere der Hass in seinen Augen. Er hatte sie erschaudern lassen, was ihr Onkel aber offensichtlich missverstanden hatte.

»Sie können dir nichts tun«, beruhigte er seine Nichte. »Sie sind gut gesichert.«

Aber es war keine Furcht, was sie empfunden hatte, sondern Mitleid und Entsetzen.

»Der Junge ...«

»Ein Straßendieb aus Madrid. Er hat Glück, dass er nicht an den Rudern sitzt«, erwiderte ihr Onkel gleichgültig und wechselte unvermutet das Thema. »Wir werden nahe an Frankreich vorbeifahren«, fuhr er fort. »Zünde also nachts keine Laterne an.«

»Wir befinden uns momentan doch nicht im Krieg mit Frankreich.«

»Einige haben das noch nicht gemerkt«, erwiderte er nur.

Sie warf einen Blick auf die beiden kleinen Geschütze, von denen sich jeweils eins auf jeder Schiffsseite befand. Sie würde keine große Hilfe sein, falls sie einem feindlichen Kriegsschiff begegneten.

»Ich glaube nicht, dass Gefahr besteht«, sagte ihr Onkel. »Aber mach trotzdem kein Licht, wenn es nicht nötig ist.«

Juliana zog sich in ihre Kabine zurück und kümmerte sich um ihre junge Zofe, die so seekrank war, dass sie bisher noch keinen Bissen bei sich hatte behalten können. Im Geiste hörte Juliana noch immer das dumpfe Hallen der Trommel und das Anheben der Ruder und die sich immer wieder dazwischenmischenden lauten Schmerzensschreie. Und sie spürte noch immer die Wut des Rudersklaven und wusste, dass das Bild des Mannes sie bis in ihren Schlaf verfolgen würde.

3. Kapitel

Patrick legte den Kopf auf den Schaft des Ruders und versuchte zu schlafen. Jeder Knochen und jeder Muskel in seinem Körper schrie vor Qual.

Denk nicht an den Schmerz. Denk ans Überleben.

Wenn Manuels Kopfnicken hieß, dass er den Schlüssel stehlen konnte, blieb ihnen nicht viel Zeit. Wenn sie versuchen wollten zu fliehen, mussten sie schnell handeln. Sie würden keine Zeit haben, lange nachzudenken oder die Folgen ihres Tuns abzuwägen. Das Problem war, dass weder er selbst noch seine Mitgefangenen nach den vielen Stunden anstrengenden Ruderns in der Verfassung waren, die Aufseher zu überwältigen.

Vielleicht hatte Manuels Nicken aber auch gar nichts zu bedeuten gehabt, und Patrick machte sich nun falsche Hoffnungen. Seine Mitgefangenen waren Christen, Juden und Mauren, die aus aller Herren Länder stammten und von denen die meisten nur ihre Muttersprache beherrschten. Sie waren Kriegsgefangene, und in den Augen der Spanier galten sie als Ketzer oder als gewöhnliche Kriminelle. Und als Ruderer standen sie sogar noch weit darunter.

Sie waren verroht und halb verhungert, und manch einer von ihnen würde die eigene Mutter für ein zusätzliches Stück Brot verkauft haben. Die meisten konnten sich nicht miteinander verständigen, es sei denn durch ein Stöhnen und den Schmerz, den sie teilten. Patrick konnte sich also nicht auf alle verlassen. Um vielleicht irgendwann die Chance zur Flucht nutzen zu können, hatte er versucht, Vertrauen zu den Männern aufzubauen, die in seiner Nähe saßen. Manchmal teilte er sein Brot mit einem Mitgefangenen, der es nötiger brauchte als er, oder er gab jemandem einen Schluck von seinem Wasser ab.

Von den anderen Männern, die auf den Bänken dahinter saßen, konnte er nicht sicher sein, wie sie reagieren würden.

Er konnte nur hoffen, dass sie die Freiheit ebenso sehr herbeisehnten wie er.

Das Licht, das durch die Öffnung für die Ruder fiel, verblasste. Die Öllampen an beiden Enden des Raumes spendeten ein spärliches Licht. Die Luke über den Ruderern war schon geschlossen worden, und weder Luft noch Licht drang von oben zu ihnen herunter.

Für einen Moment rief Patrick sich das Bild der Frau in Erinnerung, die zu ihm heruntergestarrt hatte.

Es war lange her, dass er eine Frau gesehen hatte, und schon gar nicht eine, die so schön war wie diese. Ein einziger Blick hatte genügt, ihr Bild in seiner Erinnerung zu bewahren. Ihr Haar hatte wie dunkles Gold geschimmert, und sie hatte die ungewöhnlichsten Augen, die er je gesehen hatte. Grau vermutlich – oder doch blau? Mit einer Spur violett.

Patrick versuchte, das Bild aus seinem Bewusstsein zu verdrängen. Gott wusste, dass es nicht gut für ihn war, an sie zu denken. Und trotzdem war ihm bei ihrem Anblick weh ums Herz geworden. Seit sechs Jahren war er schon auf dieser Galeere, länger als jeder andere Mann hier, aber das Ziehen in seinen Lenden war ein sicheres Anzeichen dafür, dass er einige Dinge noch nicht ganz vergessen hatte.

Jemand berührte ihn an der Schulter, und er fuhr herum. Manuel stand zwei Reihen hinter ihm mit einem Eimer Bohnen und einem Arm voller Zinnteller. Sie wurden nach dem Essen immer eingesammelt, weil die Wärter befürchteten, dass sie als Waffen benutzt werden könnten.

Patrick sah sich um. Aller Augen waren auf Manuel gerichtet, der langsam den Gang hinunterging. Patrick sah den starren Blick des Jungen und die blauen Flecken an seinen Armen.

Sein Körper verkrampfte sich vor Anspannung, als Manuel

mit langsamen, vorsichtigen Bewegungen näher kam. Sie waren hundert Ruderer hier unten, und Manuel durfte nichts verschütten, wollte er keine Schläge riskieren.

Schließlich blieb der Junge auch vor Patricks Reihe stehen. Patrick nahm einen Teller und wartete, bis Manuel ihn gefüllt hatte, dann reichte er ihn die Bank hinunter weiter. Dann nahm er einen zweiten.

Manuel senkte den Kopf, als er Patricks Teller füllte. »Ich habe ihn«, flüsterte er auf Spanisch. *»Esta noche.«*

Heute Nacht!

Patrick nickte leicht.

»Schlafen«, sagte Manuel in gebrochenem Englisch. »Wachen schlafen.« Er machte eine Handbewegung, als streute er etwas in einen Becher. Wenn Patrick ihn richtig verstand, hatte Manuel den Wachen etwas in den Wein gegeben.

Das war sogar noch besser. Anscheinend hatte er dem Schiffsarzt etwas Opium stehlen können. Manuel hatte Patrick erzählt, dass der Arzt die Droge gelegentlich benutzte.

»Gracias«, sagte Patrick und deutete mit seinen Augen auf den Teller.

Manuel ging weiter. Sein Rücken wirkte seltsam steif, und er bewegte sich, als hätte er Schmerzen.

Patrick fluchte im Stillen. Manuel war ein hübscher Junge mit schwarzem Haar und lebhaften dunklen Augen. Oder zumindest waren sie das, als er an Bord gekommen war. Die letzten sechs Monate hatten allerdings ihren Tribut von ihm gefordert.

Da alles andere unerwünschte Aufmerksamkeit erregen würde, widmete sich Patrick seinen Bohnen. Während er aß, schaute er immer wieder verstohlen zu den Wachen hinüber, die kräftig dem Wein zusprachen. Einigen von ihnen fiel bereits der Kopf auf die Brust, und sie würden vermutlich schlafen, bis sie kurz vor Morgengrauen abgelöst würden. *Gott segne Manuel*, dachte Patrick, aber es schauderte ihn, wenn er daran dachte, was der

Junge durchgemacht haben musste, um an den Schlüssel und das Opium heranzukommen.

Nachdem er die Bohnen gegessen und Manuel den Teller zurückgegeben hatte, lehnte Patrick sich gegen Denny, der sich seinerseits an seinen Banknachbarn angelehnt hatte, dessen Kopf an der Schiffswand ruhte. Patrick ließ die Wachen jedoch keinen Moment aus den Augen.

Nach einer Weile schien es, als wären alle eingeschlafen, und er sah, dass Manuel sich den Wächtern leise näherte. Einer von ihnen hatte sich gegen die Wand gelehnt, zwei andere lagen zusammengesunken auf dem Boden. Der vierte, der offenbar gemerkt hatte, dass etwas nicht in Ordnung war, versuchte, seine Kameraden zu wecken. Er hatte schon den Mund geöffnet, um etwas zu sagen, als Manuel ihm blitzschnell die Kehle durchschnitt und dann in aller Ruhe das Gleiche bei den anderen tat.

Patrick verspürte kein Bedauern für die Männer. Gerade diese Wachen hatten besonders gern ihre Peitschen geschwungen und Manuel gequält. Ihm tat nur das Herz weh für den Jungen, der diese Taten so kaltblütig beging.

Dann war Manuel bei ihm und öffnete das Schloss der Kette, die die Männer an die Bank fesselte. Denny starrte ihn mit großen Augen an. Kilil, der Maure neben ihm, hatte jedoch schon begriffen, was vor sich ging, und war augenblicklich auf den Beinen.

In den vergangenen acht Jahren hatte Patrick ein wenig Spanisch gelernt. Um zu überleben, war ihm keine andere Wahl geblieben. Daneben sprach er auch Englisch, Gälisch und Französisch, und er hatte sogar ein paar Worte Arabisch von Kilil gelernt.

Er verließ die Bank und eilte mit Manuel den Gang hinunter, um die Schlösser aller Ketten aufzuschließen, wobei er den Männern zuflüsterte, Schweigen zu bewahren. Und so verblüfft sie auch über diese neue Lage waren, so hielten sich doch alle an

Patricks Ermahnung. Vielleicht spielte dabei auch nackte Angst eine Rolle, denn jeder von ihnen wusste, welche Strafe auf Meuterei stand.

Patrick ging zu den toten Wachen und durchsuchte sie nach den Schlüsseln für das Gitter, das den Niedergang zum Frachtraum versperrte. Ihre Freiheit hing davon ab, diese Luke öffnen zu können. Doch wie er schon befürchtet hatte, fand er keinen Schlüssel. Er nahm den toten Wachen ihre Dolche ab und den Entersäbel, den einer von ihnen bei sich getragen hatte. Nach kurzem Überlegen nahm er auch die blutbefleckte Peitsche und den kurzen Knüppel an sich, den die Wachen benutzt hatten, um die Gefangenen zu schlagen.

Zwei der befreiten Männer kamen jetzt zu ihm. Patrick kannte keinen der beiden gut, obwohl sie seit mindestens zwei Jahren hier unten waren. Aber sie hatten auf einer Bank am anderen Ende des Schiffes gesessen, und das Reden miteinander war verboten.

An ihrem Auftreten erkannte Patrick, dass sie das Zeug zum Anführer hatten. Ob zu einem guten oder schlechten, würde sich herausstellen, aber fürs Erste wollte er diese Männer auf seiner Seite haben. Und so gab er jedem einen der Dolche, die er an sich genommen hatte. Den Entersäbel behielt er für sich.

»Wir werden bis zur Wachablösung warten müssen«, erklärte er ihnen. »Erst dann wird die Luke geöffnet.«

»Aber nicht, wenn ihre Ablösung nichts von ihnen hört. Und die Kerle scheinen ja mausetot zu sein – hol der Teufel ihre schwarzen Seelen.«

Patrick erkannte sofort den ausgeprägten schottischen Akzent des hochgewachsenen Mannes.

»Ich bin Spanier«, stellte sich der andere auf Englisch vor. »Ich kann die Wachen nachahmen. Gott weiß, dass ich sie oft genug gehört habe.«

»Gut«, sagte Patrick. »Dann werden wir die toten Aufseher so hinsetzen, dass gerade so viel von ihnen zu sehen ist, dass ihre Ablösung getäuscht wird.« Im schwachen Licht der Öllampe sah er den Spanier prüfend an. »Versuch einmal, den Mann nachzuahmen.«

Der Spanier tat es – in einer fast perfekten Nachahmung des Kommandeurs der Nachtwache.

»Das war sehr gut«, lobte Patrick ihn auf Englisch.

»Gracias«, erwiderte der Spanier mit einer Spur von Ironie in seiner Stimme.

Patrick konnte nicht abschätzen, wie viel Zeit ihnen noch blieb, bis die Wachablösung herunterkam. Mithilfe des Schotten und des Spaniers zog er die Leichen zum Fuß der Treppe, die zur Luke hinaufführte, und setzte sie so, dass es schien, als vertrieben sich die Männer die Zeit mit einem Würfelspiel.

Die anderen Ruderer waren auf ihren Bänken sitzen geblieben, offenbar waren sie zu ängstlich oder zu verwirrt, um ihre Plätze zu verlassen. Im Frachtraum herrschte eine so absolute Stille, als hätte jeder der Ruderer begriffen, worum es ging. Noch nicht einmal das Klirren einer Kette war zu hören.

Das Schiff machte schnelle Fahrt voraus, was vermuten ließ, dass sich eine größere Anzahl von Seeleuten an Deck aufhielt, um die Segel zu bedienen. Patrick hoffte, dass das geschäftige Treiben an Deck ihre Stimmen übertönen würde.

»Es ist riskant«, flüsterte der Schotte.

»Es ist unser Tod, wenn wir es *nicht* versuchen.«

Der Spanier stand da und hörte ihnen zu. Dann sagte er auf Spanisch: »Besser als Mann sterben denn als Hund.« In einer in der jetzigen Lage absurd wirkenden Verbeugung wandte er sich an Patrick. »Was kann ich sonst noch tun?«

»Sag den anderen Männern, sie sollen an ihren Plätzen bleiben. Wenn irgendjemand von oben durch die Luke schaut ...« Patrick brauchte den Satz nicht zu beenden, ihr Gesichtsausdruck verriet, dass sie verstanden hatten.

»*Dios*, aber wir brauchen eine Menge Glück«, sagte der Spanier mit seiner kultivierten Stimme.

»Wir brauchen ein verdammtes Wunder«, berichtigte ihn der Schotte.

»Beides wäre mir recht, aber zunächst einmal müssen wir selbst für unser Glück sorgen. Könnt ihr beide euch mit den Ruderern verständigen?«

»Ich spreche Gälisch und die Sprache der gottverdammten *Sassenach*«, erklärte der Schotte.

»Spanisch, Französisch und ein paar Brocken Arabisch«, sagte der Spanier, der offensichtlich von Adel war.

Patrick fragte sich flüchtig, welche Schicksalsfügung den Mann an Bord dieser Galeere geführt haben mochte. Doch das zu erfahren hatte Zeit bis später. »Rede mit so vielen, wie du kannst, aber du –«, er zeigte auf den Spanier – »bleibst in der Nähe der Leiter. Ich gebe euch Bescheid, sobald die Wachen kommen. Sagt den Ruderern, sie sollen sich still verhalten. Und dass keiner seinen Platz verlässt. Sucht unter ihnen diejenigen aus, die sich zum Kampf eignen. Und einen Schmied, falls einer da ist.«

Patrick unterbrach sich kurz, um dann hinzuzufügen: »Sagt den Männern, dass sie die Kette wieder durch den Ring ziehen und das Schloss zuschnappen lassen sollen, falls wir ... überwältigt oder getötet werden sollten. Vielleicht bewahrt sie das davor, zur Rechenschaft gezogen zu werden.«

Der Spanier mit den feinen Manieren, aber dem gleichen zerlumpten Lendenschurz und der schmutzigen Haut, die sie alle zu Gleichgestellten machte, nickte. »Ich bin Diego«, sagte er. »Ab heute Nacht bin ich keine Nummer mehr. Ab heute Nacht habe ich wieder einen Namen.«

»Und ich bin Hugh MacDonald«, stellte sich der Schotte vor und schüttelte Patrick die Hand. »Ich sterbe eher, als mich wieder auf diese Ruderbank zu setzen. Ich will mich nicht von denen besiegen lassen, indem ich mich von ihnen töten lasse. Es wäre allerdings keine Niederlage, zu sterben und so viele wie möglich von den Kerlen mit in den Tod zu nehmen.«

In Patrick erwachte neue Hoffnung. Er hatte schon immer das richtige Gespür dafür gehabt, Menschen einzuschätzen, doch er hatte nicht erwartet, zwei wie diese hier zu finden. Er hoffte nur, dass es noch mehr von ihrer Sorte gab und dass der Spanier die Stimme des toten Wachmannes imitieren konnte. Dann würde der Überraschungseffekt ihnen helfen, die müden Seeleute an Deck zu überwältigen. »Ich bin Patrick«, sagte er.

Sein Blick glitt zu den Toten, und seine Kehle wurde eng vor Hass. Ihr Anblick erinnerte ihn an die im Gang aufgestapelten Leichen, die dort darauf warteten, wie Abfall über Bord geworfen zu werden. An die Schmerzensschreie, den täglichen Kampf gegen Durst und Hunger und Erschöpfung.

Einen solch schnellen Tod hatten die Wachen eigentlich nicht verdient. Patrick wünschte, sie hätten stattdessen die Plätze an den Rudern einnehmen müssen.

Nachdenklich schaute er hinauf zur Gitterluke. Von Zeit zu Zeit sah er die Schatten der Männer, die auf dem Deck arbeiteten. Am liebsten wäre er die Leiter sofort hinaufgestiegen, um festzustellen, wie viele Seeleute sich an Deck aufhielten. Aber das würde warten müssen. Zuerst mussten sie hier unten alle Vorkehrungen treffen. Er musste sicher sein, dass niemand der Wachablösung eine Warnung zurufen würde, weil er darauf hoffte, verschont zu werden, sollte ihr Plan misslingen.

Er ging zu Diego, der mit einem Mann sprach, der erst seit Kurzem auf dem Schiff war. Dass er noch nicht lange sein Leben als Galeerensträfling fristete, war allein schon an seiner kräftigen Statur zu erkennen. Ein paar Wochen noch, und auch dieser Mann würde nur noch die Hälfte dessen sein, was er jetzt war.

Doch noch war Kraft in seinen riesigen Fäusten. Patrick sah frische Peitschenstriemen auf seinem breiten Rücken.

»Er behauptet, er ist Schmied«, sagte Diego. »Er ist Franzose, ein Hugenotte«, fügte er in abwertendem Ton hinzu.

Ein Protestant. Das erklärte seine Anwesenheit auf diesem Schiff.

»Kannst du unsere Hand- und Fußschellen mit einem Dolch aufbrechen?«, fragte Patrick den Hünen und streckte ihm seine Hände hin.

»*Oui*, aber das wird dauern. Ein Hammer wäre besser.«

Also zuerst die Hände oder die Füße?, überlegte Patrick. Die eisernen Schellen um seine Handgelenke konnte er als Waffen benutzen, doch er musste sich ungehindert bewegen können, wollte er die Leiter hinaufsteigen können.

»Können wir auf dich zählen?«, fragte er den Franzosen und sah ihn forschend an.

»*Oui*«, erklärte der. »Aber wohin gehen wir danach?«

»Nach Schottland«, antwortete Patrick auf Französisch. »Ich werde jedem Mann helfen, der sich uns anschließt, und jeden töten, der uns verrät.«

Patrick und der Schmied gingen zu einer Stelle, an der sie von der Luke aus nicht gesehen werden konnten. Patrick setzte sich, während der Schmied sich nach geeigneten Werkzeugen umsah. Er nahm den Hammer, mit dem die Trommel geschlagen wurde, die den Rudertakt vorgab, und legte noch einen dicken Stock dazu.

»Die Fußfesseln zuerst«, sagte Patrick. »Wir müssen die Leiter hinaufklettern. Brich so viele Fußeisen wie möglich auf. Die Handschellen können wir als Waffe benutzen.«

»Das wird aber ziemlich laut«, warnte der Schmied.

»Das müssen wir riskieren«, beschied ihn Patrick. Der Schmied untersuchte die Fußschellen und entschied sich dafür, sie an dem Bolzen aufzubrechen, der sie zusammenhielt. Er begann, mit dem Hammer zuzuschlagen. Jeder Schlag durchzuckte Patricks Bein, doch er nahm den Schmerz kaum war. Seine neu gewonnene Hoffnung ließ ihn seine körperliche Erschöpfung vergessen, auch wenn er wusste, wie schlecht ihre Chancen standen. Eine Schar ausgemergelter Männer in Handschellen gegen eine Übermacht kräftiger Seeleute.

Doch wie Diego gesagt hatte – es war besser, wie ein Mann zu sterben, als wie ein Hund zu Tode geprügelt zu werden.

4. Kapitel

Die Nacht schien endlos, während der Schmied die Fußschellen aufschlug. Um die Schlaggeräusche zu dämpfen, hatte er ein Lumpenstück um den Hammerkopf gewickelt. Patrick spürte, wie ihm der Schweiß auf die Stirn trat, während der Mann sich alle Mühe gab, die Fußfesseln zu öffnen.

Der Schmied hatte ihm seinen Namen nicht genannt, und Patrick brauchte ihn auch nicht zu wissen. Es genügte, dass der Mann sein Handwerk offenbar verstand, denn er brauchte gar nicht lange, um die Bolzen an Patricks Fußfesseln zu lockern.

Als Nächsten schickte Patrick den Schotten zum Schmied. MacDonald war noch nicht lange auf dem Schiff, und seine Kräfte waren noch nicht so verbraucht wie die der meisten anderen Gefangenen. Danach löste der Schmied die Fesseln des Spaniers und schließlich auch seine eigenen.

Die anderen Ruderer verhielten sich still. Sie schwiegen, doch aus ihrer Körperhaltung schloss Patrick, dass sie jede ihrer Bewegungen beobachteten. Er befürchtete, dass einer losschreien könnte – was ihn dann bedauerlicherweise dazu zwingen würde, den Betreffenden zum Schweigen bringen zu müssen.

Im Moment hatten die Männer jedoch vor Patrick und seiner kleinen Bande mehr Angst als vor den Spaniern an Deck des Schiffes. Sie sahen zu, wie einem nach dem anderen die Fußfesseln abgenommen wurden.

Dann gingen Patrick und der Spanier von Reihe zu Reihe und machten den Männern klar, dass sie jetzt alle zusammenhalten mussten. Dabei verständigten sie sich zum Teil in deren Muttersprache oder durch Handzeichen miteinander.

»Diejenigen, die kämpfen können, werden als Erste von ihren Fußfesseln befreit«, erklärten sie ihnen. »Diego wird der Wache antworten, die zur Ablösung an die Luke kommt. Wenn unser Plan glückt, werden sie das Gitter öffnen. Wir werden sie einen nach dem anderen töten, wenn sie die Leiter herunterkommen. Danach nehmen wir uns ihre Waffen und steigen an Deck.

»Betet, wie ihr noch nie gebetet habt, zu welchem Gott auch immer«, fügte er hinzu. »Betet um Nebel. Den hatten wir in den letzten beiden Tagen. Also betet, dass wir ihn auch heute Nacht bekommen.«

Die meisten Männer nickten, und einige verließen ihre Bank, um sich vor dem Schmied in einer Reihe aufzustellen. Andere blieben furchtsam sitzen. Zu Patricks Überraschung war Denny unter den etwa zwanzig Männern, die von ihrer Bank aufstanden.

Das waren mehr, als er gehofft hatte, aber es waren mindestens sechzig Seeleute an Bord, vielleicht sogar noch mehr. Der Überraschungseffekt würde den Ruderern zugutekommen, auch wenn die meisten noch von ihren Hand- oder Fußfesseln behindert werden würden. Patrick schaute rasch zum Schmied hinüber, um zu sehen, wie er mit seiner Arbeit vorankam.

Nebel. Nebel würde das Unmögliche möglich machen. Die Luft war in den letzten Stunden ziemlich feucht. Wenn Nebel das Schiff einhüllte, konnten sie vielleicht ihren Plan ausführen, ohne bemerkt zu werden, bis es zu spät war.

Patrick versuchte einzuschätzen, wie spät es war. Wie viel Zeit blieb ihnen noch, bevor die Wachablösung an der Luke erscheinen würde? Patrick ging zu der Stelle hinüber, wo der Schmied noch immer fleißig bei der Arbeit war.

Sie mussten genügend Männer haben, die in der Lage waren, die Leiter hinaufzusteigen. Wenn sie erst einmal an Deck waren, konnten sie den anderen hinaufhelfen, während die ersten Seeleute bereits überwältigt wurden. MacDonald und der Spanier arbeiteten sich durch die Reihen der Ruderer hindurch und ermutigten sie, mitzukämpfen.

Patrick überlegte, wie viele Seeleute vor dem Morgengrauen Dienst tun mochten. Nicht viele, hoffte er. Der Wind blies mittlerweile stark und gleichmäßig. Er konnte nur hoffen, dass die Mannschaft von der Anstrengung des Segelsetzens arg erschöpft war.

»Du solltest jetzt besser aufhören. Ich schätze, dass die Wachablösung bald kommt«, wandte er sich an den Schmied.

Dann löschte er eine der beiden Öllampen, die den Frachtraum erhellten, und dann warteten sie ab. Die durch die Ruderscharten eindringende Luft war feucht. Ob es Regen geben würde? Oder den ersehnten Nebel? Patrick wagte kaum, es zu hoffen.

Minute um Minute verstrich. Auf dem Ruderdeck war es noch nie so still gewesen. Keine Bewegung, kein Kettenrasseln, kein Schnarchen erschöpfter Männer war zu hören.

Dann endlich hörte Patrick, wie von Deck die vertraute Frage zu ihnen heruntergerufen wurde. »Alles in Ordnung?«

Er nickte Diego zu, der in seiner Muttersprache zurückrief: »*Si!* Alles klar hier unten!«

Patricks Schultern verkrampften sich vor Anspannung. Er hörte, dass der Schlüssel im Schloss der Luke umgedreht wurde, und das laute Quietschen, als sie geöffnet wurde.

In der Dunkelheit des Ruderdecks würde Patrick kaum mehr als ein Schatten sein. Der Schmied stand hinter der Leiter verborgen, Diego dicht neben ihm. MacDonald saß auf der letzten, nicht weit von der Leiter entfernten Ruderbank und hielt den Kopf gesenkt, als schliefe er.

Sie rechneten mit vier neuen Wachen, von denen Patrick, Diego, MacDonald und der Schmied jeweils einen Mann übernehmen würden. Und das alles musste absolut geräuschlos ablaufen.

Das Poltern schwerer Schritte verriet, dass die Wächter die Leiter heruntergestiegen kamen. »Wo ist die Laterne?«, fragte der, der als Erster den Fuß der Leiter erreichte.

»Ist eben ausgegangen«, erwiderte Diego leise, während er dem Mann den Arm um den Nacken schlang, um dessen Aufschrei zu ersticken, und ihn ins Dunkel zog.

Den nächsten übernahm der Schmied und brach ihm mit einer einzigen Bewegung seiner mächtigen Pranken das Genick, bevor er ihn von der Leiter wegzog. Der dritte Aufseher kam herunter, ohne zu ahnen, welches Schicksal die anderen vor ihm ereilt hatte. Sein Aufstöhnen wurde vom lauten Husten eines der Ruderer übertönt. Der vierte Wärter hatte fast schon das Ende der Leiter erreicht, als er anscheinend bemerkte, dass etwas nicht in Ordnung war. Er hatte gerade zu rufen begonnen, als Patrick ihn packte und ihm die Kette zwischen seinen Handgelenken um den Nacken schlang. Eine schnelle Drehung, und der Mann war tot.

Patrick empfand kein Mitleid für die Wachen, aber zum ersten Mal begann er nun echte Hoffnung zu verspüren. Bisher hatte er nichts zu verlieren, doch nun hatte er alles zu gewinnen.

So oder so gab es für sie jetzt kein Zurück mehr. Für keinen von ihnen. Im schwachen Licht der Laterne erkannten das jetzt scheinbar auch die anderen Ruderer. Wer bereit war zu kämpfen, war schon auf den Beinen, doch nun sprangen auch noch andere auf und ergriffen, was auch immer ihnen als Waffe dienen konnte.

Patrick setzte die Mütze einer der spanischen Wachen auf und streckte vorsichtig den Kopf aus der Luke. Eine wilde Freude erfüllte ihn. Dichter Nebel verdeckte den größten Teil des Schiffs. Ein paar Öllampen spendeten gerade genug Licht, um die Schatten zu erkennen, die sich an Deck bewegten. Patrick hörte die Befehle, die gerufen wurden.

Vielleicht gab es ja doch einen Gott, und er hatte sich nur versteckt in diesen vergangenen acht Jahren.

Von seiner Position aus konnte Patrick das Ruderhaus nicht

sehen, aber vermutlich stand der Erste oder Zweite Offizier am Steuerruder. Wer auch immer es war, der Mann müsste jedenfalls inzwischen müde sein.

Die Gefangenen, die ihre Fußfesseln noch trugen, hatten diese mit alten Decken oder mit Stoffstreifen umwickelt, zu denen sie die Kleidung der getöteten Wachen zerrissen hatten. Sie hofften – nein, sie beteten –, dass das Klirren der Ketten dadurch gedämpft wurde.

Patrick gab den anderen ein Zeichen und stieg an Deck. Im Schatten wartete er, bis der Schotte und der Spanier hinter ihm waren, dann machte sich jeder auf den Weg zu seinem vorher abgemachten Ziel. Patrick würde sich zum Bug vorarbeiten und Diego nach rechts. MacDonald würde dort zum Einsatz kommen, wo auch immer er benötigt wurde.

Patrick hatte sich einen aus einer zerschlissenen Decke gerissenen Stoffstreifen um die Taille gebunden und den Entersäbel daran befestigt. In der Hand hielt er einen Dolch, als er im Schutz der Schatten auf einen Seemann zuschlich, der einen Knoten in den Tauen zu lösen versuchte. Auch diesmal benutzte Patrick die Kette zwischen seinen Handgelenken, um dem Matrosen das Genick zu brechen.

Er hörte einen erstickten Schrei zu seiner Linken, der jedoch sofort verstummte, und er hoffte, dass der Wind das Geräusch zur See und nicht zum Ruderhaus hinübergetragen hatte. Dann drang der leise Pfiff des Spaniers an sein Ohr, und er wusste, dass ein weiterer Seemann überwältigt worden war.

Zwei Gestalten tauchten im Nebel auf. Einer der Matrosen schien etwas gehört zu haben, denn er wandte sich jetzt mit einem Dolch in der Hand in Patricks Richtung. Er wollte gerade die Waffe nach ihm schleudern, als jemand ihn von hinten packte. Eine Sekunde später war er tot, getroffen von seinem eigenen Dolch. Zu Patricks Überraschung war es Denny, der sich lächelnd über den Getöteten beugte.

Wieder nahm Patrick eine Bewegung wahr. Als er mit zusammengekniffenen Augen in den Nebel spähte, sah er einen Seemann, der erschrocken den Mann anstarrte, der vor ihm stand und der ihm wie ein Geist erscheinen musste. MacDonald warf den Seemann kurzerhand über Bord.

Sie überwältigten noch weitere Seeleute, von denen kaum einer mehr als ein leises Stöhnen von sich gab. Patrick zog eine schnelle Bilanz. Fünfzehn Mannschaftsmitglieder waren tot, und es war noch kein Alarm geschlagen worden. Nun galt es, ihren eigenen bunt zusammengewürfelten Haufen zu formieren.

Patrick, MacDonald und der Spanier würden sich weiter vorkämpfen und jeden, der ihnen über den Weg lief, so leise wie möglich töten. Andere Gefangene, die noch auf das Öffnen ihrer Fußfesseln warteten, wurden angewiesen, die verschiedenen Luken zu beobachten und jeden, der an Deck kam, aus dem Weg zu schaffen. Falls Alarm geschlagen wurde, sollten sie sich an dem Kampf beteiligen.

Sie hatten inzwischen die Dolche und Entersäbel von fünfzehn Spaniern. Andere Ruderer sammelten alles ein, was ihnen als Waffe dienen konnte. Taue wurden zerschnitten, um als Peitschen oder Garrotten eingesetzt zu werden. Auch die Ruder aus dem Beiboot konnten ihnen trotz der Handfesseln als Waffe dienen. Ein besonders einfallsreicher Ruderer brach einen Besenstiel ab und spaltete ihn am Ende, um einen Speer daraus zu machen. Die Chancen der Ruderer, auch wenn sie noch immer sehr gering waren, verbesserten sich zusehends.

Das erste graue Tageslicht drang durch den Nebel, der sich bald auflösen würde. Patrick vermutete, dass der Koch schon bei der Arbeit war. Auch die übrigen Seemänner standen bestimmt schon auf. Sie mussten sich also beeilen und so viele Feinde wie nur möglich aus dem Weg räumen.

Patrick und Denny arbeiteten sich an der Backbordseite vor, MacDonald und Diego steuerbords. Patrick hörte Befehle, die erteilt wurden, als sie sich in Richtung Ruderhaus bewegten. Fast prallte er mit einer Gestalt zusammen, die direkt vor ihm auftauchte. Doch er nutzte blitzschnell die Überraschung des Matrosen aus, überwältigte ihn und brach ihm das Genick. Er empfand weder Bedauern noch Mitgefühl für einen dieser Männer. Es war ihre freie Entscheidung gewesen, auf diesem Teufelsschiff in Dienst zu treten, und jetzt stand sein Leben gegen das ihre.

Ein Grunzen ertönte aus dem Nebel, das jedoch sofort wieder erstarb. Einer seiner Kameraden hatte einen weiteren Mannschaftsangehörigen getötet. Im Grunde musste jeder einzelne Mann der Besatzung getötet werden. Es blieb kein Raum für Mitgefühl, selbst wenn er welches hätte aufbringen wollen. Sie waren todgeweihte Männer, als sie auf dieses Schiff gebracht worden waren, und nun waren sie auch noch Meuterer – die von jedem zivilisierten Land der Welt als geringer als Tiere betrachtet wurden. Es durfte keine Zeugen geben für das, was sie hier taten. Sämtliche Beweise mussten für immer auf See verlorengehen.

Patrick hatte das den anderen gegenüber nicht ausgesprochen, doch die meisten würden sich ohnehin über die Gesetze der See im Klaren sein. Und sie teilten seinen Hass auf ihre Peiniger.

Ein Schrei ertönte. Dieser war laut und durchdringend, bevor er schnell erstickt wurde. Dann war das Aufklatschen eines über Bord geworfenen Manns zu hören.

Daraufhin wurden gleich mehrere Schreie laut. Dann läutete eine Glocke, die auf dem ganzen Schiff zu hören war. Patrick atmete tief durch. Nun würde jeden Augenblick die Hölle losbrechen.

Im Schutz des Nebels schlich er weiter zum Ruderhaus. Sie mussten zuerst die Offiziere beseitigen. Denn wenn die Führung ausgeschaltet war …

Die Nacht war dem Morgengrauen gewichen und der Nebel dünner geworden, sodass Patrick jetzt drei Männer erkennen konnte, die beim Steuerruder standen. Einer hielt es, während die anderen beiden Stellung einnahmen, um ihn zu schützen. Der eine hatte ein Schwert, der andere einen Knüppel.

Ein Pfiff verriet Patrick, dass MacDonald sich von der anderen Seite her näherte. Mit seinem Entersäbel griff Patrick zur Linken den Mann an, der das Schwert trug, während MacDonald sich den zweiten vornahm.

Patrick wich dem ersten wuchtigen Hieb mühelos aus; schließlich hatte er sein Leben lang mit einem Schwert trainiert. Als das Schwert an Schwung verlor und zurückfiel, parierte er es mit dem schwereren Entersäbel und schlug es dem Offizier aus der Hand. Das Schwert schlitterte über das Deck und in die See.

Patrick machte sich den Moment des Schocks und der Überraschung zunutze, um den Offizier zu töten, dessen letzter Gedanke zweifellos Verwunderung darüber war, von einem Galeerensklaven überwältigt zu werden. Und zudem von einem, der noch seine Handfesseln trug.

MacDonald hatte mehr zu kämpfen. Sein Gegner war sehr viel größer Mann als er selbst und zudem in einem sehr viel besseren Gesundheitszustand. Patrick zog den Dolch aus seinem behelfsmäßigen Gürtel und stieß ihn MacDonalds Gegner in den Rücken, bevor er sich dem Mann am Steuerruder zuwandte.

»Nein!«, schrie der Steuermann entsetzt, und für den Bruchteil einer Sekunde erinnerte sich Patrick, dass dies ein Handels- und kein Kriegsschiff war.

Er zögerte.

Diego nicht. Mit gezogenem Schwert tauchte er im selben Moment aus dem Nebel auf und stieß es dem Offizier ohne das geringste Zögern ins Herz.

Der Kampf war schon in vollem Gange. Schreie zerrissen die

morgendliche Stille, schrille Alarmschreie und markerschütternde Todesschreie.

Patrick wandte sich um. Denny hielt ihm den Rücken frei. Weitere Besatzungsmitglieder strömten an Deck und lieferten sich verzweifelte Gefechte mit den Ruderern. Patrick kam einem seiner Kameraden mit dem Entersäbel zu Hilfe. Ein stämmiger Seemann griff Patrick an und stieß mit seinem Dolch nach ihm. Patrick wich aus, um dem Hieb zu entgehen, aber die Spitze der Klinge erwischte ihn am Arm und hinterließ einen tiefen roten Schnitt in seiner Haut.

Der Seemann attackierte ihn erneut, doch bevor er Patrick treffen konnte, packte Denny ihn und warf ihn über Bord. Er hatte Patrick schon wieder vor dem Tod bewahrt, während er nicht einmal zu versuchen schien, sein eigenes Leben zu retten. Er stand einfach nur tatenlos da, als sich zwei Seemänner auf ihn stürzten.

Patrick schwang den Entersäbel. Einer der beiden fiel, während der andere von hinten von einem Ruderer gepackt wurde, der eine Belegnadel benutzte, um ihm den Schädel zu zertrümmern.

Patrick nickte seinem Kameraden dankbar zu und bemerkte erst jetzt das Blut, das aus der Schnittwunde an seinem Arm strömte. Er verspürte jedoch keinen Schmerz, sondern nur das unwiderstehliche Verlangen, endlich wieder frei zu sein. Aus Verzweiflung war Hoffnung geworden, und Hoffnung wurde jetzt zu einer Möglichkeit.

Seine Ruderer waren mittlerweile gut bewaffnet, nachdem sie den Gefallenen ihre Waffen abgenommen hatten. Patrick spürte ihren Zorn, ihre Blutgier, das Bedürfnis, sich für Monate und Jahre unsagbaren Elends zu rächen.

Angreifen und zustoßen. Das wurde so selbstverständlich für ihn wie die beiden Worte, die seinen Körper Stunden zuvor noch angetrieben hatten: *Vor! Zurück!*

Er hatte gerudert, um am Leben zu bleiben.

Angreifen und zustoßen.

Jetzt tötete er, um zu überleben. Um heimkehren zu können.

Irgendwann waren keine Gegner mehr zu sehen. Über das Schiff legte sich ein tödliches Schweigen, das nur ab und an von einem Stöhnen oder einem Schmerzensschrei durchbrochen wurde. Das Deck war übersät mit Leichen, und der Geruch von Blut hing in der schweren, feuchten Luft. Kein Geruch, den man so leicht vergessen konnte.

Der Spanier trat zu Patrick.

»Wie viele von der Mannschaft leben noch?«, fragte Patrick.

Diego schüttelte den Kopf. »Wir suchen noch. Einige haben sich vermutlich versteckt.«

Patrick wusste, dass er Mitgefühl verspüren müsste, aber das tat er nicht. Jeder, den sie getötet hatten, war aus freiem Willen auf diesem Schiff gewesen. Jeder von ihnen hatte seinen Beitrag zu seinem Sklavenleben geliefert.

»Und die Ruderer?«

»Acht sind tot und neun verwundet.«

Patrick nickte. Die Bilanz war viel besser, als er zu hoffen gewagt hatte.

Er war am Leben!

Und frei!

Diego war über und über von Blut besudelt, sein schmutziges Lendentuch völlig durchnässt und leuchtend rot. »Und du?«, fragte er.

Patrick zuckte mit den Schultern. »Ein paar Schnittwunden, mehr nicht«, erwiderte er und schwieg einen Moment.

»Ich kann es noch nicht glauben.«

Das konnte Patrick auch noch nicht. »Wir müssen das Schiff absuchen, Kabine für Kabine«, sagte er.

Wie herbeigerufen kam ein Ruderer durch eine der Luken.

»Dort unten ist eine verschlossene Tür. Vermutlich die der Kapitänskabine.«

»Der Kerl ist also nicht nur ein Schurke, sondern auch ein Feigling«, stellte der Spanier verächtlich fest. »Ich kann es kaum erwarten, ihn mein Schwert spüren zu lassen.«

»Nein«, sagte Patrick. »Ich bin am längsten hier. Der Kapitän gehört mir. Stell zwei Posten vor der verschlossenen Kabine auf«, sagte er, »und lass andere den Rest des Schiffs nach allen absuchen, die sich vielleicht noch irgendwo verstecken.«

»Warum noch warten?«

»Weil ich diese Ketten loswerden will, bevor ich dem Kapitän dieses Teufelsschiffs gegenübertrete«, erklärte Patrick.

Der Spanier zögerte. Offensichtlich wollte er den Kapitän genauso unbedingt erledigen wie er selbst. Damit war die erste Prüfung da. Würde seine kleine Truppe ihm nun folgen oder sich in einen ungezügelten Mob verwandeln, der ihren Erfolg gefährden würde?

»*Si*«, sagte der Spanier schließlich. »Ich werde dir den Rücken freihalten.«

Patrick nickte, und ein Gefühl der Erleichterung durchströmte ihn. Sie hatten noch immer eine fast unmögliche Aufgabe vor sich.

Der Spanier betrachtete ihn nachdenklich. »Wir haben ein kleines Problem. Wer wird das Schiff steuern?«

»Ich verstehe etwas von Navigation und Schifffahrt. Die anderen können es lernen.«

Juliana hatte noch nie in ihrem Leben so große Angst gehabt. Und die Stille, die jetzt herrschte, war noch schrecklicher als die Schreie und der Kampfeslärm, die sie zuvor gehört hatte.

Sie saß auf dem Bett und hielt Carmita an sich gedrückt, die wie sie vor Angst zitterte.

Nachdem der erste Lärm zu hören gewesen war, hatte Juliana die Tür geöffnet, um nachzusehen, aber ein Seemann hatte ihr befohlen, sie wieder zu schließen und den Riegel vorzulegen. Offenbar war es zu einer Meuterei gekommen …

Juliana versuchte, das Zittern ihrer Hände zu beherrschen. Es nützte ihr nichts, jetzt die Nerven zu verlieren.

Aber wieso war ihr Onkel nicht gekommen, um nach ihr zu sehen? Oder einer seiner Leute? Selbst der Erste Offizier wäre ihr in dieser Lage willkommen.

Sie schaute sich in der Kabine nach etwas um, womit sie sich verteidigen konnte. Auf dem Tisch lag ein kleines Messer, das man ihr gebracht hatte, um Obst und Käse zu schneiden.

Schnell stand sie auf und ging zu dem kleinen Tisch, um das Messer zu holen, das noch in einem Stück Käse steckte. Es sah klein und nutzlos aus, aber es war alles, was sie hatte.

Sie nahm es in die Hand und ging zur Tür, um zu lauschen.

Dann hörte sie die Stimme ihres Onkels. »Mach auf!«

Juliana riss die Tür auf. Sie hatte ihn noch nie so derangiert gesehen.

»Komm«, sagte er und packte sie am Arm.

»Was ist geschehen?«

»Die Galeerensklaven haben sich befreit. Komm mit in meine Kabine. Sie hat eine starke Tür. Meine Leute werden den Aufstand niederschlagen. Sie sind nichts als Abschaum, diese Kerle.«

»Carmita kommt aber mit.«

»Wenn es sein muss, nimm sie mit, aber beeil dich. Wir haben höchstens ein paar Sekunden.«

Juliana nahm die zitternde Carmita am Arm und folgte ihrem Onkel den Gang hinunter. Er verriegelte die Tür, nachdem sie seine Kabine betreten hatten.

»Solltest du nicht draußen bei der Mannschaft sein?«, fragte Juliana.

»Meine erste Pflicht gilt dir als meiner Nichte«, erwiderte er.

»Ich habe deinem Vater geschworen, dass ich dich sicher und wohlbehalten nach England bringe.«

Die Stimmen, die von draußen hereindrangen, wurden lauter. Juliana hörte Schimpfworte in verschiedenen Sprachen, von denen sie einige verstand. Die anderen waren allein schon an der Vehemenz, mit der sie ausgestoßen wurden, als Flüche zu erkennen. Das Geräusch von Türen, die aufgerissen und zugeschlagen wurden, begleitete die Stimmen. Hatten die Rudersklaven die Kontrolle über das Schiff erlangt? Aber wie könnte das sein? Sie waren doch angekettet und wurden rund um die Uhr bewacht ...

Juliana schrak zusammen, als laut an die Tür geklopft wurde. Worte in einer Sprache, die sie nicht verstand, drangen durch das massive Holz der Tür. Noch einmal wurde laut gegen die Tür geschlagen. Und dann – Stille.

Waren die Männer tatsächlich wieder gegangen?

Vielleicht hatte die Besatzung die Kontrolle über das Schiff zurückgewonnen. Aber hätten die Männer ihrem Onkel das nicht gesagt?

Diese und andere Fragen gingen ihr durch den Sinn, als sie einen Schrei hörte, der ihr das Blut in den Adern gefrieren ließ. Es war ein Schrei grauenhaften Schmerzes.

Juliana packte das Messer noch fester. Ehe sie sich Gewalt antun ließ, würde sie sich selbst das Leben nehmen.

Oder jemanden damit töten.

Das Herz schlug ihr bis zum Hals, ihre Kehle war vor Furcht und Schrecken wie ausgedörrt. Sollte sie das Messer jetzt schon benutzen oder warten, bis sie eventuell keine Chance mehr dazu hatte?

Madre!

5. Kapitel

Mit einem wuchtigen Hammerschlag zerschmetterte der Schmied den Bolzen, der die Eisenschellen an Patricks Handgelenk zusammenhielt. Als das erledigt war, stand Patrick auf. Nach all den Jahren endlich ohne Fesseln! Triumphierend breitete er die Arme aus und lachte. Aber nicht vor Freude. Er konnte sich nicht vorstellen, dass er je wieder Freude empfinden könnte. Doch allein schon, sich so frei bewegen zu können, wie jeder Mensch das Recht haben sollte, war ein fast berauschendes Gefühl.

»Ihr habt es geschafft«, sagte der Schmied. »Ich hätte nie gedacht ...«

»Ich hätte auch nie gedacht, dass wir es schaffen würden«, stimmte Patrick zu.

Jetzt, da seine Hände nicht mehr gefesselt waren, wollte er dem Kapitän entgegentreten. Dem Mann, der ihm und Hunderten anderen Gefangenen vor ihm das Leben zur Hölle gemacht hatte.

Es bereitete Patrick eine gewisse Genugtuung zu wissen, dass der Kapitän, dieser Mann, der aus Profitgier Menschen gekauft und verkauft hatte, jetzt vermutlich in seiner Kabine kauerte und ahnte, dass sein Leben sich dem Ende zuneigte.

Was ihm Sorge machte, war, dass möglicherweise noch Besatzungsmitglieder am Leben waren und versuchen würden, sich zu ergeben. Er hatte geglaubt, dass ihm sein Ehrgefühl in diesen letzten Jahren abhanden gekommen war, doch irgendetwas in ihm sträubte sich dagegen, einen Unbewaffneten zu töten. Vielleicht war ihm doch noch ein winziger Rest von Menschlichkeit geblieben. Er wusste allerdings nicht, wie viel davon sich die anderen Männer bewahrt hatten, die mit ihm das Sklavendasein gefristet hatten.

Patrick hatte deswegen einige Minuten des Innehaltens verstreichen lassen, um den Männern Gelegenheit zu geben, wieder zur Vernunft zu kommen. Ab jetzt sollten ihr Verstand und ihr Gewissen sie leiten, nicht mehr ihre Gier nach Rache und Blut.

Auf dem Weg zur Kapitänskabine riefen die freigelassenen Gefangenen Patrick von allen Seiten Dankesworte zu, jeder in seiner Sprache. Einige konnte er verstehen, viele aber nicht, aber die ausgelassene Stimmung bedurfte auch keiner Übersetzung. Selbst die Schwächsten der Männer hatten sich mittlerweile auf dem Deck eingefunden, und ihr ungläubiges Staunen hatte reiner Freude Platz gemacht. Einige der ehemaligen Ruderer hatten offenbar die Proviantkammern geplündert, andere schleppten Bierfässer heran.

Patrick nahm einen der ihm angebotenen Becher, trank aber nur einen Schluck von seinem Bier. Er musste sich einen klaren Kopf bewahren, heute und morgen und an all den anderen Tagen, die noch vor ihnen lagen …

Patrick schaute zu MacDonald hinüber, dem einzigen anderen Schotten unter den Männern. »Wie steht es mit Waffen?«

»Sie sind schon an die Kameraden verteilt worden.«

Patrick nickte. Er würde sie wieder einsammeln lassen müssen. Doch zuvor musste er etwas anderes zu Ende bringen. »Hast du auch Schwerter gefunden?«

»Aye. Es gibt einen ganzen Schrank voller Waffen. Der Spanier hat sich einen Entersäbel genommen, ich persönlich bevorzuge allerdings den Dolch. Es waren noch einige übrig.«

»Bring mich zu dem Schrank.«

Um MacDonalds Handgelenke schlossen sich noch die Eisenfesseln, trotzdem lächelte der Schotte, als er Patrick zum Waffenschrank führte. Lautes Lachen schallte durch die Gänge.

Patrick wusste, dass er diese Momente nie vergessen würde.

Er fand einen Degen und wog ihn prüfend in der Hand. Als junger Mann hatte er hauptsächlich mit dem schweren schottischen *Claidheamh Mor* trainiert, dem mit beiden Händen zu führenden Breitschwert. Allein schon dessen Gewicht war dazu geeignet, die Rüstung eines Feindes zu durchschlagen. Während seiner Jahre auf dem Kontinent hatte Patrick allerdings den leichteren Degen vorgezogen.

Und dieser hier fühlte sich sehr gut in seinen Händen an.

Dann ging er mit MacDonald zu der verschlossenen Kabine.

* * *

»Was glaubst du, ist geschehen?«, fragte Juliana, während sie in der großen Kabine auf und ab ging. Eine Unheil verkündende Stille herrschte jetzt.

Ihr Onkel, der wie betäubt schien, schüttelte den Kopf. »Das werden wir vermutlich bald erfahren«, sagte er und sah sie an. »Dein Vater hat dich meiner Fürsorge anvertraut, und jetzt habe ich keine Möglichkeit mehr, dich zu beschützen.« Er zögerte, dann reichte er ihr seinen Dolch. »Lass nicht zu, dass sie dich lebend kriegen.«

Juliana schloss die Finger um den Griff des Dolches. Er war besser als das kleine Messer, das sie vorhin an sich genommen hatte.

»Sie sind lange ohne Frauen gewesen«, fuhr Mendoza fort. »Versuche, dein Herz zu treffen. Ich sollte dich selber töten, aber ... das kann ich nicht. Vielleicht kann ich mit ihnen verhandeln.«

Sie sah die Furcht in seinen Augen und fragte sich, ob er in der Kabine geblieben war, um sie zu beschützen oder um sich nicht am Kampf beteiligen zu müssen.

Er schien die Frage in ihren Augen gesehen zu haben, denn er sagte: »Es war zu spät, *querida*. Ich kam zurück, um ... Aber ich bin dazu nicht fähig. Ich kann nicht meine eigene Nichte töten. Die Kirche ...«

Seine Hand zitterte, und Juliana fragte sich, ob aus Angst um sich selbst oder um sie. Seine Worte flößten ihr jedoch weniger Furcht ein als der Ausdruck auf seinem Gesicht.

Triumphschreie wurden draußen laut, und dann hämmerte wieder jemand an die Tür.

Ihr Onkel ignorierte das Klopfen, aber seine Finger schlossen sich noch fester um den Griff seines Schwertes. Auch Juliana nahm den Dolch noch fester in die Hand. Sie wusste, dass die auf dem Schiff umherstreifenden Männer ihren Onkel und folglich auch sie hassten. Sie erinnerte sich noch gut an den Ruderer und seinen hasserfüllten Blick.

Urplötzlich brach das Klopfen ab. Sie hörte laute Stimmen und Worte in einer Sprache, die sie nicht verstand.

»Vielleicht hören sie auf dich«, sagte sie, obwohl sie wusste, dass die Männer es bestimmt nicht tun würden. Aber sie wollte nicht tatenlos dastehen und sich wie ein Lamm zur Schlachtbank führen lassen. »Wenn du ihnen anbietest, sie freizulassen … sie irgendwohin zu bringen, wo sie sicher sind …«

Als ihr Onkel sie anstarrte, als seien ihr zwei Köpfe gewachsen, merkte Juliana, wie unglaublich einfältig ihre Worte geklungen haben mussten.

Sie hatte jeden Augenblick dieser Reise verabscheut, die sie zu einem ihr fremden Mann führen würde, den sie heiraten sollte. Doch selbst das war dem, was jetzt kommen würde, vorzuziehen.

Trotzdem versuchte sie es erneut. »Sie wissen nicht, wie man ein Schiff führt, *tio*. Sie brauchen dich.«

»Ich glaube nicht, dass sie das kümmert«, erwiderte ihr Onkel steif, und wieder sah sie ihres Vaters Stolz in seinem Gesicht. Seinen Stolz und seine Überheblichkeit. Einen Stolz und eine Arroganz, die sie beide das Leben kosten würden. Er knöpfte jetzt mit zitternden Fingern seinen Rock zu und schaute in den Wandspiegel, als er seine Kapitänsmütze aufsetzte.

»Sie werden die Tür nicht einbrechen«, sagte Juliana hoffnungsvoll.

Die Stimme ihres Onkels klang sehr leise, und von Stolz war jetzt nichts mehr darin wahrzunehmen. »Sie haben es nicht eilig. Ich kann hier nicht weg.«

Die Stille draußen vor der Tür war beängstigender als das Hämmern und Schreien zuvor.

Ihr Onkel strich Juliana über die Wange. Es war das erste Mal überhaupt, dass er Zuneigung zeigte. »Sprich deine Gebete«, forderte er sie auf. »Ich werde die meinen sprechen.« Er legte sein Schwert auf den Boden, kniete nieder und bekreuzigte sich. Alle Arroganz war aus seinem Gesicht verschwunden.

Sie kniete sich neben ihn. Carmita, der die Tränen über die Wangen strömten, tat es ihnen nach.

Mit einem Dolch in den Händen zu beten, kam Juliana pietätlos vor. Und deshalb sprach sie kein Gebet, sondern gelobte sich stattdessen etwas: Bevor sie sich mit diesem Dolch das Leben nahm, würde sie zuvor jemand anderen damit töten.

Als Patrick den Gang entlangging, kämpfte seine Freude über die wiedererlangte Freiheit mit seinem drängenden Wunsch nach Vergeltung. Er empfand nichts als Verachtung für einen Kapitän, der sich versteckt gehalten hatte, während seine Mannschaft niedergemetzelt worden war. Weder er noch ein anderer der Ruderer hatten Mendoza während des Kampfes gesehen.

Und jetzt wollte Patrick derjenige sein, der diesem Feigling das Leben nahm.

Drei der befreiten Ruderer, deren halb nackte Körper blutbesudelt waren, standen vor der Kabinentür. Sie hielten dicke Knüppel in den Händen und brannten darauf –, das zu tun, was Patrick zu tun vorhatte. Es war ein gutes Zeichen, dass sie ihm in diesem einen Punkt gehorcht und abgewartet hatten.

»Er gehört mir«, sagte er.

Manuel hielt ein Schwert in der Hand, das fast so groß war wie er selbst, und wippte auf seinen nackten Fersen auf und ab. Er grinste Patrick an. »Ich dachte, wir würden alle sterben.«

»Das könnte immer noch passieren«, entgegnete Patrick grimmig. Im Gegensatz zu den anderen war er sich der Gefahren bewusst, die noch vor ihnen lagen. Er hatte an kaum etwas anderes gedacht, seit Manuel dies alles mit seinem Nicken in Gang gesetzt hatte.

Schottland. Sie mussten nach Schottland segeln. Er musste heimkehren. War er erst einmal dort, dann konnte er den anderen helfen, in ihre eigene Heimat zurückzukehren.

Doch das bedeutete, Hunderte von Meilen zurücklegen zu müssen mit Männern, die nichts von der Führung eines Schiffes verstanden. Und auch sein eigenes Wissen, was das anging, war verdammt gering. Er wünschte jetzt, er hätte besser aufgepasst, als sein Vater ihn mit einem seiner Schiffskapitäne auf Reisen geschickt hatte, um das Handwerk des Seemannes zu erlernen. Aber er hatte sich mit Händen und Füßen dagegen gesträubt, weil er Soldat und nicht Kaufmann hatte werden wollen.

Und jetzt war er drauf und dran, der Seemann zu werden, der er niemals hatte sein wollen.

Er schlug an die Tür des Kapitäns und schrie: »Aufmachen, sonst treten wir die Tür ein!«

Schweigen.

Dann hörte er drinnen das Geräusch eines Riegels, der zurückgeschoben wurde, und die Tür ging auf.

In einer prachtvollen Ausgehuniform und mit einem herausfordernden Blick in seinen Augen, in denen aber auch Furcht zu erkennen war, stand Mendoza vor ihnen. Nach kurzem Zögern trat er schweigend auf den Gang hinaus und zog die Tür hinter sich zu.

»Soso, der Kapitän der Mörder«, sagte er.

Patrick bewunderte ihn fast für diese Kühnheit. Aber dann dachte er an die Zeiten, als Mendoza zwischen den Ruderbänken herumstolziert war, die Peitschenstriemen und zerfetzten Rücken der Ruderer und deren ausgemergelte Körper gesehen hatte, die viel zu geschwächt waren, um sein Schiff voranzutreiben, und der Hass stieg wieder in ihm auf.

Besonders, als Mendoza jetzt mit der gleichen Verachtung zu Patrick sah, die er den Ruderern schon immer entgegengebracht hatte.

»Was ist mit meiner Mannschaft?«

»*Todos muertos* – alle tot«, versetzte Patrick kalt.

»Ihr werdet alle hängen!«, zischte Mendoza.

»Aber du wirst nicht da sein, um es zu sehen.«

Mendoza warf einen Blick auf den Degen in Patricks Hand und hob sein Schwert. War er zuvor ein Feigling gewesen, so schien er nun, da ihm keine Wahl mehr blieb, den Kampf zu suchen. Er wusste, dass er heute sterben würde, entweder durch Patricks Hand oder die der blutbefleckten und blutdürstigen Männer, die hinter ihm standen.

Patrick starrte den Mann an, den er aus tiefster Seele hasste und verachtete, und parierte dann den ersten Schwerthieb dieses Mannes. Weder Patrick noch sein Gegner hatten einen Schild. Es war Stahl gegen Stahl, Geschicklichkeit gegen Geschicklichkeit. An der Art, wie Mendoza sich bewegte und sein Schwert führte, erkannte Patrick sofort, dass der Spanier ihm überlegen war. Mendoza hatte nicht wie er sechs Jahre in Ketten verbracht, sondern war sehr beweglich. Doch Patrick hatte seine eiserne Entschlossenheit auf seiner Seite.

Er war sich der wachsenden Zahl von Ruderern bewusst, die die Auseinandersetzung beobachteten. Sie waren mit Dolchen und Knüppeln bewaffnet, und jeder von ihnen war bereit, dem Kapitän den Rest zu geben, falls es Patrick nicht gelang. Aber Patrick wusste auch, dass er das Vertrauen einer Mannschaft aus Dieben,

Mördern und Kriegsgefangenen erst gewinnen musste, denn ihr Vertrauen brauchte er, um nach Hause zu gelangen.

Er griff Mendoza mit einem raschen Vorstoß an. Der Kapitän parierte geschickt und ging sogleich zum Gegenangriff über. Patrick wehrte den Hieb ab und wich zurück, bis er die Wand an seinem Rücken spürte. Er machte einen Schritt zur Seite, täuschte einen Angriff vor und ging dann zu einem echten über. Pure Willenskraft trieb seinen geschwächten Körper an.

Mendoza widersetzte sich diesem Angriff mühelos, doch Patrick entging nicht der Ausdruck der Überraschung, der seinem Gegner über das Gesicht geglitten war. Ganz offensichtlich hatte er mit einem schnellen Sieg über einen Sklaven gerechnet.

Patrick versuchte es mit einer Riposte. Er war schwach, fühlte aber seine Kräfte wachsen, als Mendoza von diesem schnellen Gegenangriff zurückgedrängt wurde. Der Rückzug dauerte allerdings nur eine Sekunde, dann griff der Spanier erneut an. Patrick wich zur Seite aus, doch er war nicht schnell genug. Mendozas Klinge traf seinen Unterarm direkt über der Wunde, die von dem Messer stammte. Blut quoll hervor und mischte sich mit Patricks Schweiß. Es brachte ihn in Rage, dass der Kapitän kämpfte, als sei er es, dem Unrecht getan wurde. Dieser Mann, dieser elende Feigling von einem Kapitän hatte jedem Gefangenen auf diesem Schiff schweres Unrecht zugefügt.

Ihre Degen prallten aufeinander, lösten sich wieder. Patrick fiel das Atmen immer schwerer, und seine Bewegungen wurden langsamer. Mendoza parierte jeden seiner Angriffe sehr geschickt, und Patrick gelang es nicht, eine Schwachstelle in seiner Deckung zu finden. Ein kleiner Fehler würde seinen Tod bedeuten. Er sah die Verzweiflung in Mendozas Augen und den Hass, der nicht geringer als seiner war. Patrick wusste, dass Mendozas Fähigkeiten durch seine Wut beeinträchtigt würden. Er musste den Kapitän nur dazu bringen, einen Fehler zu begehen. Denn stärker noch als Patricks Hass war seine Entschlossenheit zu überleben.

Da – die Gelegenheit! Er machte einen Vorstoß, doch Mendoza parierte ihn und schlug Patrick mit einer blitzschnellen Bewegung den Degen aus der Hand. Patrick stürzte ihm hinterher und warf sich auf den Boden, um Mendozas Klinge zu entgehen. Dann ergriff er seinen Degen und sprang wieder auf.

Mendozas Verblüffung über diese Reaktion verschaffte Patrick Zeit, sich zu sammeln. Er täuschte erneut einen Angriff an, indem er ganz plötzlich vorpreschte – musste aber feststellen, dass sein Angriff wieder einmal abgewehrt wurde.

Mendoza versuchte, ihn zu ermüden, und richtete seine ganze Wut gegen den Mann, den er offenbar für die Übernahme seines Schiffs verantwortlich machte. Patrick dagegen wurde von einer ganz anderen Wut angetrieben – von einer Wut, die sich über viele Jahre in ihm aufgestaut hatte.

Der Kapitän, der es offenbar leid wurde, seinen Gegner zu verspotten, holte jetzt mit seinem Degen aus und unternahm einen schnellen Vorstoß nach dem anderen. Patrick wich ihm geschickt aus. Er bemerkte, dass sein Gegner aufgebracht genug war, um einen Fehler zu begehen. Unvermittelt machte Patrick einen Schritt vorwärts und stieß Mendoza den Degen ins Herz. Er spürte ihn in den Körper seines Feindes eindringen. Mit einem Ausdruck der Überraschung auf dem Gesicht sackte der Mann in sich zusammen.

Patrick zog seine Klinge zurück, als Mendoza auf dem Boden aufschlug. Er versuchte, etwas zu sagen, und stöhnte, als Blut aus seinem Mund quoll. Schließlich verstummte er.

Die Männer, die Patrick umstanden, brachen in Triumphgeschrei aus.

Einige von ihnen hoben Mendozas Leichnam auf.

»Über Bord mit ihm!«, schrie einer.

Vier von ihnen, die Mendoza an Armen und Beinen gepackt hatten, trugen ihn zu der steilen Treppe, die zum Hauptdeck führte. Das Klirren ihrer Ketten begleitete jeden ihrer Schritte.

Andere drängten in die Kabine, um sich zu nehmen, was sie wollten.

Patrick brauchte nichts mehr von Mendoza. Er hatte, was er wollte. Auch er ging auf die Luke zum Hauptdeck zu, doch dann kehrte er noch einmal um. In der Kapitänskabine würde er mit Sicherheit Seekarten finden. Seekarten, die er brauchen würde.

Als er die Tür erreichte, hörte er einen Schrei.

Den Schrei einer Frau.

6. Kapitel

Das Herz klopfte ihr vor Angst bis zum Hals, als Juliana die Tür hinter ihrem Onkel verriegelte. Sie wandte sich um und ergriff Carmitas Hand.

»Es wird alles gut«, versuchte sie das verängstigte Mädchen zu beruhigen, wohl wissend, dass ihre Worte nichts als eine barmherzige Lüge waren. Nichts würde wieder gut werden. Juliana wusste, dass keine Hoffnung mehr bestand, dennoch versuchte sie, ihr Entsetzen zu verbergen. Und sie wusste auch, dass ihr Onkel in den Tod gegangen war, weil er gehofft hatte, dass Juliana vielleicht nicht entdeckt werden würde, wenn er die Aufmerksamkeit der Meuterer auf sich lenkte. Zumindest wollte sie das von ihm denken. Wenn sie und Carmita unentdeckt blieben, könnten sie sich später in den Frachtraum schleichen und dort verstecken.

Das war absurd, *si*. Unmöglich, *si*. Aber sie hatte in *tio Rodrigos* Gesicht gesehen, dass es keine andere Hoffnung gab. Eine allerdings sehr vage Hoffnung, Vergewaltigung und Schmerz und Tod entgehen zu können.

Eigentlich hatte Juliana ihren Onkel nie gemocht, und zudem war sie wütend auf ihn gewesen, weil sie ihn als Drahtzieher der Heirat sah. Doch nachdem ihr Onkel die Kabine verlassen und die Tür hinter sich geschlossen hatte, empfand sie außer ihrer Angst auch Trauer. Sie wies Carmita an, neben dem Bett niederzuknien und zu beten, während sie selbst das Ohr an die Tür presste und lauschte, was auf dem Gang vor der Kabine geschah. Ihr Herz klopfte so laut, dass sie nur hoffen konnte, die Männer draußen würden es nicht hören.

Sie hörten die zornigen Worte ihres Onkels, das Klirren aufeinanderprallender Degen, das Stöhnen von Männern, die in einen tödlichen Kampf verwickelt waren.

Als Triumphgeschrei aufbrandete, wusste Juliana, dass ihr Onkel tot war. Jubel über den Tod eines Menschen! Es machte sie krank, das mitanhören zu müssen.

Leise zog sie sich von der Tür zurück. In der Kabine gab es kein geeignetes Versteck für sie und Carmita. Keinen Schrank, in dem sie sich verbergen könnten, keinen ausreichenden Platz unter dem Bett. Nur zwei Sessel, eine Truhe und einen Tisch mit Seekarten. Sie und Carmita sahen sich an. Juliana sah ihre eigene Furcht, die sich in den Augen des jungen Mädchens widergespiegelte, und nahm Carmita in die Arme und drückte sie an sich.

Fäuste hämmerten gegen die Tür. Juliana wusste, dass es nur noch Sekunden dauern konnte, bis die Männer in die Kabine eindringen würden. Sie richtete sich auf und umklammerte den Dolch. Auch wenn sie in die Enge getrieben worden war – sie würde nicht wie ein Kaninchen sterben.

Schnell drängte sie Carmita zwischen das Bett und die Kabinenwand. »Bleib da«, flüsterte sie. Vielleicht konnte sie die Männer wenigstens von Carmita ablenken, so wie ihr Onkel versucht hatte, die Meuterer von ihr abzulenken.

Das Blut gefror ihr in den Adern, als die Tür aufflog. Blutbefleckte Gestalten drängten sich in die Kabine und griffen nach allem, was sie finden konnten.

Einer der Männer streckte die Hand nach Juliana aus, sein blutverkrusteter Finger berührte ihr Haar.

Juliana konnte den Schrei nicht unterdrücken, der in ihrer Kehle aufstieg und die Luft zerriss. Sie umklammerte den Dolch, bereit, sich die Klinge ins Herz zu stoßen. Doch sie zögerte.

Ich will nicht sterben!

Plötzlich wurde der Meuterer, der sie festhielt, von ihr weggerissen, und ein anderer Mann stand vor ihr. Er war hünenhaft groß und von Kopf bis Fuß mit Blut bespritzt. Seine Augen waren die härtesten und kältesten, die Juliana je gesehen hatte.

Augen, die voller Hass waren, als er vor ein paar Tagen aus dem Ruderraum zu ihr hochgeschaut hatte. Sie erinnerte sich an jede Einzelheit dieses Gesichts, das sie bis in den Schlaf verfolgt hatte.

Sie versuchte, ihre Panik zu verbergen. Obwohl noch andere Männer in der Kabine waren, konnte sie ihre Augen nicht von diesem einen abwenden – und auch nicht von dem Blut, das aus zwei Verletzungen an seinem Arm rann.

Vom Degen ihres Onkels?

Der Mann wirkte so dominant, dass Juliana sich der anderen halbnackten Gestalten nur vage bewusst war, deren zornige, hungrige Blicke sie zu verschlingen schienen.

Gott stehe ihr bei, aber dieser Mann, der vor ihr stand, sah wie *el diablo*, der leibhaftige Teufel, aus.

Sie zwang sich, wegzusehen, und schaute zur Tür. Doch wie gegen ihren Willen kehrte ihr Blick zu dem Barbaren vor ihr zurück. Verzweifelt versuchte sie, sich aufrecht zu halten, als ihre Beine unter ihr nachzugeben drohten.

Panische Angst erfüllte Juliana und ließ sie bis ins Mark erschaudern. Das war das Ende ihres Lebens. Die einzige Frage war, wie sie sterben würde. Und wie schnell.

Sie versuchte, das Zittern ihrer Beine und ihrer Hände zu beherrschen. *Lass den Dolch nicht fallen. Nicht jetzt.* Sie würde ihm zeigen, dass sie auf die gleiche Weise in den Tod gehen konnte wie ihr Onkel. Mit einer Waffe in der Hand.

Der Mann trat näher, und seine harten, kalten Augen taxierten sie, als hätte er eine preisgekrönte Kuh vor sich.

Dann fragte er zu ihrer Überraschung: *»Señora Mendoza?«* Seine Stimme klang rau, und er sprach mit einem leichten Akzent, der Juliana nicht vertraut war.

Sie antwortete nicht. Ihre Stimme würde vor Angst zittern, und diese Blöße wollte sie sich vor ihm nicht geben.

Sollte sie behaupten, die Frau ihres Onkels zu sein? Oder

seine Tochter? Oder war es besser, sich als unschuldige Passagierin auszugeben? Es gab Dokumente, die das widerlegten. Wie zum Beispiel den Ehevertrag, den ihr Onkel mit sich geführt hatte. Aber würden diese Männer die Papiere finden? Sie lesen?

Sie schüttelte den Kopf.

»Señorita?«

Seine Augen ließen ihren Blick nicht los. »Wer seid Ihr?«, fragte er schließlich auf Spanisch. Er sprach es gut, wenn auch mit unüberhörbarem Akzent.

Ein Schotte?

Er machte noch einen Schritt auf sie zu. Juliana stand mit dem Rücken gegen die Wand. Instinktiv riss sie den Dolch hoch und holte aus. Die Klinge traf den Mann an der Brust. Fast im selben Moment schlossen sich auch schon seine Finger um ihr Handgelenk und drückten so fest zu, dass sie gezwungen war, die Waffe fallen zu lassen.

Aus der Schnittwunde an seiner Brust floss Blut.

Er starrte auf die Wunde, während er Juliana noch immer fest am Handgelenk gepackt hielt.

Jetzt würde sie sterben.

Doch er stieß sie unvermittelt in die Arme des Mannes, der neben ihm stand. »Schließ sie in einer der Offizierskabinen ein. Und vergewissere dich, dass sie keine Waffen hat«, sagte er mit einem Anflug von Ironie in seiner Stimme, der Juliana Angst machte.

»Da ist noch eine, Schotte! Hinter dem Bett.« Einer der Männer hatte Carmita entdeckt und sie gepackt. Sie wehrte sich heftig, als der Meuterer sich über sie beugte und zu küssen versuchte.

»Lass das!«, befahl der Schotte scharf, und zu Julianas Überraschung gehorchte ihm der Mann.

Ein anderer Mann drängte sich zu Juliana vor. »Ich werd' sie mir vornehmen und ihr 'ne Lektion erteilen«, sagte er in schlechtem Spanisch.

»Nein«, sagte *El Diablo* hart. »Ich werde mich persönlich um sie kümmern, sobald ich Zeit dazu habe.«

»Wir sollten sie uns teilen!«, rief ein anderer auf Spanisch. »Sie ist doch nur Mendozas Hure!«

Andere nickten zustimmend. Stimmen erhoben sich, die Männer umringten Juliana.

Der Mann, den sie verwundet hatte, wandte sich um und stellte sich der aufgeregten Meute entgegen. Er blutete aus der Wunde, die sie ihm zugefügt hatte, und auch noch aus einer anderen. Aber er ignorierte beide.

»Es wird hier nur einen Anführer geben«, erklärte er auf Spanisch und mit einer Stimme, die genauso kalt war wie seine Augen. »Wenn ihr leben und eure Heimat wiedersehen wollt, werdet ihr tun, was ich euch sage.«

»Du hast uns nichts zu befehlen! Davon hatten wir genug!«, rief ein Mann und trat einen Schritt vor. »Wir haben alle gekämpft. Du hast kein Recht, die Frau für dich zu behalten.«

»Könnt ihr ein Schiff steuern?«, versetzte der Hüne. »Versteht ihr etwas von Navigation?«

Sein Akzent war jetzt noch stärker, fiel Juliana auf, obwohl er gut Spanisch sprach. Er hatte etwas von einem geborenen Anführer an sich.

Vielleicht ...

Wütendes Raunen und Fluchen folgte auf seine Frage.

»Nehmt euch alle Kleider, die ihr finden könnt«, sagte der Schotte. »Und lasst euch die Fesseln abnehmen«, fuhr er auf Spanisch fort. »Es ist auch Alkohol an Bord, aber trinkt nicht zu viel, wenn ihr nicht krank werden wollt.«

Das Raunen verstummte, aber einer der Männer sagte trotzig: »Wir werden uns nehmen, was wir wollen.«

Der Schotte starrte ihn so lange an, bis der andere den Blick abwandte. »Wir befinden uns auf einer viel befahrenen Schifffahrtsstraße, vergesst das nicht. Ich werde euch zu Seeleuten machen müssen, wenn wir nicht von den Engländern oder Spaniern gefasst werden wollen. Denn dann *werdet* ihr einen Strick um euren Hals haben, wenn nicht sogar Schlimmeres.«

Juliana sah, dass einige sich fragend anschauten. Offensichtlich hatten sie den Schotten nicht verstanden. Einige der Männer übersetzten ihnen daraufhin, was gesagt worden war. Die Übersetzungen schienen mit derben Wörtern gespickt zu sein, die Juliana zwar nicht verstand, deren Bedeutung sie jedoch an den Gesten erkannte, die die Männer machten. Doch auch jetzt verharrten die Männer und machten keine Anstalten zu gehen.

Juliana bemerkte die Anspannung des Schotten, der sich zum Anführer dieser brutalen, blutdürstigen Meute erheben wollte, und drückte sich so eng an die Wand, als wollte sie mit ihr verschmelzen. Ohne ihre Waffe war sie völlig hilflos. Aber sie wusste, was geschehen würde, falls dieser Teufel von einem Mann seine Kumpane nicht überzeugen konnte. Dann würden all diese Männer nicht mehr aufzuhalten sein und ihr gleich hier und jetzt Gewalt antun.

Gib mir ein paar Stunden, lieber Gott. Vielleicht begegnen wir einem anderen Schiff.

Der Meuterer hielt sie noch immer am Handgelenk gepackt. Ihre Hand zitterte, und Juliana schaute bang zu dessen Gesicht auf. Seine Augen blickten nicht so eisig wie die von *El Diablo*, aber es lag etwas Berechnendes darin, als er zuerst sie und dann den Mann ansah, der den Pöbel anzuführen schien.

Jetzt betrat noch ein Mann die Kabine. Er trug noch die Eisenfesseln um seine Hand- und Fußgelenke, nur die Kette zwischen ihnen war bereits durchtrennt.

Der Mann hatte ein schmales, aristokratisch wirkendes Gesicht.

»Und was haben wir da?«, fragte er in perfektem, kultiviertem Spanisch und musterte Juliana neugierig.

»Eine Frau«, sagte der Schotte. »Und ein junges Mädchen. Eine Dienstbotin, vermute ich. Sie sprechen beide nicht, aber die Frau hat den Kopf geschüttelt, als ich sie fragte, ob sie Mendozas Frau ist.« Er zuckte mit den Schultern. »Vielleicht ist sie seine Geliebte.«

Der Spanier zeigte auf die Brust des Hünen. »Noch eine Verwundung, Schotte?«

»Das war die Frau.«

Der Spanier lachte lauthals. »Du nimmst mit dieser zerlumpten Horde ein ganzes Schiff ein, und eine zarte kleine *Señorita* verwundet dich!«

Der Schotte warf ihm einen ärgerlichen Blick zu.

Doch der Spanier beließ es bei seiner Bemerkung. Er stellte sich neben den Schotten und tat auf diese Weise unmissverständlich kund, wem seine Unterstützung galt.

Unter ärgerlichem Gemurmel begannen die anderen jetzt, sich zurückzuziehen.

»Gibt es einen Koch unter euch?«, fragte *El Diablo* die Männer, die jetzt neu in die Kabine drängten, um sie von den Frauen abzulenken.

Ein Mann trat vor. Wie die anderen war er blutbesudelt und schmutzig. *»Si.«*

»Dann geh zum Schmied, und sag ihm, ich hätte angeordnet, dir zuerst die Eisen abzunehmen. Und dann bereite uns etwas zu essen zu. Und du«, wandte er sich an einen anderen, »wirst den Alkohol einteilen. Gib jedem Mann zwei Becher. Keinen Tropfen mehr.«

Zu einem dritten sagte er: »Sorg dafür, dass alle Leichen über Bord geworfen werden. Außerdem soll jeder Mann an Bord so gekleidet sein, dass er aussieht, als gehöre er zur Besatzung.«

Die mit diesen Aufgaben betrauten Männer zogen sich zurück, einige mürrisch, andere froh, etwas zu tun zu haben.

Nachdem sie gegangen waren, wandte sich der Schotte an den Spanier. »Und nun bring du die beiden Frauen in eine Offizierskabine«, sagte er auf Englisch.

»Und warum bin ich der Glückliche?«, fragte der Spanier.

»Weil sie kein Englisch zu verstehen scheinen«, erwiderte *El Diablo*.

Juliana gedachte ihn auch weiterhin in diesem Glauben zu lassen. Vielleicht erwies es sich als kleiner Vorteil.

»Ich will, dass die Kabine rund um die Uhr bewacht wird«, fügte *El Diablo* hinzu. »Und mach allen klar, dass jeder, der ihr oder der anderen Frau zu nahe tritt, es mit mir zu tun bekommt.« Und damit wandte er sich ab und ging.

Merkwürdigerweise machte es Juliana Angst, ihn gehen zu sehen. Er hatte einen Mob davon abgehalten, über sie herzufallen. Seine Motive mochten üble sein, doch er hatte ihr immerhin ein paar Stunden Gnadenfrist verschafft.

Ein paar Stunden Leben. Wenn überhaupt so viel. Sie hatte ihn verwundet. Was würde er ihr dafür antun? *Ich werde mich persönlich um sie kümmern, sobald ich Zeit dazu habe.*

Der Spanier verbeugte sich in einer Geste, die bestenfalls ironisch gemeint war. »*Señorita,* Ihr und Eure Dienstmagd werdet mit mir kommen.«

An der Tür blieb Juliana stehen. Der Spanier warf ihr einen neugierigen Blick zu, dann nahm er ihren Arm und führte sie und Carmita den Gang hinunter. Vor einer Kabinentür blieb er stehen und öffnete sie. Juliana wusste, dass es die Kabine des Ersten Offiziers war, der sie immer so begehrlich angesehen hatte.

Hier wollte sie nicht bleiben.

»Nicht hier«, sagte sie auf Spanisch und fragte sich, woher sie die Courage dazu nahm. Das Herz schlug ihr bis zum Hals, als sie hinzufügte: »Meine Kabine ist zwei Türen weiter.«

Zu ihrer Überraschung nickte der Spanier nur. Er führte sie dorthin, öffnete die Tür, und Juliana ging in ihre Kabine.

Er folgte ihr und schaute sich aufmerksam um.

»Ihr seid Mendozas Mätresse?«

Juliana war zutiefst schockiert über diese Unterstellung. »Er ist mein Onkel. Er sollte mich zu meinem Bräutigam nach England bringen.« Sie hasste die Furcht, die sie in ihrer Stimme hörte.

Sein kühler Gesichtsausdruck veränderte sich nicht. Juliana war sich des Klirrens der Kettenenden an seinen Hand- und Fußgelenken nur allzu gut bewusst und erinnerte sich daran, wie sie vor wenigen Stunden noch über diese Männer gedacht hatte. An das Mitgefühl, das sie für sie empfunden hatte.

Und jetzt war *sie* die Gefangene.

Sie verabscheute diese Situation. Noch nie in ihrem Leben hatte sie sich so hilflos gefühlt.

Sie sah, das der Spanier begann, ihre Sachen zu durchsuchen. Wieder überfiel sie jähe Panik. Auch wenn er noch so kultiviert sprach – er trug nur einen Lendenschurz, und sein Körper war mit alten Narben und frischen Wunden übersät.

»Setzt Euch«, forderte er sie auf, »während ich nach Waffen suche.« Sein Blick glitt zu Carmita. »Beide. Ich möchte nicht das Gleiche wie mein Kamerad erleben. Ihr könnt von Glück sagen, dass er Euch dafür nicht zur Rechenschaft gezogen hat«, sagte er. »Aber vielleicht ist er ja noch nicht mit Euch fertig«, setzte er dann nachdenklich hinzu, und diese Worte jagten Juliana wieder einen kalten Schauder über den Rücken.

Sie schaute zur Tür hinüber, während der Mann in ihrer Truhe wühlte.

»Tut das nicht, *señorita*«, sagte er. Vermutlich hatte er ihr angesehen, was sie gedacht hatte. »Ich würde Euch nur ungern wehtun. Aber das werde ich, falls Ihr wegzulaufen versucht oder mich verletzt, wie Ihr den Schotten verletzt habt.«

Er klang ganz und gar nicht so, als täte er das nur ungern.

»Ich hatte Angst«, erwiderte Juliana. »Ich habe mich nur verteidigt.«

Er runzelte die Stirn.

»Wer ist er?«, entfuhr es ihr.

»Der Schotte?«

»Si!«

Er zuckte mit den Schultern. »Ich weiß genauso wenig von ihm wie er von mir. Das Reden war dort unten strikt verboten.«

»Aber er ist euer Anführer?« Sie musste mehr über den Mann erfahren, der ihr Leben in seinen Händen hielt. Vielleicht konnte sie die Meuterer gegeneinander aufhetzen.

Aber was würde ihr das nützen? Sie würde trotzdem noch auf diesem Schiff sein.

Zeit, ermahnte sie sich. *Du brauchst Zeit.*

»Niemand führt uns an.«

»Aber Ihr habt ihm gehorcht.«

»Weil ich es wollte.«

»Seid Ihr Spanier?«

»Si«, erwiderte er schroff.

»Und wie ist Euer Name, *Señor?«*

»Der spielt keine Rolle mehr«, beschied er sie brüsk.

Er beendete die Durchsuchung der Kabine und wandte sich Juliana zu. »Ich schlage vor, dass Ihr Eure Tür verriegelt, Señorita. Aber macht auf, wenn der Schotte zu Euch kommt. Der Mann duldet keinen Widerstand.«

»Was … was wird er tun?«

Der Spanier zog die Schultern hoch. »Ich weiß es nicht.«

»Ihr seid Spanier. Ihr würdest mich ihm einfach überlassen?«

»Ich bin gar nichts, *Señorita.* Euer Onkel hat mich zu weniger als nichts gemacht. Ich schulde Spanien keine Loyalität, und auch niemandem, der aus Spanien kommt.«

»Aber warum gehorcht Ihr ihm?«, fragte Juliana enttäuscht.

»Weil er ein Schiff führen kann«, erwiderte der Spanier. »Ich brauche ihn.«

Seine Stimme klang jetzt genauso kalt wie die des Schotten.

In der Kabine ihres Onkels hatte Juliana Hass gespürt, aber das hier war etwas Persönliches.

Sie musste es schaffen, diesen Hass zu durchbrechen. Denn trotz der Tatsache, dass der Spanier mit Blut befleckt war und noch immer die durchtrennten Kettenfesseln trug, war etwas Aristokratisches an seiner Art und Redeweise. Bestimmt war er ein Gentleman – oder es zumindest einmal gewesen.

Fleh ihn an.

Aber das konnte sie nicht. Vielleicht war sie darin ihrem Vater ähnlicher, als sie gedacht hatte. Denn diese Männer, so schlecht sie vermutlich auch behandelt worden waren, hatten ihren Onkel und, soweit sie wusste, auch jedes andere Besatzungsmitglied dieses Schiffes getötet.

Und deshalb würde sie nicht betteln. Denn selbst wenn sie es täte, würde es ihr vermutlich ohnehin nichts nützen.

Sie war allein auf einem Schiff voller Männer, die entschlossen waren, Rache zu üben und ihre Freiheit zu erlangen.

Männer, die zu lange ohne Frauen gewesen waren.

Männer, die es sich nicht leisten konnten, Zeugen des Blutbades am Leben zu lassen, das sie angerichtet hatten.

7. Kapitel

Patrick war froh über das günstige Wetter, das die *Sofia* die See durchpflügen ließ, als wären nicht nur ihre Passagiere, sondern auch sie von der Kette gelassen worden. Ein frischer Wind blähte die Segel und vertrieb den frühen Morgennebel, während das Schiff sich immer weiter vom Land entfernte.

Die beiden Frauen allerdings stellten für ihn ein großes Problem dar.

Er hatte nicht erwartet, dass sie das Schiff tatsächlich einnehmen würden. Und weil er davon ausgegangen war, diesen Befreiungsversuch nicht zu überleben, hatte er jeden Gedanken an die Frau verdrängt, die er nur einmal für einen kurzen Moment gesehen hatte. Erst ihr Schrei hatte ihn an ihre Anwesenheit erinnert – und an die Gefahr, die sie darstellte.

Er hatte keine Skrupel, diejenigen zu töten, die ihn versklavt und misshandelt hatten. Oder die davon profitiert hatten. Aber Frauen? Eine Frau und ein so junges Mädchen?

Patrick stand am Steuerruder, die Beine leicht gespreizt, um einen besseren Halt auf dem schlingernden Schiff zu haben, und genoss die kühle, salzhaltige Luft, die über sein Gesicht strich, und den wundervollen Geruch der Freiheit. Er hatte sich aus einer Offizierskabine eine Hose genommen, die ihm mehr schlecht als recht passte, hatte sich aus der Kapitänskajüte die lebenswichtigen Seekarten geholt und war dann zum Steuerruder zurückgekehrt, wo er auf den Spanier gestoßen war.

Patrick wusste, dass er jemanden brauchte, der ihn am Steuer ablöste, und der Spanier schien ihm für diese Aufgabe der beste Kandidat zu sein. Auch wenn er es den anderen Männern gegenüber nicht zugab, so schien Diego doch mehr Erfahrung als jeder sonst auf dem Schiff zu haben.

Aber auch MacDonald verfügte über Potenzial. Der Schotte, ebenso groß wie Patrick, aber trotz der dürftigen Essensrationen kräftiger als er, war mit der Kontrolle der Lebensmittel- und Alkoholvorräte betraut worden. Darüber hinaus hatte Patrick ihn gebeten, eine Einschätzung der bunt zusammengewürfelten Mannschaft vorzunehmen, da sein Leben und das aller an Bord von deren Fähigkeiten abhing. Er musste wissen, was jeder dieser Männer leisten konnte. Hatten sie vor ihrer Gefangenschaft schon auf einem Schiff gearbeitet? Gab es unter ihnen noch jemanden, der kochen konnte? Hatte jemand medizinische Kenntnisse? Gab es erfahrene Kämpfer unter ihnen?

Nachdem allen die Fesseln entfernt worden waren, hatte Patrick die Männer beobachtet und gesehen, wie jeder einzelne von ihnen auf die Freiheit reagierte. Einige stahlen alles, was nicht niet- und nagelfest war; andere zerstörten, was ihnen unterkam. Wieder anderen war bewusst, dass sie ihre Freiheit noch nicht wiedergewonnen hatten, und fragten, was sie tun konnten.

Bisher hatte sich keiner von ihnen seinen Anweisungen ernstlich widersetzt, aber Patrick wusste, dass sie kaum Zeit gehabt hatten, sich ihrer neuen Freiheit voll und ganz bewusst zu werden. Oder der Gefahren, die noch vor ihnen lagen.

Den Seekarten zufolge waren sie an der Küste Spaniens entlanggesegelt und befanden sich jetzt vermutlich in der Nahe von Brest und des englischen Kanals. Patrick musste den Kurs ändern, um England zu umgehen und die Hebriden zu erreichen.

Vor allem aber mussten sie es vermeiden, den spanischen und französischen Kriegsschiffen sowie Kaperschiffen zu begegnen. Die kommenden beiden Tage würden gefährlich und entscheidend sein.

Diese Überlegung führte zum nächsten Problem – den beiden Frauen.

Was sollte mit ihnen geschehen?

Patrick traute den befreiten Ruderern nicht. Zu viele waren vor Wut und durch die erlittenen Entbehrungen wie von Sinnen. Fast alle waren, wie auch er, seit Jahren mit keiner Frau mehr zusammen gewesen. Und seine körperliche Reaktion ließ sich nicht verleugnen, wenn er die beiden sah – die eine in einer Ecke kauernd, die andere bereit, ihn umzubringen.

Weil sie Angst vor ihm hatte. Denn trotz ihres kühnen Angriffs auf ihn hatte er die panische Furcht in ihrem Blick gesehen. Sie war schön – vielleicht war er aber auch nur zu lange ohne Frau gewesen. Ihre Augen hatten eine ungewöhnliche Farbe – das Blaugrau eines frühen Sommermorgens, umschlossen von einem violettfarbenen Kranz. Und ihr Haar, das sie zu einem langen Zopf geflochten trug, hatte den dunklen Goldton von reifem Weizen. Ihre starre Körperhaltung hatte Stolz und Trotz bewiesen.

Nur ihr Zittern hatte sie nicht ganz beherrschen können.

Was zum Teufel sollte er nur mit ihr tun?

Er wusste nicht, wie lange er die Männer noch unter Kontrolle halten konnte. Sie alle waren weiß Gott durch die Hölle gegangen, und sie hatten genug erdulden müssen, um sie jetzt wie Tiere sein zu lassen. Und die beiden Frauen waren eine Gefahr für jeden einzelnen von ihnen.

Die Frauen – falls er sich entschied, sie freizulassen –, konnten sie alle an den Galgen bringen. Die meisten Länder, einschließlich Schottland, duldeten weder Piraterie noch Meuterei, ganz gleich, aus welchen Gründen. Es kam häufig vor, dass eine Mannschaft nicht gut behandelt wurde, und eine Meuterei, die nicht geahndet wurde, konnte zu weiteren führen.

»Was ist? Beunruhigt dich etwas, Patrick?«, fragte der Spanier.

»Wir sollten alle beunruhigt sein.«

»Wegen der Frauen?«

»Sie komplizieren das Ganze«, erwiderte er.

»Und das ist noch untertrieben«, entgegnete der Spanier mit einem Blick auf den Stofffetzen, mit dem Patrick seine Wunde verbunden hatte.

»Sind sie sicher untergebracht?«, fragte Patrick.

»Für den Moment ja. Zwei Männer bewachen die Kabine. Manuel ist auch dort. Ich habe ihnen angedroht, sich auf das Allerschlimmste gefasst zu machen, falls irgendeiner die Kabine betritt.« Diego legte die Hand an den Griff des Dolches, der an seiner Seite hing. »Und sie glauben mir.« Er zögerte, dann sagte er: »Was hast du mit ihnen vor?«

Patrick zuckte mit den Schultern. »Das weiß nur der liebe Himmel. Ich führe keinen Krieg gegen Frauen. Und ich dulde auch nicht, dass ihnen Gewalt angetan wird. Nicht einmal einer Mendoza. Aber wir haben hundert Männer an Bord, die sehr lange ohne Frauen gewesen sind. Und natürlich können sie sich auch ausrechnen, dass die Frauen eine Gefahr für uns alle darstellen.«

In den Augen des Spaniers flackerte Belustigung auf. »Es wird mir ein Vergnügen sein, dir bei der Lösung dieses Problems zuzusehen. Weil das noch schwieriger sein könnte, als mit gefesselten, halb verhungerten Männern dieses Schiff in deine Gewalt zu bringen.«

Patrick konnte Diegos Heiterkeit nicht teilen und richtete den Blick auf die See vor ihnen.

»Da wäre noch etwas, *capitán*«, bemerkte Diego.

»Ja?«

»Ich habe in Mendozas Kabine einige Dokumente gefunden. Die *señorita* ist seine Nichte. Sie reist nach England, um einen englischen Adligen zu heiraten.«

»Wen?«

»Den Sohn des Earls of Chadwick.«

Patrick stöhnte. Nicht nur die spanische Regierung würde mit

Empörung reagieren, sondern auch die englische. Er kämpfte seine wachsende Besorgnis nieder und wandte seine Aufmerksamkeit wieder seinem Kameraden zu.

»Ist Diego dein einziger Name?«, fragte er.

Der Humor verschwand aus den Augen des Spaniers. »Si, so ist es.«

Patrick akzeptierte die Antwort. Viele der befreiten Ruderer wollten, dass ihr Name ungenannt blieb.

»Übernimm du jetzt das Steuerruder«, sagte er.

Der Spanier sah ihn fragend an.

»Ich möchte sehen, wie du das Schiff führst.«

Diego tauschte den Platz mit Patrick.

»Gut festhalten«, sagte Patrick. Es hatte seine ganze Kraft erfordert, das Schiff auf einem geraden Kurs zu halten. Und der Spanier war kleiner als er.

Diego stand mit leicht gespreizten Beinen vor dem Steuerrad. Das weiße Hemd, das er trug, war ihm zu weit, denn es flatterte wie ein Segel im Wind. Vermutlich hatte er es aus Mendozas Kabine geholt.

Diego hielt das Steuerruder gut, sehr gut sogar, und Patrick fragte sich einmal mehr, ob der Mann ihn nicht ebenso auf die Probe stellte wie er ihn.

Zufrieden, dass der Spanier in der Lage war, das Schiff zu steuern, mischte sich Patrick unter die Mannschaft und war froh, dass sie zu beschäftigt damit waren, ihre Freiheit zu genießen, um zu fragen, wohin sie fuhren. Er brachte es nicht übers Herz, ihnen zu sagen, dass sie ihre Plätze auf den Ruderbänken vielleicht bald wieder einnehmen mussten, falls der Wind nachließ.

Falls der Wind nachließ …

Es war noch so viel zu tun. Und die Gefahr, die ihnen drohte, war unvermindert groß.

***

Je mehr Zeit verstrich, desto größer wurde Julianas Angst.

Die vom Weinen erschöpfte Carmita kauerte in einer Ecke der Kabine und jammerte leise vor sich hin.

Juliana hatte versucht, das Mädchen zu trösten, und es eine Weile in den Armen gehalten. Dabei war in ihr der Entschluss gereift, dass *sie* sich ganz gewiss nicht wimmernd in ihr Schicksal fügen würde.

Sie begann in der Kabine nach etwas zu suchen, das sich als Waffe eignen könnte. Aber der Spanier hatte gute Arbeit geleistet, denn sie fand nichts, was sich zu diesem Zweck verwenden ließ.

Und auch die Überlegung, sich aus dem Fenster zu stürzen, war müßig, da die Kabine kein Fenster zur Seeseite hin hatte. Aber Selbstmord wäre ohnehin immer und unter allen Umständen eine Sünde. Ob es wohl auch als Sünde galt, sich vergewaltigen zu lassen? Juliana machte sich kaum Illusionen darüber, diese Reise zu überleben. Es sei denn, das Schiff würde von einem spanischen oder englischen Kriegsschiff angegriffen. Eigentlich war sie überrascht, dass sie nicht gleich nach der Meuterei vergewaltigt und getötet worden war.

Vergewaltigt. Sie schloss die Augen, als Furcht und Entsetzen erneut von ihr Besitz ergriffen. *Ich werde mich persönlich um sie kümmern*, hatte dieser Hüne von einem Mann gesagt. Dieser Mann, dessen Körper mit dem Blut ihres Onkels und dem ihrer Landsleute besudelt war. Ein Furcht erregender Mann mit zornigen, verächtlich blickenden Augen, die sie taxiert hatten wie ein Stück Vieh, das feilgeboten wurde.

Sie erschauderte. Es musste doch etwas geben, was sie tun konnte. Sie würde sich hinter der Tür verbergen und ihn mit … irgendetwas niederschlagen.

Nur dass es dieses *Irgendetwas* nicht gab.

Der Spanier hatte alles mitgenommen, was als Waffe dienen könnte. Sogar das Silber und das Kristall, den metallenen Spiegel und den Sessel. Er hatte ihre Truhe durchsucht und zu ihrer großen Beschämung auch ihre persönlichen Kleidungsstücke überprüft. Er war sehr gründlich gewesen.

Geblieben waren ihr nur ein Bett und einige Kleidungsstücke in ihrer Truhe. Erstaunlicherweise hatte er ihre kleine Schmuckschatulle nicht an sich genommen. Der Schmuck schien ihn nicht interessiert zu haben. Oder zumindest jetzt noch nicht.

Juliana setzte sich auf das Bett. Die Kabine war ein Zufluchtsort gewesen, besonders während der ersten Tage der Reise, an denen der Erste Offizier sie mit unverhohlener Begierde angesehen hatte. Doch nun war dieser Ort zu einer Todeszelle geworden.

Juliana versuchte, die Erinnerung an den hochgewachsenen Schotten zu verdrängen. *Seine Augen.* Wenn sie wirklich das Spiegelbild seiner Seele waren, dann hatte sie von diesem Mann keine Gnade zu erwarten. Vor ein paar Tagen war sie von diesen Augen so fasziniert gewesen, wie sonst wohl nur der Blick einer Kobra einen Menschen in seinen Bann schlagen konnte. Doch jetzt, da sie wieder in diese Augen gesehen hatte, dämpfte nichts mehr ihre Furcht. Die Farbe seiner Augen war schwer zu beschreiben ... ein helles Graubraun, gesprenkelt mit einem dunklen Grün. Aber diese Farben wurden von einer Düsternis überschattet, die Juliana kalte Schauder über den Rücken jagte.

Wie hatte er das Schiff in seine Gewalt bekommen? Für sie stand fest, dass er der Anführer der Meuterer war. Alle hatten sich ihm gebeugt, trotz der Gier und der Begehrlichkeit in ihren Gesichtern. Selbst der Spanier hatte ihm gehorcht, und sie bezweifelte, dass er sich vielen Männern beugte.

Welches Verbrechen mochte ihn auf dieses Schiff gebracht haben?

Sie wagte nicht zu raten. Ihr Onkel hatte diese Männer Verbrecher, Mörder und Ungläubige genannt. Dass sie Mörder waren, hatten sie bewiesen. Aber was waren sie sonst noch? Oder was hatte ihr Onkel aus ihnen gemacht?

Dieser letzte Gedanke war sehr ernüchternd. Juliana erinnerte sich an die ausgemergelten Körper der Männer, an die Narben auf ihren Rücken. Diese Männer würden kein Mitleid mit einer Mendoza haben, nachdem kein Mendoza Mitgefühl mit ihnen gehabt hatte.

Sie wusste nur eines: Sie würde ihre Heimat nicht mehr wiedersehen.

»*Madre*«, wisperte sie. Ob ihre Mutter je erfahren würde, was ihr zugestoßen war?

Juliana ging ein paar Schritte, setzte sich und sprang sogleich wieder auf, ging erneut hin und her. *Denk nach*. Es musste doch etwas geben, was sie tun konnte.

Betrunkenes Gelächter drang von dem Gang vor der Kabine herein. Das Geräusch durchflutete sie mit neuer Panik, und sie sah, wie Carmita sich wimmernd noch mehr zusammenkauerte. Juliana wünschte jetzt von ganzem Herzen, sie hätte eine andere Zofe mitgenommen. Eine ältere Frau mit Lebenserfahrung; eine Frau, die in der Liebe erfahren war.

Hätte sie doch noch den Dolch!

Dieser Gedanke brachte ihr wieder ihren Angriff auf den Schotten in Erinnerung. Wie schlimm hatte sie den Mann verletzt?

Würde er sich dafür an ihr rächen?

Der Kamm! Die Haarnadeln!

Könnte sie sich notfalls damit verteidigen? Oder würde das die Meuterer nur noch wütender machen?

Doch es entsprach nicht Julianas Natur, einfach nur ergeben abzuwarten. Ihre Mutter hatte sich widerstandslos gebeugt, aber sie würde das nicht tun. Sie suchte in ihrer Truhe nach der Schachtel mit dem Haarschmuck. Sie hatte die Haarnadeln erst gestern hineingelegt, als sie vor dem Schlafengehen ihr Haar zu einem Zopf geflochten hatte. Sie konnte sich nicht erinnern, dass der Spanier sie mitgenommen hatte, aber die meiste Zeit hatte sie ja auch versucht, Carmita zu beruhigen. Sie fand die Schachtel und öffnete sie. Mit Edelsteinen besetzte Kämme lagen auf den Nadeln.

Wieder war Juliana erstaunt, dass der Spanier die Kämme und ihren Schmuck nicht an sich genommen hatte, aber vielleicht kam das als Nächstes.

Und wenn schon, dachte sie. Das einzig Wichtige war, dass er die Nadeln dagelassen hatte. Vermutlich hatte er sie als harmlosen Zierrat abgetan. Juliana nahm sie heraus und legte sie auf ihre flache Hand. Zehn Nadeln; die Hälfte von ihnen war mit winzigen Saphiren besetzt.

Sie waren lang und nicht sehr spitz, aber besser als nichts.

Als Juliana an sich herunterschaute, wurde ihr wieder bewusst, dass sie noch immer das Nachthemd und den Morgenmantel trug, den sie übergestreift hatte, als ihr Onkel gekommen war, um sie in seine Kabine zu holen.

War das wirklich erst wenige Stunden her?

Ihr kam es wie ein ganzes Leben vor.

Sie entflocht ihren Zopf und ließ das Haar offen auf die Schultern fallen. »Ich brauche jetzt deine Hilfe, Carmita.«

Das Mädchen schniefte und stand auf.

»Steck mir das Haar auf, aber so, dass ich die Nadeln leicht herausziehen kann«, sagte sie.

Carmitas Augen weiteten sich. »Ihr werdet die Männer doch nicht noch einmal angreifen?«

»Ich werde tun, was ich tun muss«, erwiderte Juliana fest.

Carmitas Hände zitterten, als sie den Kamm nahm und damit durch Julianas langes Haar fuhr, es dann zu einem Knoten drehte und ihn mit den Nadeln feststeckte.

Mit mehr Nadeln als nötig.

»Und nun hilf mir, mich anzukleiden«, sagte Juliana und blickte kurz zu ihrer jungen Dienstmagd auf. Die Tränen des Mädchens waren versiegt.

»Welches Kleid, *señorita?*«, fragte Carmita.

»Das blaue.«

»Euer bestes?«, fragte Carmita schockiert. Es war das Kleid, das Juliana bei ihrer ersten Begegnung mit dem Viscount Kingsley und seinem Vater, dem Earl, tragen sollte.

»*Si*. Ich werde mir vor diesen Männern keine Angst anmerken lassen.«

»Sie werden uns Gewalt antun! Und uns dann umbringen.« Carmitas Tränen flossen wieder.

Juliana legte den Arm um sie. »Gott wird uns beschützen«, flüsterte sie und hoffte aus tiefster Seele, dass sie recht behalten würde.

Und für den Fall, dass Er sie nicht erhörte, hatte sie die Haarnadeln.

8. Kapitel

»Wann kriegen wir die Frauen?«

Patrick hörte auf, sich mit Wasser zu übergießen. Er hatte so viel Blut und Schmutz entfernt wie möglich, dachte aber mit grimmigem Humor, dass es Wochen – vielleicht sogar Jahre – erfordern würde, um sich von wirklich allem reinzuwaschen.

Er richtete sich auf und wandte sich Felix zu, der ihn angesprochen hatte. Der Mann hatte vier Kameraden mitgebracht, vermutlich zu seiner Unterstützung.

Felix hatte auf der Bank vor ihm gesessen. Er war ein Dieb, wenn man das Brandmal in seinem Gesicht richtig deutete.

»Gar nicht«, beschied Patrick ihn knapp.

»Du willst sie also für dich allein haben?«

»Nein. Aber den Frauen wird kein Haar gekrümmt.«

»Schluss mit den Befehlen. Uns schreibt jetzt keiner mehr vor, was wir zu tun haben«, erklärte Felix, der offensichtlich auf einen Streit aus war.

»Nein? Wollt ihr lieber wieder unten auf den Bänken sitzen?«

»Wir haben abgestimmt. Wir wollen uns bei den Frauen abwechseln.«

»Wer hat abgestimmt?«

»Wir«, sagte der Ruderer, der hinter Felix stand, in rüdem Ton.

»Ah, *wir*. Und was glaubt ihr, wie weit *ihr* ohne jemanden kommt, der dieses Schiff zu führen versteht?«, entgegnete Patrick ruhig. »Willst du mit diesem Brandzeichen in deinem Gesicht in Spanien an Land gehen?«

Felix berührte die Narbe. »Wir sind nicht mehr in spanischen Gewässern.«

»Nein, aber ein paar Meilen vor der französischen Küste«, erklärte Patrick in immer noch ruhigem Ton. »Glaubst du etwa, die Franzosen würden einen gebrandmarkten Spanier willkommen heißen?«

»Wir lassen uns nicht mehr herumkommandieren. Wir sind jetzt freie Menschen.«

»Wenn du das glaubst, bist du ein Narr«, sagte MacDonald, der hinter Patrick stand.

»*Si*«, bekräftigte Diego, der sich neben Patrick stellte. Denny, der Patrick seit der Übernahme des Schiffes wie ein Schatten gefolgt war, trat ebenfalls zu ihnen.

Felix' Gesicht verfinsterte sich.

»Ich denke, es ist höchste Zeit für ein paar offene Worte«, sagte Patrick. »Ich will, dass alle sofort an Deck erscheinen.«

Die Männer, die ihn angesprochen hatten, rührten sich nicht, sondern blieben stehen und sahen ihn streitlustig an.

Diego schien als Bester geeignet zu sein, mit den anderen Ruderern zu sprechen. Patrick wandte sich an ihn. »Bis auf die Wachen vor der Kapitänskabine will ich alle hier an Deck sehen.«

Der Spanier zögerte und sah die rebellischen Ruderer an. Als er sich wieder Patrick zuwandte, glitt sein Blick abschätzend über MacDonald und Denny. Schließlich nickte er, jedoch nicht, ohne zuvor einen warnenden Blick auf die vier streitlustigen Männer geworfen zu haben.

»Wir sollten darüber abstimmen«, brummte einer von ihnen.

»*Si*«, stimmte ein anderer zu.

»Wollt ihr dieses Schiff befehligen? Könnt ihr navigieren?«, fragte Patrick in herausforderndem Ton. »Wisst ihr, wie man Segel setzt oder einholt oder wie man ein Schiff wendet? Wisst ihr, wie man Felsen und Flachwasser vermeidet?«

»Das sieht nicht schwer aus«, sagte Felix.

Patrick trat zurück. »Dann übernimm das Steuerruder.«

Felix trat vor und ging gemächlich zu dem Rad hinüber. Ohne dass jemand das Steuer hielt, brach das Schiff bereits nach rechts aus.

»Im Moment steuerst du auf Frankreich zu«, bemerkte Patrick. »In einer Stunde wirst du die Berge sehen. In weiteren fünf Stunden wird das Schiff auf den Klippen auflaufen. Bring das Schiff wieder in den Wind.«

Felix übernahm das Steuerruder. Anfangs konnte er es nicht einmal bewegen. Erst nachdem er mehrere Sekunden damit gekämpft hatte, begann es sich zu drehen. »Was ... wohin muss ich ...«

»Das entscheidest du. Im Norden sind englische Kriegsschiffe. Frankreich liegt nordöstlich von uns. In beiden Ländern werden Meuterer aufgehängt. Oder Schlimmeres. Aber du könntest natürlich auch auf die offene See hinausfahren – bis der Wind sich legt und unsere Vorräte zur Neige gehen. Und nicht nur sie, sondern auch das Bier. Dann werdet ihr verdursten. Oder verhungern. Dieses Schiff ist nicht für eine lange Reise ausgerüstet.«

Das Schiff bekam schon Schlagseite nach Steuerbord. Felix' Kameraden, vom Trinken nicht mehr ganz sicher auf den Beinen, schlitterten auf die Reling zu und griffen nach einem Seil, um nicht über Bord zu gehen.

Patrick übernahm das Steuerruder und brachte das Schiff wieder auf Kurs. »Für den starken Wind sind zu viele Segel gesetzt.«

»Was gibt dir das Recht, den Kapitän zu spielen?«, versuchte Felix sein Ansehen unter seinen Kameraden wiederherzustellen, als mehr und mehr der Ruderer an Deck kamen und sich um sie scharten. Die meisten schauten eher unbehaglich drein. Einige schwankten. Zwei hatten Patricks Befehl missachtet, sich wie Seeleute zu kleiden. Sie trugen noch immer ihren Lendenschurz.

»Ich bin früher zur See gefahren«, sagte Patrick, ohne den Männern ihr Aussehen oder ihr Auftreten zu verübeln. Denn obwohl sie monatelang, manche von ihnen sogar jahrelang zusammen gewesen waren, kannten sie einander im Grunde gar nicht. »Zwei Jahre habe ich Navigation und Schifffahrt gelernt. Ich habe jedoch noch nie ein Schiff befehligt und werde daher bereitwillig unter jedem Mann dienen, der das schon einmal getan hat.«

Diego kam zu ihm, als die letzten Ruderer an Deck erschienen. Er übersetzte Patricks Worte auf Spanisch und dann in ein etwas holpriges Arabisch. Patrick wiederholte sie auf Französisch.

Niemand trat vor.

»In den Augen der Welt sind wir Meuterer. Es spielt keine Rolle, dass wir Sklaven waren und dass viele von uns sich zu Unrecht auf diesem Schiff befanden. Wir sind in keinem Land willkommen.«

»Und wo fahren wir dann hin?«

Jetzt kam es darauf an. »Nach Schottland. Ich schlage vor, dass wir alle nach Schottland fahren. Meine Familie besitzt dort Schiffe. Wir werden die Ladung verkaufen und die *Sofia* dann versenken. Unsere Schiffe werden euch hinbringen, wohin ihr wollt, und ihr werdet genügend Gold in der Tasche haben, um euch für Jahre mit Rum und Frauen zu versorgen.«

Er wartete, während seine kleine Ansprache übersetzt wurde. Einige Männer nickten, andere runzelten die Stirn. Wieder andere machten zustimmende Gesichter. Aber einige erhoben auch ärgerlichen Widerspruch.

»Was wird mit den Frauen«, gab einer zu bedenken. »Wenn wir sie am Leben lassen, können sie berichten, was geschehen ist.«

Der Mann hatte recht. Und genau das war das Dilemma, das Patrick umtrieb, seit er die Frauen in Mendozas Kabine entdeckt hatte.

»Ich schwöre, dass sie das nicht tun werden.«

»Wie kannst du dir so sicher sein?«, wollte Felix wissen.

»Mein Leben ist ebenso in Gefahr wie das eure. Ich werde sie erst freilassen, wenn ich mir ihres Schweigens absolut sicher bin. Wenn nicht, dann ...«

Er ließ die Drohung in der Luft hängen und wechselte schnell das Thema. »Wie viele von euch haben schon als Seeleute gearbeitet?«

Drei Männer traten vor. Zu seiner Überraschung war Felix einer von ihnen, obwohl es offensichtlich gewesen war, dass er noch nie ein Steuerruder in der Hand gehalten hatte.

Gott stehe ihnen bei. Nur drei Männer hatten überhaupt eine andere Erfahrung mit der Seefahrt als das Rudern.

»Kann jemand dem Schmied zur Hand gehen?«

Niemand trat vor.

»Kochen?«

Zwei hoben ihre Hände.

»Was ist mit Fischern?«

Einer trat vor.

»Hast du Netze ausgebessert?«

»Aye.«

»Gut. Du wirst dich um die Segel kümmern.«

Eine nach der anderen fand er die Fähigkeiten der Männer heraus – oder deren Nichtvorhandensein. Jene Männer, die nichts vorzuweisen hatten, forderte er auf, ihren Kameraden zur Hand zu gehen.

»Wir haben uns noch nicht auf einen Kapitän geeinigt«, maulte Felix. »Und wegen der Frauen auch noch nicht.«

Da trat Diego vor. »Die Frauen können uns Geld einbringen. Und Schutz. Ich habe Papiere gefunden, die beweisen, dass die Frau die Braut eines reichen englischen Adeligen ist«, sagte er. »Falls irgendetwas mit dem Plan des Schotten schiefgeht, haben wir noch immer die Frau, um zu verhandeln. Die Engländer würden für ihre Freiheit zahlen. Aber nicht, wenn sie missbraucht worden ist.«

Diegos Einmischung erstaunte Patrick. Er hatte einige der Ruderer über Piraterie reden hören. Vielleicht hielt die Aussicht auf ein hohes Lösegeld die Männer davon ab, die zwei Frauen zu vergewaltigen. Diego begann sich als Mann mit vielen Talenten zu erweisen.

»Was die Frage nach dem Kapitän betrifft«, fuhr Diego fort, »so würdet ihr ohne diesen Mann noch immer Gefangene sein.« Diego zeigte auf Patrick. »Viele von euch haben gesehen, wie er Mendoza getötet hat. Er ist ein Krieger, und er versteht etwas vom Navigieren. Wir brauchen ihn. Ich schlage vor, wir ernennen ihn zum Kapitän und nehmen sein Angebot an.«

»Aye«, stimmte MacDonald zu.

»Woher wissen wir denn, dass er wirklich Besitz in Schottland hat?«, beharrte Felix.

»Spanier werden in Schottland nicht willkommen sein«, warf ein anderer ein.

»Ihr müsst euch auf mein Wort verlassen«, sagte Patrick achselzuckend. »Das ist alles, was ich habe.«

Wieder wurde übersetzt. Und wieder erhob sich Gemurmel unter den Männern.

»Wir müssen zusammenarbeiten«, erklärte Patrick. »Ihr werdet das Segeln und noch einiges mehr über die Seefahrt lernen müssen. Danach könnte es für euch einen Platz auf unseren Schiffen geben, falls ihr Arbeit braucht.« Er betete im Stillen, dass die Macleans noch immer Schiffe besaßen. Oder dass seine Familie, so wie er sie kannte, überhaupt noch existierte. Er machte Versprechungen, die er vielleicht nicht würde halten können.

Aber das Problem würde er lösen, wenn er heimkehrte. *Falls* er heimkehrte.

»Ich sage, wir folgen dem Mann, der uns befreit hat«, sagte jemand auf Französisch.

Eine Übersetzung folgte, dann ein Chor bejahender Stimmen.

Felix schwieg, aber Patrick sah den verdrossenen Ausdruck auf seinem Gesicht.

»Das wird Disziplin erfordern«, sagte er. »Ich erwarte, dass meine Anordnungen befolgt werden.«

Viele Männer nickten.

»Die erste wäre, die Lebensmittel und den Wein zu rationieren. Einigen von euch, die zu viel gegessen haben, ist wahrscheinlich jetzt schon übel. Also esst kleine Mengen, bis euer Magen sich wieder an normale Mahlzeiten gewöhnt hat. Den Rest eures Lebens könnt ihr essen, so viel ihr wollt, aber jetzt müsst ihr vorsichtiger sein.«

Einige der Männer nickten widerstrebend.

»Ihr werdet oft genauso schwer arbeiten wie auf den Bänken. Vielleicht müsst ihr sogar wieder rudern, falls der Wind abflaut.« Murren wurde laut. »Wir haben keine andere Wahl«, setzte Patrick hinzu. »Ich verspreche euch, dass ihr nicht als Sklaven rudern werdet. Es wird keine Peitsche geben. Ihr werdet weder angekettet noch gezwungen sein zu rudern. Und falls wir es schaffen ... seid ihr frei.«

Das Murren hörte auf, und Patrick sah, dass die Männer widerstrebend nickten.

»Diego«, sagte er und deutete auf den Spanier, der neben ihm stand, »wird mein Erster Offizier sein.« Dann sah er Felix an. »MacDonald wird der Quartermeister sein und Felix mein Zweiter Offizier.«

Felix' finstere Miene wich einem überraschten Grinsen.

»Versteht hier jemand etwas von Vorratshaltung?«

Eine Hand fuhr hoch, als die Frage übersetzt wurde. Es war ein Mann von anscheinend arabischer Herkunft. Ein Mann, der allen Grund hatte, nicht nur Mendoza, sondern auch jeden anderen Mann auf dem Schiff zu hassen.

»Such dir einen Helfer, und rationiere das Essen.«

Felix trat vor. »Was tue ich als Zweiter Offizier?«

»Stell eine Gruppe Freiwilliger für die Arbeit an den Segeln zusammen. Wir brauchen Männer, die kräftig genug sind, um in die Takelage hinaufzuklettern.«

Kurz darauf zerstreuten sich die Männer, um ihren verschiedenen Aufgaben nachzugehen. Diego sah Patrick an. »Felix?«

»Er ist ein Anführer. Es ist besser, ihn auf unserer Seite zu haben als auf seiner eigenen.«

Diego lächelte. »Das wird eine interessante Reise, *capitán*.«

Nachdem Patrick sich überzeugt hatte, dass Diego das Schiff auf dem von ihm bestimmten Kurs halten konnte, überlegte er, ob er zu den Frauen hinuntergehen sollte.

Sie mussten große Angst haben. Die ältere war aufsässig, aber auch sie hatte ihre Furcht nicht verbergen können. Die andere, kaum mehr als ein Kind, schien vor Entsetzen die Sprache verloren zu haben.

Er wies Diego an, die Glocke zu läuten, sollte er gebraucht werden, und ging dann in die Kapitänskabine. Hier fand er eine Flasche Wein, die wie durch ein Wunder von den Ruderern übersehen worden war. Er nahm sie mit, als er zu der Kabine der Frauen ging. Manuel und zwei andere Männer saßen mit untergeschlagenen Beinen auf dem Boden und würfelten.

Manuel stand hastig auf.

»Setz dich wieder, Junge«, sagte Patrick auf Spanisch.

Er klopfte kurz an, drehte den Knauf und trat ein, ohne eine Aufforderung abzuwarten.

Mendozas Nichte – laut Diego hieß sie Juliana – sah ihm herausfordernd entgegen. Sie hatte die Nachtkleider, in denen er sie vorher gesehen hatte, gegen ein elegantes Kleid in Königsblau getaucht. Die Farbe passte genau zu der ihrer Augen. Dass sie dieses Kleid gewählt hatte, wertete Patrick als Zeichen ihrer Couragiertheit. Und des Trotzes. Er sah die Kampflust in ihren Augen, die die veilchenfarbenen Punkte in ihnen noch deutlicher betonte.

»Juliana Mendoza?«, fragte er.

»Si«, sagte sie. »Carmita ist noch ein Kind. Ich bitte um Gnade für sie.«

Ihm ging sofort der Gedanke durch den Sinn, dass diese Frau vermutlich noch nie um etwas gebeten hatte. »Und keine für Euch?«, fragte er.

»Würde es mir denn etwas nützen?«, entgegnete sie auf Spanisch.

»Vielleicht«, erwiderte er in derselben Sprache.

»Ihr sprecht Spanisch«, sagte sie.

»Nicht aus freien Stücken.«

Er merkte an der Art, wie sie zusammenzuckte, dass ihr die Verbitterung in seiner Stimme nicht entgangen war.

Er versuchte, sich mit ihren Augen zu betrachten. Zwar hatte er sich das Blut mit Meerwasser abgewaschen, doch er war von der Taille aufwärts nackt. Sein Rücken war übersät von hässlichen Narben, und er hatte noch keine Zeit gehabt, sein Haar und seinen Bart zu waschen. Und vermutlich hatte sie noch sehr genau das Blut vor Augen, das ihn bedeckt hatte.

»Ihr habt meine Frage nicht beantwortet. Würdet Ihr um Gnade betteln?« Die Frage war grausam, doch seine Reaktion auf sie verstörte ihn. Die Hitze, die in ihm aufstieg, das scharfe Ziehen, das durch seine Lenden ging.

»Für Carmita oder für mich selbst?«

»Beides.«

Ihr Gesicht glühte. Eine Hand fuhr hoch zu ihrem Haar, und er bemerkte die Nadeln dort.

»Nein, Mylady«, sagte er, streckte die Hand aus und zog die

Nadeln aus ihrem Haar. In weichen Wellen fiel es ihr bis zur Taille. »Ihr werdet keine Gelegenheit mehr bekommen, mich oder meine Männer zu verletzen.«

»*Eure* Männer?«, fragte sie.

Bei allem, was heilig war – aber sie sah entzückend aus mit dem langen offenen Haar und den vor Wut sprühenden Augen.

»Aye«, sagte er kalt. »Ich befehlige jetzt dieses Schiff.« *Abstand halten*, ermahnte er sich.

»Was habt Ihr mit der Mannschaft gemacht?«

»Sie zur Hölle geschickt – falls es noch so etwas wie Gerechtigkeit gibt«, erwiderte er grimmig.

»Sie alle?«, fragte sie entsetzt. »Keiner von ihnen lebt mehr?«

»Nach Monaten des Hungerns und der Misshandlungen waren die Männer nicht gerade gnädig gestimmt«, gab er zurück.

Das Zittern ihrer Hände war das einzige Anzeichen der Angst, die sie ergriffen hatte.

Sie folgte seinem Blick und verbarg ihre Hände in den Falten ihres Rockes. »Was ist mit Carmita?«, fragte sie mit leiser Stimme. »Sie ist kaum mehr als ein Kind.«

»Was würdet Ihr denn tun, *señorita*, um das Mädchen zu beschützen? Ich nehme an, sie ist Eure Dienstmagd.«

»Sie ist meine Freundin und unterliegt meiner Verantwortung, und ich würde sehr viel tun, um sie zu beschützen.«

»Wie unter mir zu liegen?«, spottete er, weil er sich über die Anziehungskraft ärgerte, die diese Brut der Mendozas auf ihn ausübte. »Es ist lange her, seit ich eine Frau hatte, geschweige denn eine Dame von Rang.«

Sie wurde sichtlich blasser.

»Würdet Ihr das tun, Mylady?«, beharrte er. »Es ist Euch nicht schwergefallen, ein Messer in mich hineinzustoßen. Da wäre es doch nur gerecht, wenn ich auch etwas von mir in Euch hineinstieße.«

Patrick schämte sich sogleich über seine Bemerkung, aber es

war die kühle Arroganz, ja, die Verachtung dieser Frau, die ihn dazu gebracht hatte, so etwas zu sagen.

Er ging auf sie zu. Sie zuckte nicht einmal zusammen. »Mörder!« Sie spie ihm das Wort ins Gesicht.

»Damit helft Ihr der Sache Eurer Freundin nicht. Und es ist kein Mord, wenn man um sein Leben kämpft. Es war Euer Onkel, der gemordet hat. Wieder und wieder und wieder.«

Juliana zwang sich, seinen Blick zu erwidern. Sie war entschlossen, sich nichts von ihrer Panik anmerken zu lassen, wenn sie auch befürchtete, dass das Zittern ihrer Hände sie verraten würde.

Sie würde ihm nicht die Genugtuung geben, mehr zu sehen.

Ihr Herz war fast stehen geblieben, als er hereingekommen war und sie erkannt hatte, dass er der hochgewachsene Gefangene war, der ihren Onkel umgebracht hatte. Das kalte Entsetzen hatte sie gepackt.

Er hatte den Lendenschurz, der so viel offenbart hatte, gegen Hosen ausgetauscht, die aber sehr viel mehr erkennen ließen, als sie sehen wollte. Und obwohl er sich das meiste Blut inzwischen abgewaschen hatte, erinnerte sie sich nur allzu gut daran.

El Diablo! Seine Augen waren genauso gefühllos wie zuvor.

Er hielt eine Flasche Wein in seinen Händen.

Juliana bemühte sich, keine Furcht zu zeigen, nicht einmal, als er sie beleidigte und verhöhnte und ihr Angst zu machen versuchte.

Es *versuchte? Heilige Maria Mutter Gottes, das war ihm auch gelungen!*

Schnell schaute sie auf die Stelle, an der sie ihn verletzt hatte. Die Wunde war mit einem Stück Stoff verbunden. Ein weiteres Stück Stoff diente als Verband um seinen Arm. Dann glitt ihr Blick wieder zu der Flasche in seiner Hand.

»Ich müsste es überleben«, sagte er und deutete ihren Blick richtig. »Das heißt, solange sich die Wunden nicht entzünden. Was für Euch allerdings höchst bedauerlich wäre, da ich der Einzige bin, der zwischen Euch und hundert verbitterten und lüsternen Männern steht.«

Sie antwortete nicht, sondern starrte stattdessen auf die Narben an seinen Handgelenken. Da seine Hose nicht lang genug war, sah sie ähnliche Narben auch an seinen Fußgelenken.

»Könnt Ihr nähen?«, fragte er unvermittelt.

»*Si.*«

»Dann werdet Ihr die Wunde vernähen, die Ihr mir zugefügt habt.«

Das ließ sie zusammenfahren. »Es gibt einen Arzt an Bord.« Dann verzogen sich ihre Lippen zu einem schmalen, dünnen Strich. »Oder habt Ihr ihn auch umgebracht?«

»Nicht ich, obwohl ich das Vergnügen gern gehabt hätte. Dort draußen ist ein Junge, den dieser Doktor auf nicht sehr nette Art benutzt hat«, sagte er und beobachtete ihre Reaktion, als sie begriff, was er ihr sagen wollte.

Er ging zur Tür, öffnete sie und sah hinaus. »Manuel, hol etwas Wasser und erhitze es.«

»Ich ... ich habe noch nie eine Wunde vernäht«, sagte sie, als Patrick sich ihr wieder zuwandte.

»Wenn Ihr nähen könnt, dann könnt Ihr auch tun, was nötig ist.« Er schwieg einen Moment. »Und vergesst nicht, was ich Euch gesagt habe. Nur ich stehe zwischen Euch und meiner Mannschaft. Und dass auch nur, wenn Ihr Euch nützlich macht.«

Sie straffte ihren Rücken. »Nützlich?«

»Ich werde schon Möglichkeiten finden, *señorita*. Kann das Mädchen kochen?«

Die Frau schüttelte den Kopf. »Sie ist eine Zofe.«

»Ich ... Früher habe ich in der Küche ausgeholfen«, stammelte Carmita nun, die sich seine Worte offenbar zu Herzen nahm.

Sein Blick glitt zu dem Mädchen, und seine Stimme wurde sanfter. »Dir wird nichts geschehen«, sagte er leise. »Das schwöre ich.«

Dann wandte er sich wieder Juliana zu, der schmerzlich bewusst war, dass er sie in diesen Schwur nicht eingeschlossen hatte.

Er nahm den blutigen Stoff von seiner Brust ab. Juliana musste ein Erschaudern unterdrücken, als sie die Wunde sah. War das wirklich sie gewesen?

»Manuel, der Junge, den ich erwähnte, bringt gleich heißes Wasser. Habt Ihr Nähnadel und Faden?«

Juliana drehte sich zu Carmita um, die für den Notfall immer ein Nähkörbchen dabeihatte. »Carmita?«

Das junge Mädchen schwankte leicht, als es aufstand. »Die Nadeln hat der Mann mitgenommen, der uns hierhergebracht hat.«

»Es muss doch jemanden auf diesem Schiff geben, der von der Wundversorgung mehr versteht als ich«, protestierte Juliana erneut. Ein Anflug von Panik lag in ihrer Stimme.

»Nein«, sagte der Teufel. »Ich will, dass *Ihr* es tut.« Seine kalten Augen blickten sie so durchdringend an, als könnte er ihre Seele ergründen. »Und ich empfehle Euch, Euer Bestes zu tun.«

Sein Ton ließ sie erschaudern.

Das Klopfen an der Kabinentür war ein willkommener Aufschub. Der Schotte öffnete, und der magere Junge, den Juliana vor ein paar Tagen schon gesehen hatte, kam herein und stellte einen Eimer Wasser neben die Tür. Wie ihr Peiniger hatte auch er Narben um seine Fußgelenke, und seine Augen waren fast genauso kalt.

»Manuel, frag den Spanier nach dem Nähzeug der Dame, und bring es mir bitte her.«

»*Si.*«

Nachdem der Junge gegangen war, sah Juliana den Schotten an. »Ihr seid der Anführer?«

Er deutete eine Verbeugung an. »Im Moment, ja.«

»Dann seid Ihr mir gegenüber im Vorteil. Ihr kennt meinen Namen. Woher?«

»Der Spanier hat die Heiratspapiere in der Kabine Eures Onkels gefunden. Ah, in eine der bedeutendsten Familien Englands einzuheiraten! Ich kann mich doppelt glücklich schätzen, diese Pläne durchkreuzt zu haben.«

»Ihr habt mir noch nicht Euren Namen genannt.«

»Nein, habe ich nicht«, erwiderte er auf Englisch.

»Warum nicht?«, fragte Juliana und verfiel ohne nachzudenken auch ins Englische. »Weil Ihr ihn schon beschmutzt hattet, bevor Ihr Meuterer und Pirat wurdet?«

Er lächelte, und sie erkannte, dass sie einen Fehler gemacht hatte.

»Ihr sprecht also Englisch.«

»*Si*, ein bisschen.«

»Warum habt Ihr so getan, als verstündet Ihr es nicht?«

Sie zuckte mit den Schultern.

»Lügt mich nicht wieder an«, sagte er schroff.

Sie schwieg.

»Außerdem würde ich Euch raten, mich nicht noch mehr zu verärgern«, fügte er mit düsterer Miene hinzu.

Er ging zu ihrer Truhe und suchte ein weißes Hemd heraus. Nachdem er es zu Streifen zerrissen hatte, öffnete er die Flasche Wein. Juliana versteifte sich.

Doch statt über sie herzufallen, wie sie schon halb erwartet hatte, goss er etwas von dem Wein auf seine Wunde.

Er zuckte nicht zusammen, auch wenn sein Gesicht sich so verhärtete, dass es wie aus Stein gehauen aussah.

Juliana lief es kalt über den Rücken. Sie sah einen Muskel an seiner Kehle zucken und wusste, dass der Schmerz qualvoll sein musste. Der Schotte wandte sich leicht ab, und sie sah die tiefen Narben auf seinem Rücken. Einige waren alt, andere offenbar noch frisch. Sehr frisch. Sie hatte sie zuvor nicht gesehen, weil sie mit Blut bedeckt waren. Mit seinem eigenen und dem der Männer, die er getötet hatte.

Was hatte er getan, um eine solche Strafe zu verdienen? Ihr Onkel hatte gesagt, die Galeerensklaven seien alle verurteilte Verbrecher. Mörder.

Aber dieser Mann hier war kein gewöhnlicher Mörder oder Dieb. Er verstand es, sich gewandt auszudrücken, und er schien der geborene Anführer zu sein – einer, der stark genug war, einen Mob daran zu hindern, Carmita und sie zu vergewaltigen. Oder hob er sie nur für sich selbst auf?

Weil er das »r« leicht rollte, vermutete Juliana, dass er Schotte war, aber er sprach auch Spanisch. Sein Gesicht und seine Augen verrieten nichts, außer vielleicht in jenem kurzen Moment, als er versucht hatte, Carmita zu beruhigen.

Er goss noch mehr Wein auf die Wunde und trank dann die wenigen Schlucke, die noch in der Flasche waren.

Der Junge schlüpfte wieder zur Tür herein und brachte die kleine Schachtel mit Carmitas Nähzeug mit.

»Soll ich bleiben?«, fragte der Junge.

»Nein.« Wieder schlich sich ein weicherer Ton in *El Diablos* Stimme. »Hol dir jetzt etwas zu essen und zum Anziehen.«

Der Junge blickte zu dem Schotten auf, als wäre er ein Heiliger. »Ich möchte aber lieber bleiben«, sagte er in ungeschliffenem Spanisch. »Nicht dass sie dich wieder verletzt.«

Juliana biss sich auf die Lippen, um ein Auflachen zu unterdrücken. Dieser kleine Junge wollte den Teufel beschützen?

Dieser Teufel sah zu ihm herab, und einer seiner Mundwinkel verzog sich zu einem halben Lächeln. »Na schön, mein Junge«, sagte er. »Du darfst bleiben.«

Juliana nahm die Schachtel. Sie hatte schon einige Wandbehänge gearbeitet. Es war eine der weiblichen Beschäftigungen, die ihr aufgezwungen worden waren. Aber Haut vernähen? Wieder lief es ihr kalt über den Rücken.

Sie sah den Jungen an. »Kannst du die Wundränder zusammendrücken?«

Der Junge sah den Mann an, den sie bei sich *El Diablo* nannte.

»Si«, sagte ihr Peiniger, und der Junge zog die Haut zusammen, während Juliana eine Nadel einfädelte.

Sie schickte im Stillen ein Stoßgebet zum Himmel, bevor sie seine Haut mit der Nadel durchstach. Der Schotte bewegte sich nicht, zuckte nicht einmal zusammen. Als sie ihn ansah, war sein Blick auf irgendetwas in weiter Ferne gerichtet.

Einstechen, durchziehen. Einstechen, durchziehen. Beim Nähen musste sie immer wieder Blut wegtupfen. Als sie endlich fertig war, begutachtete er ihr Werk und nickte.

»Jetzt die andere Wunde«, sagte er und zeigte auf seinen Arm.

Wieder nähte Juliana. Trotz ihrer Furcht vor ihm spürte sie seinen Schmerz bei jedem Stich und fragte sich, wie er ihn so ungerührt ertragen konnte.

Nachdem sie den letzten Stich gemacht hatte, ließ er sich von ihr mit einem Streifen Leinen von ihrem Unterkleid die Brust und den Arm verbinden. Als er aufstand, tat sie es ihm nach.

Sie konnte ihren Blick nicht von seinem Gesicht abwenden. Unter dem rotbraunen Bart war es schmal und hart und gnadenlos. Nur Kanten und Ecken, dachte sie. Er litt vermutlich Höllenqualen, doch weder sein Gesicht noch seine Augen spiegelten das wider.

Was würde jetzt geschehen?

Er überraschte sie damit, dass er zur Tür ging.

»Ich habe ein Schiff zu führen«, sagte er.

»Wohin …?«

»Das ist nicht Eure Sache.«

»Natürlich ist es das!«, protestierte sie.

»Seid lieber froh, dass Ihr noch am Leben seid«, sagte er und verließ die Kabine.

9. Kapitel

Patrick hatte geglaubt, an Schmerz gewöhnt zu sein. Herauszufinden, dass dem nicht so war, empfand er als Demütigung. Vielleicht lag es auch am erlittenen Blutverlust, jedenfalls taumelte er, als er zur Kapitänskabine zurückkehrte, um sich die Karten anzusehen.

Das Schiff schien gute Fahrt zu machen, aber wenn sie in einen Sturm gerieten …

Er musste den Männern noch sehr viel beibringen, auch wenn er selbst nie Kapitän gewesen war. Ihm blieb nur, auf gutes Wetter zu hoffen, oder sie würden vielleicht alle verloren sein. Doch so oder so war es kein schlimmeres Schicksal als das, was sie auf den Ruderbänken erwartet hätte.

Auf Drängen seines Vaters hatten sowohl er als auch Rory zwei Jahre auf See verbracht. Der Seehandel hatte seit fast einem Jahrhundert den Lebensunterhalt des Clans gesichert, aber Patrick hatte die Zeit auf See nicht annähernd so gut gefallen wie seinem jüngeren Bruder. Rory hatte eine Liebe zur See entwickelt, die Patrick nicht nachempfinden konnte. Das Meer hatte die Einsamkeit seines Bruders gelindert, aber Patricks hatte sie nur noch größer gemacht.

Eine Einsamkeit, die bei jedem der drei Maclean-Brüder ihre Spuren hinterlassen hatte. Sie alle stammten von verschiedenen Müttern, von denen jede innerhalb weniger Jahre nach der Heirat mit ihrem Vater verstorben war. Der alte Laird hatte sich außerstande gesehen, eine vierte Ehefrau zu finden, da alle geeigneten Heiratskandidatinnen und deren Familien den Campbell'schen Fluch kannten, der besagte, dass keine Maclean'sche Braut lange leben würde.

Um diesen Fluch nicht lebendig zu erhalten, hatten sowohl

Patrick als auch sein jüngster Bruder sich geschworen, niemals zu heiraten. Patrick hatte seine ganze Energie stattdessen auf das Kriegshandwerk gerichtet und darauf, seine Dienste zu verkaufen. Nur Rory hatte geheiratet, und binnen eines Jahres seine Frau im Kindbett verloren. Sein jüngster Bruder hatte in ein Kloster eintreten wollen, was sein Vater jedoch verhindert hatte. Danach hatte sich Lachlan sehr zum Ärger ihres Vaters nur noch seinen Büchern widmen wollen.

Patrick hatte Inverleith in Düsternis und Hoffnungslosigkeit versinken sehen, weil sich sein Vater geweigert hatte, ihm die nötige Autorität zu übertragen, etwas dagegen zu unternehmen. Nach einer letzten heftigen Auseinandersetzung mit seinem Vater hatte Patrick verbittert das Feld geräumt und das heimatliche Inverleith verlassen.

Denk nicht an die Vergangenheit. Nichts konnte sie verändern. Nur die Zukunft ließ sich ändern. Und die Freiheit war nur noch wenige Tage entfernt – falls er sich an das erinnerte, was er während seiner beiden Jahre auf See gelernt hatte.

Konzentriere dich. Erinnere dich an das, was du vor so vielen Jahren gelernt hast. An die Sterne, die Navigationshilfen. Hundert Menschenleben hingen von diesen früheren Erfahrungen ab.

Stunden später fiel Patrick auf, dass sich das Verhalten des Schiffes änderte. Es fuhr schneller. Patrick legte die Karten beiseite und ging an Deck. Hinter rot und gold gefärbten Wolken war das letzte diffuse Glühen der untergehenden Sonne wahrzunehmen. Ein Bild von trügerischer Schönheit, so wie die Frau dort unter Deck. Patrick hatte auf eine sternenklare Nacht gehofft, auf eine Nacht ohne Wolken am Himmel. Das Navigieren wäre dann sehr viel einfacher gewesen.

Diego stand am Steuerruder und wirkte vollkommen entspannt. Patrick hatte einmal mehr das Gefühl, dass der Spanier viele Dinge mühelos bewältigte. Seine Art zu sprechen, seine

Sprachkenntnisse, sein schnelles Erkennen dessen, was getan werden musste, verrieten Patrick, dass Diego kein gewöhnlicher Galeerensklave war.

»Capitán«, grüßte Diego ihn. »Der Wind scheint aufzufrischen.«

Patrick stimmte ihm zu. Auch die See war aufgewühlter. Das Letzte, was er jetzt brauchen konnte, war, einen Sturm mit einer unerfahrenen Mannschaft durchstehen zu müssen. Und obwohl er sich so schnell und weit wie möglich von der spanischen Küste entfernen wollte, mussten sie jetzt die Toppsegel einholen und die anderen Segel richtig stellen.

Er schickte einen Mann zu Felix. Vielleicht war dies der richtige Moment, herauszufinden, wie gut seine ungeübte Mannschaft auf Befehle reagierte.

Zu seiner Überraschung erschien Felix fast augenblicklich mit einer Gruppe von Männern hinter ihm. Er und ein anderer Mann nickten, als Patrick fragte, ob sie wussten, wie man Segel richtig stellte. Felix und die Männer befolgten Patricks Anweisungen schon bei ihrer ersten Übung in der Takelage.

Sie waren weder schnell noch tüchtig, aber sie schafften es. Patrick überließ das Steuerruder wieder dem Spanier und stieg nun auch in die Takelung hinauf, um die Segel abzusichern, wobei er hoffte, dass die anderen zusahen und lernten.

Als Patrick wieder hinunterkam, erwartete ihn Felix bereits.

»Das haben wir gut hingekriegt, meine Leute und ich«, prahlte Felix, dem der Stolz über seinen neuen Rang deutlich ins Gesicht geschrieben stand.

Patrick nickte. »Aye«, sagte er. »Das habt ihr, aber wir werden noch schneller arbeiten müssen. Ein Sturm zieht auf. Bring so vielen Männern wie möglich den Umgang mit den Segeln bei.«

Felix zögerte und trat von einem Fuß auf den anderen. »Ich … nun, ich hätte nicht infrage stellen sollen …«

»Du hattest jedes Recht dazu. Du bist jetzt ein freier Mann.«

»War dir das wirklich ernst damit, dass wir hingehen können, wohin wir wollen, wenn wir erst einmal in Schottland sind?«

»Aye«, bekräftigte Patrick. »Ich werde mein Möglichstes tun, um euch zu unterstützen.«

Felix nickte und akzeptierte seine Worte. Wieder hoffte Patrick inständig, dass er die gegebenen Versprechen auch erfüllen konnte. *Hoffentlich habe ich überhaupt noch eine Familie. Einen Clan. Und Schiffe.* Die *Sofia* legte sich zur Leeseite, und er übernahm das Steuer selbst. »Ruh dich aus«, sagte er zu Diego.

Der Spanier sah ihm prüfend ins Gesicht. »Und du?«

»Nach dir.«

»Wir brauchen dich hellwach«, erinnerte ihn Diego.

»Ich will nach Hause«, erwiderte Patrick.

»Ich habe von Flodden Field gehört«, sagte der Spanier. »Was ist, wenn bei dir zu Hause nichts mehr so ist, wie es einmal war? Wie willst du dann deine Versprechungen erfüllen?«

»Meine Familie ist unglaublich gut darin, zu überleben. Jedenfalls was die Männer des Clans betrifft«, erwiderte Patrick trocken. »Es war mir ernst damit, als ich sagte, ich würde jedem Mann helfen, der mir zur Seite steht.« Dann ging er in die Offensive. »Du hast gesagt, du hättest noch nie ein Schiff geführt. Aber das stimmt nicht.«

»Meinst du?«, fragte Diego und zog eine Augenbraue hoch.

»Aye. Niemand könnte das Ruder führen wie du, ohne Erfahrung damit zu haben.«

»Das war auf einer kleinen Schmugglerbarke«, sagte Diego. »Auf einem Küstensegler. Nichts, was sich mit diesem Schiff vergleichen ließe. Außerdem wollte ich sehen, wie gut du bist«, fügte er hinzu.

»Du warst Schmuggler?«

»Unter anderem.«

»Dann verstehst du etwas von Navigation?«

Diego schüttelte den Kopf. »Wir sind nur an der Küste entlanggefahren.«

»Wurdest du deshalb auf die Galeere geschickt? Wegen Schmuggels?«

Statt einer Antwort zuckte Diego nur mit den Schultern.

Und Patrick wollte ihn nicht bedrängen. Er hatte seine eigenen Dinge zu bereuen. Er hatte nur gefragt, um zu erfahren, auf welche Fähigkeiten er zählen konnte.

»Glaubst du wirklich, wir können Schottland erreichen, ohne entdeckt zu werden?«, fragte Diego.

»Und hast du wirklich geglaubt, wir könnten jemals diese Ketten loswerden?«, gab Patrick zurück.

»Du meinst, dass nichts unmöglich ist.«

»Aye, das muss ich glauben.«

»Wie lange bist du zur See gefahren?«, wollte Diego wissen.

»Zwei Jahre – und das ist länger als zehn Jahre her.«

»Als Kapitän?«

»Nein. Nicht einmal als Offizier. Ich bin mitgefahren, um etwas zu lernen. Mein Vater besaß mehrere Schiffe und war der Meinung, wir alle sollten etwas über Schifffahrt und über Handel lernen. Ich war ein ziemlich unwilliger Schüler.«

»Aber trotzdem hast du viel gelernt, glaube ich. Ich dachte, du hättest vorhin einen Fehler gemacht bei Felix, aber er überrascht mich.«

»Er ist ein Unruhestifter«, sagte Patrick. »Aber nun wird er kämpfen, um seine Autorität zu bewahren und zu beweisen, dass er sie schon früher verdient hätte.«

Diego schüttelte den Kopf. »Ich wäre dieses Risiko nicht eingegangen.« Er zögerte einen Moment, dann sagte er: »Du hast vorhin *wir alle* gesagt.«

»Aye. Ich habe zwei Brüder.«

»Werden sie damit einverstanden sein, einer Bande von Meuterern zu helfen?«

»Ich bin der Erbsohn. Mein Vater ist Laird und widerborstig wie der Teufel, aber er wird das Wort seines Sohnes respektieren.«

»Wann hast du deine Familie verlassen?«

»Vor über acht Jahren. Ein Jahr habe ich aufseiten der Franzosen gekämpft, bevor ich von den Spaniern gefangen genommen wurde.«

»Es heißt, vor einem Jahr seien an der Grenze sehr viele Schotten gefallen.«

»Mein Vater war mit Sicherheit schon zu alt und zu krank, um in den Krieg zu ziehen. Einer meiner Brüder wollte ins Kloster gehen, und der andere war Kapitän auf einem unserer Schiffe. Er hat Inverleith gehasst.«

»Inverleith«, wiederholte Diego. »Das Wort hat einen schönen Klang.«

Patrick erwiderte nichts. Inverleith wäre ein wunderbarer Ort ohne die Fehde mit den Campbells und dem verdammten Fluch, der die Macleans seit Generationen heimsuchte.

Er drehte das Steuerruder ein wenig, um den Wind zu nutzen. Der Spanier blieb, was Patrick gut verstehen konnte. Er wollte sicher sein – oder zumindest doch so sicher wie nur möglich –, dass es eine gute Entscheidung war, nach Schottland zu segeln.

Diego zeigte auf den Leinenverband um Patricks Brust. »Da hat dir jemand einen hübschen Verband gemacht.« Es war mehr eine Frage als eine Feststellung, wenn auch eine sehr indirekte.

»Die Spanierin hat meine Wunden genäht.«

»Und der Stoff?«

Patrick zögerte, dann sagte er: »Aus ihrem Hemd.«

Die Frage stand nach wie vor in Diegos Augen geschrieben.

»Ihr und der Zofe ist nichts geschehen.«

»Du bist mutiger als ich. Ich glaube nicht, dass ich sie mit einer Nadel in der Hand an mich herangelassen hätte.«

»Diesmal war ich vorbereitet.«

Diegos Gesicht verhärtete sich. »Wenn sie am Leben bleiben …«

»Ich weiß. Dann könnte für jeden auf dem Schiff ein Kopfgeld ausgesetzt werden.«

»Die Ältere … sie ist *muy bella*.«

»Sie ist eine Mendoza«, gab Patrick zurück.

»*Si*, aber sie sieht eher wie eine Engländerin als wie eine Spanierin aus.«

Jetzt, da Diego es erwähnte, musste Patrick ihm recht geben. Das blonde Haar, die blauen Augen und die helle Haut – sie hätte wirklich Engländerin sein können.

Aber selbst wenn sie englisches Blut in ihren Adern hätte, würde das nichts ändern.

Sie ist eine Gefahr für jeden Mann auf diesem Schiff. Und ihre junge Begleiterin nicht minder.

Genau dieser Gedanke hatte Patrick keine Ruhe gelassen, seit er die beiden Frauen entdeckt hatte. Was für ein gottverdammtes Pech. Es hätten keine Passagiere an Bord sein dürfen. Nicht auf einem Sklavenschiff. Was war so verdammt wichtig gewesen an dieser Heirat?

Der Sohn des Earls of Chadwick. Sein Erbsohn.

Patrick versuchte, sich zu erinnern, ob er den Namen schon irgendwo gehört hatte. Tief in seinem Bewusstsein regte sich eine Erinnerung. *Chadwick …*

»Hast du schon etwas gegessen?«, fragte Diego.

Patrick begrüßte diese Unterbrechung, denn er wollte jetzt nicht an die verängstigten Frauen unten in der Kabine denken. Und auch der Gedanke, dass er ihre Furcht vermutlich noch geschürt hatte, behagte ihm nicht.

»Nein.«

»Ich lass' dir von jemandem etwas bringen. Wir haben Brot – besseres, als wir je bekommen haben, und sogar ein wenig Obst.«

»Obst?« Heiliger Vater, wie lange war es her, seit er das letzte

Mal Obst gegessen hatte? Er hatte schon befürchtet, durch Skorbut seine Zähne zu verlieren.

Diegos Lippen verzogen sich zu einem schwachen Lächeln. »Obst«, wiederholte er.

»Aye, lass mir etwas bringen.« Er zögerte kurz, bevor er hinzufügte: »Und sag Manuel, dass er den Frauen etwas zu essen bringen soll. Vermutlich wirkt er am wenigsten bedrohlich auf sie.«

»*Si*«, erwiderte Diego nur.

»Und dann leg dich ein paar Stunden hin. Nimm die Kabine des Ersten Offiziers. Ich lass' nach dir schicken, wenn ich müde werde.«

Diego zog eine Augenbraue hoch. »Das dürfte nicht mehr lange hin sein.«

»Du hast auch nicht mehr Ruhe gehabt als ich.«

»Da bin ich mir nicht so sicher. Ich habe gesehen, wie du dich mit Manuel abgesprochen hast. Wie lange hattet ihr das schon geplant?«

»Vor ein paar Wochen erwähnte er, dass er dem Schmied vielleicht den Schlüssel stehlen könnte. Und dann konnte er dem Arzt ein paar Tropfen von einem Schlafmittel entwenden.«

»Dafür hat er aber sicher einen Preis gezahlt«, sagte Diego leise, und Patrick erkannte, dass auch er sich des Missbrauchs bewusst war, dem der Junge ausgesetzt gewesen war.

Patrick nickte nur. Er nahm an, dass Manuel sich sehr hatte verstellen müssen, um den Arzt dazu zu bringen, ihn als harmlos anzusehen.

Diego ging, und Patrick konzentrierte sich darauf, das Schiff zu lenken. Felix und die beiden Ruderer, die behauptet hatten, Seemänner gewesen zu sein, waren in seiner Nähe und brachten einigen der Männer den Umgang mit den Segeln und das Verknoten der Taue bei. Wieder andere schrubbten das Deck, um die letzten Spuren von Blut zu beseitigen.

Mit leicht gespreizten Beinen stand Patrick am Steuerruder

und kostete das Gefühl aus, den Wind zu spüren. Zu viele Jahre hatte er das entbehren müssen. Selbst die sich über ihnen zusammenbrauenden Wolken konnten die Freude nicht dämpfen, wieder sein eigener Herr zu sein.

Aber irgendetwas an dem Spanier ließ ihm keine Ruhe. Der Mann gab nur sehr wenig von sich preis, und Patrick wurde plötzlich bewusst, dass der Spanier mehr Informationen aus ihm herausgeholt hatte, als er ihm über sich verraten hatte.

War er ein Verbündeter, oder wartete er nur ab, wie sich die Dinge entwickelten?

Und über welche seemännische Erfahrung verfügte Diego wirklich?

Doch noch beunruhigender war, dass Patrick einfach kein Gespür dafür entwickeln konnte, was der Spanier hinsichtlich der Frauen zu tun gedachte.

Aber andererseits wusste er selbst auch noch nicht, wie er mit ihnen verfahren sollte.

Das Bild der beiden Frauen begann ihn wieder zu verfolgen.

Später. Darüber konnte er sich später noch Gedanken machen.

Juliana stockte das Herz, als die Tür zu ihrer Kabine wieder geöffnet wurde. Sie und Carmita wechselten einen bangen Blick. Stunden waren vergangen, bis Juliana beschlossen hatte, die Zeit zu nutzen, um Carmita ein paar Worte Englisch beizubringen. Denn sollte ihr etwas zustoßen, so befürchtete Juliana, würde Carmita völlig hilflos sein.

Sie verabscheute die Furcht, die in ihr aufstieg, die Erinnerung an die harten, kalten Augen des Anführers der Meuterer.

Doch statt *El Diablo* kam der Junge namens Manuel herein. Er trug ein Tablett, auf dem zwei Teller und ein Krug standen.

»Das schickt Euch Kapitän Maclean.«

»*Kapitän* MacLean?« Juliana konnte sich diese Spitze nicht verkneifen.

Der Junge warf ihr einen bösen Blick zu, stellte das Tablett auf einen Tisch und wandte sich zum Gehen.

»Warte«, sagte Juliana, wohl wissend, dass sie einen Fehler machte.

Der Junge zögerte.

»Du warst kein Ruderer, nicht wahr?«, fragte sie.

Der Junge ignorierte ihre Frage.

»Geh noch nicht«, sagte sie und hasste den bittenden Tonfall ihrer Stimme, aber sie brauchte unbedingt mehr Informationen.

Er drehte sich wieder um, und sein Blick glitt zu Carmita.

Juliana gefiel sein Gesichtsausdruck nicht – als gäbe es da etwas, was sie wissen sollten und von dem sie keine Ahnung hatten.

»Danke, dass du uns etwas zu essen und zu trinken gebracht hast«, sagte sie freundlich.

Er nickte nur statt einer Antwort.

»Bitte bleib«, bat sie.

»Ich habe andere Pflichten«, erwiderte er steif.

»Und ich bin eine Mendoza«, sagte sie leise.

»Si, señorita.«

»Warst du nun ein Ruderer oder nicht?«, wiederholte sie ihre Frage.

»Ich bin zu klein«, sagte er. »Ich hatte andere Aufgaben.«

»Ich habe dich nicht viel gesehen, seit ich an Bord kam«, versuchte sie es erneut. »Vor der ...« Sie beendete den Satz nicht.

Der Junge schenkte ihr ein freudloses Lächeln, das ihr fast das Herz zerriss. »Ihr wart nicht dort unten«, sagte er. »Ihr wart nicht in der Hölle.«

Und damit ging er.

10. Kapitel

Ihr wart nicht in der Hölle.

Die Worte hallten in der Kabine nach, als der Junge die Tür hinter sich schloss.

Juliana war eine Mendoza, doch erst jetzt begann sie zu erkennen, auf welch furchtbarem Elend ihre Familie ihr Vermögen aufgebaut hatte. Ein Vermögen, das jetzt von einer Heirat abhing, die vielleicht nie stattfinden würde.

Kein Wunder, dass die Ruderer sie hassten – und ihretwegen auch die unschuldige Carmita.

Und sie hatte geglaubt, diese arrangierte Heirat sei das Schlimmste, was ihr widerfahren könnte!

Juliana schaute auf das Tablett mit den Speisen und bezweifelte, auch nur einen Bissen davon herunterzubekommen.

»Wollt Ihr nichts essen, *señorita?*«, fragte Carmita. »Ihr habt seit mehr als einem Tag nichts mehr gegessen.«

Nur ein Tag. Vor weniger als vierundzwanzig Stunden hatte ihr Leben eine zweite dramatische Veränderung erfahren.

Wussten die Meuterer überhaupt, wie man ein Schiff führte? Oder würde es an irgendwelchen Felsen zerschellen? Oder würden sie immer weiterfahren, bis auch der letzte von ihnen verdurstet war? Würden sie und Carmita noch vor allen anderen sterben? Oder würden diese Männer ihnen noch Schlimmeres als den Tod zufügen?

Juliana setzte sich auf die Bettkante und versuchte nachzudenken. Carmita würde nichts essen, wenn sie dem Mädchen nicht mit gutem Beispiel voranging. Vielleicht half eine so alltägliche Beschäftigung wie zu essen, Carmita etwas zu beruhigen.

»Setz dich«, wies Juliana ihre Zofe an. »Wir werden zusammen essen.«

»Das kann ich nicht, *señorita*«, protestierte Carmita.

»Wir sind beide in derselben Lage«, erklärte Juliana. »Und wenn wir überleben wollen, müssen wir bei Kräften bleiben.« Der Junge hatte ihnen einen Krug Wein, Käse, Obst und etwas Brot gebracht, das zwar noch keinen Schimmel angesetzt hatte, aber schon voller Maden war, wie Juliana angewidert feststellte.

Sie schob das Brot beiseite und nahm sich etwas von dem Käse. Während sie an dem Stückchen knabberte, grübelte sie darüber nach, wie es mit ihnen weitergehen würde. Es bestand die Chance, dass der Earl of Chadwick etwas unternahm, wenn seine Braut nicht pünktlich eintraf. Vielleicht würde er die Kapitäne auslaufender Schiffe alarmieren und sie bitten, nach der *Sofia* Ausschau zu halten.

»Was werden sie mit uns machen?«, fragte Carmita, als hätte sie erraten, was ihrer Herrin durch den Kopf ging.

»Wenn sie uns etwas zuleide tun wollten, dann hätten sie es längst getan«, versuchte Juliana ihre junge Begleiterin zu beruhigen.

»Der große Mann macht mir Angst«, gestand Carmita.

»*El Diablo*«, flüsterte Juliana. Auch ihr machte er Angst, obwohl er sie beschützt hatte, nachdem die Meuterer sich des Schiffs bemächtigt hatten. Aber ihren Onkel hatte er bedenkenlos getötet.

»Der Spanier ... er kam mir nicht so ... böse vor«, sagte Carmita in etwas hoffnungsvollerem Ton.

Juliana wünschte, sie könnte ihr recht geben. Denn trotz der gleichgültigen Höflichkeit, mit der der Spanier sie behandelt hatte, spürte sie bei ihm die gleiche, nur mühsam in Zaum gehaltene Gewalttätigkeit wie bei dem Furcht einflößenden Schotten. Und wenn sie ehrlich war, so jagten ihr der Spanier und seine Beherrschtheit sogar noch mehr Angst ein als der Schotte.

Konnte wirklich irgendjemand diese wilde Meute unter Kontrolle halten? Das Schiff hatte viele Fässer Wein geladen, dazu kam noch der billige Wein, der für die Mannschaft gedacht war. Juliana erschauderte. Sie und Carmita waren die einzigen Zeugen der Rebellion, die stattgefunden hatte. Und sie waren die einzigen Frauen auf einem Schiff voller betrunkener Meuterer.

***

Am späten Nachmittag frischte es auf, und gegen Abend war der Wind zu einem Sturm geworden. Das Schiff tanzte auf den Wellen, während die unerfahrenen Männer versuchten, die Toppsegel einzuholen und das Sturmstagsegel zu hissen.

Es wurde immer schwieriger, das Schiff unter Kontrolle zu halten. Diego kam ins Steuerhaus, um das Ruder zu übernehmen. »Kannst du mit den Segelleinen umgehen?«, fragte er Patrick.

»Aye, früher konnte ich das mal«, erwiderte er.

»Ich kenne diese See und dieses Wetter«, sagte Diego. »Ich habe Wein aus Frankreich und Spitze aus Spanien geschmuggelt.« Er hielt inne, um dann mit einem kleinen Lächeln hinzuzufügen: »Französischer Wein ist erheblich besser als der spanische. Was ihren Geschmack angeht, sind die Engländer genauso unkultiviert wie meine Landsleute, da sie ihren Wein in Spanien kaufen.«

Das war ein wenig mehr an Information, als Diego vorher preiszugeben bereit gewesen war. Wobei Patrick es ganz besonders interessant fand, dass Diego diese Gewässer anscheinend viel besser kannte als er.

Ein scharfer Windstoß fuhr in die Segel, und das Schiff legte sich zur Seite, bevor Diego es verhindern konnte.

Patrick schaute zum Himmel. Dicke Wolken jagten darüber und verdeckten die Sterne. Nicht weit vor dem Bug fiel bereits heftiger Niederschlag, und sie fuhren direkt darauf zu.

Sekunden später spürte er die ersten Regentropfen, und dann

kam das Wasser in wahren Sturzbächen herunter. Ein Segel riss sich los und flatterte im Wind.

Er musste das Segel sichern, bevor sie es verloren, und das bedeutete, den Mast hinaufzuklettern.

Schon damals, auf dem Schiff seines Vaters, hatte Patrick es gehasst, zum Ausguck hinaufsteigen zu müssen. Es war das erste Mal, dass ihn etwas in Angst und Schrecken versetzt hatte. Aber er hatte es tun müssen, um dem Rest der Mannschaft zu beweisen, dass er mehr konnte als einfach nur der Sohn des Eigners zu sein.

Und damals war die See ruhig gewesen.

Doch jetzt schlingerte das Schiff heftig und wurde von einer Seite auf die andere geworfen, während das lose Segel unkontrolliert hin und her schwang. Es war durchaus möglich, dass Patrick in die See geschleudert wurde, wenn er jetzt dort hinaufstieg.

Trotzdem begann er hinaufzuklettern und zwang sich, nicht hinabzusehen. Er hielt sich am Tauwerk fest und duckte sich, als das Segel gegen den Mast schlug und ihn fast hinunterstieß. Dann kletterte Patrick weiter.

Regen und Wind peitschten ihn von allen Seiten, und als das Schiff nach Backbord krängte, umklammerte er mit beiden Armen den Mast, um nicht abzustürzen.

Er wusste nicht, wie spät es war, denn der Himmel war pechschwarz. Der Regen prasselte hart und kalt auf Patrick herab, aber er war zu sehr an Not und Ungemach gewöhnt, um sich davon aufhalten zu lassen.

Beharrlich zwang er sich, weiter hinaufzusteigen. Doch dann machte er den Fehler, nach unten zu sehen. Felix starrte zu ihm hinauf. Diego dagegen hielt den Blick unverwandt auf die tobende See gerichtet. Er stemmte sich mit seinem Körper gegen den Wind und umklammerte das Steuerruder, um das Schiff auf Kurs zu halten.

Patrick streckte die Hand nach einer der im Wind herumflatternden Segelleinen aus, aber es gelang ihm nicht, sie zu ergreifen.

Versuch es noch einmal. Mit einer Hand hielt er sich an der Strickleiter fest, als er die andere erneut nach der Segelleine ausstreckte. Diesmal bekam er sie zu fassen, aber sie rutschte ihm gleich wieder aus der Hand.

Ein weiterer heftiger Windstoß ließ das Schiff nach Steuerbord krängen, und das lose Segel begann zu reißen. Das könnte ihnen allen zum Verhängnis werden. Sie brauchten jedes Segel, um Schottland erreichen.

Schottland.

Wieder griff Patrick nach dem Segel. Er konnte es festhalten und begann sogleich damit, es einzuholen. Jeder Zentimeter erforderte mehr Kraft, als er noch zu haben glaubte. Schließlich zog er das Segel an den Mast und zurrte es dort fest. Dann lehnte er sich einen Moment lang an den Mast.

Nicht hinunterschauen.

Gott, war er müde.

Und durchgefroren. Der mit eisiger Gischt vermischte Regen peitschte ihn, und er hatte kaum noch Gefühl in seinen Füßen.

Stück für Stück stieg er herab. Als er endlich das Deck unter seinen Füßen spürte, empfand er das trotz des Schlingerns des Schiffes als ein Geschenk der Götter für ihn.

Doch ihm blieb keine Zeit, die Erleichterung zu genießen. Zusammen mit den anderen mühte er sich ab, die Segel zu stellen, während die *Sofia* wie ein Spielzeugschiff von den Wellen hin und her geworfen wurde.

Als sie mit den Segeln fertig waren, befahl Patrick der Mannschaft, auf dem Oberdeck für alle Männer Rettungsleinen anzubringen. Sie hatten schon so manchen Sturm auf See erlebt, doch waren sie immer angekettet gewesen. Keiner von den Ruderern war je an Deck gewesen, wenn es von meterhohen Wellen überschwemmt worden war.

Die Angst stand ihnen ins Gesicht geschrieben.

Der Wind heulte, Blitze schlugen nicht weit vor ihnen im Wasser ein, Donner dröhnte wie Kanonenschüsse. Dann traf ein Blitz den Fockmast und hinterließ einen Funkenregen an Deck. Einer der Männer fiel zu Boden. Patrick rannte zu ihm. Der Mann war tot. Er hob den Leichnam auf und trug ihn unter Deck. Anders als die verdammten Spanier verdiente dieser Tote eine ordentliche Seebestattung.

Er war Franzose und seit etwa zwei Monaten auf dem Schiff. Der arme Kerl. Verzweiflung packte Patrick und krampfte ihm den Magen zusammen. Was, wenn er auf die anderen gehört hätte und nach Marokko gefahren wäre? Wenn er die Fracht dort verkauft und aus dem Erlös Geschütze gekauft hätte? Und wenn sie ein Leben als Piraten begonnen hätten?

Er hatte es den Männern ausgeredet und Versprechungen gemacht, die er vielleicht nicht würde halten können. Und jetzt würden sie deswegen vielleicht alle sterben.

Juliana stützte Carmita, während das Mädchen sich in den Eimer erbrach, den Manuel ihnen dagelassen hatte.

Es war so dunkel, dass sie nicht einmal den Eimer sehen konnten. Alle Lichter waren gelöscht worden, als der Sturm begann. Die Gefahr, dass ein Feuer ausbrach, war zu groß. Zwischen Carmitas Brechanfällen hielten sie sich aneinander und am Bett fest, um nicht von einer Seite der Kabine auf die andere geworfen zu werden.

Würde das denn nie aufhören?

Aber zumindest lenkte der Sturm die Ruderer von ihnen ab. Welcher Horror war der schlimmere? Von den Meuterern missbraucht zu werden oder in der eisigen See zu ertrinken?

Ihr eigener Magen widerstand dem Schlingern. Aber sie hatte ja auch nur einen Bissen oder zwei gegessen. Allerdings hatte Carmita sogar noch weniger zu sich genommen.

»*Señorita* … Ihr solltet nicht …«, versuchte Carmita zu sagen, bevor ein neuer Brechreiz sie überkam.

»Unsinn.«

Das Schiff neigte sich wieder so weit nach links, dass Juliana glaubte, diesmal könne es nur noch untergehen.

Carmita schrie und klammerte sich an ihr fest.

Juliana wollte das junge Mädchen beruhigen, aber ihre eigene Angst war mindestens genauso groß. Jedes Wort des Trostes wäre eine Lüge.

Zu ihrer großen Erleichterung richtete sich die *Sofia* wieder auf. Aber die Wut der Elemente erschütterte das ganze Schiff. Juliana hörte die Wellen gegen den Schiffsbauch schlagen. Wie lange konnte die *Sofia* einem solchen Ansturm noch widerstehen?

Der Bug des Schiffes hob sich und sackte ganz plötzlich wieder ab.

Carmita begann zu beten.

Juliana wurde gegen eine Wand geschleudert. Auch sie betete, fügte aber auch noch ein paar deftige spanische Flüche hinzu, die sie von ihrem Vater kannte.

Bei Gott und allen Heiligen, so wollte sie nicht sterben! Das konnte und durfte nicht sein …

Der Sturm ließ erst nach, als der Morgen dämmerte und das erste Grau des Tages durch die Wolken kroch.

Der Wind schwächte ab, auch wenn noch immer eine steife Brise wehte. Die erschöpften Männer ließen sich hinfallen, wo sie gerade standen.

Einige waren von losem Tauwerk und über das Deck rutschenden Gegenständen verwundet worden. Eines der Rettungsboote hatte sich losgerissen und drei Männer verletzt. Ein Mann fehlte, vermutlich war er über Bord gespült worden.

Patrick betrachtete die stöhnenden Männer, die in der kleinen Krankenstation des Schiffes auf dem Boden lagen. Er verfügte über einige medizinische Grundkenntnisse, doch es waren einfach zu viele Verletzte, die jetzt Hilfe brauchten. Kilil, der Maure, der die Bank mit ihm geteilt hatte, hatte das Operieren übernommen und tat, was er konnte, um die Wunden zu versorgen.

Patrick überlegte, ob die Frauen nicht auf der Krankenstation helfen könnten. Vielleicht würde das in zweierlei Hinsicht von Nutzen sein: Er hätte zum einen mehr Unterstützung bei der Pflege der Verwundeten, denn die Männer konnten sich vor Erschöpfung kaum noch auf den Beinen halten, und zum anderen ließe sich vielleicht erreichen, dass die Männer lernten, die Frauen zu respektieren.

Auch Patrick war am Ende seiner Kräfte angelangt und wünschte sich nichts sehnlicher als Schlaf. Seit der Übernahme der *Sofia* hatte er kein Auge zugetan. Und Diego hatte auch nur ein paar Stunden Schlaf bekommen.

Jeder von ihnen musste dafür sorgen, seine fünf Sinne beisammenzuhaben und wieder zu Kräften zu kommen.

Durch die Anstrengungen der letzten Stunden hatten Patricks Wunden wieder zu bluten begonnen, doch im Vergleich zu den Verletzungen der anderen war das nur eine geringfügige Beeinträchtigung.

Mit müden Schritten stieg er die Stufen zu der Kabine der Frauen hinunter. Manuel saß pflichtbewusst vor der Tür, doch er war eingeschlafen, und sein Kopf fiel von einer Seite zur anderen.

Patrick klopfte an die Tür, wartete einen Moment und trat dann ein, ohne eine Antwort abzuwarten. Es war offensichtlich, dass hier jemandem übel geworden war, und er sah auch gleich, dass es das junge Mädchen war. Ihr Gesicht hatte einen Stich ins Grünliche, und ihre dunkelbraunen Augen waren stark gerötet.

Die andere Frau, die Mendoza, hielt das Mädchen in den Armen. Eine Mendoza mit Herz.

Vielleicht.

Vielleicht benutzte sie das Mädchen auch nur als Schild.

»Der Sturm?«, fragte sie mit unsicherer Stimme.

»Ist vorbei. Für den Moment jedenfalls.«

Ein Zittern durchlief sie, aber Patrick sah keine Tränen. Er hatte sie überhaupt noch nicht weinen sehen.

Sie erhob sich langsam. Sie trug noch immer das elegante königsblaue Kleid. Ihr Haar war zu einem langen, dicken Zopf geflochten, und ihr Gesicht sah abgespannt und müde aus.

Dennoch kam sie erheblich besser mit der Situation zurecht, als er es irgendeiner anderen Frau aus seiner Bekanntschaft zugetraut hätte. Sie fürchtete offenbar um ihre Unberührtheit und um ihr Leben und das ihrer jungen Begleiterin, doch sie hielt sich sehr gerade. Sie hielt den Kopf hoch erhoben, und in ihren Augen lag Entschlossenheit. Bewunderung für sie erfasste Patrick.

Sie betrachtete seinen nassen und von frischem Blut durchtränkten Verband. »Ihr habt Euch die Wunde wieder aufgerissen.«

»Macht es etwas, dass ein Sklave blutet?«, fragte er.

Sie errötete. »Es macht bei jedem etwas, wenn er blutet«, erwiderte sie scharf.

»Die Ruderer wünschten, Euer Onkel hätte auch so gedacht.«

»Aber dafür haben er und seine Männer ja auch bezahlt, nicht wahr?«, versetzte sie.

Er musste ihrer herausfordernden Art eine widerstrebende Bewunderung zollen. Obwohl sie mit Sicherheit sehr verängstigt war, duckte sie sich nicht, und ihre müden Augen sprühten vor Empörung.

»Sie haben sich verdammt viel Mühe gegeben, uns umzubringen«, verteidigte er sich.

»Einige der Besatzungsmitglieder haben aber doch bestimmt versucht, sich zu ergeben«, sagte sie.

Patrick zuckte mit den Schultern. Es wäre zwecklos, sie daran zu erinnern, dass die Ruderer monatelang – und in einigen Fällen sogar jahrelang – regelmäßig geprügelt worden waren und dass man sie hatte hungern lassen. Es war nur verständlich, dass sie eine Kapitulation nicht akzeptierten.

»Ihr wolltet keine Zeugen, nicht wahr?«

Patrick spannte sich an. Sie konfrontierte ihn mit einer Tatsache, die ihm keine Ruhe ließ, seit er die beiden Frauen gefunden hatte. Sie hatte recht, er wollte keine Zeugen. Aber er wusste auch, dass er es nicht über sich brachte, Frauen umzubringen.

Oder zuzusehen, wie andere es taten.

Doch er war nur einer unter hundert Männern, und er wusste nicht, wie lange er die anderen noch von Vergewaltigung und Mord abhalten konnte.

»Ihr habt sie abgeschlachtet«, beharrte sie.

»Wenn nicht, dann hätten sie *uns* abgeschlachtet. Was Euch sicher lieber gewesen wäre, denke ich«, entgegnete er erbittert.

»Nein«, erwiderte sie langsam. »Ich hätte nicht gewollt, dass irgendjemand stirbt.«

»Aber wenn Ihr vor der Wahl gestanden hättet?«

»Ich hatte keine Wahl.«

»Der Reichtum Eurer Familie, dieses hübsche Kleid, das Ihr da tragt, sind die Früchte der Arbeit, die unzählige Männer in ihr nasses Grab gebracht hat. Sie sind an Erschöpfung, Hunger und unter der Peitsche gestorben. Und dann wurden sie über Bord und den Fischen zum Fraß vorgeworfen.«

»Das wusste ich nicht.«

»Es hat Euch auch nicht gekümmert.«

»Das ist nicht wahr!«, rief sie. »Ich weiß, dass es furchtbar war, egal, was Ihr verbrochen habt, aber ...«

»Egal, was ich verbrochen habe«, wiederholte er leise. »Was glaubt Ihr denn, was ich verbrochen habe, *señorita?*«

Ihre Lippen zitterten, als sie nach einer Antwort suchte. Es sprach für sie, dass sie auch diesmal nicht in Tränen ausbrach.

Dann antwortete sie endlich. »Mein Onkel sagte, Ihr ... sie ... wären alle Verbrecher, Mörder und Ungläubige.«

»Ihr wollt Männer unter Qualen sterben sehen, nur weil sie sich nicht zu der gleichen Religion bekennen wie Ihr?«

Sie schüttelte den Kopf.

»Es war ein Kampf. Unser Leben gegen das ihre«, sagte er und fragte sich, warum er seine Handlungsweise zu rechtfertigen versuchte. »Ich habe für die Franzosen gekämpft und wurde von einem spanischen Edelmann gefangen genommen. Als kein Lösegeld für mich gezahlt wurde, verkaufte er mich an Euren Onkel.«

Sie sah ihn aus ihren veilchenblauen Augen unverwandt an.

»Die meisten der Ruderer sind Kriegsgefangene, die wie ich an Euren Onkel verkauft wurden«, fuhr er fort. »Viele von ihnen waren ehrenwerte Männer, die von Eurem Onkel zu Tieren gemacht wurden. Von ihnen habt Ihr wenig Gnade zu erwarten.«

Auf ihrem Gesicht spiegelte sich Entsetzen wider.

»Wir brauchen Hilfe bei der Versorgung der Verletzten«, fuhr er fort. »Bei mir habt Ihr Eure Sache gestern schon ganz gut gemacht.«

»Ist das ein Befehl oder eine Bitte?«

»Ich bitte nicht.«

»Nun gut.« Unwillkürlich ballte ihre Hand sich zu einer Faust. »Aber ich tue es nur für die Verwundeten und nicht, weil Ihr es mir befohlen habt.«

»Aus welchem Grund Ihr es tut, ist mir egal«, erklärte er. »Ihr seid jedem Mann auf diesem Schiff etwas schuldig. Ihr und Eure Familie. Wir haben uns an den Rudern abgeschuftet, weil Ihr es so eilig hattet, zu Eurem reichen Bräutigam zu kommen«, spottete er. »Ihr und Eure feinen Kleider.« Es gelang ihm nicht, die Verbitterung in seiner Stimme zu unterdrücken, als er an die letzten Peitschenhiebe dachte. Die für Denny und für ihn.

Er musste sich diese Wut bewahren. Denn diese Frau faszinierte ihn viel zu sehr, auch wenn sie Mendozas Nichte war. Und er wollte sie nicht reizvoll finden. Er wollte nicht, dass sein Körper auf sie reagierte, dass all die sinnlichen Empfindungen in ihm erwachten, die er in den vergangenen Jahren unterdrückt hatte.

Er war zu lange nicht mehr mit einer Frau zusammen gewesen.

Sie wich vor ihm zurück. Ob seine Worte sie dazu veranlassten oder ob etwas in seinem Blick ihr Angst gemacht hatte, vermochte er nicht zu sagen. »Ich hatte keine Wahl, was diese Heirat angeht. Ich wollte nicht nach England. Ich wurde dazu gezwungen ...«

Er sah sie einen Moment lang prüfend an und fragte sich, ob sie die Wahrheit sagte, dachte dann jedoch, dass das eigentlich keine Rolle spielte. Das einzig Wichtige im Augenblick war, dass sie am Leben blieb und es ihm gelang, zumindest einen Teil der Mannschaft auf ihre Seite zu bringen. »Manuel wird Euch zu den Verletzten führen.«

»Wird Carmita mich begleiten? Ich ... ich will sie nicht allein lassen.«

»Sie kann mitgehen. Manuel wird bei Euch bleiben. Falls es Schwierigkeiten geben sollte, holt er mich.«

Sie schloss für einen Moment die Augen. *»Gracias.«*

»Dankt mir nicht«, sagte er kurz. »Ihr hättet nicht an Bord dieses Schiffs sein sollen. Eure Anwesenheit macht alles nur komplizierter. Sorgt also dafür, nicht zu einer noch größeren Last zu werden.«

Er hatte sich schon zum Gehen gewandt, als sie fragte: »Wer seid Ihr?«

Er drehte sich zu ihr um. »Auf diesem Schiff? Ich wurde nur Nummer eins genannt, was bedeutet, dass ich länger durchgehalten habe als alle anderen. Nach mir gab es noch Nummer zwei, drei ... Nummer einhundert kam am selben Tag wie Ihr an Bord. Er hätte vielleicht länger durchgehalten als der Mann, den er ersetzt hat, denn der war schon nach weniger als einem Monat tot.«

Ihre Augen wurden groß vor Bestürzung, und Patrick fragte sich, ob sie ihm glaubte oder nicht.

Auch das spielt keine Rolle, sagte er sich.

»Ihr seid aus Schottland«, sagte sie.

»Aye.«

»Wie lange ... seid Ihr schon hier?«

»Fast sechs Jahre meiner Rechnung nach. Davor hat man mich ein Jahr in einem spanischen Verlies verrotten lassen.«

»Daran kann ich leider nichts mehr ändern«, sagte sie leise. »Ich wünschte, ich könnte es. Worte bedeuten nichts, das weiß ich, aber ich werde versuchen zu helfen, wo ich kann.«

Das Bedauern in ihrer sanften Stimme durchflutete ihn mit einer süßen Hitze. Patrick hatte nicht den Eindruck, dass sie log. Er hätte zu gern ihre Wange berührt. Sie sah so weich aus. Es war lange her, seit er etwas Weiches berührt hatte ...

Unwillkürlich ballte er die Fäuste. Und *die* waren nicht weich, sondern hart und voller Schwielen.

Verdammt, aber diese Frau machte ihn schwach, und das Schlimmste, was er tun könnte, war, sie zu berühren. Er hatte sie für den Rest der Mannschaft für tabu erklärt, aber er würde jegliche Kontrolle über die Männer verlieren, falls sie auf den Gedanken kamen ...

Er wandte sich zur Tür. »Manuel wird draußen auf Euch warten. Wir haben nicht genug saubere Tücher, um die Wunden zu verbinden. Zerreißt also Eure Hemden und bringt sie mit.«

Sie errötete.

»Und alles andere, was wir benutzen können«, fügte er hinzu. »Ich werde sicherstellen, dass Ihr es tut.« Mit voller Absicht legte er einen barschen Ton in seine Stimme, weil er wollte, dass sie ihn fürchtete. Dass sie alles tat, was ihr befohlen wurde, weil das vielleicht der einzige Weg war, sie zu retten.

Es erstaunte ihn, wie mutig sie ihm entgegentrat und dass sie ihm so viele Fragen gestellt hatte. Sie war intelligent genug zu wissen, dass sie ihren Feind kennen musste. Vielleicht wartete sie aber auch nur auf eine Gelegenheit, an seinen Dolch heranzukommen, um ihn erneut anzugreifen.

»Wie viele Männer sind verletzt?«, fragte sie.

»Zehn.«

»Schließt das Euch mit ein?«

»Nein.«

Ihr Blick glitt zu seinem Hemd, das nicht mehr weiß, sondern rosa war von Blut und Regen.

»Werdet Ihr auch dort sein?«

Er zuckte mit den Schultern. »Vielleicht.«

Dann wandte er sich ab und ging hinaus. Entschlossen widerstand er dem Wunsch, noch länger zu bleiben. Zu übermächtig war der Wunsch, den Gestank des Ruderdecks aus seiner Erinnerung zu streichen und nur noch den wunderbaren Duft nach Rosen zu riechen, der diese Frau umhüllte. Nur sein Verlangen, seinen geschundenen Körper mit dem ihren zu vereinen, war noch größer …

Manuel erwartete ihn vor der Tür.

»Bring die beiden Frauen in die Krankenstation«, wies Patrick ihn an. »Sie werden den Verletzten helfen.«

»Si«, sagte der Junge. Er sah genauso müde aus wie alle ande-

ren, aber Patrick wusste, dass sie in den kommenden zehn oder zwölf Tagen nur wenig Zeit zum Schlafen haben würden.

»Und bleib bei ihnen. Sollte es Schwierigkeiten geben, holst du mich.«

»Die wird es sicher geben«, prophezeite Manuel.

Patrick wusste, dass der Junge recht hatte. Es würde Ärger geben, und er war nicht sicher, ob sein Plan, etwas von dem Hass gegen Mendoza und seine Familie abzubauen, gelingen würde. War es falsch, die Frauen mit den Männern zusammenzubringen und zu hoffen, bei einigen von ihnen einen Sinneswandel bewirken zu können?

Sollte sein Plan fehlschlagen, musste er sich auf einen weiteren Aufstand gefasst machen. Und er konnte nicht einmal abschätzen, inwieweit er Diego und MacDonald trauen konnte.

Sein Einfluss auf die Männer war nicht groß. Falls sie glaubten, sie könnten das Schiff ohne seine Hilfe führen, würden sie sich vielleicht den Mauren anschließen, die sie schon jetzt zur Piraterie zu überreden versuchten. Und falls sie nicht so schnell wie möglich lernten, was ein Seemann können musste, könnte ein weiteres Unwetter sie alle umbringen.

Das hatte der Sturm der vergangenen Nacht gezeigt.

Inverleith ...

Es schien so weit entfernt zu sein wie eh und je.

11. Kapitel

Juliana atmete auf, als sich die Tür hinter dem Schotten schloss.

Er hatte seine Wut kaum bezähmen können, als er ihr auf die Frage geantwortet hatte, wer er sei.

Ich wurde nur Nummer eins genannt.

Dabei schien alles an ihm darauf hinzuweisen, dass er kein Mann von niederem Stand war. Seine Ausdrucksweise, die Tatsache, dass er mehrere Sprachen beherrschte, und seine natürliche Autorität ließen darauf schließen, dass er vermutlich von Adel war. Außerdem hatte er erwähnt, dass ein Lösegeld für ihn verlangt worden war – was nur bedeuten konnte, dass seine Familie als wohlhabend bekannt war.

Aber warum hatten sie das Lösegeld dann nicht gezahlt?

Juliana lief es kalt über den Rücken, als sie sich die nur mühsam unterdrückte Wut und Aggressivität in seiner Stimme in Erinnerung rief.

Sie hatte mit dem Schlimmsten gerechnet, als er in die Kabine gekommen war. Gott, aber das Schlimmste hatte sie schon von dem Moment an erwartet, in dem die Meuterer das Schiff in ihre Gewalt gebracht hatten. Und während des Sturmes hatte sie geglaubt, sterben zu müssen, weil sich das Schiff in den Händen unerfahrener Sklaven befand.

Doch erstaunlicherweise lebten sie und Carmita noch. Und keiner der Männer hatte sie bisher auch nur angerührt. Wie lange das so bleiben würde, wusste sie nicht, aber sie war dankbar für jeden Moment, der ihnen noch blieb.

Und sie war auch froh, sich beschäftigen zu können, statt in dieser Kabine zu sitzen und abzuwarten, welches Schicksal ihnen widerfahren würde. Wenn sie und Carmita sich bewähren und vor den Augen der Männer bestehen konnten, würden sie sie vielleicht irgendwo an der Küste absetzen.

Das war nur eine schwache Hoffnung, aber letztendlich die einzige, die ihnen blieb.

Sie wünschte, sie könnte verstehen, was in dem Schotten vorging. In seinen Augen hatte sie sekundenlang so etwas wie Begehren aufflackern gesehen, aber statt diesem Impuls nachzugeben, war sein Zorn nur noch größer geworden.

»Carmita, hilf mir auszusortieren, was wir als Verbände benutzen können«, sagte sie zu dem jungen Mädchen.

»Müssen wir die Kabine verlassen, *señorita?*«

»Ich glaube, wir sind sicherer, wenn wir es tun. Wenn wir den Verletzten helfen können …«

Carmitas Gesichtsausdruck war anzusehen, dass sie anderer Meinung war, aber sie gehorchte und verließ die Ecke, in die sie sich während der Anwesenheit des Schotten verkrochen hatte. Sie kniete sich vor die Kleidertruhe und öffnete den Deckel.

Die Truhe war bis an den Rand mit Julianas neuer Garderobe gefüllt. Wie empört ihr Vater wäre, wüsste er, was aus den prachtvollen Kleidern geworden war, die er so eilig und unter hohen Kosten für ihre Hochzeit hatte anfertigen lassen.

Was aus seiner Tochter wurde, würde ihn nicht sonderlich kümmern, von ihrer fehlgeschlagenen Verbindung mit dem Sohn des Earls of Chadwick einmal abgesehen, aber ihre Mutter …

Zum ersten Mal kamen Juliana die Tränen. Sie hatte sie die ganze Zeit zurückgehalten, weil sie den Barbaren, die die gesamte Schiffsbesatzung ermordet hatten, nicht die Genugtuung hatte geben wollen, sie weinen zu sehen. Doch jetzt dachte sie an ihre Mutter und die Konsequenzen, die ihr Verschwinden für sie haben würde; und der Gedanke daran war mehr, als Juliana ertragen konnte. Würde ihre Mutter je erfahren, was aus ihr geworden war?

Juliana wischte ihre Tränen ab und zwang sich, alle weiteren zu unterdrücken. Dann sah sie Carmitas bedrückten Blick und versuchte, es dem jungen Mädchen zu erklären. »Ich dachte gerade an meine Mutter«, sagte sie, um Carmitas neu erwachte Ängste zu beschwichtigen. »Sie fehlt mir sehr.«

»*Si.* Mir auch.« Carmita biss sich auf die Lippe. »Es gibt niemanden, der um mich trauern wird.«

»Das wird auch gar nicht nötig sein«, entgegnete Juliana mit einer Überzeugung, die sie nicht empfand. »Wenn die Männer uns etwas antun wollten, dann hätten sie es längst getan. Wir müssen ihnen jetzt zeigen, dass wir ihnen nützlich sein können.«

Carmita erschauderte. »Aber wie?«

Juliana griff nach ihrer Hand und drückte sie. »Ich weiß es nicht, aber zusammen werden wir es lernen.«

Minuten später hatten sie fünf Hemden und mehrere Unterröcke in Streifen gerissen. Juliana hoffte, dass das genügen würde. Dann ging sie zur Tür.

Zu ihrer Überraschung war sie unverschlossen.

Manuel stand davor. Er war eigentlich viel zu jung und schmächtig, um an einem solchen Massaker teilgenommen zu haben. Aber Juliana wusste, dass er dabei gewesen war. Genau wie alle anderen, die sich des Schiffs bemächtigt hatten.

»Der *capitán* hat gesagt, ich soll Euch zu den Verletzten bringen«, sagte Manuel.

Sie versuchte gar nicht erst, ihm klarzumachen, dass sie so gut wie nichts von der Behandlung von Verwundeten verstand, und sie verzichtete auch auf eine spöttische Bemerkung darüber, dass er den Schotten als *capitán* bezeichnete.

Mit Carmita an ihrer Seite folgte sie dem Jungen schweigend.

Die kleine Krankenstation war überfüllt. Sie war kaum größer als die Kapitänskajüte und war mit fünf schmalen Kojen ausgestattet, die alle belegt waren. Auch auf dem Boden lagen einige Verletzte. Ein dunkelhäutiger Mann, dessen Kleidung blutbespritzt war, schien die Aufgabe des Arztes übernommen zu haben.

Dieser Mann, der sie jetzt mit unverhohlener Neugier ansah, konnte nur ein Maure sein.

»Ich … Der Schotte hat gesagt, wir sollen hier helfen«, sagte sie.

»Jede Hilfe ist willkommen«, erwiderte er.

»Seid Ihr Arzt?«

Er lächelte mit schmalen Lippen. »Nein. Aber ich kenne mich mit Wunden aus.« Sein Spanisch war von einem starken Akzent geprägt. »Und Ihr?«

»Leider nicht. Aber ich kann nähen, und ich lerne schnell.«

»Dann lasst uns gleich beginnen.«

»Ich bin Juliana«, sagte sie. »Und das hier ist Carmita.«

»Mein Name ist Kilil«, erwiderte er. Seine Augen waren dunkel und unergründlich. Weder freundlich noch feindselig. Nur … hart.

»Was können wir tun?«

»Einem Mann wurde das Bein zerschmettert. Ich muss es amputieren und die Wunde ausbrennen. Es muss am Oberschenkel abgebunden werden, bevor ich schneiden kann, damit der Verletzte nicht verblutet.« Sein Blick war unverwandt auf sie gerichtet, und Juliana war bewusst, dass er sie auf die Probe stellte.

Sie nickte stumm, obwohl sie nicht wusste, ob sie die Qual des Mannes würde ertragen können. Aber ihr Leben und das Carmitas hingen davon ab, dass sie es schaffte.

Er nickte zwei Männern im Hintergrund der Kabine zu, die den Verletzten daraufhin auf einen Tisch legten. Der Mann stöhnte auf, als Kilil das übel zugerichtete Bein untersuchte.

Julianas Magen verkrampfte sich, als sie das Bein sah. Es war eine einzige klaffende Wunde, aus der ein Knochen herausragte. Sie spürte, dass ihr die Knie weich wurden. Doch es war nicht

Feigheit, was diese Schwäche auslöste, es war die Qual des Mannes, die ihr schrecklich naheging.

Kilil wies mit einem Kopfnicken auf einen Tisch, auf dem ein Kasten und verschiedene blutverschmierte Instrumente lagen. »Medizin.«

Juliana öffnete den Kasten. Die meisten Flaschen und Tiegel enthielten Kräuter, die sie kannte. Mit Kräutern kannte sie sich aus. Ihre Mutter war eine begeisterte Gärtnerin und hatte ihren eigenen Kräutergarten. Zwei andere Flaschen in dem Kasten enthielten ein ihr unbekanntes Pulver. Es war *Opium*, wie das Etikett darauf besagte.

Opium.

Darüber hatte sie gelesen. Es war ein Betäubungsmittel, das aus dem Orient kam. Es war sehr selten und galt in Europa als äußerst kostbar. Es linderte den Schmerz, aber es besaß auch den Ruf, die Menschen zu zerstören, die es einnahmen.

Der Maure hörte nicht auf, Juliana mit diesem unergründlichen Blick zu mustern, den sie als sehr beunruhigend empfand.

»Hier ist Opium«, sagte sie. »Ich habe darüber gelesen. Schon eine sehr kleine Menge davon kann den Schmerz betäuben. Und ich könnte einen Breiumschlag für die Wunde machen.«

Kilil sah den Mann an, der sich stöhnend auf dem Tisch wand, und nickte ihr zu. »Dann bereitet alles vor.«

Juliana fand einen Krug Wasser und einen Becher, in dem sie eine kleine Menge Opium mit Wasser vermischte. Dann hielt sie dem Verwundeten den Becher an die Lippen, während Carmita seinen Kopf hochhielt. Der Mann versuchte, das Gemisch gleich wieder auszuspucken.

»Trinkt das«, ermutigte sie ihn sanft. »Das wird Euch helfen.«

Er packte ihre Hand. »Lasst nicht zu, dass der Ungläubige mir mein Bein abschneidet«, flehte er.

Sie sah, wie der Maure sich anspannte.

»Er will Euch nur helfen.«

»Aber danach wäre ich kein Mann mehr.«

»Natürlich werdet Ihr noch ein Mann sein«, entgegnete sie entschieden. »Habt Ihr denn keine Familie, die Euch daheim erwartet? Eine Frau und Kinder?«

Der Mann erwiderte nichts. Sie sah, dass er die Augen schloss.

Der Maure strich mit den Fingerspitzen über eine Säge. Die beiden anderen Männer, die bisher schweigend zugesehen hatten, traten jetzt vor und hielten den Verletzten fest.

Der Maure band das zertrümmerte Bein mit einem Stück Seil ab und zeigte Juliana, wie sie den Druck verringern und verstärken musste.

Dann begann er zu amputieren.

Trotz des Opiums bäumte sich der Verletzte unter dem festen Griff der beiden Männer auf und schrie gellend. Juliana wäre am liebsten davongelaufen. Das Geräusch der Säge, die sich durch den Knochen arbeitete, ging ihr durch und durch, und fast war ihr, als empfände sie die Qual des Mannes mit. Ihre Nerven schrien bei jedem Knirschen seiner Knochen.

»Das Seil lockern!«, befahl der Maure.

Sie tat, was er verlangte, auch als der Mann auf dem Tisch heftig zu zucken begann und sich loszureißen versuchte.

Aber schließlich sackte er in sich zusammen und verhielt sich still.

Der Maure, der völlig unbewegt wirkte, beendete sein Werk. Dann griff er nach einem Leintuch auf dem Tisch, riss mehrere große Streifen davon ab und presste sie auf die Wunde. Anschließend gab er Juliana ein größeres Stück Stoff. »Bedeckt den Stumpf damit und vernäht den Stoff«, sagte er.

Ohne eine Antwort abzuwarten ging er zum nächsten Verletzten. Juliana legte das Leintuch über das Polster und nähte es zusammen. Sie war froh, dass Carmita neben ihr stand und den Stoff hielt, während sie nähte.

Die folgenden Stunden vergingen so rasch, dass Juliana gar

nicht merkte, wie die Zeit verflog. Sie hielt einem der Meuterer die Hand, während Kilil eine Holzschiene an dessen Arm befestigte, um ihn ruhigzustellen. Danach vernähte sie leichtere Schnittwunden und verband verletzte Arme und Beine. Sie hielt den Kopf eines Sterbenden und sang ihm ein spanisches Schlaflied vor. Als sie einmal aufblickte, sah sie den Schotten in der Tür stehen, der sie aufmerksam beobachtete.

Er trug immer noch das weite Hemd, das Regen und Blut rosa gefärbt hatten. Als er die Kabine betrat, ging Kilil zu ihm. Der Schotte zog sein Hemd aus, und Juliana sah, dass der Verband um die Stichwunde wieder blutdurchtränkt war. Kilil entfernte den Stoff mit einer Schere.

»Das muss ausgebrannt werden«, sagte der Maure, nachdem er sich die Wunde angesehen hatte, die während des Sturmes wieder aufgerissen war.

Der Schotte verzog keine Miene, sondern nickte nur. Der Mann, der ein Bein verloren hatte, war auf den Boden gelegt worden. Kilil zeigte auf den blutbefleckten Tisch. Der Schotte setzte sich darauf.

Juliana beobachtete, wie der Maure ein Messer erhitzte, und schnell vermischte sie etwas Opium mit Wasser und bot es dann dem Schotten an.

»Was ist das?«

»Opium«, sagte sie. »Das hilft gegen den Schmerz.«

»Nein. Ich will nichts, was mir das Hirn vernebelt.«

»Das ist doch Unsinn.«

»Vielleicht. Aber ich will es trotzdem nicht.«

Juliana sah sich nach einem geeigneten Stück Holz um. Schließlich fand sie eines, und dieses Mal lehnte der Schotte nicht ab, als sie es ihm reichte. Sein Gesicht blieb völlig unbewegt, als der Maure das Messer aus dem Feuer nahm und damit auf ihn zukam.

Zu ihrem eigenen Erstaunen nahm Juliana die Hand des

Schotten und hielt sie, als das Messer zischend seine Haut berührte. Der Schotte biss auf das Stück Holz, und seine Hand schloss sich so fest um ihre, dass sie schon befürchtete, er würde sie zerbrechen.

Der Geruch von versengtem Fleisch vermischte sich mit dem von Blut, als der Maure das Messer wieder wegnahm.

Ein Zittern durchlief den Körper des Schotten, dann saß er reglos da. Sein Griff um Julianas Hand löste sich, und sie ließ ihren Arm sinken.

Er machte Anstalten aufzustehen, hielt dann aber inne. Kein Laut kam über seine Lippen. Seine Selbstbeherrschung erstaunte Juliana.

Einer der Gehilfen des Mauren kam und reichte ihm einen Becher mit einer Flüssigkeit, die wie Wein aussah. Der Schotte nahm den Becher und leerte ihn in einem Zug.

Sein Blick suchte wieder den ihren. Seine Augen waren von Erschöpfung und Schmerz gezeichnet, und zum ersten Mal sah er verwundbar aus. Doch dieser Eindruck war nur flüchtig, denn schon Sekunden später stand er auf und nickte dem Mauren dankend zu. Dann machte er einen Schritt, lehnte sich für einen Moment an die Wand, ging dann auf die Tür zu und verließ die Kabine.

Nachdem er fort war, schien die Luft noch von der Intensität des hier Geschehenen zu knistern. Juliana merkte, dass sie in jenen Momenten kaum geatmet hatte. Ihr Herz klopfte wieder.

Um wieder Luft in ihre Lungen zu pumpen, aus keinem anderen Grund.

Sie wandte sich dem nächsten Patienten zu.

Ihre Berührung hatte ihn getroffen wie ein Schlag. Patrick hatte nicht erwartet, dass Juliana Mendoza ihm ihre Hand geben würde. Und es war mehr als nur diese Geste. Sie hatte ihm noch etwas gegeben, das ihn berührt hatte wie nichts zuvor in seinem Leben.

Sie hatte ihm ihr Mitgefühl gegeben, um seinen Schmerz zu lindern.

Sie hatte so unglaublich zart und zerbrechlich ausgesehen, als sie dem Sterbenden das Schlaflied vorgesungen hatte. Patrick hatte an der Tür gestanden und sie beobachtet, wie gebannt von der Sanftheit und der Süße ihrer Stimme.

Ihr Kleid war von Blutflecken übersät, und aus ihrem Zopf hatten sich Haarsträhnen gelöst, die ihr ins Gesicht fielen. Trotzdem hatte er sie anziehender als je zuvor gefunden. Als sie sich ihm zuwandte, hatte er Kummer und Sorge in ihrer Miene lesen können, und er hatte erkannt, dass sie nicht nur bei den Verletzten war, weil er es ihr befohlen hatte.

Diese Erkenntnis überraschte, ja, verwirrte ihn. Aber wenn er jetzt etwas nicht wollte, dann war es, dieser Frau Bewunderung zu zollen. Er hatte genügend andere Probleme. Wie zum Beispiel die Mannschaft so lange zusammenzuhalten, bis das Schiff Schottland erreicht hatte, und dann zu tun, was getan werden musste. Er durfte nicht vergessen, dass Juliana Mendoza einer Familie angehörte, die sich an dem Elend anderer bereicherte. Aber im flackernden Schein der Laternen hatte sie alles andere als selbstsüchtig ausgesehen. Er hatte echtes Mitgefühl in ihren Augen erkannt.

Aber er hatte noch etwas anderes gespürt, als ihre Blicke sich begegnet waren, nicht nur jene Hitze, die seinen Körper reagieren ließ. Er hatte etwas viel Gefährlicheres gespürt. Aber er war an Schmerz gewöhnt. Er wusste, wie viel er ertragen konnte. Und er wusste auch, dass er dieser Grenze sehr nahe gewesen war.

Nur deshalb hatte er ihre Hand genommen und sie so fest umklammert, dass er sie ihr fast gebrochen hätte.

Patrick kehrte in die Kapitänskabine zurück und legte sich auf das Bett. Er hatte Diego gesagt, dass er sich ein paar Stunden ausruhen wolle. Und es würde ihn weiß Gott keine Mühe kosten einzuschlafen.

Ein kräftiger Wind trieb die *Sofia* voran, die über die Wellen dahinzufliegen schien. Zwei Tage waren vergangen, ohne dass sie ein anderes Schiff gesichtet hatten.

Patrick stand am Steuerruder, während Diego sich zu einem wohlverdienten Schlaf in eine der Kabinen zurückgezogen hatte. Einer der Mauren, Gadi mit Namen, stand neben Patrick. Er hatte gefragt, ob *El Capitán* ihm etwas über Navigation beibringen könne. Zwar fragte Patrick sich, welchen Zweck der Araber mit diesem Wunsch verfolgen mochte, aber er brauchte alle Hilfe, die er bekommen konnte. Überdies wäre das Misstrauen der Mauren ihm gegenüber nur noch größer geworden, hätte er diese Bitte abgelehnt.

Patrick wusste, dass sie ihm grollten. Verständlicherweise wollte jeder von ihnen in sein Heimatland zurückkehren. Er vermutete, dass nur die Tatsache, dass die Spanier, Schotten und Franzosen auf dem Schiff in der Überzahl waren, die Mauren davon abhielt, zu versuchen, sich des Schiffes zu bemächtigen.

Dennoch konnte Patrick die Mauren verstehen. Er brachte sie in ein christliches Land, und warum sollten sie glauben, dort besser behandelt zu werden als in Spanien? Sie hatten fast ihr ganzes Leben lang gegen die Christen gekämpft.

Bislang hatte wohl auch das Wissen, dass nur wenige von ihnen etwas von der Seefahrt verstanden, die Mauren von einer Rebellion absehen lassen. Aber wie lange noch?

Patrick überließ Gadi das Steuer, und der Maure konzentrierte sich darauf, die *Sofia* auf Kurs zu halten. Der Wind blies frisch und stark und blähte alle Segel. Falls er sich hielt, würden sie in fünf oder sechs Tagen die Hebriden erreichen.

Patrick schaute zum Himmel hinauf. Bis die Sterne aufgingen

und er die Position des Schiffes genauer berechnen konnte, orientierte er sich am Stand der Sonne.

Aber was würde geschehen, wenn er sich täuschte? Wenn er einen Fehler machte? Sie würden umherirren, bis ihnen der Proviant und das Trinkwasser ausgingen.

Patrick ließ den Blick über das Deck gleiten. Die Mannschaft, diese Schar abgerissener Männer aus aller Herren Länder, brachte einander bei, was man für die Seefahrt können musste. Und oft verständigten sie sich statt mit Worten mit Zeichensprache. Aus dem Augenwinkel nahm er etwas Blaues wahr, das im Wind flatterte.

Juliana Mendoza stand an der Reling, zusammen mit ihrer Zofe und bewacht von Manuel. Patrick ging zu ihnen. Beide Frauen sahen ihm argwöhnisch entgegen.

»Wir sind heraufgekommen, um ein bisschen frische Luft zu schnappen«, sagte Juliana Mendoza, und es klang, als wollte sie sich rechtfertigen. »Kilil hat es uns erlaubt.«

»Er sagte, Ihr wärt bei der Versorgung der Verletzten sehr nützlich gewesen.«

»Viel mehr, als Trost zu spenden, konnte ich nicht tun, und ich bin mir nicht mal sicher, ob jemand von mir getröstet werden will.«

»Sie werden von jedem Hilfe annehmen, der bereit ist, sie ihnen zu geben. Sie sind nur nicht daran gewöhnt.«

»Sie brauchen einen richtigen Arzt«, sagte sie mit einem ärgerlichen Funkeln in den Augen. »Vielleicht hättet Ihr den Schiffsarzt doch nicht töten sollen.«

»Er hat uns nie geholfen«, warf Manuel voller Bitterkeit ein, ehe er sich abwandte und davonging.

Juliana sah dem Jungen nach, bevor sie sich wieder Patrick zuwandte. Sie sah ihn fragend an.

»Der Arzt hat ihn einer Weise benutzt, die vermutlich sogar Eure Missbilligung erregen würde«, erklärte Patrick.

»Nein!« Der Schotte hatte das schon einmal behauptet, ohne dass sie ihm geglaubt hatte. »Niemals hätte mein Onkel das geduldet …«

Patrick zuckte mit den Schultern. »Glaubt, was Ihr wollt. Aber der Schiffsarzt war nicht der Einzige.« Er zögerte, bevor er mit mühsam beherrschter Stimme hinzufügte: »Ihr solltet nicht hier draußen sein. Die Männer sind noch immer voller Zorn und Hass.«

»Ich brauchte frische Luft. Kilil …«

»Kilil ist nicht der Kapitän.«

»Aber Ihr seid es?«, fragte sie herausfordernd.

»Im Moment sieht es so aus.«

»Im Moment noch«, wiederholte sie leise.

Er spannte sich an. »Was habt Ihr gehört?«

»Ein paar Bemerkungen. Unmut.«

»Dann solltet Ihr beten, dass nicht mehr daraus wird«, sagte Patrick.

»Warum? Ihr seid doch auch nicht besser als der Rest«, gab sie in scharfem Ton zurück.

»Aye, das stimmt wohl«, sagte er. »Aber immer noch besser als Euer Onkel und seinesgleichen.«

Sie wandte sich von ihm ab, und zu seiner Überraschung sah er, dass ihre Schultern zitterten. Und zu seiner noch größeren Überraschung ertappte er sich dabei, dass er die Hand ausstreckte und sie auf ihre Schulter legte.

Eine jähe Hitzewelle durchzuckte ihn. Sie schrak zusammen und fuhr herum, starrte ihn aus weit aufgerissenen Augen an. Sie glitzerten von ungeweinten Tränen. Teufel aber auch, er war auf dieses jähe Stocken seines Herzens nicht gefasst. Ihm war, als hörte es sekundenlang auf zu schlagen, bis es wieder zu pochen begann, ungestüm und wild.

Gott stehe ihm bei, aber so etwas war ihm noch nie widerfahren. Für einen Moment fiel Patrick sogar das Denken schwer.

Seine Hand lag noch auf ihrer Schulter, und am liebsten hätte er die Frau in die Arme genommen, um die Furcht und Unsicherheit aus ihren Augen zu vertreiben.

Doch stattdessen holte er tief Luft und erklärte sich diese Reaktion einmal mehr damit, dass er zu lange ohne eine Frau gewesen war.

Abrupt zog er die Hand zurück. »Wenn Ihr in der Krankenstation nicht gebraucht werdet«, sagte er schroff, »solltet Ihr und Euer Mädchen in Eurer Kabine bleiben. An Deck ist es zu gefährlich.«

Ihr Blick ließ seinen für einen langen Augenblick nicht los, und fasziniert von dem veilchenfarbenen Schimmer ihrer blaugrauen Augen verließ Patrik fast seine Fähigkeit, kühl zu denken. Was zum Teufel tat er eigentlich hier?

Juliana Mendoza richtete sich unvermittelt auf, und das Aufblitzen in ihren Augen verriet ihm, dass sie sich der starken Anziehungskraft, die sie auf ihn ausübte, sehr bewusst war. Sie wich einen Schritt zurück und hob die Hand, als wollte sie einen Schlag abwehren.

Sie war eine Prinzessin. Eine spanische Prinzessin. Und er nichts weiter als ein Sklave und ein Meuterer.

Mit einem unterdrückten Fluch entfernte er sich ein paar Schritte.

»Geht in Eure Kabine und bleibt dort«, wiederholte er, während er versuchte, sich nichts von seinem brennenden Verlangen anmerken zu lassen.

Dieses Mal wartete er nicht ab, ob sie gehorchte oder nicht, sondern drehte sich auf dem Absatz um und ging zurück zum Steuerrad. Dabei hatte er das Gefühl, als würden tausend Augen ihn beobachten.

Und sie.

Gott stehe ihm bei, aber es würde eine noch viel längere Reise werden, als er gedacht hatte.

Julianas Beine trugen sie kaum bis zu der Tür, die zur Treppe führte. Sie musste sich mit einer Hand an der Wand abstützen, als sie die Stufen hinunterging, sonst wäre sie vielleicht gefallen.

Carmita folgte ihr, still wie immer, und Manuel hatte wieder seinen Posten als ihr Wächter eingenommen.

Juliana fühlte sich von der Anziehungskraft des Schotten wie betäubt, von der puren sinnlichen Begierde, die sie bei ihm gespürt und die ihren Puls zum Rasen gebracht hatte. Ein ihr unerklärliches, aber mächtiges Verlangen schien sich ihres ganzen Körpers zu bemächtigen. Ihre Mutter hatte ihr den körperlichen Akt zwischen Mann und Frau als unangenehm und schmerzhaft beschrieben, doch sie hatte nichts von diesen aufwühlenden Gefühlen gesagt, die jetzt in Juliana tobten.

Und sie war auch nicht darauf gefasst gewesen, sich für einen Moment danach zu sehnen, seinen starken Arm zu streicheln, sich zu wünschen, dass er seine große, schwielige Hand um ihre schloss.

Juliane betrat ihre Kabine und wartete, bis Carmita ihr gefolgt war. Dann wandte sie sich an ihren jungen Wächter. »Ich bin müde«, sagte sie. »Falls ich gebraucht werde, komme ich, aber ...«

Er nickte. »Ich werde Euch etwas zu essen bringen«, meinte er und wandte er sich zum Gehen.

»Manuel?«, hielt sie ihn noch einmal zurück.

»*Si?*« Langsam drehte er sich zu ihr um.

Juliana betrachtete den schlanken Jungen. Seine dunklen Augen waren viel zu alt und wissend für einen so jungen Menschen. »Brauchst du nicht auch etwas Ruhe?«

»Ich bin frei, *señorita,* und niemand wird mich je wieder anrühren. Mehr Ruhe brauche ich nicht.«

Also hatte der Schotte nicht gelogen.

Leise schloss Juliana die Tür und lehnte sich dagegen.

Was ihr Onkel und ihr Vater getan hatten, konnte sie nicht

ungeschehen machen, aber jetzt verstand sie den Hass, den sie in den Augen der ehemaligen Rudersklaven sah.

Sie würde keine Fragen mehr darüber stellen, was diese Männer auf das Schiff gebracht hatte, denn die Schuldgefühle, die sie wegen der Sünden ihres Onkels und ihres Vaters empfand, belasteten sie schon jetzt sehr.

Ihr Vater!

Was würde er tun, wenn er erfuhr, dass die *Sofia* – und mit ihr seine Tochter – ihren Zielhafen nie erreicht hatte? Monate könnten vergehen, bis er merkte, dass sie verschwunden war. Vielleicht erfuhr er auch erst in London davon, wenn er und ihre Mutter kämen, um der Hochzeit beizuwohnen.

Würde er um sie trauern? Und versuchen, sie zu finden? Oder würde er seine Enttäuschung über seine fehlgeschlagenen Pläne an ihrer Mutter auslassen? Das war Julianas größte Angst.

Der Ozean war riesengroß. Das Schiff konnte überall untergegangen sein. Und niemand würde je sagen können, wo – außer jenen Menschen, die auf der *Sofia* waren.

Dieser letzte Gedanke machte Juliana stärker als je zuvor bewusst, in welcher Gefahr sie schwebte. Und es schien eine Ironie des Schicksals zu sein, dass ihr Leben in den Händen eines Mannes lag, der ihre Familie hasste. Eines Mannes, der ihren Onkel getötet hatte und vermutlich auch noch viele andere Männer.

Ein Mann, der zudem unbekannte und aufregende Gefühle in ihr weckte, von denen sie nicht einmal geahnt hatte, dass es sie gab.

Gefühle, die sie vielleicht in eine noch größere Gefahr bringen konnten, als sie je gedacht hätte.

12. Kapitel

Patrick schaute zum Mond hinauf, der am Nachthimmel stand, und zu den Tausenden von Sternen, die strahlend hell funkelten. Es war kurz nach Mitternacht des sechsten Tages, seit sie sich des Schiffes bemächtigt hatten.

Es fiel ihm jetzt leichter, den Kurs nach den Sternen zu bestimmen. Und Schottland lag nur noch wenige Tage entfernt. Inverleith zu erreichen war ihm anfangs wie ein Ding der Unmöglichkeit vorgekommen, doch inzwischen war es nicht nur möglich, sondern sogar wahrscheinlich geworden. Viele Male war es mehr als zweifelhaft gewesen, dass er sein Ziel erreichen würde, besonders in den letzten Tagen, in denen sie den englischen Kanal durchfahren hatten. Der dichte Nebel war sowohl ein Segen wie auch eine Gefahr für sie gewesen. Zwar hatte er die *Sofia* vor feindlichen Augen verborgen, doch hatte der hartnäckige Nebel auch Gefahren mit sich gebracht. Er hatte den Blick auf die Sterne und auf die Küste verwehrt, und das Risiko, auf Felsen aufzulaufen, war sehr groß gewesen.

Patrick hatte das Schiff weiter auf den Atlantik hinausgesteuert, um dort auf bessere Sicht zu warten. Danach hatte er gegen den Wind wenden müssen, und die *Sofia* hatte viel Fahrt verloren, da die Mannschaft das Setzen der Segel noch immer nicht beherrschte.

Als an jenem Tag die Sonne untergegangen war, hatte er schon das Land sehen können.

Juliana Mendoza war den ganzen Tag in ihrer Kabine geblieben. Dafür hatte Patrick gesorgt. Denn sie weckte Gefühle in ihm, die sich als verhängnisvoll erweisen konnten. Bekämen die Männer den Eindruck, er nähme sich etwas, was ihnen verweigert worden war, könnte er sie vermutlich nicht mehr unter

Kontrolle halten. Zudem war er noch immer unschlüssig, was er mit ihr tun sollte, nachdem sie ihr Ziel erreicht hätten.

Was er jedoch wusste, war, dass er Gefühle hegte, die er sich jahrelang verboten hatte, und das auch schon vor seiner Gefangennahme. Von Kindheit an war ihm bewusst, dass er niemals heiraten konnte, denn anders als Rory zweifelte er nicht an der Wirksamkeit des Fluches, der auf den Macleans lastete. Es gab keine andere Erklärung für die vielen Tragödien, die der Clan im Laufe der Jahre erlitten hatte.

Doch noch musste er sich voll und ganz darauf konzentrieren, die Mannschaft zusammenzuhalten. Während die *Sofia* immer weiter nach Norden gefahren war, hatte er sehr wohl die Spannungen bemerkt, die zwischen den Männern herrschten. Die Mauren scharten sich in kleinen Gruppen zusammen, und er konnte sie miteinander flüstern sehen. Patrick wusste, dass sie das Schiff zu übernehmen hofften, wenn sie erst einmal in Schottland waren.

Ungeachtet seiner Versprechungen hatten sie deutlich gemacht, dass sie ihren Fuß nicht in ein christliches Land setzen wollten und dass sie ihm, einem »Ungläubigen«, nicht trauten.

»Du bist wirklich der geborene Seemann«, riss ihn MacDonalds Stimme aus seinen Gedanken.

»Das trifft eher auf Diego zu.«

MacDonald runzelte die Stirn. »Ich traue dem Mann nicht.«

»Weil er Spanier ist?«

»Nein. Weil es zu viel gibt, was er nicht sagt.«

»Wir brauchen ihn aber«, sagte Patrick, der dieselben Bedenken wie sein Landsmann hatte, darüber aber nicht sprechen wollte. Er wechselte das Thema. »Hast du die Ladung überprüft?«

»Aye. Sie besteht aus Seide aus dem Orient, feinster Spitze und dem Wein natürlich. Auch kleine Mengen Opium sind da. Und über diese Kiste in Mendozas Kabine weißt du ja Bescheid.«

Patrick nickte. Der Schmied hatte das Schloss der Kiste aufgebrochen, und sie hatten darin ein kleines Vermögen an Gold und Juwelen gefunden – vermutlich Juliana Mendozas Mitgift. »Den Mendozas muss sehr viel an dieser Heirat liegen«, bemerkte Patrick und fragte dann nach einer kurzen Pause: »Wo sind das Gold und die Juwelen jetzt?«

»Sicher im Frachtraum eingeschlossen«, antwortete der andere Schotte. »Keiner weiß davon außer uns beiden und dem Schmied.«

»Und Juliana Mendoza.«

MacDonald nickte. »Aber vielleicht weiß sie gar nicht, wie viel es ist, obwohl im Ehevertrag alles aufgelistet ist.«

»Dann zerreiß den Vertrag«, sagte Patrick.

»Aye.« MacDonald ging und ließ Patrick wieder allein mit den Gedanken, die ihn quälten.

Er wusste nicht, wem er noch vertrauen konnte. Der Schotte wollte ebenso unbedingt in die Heimat zurück wie er selbst. MacDonald war nach der Schlacht von Flodden als Geisel genommen worden. Obwohl ein Lösegeld für ihn gezahlt worden war, hatte man ihn auf die Galeere geschickt.

Auf der *Sofia* hatte er nicht nur die Aufsicht über die Frachträume und Waffen übernommen, sondern hatte auch begonnen, einige Männer der Mannschaft in der Bedienung der beiden kleinen Geschütze zu unterwiesen, mit denen das Schiff bestückt war.. Obwohl sie bei dem Sturm einige Kanonenkugeln verloren hatten, waren noch etwa zwanzig davon vorhanden. Was nicht viel, aber immerhin etwas war.

Sosehr Patrick MacDonald vertraute, so wenig Vertrauen konnte er Diego entgegenbringen. MacDonald wollte nach Hause – was Diego wollte, wusste Patrick nicht.

Und dann war da auch noch Felix. Wie es schien, verhielt er sich loyal, aber Patrick hatte ihn auch mit den Mauren flüstern sehen.

Bei den wenigen Malen, die Patrick sich etwas Schlaf gegönnt hatte, war die Tür seiner Kabine immer verriegelt gewesen, und er hatte seinen Dolch und den Entersäbel stets griffbereit neben sich liegen gehabt.

Als hätten die Gedanken des Kapitäns ihn herbeigerufen, kam Diego aus dem Dunkel auf Patrick zu.

»Jetzt bin ich wieder an der Reihe«, sagte er.

»Noch nicht.«

»Du brauchst Schlaf. Wenn wir die Küste erreichen, musst du das Steuer führen. Du kennst dich da aus. Ich nicht.«

Patrick zögerte, dann fragte er: »Du weißt, dass von einigen darüber geredet wird, das Schiff zu übernehmen?«

»*Si.*«

»Und wie stehst du dazu?«

»Ich habe nicht den Wunsch, Pirat zu werden«, sagte Diego, der Patricks Gedanken offenbar erraten hatte. »Das ist mir zu gefährlich.«

Patrick schenkte ihm ein schwaches Lächeln. »Und diese Reise ist es nicht?«

»Die ist reine Selbsterhaltung.«

Patrick fragte sich, wie weit Diegos Selbsterhaltungstrieb wohl gehen würde. Schon vom ersten Tag der Revolte an hatte er sich Sorgen gemacht, dass Diego für diejenigen Partei ergreifen würde, die mit dem Schiff nach Marokko wollten, und dass er nur abwartete, wie die Dinge sich entwickelten.

»Was wirst du tun, wenn wir in Schottland sind?«

»Meinen Anteil an der Fracht nehmen und mich irgendwohin begeben, wo ich weit entfernt von Spanien bin. Vielleicht in die Neue Welt.«

»Was? So gefährlich ist Spanien für dich?«, fragte Patrick überrascht.

»Dort gibt es Leute, die mich tot sehen wollen. Sie dachten, sie hätten mich auf diesem Schiff begraben.« Zum ersten

Mal, seit er ihn kannte, hörte Patrick Wut in Diegos Stimme.

Patrick war plötzlich müde. Diego hatte recht. Er musste morgen ausgeruht sein, wenn sie an der schottischen Küste entlangfuhren.

»Bist du sicher, dass du auf deinem Inverleith willkommen bist?«, fragte Diego.

Patrick schwieg und wünschte, er könnte eine Antwort auf diese Frage geben. Oder wüsste, ob Inverleith überhaupt noch existierte.

»Ich bin der älteste Sohn und Erbe«, sagte er.

Diego suchte seinen Blick. »Ohne dich wären wir nicht frei. Ich werde zu dir halten.«

Patrick nickte und übergab ihm das Steuer.

Auf müden Beinen ging er zur Luke und stieg die Treppe hinunter. Er hatte seine Kabine schon fast erreicht, als er einen schrillen Schrei hörte.

Den Angstschrei einer Frau.

Patrick rannte zur Kabine der Frauen. Manuel lag vor der Tür und blutete aus einer Kopfverletzung.

Patrick fluchte. Gott stehe demjenigen bei, der dem Jungen das angetan hatte!

Die Tür war von innen verriegelt. Mit aller Kraft warf Patrick sich gegen die Tür, die krachend aufsprang.

Ein Mann hielt die junge Dienstmagd fest, während ein zweiter dabei war, sie zu besteigen. Ein dritter Mann hielt Juliana Mendoza fest, die sich heftig wehrte und loszureißen versuchte. Der Geruch nach Bier und Schweiß hing in der Luft.

Alle fuhren herum und starrten Patrick an, der an der Tür stehen geblieben war.

»Macht verdammt noch mal, dass ihr rauskommt!«

»Du bist nichts Besseres als wir«, protestierte einer der Männer mit schwerer Zunge.

»Verschwindet hier, oder ich bringe euch um«, versetzte Patrick kalt.

Es waren drei gegen einen, und keiner von ihnen war gut in Form. Doch Männer, die Frauen Gewalt antaten, waren Feiglinge, und Patrick war genug in Rage, um zu töten.

Seine Hand glitt zu dem Dolch, den er an seinem Gürtel trug.

»Wir haben das gleiche Recht auf sie wie du«, fügte der Mann hinzu, der Juliana gepackt hielt.

»Ich sage es nicht noch einmal«, drohte Patrick auf Spanisch. Die drei Männer waren keine Mauren, von denen er Widerstand erwartet hätte, sondern vermutlich ganz gewöhnliche spanische Verbrecher.

Der Mann, der Carmita festhielt, ließ sie los und zog ein Messer aus seinem Hosenbund. »Wir wollen die Frauen!«, fauchte er und ging auf Patrick los.

Im Gegensatz zu seinen Angreifern war Patrick stocknüchtern.

Er wich blitzschnell zur Seite aus, und der Angreifer stürzte durch die zerschmetterte Tür und ging zu Boden. Laut fluchend schlitterte er den Gang hinunter.

Patrick hörte jetzt noch andere Stimmen auf dem Gang vor der Kabine, aber seine ganze Aufmerksamkeit galt dem Mann, der Juliana festhielt. Der andere, der Carmita belästigt hatte, versuchte, seine Hose hochzuziehen.

Instinktiv wusste Patrick, dass Julianas Angreifer der gefährlichste war, als er sie achtlos auf das Bett stieß und mit seinem Entersäbel auf Patrick losging.

Er schwang den Säbel so wild, dass Patrick der Klinge nur knapp ausweichen konnte. Aus dem Augenwinkel bemerkte er den zweiten Mann, der sich von hinten an ihn heranzuschleichen versuchte.

Zu seinem Schrecken sah Patrick, dass Juliana Mendoza nach

einem Metallkrug griff und dem Mann mit dem Entersäbel damit einen harten Schlag versetzte. Patrick hob seinen Dolch und wandte sich blitzschnell zu dem zweiten Angreifer um. Mit einer raschen Bewegung stieß er ihm die scharfe Waffe tief in die Brust. Der Mann brach zusammen.

Patrick fuhr herum. Der Anführer, der Juliana festgehalten hatte, versuchte, sich aufzurappeln. Patrick packte den Entersäbel und drückte ihn dem Mann an die Kehle, um auch das Leben dieses Schurken zu beenden. Er konnte keine Aufrührer mehr brauchen.

Doch er zögerte einen Moment zu lange. Der Mann versetzte Patrick einen Tritt und versuchte, ihm die Waffe aus der Hand zu schlagen. Patrick stieß ihm den Säbel in die Brust – und es war vorbei.

Jetzt kam MacDonald in die Kabine gestürmt, den Entersäbel in der Hand.

»Ein bisschen spät«, sagte Patrick, der schwer nach Atem rang.

Zwei Männer hatten inzwischen den Ruderer gepackt, der durch die Tür gestürzt war. Er stammelte etwas und bettelte um Gnade, als sein Blick auf seine beiden getöteten Kumpane fiel.

»Wir hatten … das Recht dazu«, beharrte er jedoch mit unsicherer Stimme.

Patrick wandte sich zu den beiden Frauen um. Das junge Mädchen versuchte verzweifelt, sich mit einem zerrissenen Hemd zu bedecken. Tränen strömten über ihre Wangen. Juliana Mendoza war kreidebleich, aber in ihren Augen glänzten keine Tränen. Sie schien wie erstarrt.

»Bringt ihn in den Käfig«, sagte Patrick und meinte damit den kleinen Raum unter dem Ruderdeck, in den die Sklaven immer gesperrt worden waren, wenn sie zu krank zum Rudern waren.

»Nein!«, schrie der Mann. »Ich habe auch gekämpft! Er hat

kein Recht dazu!«, rief er und wandte sich Hilfe suchend an MacDonald.

Doch der packte den sich wehrenden Gefangenen kurzentschlossen. »Ich tue nur meine Arbeit, Freundchen.«

»Schaff ihn mir aus den Augen«, sagte Patrick. »Und die Leichen auch.«

»Aye, ich kümmere mich darum. Die Frauen ...«

»Denen wird nichts geschehen«, erwiderte Patrick schroff. »Aber ich glaube, wir brauchen mehr als einen jungen Burschen, um sie zu bewachen.«

MacDonald wies einen der umstehenden Neugierigen an, den betrunkenen Seemann wegzubringen, und zwei andere, die Leichen zu entfernen.

Manuel!

Patrick eilte auf den Gang hinaus. Der Junge hielt sich mit beiden Händen den Kopf.

»*Capitán*, ich ... ich habe es versucht ...«

Patrick legte ihm eine Hand auf die Schulter. »Ich weiß. Du wirst von jetzt an Unterstützung bekommen.«

»Diese Kerle *waren* die Unterstützung.«

Aus Patricks Wut wurde blindwütiger Zorn. Er fuhr herum und warf einen Blick durch die zerschmetterte Kabinentür. Señorita Mendoza war zu ihrer Zofe gegangen und hatte sie in einen Schal gehüllt.

Carmita zitterte. Patrick ging zu ihr und fluchte, als er die vielen Prellungen sah. »Das wird nicht wieder vorkommen«, sagte er und streckte beruhigend eine Hand nach der Kleinen aus. Aber sie schrak vor ihm zurück und drückte sich an die Wand, während sie verzweifelt ihren Schal enger um sich zog. Patrick ließ die Hand wieder sinken. »Bist du ... hat er dich missbraucht?«

Sie schüttelte den Kopf, und ihr Blick huschte ängstlich zwischen ihm, den hereindrängenden Männern und ihrer Herrin hin und her.

Juliana stellte sich zwischen Carmita und Patrick. »Ihr habt gesagt, wir wären hier sicher«, sagte sie vorwurfsvoll.

»*Lo lamento.*«

»Es zu bedauern reicht nicht. Sie ist noch ein halbes Kind.«

»Ihr werdet in die Kapitänskabine umziehen. Die könnt Ihr von ihnen verriegeln. Und sie hat eine solidere Tür. Öffnet niemand anderem als mir, dem MacDonald oder Manuel.«

»Und Ihr meint, Euch sollten wir vertrauen?«

»Nicht mehr als jedem anderen auf diesem Schiff.«

»Das ist nicht sehr beruhigend. Mörder. Diebe. Vergewaltiger.« Juliana schüttelte den Kopf. »Bisher hat man mir nicht einmal gesagt, wohin wir fahren.«

Das würde sie bald schon selber sehen. »Zu mir nach Hause, nach Schottland. Zu den Hebriden.«

»Aber die anderen ...«

»Werden dort genug Gold bekommen, um hinzugehen, wohin sie wollen.«

Juliana versteifte sich. »Und was ist mit mir und mit Carmita?«

Patrick schwieg.

»Ich werde Euch nicht verraten«, sagte sie.

»Und warum nicht?«, entgegnete er trocken. »Ich habe Euren Onkel getötet, sein Schiff mitsamt seiner Fracht gestohlen und Euch verschleppt. Glaubt Ihr, Euer zukünftiger Gemahl würde da nicht das Schlimmste annehmen? Und warum sollte ich Euch glauben, dass Ihr mich oder die anderen nicht verraten würdet?«

»Weil ich es schwöre«, sagte sie verzweifelt.

»Und wie würdet Ihr Euer plötzliches Erscheinen erklären? Ohne Schiff?«

Ihr Gesicht umwölkte sich.

»Ihr habt es wohl sehr eilig, zu Eurem künftigen Gemahl zu kommen?«, fragte er, weil er *irgendetwas* finden musste, worauf er bauen konnte.

»*Si*«, sagte sie, doch ihre Augen straften ihre Worte Lügen. Sie war starr vor Anspannung, auf ihrem Gesicht spiegelte sich ihr gerechter Zorn wider. Aber Patrick sah auch eine Spur von Angst darin. Mehr als eine Spur. Sie sah aus, als zerrisse es ihr schier das Herz vor Furcht.

Eine Flut verwirrender Gefühle bestürmte ihn. Er wollte sie beschützen. Er wollte sie berühren. Ach verdammt, er wollte noch weitaus mehr als das. Er war nicht besser als die drei, die sie hatten vergewaltigen wollen.

Er atmete tief durch. Zum Glück trug er die weite Seemannshose, die sein Verlangen nach ihr verbarg. »Nehmt Euch, was Ihr braucht, und zieht dann in die Kabine Eures Onkels um!«, befahl er schroff, bevor er ging.

Bis auf Manuel war der Gang jetzt wieder leer. »Geh zu Kilil«, sagte er zu dem Jungen, »damit er sich deine Verletzung ansehen kann.«

»Das kann die *señorita* tun«, erwiderte der Junge. »Kilil hat gesagt, sie ist besser als er.«

In seiner Stimme lag fast so etwas wie Verehrung. Patrick zog eine Augenbraue hoch.

»Sie ist sehr freundlich«, sagte Manuel und zog den Kopf ein.

Patrick, der nicht in diesen Begriffen denken wollte, wandte sich an MacDonald. »Sag Denny, dass er Manuel bei der Wache unterstützen soll. Und postiere noch einen weiteren Mann bei ihm.«

MacDonald schüttelte den Kopf. »Denny?«

»Er hat einen Mann getötet, der mich bedroht hat. Wenn er der Meinung ist, dass jemand seinen Schutz braucht, dann wird er ihn beschützen.«

»Aye.«

»Und bitte die Frauen, sich um Manuel zu kümmern.«

MacDonald nickte. »Ich werde dafür sorgen, dass ihnen nichts geschieht.« Er zögerte, bevor er hinzusetzte: »Und was soll werden, wenn wir Schottland erreicht haben?«

Patrick wünschte, er wüsste es.

Aber so konnte er nur mit den Schultern zucken.

Die Probleme wurden immer größer, je näher sie Schottland kamen. Eine leise Stimme in ihm flüsterte Patrick noch immer zu, dass sie ihr Ziel mit dieser bunt zusammengewürfelten Mannschaft nie erreichen würden. Zu viele Sprachen. Zu viele uralte Dispute zwischen den Religionen. Zu wenige Männer, die sich mit der Seefahrt auskannten. Und zu wenige Bordkanonen, falls ihnen auf ihrem Weg feindliche Schiffe begegnen sollten.

Doch nun, da sie nicht mehr weit entfernt von Schottland und Inverleith waren, musste er überlegen, was aus den Mauren werden sollte, ganz zu schweigen vom Rest seiner bunten Schar aus Kriegsgefangenen, Dieben und vermutlich auch einigen Mördern.

Was sollte er mit einer spanischen Galeere in der Bucht von Mull anfangen? Und wie sollte er hundert Menschen dazu bringen, Schweigen zu bewahren?

Und wie würde sein Vater darauf reagieren, dass er zwei Spanierinnen verschleppt hatte, von denen die eine die zukünftige Braut eines Mannes aus einer der mächtigsten Familien Englands war?

Der Kampf ums Schiff war einfacher gewesen.

Patricks Magen zog sich vor Sorge schmerzhaft zusammen, als er die wenigen Dinge, die er aus der Kapitänskajüte mitnehmen wollte, zusammenpackte, um sie in Diegos Kabine zu bringen.

Danach würde er wieder das Ruder übernehmen. Denn er bezweifelte, dass er heute Schlaf finden würde.

Oder morgen.

Weil die Tür zerbrochen war, konnte Juliana einen Teil der Unterhaltung mitanhören. Das Herz hatte ihr bis zum Hals geklopft, als Stille eintrat, nachdem der andere Schotte gefragt hatte: »Was soll werden, wenn wir Schottland erreicht haben?«

Sie wusste, dass die Frage ihrer Zukunft galt – ihrer und der Carmitas.

Sie hatte erwogen, sich mit Carmita im Frachtraum zu verstecken. Aber dann hatte sie an Deck sagen hören, dass das Schiff versenkt werden sollte, und mit der *Sofia* untergehen wollte sie natürlich nicht.

Dem Himmel sei Dank, dass der Schotte gekommen war, bevor diese rohen Kerle Carmita hatten Gewalt antun können. Juliana fragte sich, warum er sie und das Mädchen beschützte, obwohl er deutlich zu verstehen gegeben hatte, dass sie beide eine Bedrohung für ihn und die Männer an Bord darstellten. Aus diesem Grund befürchtete sie auch, dass der Schutz, den er ihnen gewährte, vielleicht nur einer vorübergehenden Laune entsprang, und dass er ihr letzten Endes doch etwas Schreckliches antun würde.

Sein Blick war immer so hart und ausdruckslos, dass sie nichts darin lesen konnte.

Aber sein Zorn war mehr als erkennbar gewesen, als er sich die Schurken vorgenommen hatte, die in ihre Kabine eingedrungen waren.

Gott stehe ihr bei, aber er war einfach … wundervoll. Etwas in ihr hatte sich verändert, als er die Hand nach Carmita ausgestreckt hatte, um sie zu trösten, und sich sofort zurückgezogen hatte, als er ihre Furcht sah. Juliana glaubte, zum ersten Mal eine Regung in seinen Augen erkannt zu haben. Bedauern? Nein, etwas viel Stärkeres als das.

Doch dann war die Kälte wieder in seinen Blick zurückgekehrt.

Er war ihr Feind, sie seine Feindin. Würde sie bekunden, was sich auf dem Schiff ereignet hatte, könnte das den Tod für ihn bedeuten.

Und auch für den jungen Manuel.

Sie ging zu dem Jungen hinüber. Obwohl er von seiner Gestalt her noch ein Kind war, blickten seine Augen schon fast so hart wie die des Schotten.

Sanft strich Juliana ihm das Haar aus der Stirn. Die Haut war aufgeplatzt, und die Wunde hatte stark geblutet. Sie würde sie nähen müssen und dabei Carmitas Hilfe brauchen. Der Umzug in die andere Kabine musste warten.

Und ihre Angst auch.

13. Kapitel

Die Hügel der schottischen Küste hatten niemals einladender ausgesehen.

Patrick schaute auf die grünen Anhöhen und schickte ein stummes Dankgebet zum Himmel. Es war sein erstes Gebet seit vielen Jahren.

Bei Tagesanbruch hatten sie den Firth of Clyde passiert und Stunden später den Sound of Jura. Nun hielt Patrick nach dem Meeresarm Ausschau, auf dem sie direkt nach Inverleith gelangen würden.

Kilil gesellte sich zu ihm ans Ruder. Mit dem jetzt gestutzten Bart war der Maure fast nicht mehr als der Mann zu erkennen, der neben Patrick auf der Ruderbank gesessen hatte.

»Sind wir bald da?«, fragte Kilil.

»Aye.«

Der Maure blickte Patrick aus dunklen Augen eindringlich an. »Du hast unser Vertrauen.«

Patrick nickte.

»Wir wollen das Schiff«, erklärte Kilil. »Nicht nur wir Mauren, sondern auch viele der anderen Männer. Wir wollen nach Marokko segeln.«

»Überlegt euch das gut«, warnte Patrick. »Bedenkt, was geschehen wird, wenn ihr die *Sofia* übernehmt. Ihren Namen könnt ihr ändern, doch wie wollt ihr die Tatsache verschleiern, dass sie eine spanische Galeere ist? Wegen der Piraten werden die Seewege nach Marokko stark patrouilliert, und ihr habt nur zwei kleine Geschütze an Bord. Die Mannschaft wäre auch nicht groß genug, um einem Sturm zu trotzen, wie wir ihn vor ein paar Tagen hatten. Von einem Angriff englischer, spanischer oder französischer Kriegsschiffe ganz zu schweigen.«

»Du hast mit allem recht«, gab Kilil zu. »Aber andererseits hat keiner von uns geglaubt, dass wir deine Heimat erreichen würden. Freiheit und Hoffnung sind mächtige Waffen.«

Patrick wusste, dass das stimmte. Und natürlich konnte er anderen nicht verweigern, was er für sich selbst in Anspruch genommen hatte. »Glaubst du, ihr versteht genug von der Seefahrt?«

»Wir haben viel gelernt.« Kilil zögerte. »Ich hoffe, dass ich den Spanier überreden kann, uns zu begleiten.«

Diego wurde von fast allen nur »der Spanier« genannt, obwohl sich auch noch andere Männer dieser Nationalität an Bord befanden.

»Es steht ihm frei zu tun, was er will«, sagte Patrick. »Aber um eurer aller Sicherheit willen sollten wir das Schiff entladen und danach versenken. Und dann sollte keiner von uns je wieder darüber sprechen.«

»Meine Brüder ... sie wollen nach Hause. Zurück in die Wüste«, beharrte Kilil. »Schottland ist nicht unsere Heimat. Wir werden dort nicht willkommen sein, auch wenn niemand etwas über die *Sofia* erfährt. Wir Mauren laufen mehr als alle anderen Gefahr, wieder in der Sklaverei zu enden, und wenn auch nur, weil wir so anders aussehen.« Nach einem kurzen Moment fügte er mit mehr Nachdruck hinzu: »Wir sind dir sehr dankbar, aber wir werden uns das Schiff nehmen. Wir haben viel gelernt in den vergangenen Wochen.«

»Nicht genug«, wandte Patrick leise ein. »Ihr würdet die Fahrt nicht überleben, und ich bezweifle, dass der Spanier sich euch anschließen wird. Er ist ein vernünftiger Mann.«

»Wir können ihn zwingen.«

»Könnt ihr? Selbst wir hätten es bis hierher fast nicht geschafft, und im Gegensatz zu Diego kenne ich diese Gewässer.« Er schwieg einen Moment. »Ich kann euch einen besseren Weg nach Hause anbieten.«

»Ich verstehe nicht.«

»Wir Macleans sind eine Seefahrerfamilie. Mein Vater wird die Ladung der *Sofia* aufkaufen und alle, die nach Marokko oder Spanien wollen, mit einem seiner Schiffe dorthin bringen lassen. Jeder von euch würde den gleichen Anteil am Erlös der Fracht erhalten.«

»Schwörst du das?«

»Ich war länger als acht Jahre von zu Hause fort. In der Zwischenzeit hat zwischen Schottland und England eine große Schlacht stattgefunden. Wenn auch nur noch einziges Schiff da sein sollte, wenn noch irgendetwas übrig ist von Inverleith, werdet ihr bekommen, was euch zusteht. Das schwöre ich.«

Kilil zögerte. »Und wenn nicht?«

»Wenn ich euch nicht auf einem unserer Schiffe unterbringen kann, werde ich euch auf der *Sofia* nach Marokko bringen«, erwiderte er. »Ich werde euch nach Hause bringen.« Es war ein Angebot, das er nicht gern machte, weil er auf einem Schiff, das ihm verhasst war, wieder in See stechen müsste. Aber er konnte sich seine Freiheit nicht auf Kosten derer nehmen, die ihn unterstützt und ihm vertraut hatten.

»Und die Fracht?«

»Die müsste einen guten Preis erzielen. Sie soll zu gleichen Teilen unter euch aufgeteilt werden, entweder in Schottland oder in Marokko. Ich hoffe, die Macleans können die gesamte Ladung aufkaufen oder zumindest einen Teil davon. Der Erlös wird zu gleichen Teilen unter allen Ruderern verteilt. Ich vermute, dass nicht alle mit euch fahren wollen.«

Nach langem Schweigen nickte Kilil. »Du bist nicht wie andere Christen.«

»Wenn ich ehrlich sein soll, habe ich früher auch gedacht, es gäbe keine anständigen Mauren«, gab Patrick zurück. »Aber heute denke ich darüber anders.«

»Wir haben also beide etwas dazugelernt«, sagte Kilil, bevor er sich zum Gehen wandte.

Wenig später sichtete Patrick die Einmündung des Firth of Lorn und schickte die Männer an die Segel. Sie würden Campbell'sches Gebiet passieren, obwohl Dunstaffnage, der Familiensitz des Clans, sich ein Stück weit den Fjord hinein auf der Isle of Lorn befand. Trotzdem würde es sich schnell herumsprechen, dass eine spanische Galeone auf diesem Gewässer gesichtet worden war.

Er hoffte inständig, dass niemand solchen Berichten glauben würde.

Die Campbells. Allein schon der Gedanke an sie erfüllte ihn mit Wut. Es wäre ihnen fast gelungen, die Macleans zu ruinieren. Ob sie noch immer in Maclean'sche Ländereien einfielen?

Und befand sich Inverleith überhaupt noch im Besitz seiner Familie? Lebte sein Vater noch? Und seine Brüder?

Patricks Nerven begannen verrückt zu spielen. Alles hing von den nächsten Stunden ab. Die *Sofia* passierte soeben die Stelle, an der einer seiner Vorfahren seine Campbell'sche Frau hatte ertränken wollen. Eine Tat, die den Macleans seit einem Jahrhundert nichts als Unglück gebracht hatte.

Sie segelten an Inverleith vorbei, der mächtigen, hoch aufragenden Burg, die über der Bucht thronte. Trotz Patricks langer Abwesenheit sah sie aus wie in seiner Erinnerung. Hatte er wirklich erwartet, sie verändert vorzufinden? Beim Anblick der massiven Mauern und der beiden hohen Türme stockte ihm fast das Herz.

In einem natürlichen Hafen nicht weit von Inverleith befahl er, den Anker zu werfen. Die Burgbewohner hatten die Ankömmlinge inzwischen vermutlich längst bemerkt. Nun würden sie sich versammeln, um zu entscheiden, wie sie dem spanischen Feind entgegentreten sollten.

Das Langboot wurde zu Wasser gelassen. Obwohl es zwanzig Männer fasste, nahm Patrick außer dem Spanier nur zehn von ihnen mit. MacDonald ließ er an Bord zurück, um den Frieden innerhalb der Mannschaft aufrechtzuerhalten.

Als sie das Land erreichten, war Patrick überzeugt, dass sie beobachtet wurden. Die Küste wurde ständig von den Macleans bewacht. Man würde ihm auf jeden Fall mit Misstrauen begegnen, denn er trug die Kleidung eines spanischen Seemanns. Zudem hatte er in den letzten Wochen weder die Zeit noch den Wunsch gehabt, sich zu rasieren. Er bezweifelte, dass ihn jemand als Patrick Maclean erkennen würde. Vermutlich hätte nicht einmal er selbst sich erkannt.

Er hatte diesen Gedanken kaum zu Ende gedacht, als er die Reiter sah, die auf sie zuhielten. Sie alle trugen Plaids in den Maclean'schen Farben.

Ihr Anblick weckte Stolz in ihm. Vielleicht war sein Herz ja doch noch immer das eines Maclean.

Die Reiter hielten an, und einer aus der kleinen Gruppe näherte sich zu Pferde. Die Autorität, die er ausstrahlte, wies ihn als den Anführer der Männer aus.

»Ihr befindet Euch auf Maclean'schem Land. Was wollt Ihr hier?«

Patrick erinnerte sich kaum an seinen jüngeren Bruder. Lachlan war damals noch ein Junge gewesen, ein Träumer, der an nichts anderes als seine Bücher dachte. Doch nun war er kein Junge mehr – und auch kein Träumer, nach seinem grimmigen Gesichtsausdruck zu urteilen. Sein Bruder war schlank und kräftig, seine blauen Augen blickten fest und ruhig, als er die Ankömmlinge betrachtete.

Hatte Lachlan sich wirklich so verändert? Patrick konnte es kaum glauben.

Die Augen seines Bruders verengten sich, als versuchte er, ihn irgendwo einzuordnen. Wie viele Jahre waren vergangen, seit sie sich das letzte Mal gesehen hatten? Acht? Neun?

»Erkennst du deinen Bruder nicht?«, fragte Patrick leise.

Der junge Mann fuhr zusammen. Seine Augen weiteten sich – und dann sprang er mit einem Satz vom Pferd.

»Patrick?« Einen langen Moment starrte er ihn ungläubig an. »Das kann nicht wahr sein!«

»Der Teufel beschützt die seinen.«

»Nein, nicht der Teufel. Ein Engel vielleicht«, sagte sein Bruder Lachlan, als er jetzt mit einem breiten Lächeln im Gesicht auf Patrick zukam. Er strahlte ein Selbstvertrauen aus, das er früher nicht hatte.

»Wenn ja, dann war es Luzifer«, sagte Patrick, der sich der Aufrichtigkeit seines Empfangs noch nicht ganz sicher war.

Lachlan betrachtete ihn noch einen Moment mit ungläubigem Staunen, dann legte er Patrick eine Hand auf die Schulter. »Bei Gott und allen Heiligen, wir dachten, du wärst *tot!*«

An Patrick vorbei schaute er zu den Mauren hinüber, die das Ruderboot an Land zogen, und dann zu der spanischen Galeere.

»Spanisch?«

»Aye.«

»Die Geschichte musst du uns erzählen.« Lachlan trat zurück und musterte ihn wieder. »Aber vorher muss ich dich nach Inverleith bringen.« Wieder schwieg er einen Moment. »Ich kann nicht glauben, was ich sehe. Du hast dich sehr verändert, Patrick«, stellte er mit einem Blick auf die vernarbten Handgelenke seines Bruders fest.

»Du auch«, entgegnete Patrick, der seinen Bruder ebenfalls gründlich musterte und dabei eine kleine Narbe an dessen Wange entdeckte. »Als ich fortging, warst du kaum mehr als ein Junge, der den Unterricht im Schwertkampf hasste. Doch wie ich sehe, hast du inzwischen auch schon ein paar Narben.«

»Aye. Die sind von Flodden Field.«

»Ich habe davon gehört. Und die anderen? Vater? Rory?«

Lachlan versteifte sich.

»Vater ist zwei Jahre nach deinem Weggehen gestorben«, sagte er.

»Und wie?«

»Er wurde bei einem Überfall getötet.«

»Von einem Campbell?«

»Aye, aber es war meine Schuld.«

Patrick wusste, dass er jetzt eigentlich Trauer über den Tod seines Vaters empfinden müsste. Doch stattdessen nahm er die Nachricht schweigend und fast emotionslos auf. War er in den letzten Jahre so abgestumpft, dass er jegliches Gefühl verloren hatte?

Vielleicht kam der Kummer noch. Oder die Freude darüber, wieder daheim zu sein. Doch in diesem Moment schien ihm jedes Gefühl fremd zu sein. Sieben lange Jahre hatte er alles Empfinden abgestellt. Nur so hatte er überleben können. Er hatte Stolz, Wut und Kummer heruntergeschluckt und sie ganz, ganz tief in sich vergraben.

Für immer? Bei dem Gedanken daran verkrampfte sich sein Magen. Nie wieder etwas empfinden?

Sein Vater war also vor vielen Jahren gestorben, und er hatte es nicht gewusst. Er hätte niemals weggehen dürfen. Doch was geschehen war, war geschehen. »Ich hatte schon befürchtet, die Campbells hätten euch alle umgebracht. Oder ihr alle wäret bei Flodden Field gefallen. Der Spanier hat mich immer damit aufgezogen.« Er zögerte. »War es dort wirklich so schlimm, wie ich gehört habe?«

»Aye, das war es. König James starb zusammen mit den Besten unseres Landes. Und wir haben fünf tapfere Macleans verloren.«

»Dann lebte Vater also noch, als die Lösegeldforderung kam?«

»Welche Lösegeldforderung?« Lachlan runzelte die Stirn. »Wir haben keine Forderung erhalten. Wir hätten sie doch auf jeden Fall erfüllt.«

»Aber das wurde sie nicht. Ich wurde bei der Schlacht von Garigliano bei Neapel verwundet und gefangen genommen. Man hat mehrmals ein Lösegeld für mich verlangt. Der Mann, der mich gefangen hielt, sagte, er hätte meiner Familie mehrere schriftliche Forderungen übersandt.«

Lachlan machte ein verwundertes Gesicht. »Wir haben aber keine erhalten. Sonst hätte Vater doch alles getan, um dich zurückzuholen. Aber es gab keine Lösegeldforderungen. Bei Gott, Patrick, du müsstest doch wissen, dass wir gezahlt hätten, und wenn es uns das letzte Pfund gekostet hätte.«

Er sah Patrick offen an, und dieser sah kein Falsch im Blick seines Bruders. Keine Lügen. Aber es waren doch mehrere Lösegeldforderungen gestellt worden. Wie konnte es sein, dass keine davon Inverleith erreicht hatte?

Oder war sein Bruder nicht nur zum Krieger, sondern doch auch zum Lügner geworden?

»Und Rory? Wo war er?«

»Er war auf See, als unser Vater starb. Es dauerte zwei Jahre, bis wir ihn erreichten und nach Hause holen konnten. Er ist nur ungern zurückgekommen, aber ich war für den Clan von keinem großen Nutzen. Ich verstand damals noch nichts vom Kriegshandwerk und hatte so gut wie gar kein Selbstvertrauen. Rorys Rückkehr erwies sich für ihn jedoch als Segen, denn er fand eine Braut und hat heute zwei Kinder.«

»Und der Fluch?«

»Auch das ist eine lange Geschichte, und vielleicht sollte Rory derjenige sein, der sie dir erzählt.« Sein Blick glitt über Patricks grobes Seemannshemd und seine schlecht sitzende Hose. »Du solltest so schnell wie möglich wieder ein Plaid tragen«, bemerkte er. Dann fiel sein Blick wieder auf die Narben an Patricks Handgelenken und verweilte dort.

»Das ist nichts«, sagte Patrick.

Lachlan nickte und nahm seinen Arm. »Wir haben für deine Rückkehr gebetet.«

»Wir?«

»Rory und ich. Und Vater, bevor er starb.«

Lachlan legte einen Arm um die Schulter seines Bruders. Er war genauso groß wie Patrick, von der Statur her jedoch nicht so kräftig. »Komm«, sagte er. »Begrüß die anderen Macleans, und komm mit uns nach Hause. Rory ist in Inverleith. Er wird sich freuen, dich zu sehen.« Er hielt inne, um dann hinzuzufügen: »Ich habe inzwischen übrigens auch eine Frau und eine Tochter, und wir erwarten noch ein zweites Kind.«

»Du wolltest doch Priester werden.«

»Ich dachte, ich könnte wegen des Fluchs nicht heiraten. Oder ich könnte Vater, dir und Rory nie gerecht werden.«

»Und was hat sich geändert?«

»Viel. Aber komm jetzt. Es wird Zeit, dich in ein anständiges Plaid zu stecken. Du kannst Callums Pferd nehmen.« Lachlan zögerte noch kurz. »Was ist mit dem Schiff? Und der Besatzung?«

»Gehören mir«, sagte Patrick, um keine Befürchtungen aufkommen zu lassen. Eine ausführliche Erklärung konnte bis später warten.

Patrick ging zu den Maclean'schen Reitern. Alle saßen ab und begrüßten ihn. An einige erinnerte er sich, an andere nicht. Das ihm angebotene Pferd nahm er gern an.

Dann ging er zurück zu den Männern, die am Ufer warteten. »Rudert wieder zum Schiff«, wies er Diego an. »Meine Brüder leben. Ich werde heute Nacht zurück an Bord kommen.«

»Willst du, dass ich auf dem Schiff bleibe?«

»Aye.«

Patrick hätte den Spanier lieber bei sich gehabt, aber auf dem Schiff wurde er mehr gebraucht. Seltsam, dass er sich mit Diego wohler fühlte als mit seinem eigenen Bruder. Aber schließlich war Diego ja auch mit ihm durch die Hölle gegangen.

Patrick schaute den Männern nach, als sie zur *Sofia* zurückruderten. Dann wandte er sich zu seinem Bruder um, der den Maclean namens Callum um sein Pferd gebeten hatte. Patrick erinnerte sich an einen Callum. Er war damals noch ein Kind. »Ist Jock dein Vater?«

»Aye«, bestätigte Callum, der sich zu freuen schien, erkannt zu werden.

»Geht es ihm gut?«

»Nein. Wir haben ihn in Flodden Field verloren.«

»Das tut mir leid. Ich erinnere mich, dass er ein guter Soldat war.«

Ein Lächeln erhellte das Gesicht des jungen Callum.

»Komm«, sagte Patrick. »Du kannst mit mir zusammen reiten.«

»Ich kann zu Fuß gehen.«

»Ach was. Das Pferd sieht kräftig genug aus.« Patrick saß auf und reichte Callum die Hand, damit er sich hinter ihm in den Sattel schwang.

Es war lange her, seit Patrick das letzte Mal auf einem Pferd saß. Viel zu lange. Er sah die Männer an, die ihn umringten. Sie waren gekommen, um Eindringlinge von ihrem Land zu vertreiben. Doch nun nahmen sie ihn in ihre Mitte, um ihn zu beschützen.

Sie sind zu wenige, dachte Patrick. Was, wenn die *Sofia* ein spanisches Freibeuterschiff mit bewaffneten Briganten gewesen *wäre?*

Oder Campbells an Bord gewesen wären?

Der Clan war während seiner Abwesenheit unvorsichtig geworden. Aber das würde er bald ändern.

Patrick gab das Tempo vor und nahm begierig jeden vertrauten Anblick in sich auf. Er schaute auch zu dem Fels hinüber, der den Macleans so viel Kummer und Leid verursacht hatte. Da Flut herrschte, war der Fels vollständig vom Meer bedeckt, aber Patrick sah ihn trotzdem im Geiste vor sich.

Dann verdrängte Patrick alles andere aus seinem Bewusstsein und nahm nur noch die nach Heidekraut riechende frische Brise und das Bild der grünen Hügeln wahr, auf denen Rinder weideten. Grüne Hügel, die seit Urzeiten existierten und Zeugen vieler Tragödien geworden waren, von Leid und Blutvergießen. Und viel zu kurzer Momente des Glücks.

Sie ritten um eine Wegbiegung – und sahen Inverleith vor sich.

Der Anblick traf Patrick völlig unvorbereitet. Hatte er zuvor noch befürchtet, aller seiner Gefühle beraubt worden zu sein, so stürmten sie nun mit aller Kraft auf ihn ein. Während er auf die mächtigen Mauern und hohen Türme zuritt, stiegen Erinnerungen in ihm auf. Gute und schlechte. Vor allem schlechte. Inverleith hatte eine Geschichte, die voller Tragödien war, dass es ihm schier das Herz zerriss.

Er ließ sein Pferd im Schritt gehen und nahm mit allen seinen Sinnen den Anblick des Zuhauses in sich auf, das er geliebt und gehasst hatte. Die aus Fels erbauten Türme ragten in einsamer Schönheit aus den trutzigen Burgmauern auf. Trotz der Sehnsucht, die er in den vergangenen Jahren gehabt hatte, war Inverleith ihm nie wirklich wie ein Zuhause vorgekommen. Es war immer ein kalter, liebloser Ort gewesen. Warum hatte er trotzdem so unbedingt zurückkehren wollen?

Heute jedoch wirkte es weder einsam noch trostlos, als sie durch die offenen Tore ritten. Vielleicht, weil drei Kinder auf dem Hof mit einem großen Hund herumtollten, der mehr wie ein Bär aussah als wie ein Hund. Das helle Lachen der Kleinen erfüllte die Luft. Es war lange her, seit Patrick hier jemanden lachen gehört hatte.

Bevor er absitzen konnte, war Lachlan schon von seinem Pferd gesprungen und zur großen Eingangstür der Burg gerannt. Patrick hörte ihn mehrmals »Rory!« rufen. Ein großer, dunkelhaariger Mann trat aus dem Turm. Die Kinder hatten ihr Spiel unterbrochen und starrten Patrick neugierig an.

Lachlan trat zurück, ohne etwas zu sagen, und schaute auf

Patrick. Rory, der seinen jüngeren Bruder fragend angesehen hatte, folgte diesem Blick und wandte sich dem Reiter zu.

Patrick saß ab, blieb aber neben dem Pferd stehen und beobachtete Rorys Reaktion. Dessen Gesichtsausdruck veränderte sich schlagartig. Zunächst schien er verblüfft, doch dann entspannte sich seine Miene. Seine strengen Lippen verzogen sich zu einem frohen Lächeln, als er auf Patrick zuging.

»Patrick?« Seine Stimme klang ungläubig.

»Aye, das bin ich wohl.«

Rory blieb vor ihm stehen, und seine Augen wurden ganz dunkel vor Rührung. »Ich … wir haben um diesen Tag gebetet.«

»Ich dachte immer, du wärst nicht gut im Beten, Rory.«

»Du erinnerst dich daran? Damals hielt ich nichts von einem Gott, der Flüche über Gebete stellte.«

Patrick trat keinen Schritt vor, weil er noch nicht bereit war, einen Bruder zu umarmen, den er kaum noch kannte. Als Kinder und später als junge Männer waren sie zusammen im Kriegshandwerk unterrichtet worden, und ihr Vater hatte den Wettbewerb zwischen ihnen eifrig gefördert. Stets war der Unterlegene von ihm verspottet und verhöhnt worden. Überdies konnte Patrick nicht vergessen, dass das Lösegeld nicht gezahlt worden war.

Offensichtlich hegte Rory nicht solche Bedenken. Er ging auf Patrick zu und streckte ihm, wenn auch nicht mit der überschwänglichen Freude, mit der er von Lachlan begrüßt worden war, die Hand hin. »Es ist schön, dich zu sehen, Bruder.«

Patrick drückte ihm die Hand, dann ließ er seinen Blick über die Burg und die Kinder gleiten. Von der düsteren Stimmung, die hier früher einmal geherrscht hatte, war nichts mehr zu spüren. Auf dem Hof herrschte reges Treiben, Männer standen in kleinen Gruppen zusammen und unterhielten sich.

Rory winkte die Kinder zu sich heran. »Das ist Audra«, stellte er das ältere Mädchen vor. »Sie gehört zu Lachlan und Kimbra. Diese beiden sind meine Kinder. Maggie ist zwei, und … der Junge heißt Patrick.«

Patrick war so verblüfft, dass er nur dastehen und den Jungen anstarren konnte. *Patrick?*

»Sir?«, fragte der Junge besorgt, der nicht älter als fünf Jahre sein konnte.

»Das ist dein Onkel Patrick«, sagte Rory. »Du bist nach ihm benannt worden.«

Patrick ging vor dem Kleinen in die Hocke. »Ich freue mich, dich kennenzulernen.«

»Ich freue mich auch, Sir«, erwiderte der Junge feierlich.

Patrick richtete sich auf. »Er hat weitaus bessere Manieren als ich früher.«

»Als wir alle drei«, warf Rory mit einem stolzen Grinsen ein. »Aber sieh dich vor. Er ist nicht immer so.«

Patrick zögerte, bevor er die Frage stellte, die ihm seit Jahren auf dem Herzen lag. »Du bist jetzt der Laird, Rory?«

»Nur bis zu deiner Rückkehr nach Hause. Ich habe immer gehofft …« Er unterbrach sich plötzlich. »Was ist dir zugestoßen? Wo warst du die ganze Zeit?«

»Ich wurde von einem Spanier gefangen genommen. Er forderte ein Lösegeld für mich«, erwiderte Patrick, den Blick auf Rorys Gesicht geheftet. Er wusste, was Lachlan gesagt hatte, aber er wollte Rorys Antwort hören und sehen, wie er reagierte.

»Wann?«

»Vor sieben Jahren. Vielleicht ein bisschen weniger.«

Rory schüttelte den Kopf. »Da muss ich auf See gewesen sein. Aber ich weiß, dass Vater jede Summe gezahlt hätte, um dich zurückzuholen. Er hat immer davon gesprochen, dass du der Beste von uns allen warst.«

»Das Gleiche hat er auch von dir gesagt.«

Rory zuckte mit den Schultern. »Es hat ihm immer Spaß

gemacht, uns gegeneinander auszuspielen. Das ist einer der Gründe, warum ich zur See gegangen bin. Aber er hätte für jeden seiner Söhne jeden Preis bezahlt, um ihn zurückzubekommen. Und sei es wegen der Tatsache, dass der Campbell nur einen Sohn hatte.«

Patrick dachte über diese Worte nach. Sein Bruder hatte recht. Sein Vater hätte dem Campbell nie die Genugtuung verschafft, ihn einen Sohn verlieren zu sehen.

»Vielleicht hat er die Botschaft nicht erhalten«, meinte Rory.

»Es wurden mehrere geschickt«, erwiderte Patrick kühl. »Und jedes Mal kam eine Absage.«

Rory musste das Misstrauen in seinem Blick gesehen haben. »Komm«, sagte er, »lass uns drinnen weiterreden.« Er wandte sich zur Tür, und Patrick folgte ihm durch den Burgsaal zu dem Zimmer, das einst ihrem Vater gehört hatte. Der Große Saal hatte sich verändert. Frische Binsenstreu bedeckte den Boden, und die früher schmutzstarrenden Fenster funkelten vor Sauberkeit.

»Es hat sich viel verändert«, bemerkte Patrick.

»Aye, dank meiner Frau.«

Sie hatten das Zimmer ihres Vaters betreten und standen jetzt etwas verlegen beisammen. »Ist Douglas noch hier?«, fragte Patrick schließlich.

»Ja, er ist noch immer unser Verwalter. Und Archibald ist auch noch da. Aber Hector haben wir in Flodden Field verloren.« Rory schaute Patrick an. »Was geschah, als das Lösegeld nicht gezahlt wurde?«

»Ich wurde als Galeerensklave verkauft.«

Rory erblasste. »Und wie lange warst du das?«

»Fast sechs Jahre meiner Rechnung nach. Vielleicht auch länger. Ich war der Ruderer, der am längsten überlebt hat.« Er schwieg einen Moment, ehe er hinzufügte: »Wir haben das Schiff vor der Küste Spaniens in unsere Gewalt gebracht. Jeder

Einzelne von uns könnte nun der Meuterei beschuldigt werden.«

»Und die Besatzung?«

»Alle tot«, antwortete Patrick rundheraus.

Es war ein Risiko, so viel zu sagen. Ein Hinweis an die schottische Krone, an England, und ein Kopfgeld würde auf ihn ausgesetzt werden. Und Inverleith würde wieder seinen Brüdern gehören.

Rory nickte. Seine Miene war unergründlich.

»Ich habe ein Schiff voller Mauren, Spanier und ein paar Franzosen. Ein Schotte ist auch darunter. Das Schiff müsste versenkt werden. Haben wir noch ein Schiff?«

»Drei.«

»Liegt eines davon im Hafen?«, fragte Patrick weiter.

»Eines von ihnen wird in Glasgow überholt.«

»Ist es fahrbereit?«

»Das ließe sich machen.«

»Dann will ich es haben.« Es war eine unverhohlene Herausforderung. *Er* sollte hier der Laird sein, auch wenn dieser Titel, wie Patrick sehr wohl wusste, nicht vererbt, sondern aufgrund der Akzeptanz des Clans verliehen wurde. Und jetzt trug Rory ihn. Etwas in Patrick sehnte sich nach der Wärme, die er in den Augen seiner Brüder sah, aber er hatte in den vergangenen Jahren zu oft Verrat erfahren.

»Dann nimm es«, sagte Rory schlicht.

»Du weißt nicht, wozu.«

»Das spielt keine Rolle. Die Schiffe gehören ohnehin eher dir als mir.«

Patrick spürte, wie die Eiseskälte, die sein Herz umfangen hielt, nach und nach wich. Vielleicht hatte er sich in Rory geirrt. Und in seinem Vater. »Ich habe den Männern versprochen, sie dorthin zu bringen, wohin sie wollen. Die meisten wollen nach Marokko. Und ich habe ihnen auch gesagt, wir würden die Fracht des Schiffes aufkaufen, um diejenigen auszuzahlen, die auf eigene Faust nach Hause zurückkehren wollen.«

»Dann wird es auch so gemacht.«

»Wenn wir das Schiff versenkt haben, werden sie eine Unterkunft benötigen.«

Rory zog die Augenbrauen hoch. »Mauren auf Inverleith?«

»Aye. Ohne sie würde ich heute nicht mehr leben.«

»Dann sind sie uns willkommen.«

»Das Schiff hat eine reiche Fracht«, sagte Patrick.

»Woraus besteht sie?«

»Hauptsächlich aus Seide und feinen Spitzen. Und spanischem Wein. Es sind auch Juwelen dabei, die für eine Mitgift vorgesehen waren. Einige Goldstücke. Wir können die Waren hierher bringen und sie dann auf eines deiner Schiffe verladen.«

»*Unserer* Schiffe, Bruder«, berichtigte ihn Rory.

Doch trotz seiner zustimmenden Worte runzelte Rory die Stirn, und Patrick erkannte, dass ihm die Vorstellung, ein Schiff zu versenken, zutiefst zuwider war. Rory liebte die Seefahrt, während sie für Patrick die Hölle bedeutete.

»Falls irgendjemand erfährt, was geschehen ist, könnten wir alle als Meuterer gehängt werden. Jeder Mann an Bord weiß das. Sie wollten sich das Schiff nehmen, um Piraten zu werden, doch die *Sofia* hat nur zwei kleine Bordkanonen. Außerdem verstehen nur wenige der Männer etwas von der Seefahrt. Wir hätten es fast nicht bis hierher geschafft.«

Rory zog eine Augenbraue hoch. »Wenn ich mich recht entsinne, hast du jeden Moment gehasst, den du damals auf dem Schiff verbringen musstest.«

»Das war wohl eine böse Vorahnung«, sagte Patrick.

Der Anflug eines Lächelns erschien um Rorys Mundwinkel. »Vielleicht war es das. Was die andere Frage betrifft, so haben wir die nötigen Mittel, um die Fracht zu kaufen. Wir haben gute Geschäfte gemacht mit unserem Handel.«

»Da wäre aber noch eine Sache«, sagte Patrick.

Wieder zog Rory eine Braue hoch. »Eine ebenso interessante wie die anderen?«

»Es handelt sich um zwei Frauen. Eine spanische *señorita* und deren Zofe. Sie hätten eigentlich nicht an Bord sein dürfen.«

Etwas, das Belustigung sehr nahe kam, flackerte in Rorys Augen auf. »Ist sie hübsch?«

»Wenn du etwas für Spanierinnen übrig hast«, gab Patrick vorsichtig zurück. »Sie ist die Nichte des Kapitäns der *Sofia*. Eines Mannes, der es nicht verdiente zu leben.«

»Hast du vor, sie für immer hierzubehalten?«

»Das kann ich noch nicht sagen«, erwiderte Patrick. »Ich weiß nur, dass wir sie nicht nach Spanien zurückkehren lassen können, um dort zu berichten, was geschehen ist. Ich will aber auch nicht für ihren Tod verantwortlich sein.«

»Woher weißt du, dass alle anderen schweigen werden?«

»Weil sie des Mordes und der Meuterei genauso schuldig sind wie ich«, erwiderte Patrick und beobachtete seinen Bruder scharf. »Keiner wird es riskieren, zu dem Leben zurückzukehren, dem wir gerade erst entkommen sind«, schloss er mit gedämpfter Stimme.

»Es wird schwierig sein, ein so großes Schiff geheim zu halten. Jemand könnte es die Bucht hinaufkommen gesehen haben.«

»Wir haben den Namen überstrichen. Ich hoffe, dass die *Sofia* für ein Schmugglerschiff gehalten wurde, falls jemand uns gesehen hat.«

»Dann schlägst du also vor, dass wir die Dame und ihre Zofe hier gefangen halten?«

»Aye. Bis wir entscheiden können, was das Beste ist.«

»Wir haben durchaus Erfahrung in solchen Dingen«, meinte Rory schmunzelnd. »Ich werde ein Zimmer vorbereiten lassen. Ich weiß allerdings nicht, was meine Frau dazu sagen wird.«

»Was ich wozu sagen werde?« Wie ein frischer Wind stürmte eine junge Frau zur Tür herein, blieb aber abrupt stehen, als sie Patrick sah. Ihr Blick glitt über seinen Bart, die schmutzigen Kleider und wieder zurück zu seinem Gesicht. »Ich habe von einem fremden Schiff in der Bucht gehört ...«

Sie war eine zierliche Frau mit flammend rotem Haar und dunkelblauen Augen, die vor Neugierde funkelten.

Rory zog sie an sich. »Das ist Felicia, meine geliebte Frau und Mutter von zwei wilden Kindern. Felicia, das ist Patrick, mein lang vermisster Bruder.«

Sie machte große Augen, aber dann warf sie sich in Patricks Arme – und entgegen all seiner Vorsätze legte er ihr die Hände auf die Schultern. Um Distanz zu halten, sagte er sich, aber das erlaubte sie ihm gar nicht, denn sie stellte sich auf die Zehenspitzen und küsste ihn auf die Wange. »Jetzt werden Rory und Lachlan endlich wieder zufrieden sein«, sagte sie mit aufrichtiger Freude und Erleichterung in ihrer Stimme.

Patrick war überrascht. Sie würde den Rang, den sie hier innehatte, doch gewiss nicht aufgeben wollen? Aber er sah nur Wärme und liebevolle Akzeptanz in ihren Augen.

Sie war bezaubernd. Nicht schön im klassischen Sinne, aber voller Energie und, dem Funkeln in ihren Augen nach zu urteilen, auch voller Humor. Sie erfüllte das Zimmer mit Freude und Frohsinn.

»Mach mich nicht eifersüchtig, Liebste«, sagte Rory, als er zu seiner Frau ging und besitzergreifend einen Arm um ihre Schultern legte. »Patrick hat zwei junge Damen bei sich, die er auf Inverleith gefangen halten will.«

Zu Patricks Verwunderung brach Felicia Maclean in fröhliches Lachen aus.

14. Kapitel

Patrick sah seine Schwägerin verwundert und vielleicht auch ein wenig erschrocken an.

Hatte sein Bruder eine Verrückte geheiratet?

Die junge Frau musste seine Miene richtig gedeutet haben, denn sie hörte auf zu lachen. Ein feines Lächeln spielte um ihre Lippen.

»Du darfst mir das nicht übel nehmen«, sagte sie. »Ich musste lachen, weil dein Bruder auch mich einige Wochen lang hier gefangen gehalten hat.«

»Warum?«

»Seine Männer suchten damals eine Braut für ihn«, erklärte sie. »Sie glaubten, sie hätten Janet Cameron entführt, aber in Wirklichkeit war ich es, die sie hatten.«

Patrick erinnerte sich gut an die junge Janet Cameron. Er hatte damals mit dem Gedanken gespielt, sie zu seiner Frau zu machen. Doch dann hatte der Tod von Rorys erster Frau ihn wieder an den Fluch erinnert. Keine Frau – oder zumindest keine, die einen gesunden Verstand besaß – würde sich mit einem Maclean vermählen wollen.

Er betrachtete Felicia und suchte nach einer Ähnlichkeit mit Janet Camerons blondem Haar und deren feinen Gesichtszügen, aber er fand keine. »Und wer bist du dann?«, fragte er.

Rory zog seine Frau beschützend in die Arme.

»Eine Campbell«, antwortete sie.

Patrick richtete sich auf. Eine jähe erdrückende Düsternis packte ihn, als er all das zu begreifen versuchte. Hatte Lachlan ihm nicht eben erst gesagt, dass die Campbells seinen Vater getötet hatten? Hatten sie im Laufe der Jahre nicht viel zu viele der von den Campbells angerichteten Verheerungen unter den

Maclean'schen Soldaten und auf ihren Ländereien mitansehen müssen? Hatten sie nicht viel zu viele Macleans begraben, die durch die Campbells ihr Leben verloren hatten? Er hatte ihnen Blutrache geschworen. Wie auch sein Vater.

Und als er und sein Vater nicht mehr da waren, hatte sein Bruder Rory sie beide verraten, indem er eine Campbell geheiratet hatte.

Das Gefühl, verraten worden zu sein, drang bis in die tiefsten Winkel seiner Seele ein.

»Eine Campbell?« Patrick war bewusst, wie hart und abweisend seine Stimme geworden war.

»Aye«, erwiderte Rory fest.

Patrick starrte seinen Bruder durchdringend an. »Du warst imstande, Vater und uns alle zu verraten?«

»Das war kein Verrat, Patrick. Es war an der Zeit, die Fehde zu beenden und diesen verdammten Fluch ein für alle Mal zu begraben. Ich wusste nicht, dass sie eine Campbell war, als ich mich in sie verliebte, und danach spielte es auch keine Rolle mehr. Sie hat das tapferste und liebevollste Herz, das man sich vorstellen kann. Sie hat mir und Lachlan das Leben gerettet. König James persönlich gab unserem Bund seinen Segen.«

»Es interessiert mich nicht, ob ein König euren Bund gesegnet hat.« Patrick wandte sich wieder der jungen Frau zu. Sie war klein und zierlich, was es schwer vorstellbar machte, dass sie seinen Brüdern das Leben gerettet haben sollte. »Ich bin froh, dass sie euch vielleicht in irgendeiner Form hat helfen können, aber sie zu heiraten …«

»Vor einigen Jahren noch hätte ich dir recht gegeben, Patrick. Aber glaub mir, Felicia hat die Herzen aller Macleans gewonnen.«

Die junge Frau stand reglos da. Von dem Lachen in ihren Augen war nichts mehr zu sehen. »Ich könnte mir vorstellen, dass euer Vater sich freuen würde, Enkelkinder zu haben. Glückliche Enkelkinder«, erklärte sie.

»Vater hätte es nicht gestattet.«

»Vater hat vieles nicht gestattet«, erwiderte Rory. »Ich erinnere mich noch gut, wie und warum du fortgegangen bist. Sein Hass hat diesem Clan weit mehr geschadet als die Campbells. Wolltest du damit weitermachen, bis kein Einziger von uns mehr übrig wäre?«

Patrick hörte sich Rorys Erklärungen an, aber akzeptieren konnte er sie nicht. Solange er denken konnte, hatte man ihn gelehrt, die Campbells zu hassen und zu verachten. Und fast genauso lange war er darauf trainiert worden, sie zu töten. Seine ganze Familiengeschichte war von den Schandtaten der Campbells geprägt worden.

»Erinnerst du dich an das letzte Mal, als ein Maclean eine Campbell heiratete?«, fragte er und verfiel unbewusst in seinen breiten schottischen Akzent.

»Aye, ich weiß noch sehr gut, wie er unseren guten Namen in den Schmutz gezogen hat.«

Patrick hatte das Gefühl, als stünde die ganze Welt Kopf. In spanische Gefangenschaft zu geraten war ein kalkuliertes Risiko gewesen. Als Soldat war er sich im Klaren darüber gewesen, dass er getötet, verstümmelt oder gefangen genommen werden konnte.

Aber das hier ...

Das war etwas anderes. Etwas Unvorgesehenes, Unbegreifliches. Und völlig Unannehmbares.

»Vater würde sich im Grab umdrehen, wenn er das wüsste«, sagte er.

»Möglich«, sagte Rory. »Aber das ist sein Problem und nicht das meine.«

»Ich bin der Älteste«, sagte Patrick. »Der Erbe.« Ihm missfiel die Arroganz in seiner Stimme, aber ihm schwirrte der Kopf von all den Neuigkeiten.

Rory runzelte die Stirn. »Aye, so ist es, Bruder, und ich habe mir deine Rückkehr ersehnt, seit du Inverleith verlassen hattest. Aber es gibt Dinge, die sich geändert haben und die du nicht mehr ungeschehen machen kannst.«

Vielleicht hast du recht, dachte Patrick. *Vielleicht aber auch nicht.* »Schickst du sofort jemanden wegen des Schiffes nach Glasgow?«, wechselte er das Thema.

»Aye.«

»Und lässt ein gut verschließbares Zimmer für Señorita Mendoza und ihre Zofe vorbereiten?«

Jetzt trat Felicia Campbell vor. »Ich kenne genau das richtige Zimmer. Ich werde mich persönlich darum kümmern.«

Es war wirklich nicht leicht, sie nicht zu mögen. Sie strahlte Schaffensfreude und guten Willen aus, und Patrick spürte, dass beides nicht gespielt war. Ihr schien viel daran zu liegen, von ihm akzeptiert zu werden. *Vermutlich, weil sie ihren Mann erfreuen will*, dachte er. Weil sie Rory liebte. *Eine Campbell, Himmeldonnerwetter!*

Patrick nickte stumm, und sie eilte mit wehenden Röcken aus dem Zimmer.

»Ich werde auf dem Schiff bleiben, bis es entladen ist.« Patrick hielt es für ratsam, die Mauren im Auge zu behalten, während sie darauf warteten, dass er ihnen ein Schiff überließ. Und er wollte auf keinen Fall mit einer Campbell unter einem Dach wohnen.

Rorys Lächeln verschwand, und es schien, als wüsste er, was Patrick dachte. »Wie du willst«, sagte er. »Vaters Schlafzimmer ist seit seinem Tod unbenutzt. Wir werden es für dich vorbereiten, und es wird dir zur Verfügung stehen, wann immer du willst.« Er ging zu Patrick hinüber. »Wir alle möchten dich so oft wie möglich sehen.«

»Das werdet ihr«, erwiderte Patrick nur kurz.

»Ich werde Königin Margaret von deiner Rückkehr unterrichten lassen.«

»Warum sollte sie das interessieren? Es waren die Campbells, die die Gunst des Königshauses hatten.« Er schwieg einen Moment, dann fragte er: »Lebt Angus eigentlich noch?«

»Nein. Er ist letztes Jahr gestorben. Jamie Campbell trägt jetzt seinen Titel.«

»Ist er auch bei Flodden Field gefallen? Auf der Galeere habe ich einiges über die Schlacht gehört. Die Spanier haben gefeiert, und ich wusste nicht, was ich glauben konnte und was nicht.«

»König James und mit ihm neuntausend Schotten sind bei Flodden Field gefallen. Die allerbesten von uns«, sagte Rory bitter. »Der König. Zwei Äbte. Neun Grafen. James' illegitimer Sohn Alexander und der Erzbischof von Saint Andrews. Jede königstreue Familie hat ihre fähigsten Männer verloren.«

»Aber wie kam es dazu?«

»James war kein Feldherr. Die Engländer hatten Geschütze mit größerer Reichweite als unsere. James ließ sich umzingeln, weil seine ›Ehre‹ es ihm nicht erlaubte, die Engländer anzugreifen, während sie einen Fluss überqueren mussten. Die Engländer hatten diese Bedenken nicht. Sie verhielten sich weniger ehrenhaft.«

»Du warst dort?«

Ein Ausdruck von Schmerz und Schuldbewusstsein glitt über Rorys Gesicht. »Nein. Felicia hatte gerade ein Kind zur Welt gebracht, und Lachlan wollte unbedingt mit in die Schlacht ziehen. Er wäre fast gestorben und ist nur dank einer englischen Witwe heute noch am Leben. Wir haben auch Hector und fünfzig unserer Macleans verloren.«

»Und die Campbells?«

»Sie hatten noch mehr Tote zu beklagen. Sie sind mit einer größeren Truppe in die Schlacht gezogen als wir.«

»Ich hätte da sein müssen«, sagte Patrick. »Ich hätte niemals weggehen dürfen.«

»Dann wärst du vermutlich auch gefallen. Schottland braucht

jetzt alle seine Krieger. Der jetzige König ist noch ein Kind, und die Königin wird von zwei Seiten beeinflusst – zum einen von den Schotten, die loyal sind, zum anderen aber auch von denen, die mit England ein Bündnis schließen wollen.«

»Wie viele Soldaten haben wir im Moment?«

»Etwa hundert gut ausgebildete Männer. Und vielleicht noch zweihundert andere, die kämpfen könnten, falls es nötig ist.«

Patrick war erschrocken über diese Zahlen. Als er von Inverleith fortgegangen war, hatte der Clan der Macleans zu den größten Schottlands gehört. Seit damals hatte sich die Zahl der kampffähigen Männer auf ein Drittel verringert.

Er würde die Streitkräfte wieder aufbauen.

Doch zunächst musste er sich um die *Sofia* kümmern. Er würde sein Versprechen erfüllen und dafür sorgen, dass alle Männer in ihre Heimat zurückkehren konnten. Bei diesem Gedanken entspannte er sich ein wenig, auch wenn es ihm immer noch schwerfiel, sich mit dem Gehörten abzufinden ... und mit dem Verlust, den er verkraften musste.

»Hast du ein Plaid, das ich mir borgen kann?«, fragte Patrick. »Ich habe diese spanischen Kleider langsam satt. Sobald ich mich umgezogen habe, kehre ich zum Schiff zurück.«

»Ich würde dich gern begleiten und mir das Schiff ansehen«, sagte Rory.

»Wie du willst. Dann kannst du auch gleich die Frauen mit zurücknehmen. Ich möchte, dass sie gut bewacht werden.«

»Aye. Felicia wird sich darüber freuen, dass sie Gesellschaft bekommt. Und Kimbra auch.«

»Kimbra?«

»Lachlans Frau. Sie stammt aus dem Grenzgebiet zu England.«

»Eine *Sassenach*? Er hat eine *Sass*...« Patrick brach ab, als er die Warnung in den Augen seines Bruders sah.

Für Patrick war das ein weiterer Schlag. Während seiner

Abwesenheit musste auf Inverleith der Teufel am Werk gewesen sein. Es gab zwei Maclean'sche Ehefrauen: eine Campbell und eine Engländerin. Jede Neuigkeit zerstörte wie ein Hammerschlag alles, woran er einmal geglaubt hatte. *Die Campbells zu bekämpfen. Die Engländer zu bekriegen. Die Macleans zu beschützen.*

Doch sein König war von den Engländern getötet worden, und sein Bruder hatte sogar eine Engländerin geheiratet. *Sein Bruder, der Priester hatte werden wollen.*

Doch er würde erst später über all diese Neuigkeiten nachdenken können. Jetzt musste er zurück auf das Schiff, wenn er nicht wollte, dass die Männer ungeduldig wurden und mit der *Sofia* davonsegelten.

»Du kannst dir eines von Vaters Plaids nehmen«, sagte Rory. »Sie liegen noch immer in der Truhe in seinem Zimmer. Ich lasse dir ein frisches Hemd, Wasser und Leintücher hinaufbringen. Und während du dich umziehst, werde ich die Pferde für die Frauen satteln lassen.«

Patrick nickte und wandte sich zur Treppe, die zu den Schlafzimmern hinaufführte. Er bemühte sich, die eben gehörten Neuigkeiten zu begreifen.

»Lebt Lachlan auch hier auf Inverleith?«, fragte er Rory, der ihn hinaufbegleitete.

»Nein, er lebt in Edinburgh oder fährt zur See. Er ist nach Inverleith gekommen, weil wir den Kauf eines neuen Schiffs besprechen wollen.«

»Du warst doch derjenige, der die See immer so liebte?«

»Aye, aber aus den falschen Gründen. Bei mir war es eine Flucht aus der Düsternis hier, nachdem ich Maggie verloren hatte. Nachdem du fortgegangen warst und Vater gestorben war, wurde ich heimgerufen. Lachlan glaubte, er sei verantwortlich für Vaters Tod, und schien sich zu nichts anderem mehr aufraffen zu können, als Lieder zu komponieren. Inverleith verkam regelrecht. Es kam ständig zu Übergriffen durch die Campbells, und unsere Macleans schlossen sich immer mehr den Clans an, die ihnen Schutz geben konnten.

Gott weiß, dass ich nicht zurückkehren wollte«, fuhr Rory fort. »Zu viele Gespenster erwarteten mich hier. Ich glaube nicht, dass wir beide als Kinder auch nur einen glücklichen Moment auf dieser Burg hatten. Aber dann beschlossen Archibald und Hector, eine Frau für mich zu suchen, obwohl ich geschworen hatte, nie wieder zu heiraten. Sie waren der Meinung, ich bräuchte einen Grund, um Inverleith wieder zu dem zu machen, was es einmal war.«

»Indem du eine Campbell heiraten musstest?« Patrick konnte sich diesen Seitenhieb nicht verkneifen.

»Das war das Letzte, was die beiden planten. Ihnen war nicht bewusst, dass sie eine Campbell entführt hatten.« Er unterbrach sich und richtete den Blick auf einen der prachtvollen Wandbehänge. »Weißt du noch, was wir drei uns einmal geschworen hatten?«

»Ja, ich weiß es noch«, erwiderte Patrick. Er war vierzehn und an Waffen weitaus stärker interessiert als an albernen Mädchen. Rory war damals zehn und Lachlan sieben. Sein jüngster Bruder hatte sich schon damals mehr zu Büchern als zu Waffen hingezogen gefühlt. Sie alle drei hatten sich – soweit Patrick sich erinnerte, war es bei ihrem letzten Zusammentreffen – etwas geschworen. Kurz darauf war Patrick der Tradition folgend in eine befreundete schottische Familie gegeben worden, um dort seine Ausbildung zu machen. Nach seiner Rückkehr hatte sein Vater ihn immer wieder gegen Rory kämpfen lassen, und sie beide waren brutal bestraft worden, wenn sie seinen Erwartungen nicht gerecht wurden.

»Ich habe damals nicht wirklich daran geglaubt«, gestand Rory. »Der Fluch war nur eine Legende, und meine Mutter war, wie so viele andere auch, Opfer des Fiebers geworden, das

Schottland damals heimsuchte. Aber dann starb meine Maggie. Nachdem du fort warst, habe ich wieder geheiratet. Ein Mädchen namens Anne, dem du nie begegnet bist. Es war eine Vernunftehe, aber mit der Zeit begann Anne mir ans Herz zu wachsen. Sie starb an einem Fieber, das ein Seemann eingeschleppt hatte. Nach ihrem Tod schwor ich mir, nie wieder zu heiraten. Zwei tote Ehefrauen sowie die drei toten Gemahlinnen unseres Vaters – das war genug. Erst zu der Zeit begann der Schwur, den wir als Kinder so harmlos abgelegt hatten, eine Bedeutung für mich zu bekommen.«

»Aber du *hast* trotzdem wieder geheiratet.«

»Das ist eine lange Geschichte, und ich werde sie dir erzählen, wenn du mehr Zeit hast. Aber du sollst wissen, dass Felicia alle Macleans im Sturm erobert hat. Und sie wird auch dir das Herz stehlen.«

»Ich habe nicht die Absicht, mir mein Herz stehlen zu lassen«, erwiderte Patrick kühl. »Von niemandem.«

Als er zu dem Zimmer hinaufging, das einst das seines Vaters war, wusste er, dass er die Wahrheit gesagt hatte. Er war hart geworden in diesen vergangenen sechs Jahren auf der Galeere, auf der das einzig Wichtige war zu überleben. Ein seltsam wehes Gefühl hatte ihn erfasst, als er das Maclean'sche Land erreicht hatte, aber mehr hatte er nicht empfunden. Er freute sich, dass seine Brüder noch lebten, aber er hatte keine Trauer empfinden können, als er vom Tod seines Vaters erfahren hatte. Vielleicht kam sie später. Oder hatte sein Herz sich so verhärtet, dass er statt Trauer nichts als Leere empfinden konnte? Aber schließlich war sein Vater auch nie ein besonders liebenswerter oder mitfühlender Mensch gewesen. Er hatte zugelassen, dass die Schicksalsschläge, die er hatte hinnehmen müssen, ihn allmählich blind machten für seine Verantwortung gegenüber dem Clan.

Doch war er selbst denn besser als sein Vater? Auch diese

Frage stellte Patrick sich nicht gern. Aber er wusste, dass er seinen Gefühlen stärkere Ketten angelegt hatte als jene, mit denen er an die Ruderbank geschmiedet war.

Und das ist gut so, beruhigte er sich. Denn anders als sein Vater ließ er sich von seinem Verstand und seinem Verantwortungsgefühl leiten und nicht wie sein Vater von Selbstmitleid, oder von seinem Herzen – wie seine Brüder.

Juliana fröstelte in dem kalten Wind, der durch die Bucht fegte. Das war nicht ihr warmes, von der Sonne verwöhntes Spanien. Selbst die Hügel, die sie umgaben, sahen kalt und abweisend aus.

Verzweiflung drohte sie zu überwältigen. Würde sie ihr geliebtes Spanien jemals wiedersehen? Und ihre Mutter?

Juliana lief es kalt über den Rücken, und sogleich war Manuel zur Stelle und reichte ihr einen Schal. Seit sie seine Verletzung versorgt hatte, war er zu ihrem Schatten und selbsternannten Beschützer geworden. Aber konnte ein Junge sie gegen die Männer an Bord verteidigen? Dass er sein Leben für sie hingeben würde, war rührend, aber sie wollte nicht, dass sein Schicksal von ihrem abhing.

Sie schaute zu ihm herab. Ob irgendeine andere Frau ihm je die kleinste Freundlichkeit erwiesen hatte? Sie bezweifelte es, und einmal mehr tat ihr für diesen Jungen das Herz weh.

Aber auch für sie selbst.

Seit der Schotte das Schiff verlassen hatte, hörte sie das unaufhörliche Geflüster. Die Ruderer hockten in kleinen Gruppen zusammen, die Mauren auf der einen Seite des Schiffes, die Europäer auf der anderen. Nur die Anwesenheit MacDonalds und des Spaniers hielt sie davon ab, den Anker zu lichten und davonzusegeln.

Sie sah sich nach Maclean um. Er mochte ein Schurke sein,

aber dennoch hielt sie ihn für ihren einzigen Beschützer. Es war offensichtlich, dass er für Spanier nichts übrig hatte, und doch hatte er der Mannschaft klargemacht, dass sie weder sie noch Carmita anzurühren hatten. Die Frage war nur, wie lange er die Männer noch daran hindern konnte.

Würde er sie an Land bringen? Sie hatte Geschichten über die wilden Highlander gehört, die angeblich halb nackt in den Kampf zogen. Und sie hatte die ungestüme Art des Schotten selbst erlebt.

Er war jetzt schon seit Stunden fort, und ihre Sorge wuchs. Lieber hatte sie einen Teufel um sich, den sie kannte, als einen, der ihr unbekannt war.

Manuel trat an die Reling und starrte zu dem Land hinüber. »Es kommen Reiter.«

Seine Augen waren besser als ihre. Als Juliana sich vorbeugte, sah auch sie drei Gestalten hoch zu Pferde, von denen zwei je ein gesatteltes Pferd mitführten. Beklommenheit erfasste sie. Seine Familie ... was würden diese Leute mit ihr tun? Sie mussten ebenso gut wie er wissen, dass sie lebend eine Gefahr darstellte.

Sie beobachtete, wie die Reiter näher kamen. Das Langboot wurde zu Wasser gelassen, und sechs Männer, einer von ihnen der Spanier, ruderten auf die Küste zu.

Ein hochgewachsener Mann stieg aus dem Sattel, und es dauerte ein paar Sekunden, bis Juliana in ihm den Schotten erkannte. Er trug jetzt ein merkwürdiges kariertes Kleidungsstück über einem weißen Hemd. Der Stoff wurde in der Taille von einem schweren Ledergürtel zusammengehalten, und sogar aus der Entfernung konnte sie den langen Dolch erkennen, der an diesem Gürtel hing. Er trug hohe, weiche Lederstiefel, die seine ansonsten nackten Beine bedeckten. Sein dunkles Haar schimmerte rötlich, wenn ein Sonnenstrahl es berührte. Julianas Herz zog sich bei seinem Anblick zusammen. Seine ebenmäßigen

Gesichtszüge wirkten jetzt, ohne den dichten Bart, noch anziehender.

Neben ihm stand jetzt ein Mann, der ebenso groß war wie er, dessen Haar aber pechschwarz wie die Nacht war. Der dritte Reiter hatte helleres Haar mit goldschimmernden Strähnen darin. Auch diese beiden Männer trugen die gleichen seltsam anmutenden Kleider.

Juliana erkannte sofort, dass sie Brüder waren, so unterschiedlich sie auch aussahen. Es hatte etwas mit ihrer Haltung zu tun, mit der Art, wie sie sich bewegten. Mit dem Selbstvertrauen und der Kraft der Krieger, die sie ausstrahlten.

Das Langboot erreichte den Strand. Der Spanier sprang heraus und ging auf den Schotten zu. Sie wechselten ein paar Worte, dann gingen sie zusammen zum Boot und ruderten zurück zur *Sofia*. Kurz darauf kamen sie die Strickleiter zum Deck hinaufgeklettert.

»*Señorita*«, sagte der Schotte, nachdem er mit einem Satz über die Reling an Deck gesprungen war. »Auf ein Wort bitte.«

Er roch nach Seife, Leder und Pferd, und Juliana fand, dass es ein sehr sinnverwirrender Duft war. Und obwohl der Schotte auch schon zuvor, selbst im Lendenschurz des Sklaven, die Aura des Anführers hatte, war diese jetzt noch viel stärker zu spüren. Noch nie hatte sie einen Mann ein solches Kleidungsstück tragen sehen, aber es wirkte ungleich männlicher und attraktiver als die Seide und die Spitzen, mit denen sich die Männer in Spanien schmückten.

Der Schotte legte ihr die Hand auf eine Schulter und führte Juliana zur Treppe, die nach unten zu den Kabinen führte. Selbst durch ihr Kleid und ihren Schal hindurch schien die Wärme seiner Hand sie zu versengen. Er zog seine Hand fast sofort wieder zurück. Juliana konzentrierte sich aufs Gehen, um nicht zu stolpern, da ihre Beine ihr plötzlich nicht mehr gehorchen wollten. Er war ihr zu nah, seine Gegenwart war zu übermächtig.

Trotzdem gelang es Juliana, ihre Kabine zu erreichen und die Tür zu öffnen, bevor er es tun konnte. Doch auch er hatte schon nach dem Knauf gegriffen, und seine Hand legte sich auf ihre. Juliana fuhr zu ihm herum, ihre Blicke begegneten sich, hielten sich fest. Irgendetwas in ihr geschah, als eine fast greifbare Spannung zwischen ihnen erwachte. Sekundenlang war Juliana außerstande, sich zu rühren, so sehr überwältigte sie die Macht des Sturms, der zwischen ihnen tobte, so groß war die jähe Hitze, die von ihr Besitz ergriff.

»Señorita Juliana?«

Carmitas leise, fragende Stimme brach den Bann, und als Juliana sich umdrehte, sah sie das unverhohlene Erstaunen ihrer jungen Begleiterin, die die Lippen schürzte, während ihr Blick über den Schotten glitt.

Juliana trat ein paar Schritte zurück und betrachtete ihn von Neuem. Trotz oder vielleicht auch wegen seiner neuen Kleider sah er wie ein Barbar aus. Etwas Wildes lag noch immer in seinen Augen, in der geschmeidigen Anmut seiner Bewegungen und seinem harten, grimmigen Gesichtsausdruck.

Er erwiderte ihren Blick und wandte sich dann an Carmita. »Macht Euch beide bereit, von Bord zu gehen. Ihr werdet auf Inverleith bleiben.«

»Als Gefangene?«

Sein kühler Blick glitt über sie. »Als Gäste.«

»Die nicht abreisen dürfen, wenn sie es möchten.«

»So ist es«, gab er zu.

»Für wie lange?«

»Das weiß ich nicht.« Er schaute sich in der Kabine um. »Ich werde Eure Sachen auf die Burg bringen lassen.«

»Auch meine Mitgift?«

»Die wird unter den Männern aufgeteilt werden, die wie Tiere für Euren Onkel geschuftet haben.«

»Es wird meine Mutter sein, die dafür büßen wird«, sagte

Juliana. Sie schluckte, weil ihre Kehle schmerzhaft eng geworden war, aber vielleicht konnte sie es ihm ja doch verständlich machen. »Mein Vater gibt meiner Mutter die Schuld, wenn … irgendetwas schiefgeht.«

»Warum sollte er das tun, wenn sie doch nichts damit zu tun hat?«

»Warum beißen Hunde?«

Seine Augen verengten sich, und er runzelte die Stirn. »Habt Ihr deswegen dieser Heirat zugestimmt? Weil Euer Vater es so wollte?«

Juliana wandte den Blick von ihm ab. Seine Augen waren zu bezwingend. Sie verlangten Antworten von ihr, die sie nicht geben wollte. »Werden nicht sehr viele Ehen aus diesem Grund geschlossen?«, gab sie zurück.

Ohne darauf zu antworten, sagte er nach kurzem Schweigen: »Seid Ihr Eurem zukünftigen Bräutigam schon einmal begegnet?«

»Nein, aber mein Vater und mein Onkel haben mir versichert, dass er ein feiner Mann ist. Und ein gut aussehender.«

»Ich habe den Ehevertrag gesehen«, sagte der Schotte. »Euer Vater hat Euch keinen Gefallen damit erwiesen, Euch einem Mann zu versprechen, den Ihr nicht einmal persönlich kennt.«

Sie fühlte sich von seiner Bemerkung gedemütigt. Und sie ärgerte sie auch. Er, der so viele Menschen getötet hatte, besaß nun wirklich kein Recht, sich zum Moralapostel aufzuschwingen. Hinzu kam, dass Schotten und Engländer Todfeinde waren. Natürlich musste er da das Schlimmste von ihnen denken.

Denk daran, was deine Mutter dir gesagt hat, erinnerte sie eine verräterische innere Stimme.

Aber Juliana ertrug es nicht, an dieses letzte Gespräch mit ihrer Mutter zu denken. Und sie wollte diesem Mann weder etwas glauben noch etwas Positives von ihm denken. Er war zu gefährlich. Zu furchterregend. Zu fremdartig und anders als alles, was sie kannte.

»Packt Eure Sachen«, unterbrach er ihre Gedanken. »Sobald ich zurückkomme, werdet Ihr an Land gebracht.«

»Und Ihr?«

Fast ein wenig amüsiert zog er eine Augenbraue hoch. »Ich werde an Bord bleiben, bis das Schiff entladen ist.«

Ein Frösteln durchlief sie, weil sie nicht wusste, was sie an Land zu erwarten hatte.

»Meine Brüder verbürgen sich für Euren Schutz«, sagte er. »Euch wird nichts geschehen.« Mit diesen Worten ging er und hinterließ eine Leere, als wäre alles Lebendige mit ihm gegangen.

»Ich will nicht an Land gehen«, flüsterte Carmita.

»Auf dem Schiff sind wir auch nicht sicherer«, beschied Juliana sie. »Auf Inverleith wird es zumindest einige Frauen geben. Vielleicht sogar jemanden, der uns helfen kann.«

Carmita rührte sich nicht vom Fleck. »Ich will nach Hause.«

»Das will ich auch«, sagte Juliana. »Aber vorläufig müssen wir so tun, als akzeptierten wir seine ... Gastfreundschaft. Wir werden schon noch einen Weg finden, nach England zu kommen«, beruhigte sie Carmita.

Das junge Mädchen schien nicht überzeugt, begann aber, Julianas Nachtkleidung zusammenzupacken und in die Reisetruhe zu legen. Ein Kleid, das trotz Carmitas Bemühungen noch immer Blutflecken aufwies, wurde als Nächstes eingepackt. Dann kamen ihre Bürsten, Kämme und ein Schal.

Juliana war erstaunt, wie unangenehm ihr der Gedanke war, dass der Schotte auf dem Schiff bleiben würde. Ihr war noch immer warm von seiner Berührung, und auch das seltsame Kribbeln tief in ihrem Innern hatte nicht nachgelassen. Er flößte ihr Angst ein, aber er weckte auch ihr Interesse. Vom ersten Moment an, als sie ihn auf der Ruderbank gesehen hatte, war es so gewesen. Dieses jähe Aufflackern von Rebellion in seinen Augen hatte eine Saite in ihr angerührt.

Was war nur los mit ihr? Er war ein Wilder. Ein Mörder. Ein Meuterer. Und Manieren hatte er auch keine.

Und trotzdem knisterte es zwischen ihnen. Es war etwas, was bezwingend und unwiderstehlich war. Oder bildete sie sich das alles nur ein? Er mochte sie ja nicht einmal. Er verachtete sie für das, was sie war: eine Spanierin ... die einem englischen Adligen versprochen war.

Und sie verachtete *ihn*.

Zumindest sagte sie sich das immer wieder, während sie und Carmita ihre Sachen packten und auf seine Rückkehr warteten.

15. Kapitel

Manuel sprang auf, als Patrick die Kabine der Spanierinnen verließ.

Für einen Moment blieb Patrick bei ihm stehen. »Du hast gut auf sie aufgepasst, Manuel«, lobte er den Jungen, den er in den vergangenen Wochen sehr zu schätzen gelernt hatte.

Doch je schneller er die Frauen von dem Schiff herunterbrachte, desto besser. Er hatte in den letzten Tagen ein gefährliches Spiel getrieben, indem er alles darangesetzt hatte, die Mannschaft zusammenzuhalten. Es war ein großes Risiko gewesen, die Frauen allein zu lassen – wenn auch nur für wenige Stunden.

Während er auf Inverleith war, hatte er beständig an Juliana Mendoza denken müssen, obwohl er sich bemüht hatte, Abstand zu ihr zu gewinnen. Ihre Unsicherheit und die Furcht in ihren Augen hatten ihn tief berührt. Er wusste zu gut, was Gefangenschaft hieß, um nicht mit ihr zu fühlen. Aus einer wohlbehüteten jungen Dame war eine Gefangene geworden. Und im Gegensatz zu ihr hatte er von frühester Jugend an gelernt zu ertragen, was immer ihm auch widerfahren mochte.

Sie rührte etwas in ihm an, von dem er geglaubt hatte, es sei seit Langem in ihm erstorben. Und das konnte er nicht zulassen. Denn mochten Rory und Lachlan auch nicht mehr an den Fluch der Campbells glauben, so war er nach wie vor davon überzeugt, dass es ihn gab. Er hatte die zweite und die dritte Frau seines Vaters sterben sehen, und Patrick wusste, dass *er* der Grund für den ersten Verlust war, den sein Vater hatte verschmerzen müssen. Er war schuld am Tod seiner Mutter, die kurz nach seiner Geburt gestorben war. Diese Schuld hatte er sein Leben lang mit sich herumgetragen.

Und deshalb würde *er* keine Frau in Gefahr bringen, nur weil seine Brüder aufgehört hatten, an den Fluch zu glauben. Nicht dass Juliana Mendoza an einem ehemaligen Sklaven interessiert sein könnte – oder er an einer Spanierin. Wenn sie könnte, würde sie vor ihm davonlaufen wie vor dem Teufel höchstpersönlich, und das trotz der widersinnigen Anziehungskraft, die zwischen ihnen bestand.

Doch auch das war etwas, mit dem Patrick sich jetzt nicht befassen wollte. Er musste sich auf seine unmittelbaren Probleme konzentrieren.

Nachdem er MacDonald und den Spanier gefunden hatte, begab er sich mit ihnen in die Kapitänskabine. Dort informierte er sie rasch über das Gespräch mit seinen Brüdern. Er kündigte an, dass bald ein Schiff zur Verfügung stünde, mit dem alle, die es wünschten, nach Marokko segeln könnten.

»Die Männer werden langsam ungeduldig«, berichtete Diego. »Schottland ist ein unbekanntes Land für sie, und sie befürchten, dass du die Ladung stehlen und sie alle umbringen lassen wirst.«

»Glaubst du das auch?«, fragte Patrick.

»Versuchung und Habgier sind für mich nichts Unbekanntes«, entgegnete der Spanier auf seine gewohnte rätselhafte Art. »Mich würde nichts mehr überraschen.«

»Und was würdest du tun?«

»Genau das, worüber sie unaufhörlich tuscheln.«

»Und warum bist du dann nicht mit Schiff und Ladung in See gestochen?«

Der Spanier zog eine Augenbraue hoch und grinste. »Weil mein Freund MacDonald das nicht zugelassen hätte.«

»Da hast du verdammt recht!«, versetzte der MacDonald mit finsterer Miene.

»Das Maclean'sche Schiff müsste in etwa einer Woche hier eintreffen. In der Zwischenzeit wird meine Familie die Fracht der *Sofia* aufkaufen und den Erlös unter der Besatzung aufteilen«, sagte Patrick. »Ich werde dafür sorgen, dass meine Brüder einen fairen Preis bezahlen, und ich selbst will keinen Penny davon haben.«

Der Spanier erhob sich. »Dann will ich die genaue Summe wissen«, erklärte er. »Die Gesamtsumme und den Betrag, den jeder Mann erhält.«

»Ich würde vorschlagen, dass jeder Mann den gleichen Betrag erhält, ungeachtet dessen, was er während der ... Revolte getan hat. Vielleicht ist das nicht der gerechteste, aber sicherlich der beste Weg, den Frieden zu bewahren.«

»Das würde sie aber nicht für den Verlust des Schiffes entschädigen«, beharrte Diego.

»Ein Schiff ohne Besatzung, die es zu führen weiß, ist wertlos«, versetzte Patrick. »Es kann nur Schiffbruch erleiden oder untergehen.«

»Du weißt, dass ich das Schiff führen kann.«

»Aber du hast selbst gesagt, du verstündest nichts von Navigation.«

»Dafür könnten wir jemanden finden«, meinte Diego schmunzelnd.

Patrick wusste, dass der Spanier ihn nur aufzog, aber er hatte jetzt nicht die Geduld für Scherze. »Dann sucht euch jemanden«, erwiderte er deshalb nur. »Natürlich werde ich meine Familie dann auch nicht bitten, für das Schiff und seine Fracht zu zahlen.«

»Wann entladen wir?«, fragte MacDonald, ohne den Spanier zu beachten. »Ich will nach Hause reiten, sobald das Schiff versenkt ist. Und dann würde ich gern etwas in Händen haben, das ich mitnehmen kann, weil ich nicht weiß, was mich daheim erwartet.«

Patrick nickte. »Diego, du begleitest die Frauen nach Inverleith. Sie kennen dich. Du kannst schon einmal die Verhandlungen eröffnen, wenn du willst. MacDonald und ich bleiben hier, bis die *Sofia* entladen ist.«

»Wird deine Familie denn einen Spanier willkommen heißen?«

»Selbstverständlich«, sagte Patrick.

»Dann begleite ich die Señoritas gern«, stimmte Diego zu. »Denn trotz ihrer niederträchtigen Verwandtschaft hat Juliana Mendoza etwas an sich …« Mehr sagte er nicht, aber Patrick wusste auch so, was er meinte.

Er hätte weder den Ärger, der in ihm aufstieg, noch diese jähe Eifersucht verspüren dürfen. Juliana Mendoza bedeutete ihm nichts, und falls sie den Spanier bewunderte, dann war das nicht zu ändern. Im Grunde könnte das vielleicht sogar eines seiner Probleme lösen.

Nein, zum Teufel!

Trotz Diegos Unterstützung in den vergangenen Tagen traute Patrick ihm noch immer nicht. Der Spanier hatte etwas an sich, was es schwer machte, Vertrauen zu ihm aufzubauen – vielleicht lag es daran, dass er es so beharrlich ablehnte, Fragen über sich zu beantworten. Aber er war auch ein Mann, der erstaunlich viel erreichte und zuwege brachte.

Trotzdem hätte Patrick es vorgezogen, den Spanier loszuwerden; am besten, er segelte mit den anderen nach Marokko oder zu irgendeinem anderen weit entfernten Ort. Doch irgendwie vermutete er, dass Diego keineswegs die Absicht hatte, Inverleith in absehbarer Zukunft wieder zu verlassen.

Was Patrick zu Diegos letzter Bemerkung zurückbrachte. Er wünschte, es gäbe jemand anderen, doch Diego und MacDonald waren die einzigen Männer, die die Frauen kannten und zu denen sie ein wenig Vertrauen gefasst hatten. Abgesehen von Manuel vielleicht.

»Manuel geht auch mit auf die Burg«, bestimmte er.

»Du vertraust mir wohl nicht«, hielt Diego ihm vor.

»Nicht mehr als du mir«, gab Patrick zurück.

»Oh, aber da irrst du dich. Ich vertraue dir sogar sehr.«

»Und deshalb willst auch du bei jeder Besprechung über den Ankauf der Schiffsladung zugegen sein?«

Diego zuckte mit den Schultern. »Ich will nur die Interessen aller im Auge behalten.«

»Natürlich«, versetzte Patrick mit unverhohlener Skepsis in der Stimme.

MacDonald mischte sich ein. »Ich habe bereits eine Auflistung der Ladung und auch der Mitgift angefertigt.«

Patrick nickte ihm zu. »Sobald die Frauen von Bord sind, werde ich eine Versammlung einberufen und der Mannschaft sagen, wie es weitergeht. Einige unserer Boote werden schon heute Nachmittag mit dem Löschen der Fracht beginnen. Wenn alles entladen ist, sollten wir das Schiff in die Mitte der Bucht bringen und es dort versenken.«

»Das würde ich den anderen aber nicht sagen«, meinte der Schotte. »Sie hoffen immer noch, das Schiff zu übernehmen.«

Patrick nickte. Er belog die Männer nicht gern, nicht einmal, indem er etwas unerwähnt ließ, aber er konnte jetzt keine Meuterei gebrauchen. Genauso wenig, wie er eine widerwillige – und überaus reizvolle – Gefangene auf Inverleith gebrauchen konnte.

Aber er musste die *Sofia* so schnell wie möglich loswerden, oder es würde so oder so egal sein, was er wollte. Ein Campbell, der sie entdeckte, eine Nachricht nach Edinburgh oder London, und mit seiner und ihrer aller Zukunft wäre es vorbei. Auch wenn die Frau seines Bruders eine Campbell war, würde er niemals einem von ihnen sein Leben anvertrauen.

»Es wird Zeit, die Frauen ins Boot zu bringen«, sagte er schroff. »Meine Brüder warten.«

»Und deine Brüder haben nichts dagegen, sich ein Vermögen entgehen zu lassen?«, hakte Diego noch einmal nach.

»Sie wissen, dass es nicht ihres ist«, beschied Patrick ihn kurz.

»Meine hätten sich davon nicht beirren lassen«, sagte Diego leise. Trotz seines gedämpften Tons schwang eine unüberhörbare Verbitterung in seiner Stimme mit.

Ein weiterer kleiner Teil des Rätsels, das der Spanier war. Etwas, dem später näher auf den Grund gegangen werden konnte, aber nicht im Augenblick.

Patrick kehrte zu der Kabine der Frauen zurück. Wie üblich hielt Manuel vor der Tür Wache. »Ich möchte, dass du mit den Frauen nach Inverleith gehst«, sagte Patrick. »Diego wird euch begleiten. Und du wirst bitte auf sie aufpassen, Manuel.«

»*Si*«, sagte der Junge. »Ich werde gut auf sie aufpassen.«

»Das weiß ich.«

Zu Patricks Überraschung waren die Frauen mit dem Packen fertig und bereit aufzubrechen. Sie standen auf, als er eintrat. Juliana hatte sich umgezogen und trug nun ein dunkelblaues Kleid mit einem eng anliegenden Mieder und einem in weichen Falten herabfallenden Rock. Der dunkelblaue Samt hob den veilchenfarbenen Kranz um ihre blaugrauen Augen noch deutlicher hervor. Eine englische Haube mit Schleier bedeckte ihr langes honigfarbenes Haar, das ihr in weichen Locken auf den Rücken fiel.

Sie sah damenhaft aus, aber auch sehr verletzlich, und an der bangen Erwartung, die sie nicht ganz aus ihrem Gesicht verbannen konnte, erkannte Patrick, dass sie ihre Kleidung als eine Art Schild benutzte.

»Wir sind bereit«, sagte sie hocherhobenen Hauptes.

Er wandte sich Carmita zu, die mit entschlossener Miene neben ihrer Herrin stand. Auch sie hatte offenbar ihre beste Kleidung angelegt, ein schlichtes, aber hübsches graues Kleid.

Patrick konnte seine Augen kaum von Juliana Mendoza lassen, während er sein Herz plötzlich bis zum Hals schlagen spürte. Er versuchte, sich zu fassen.

Schließlich zwang er sich, den Blick von ihr zu lösen. Er hob die Reisetruhe auf und hievte sie sich auf die Schulter. Manuel übernahm den Rest des Gepäcks. Zusammen stiegen sie hinauf an Deck, wo Patrick die Truhe mithilfe einiger Taue in das Ruderboot hinunterließ und dann wartete, während Manuel wie ein Eichhörnchen die Strickleiter hinunterflitzte. Als er im Boot saß, folgte Diego ihm.

Dann half Patrick Juliana über die Reling und dachte dabei, dass ihre Hand so perfekt in die seine passte, als gehörte sie dorthin. Eine wunderbare Wärme durchströmte ihn, und er konnte nicht umhin, auch ihre wohlgeformten schlanken Beine unter ihren zusammengerafften Röcken zu bemerken. Mit einer Hand hielt er die ihre, während sie mit der anderen die Strickleiter ergriff, die einen Moment lang hin und her schaukelte, bevor sie ihm die Hand entzog.

Es war kein zaghaftes Fräulein, das da die schwankende Leiter hinunterstieg. Diego wartete unten, bereit, Juliana aufzufangen, falls sie ausglitt, aber sie kletterte die Strickleiter mit erstaunlicher Sicherheit hinunter. Als sie unten ankam, fasste der Spanier sie um die Taille und führte sie zum Bug des Bootes.

In Patrick brodelte wieder die Eifersucht, als Juliana dem Spanier ein Lächeln schenkte und etwas zu ihm sagte.

Für ihn hatte sie kein Lächeln übrig gehabt.

Er versuchte, sich sein Missfallen nicht anmerken zu lassen, als er nun Carmita über die Reling half. Das junge Mädchen, das fast während der gesamten Reise den Tränen nahe gewesen war, kletterte nicht weniger geschickt als ihre Herrin die Strickleiter hinunter. Manuel stand unten schon bereit, um ihr zu helfen.

Patrick blieb an der Reling stehen und sah dem Ruderboot nach, bis es den Strand erreichte. Dort hoben seine Brüder die Frauen an Land und halfen ihnen dann auf die Pferde.

Erst als die kleine Gruppe hinter einer Anhöhe verschwand, wandte Patrick sich ab. Er hoffte, er würde sich nicht allzu sehr wünschen, er hätte mit ihnen reiten können.

Juliana ließ sich keine Schwäche anmerken, als sie die Strickleiter hinabstieg. Um keinen Preis wollte sie dem Schotten die Genugtuung verschaffen, ihre Furcht zu sehen. Dieses Mal nicht. Niemals mehr.

Und trotzdem hatte es all ihre Entschlossenheit erfordert, seine Hand wieder loszulassen. Seine Berührung brannte wie Feuer auf ihrer Haut, und seine Kraft ließ ihr Herz noch schneller schlagen. Sie wollte nicht ohne ihn und den Schutz gehen, den er ihr bot. Bis zu einem gewissen Maß vertraute sie ihm, nicht aber seinem Clan.

Sie fühlte sich auch nicht besser, als der Spanier ihre Taille umfasste und auf einen Platz im Bug des Bootes setzte. Sie hatte ihn seit jenen ersten Tagen der Meuterei kaum noch zu Gesicht bekommen und wusste nicht, was sie von ihm halten sollte. Ein Spanier, der von seinen eigenen Landsleuten in die Sklaverei verkauft worden war. Was konnte er getan haben, was eine solche Strafe rechtfertigte?

Der Schotte hatte von sich behauptet, ein Kriegsgefangener gewesen zu sein, doch der Spanier konnte mit dieser Entschuldigung vermutlich nicht aufwarten. Juliana vertraute Diego nicht, auch wenn er wie jetzt höflich und freundlich war. Seine dunklen Augen lachten sie an, doch sein Lächeln hatte wie immer etwas Spöttisches, das ihr nicht gefiel.

Juliana hielt Carmitas Hand, während sie auf die Küste zuhielten.

Sie wusste nicht, worauf sie sich gefasst machen musste. Auf keinen Fall hatte sie den herzlichen Empfang erwartet, den ihr die beiden Männer in den Plaids bereiteten. Sie hatten keine

Ähnlichkeit mit ihrem Bruder, aber sie waren, wie er, gut aussehende Männer. Der eine hatte rabenschwarzes Haar und dunkle Augen, die ein wenig belustigt dreinblickten. Das Haar des anderen war sandfarben und um einige Nuancen dunkler als ihres. Er hatte die bemerkenswertesten blauen Augen, die sie je gesehen hatte.

Blaue Augen, die sie freundlich ansahen, und die so gar keine Ähnlichkeit mit den kalten dunklen Augen ihres Bezwingers hatten.

Dieser Mann hob sie aus dem Boot, damit ihre Röcke nicht nass wurden. Den Spanier schien das zu überraschen, aber nach einem kurzen Zögern hob er Carmita aus dem Boot.

»Señorita«, sagte der jüngere Schotte, nachdem er sie am Ufer abgesetzt hatte. »Meine Brüder und ich heißen Euch auf Inverleith willkommen und bieten Euch unsere Gastfreundschaft an. Und ich gebe Euch mein Ehrenwort, dass Ihr hier gut und sicher untergebracht sein werdet.«

»Und eine Gefangene«, setzte sie hinzu.

»Ein Problem, das wir bald zu lösen hoffen«, erwiderte er mit einem offenen Lächeln, das nichts von der Geheimnistuerei des Spaniers hatte.

Er sah sie freundlich an, sein Lächeln war aufrichtig. Jetzt aus der Nähe sah Juliana, dass er eine Narbe auf der Wange hatte und dass er seinen Arm leicht abgewinkelt hielt, obwohl er stark genug war, sie hochzuheben.

Er war also auch ein Krieger.

Julianas Blick glitt zu dem größeren der beiden Männer, der sie ansah, als würde er jeden ihrer Gedanken lesen können. Er deutete eine Verbeugung an. »Ich bin Rory Maclean. Und das ist mein galanter Bruder Lachlan. Ich schließe mich seinen Worten an: Ihr werdet auf Inverleith absolut sicher sein. Seid uns willkommen!«

»Auch wenn ich lieber nicht dort wäre?«

»Aye. Ich kenne noch nicht alle Umstände, aber seid versichert, dass wir Macleans Frauen nichts zuleide tun.«

»Zumindest nicht absichtlich«, berichtigte Lachlan ihn und lächelte noch breiter, als teilten die beiden Brüder ein Geheimnis miteinander.

Doch das interessierte Juliana ebenso wenig wie der freundliche Empfang, der ihr zuteil geworden war, wenn sie auch zugeben musste, dass es sie sehr überrascht hatte. In den letzten Tagen hatte sie immer wieder voller Sorge an ihre Mutter gedacht und sich gefragt, wie ihr Vater reagieren würde, wenn er erfuhr, dass seine Pläne fehlgeschlagen waren. Und wenn ihre Mutter glauben musste, dass ihr einziges Kind auf dem Grund des Ozeans läge.

Sie konnte hier nicht bleiben.

Aber sie würde so tun, als hätte sie sich mit ihrer Lage abgefunden. Irgendwann würden die Macleans unvorsichtig werden. Und dann könnte sie fliehen. Vor einem Mann, der sie mehr faszinierte, als gut für sie war, und einer Situation, die für den einen Menschen, den sie über alles liebte, in einer Tragödie enden könnte.

Und deshalb lächelte sie die beiden Männer an und knickste. »Carmita«, sagte sie mit einem Blick auf ihre Begleiterin, »und ich bedanken uns für Euren freundlichen Empfang.«

Nun trat der Spanier neben sie. »Ich bin Diego«, stellte er sich vor. »Mein junger Freund hier heißt Manuel. Euer Bruder sagte, wir sollten die Damen begleiten.«

»Ihr seid uns selbstverständlich ebenso willkommen«, entgegnete Rory Maclean. »Wir haben schon mehrere Zimmer vorbereiten lassen.«

Es war der ältere Maclean, der Juliana in den Sattel half. Lachlan war Carmita behilflich. Danach wandte er sich an Manuel. »Du kannst bei mir mitreiten. Und Diego kann Patricks Pferd haben.«

Dann ritten sie los, und Rory lenkte sein Pferd neben Julianas.

Sie hatten ihr eine hübsche rotgoldene Stute mitgebracht, und trotz all ihrer Sorgen ertappte sich Juliana dabei, dass sie den Ritt genoss. Die Gangart ihrer Stute war angenehm, und sie reagierte auf die leichteste Berührung. Der scharfe Wind hatte sich mit der Mittagssonne leicht erwärmt, die ihre goldenen Strahlen auf die glitzernde See warf.

Vom Land aus sahen die Hügel nicht mehr so öde aus wie von der See her. Kleine, ins Violette spielende rote Blüten bedeckten die Hügel, und überall grasten Schafe und Rinder, die ein erstaunlich dichtes Fell zu haben schienen. Der dunkelhaarige Maclean – Rory – ritt mit müheloser Eleganz an ihrer Seite.

Juliana nutzte diese Momente, um sich die Umgebung einzuprägen. Sie versuchte abzuschätzen, wie lange der Ritt zu der Burg dauerte, die sie von der *Sofia* aus gesehen hatte. Auf dem Wasser konnte sie mehrere kleine Fischerboote und einige Barken erkennen. Nachdem sie die Kuppe eines Hügels hinaufgeritten waren, sah sie Inverleith mit seinen hoch aufragenden Mauern vor sich.

Die Burg stand auf einer Anhöhe über der See. Zwei hohe Türme ragten hinter den massiven Steinmauern auf.

Ein Ruf ertönte aus der Burg, und die Tore wurden weit geöffnet, als sie darauf zuritten.

Auf dem Burghof herrschte rege Betriebsamkeit. Männer übten sich im Kampf mit ihren Waffen; Säcke wurden zu einem Unterstand geschleppt, der eine Scheune zu sein schien, und Frauen zogen Wassereimer aus einem Brunnen.

Mehrere junge Burschen nahmen ihnen die Zügel ab. Rory Maclean stieg von seinem Pferd und kam zu Juliana, reichte ihr die Hand und umfasste ihre Taille, als sie aus dem Sattel glitt.

Eine Frau, die ihre Ankunft beobachtet hatte, kam jetzt mit schnellen Schritten auf sie zu. Sie trug ein schlichtes, blaugraues

Kleid und eine weiße Haube. »Willkommen auf Inverleith. Ich bin Kimbra, Lachlans Frau«, sagte sie mit einem völlig anderen Akzent als dem der drei Maclean-Brüder.

Dann trat noch eine Frau zu ihnen, eine Frau mit flammend rotem Haar und dunkelblauen Augen, die vor guter Laune sprühten. »Und ich bin Felicia, Rorys Frau. Wir werden alles in unserer Macht Stehende tun, damit Ihr Euch hier wohlfühlt, Señorita.«

Juliana bezweifelte, dass eine Gefangene jemals so überschwänglich von ihren Gefängniswärtern begrüßt worden war. Wäre sie wegen ihrer Mutter nicht so besorgt gewesen, hätte sie sich über diesen Empfang vielleicht gefreut. Aber so, wie die Dinge lagen, empfand sie die Freundlichkeit der Macleans eher als Hemmschuh, auch wenn ihr dadurch ein wenig von ihrer Angst genommen worden war.

Sie nickte stumm. Da sie gegen ihren Willen hier war, fühlte sie sich nicht zu mehr verpflichtet. Aber andererseits wäre es vielleicht nützlicher, sich mit den Frauen der Maclean-Brüder anzufreunden. Vielleicht könnte sie darauf hoffen, bei ihnen ein offenes Ohr zu finden, oder womöglich würden sie ihr auch helfen. Sie musste ihrer Mutter unter allen Umständen die Nachricht zukommen lassen, dass sie noch lebte.

Aber dann würde auch ihr Vater erfahren, dass die *Sofia* einen Hafen erreicht hatte, und Juliana wusste, dass er alles daransetzen würde, um sie zu finden. Und sie wusste auch, was das für den Schotten, den Spanier und die anderen Männer bedeuten würde, die sich des Schiffes bemächtigt hatten.

Aber ihre Mutter …

Ihre Mutter würde niemanden mehr haben. Juliana wagte nicht, sich vorzustellen, wie sie leiden würde, wenn sie vom Verschwinden der *Sofia* hörte …

Sie musste ihr eine Botschaft senden. Irgendwie musste es ihr gelingen.

16. Kapitel

Patrick stürzte sich in die Arbeit, um nicht über Juliana Mendoza und das, was er ihretwegen unternehmen sollte, nachdenken zu müssen.

Und schon gar nicht über das, was er *am liebsten täte*.

Zum Entladen des Schiffes hatte Rory alle Boote der Macleans zur Verfügung gestellt, von denen die meisten jedoch nur kleine Fischerboote waren. Dutzende von Clanmitgliedern – einige kannte Patrick, andere nicht –, kamen, um beim Löschen der Fracht zu helfen. Sie starrten die Mauren an, und die Mauren starrten sie an, aber dann begannen alle, Hand in Hand zu arbeiten.

Lachlan hatte beschlossen, nach Glasgow zu reiten und das dort vor Anker liegende Schiff in die Bucht zurückzuführen. Er würde mindestens eine Woche unterwegs sein, da sie den Norden Schottlands umsegeln mussten.

Während die ehemaligen Sklaven die wartenden Boote beluden, ruderten die Schotten sie an Land, wo wieder andere Helfer die Gegenstände von Mann zu Mann weitergaben, bis sie auf einem von zwei stämmigen Pferden gezogenen Wagen verstaut werden konnten.

Rory, der im ersten Boot mitgefahren war, stieg über die Strickleiter an Bord und bat Patrick, ihm das Schiff zu zeigen. In der Kapitänskabine setzte er sich einen Moment, um die Seekarten zu studieren. Nach einer Weile faltete er sie zusammen und steckte sie ein. »Die sind besser als unsere«, erklärte er.

Dann führte Patrick ihn zum Ruderdeck hinunter. Dort roch es immer noch nach Schweiß und Blut, und auch die Ketten lagen noch in den Gängen. Dunkelrote Flecken färbten die Holzplanken.

Rory sah sich um. »Mein Gott, Patrick! Wie lange warst du hier?«

»Meiner Rechnung nach sechs Jahre. Davor war ich ein Jahr in einem spanischen Verlies.«

»O Gott!«, rief Rory. »Wie hast du das überleben können?«

»Ich war zu wütend, um zu sterben.«

Er zeigte auf eine Bank in der Mitte des Ruderdecks, die unter der Gitterluke stand. »Hier habe ich sechs Jahre lang gesessen. Der Stärkste bekam immer den Platz direkt am Gang.«

»Wann habt ihr das Schiff in eure Gewalt gebracht?«

»Zwei Tage nach unserer Abreise aus Spanien.«

»Wer hat das Schiff gesteuert?«

»Der Spanier und ich.«

»Du hast die Seefahrt immer gehasst. Ich erinnere mich noch gut an deine Auseinandersetzungen mit Vater.«

»Aye, ich wollte Krieger sein, kein Händler. Aber glaub mir, in den vergangenen Wochen habe ich mir mehr als einmal gewünscht, ich hätte damals besser Acht gegeben.«

»Warum willst du dann noch an Bord bleiben? Reite mit mir heim. Lachlan wird das Entladen beaufsichtigen.«

»Nein. Ich habe den Männern etwas versprochen, und das will ich halten.«

»Ist das der einzige Grund?« Rorys Blick schien ihn zu durchschauen.

»Aye«, log Patrick, denn die Wahrheit war, dass er hoffte, Juliana Mendoza aus dem Kopf zu bekommen, wenn er sie nicht jeden Tag sah. »Ich habe in den vergangenen Jahren mehr als karg leben müssen«, fügte er hinzu. »Ich muss mich erst wieder an ein weiches Bett gewöhnen.«

»Bist du sicher, dass es nicht wegen der Frau ist?«

»Sie ist Spanierin«, gab Patrick schroff zurück. »Und sie weiß, dass ich ihren Onkel getötet habe. In ihren Augen bin ich ein Barbar.«

»Dann beweise ihr das Gegenteil.«

»Ich bin, was ich bin«, sagte Patrick. »Ein Jahr Krieg, ein Jahr in einem spanischen Kerker und sechs Jahre auf einer Galeere. Diese Jahre haben mich zwar nicht zerbrochen, aber die Seele haben sie mir genommen, Rory.«

»Ich glaube nicht, dass sie so denkt. Sie hat sehr lange nach dem Schiff geschaut.«

»Weil sie Angst hatte, es zu verlassen.«

»Möglich«, sagte Rory.

»Außerdem ist sie so gut wie verlobt.«

»Meine Frau war auch jemand anderem versprochen«, sagte Rory. »Heiratsversprechen ohne Liebe sind dazu bestimmt, gebrochen zu werden.«

»Du vergisst den Fluch«, sagte Patrick. »Ich kann das nicht.«

»Ich vergesse gar nichts«, widersprach Rory. »Immerhin habe ich zwei Ehefrauen verloren. Aber ich glaube, dass meine Ehe mit Felicia den Fluch gebrochen hat. Seit fünf Jahren ist bei den MacLeans keine der jungverheirateten Frauen mehr gestorben.«

Genug davon! Patrick konnte diesen Sinneswandel seiner Brüder nicht begreifen. Und er wollte es auch nicht. Er hatte in den vergangenen sechs Jahren an nichts anderes gedacht, als Rache zu üben. Nur das hatte ihn am Leben erhalten. Und nun versuchte man, ihm weiszumachen, dass die Welt sich verändert hatte!

»Erzähl mir etwas über den Spanier«, bat Rory.

Patrick zuckte mit den Schultern. »Er sagt viel und gleichzeitig sehr wenig. Wir hätten ohne ihn nicht überlebt, aber mir gefällt nicht, dass er so wenig von sich preisgibt. Ich weiß nicht, ob ich ihm trauen kann.«

»Dein Leben hängt davon ab, Patrick, ob wir ihm und den anderen vertrauen können.«

»Sie werden sich hoffentlich schon bald am anderen Ende dieser Welt befinden. Ich weiß, dass ich MacDonald vertrauen kann. Und Denny auch. Aber ich habe keine Ahnung, was der Spanier vorhat. Oder wohin er gehen wird. Ich glaube, er hat an der spanischen Küste ein wenig Schmuggel betreiben. Doch abgesehen davon …

»Du hast gesagt, er sei Seemann. Vielleicht können wir ihn auf einem unserer Schiffe gebrauchen.«

»Ich würde ihn nicht als Kapitän einsetzen wollen, und ich glaube nicht, dass er eine geringere Position akzeptieren würde.«

Rory sah seinen Bruder eindringlich an. »Glaubst du wirklich, dass niemand herausfinden wird, was geschehen ist?«

»Ja … wenn die Frauen nicht wären. Sie sind das Problem dabei.«

»Du warst Kriegsgefangener und hattest jedes Recht zu fliehen.«

»Du kennst das Gesetz genauso gut wie ich«, entgegnete Patrick. »Und dass Meuterei hart bestraft wird, dafür gibt es einen guten Grund. Zu viele Besatzungen mögen ihren Kapitän nicht, vor allem, wenn sie ihn für zu streng halten. Das Einzige, was sie unter Kontrolle hält, ist die Angst vor Strafe.«

»Wir werden uns schon etwas einfallen lassen«, erwiderte Rory und lächelte seinen Bruder an. »Wir müssen verhindern, dass meine Felicia sich einmischt. Die Ränke, die sie schmiedet, sind viel zu kompliziert und führen stets zu irgendwelchen Katastrophen.«

Trotz dieser Kritik lag so viel Liebe in Rorys Blick, dass sich ein Kloß in Patricks Kehle bildete. Er war siebenunddreißig Jahre alt, doch die Art von Zärtlichkeit, die er in Rorys Blick sah, hatte er noch nie kennengelernt, und er hatte sich auch noch nie erlaubt, mehr als Sinnenlust für eine Frau zu empfinden.

»Wir sollten wieder an Deck gehen«, sagte er. »Ich will nicht, dass etwas von der Fracht im Wasser landet.«

Rory sah ihn einen Moment lang prüfend an, dann nickte er. »Du wirst also nicht mit mir nach Inverleith zurückkehren?«

»Nein. Nicht, bevor das Schiff entladen ist.«

Zusammen gingen sie hinauf an Deck. Rory atmete tief die frische Luft ein.

»Die *Sofia* ist ein Höllenschiff«, sagte Patrick rundheraus.

»Du hast recht», stimmte Rory zu. »Dieser Seelenverkäufer sollte den Flammen übergeben werden.«

»Aber falls die Campbells den Rauch oder die Flammen sehen ...«

»Weder die Campbells noch die Camerons werden irgendetwas sagen«, unterbrach ihn Rory. »Jamie Campbell ist ein Freund und inzwischen mit Janet Cameron verheiratet. Seit Flodden Field halten die drei Clans zusammen. Wir haben zu viele von unseren Leuten an einen gemeinsamen Feind verloren, um uns noch weiter untereinander zu bekämpfen.«

»Es fällt mir schwer, in einem Campbell etwas anderes als einen Feind zu sehen.«

»Ich hatte anfangs auch meine Probleme damit«, gab Rory zu. »Aber Jamie hat Lachlan nach Flodden Field das Leben gerettet. Er hat nicht aufhören wollen, nach ihm zu suchen.«

»Für mich ist es nicht leicht, jemandem zu vertrauen«, sagte Patrick. »Irgendjemand hat mich an die Spanier verraten, und ich habe den Verdacht, dass es ein Campbell war. Einige von ihnen kämpften aufseiten der Franzosen.«

»Wir werden die Wahrheit ans Licht bringen.«

Rory zögerte, dann legte er die Hand auf Patricks Arm. »Es ist schön, dich zurückzuhaben.«

Patrick sah zu, wie sein Bruder die Leiter hinunterstieg und in das Fischerboot mit dem kleinen Segel sprang. Rory hob noch einmal grüßend den Arm, bevor sie ablegten.

Patrick wandte sich schnell ab. Er konnte jetzt keine rührseligen Gefühle brauchen. Sie machten einen Mann schwach und angreifbar. Er hatte die vergangenen sieben Jahre nur überlebt, weil er sich vor allen Gefühlen verschlossen hatte. Und auch jetzt musste er sie unter Kontrolle halten, um keine Fehler zu machen. Er hatte nicht all die Qualen durchgestanden, um durch die Schlinge eines Henkers seine letzte Reise anzutreten.

Juliana kam sich vor wie in einer fremden Welt.

Wenn sie eine Gefangene war, dann auf jeden Fall eine privilegierte. Denn es schien, als würde niemand es müde werden, für sie und ihre Begleiterin zu sorgen.

Sie hatte noch nie jemanden wie Felicia oder Kimbra gekannt, und sie war auch noch nie in einer Burg wie Inverleith gewesen. Von dem Moment an, als sie den großen Rittersaal betrat und die saubere Binsenstreu auf dem Boden, die Tapisserien und Bilder an den Wänden sah, fühlte sie sich nicht mehr wie eine Gefangene, sondern wie ein hochgeschätzter Gast an einem Ort, der ihr schon jetzt seltsam vertraut vorkam.

Wie konnte das sein?

Ihr Zuhause in Spanien war ganz anders. Es war ein Ort voller Licht und Sonne, keine von massiven Steinmauern umgebene Burg. Und dennoch ...

Vielleicht war es das Geplauder ihrer beiden Gastgeberinnen, die sich so nahe zu stehen schienen wie Schwestern, obwohl sie von ihrer Sprache, ihrem Temperament und ihrem Aussehen her nicht unterschiedlicher sein könnten. Die eine, Rorys Frau, schien bei jedem Schritt, den sie tat, zu tanzen. Ihr Lächeln war strahlend, und ihre Augen funkelten vor Fröhlichkeit, als kostete sie jeden Moment ihres Lebens aus. Das kleine Mädchen, das hinter ihr herhüpfte, war wie ein Spiegelbild ihrer Lebensfreude.

Kimbra, die andere Frau, sprach mit einem ausgeprägten englischen Akzent, der ähnlich dem von Julianas Mutter klang. Ihre Augen blickten ernst, und ihr Lächeln war nicht so heiter wie das der anderen, aber ebenso warm und herzlich. Und diese

Wärme schien selbst jemanden wie Juliana einzuschließen, die sie gar nicht kannte.

Juliana war jedoch fest entschlossen, sich von ihren beiden Gastgeberinnen nicht entwaffnen zu lassen. Denn trotz aller Freundlichkeit musste sie davon ausgehen, dass die beiden ihren Schwager unterstützten und dass ihre Absichten das genaue Gegenteil von dem waren, was Juliana wollte.

Felicia ging voran und führte sie in ein großes Zimmer, das mit einem Strauß frischer Blumen als Willkommensgruß geschmückt war. Auf dem Bett lag eine leuchtend blaue Decke, und die farblich dazu passenden Kissen zierten zwei bequem aussehende Stühle. Eine Tür führte in ein kleines Nebenzimmer für Carmita.

»Patrick sagte, Ihr wäret auf dem Weg nach London gewesen, um zu heiraten«, wandte sich Felicia an sie. »Liebt Ihr Euren zukünftigen Gemahl?«

Das war eine sehr persönliche Frage, die zu beantworten Juliana nicht für angebracht hielt.

Felicias Lächeln verblasste ein wenig. »Ich wollte nicht indiskret sein, und ich weiß, dass ich kein Recht zu dieser Frage habe. Es ist nur so, dass ich auch verheiratet werden sollte, als ich von den Macleans entführt wurde. Ich habe Rory für ein Ungeheuer gehalten. Die Macleans und die Campbells befehdeten einander schon viele, viele Jahre, und mir war immer gesagt worden, sie seien Barbaren. Oder noch schlimmer als das. Es hieß sogar, sie seien Frauenmörder. Deshalb weiß ich, wie Ihr Euch jetzt fühlen müsst, Juliana. Ängstlich, wütend und verloren.«

»Ihr wurdet gefangen genommen?« Juliana konnte weder ihre Überraschung noch ihre Neugier verbergen.

»Aye. Als ich hierher gebracht wurde, war diese Burg ein Ort der Trauer, der Einsamkeit und Verzweiflung. Ich hatte eine Höllenangst, aber das durfte ich nicht zeigen. Immer wieder versuchte ich zu fliehen, und ich kann Euch nur davor warnen. Es ist sehr, sehr schwierig. Aber Ihr sollt wissen, dass wir Euch verstehen und gern Eure Freundinnen sein möchten. Wir werden nicht zulassen, dass Euch etwas zustößt.«

Es war ein langer Vortrag, dessen Botschaft jedoch in aller Deutlichkeit bei Juliana angekommen war: *Immer wieder versuchte ich zu fliehen, und ich kann Euch nur davor warnen. Es ist sehr, sehr schwierig.*

Felicia hatte gesagt, es sei schwierig. Sie hatte nicht gesagt, dass es unmöglich war.

Felicia schien zu ahnen, was Juliana dachte. »Rory und Lachlan haben Patrick für tot gehalten. Es ist wie ein Geschenk des Himmels für sie, dass er noch am Leben ist. Und nun wird er der Laird sein. Sie werden Patricks Wünschen nicht zuwiderhandeln, und auch ich würde nichts tun, was ihm schaden könnte.«

Julianas Kehle war schmerzhaft eng geworden. Ihre einzige Erfahrung mit der Ehe beschränkte sich auf die ihrer Eltern, die ganz gewiss nichts von der Wärme hatte, die sie in Felicias und Kimbras Stimmen hörte, und auch nichts von der bedingungslosen Loyalität, die in Felicias Äußerungen zum Ausdruck kam. Es war nichts von Habgier oder Neid zu spüren, wenn sie von dem älteren Bruder sprachen, der zurückgekehrt war, um alles zu übernehmen, was bis dahin ihnen gehört hatte. Nur Dankbarkeit und Freude sprachen aus ihren Stimmen und ihrem Verhalten.

»Ihr sprecht gut Englisch«, sagte Kimbra.

»Meine Mutter ist Engländerin.«

»Also deshalb habt Ihr einen so hellen Teint und blondes Haar!«, rief Felicia. »Eurem Aussehen nach könntet Ihr eher eine Schottin oder Engländerin als eine Spanierin sein.«

Juliana erwiderte nichts darauf. Sie wollte auf keinen Fall weinen, was durchaus möglich war, wenn sie jetzt über ihre Mutter sprach. Sie nahm sich zusammen und beschloss, von Felicia so viel wie möglich über deren Fluchtversuche zu erfahren. Was hatte sie unternommen, um aus der Burg zu fliehen? Wie war es dazu gekommen, dass sie Rory Maclean geheiratet hatte? Je mehr sie über die Macleans in Erfahrung brachte, desto größer waren ihre Chancen, ihnen zu entkommen.

»Eure Ehemänner wirken auf mich ganz anders als Patrick Maclean«, bemerkte sie. »Sie sind ... sehr liebenswürdig.«

»Mein Mann kann aber auch ein Tyrann sein«, meinte Felicia schmunzelnd. »Das liegt bei den Macleans in der Familie.«

»Das tut es nicht«, widersprach Kimbra. »Lachlan ist die Sanftheit in Person.«

»Nun ja, er kann recht gut singen«, pflichtete Felicia ihr augenzwinkernd bei. »Ihr müsst ihn darum bitten«, sagte sie zu Juliana. »Er kann nicht Nein sagen.«

Juliana schwirrte der Kopf. Sie hatte bisher kaum Freundinnen gehabt, und auch die hatten immer ihre *dueñas,* ihre Anstandsdamen, bei sich gehabt. Außerdem hatte ihr Vater ihren Umgang mit gleichaltrigen Mädchen nicht gern gesehen. Sie seien zu respektlos, hatte er gesagt. Aber diese beiden jungen Frauen alberten herum wie alte Freundinnen.

»Ich denke, wir sollten Juliana jetzt ein wenig Ruhe gönnen«, sagte Kimbra.

Felicia errötete. »Kimbra hat recht. Wir haben nicht oft Besuch hier, schon gar nicht junge Frauen unseres Alters. Ich hoffe aber, dass Ihr uns zum Abendessen Gesellschaft leisten werdet. Ihr seid gewiss müde, aber wir sehen hier so wenige neue Gesichter. Und außerdem möchte ich alle Neuigkeiten aus Spanien hören.«

Juliana war hin und her gerissen. Ein Teil von ihr wünschte sich die Gesellschaft, die Herzlichkeit und Wärme, die ihr so offensichtlich angeboten wurden. Aber käme es nicht einer Kapitulation gleich, sich darauf einzulassen?

Je mehr du erfährst, desto besser sind deine Chancen, von hier zu fliehen.

»*Si*«, sagte sie.

17. Kapitel

Patrick Maclean war nicht zum Abendessen gekommen, und Juliana hatte sich unter den vielen fremden Menschen nicht wohl gefühlt.

Sie war die Zielscheibe unzähliger Blicke, sowohl feindseliger wie auch neugieriger. Es hatte sich vermutlich sehr schnell herumgesprochen, was Patrick Maclean widerfahren war und dass sie die Nichte des Mannes war, den die Macleans dafür verantwortlich machten. Ihr Onkel hatte ihn zum Sklaven erniedrigt, und das, so schloss sie aus den Blicken, schien das Schlimmste zu sein, was einem freien, stolzen Schotten geschehen konnte.

Doch auch ohne all die Blicke fühlte Juliana sich unbehaglich. Sie war es gewohnt, das Abendessen mit ihrer Mutter und ihrem Vater einzunehmen, manchmal auch mit Freunden oder Geschäftspartnern ihres Vaters. Aber dieser Brauch, am selben Tisch mit vierzig Männern zu speisen, die mit Plaids bekleidet waren, unter denen deren nackte Beine hervorschauten – das war ... schockierend. In Gedanken sah sie immer wieder Patrick Maclean in seinem Plaid vor sich und erinnerte sich an die kraftvolle Männlichkeit und die fast magnetische Anziehungskraft, die von diesem Mann ausging.

Allein schon, an ihn zu denken, löste ein seltsames Kribbeln in ihr aus. Es waren Empfindungen, die sie nicht nur nicht spüren wollte, sondern die sie zunehmend ärgerlicher machten.

Denn trotz aller Höflichkeit und Liebenswürdigkeit, die Kimbra und Felicia, ja, selbst Rory ihr entgegenbrachten, waren diese Menschen Schotten, die sie gegen ihren Willen festhielten. Und ihre Loyalität galt allein Patrick Maclean. Juliana zog sich früh zurück, aber kurz darauf klopfte es an ihre Tür. Es waren Kimbra und Felicia.

»Wir möchten uns gern das Schiff ansehen«, sagte Kimbra. »Wir dachten, wir reiten gleich morgen hin, bevor sie mit dem Entladen fertig sind. Würdet Ihr uns gern begleiten?«

Das Angebot verblüffte Juliana, aber die Aussicht auf einen Ausritt und damit die Möglichkeit, aus den Mauern Inverleith' herauszukommen, war mehr als verlockend.

»Was ist mit Eurem Mann? Wird er damit einverstanden sein?«

»Ja, wenn wir eine Wache mitnehmen«, erwiderte Felicia.

Juliana nahm die Einladung an, und die beiden Frauen verabschiedeten sich, weil sie noch nach den Kindern sehen wollten.

Ein Ausritt war Juliana aus mehreren Gründen sehr willkommen. Er würde sie nicht nur von ihren Gedanken an Patrick Maclean ablenken, sondern ihr vielleicht sogar eine Chance bieten zu fliehen oder doch zumindest etwas zu erfahren, was ihr nützlich sein könnte.

Und was würde sie dann tun? Wohin sollte sie gehen? Nach London? Zu dem Mann, dem sie versprochen war? Oder sollte sie versuchen, nach Spanien zurückzukehren? Aber wie sollte sie ihr Überleben erklären, ohne die Macleans, Manuel, den Spanier und andere zu belasten?

Juliana schlief in dieser Nacht sehr unruhig und hatte beim Frühmahl nur wenig Appetit. Sie konnte es kaum noch erwarten, endlich aufzubrechen, als Felicia und Kimbra sie abholten. Beide waren in Reitkleidung. Wie Juliana trugen sie weder Haube noch Hut, was Juliana für einen Moment eine Art Verwandtschaft zu ihnen spüren ließ.

Felicia gab ihr einen Apfel. »Für Duchess«, sagte sie, und zu dritt stiegen sie die steinerne Treppe vor der mächtigen Eingangstür hinunter und gingen dann über den Hof zu den Stallungen weiter. Fünf gesattelte Pferde warteten auf sie, darunter ein prachtvoller schwarzer Hengst.

Juliana versuchte, die Sehnsucht zu verbergen, die sie ergriff, als sie das nervös tänzelnde Pferd beobachtete. Kimbra ging zu ihm und gab ihm eine Hand voll Apfelstückchen, worauf der Hengst ein schrilles Wiehern ausstieß und noch mehr verlangte.

»Du Vielfraß«, flüsterte ihm Kimbra zärtlich zu. Ein kleines Mädchen kam aus der Scheune gelaufen. Es mochte vielleicht acht Jahre alt sein und wurde von einem großen schwarzen Hund begleitet. »Das ist Audra, meine Tochter«, stellte Kimbra die Kleine vor. »Der Hund heißt Bär, und dieser große Bursche hier ist Magnus«, sagte sie und strich dem schwarzen Hengst über den Kopf.

Audra knickste wohlerzogen. »Meine Mutter sagt, du kommst aus Spanien«, sagte sie. »Ich habe noch nie jemanden aus Spanien gekannt.«

Sie war ein sehr hübsches kleines Mädchen, das die ernsten Augen ihrer Mutter geerbt hatte.

»Und ich habe bis vor ein paar Wochen niemanden aus Schottland gekannt«, sagte Juliana und hockte sich vor die Kleine hin, um auf gleicher Augenhöhe mit ihr zu sein.

»Ich bin nicht aus Schottland«, korrigierte Audra sie. »Ich bin Engländerin.«

»Dann musst du mir von England erzählen. Meine Mutter ist auch Engländerin, aber ich bin noch nie in ihrem Heimatland gewesen.«

»Ich mag Inverleith lieber«. erklärte Audra.

»Komm, Schatz«, sagte Kimbra und hob ihre Tochter auf eine kleine weiße Stute, bevor sie sich wieder Juliana zuwandte. »Die Kastanienbraune ist Duchess. Sie ist von edlem Geblüt, aber trotz ihres Namens sehr umgänglich.« Dann führte Kimbra den schwarzen Hengst zu einer Aufsteighilfe und schwang sich in den Sattel. Ein Stalljunge erschien an Julianas Seite, verschränkte seine Finger und hielt sie Juliana hin.

Sie setzte einen Fuß darauf und schwang sich mit einer viel ungeschickteren Bewegung in den Sattel als gewöhnlich. Während sie wartete, dass auch Felicia aufsaß, sah sie Rory Maclean aus dem Stall kommen. Er ging zu einem anderen Rappen und schwang sich in den Sattel.

Bei seinem Anblick sank Juliana der Mut. Ihre Hoffnung, nur mit den Frauen auszureiten, zerschlug sich. Sie hatte den Rappen sogleich als das schnellste der Pferde erkannt, und sie hatte schon Pläne geschmiedet, dieses schöne Tier zu stehlen.

Sie hielt die Zügel fest umklammert und saß mit voller Absicht wie ein Sack Kartoffeln auf dem Pferd. Felicia lenkte ihr Pferd neben Julianas, und Kimbra platzierte sich auf ihrer anderen Seite. Sie wollen mich beschützen, dachte Juliana und verspürte ein leises Schuldbewusstsein

Audra ritt mit Rory Maclean voraus, während der Hund namens Bär dicht hinter ihnen blieb.

Alle Hoffnungen Julianas, einen Weg zur Flucht zu finden, schwanden.

Sie sah Kimbra an. »Wo ist Euer Mann?«

»Lachlan ist nach Glasgow geritten, um dafür zu sorgen, dass das Schiff so schnell wie möglich hier eintrifft.«

»Wie weit ist es bis dorthin?«

»Zwei Tagesritte, so wie Lachlan reitet«, erwiderte Felicia.

»Und in welcher Richtung liegt es?«

Die beiden Maclean'schen Ehefrauen wechselten einen flüchtigen Blick.

»In westlicher.«

»Seid Ihr hier ganz von Wasser umgeben?«

Wieder tauschten die beiden Frauen einen Blick, als müssten sie überlegen, was sie erwidern sollten.

Aber dann zeigte Felicia auf das Wasser. Nicht weit vor ihnen lag die *Sofia*.

Juliana sah einen hochgewachsenen Mann in einem Plaid aus

dem ersten Fischerboot springen, als es den Strand erreichte. Er half dabei, es an Land zu ziehen. Eine jähe Wärme durchströmte sie bei seinem Anblick.

Am liebsten hätte sie ihrer Stute die Absätze in die Flanken gestoßen und wäre davongaloppiert. Aber sie wusste, dass das sinnlos wäre. An Duchess' Gangart war nichts auszusetzen, aber verglichen mit den anderen Pferden war sie einfach zu langsam. Juliana zweifelte nicht daran, dass man ihr mit voller Absicht dieses ältere Pferd gegeben hatte.

Und deswegen begnügte sie sich damit, sich still zu verhalten und abzuwarten, wie der Maclean auf ihren Anblick reagieren würde.

Es ging schon auf den späten Nachmittag des zweiten Tages zu, als das letzte Weinfass in ein Fischerboot herabgelassen und an Land gebracht wurde. Die Mannschaft wurde zunehmend verdrossener, weil sie daran zweifelte, dass Patrick für die Fracht bezahlen würde. Er hatte nicht zahlen wollen, bis das Schiff vollkommen entladen war, aus Angst, dass einige der Männer, sobald sie das Gold in den Händen hatten, versuchen könnten, das Schiff an sich zu bringen und damit wegzufahren.

Doch nun wurde es Zeit. Er hatte einige Fässer Wein an Bord gelassen. Sobald die Männer ihr Gold erhalten hatten, würden sie die Fässer öffnen, um zu feiern. Dann, wenn alle angetrunken und zufrieden waren, würden die Macleans sie an Land bringen und das Schiff versenken. Rory hatte gesagt, die Große Halle sei bereits gesäubert und mit frischer Binsenstreu versehen worden, um die Ruderer darin unterzubringen, bis das Maclean'sche Schiff aus Glasgow eintraf.

Es würde eine gefährliche Woche werden.

Patrick sah zu, als das letzte Fass das Schiff verließ und im Boot verstaut wurde.

MacDonald erschien an seiner Seite. »Wir sind fertig.«

»Ich stehe in deiner Schuld«, sagte Patrick. »Ich weiß, dass du schon vor drei Tagen nach Hause wolltest.«

»Aye. Ich habe eine Frau, die noch nicht weiß, dass ich noch lebe. Und ich weiß nicht, was ich dort vorfinden werde; und das Gold wird vielleicht helfen.«

»Falls du jemals etwas brauchen solltest, wendest du dich hoffentlich an mich.«

»Du sagst, du stündest in meiner Schuld, aber ich wäre immer noch an die Ruderbank da unten gekettet, wenn du nicht die Meuterei begonnen hättest. Deshalb mache ich dir das gleiche Angebot. Falls du jemals meine Hilfe brauchen solltest …«

Patrick nickte.

»Ich werde bleiben, bis du zurückkehrst, und dann wäre ich dir dankbar für ein schnelles Pferd.«

»Das bekommst du. Ich möchte aber, dass du meine Brüder vorher kennenlernst und mit uns zu Abend isst. Du kannst beim ersten Tageslicht aufbrechen.«

MacDonald zögerte, aber dann nickte er zustimmend. »Wie hoch wird der Anteil für jeden Mann sein?«

»Ich hatte an siebzig Pfund für jeden gedacht. Das ergibt eine Gesamtsumme von fast siebentausend Pfund. Rory sagt, diese Summe hätten wir zur Verfügung.«

»Das ist sehr großzügig. Die meisten dieser Männer haben noch nie mehr als ein Pfund in den Händen gehabt.«

»Das macht mir ein bisschen Sorgen. Ich will nicht, dass sie mit Glücksspielen beginnen oder sich gar gegenseitig umbringen.«

»Ich werde ihnen sagen, was sie an Gold bekommen«, schlug MacDonald vor, »aber mit der Verteilung solltest du warten, bis dein Schiff sie nach Marokko bringt.«

»Gut, dann werde ich ihnen einige Pfund sofort geben und ihnen sagen, dass sie den Rest bei ihrer Abreise erhalten«, entschied Patrick. Er wollte nicht, dass einer der Männer auf die

Idee kam, sich nach Edinburgh zu begeben. Für ihn war es lebenswichtig, dass sie alle Schottland verließen.

»Ich werde diese letzte Ladung nach Inverleith begleiten und dann mit etwas Geld zurückkommen«, sagte Patrick.

Er stieg über die Reling, kletterte schnell die Strickleiter hinunter und sprang in das wartende Fischerboot.

Sobald das Boot den Strand erreichte, sprang er heraus. Acht Macleans kamen herbei, um den Rest des Frachtguts auszuladen, während einer bei den Pferden blieb. Patrick hievte sich eines der Fässer auf die Schulter, um es zum Wagen tragen, und er genoss die Anstrengung, die ihn dem Ende seiner Qualen und Mühsal näher brachte.

Schließlich wischte er sich den Schweiß von der Stirn und blickte auf. Fünf Reiter näherten sich.

Einer war Rory, der andere die kleine Audra. Dahinter ritten drei Frauen, und eine von ihnen war – verdammt! – Juliana Mendoza, die ihm viel zu oft durch den Kopf geisterte und der er in den letzten drei Tagen aus dem Weg zu gehen versucht hatte, indem er auf dem Schiff geblieben war.

Mochte Gott ihm beistehen, aber sie sah noch bezaubernder aus als in seiner Erinnerung.

Der Schotte schien überrascht zu sein, sie zu sehen. Das war immerhin ein Trost. Denn Juliana hatte das Gefühl, dass dieser Mann normalerweise nicht so leicht zu überraschen war.

Sein Blick wich nicht von ihrem Gesicht, als er zu ihnen herüberkam.

»Werdet Ihr gut behandelt?«

»*Si*, bis auf die Tatsache, dass ich nicht hingehen kann, wohin ich will.«

Er richtete seinen kühlen Blick auf seinen Bruder. »Ich habe nicht gesagt, dass sie Inverleith verlassen darf.«

»Wir haben *Inverleith* nicht verlassen«, entgegnete Felicia spitz.

Juliana sah ihm am Gesicht an, dass er noch etwas sagen wollte, aber dann zuckte er nur mit den Schultern. »Ich werde mit euch zurückreiten.«

Dann wandte er sich an Audra, und seine Augen wurden weicher. Für einen Moment wirkte er fast väterlich. »Audra«, begrüßte er die Kleine und blickte dann zu Kimbra auf. »Sie sieht dir ähnlich«, sagte er mit einer angedeuteten Verbeugung. »Miss Audra, Ihr reitet wirklich ausgezeichnet.«

»Danke«, erwiderte Audra ernst, während sie von Rory zu Patrick und wieder zu Rory blickte. »Ich bin froh, dass du zurückgekehrt bist«, sagte sie mit ihrer ruhigen Stimme.

Jetzt lächelte Patrick sogar. »Ich auch, meine Kleine.« Dann wandte er sich mit einem bewundernden Blick Kimbras schwarzem Hengst zu. »Was für ein wundervolles Tier. Ich habe ihn schon in den Stallungen gesehen und mich gefragt, ob ich ihn haben kann, aber man sagte mir, er gehöre meiner Schwägerin.«

Kimbra errötete, und ein besorgter Blick erschien in ihren Augen.

»Keine Angst«, beruhigte Patrick Maclean sie leise. »Für gewöhnlich nehme ich mir nichts, was mir nicht gehört.«

Dann kehrte sein Blick zu Juliana zurück, und sie glaubte, unter dessen Intensität schier zu schmelzen. Sie versuchte, in diesem Mann, der so liebevoll mit einem Kind und so beruhigend mit einer Frau sprach, den halb nackten, blutbespritzten Anführer der Meuterer zu sehen. Damals hatte er gekämpft, war ein Krieger. Und jetzt …

Als ihre Blicke sich trafen, senkte er den Kopf und schaute auf die Zügel, die sie so ungeschickt in ihren Händen hielt. »Ihr reitet wohl nicht sehr oft?«

»Nein«, antwortete sie, aber irgendetwas sagte ihr, dass er ihr nicht glaubte.

Plötzlich wandte er sich an seinen Bruder. »Wo ist der Spanier?«, fragte er.

»Er sieht sich Lachlans Bücher an.«

»Bewacht ihn jemand?«

»Aye. Und die Tore sind geschlossen. Er kann die Burg nicht unerlaubt verlassen.«

Patrick nickte. »Wir haben ein Geschäft abzuwickeln, nachdem du jetzt alle Waren gesehen hast.«

»Es wird kein Problem sein, sie zu verkaufen«, sagte Rory. »Zwar nicht in Marokko, aber an der englischen Grenze.«

Patrick zog fragend eine Augenbraue hoch.

»Wir haben zuverlässige Käufer dort«, sagte Rory.

»Schotten?«

»Und Engländer«, antwortete Rory.

»Seit meinem Weggang scheinst du sehr viel abenteuerlustiger geworden zu sein.«

»Wir brauchten das Geld. Vater interessierte sich für nichts anderes mehr als für seinen Wein, und unsere Leute wurden nahezu jede Woche von den Campbells überfallen. Mehr und mehr von ihnen gingen fort. Es war der Handel, der uns rettete.«

Patrick nickte. »Ich werde etwas Geld für die Mannschaft brauchen und die Männer dann nach Inverleith bringen, bis das Schiff ausläuft. Und ich will auch eine größere Anzahl Macleans auf der Burg haben.«

»Du denkst, es könnte Ärger geben?«

»Nein, aber die meisten von ihnen sind seit Jahren nicht mehr zu Hause gewesen oder haben gar kein Zuhause, zu dem sie gehen können. Sie haben noch nie fünf Pfund in der Tasche gehabt, und sie sind durch die Hölle gegangen. Ich glaube, ein paar Goldstücke zu verteilen wird ihr Vertrauen in mich stärken.«

Rory nickte.

»Ich brauche ein Pferd.«

»Reite mit Miss Mendoza«, meinte Rory. »Sie ist leicht genug, um die Stute nicht zu überlasten.«

Juliana sah den Widerwillen in Patricks Augen. Und wieso auch nicht? Sie war immer noch die Nichte des Mannes, der ihm so viel Elend gebracht hatte. Aber bevor sie Widerspruch erheben konnte, schwang er sich hinter ihr in den Sattel und nahm ihr die Zügel aus den Händen.

So viel zu ihren Fluchtgedanken. Sie versuchte, an ihnen festzuhalten, als sie seinen Körper an ihrem Rücken spürte. Seine Wärme, die harten Muskeln, die kräftigen Schenkel, die so fest an ihren lagen.

Und plötzlich ertappte Juliana sich dabei, dass sie sich an ihn lehnte. Eine feuerheiße Glut durchströmte sie.

Instinktiv bewegte sich Juliana im Einklang mit der Bewegung des Pferdes. Sie griff in die Mähne der Stute und hielt sich daran fest, als der Schotte das Tier zu einer schnelleren Gangart antrieb und sie am Rand der Klippen entlanggaloppierten.

Juliana glaubte, das wilde Pochen seines Herzens hören zu können. Sie spürte seine unbändige Freude und wurde von einem schwindelerregenden Hochgefühl erfasst. Daheim in Spanien war sie unzählige Male am Strand galoppiert, aber es hatte etwas Faszinierendes, hoch über der kalten, weiß schäumenden See dahinzujagen und sich vom Wind das Haar ins Gesicht peitschen zu lassen. Sie hörte ein Lachen, und ihr wurde bewusst, dass es ihres war.

In diesem einen Moment gab es nur noch sie und ihn, die auf seinem Pferd gegen den Wind und die Dämonen anritten – gegen ihre und gegen seine.

Die Tore von Inverleith öffneten sich, als sie darauf zugaloppierten, und Patrick zügelte das Pferd erst, als sie den Burghof erreichten. Juliana lehnte sich an ihn und genoss die Kraft, die er ausstrahlte.

Dann saß er ab und hob Juliana aus dem Sattel.

»Ihr seid eine gute Reiterin, Señorita.«

All ihre Freude verblasste schlagartig.

Er hatte gewusst, dass sie ihnen etwas vorgemacht hatte. Und mit diesem wilden Ritt hatte er sie dazu gebracht, sich zu verraten. Ohne etwas zu sagen, ohne sie anzuschuldigen hatte er ihre Hinterlist ans Licht gebracht.

In diesen wenigen Momenten, die ihr wie eine vollkommene Einheit zwischen ihnen vorgekommen war, hatte er keineswegs das Gleiche wie sie empfunden.

Sie war wütend auf ihn und wütend auf sich. Vor allem jedoch war sie es gründlich leid, nur eine Schachfigur zu sein, zuerst die ihres Vaters und nun die Patrick Macleans.

Juliana ließ ihrer Wut freien Lauf. Sie hob die Hand und schlug ihn, so hart sie konnte.

18. Kapitel

Patrick war in den vergangenen Jahren unzählige Male geschlagen worden, und er hatte sich geschworen, dass niemand ihn je wieder anrühren würde.

Nie wäre er auf die Idee gekommen, dass dieser Jemand eine Frau sein könnte.

Es war kein leichter, schwacher Schlag, sondern ein kräftiger Hieb gegen seine Brust. Und er war so unerwartet gekommen, dass es ihn vollkommen verblüfft hatte.

Auch Juliana Mendoza sah überrascht aus.

Patrick zwang sich, die anderen Reiter anzusehen, die inzwischen zu ihnen aufgeholt hatten. Sein Bruder konnte sich nur mit Mühe ein Lachen verkneifen. Felicia grinste ganz unverhohlen. *Ein recht schadenfrohes Grinsen,* dachte Patrick.

Herrgott, aber ihm war von diesem unbedachten Ritt nach Inverleith noch immer ganz schwindelig. Für eine kurze Weile hatte er alles vergessen können, alles, bis auf die Freude, einen weichen Frauenkörper zu spüren. Er dachte daran, dass er Juliana Mendoza für eine unerfahrene Reiterin gehalten hatte, als er sie mit den anderen den Strand hinunterreiten sah. Doch kaum hatte er das Pferd zu einer schnelleren Gangart angetrieben, war ihm sofort klar geworden, dass sie die geborene Reiterin war und weitaus erfahrener, als sie es alle wissen lassen wollte.

Er bewunderte ihren Mut und ihre Unbeugsamkeit, war aber entsetzt über sein eigenes Verhalten und die Tatsache, dass er dem spontanen Wunsch nachgegeben hatte, die kurze Entfernung von der Bucht nach Inverleith zu galoppieren. Dass er es genossen hatte, Julianas warmen Körper an seinem zu spüren. Aber dann hatte ihn die Wut auf sich selbst dazu veranlasst, sich sogleich wieder zurückzuziehen. Körperlich und mental.

Patrick war nur allzu bewusst, dass alle auf dem Burghof dem Geschehen zugesehen hatten und abwarteten, wie seine Reaktion sein würde. Denn die würde für die Zukunft bestimmend sein und darüber entscheiden, ob er seinen Rang als Laird ausfüllen konnte oder nicht.

Sofern das überhaupt sein Wunsch war.

»Das war gar nicht so schlecht, Mylady«, sagte er und fügte mit einem Anflug von Humor hinzu: »Allerdings gibt es geeignetere Stellen, wenn Ihr mir wehtun wollt.«

Die allgemeine Anspannung löste sich in schallendes Gelächter auf.

Juliana errötete, aber ihre Stimme klang beherrscht, als sie in gedämpftem Ton erwiderte: »*Gracias*. Ich werde daran denken.«

»Aye, ich fürchte, das werdet Ihr«, versetzte er.

Sichtlich bemüht, ihre Haltung zu wahren, ging sie auf die Eingangstür der Burg zu. Nach einem ärgerlichen Blick auf Patrick folgte Kimbra ihr.

Rory stieg von seinem Pferd, und die beiden Männer gingen auf den Raum zu, der als Schreibzimmer diente.

»Du hast dir die Fracht inzwischen ja angesehen«, sagte Patrick, nachdem sie sich gesetzt hatten. »Stimmst du mir zu, dass siebzig Pfund pro Mann ein fairer Preis ist?«

»Aye, aber ich glaube, du vergisst, das Wertvollste in dieser Ladung mitzuzählen«, sagte Rory.

Patrick wusste nur zu gut, worauf sein Bruder anspielte. »Möglich. Aber inzwischen weiß ich, dass es noch andere Gründe als den verdammten Fluch gibt, einer Ehe aus dem Weg zu gehen.«

»Sie hat auch ihre durchaus angenehmen Seiten«, entgegnete Rory, und der Glanz in seinen Augen verriet sehr deutlich, was er meinte.

»Wollten wir nicht etwas Geschäftliches besprechen?«, fragte Patrick barsch, um dem Gerede über Frauen ein Ende zu machen.

Rory seufzte. »Die von dir vorgeschlagene Summe ist durchaus akzeptabel, und wir können sie uns auch leisten. Wir haben Gold angesammelt, um ein weiteres Schiff zu kaufen. Einiges davon mussten wir als Lösegeld für Lachlan hergeben, aber der größte Teil ist schon wieder ergänzt worden.«

»Und dieses neue Schiff, das ihr erwerben wollt?«

»Wenn wir die Fracht verkauft haben, werden wir dafür wieder genügend Kapital haben. Mit vielleicht einem Jahr Verspätung.«

Patrick begann unruhig im Zimmer auf und ab zu gehen. Es gefiel ihm nicht, dass seine Brüder für ihn nicht nur sehr viel Geld riskierten, sondern auch ihr Leben aufs Spiel setzten. Das hatte er wirklich nicht erwartet. Tatsächlich hatte er geglaubt, bei seiner Heimkehr Groll und Ablehnung zu begegnen. Und im Grunde suchte er immer noch nach beidem.

Die Gefahr eines Verrats war nach wie vor nicht gebannt. Niemand hatte ihn in Lachlans Vorhaben eingeweiht, nach Glasgow zu reiten. Und Patrick hatte nur Rorys Wort darauf, dass ihr Bruder hingeritten war, um die Ankunft des versprochenen Schiffes voranzutreiben. Was, wenn er ganz andere Absichten verfolgte?

»Ich will einen Teil des Geldes an die Männer verteilen, bevor wir sie hierher bringen. Sie sollen sehen, dass das Geld auch wirklich da ist. Sie werden langsam unruhig.«

»Das dachte ich mir schon.« Rory ging zu einem Wandschrank und schloss ihn auf. Er nahm eine eiserne Schatulle heraus und stellte sie auf den Tisch. Nachdem er sie mit einem anderen Schlüssel geöffnet und den Deckel hochgeklappt hatte, sah Patrick, dass sie bis an den Rand mit Goldstücken gefüllt war. Rory zählte eine Summe ab und verstaute sie in einem Lederbeutel.

Dann überreichte er Patrick den Schlüssel. »Von Rechts wegen solltest du ihn haben.«

Patrick fühlte sich, als hätte er einen weiteren Schlag erhalten. Jahrelang hatte er davon geträumt, wieder frei zu sein und seinen Clan wieder zu Ruhm und Macht zu führen. Er hatte die Campbells mit ihrem Blut für die Jahre des Leids büßen lassen wollen. Er hatte seine Brüder zur Rechenschaft ziehen wollen, weil sie kein Lösegeld für ihn gezahlt und zu etwas verurteilt hatten, was der Todesstrafe gleichgekommen war.

Und jetzt, da ihm all das angeboten wurde, von dem er geglaubt hatte, er wolle es unbedingt, war er sich nicht mehr sicher, was er wirklich wollte. Trotz des herzlichen Empfangs durch seine Brüder war es nur zu offensichtlich, dass hier kein Platz mehr für ihn war. Die Ländereien waren in gutem Zustand, die Pächter gesund und zufrieden und die Rinder und Schafe gut genährt. Offenbar war endlich der Friede nach Inverleith gekommen. Im Moment fiel es Patrick noch schwer, sich mit der Aussöhnung mit den Campbells abzufinden. Aber wie könnte das auch anders sein, nach allem, was er über Flodden Field gehört hatte?

Er hätte nicht zurückkommen sollen. Er würde seinem Clan nur Unglück bringen.

Doch er war zurückgekehrt und musste nun beenden, was er begonnen hatte. Die *Sofia* musste auf den Grund der Bucht versenkt werden, wo sie nie gefunden werden konnte, und er musste sein Versprechen einlösen, dass er den Männern gegeben hatte. Erst danach konnte er ruhigen Gewissens wieder fortgehen.

Aber was sollte er mit Juliana Mendoza tun? Solange sie lebte, würden sein Clan und auch seine einstigen Mitgefangenen in Gefahr sein.

Wäre er doch nie hierhergekommen!

»Patrick?«

Er hob den Kopf und sah seinen Bruder an. »Ich hätte euch nicht in diese Sache hineinziehen dürfen, Rory.«

»Das war unsere eigene Entscheidung, Patrick«, erwiderte sein Bruder. »Eine Entscheidung, die Lachlan und ich auch getroffen hätten, wenn du nicht der Erbe wärst.«

»Ich bin nur dann Laird, wenn der Clan das anerkennt«, sagte Patrick. »Und ich riskiere ihrer aller Leben.«

»Es gibt keinen Mann hier, der dich nicht mit offenen Armen willkommen heißt. Sie sind sich der Risiken bewusst. Wir sind lange Zeit Kaufleute und bisweilen sogar Schmuggler gewesen. Das Gesetz bedeutet uns nicht viel. Die reizende kleine Kimbra entstammt einer englischen Grenzbewohnerfamilie, die für ihren Lebensunterhalt raubt und stiehlt. Selbst Lachlan hat sich an ihren Raubzügen beteiligt, während er sich bei ihnen von seiner Verwundung erholte.« Rory machte eine Pause. »Die Männer erinnern sich noch gut an dich, Patrick. Archibald hat ihnen von den Auseinandersetzungen erzählt, die du ihretwegen mit Vater hattest. Es war ein trauriger Tag, als du uns verlassen hast. Ich war doch nur ein Ersatz. Ich befasse mich lieber mit Handelsgeschäften, und Lachlan auch. Du bist diesen Männern viel näher, als er und ich es jemals sein könnten.«

Patrick schüttelte den Kopf. »Es gibt einen guten Grund, wieder fortzugehen. Die Männer würden ihre Treue einer leeren Hülle schenken.«

»Eine *leere Hülle* organisiert keine Revolte, Patrick, und Gott weiß, dass Königin Margaret und ihr kleiner Sohn Männer brauchen, die für sie kämpfen und die sie beraten. Zu viele benutzen Margaret für ihre eigenen Ziele. Eine Gruppe von Beratern will Frieden mit England, eine andere will den Krieg fortsetzen, obwohl die meisten unserer Tapfersten in Flodden Field gefallen sind.«

»Für Politik habe ich nichts übrig.«

»Das hatte ich auch nicht, Patrick. Aber mittlerweile bin ich recht gut darin. Wenn du bleibst, kannst du dich um Inverleith kümmern, und ich werde mich bei Hofe politischen Fragen widmen.«

»Und die Spanierin?«

Rory zuckte mit den Achseln. »Heirate sie.«

Patrick starrte ihn ungläubig an.

»Meine Frau sagt, dass deine spanische Señorita über ihre bevorstehende Hochzeit nicht glücklich ist. Zudem ist sie außergewöhnlich schön. Also nimm sie doch zur Frau.«

»Wie du vermutlich schon bemerkt hast, verabscheut sie mich. Und selbst wenn ich bereit wäre zu heiraten, kann ich im Gegensatz zu dir nicht glauben, dass der Fluch gebrochen ist. Es sind erst ein paar Jahre vergangen.«

»Die Frauen sind immer innerhalb von zwei Jahren verstorben. Felicia und ich sind jetzt schon fünf Jahre zusammen.«

»Ich werde nicht heiraten, Rory, schon gar nicht jetzt, da du und Lachlan Kinder habt und die Nachfolge gesichert ist. Falls das also dein Plan ist, kann ich genauso gut wieder verschwinden und dir die Mühe ersparen.«

»Ich hätte nie gedacht, dass du ein Feigling bist«, sagte Rory leise.

»Sie würde mich gar nicht haben wollen, selbst wenn ich bereit wäre, sie zu heiraten. Sie hat mitangehört, wie ich ihren Onkel getötet habe.«

»Lass uns ein andermal darüber reden. Heute Abend feiern wir deine Heimkehr. Leider wird Lachlan nicht hier sein, um für uns auf der Laute zu spielen. Morgen früh werden wir dann deine ... Mannschaft nach Inverleith holen, bis die *Felicia* eintrifft.«

»Ich erinnere mich noch gut an Lachlans Laute. Und wie wütend er Vater damit gemacht hat.«

»Das war so bis zu dem Tag, an dem er starb. Er hat Lachlan nie geschätzt oder verstanden. Und ich auch nicht, wie ich zu meiner Schande gestehen muss. Nicht, bis ich zurückkam und entdeckte, dass Lachlan tapferer als jeder andere von uns ist. Sich gegen ein Leben als Krieger zu entscheiden, hatte bei ihm moralische Gründe. Es war keine Frage der Tapferkeit. Ich habe lange gebraucht, das zu begreifen.«

»Trotzdem ist es zu gefährlich«, beharrte Patrick. »Falls mich irgendjemand mit der *Sofia* in Verbindung bringt …«

»Warum sollten sie?«

»Möglich ist es.«

»Du solltest Königin Margaret deinen Fall darlegen«, meinte Rory. »Sie sollte wissen, das Spanien Schotten als Sklaven missbraucht. Das wäre besser, als wenn sie erst später davon erführe.«

»Das kann ich nicht riskieren. Du hast gesagt, sie hätte Berater am Hof, die bessere Beziehungen mit England wünschen. Mein Kopf wäre ein großartiges Geschenk für die Familie Chadwick.«

»Ich kenne die Königin ziemlich gut. Sie ist eine Frau von Ehre.«

»Aber ist ihre Entourage das auch?«

»Ich werde das Schiff nicht erwähnen, aber sie sollte wissen, dass du wieder da bist«, sagte Rory. »Wir werden uns zunächst einmal eine Geschichte ausdenken.« Er schwieg einen Moment. »Ich finde, du solltest mich zum Hof begleiten.«

Patrick zögerte mit seiner Antwort. »Ich werde es mir überlegen.«

»Und der Spanier?«, fragte Rory. »Wird er mit den anderen fortgehen?«

Patrick zog die Schultern hoch. »Ich werde ihn nicht zwingen.«

»Er könnte uns gefährlich werden.«

»Er hat genauso viel zu verlieren wie alle anderen.«

Rory nickte, aber Patrick wusste, dass das Thema noch nicht abgeschlossen war. Irgendetwas an Diego beunruhigte Rory.

»Es dürfte nicht länger als fünf oder sechs Tage dauern, bis das Schiff hier eintrifft. Das hängt davon ab, ob in Glasgow schon Waren für die nächste Fahrt verladen wurden. Wenn ja, musste die Fracht wieder gelöscht werden. Wir wollen ja beide nicht, dass die *Felicia* eine wertvolle Ladung an Bord hat, wenn sie mit ihrer neuen Mannschaft von Ruderklaven ausläuft.«

»Die meisten von ihnen sind anständige Männer.«

»Aye, aber wir müssen die berücksichtigen, die es vielleicht nicht sind.«

Patrick wusste, dass sein Bruder recht hatte. Rory hatte den größten Teil des Vermögens ihres Clans bereitgestellt, um den Ruderern zu helfen. Die Macleans würden vermutlich einen Teil, wenn nicht sogar alles zurückgewinnen, wenn die Fracht verkauft wurde, aber bis es so weit war, ging Rory ein großes Risiko ein.

»Vergiss nicht das Fest heute Abend«, erinnerte Rory ihn. »Unsere Leute planen es schon seit dem Tag deiner Rückkehr.«

»Natürlich vergesse ich es nicht«, versprach Patrick und wünschte, er könnte sich davor drücken. Er hatte schließlich keine Heldentaten vollbracht. Und jetzt plante er, wieder fortzugehen. Vielleicht würde er Rorys Rat beherzigen und ihn zu einer Audienz bei der Königin begleiten. Es war das Einzige, was er für Inverleith tun konnte. Aber danach? Er wusste nicht, wohin er gehen oder was er tun würde. Doch hier war er ein Fremder, und allein durch seine Anwesenheit gefährdete er alle anderen.

Juliana war zutiefst entsetzt über ihre Unbeherrschtheit.

Und das nicht nur, weil es in ihrer Lage nicht klug gewesen war, Patrick Maclean zu schlagen. Nein, vor allem weil ihre Mutter sich für sie geschämt hätte. Weil eine Dame so etwas nicht tat. Auch nicht, wenn sie herausgefordert wurde.

Wie oft hatte ihre Mutter dagestanden und Schläge über sich ergehen lassen, ohne einen Laut von sich zu geben? Und ihr dann später erklärt, das gehöre nun einmal zu einer Ehe?

Ebenso demütigend war der Grund, aus dem Juliana instinktiv zugeschlagen hatte. Sie hatte sich von Patrick Maclean verraten gefühlt, weil er sie auf die Probe gestellt hatte. Sie war überzeugt, er müsse das Gleiche wie sie empfunden haben, und dann hatte er vor allen gezeigt, dass dem nicht so war.

Sie war so dumm. So unglaublich dumm. Und doch waren diese Momente mit ihm so wundervoll. Magische Momente. Jedenfalls hatte sie sich das eingebildet.

In ihrem Zimmer ließ Juliana sich auf die mit Federn gefüllte weiche Matratze ihres Bettes fallen. Sie fühlte sich so gedemütigt, dass ihr die Tränen kamen. Sie hörte wieder die Worte, die er gesagt hatte, hörte das Lachen der anderen.

Doch sie konnte auch nicht vergessen, was sie empfunden hatte, als er ihr so nah war. Ihre Körper hatten sich so perfekt zusammengefügt wie zwei Teile eines Ganzen. Noch immer spürte sie diese Glut in sich schwelen, dieses fast schmerzhaft erregende, so wundervolle Kribbeln tief in ihr.

Juliane erhob sich und trat an das Fenster. Sie sah zu, wie die Pferde zu den Stallungen geführt wurden. Auf dem Hof standen Männer in Plaids in kleinen Gruppen zusammen und unterhielten sich. Obwohl Carmita bei ihr war und sich um sie kümmerte, fühlte Juliana sich allein.

Würde es Folgen nach sich ziehen, dass sie Patrick Maclean vor aller Augen geschlagen hatte? Aber in jenem Moment hatte es ihr gutgetan. All ihre Furcht, ihre Unsicherheit und die Ohnmacht über die zu erduldende Erniedrigung lagen in dem Schlag. Und dann hatte er diese spöttische Bemerkung gemacht … und alle hatten gelacht.

Ein Klopfen an der Tür riss sie aus ihren Gedanken. Carmita war zur Tür gegangen und öffnete sie.

Er stand dort. »Du kannst dich zurückziehen«, sagte er zu Carmita.

Die junge Zofe machte sich so groß, wie sie konnte, und rührte sich nicht vom Fleck. Dass die kleine Carmita sie zu beschützen versuchte, brachte Juliana in Verlegenheit.

»Es ist gut, Carmita«, sagte sie freundlich. »Geh hinunter in die Küche, und lass dir etwas zu essen geben.«

Doch Carmita machte keine Anstalten zu gehen, unbeirrbar blieb sie stehen, um ihre Herrin zu beschützen.

»Ich verspreche, sie nicht zu ermorden«, sagte Patrick Maclean mit einem Anflug von Humor.

Carmita sah ihn zweifelnd an, verließ dann aber doch das Zimmer.

»Ihr habt eine tapfere Beschützerin«, sagte Patrick, als er auf Juliana zuging.

»Si«, erwiderte sie abwartend. Ob er jetzt tun würde, was er vorhin im Burghof nicht getan hatte?

Doch seine Worte hatten nicht zornig geklungen, und jetzt sah sie sogar ein kleines Lächeln um seine Lippen spielen.

Es war bemerkenswert, was das in seinem Gesicht bewirkte. Ein kleines, aber unübersehbares Grübchen erschien an seiner Wange.

»Ich hätte Euch nicht schlagen dürfen«, entschuldigte sie sich. »Das gehört sich nicht für eine Dame.«

Aus dem Lächeln wurde fast ein Lachen; aber dann verschwand es genauso schnell, wie es gekommen war. Sein Blick ruhte auf ihr. Juliana wünschte, sie könnte den Ausdruck in seinen Augen lesen, aber inzwischen wusste sie, dass nur wenige Menschen ihre Gefühle so gut zu verbergen verstanden wie dieser Furcht erregende Schotte. Juliana wollte ihren Blick von ihm abwenden, aber es gelang ihr nicht.

Ihr Herz schlug schneller, und die Knie wurden ihr weich. Sie sahen einander in die Augen, und die Erregung, die sie seit vorhin nicht mehr verlassen hatte, war bedeutungslos gegen die explosive Spannung, die jetzt zwischen ihnen knisterte. Hitze durchströmte Juliana, und die Luft schien vor Erwartung zu vibrieren.

Atemberaubend. Verzaubernd. Unwiderstehlich.

Als er mit den Fingerspitzen über ihre Wange strich, glaubte Juliana, die prickelnde Ahnung, die sie erfüllte, nicht mehr aushalten zu können.

Was Männer mit Frauen tun, ist etwas sehr Unschönes.

Das waren die Worte ihrer Mutter, als sie mit ihr über die Pflichten einer Frau gesprochen hatte. Aber was Juliana in diesem Augenblick empfand, war keineswegs unschön. Ganz im Gegenteil. Ihr Körper reagierte mit einem wohligen Erschauern, und eine kribbelnde Erwartung bemächtigte sich ihrer.

»Es tut mir leid, sollte ich Euch in irgendeiner Form beleidigt haben«, sagte er mit leiser Stimme, die jetzt nicht mehr kalt und abweisend, sondern warm und freundlich klang. Stärker als je zuvor hörte sie seinen weichen schottischen Akzent. »Ich wollte Euch nicht kränken. Das habe ich nie gewollt.« Er zögerte. »Ich hätte nicht sagen dürfen, was ich gesagt habe.«

Bedauern schwang in seiner Stimme mit, aber auch eine Traurigkeit, die jeden noch schwelenden Ärger vergessen ließ.

Juliana legte einen Finger an seine Lippen, um ihn von weiteren Entschuldigungen abzuhalten.

Er wich zurück, nur einen Schritt weit, dann blieb er stehen. »Mädchen, ich …«

Er verstummte.

Mädchen. Das Wort durchflutete Juliane mit Wärme und ließ ihr Herz höher schlagen.

Angestrengt versuchte sie, an ihrer Würde festzuhalten. An dem, was sie war. An dem, was ihre Mutter sich von ihr erhoffte. Sie war so gut wie verlobt, und es spielte keine Rolle, dass sie sich nicht aus freien Stücken für diesen Mann entschieden hatte. Die Papiere waren unterzeichnet, die Arrangements getroffen. Ihre Mutter würde sicher sein. So sicher, wie sie es im Hause ihres Ehemannes sein konnte.

Als Juliana aufblickte und dem Schotten in die Augen sah, brannte darin ein so starkes Gefühl, dass es sie ganz und gar in seinen Bann zog. Sie war noch nie geküsst worden, aber jetzt wollte sie wissen, wie das war. Und es sollte nicht irgendein Mann sein, nur er. Sie wollte mit ihren Fingern sein Gesicht berühren, wie er das ihre berührt hatte, wollte ihre Arme ausbreiten und ihn all die qualvollen Tage und Nächte vergessen lassen, die er ihrer Familie wegen hatte ertragen müssen.

Er beugte sich über sie, bis sein warmer Atem ihre Wange streifte. Das Pochen ihrer Herzen wurde schneller und vereinte sich. Juliana legte eine Hand an sein Gesicht. Ihre Fingerspitzen glitten über die Linien, die viel zu tief für einen jungen Mann wie ihn waren, und sie versuchte, ihm mit dieser Berührung den Schmerz zu nehmen, der sie gegraben hatte.

Seine Lippen streiften ihren Mund, erst sanft, dann drängender. Besitzergreifend. Hungrig. Juliana spürte sein Verlangen. Ihr Verlangen. Wie konnte sie etwas wollen, was sie nicht kannte? Sie legte die Hände um seinen Nacken und verschränkte ihre Finger unter seinem Haar.

Sie spürte das Zittern, das ihn durchlief, und fast schon empfand sie sich als Teil von ihm. Er drängte sich an sie, und dieses wunderbare, bezwingende Verlangen in ihr wurde stärker. Juliana wusste, dass sie aufhören musste. Sie war einem anderen Mann versprochen. Und er war …

Er war so vieles. Mörder. Pirat. Krieger.

Beschützer.

Der Widerstreit ihrer Gefühle zerriss sie fast. Alles, was sie zu denken, zu wissen und zu verstehen geglaubt hatte, veränderte sich von einem Moment auf den anderen. Sein Mund löste sich von ihrem, und er legte zwei Finger unter ihr Kinn und hob ihr Gesicht zu sich empor, bis ihre Blicke ineinander versanken. Seine Augen schimmerten jetzt wie dunkler Bernstein, und ein warmes Glitzern stand in ihnen. Sie waren nicht mehr kalt und leer, sondern spiegelten Verlangen und Begehren, aber auch Verwirrung wider. Es waren die gleichen Empfindungen, die er auch in ihren Augen lesen konnte. Juliana schluckte. Gemeinsam hatten sie ein Feuer entfacht, das sie nicht mehr löschen wollte.

Doch er schien es löschen zu wollen. Sie hörte ein Stöhnen, das tief aus seiner Kehle kam. Es erinnerte sie an den Klagelaut eines Tieres, das Schmerzen litt.

»Juliana«, flüsterte er, und ihr Name auf seinen Lippen klang für sie wie eine leise Melodie. »Verdammt, ich wollte nicht, dass das geschieht. Ich wollte einfach nur …«

Er unterbrach sich jäh, und sie fragte sich, ob sie je erfahren würde, *was* er »einfach nur« gewollt hatte.

Seine schwieligen Finger berührten zärtlich ihren Hals. Dann senkte er den Kopf und strich mit den Lippen über ihre Haut. Als seine Zunge ihre Haut berührte, wusste Juliana, warum er gestöhnt hatte. Denn jetzt hörte sie auch sich aufstöhnen, getrieben von dem Feuer, das sie von innen her zu verbrennen drohte.

Vielleicht empfand sie auch Furcht. Nicht vor ihm, aber davor, sich in ihn zu verlieben. Es war etwas Gewalttätiges in ihm, eine innere Anspannung, die niemals nachzulassen schien. Ob das schon so war, bevor er auf die Galeere verbannt worden war, wusste Juliana nicht. Aber jetzt gehörte es zu ihm, und vielleicht würde es ihn zerstören, ihn und auch die Menschen in seiner Nähe.

Er kam näher.

Lass es nicht geschehen.

Aber das konnte sie nicht. Sie stellte sich auf die Zehenspitzen, fast berührten sich ihre Lippen schon. Als er ihren Mund in Besitz nahm, zerprang Julianas Welt in tausend Stücke – und mit ihr alle Vorsicht und Vernunft.

19. Kapitel

Die Intensität des Kusses erschütterte Patrick. Ein scharfes Ziehen ging durch seine Lenden, aber noch bezwingender war die Wärme, die er in seinem Herzen spürte.

Es war das überwältigende Gefühl, einen Menschen gefunden zu haben, zu dem er gehörte, und dieses Glücksgefühl war stärker als alles, was er jemals zuvor empfunden hatte. Die Empfindungen waren vollkommener. Das Verlangen intensiver.

Und gefährlicher.

Wahnsinn. Es war Wahnsinn!

Patrick zwang sich dazu, Julianas Lippen freizugeben. Er wich einen Schritt zurück. Als er sie ansah, wusste er, dass sie ebenso erschüttert war wie er.

Der Teufel musste hier seine Hand im Spiel haben. Patrick hatte nichts anderes vorgehabt, als sich bei ihr zu entschuldigen. Für das, was er im Burghof gesagt hatte, und für die Notwendigkeit, sie gefangen halten zu müssen.

Durch seine Bemerkung auf dem Burghof hatte sich sein Ansehen innerhalb des Clans gesteigert. Aber er hatte auch gesehen, dass Juliana errötet war, und er hatte seine Worte sofort bereut. Sie waren rüde und sarkastisch gewesen.

Es war lange her, seit er mit einer Frau zusammen war, und noch länger, seit er einer den Hof gemacht hatte.

Nicht dass ich das jetzt tue, sagte er sich. Gute Manieren und höfisches Gebaren hatte er schon vor langer Zeit aufgegeben. Er hatte sie auf der *Sofia* zu Grabe getragen.

Und dennoch drängte es ihn, die Hand nach Juliana auszustrecken und sie zu berühren.

Als hätte sie seinen Wunsch erraten, strich sie ihm über das Haar, und diese kleine Geste entflammte und beglückte ihn.

Sein Körper – nein, sein Herz – sehnte sich mit einer Heftigkeit nach ihr, die er nicht mehr beherrschen konnte.

Er wusste, dass er mit dem Feuer spielte, als er auf sie zuging. Er spürte ihren warmen Atem an seiner Wange. Er nahm ihren feinen Duft wahr. Nach Frau und nach Blumen. Er betörte und berauschte ihn. Er sah in ihre blaugrauen Augen und verlor sich darin.

Er berührte ihr Gesicht, genoss die Zartheit ihrer Haut und bedauerte, wie grob und schwielig seine Finger waren, als er über ihre weichen Lippen strich. Aber sie wich nicht zurück. Eine entzückende Röte stieg in ihre Wangen, als die Leidenschaft wieder aufloderte.

Lass es sein! Patrick wusste, dass er aufhören musste. Ihretwegen. Seinetwegen.

Aber noch nie hatte eine Frau ihn so angesehen, ihn so liebevoll berührt.

Er beugte sich zu ihr und küsste sie mit einer Sehnsucht, die er nicht mehr unterdrücken konnte. Suchend glitten seine Hände über Julianas Körper, und er spürte, wie sie erschauerte, als sie ihre festen Brüste umschlossen. Er vertiefte den Kuss, glitt mit der Zungenspitze über ihre Lippen, bis sie sie öffnete, um seiner Zunge Einlass zu gewähren …

Obwohl sie seinem Drängen nachgab, war Patrick erfahren genug zu erkennen, dass *sie* es nicht war. Er merkte es daran, wie sie die Luft einsog, als seine Zunge in die warme Höhlung ihres Mundes drang, an ihrer plötzlichen Anspannung, als wüsste sie nicht, was sie zu erwarten hatte. Aber als er seine Zunge in einem erotischen Spiel mit ihrer vereinte, gab Juliana jede Zurückhaltung auf und erwiderte den Kuss leidenschaftlich.

Schließlich beendete Patrick den Kuss. Er hob den Kopf und sah Juliana an, fasziniert von den vielfältigen Emotionen, die sich auf ihrem Gesicht widerspiegelten. Staunen. Erwartung. Furcht … Er küsste ihre Schläfe und ihre Wangen, seine Lippen streichelten ihren Nacken, seine Zunge liebkoste ihre zarte Haut, bis ein Zittern Juliana durchlief und sie ihm die Hände um den Nacken legte.

Sein Verstand befahl ihm aufzuhören, aber sein Körper weigerte sich zu gehorchen. Es gab für ihn kein Zurück mehr, als Juliana ihr Gesicht zu ihm erhob, ihre Arme noch fester um seinen Nacken schlang und ihren Mund auf seinen presste.

Er begehrte sie. Begehrte sie mehr, als er für möglich gehalten hätte. Wäre es nur körperliches Verlangen, dann könnte er es beherrschen, doch er wusste jetzt, dass es mehr war als nur Sinnenlust. Ihn beunruhigte die Zärtlichkeit, die er für sie empfand. Doch er verschloss die Augen vor den Gefühlen, die ihn bestürmten. Wie könnte er diese Frau in solch kurzer Zeit so sehr ins Herz geschlossen haben? Und dann auch noch eine *Sassenach*, Herrgott noch mal! Eine *Sassenach und* Spanierin.

Aber selbst wenn dem nicht so wäre, bestünde keine Hoffnung auf eine Verbindung zwischen ihnen. Auch ohne den Fluch, der auf dem Clan lastete, hatte er keine Zukunft, und er würde niemals zulassen, dass eine Frau für seine Fehlentscheidungen büßte.

Rory hatte eine Heirat zwischen ihm und Juliana vorgeschlagen, aber selbst wenn sie damit einverstanden wäre, wie sollte er erklären, dass er eine Spanierin zur Frau hatte? Jemand würde sie sehen, Fragen stellen und eins und eins zusammenzählen. Er wusste inzwischen, dass seine Anwesenheit auf Inverleith eine Gefahr für seinen Clan bedeutete. Und die ihre würde die Gefahr noch erhöhen.

Doch all diese Sorgen verblassten, als sie ihn ansah. Ihre Augen waren die schönsten, die er je gesehen hatte, und all ihre Gefühle spiegelten sich in ihnen wider: Leidenschaft, Sehnsucht und eine Spur von Unsicherheit.

»Ach, Mädchen«, sagte er. »Ich dürfte gar nicht hier sein. Ich habe dir alles genommen und kann dir überhaupt nichts bieten.«

»Ich weiß«, flüsterte sie, doch ihrer Stimme fehlte es an Überzeugung. Sie sah ihn so eindringlich an, das Patrick spürte, dass sie irgendetwas in ihm zu finden hoffte.

Etwas, was er schon vor langer Zeit verloren hatte.

Oder vielleicht doch nicht?

Gott stehe ihm bei, aber er begehrte sie, und in diesem Moment war er sicher, dass er sie auch haben konnte. Das verrieten ihm ihre Augen und die erwartungsvolle Angespanntheit ihres Körpers. Allein der Gedanke war die reinste Qual für ihn.

Diese verdammte Faszination war fast vom ersten Augenblick an, als sie sich begegnet waren, da gewesen. Er hatte sie gespürt, als sie mit ihren sanften Händen seine Wunden nähte, als sie so tapfer versucht hatte, ihm Widerstand zu leisten. Und wann immer er sie berührte, ob zufällig oder absichtlich, hatte die Kälte in ihm ein wenig nachgelassen.

Bis jetzt war ihm jedoch weder das volle Ausmaß dieser Faszination noch deren Macht bewusst gewesen.

Und nun waren sie beide in einem Wirbel von Emotionen gefangen, die er nicht verstand – vermutlich ebenso wenig wie sie. Gefangen in einem reißenden Strom der Leidenschaft und der Gefühle, der nicht mehr einzudämmen war und alles bis auf die unwiderstehliche Anziehungskraft zwischen ihnen niederriss.

Wieder spürte er die sanfte Berührung ihrer Hand an seinem Nacken, ihre Finger, die fast ehrfürchtig über seine Haut glitten und ihn mit einer Wärme und Zärtlichkeit erfüllten, die mit nichts zu vergleichen war, was er je zuvor erfahren hatte. Er war verloren ...

Ein lautes Klopfen ertönte an der Tür.

Beide fuhren zusammen.

Wieder klopfte es.

Juliana trat errötend einen Schritt zurück.

Patrick ging zur Tür und öffnete.

Carmita stand mit einem Tablett mit Essen auf dem Gang, hinter ihr wartete Manuel. Er hielt eine Schüssel mit Wasser in den Händen. Beide wirkten so besorgt, als befürchteten sie, er würde Juliana Gewalt angetan haben.

Offensichtlich hatte Carmita sich Verstärkung gesucht. Patrick hätte jetzt vielleicht sogar gelacht, wenn der ziehende Schmerz in seinen Lenden nicht gewesen wäre – oder ihm nicht auch das Herz so wehgetan hätte …

Eine kleine Zofe und ein junger Dieb, die bereit waren zu kämpfen, falls es nötig war.

Wie es schien, hatte Manuel seine Loyalität von Patrick auf Juliana übertragen.

Und beide hatten ihn und Juliana gestört. Oder gerettet?

Patrick wandte sich zu Juliana um. »Mein Bruder gibt heute Abend ein Fest«, sagte er, ohne den Blick von ihr abzuwenden. »Werdet Ihr daran teilnehmen, Señorita?«

Sie nickte zustimmend.

Dann wandte er sich an Manuel und Carmita. »Ihr beide seid natürlich auch willkommen.«

Manuels Blick war von Juliana zu ihm geglitten. Zum Glück verbarg das Plaid seine körperliche Erregung vor dem Jungen.

Wieder wandte Patrick sich an Juliana. »Ich werde Euch abholen.«

Dann trat er ohne ein weiteres Wort auf den Gang hinaus und lehnte sich dort einen Moment an die kalte Steinmauer. Er brauchte Abkühlung. Und noch viel besser als die Mauer wäre ein Bad in der kalten See dort draußen!

Was hatte er beinahe getan?

Als Manuel das Zimmer ebenfalls verlassen hatte, sah Juliana Carmita verwirrt an. Noch immer spürte sie dieses faszinierende

Kribbeln in sich, und vermutlich glühte ihr Gesicht vor Erregung und Verlegenheit.

Aber sie konnte Carmita, die sich so bemühte, ihr zuliebe tapfer zu sein, keinen Vorwurf machen.

»Mir ist nichts geschehen«, sagte Juliana. »Ich kann auf mich aufpassen.«

Aber sie war sich dessen gar nicht sicher. Ihr war, als stünde ihr Innerstes in Flammen, und sie bemühte sich, das Zittern zu verbergen, das sie immer noch durchlief. Zudem befürchtete sie, dass ihr an den Augen anzusehen war, was sie getan hatte.

»Dieser Mann ist ein Teufel«, sagte Carmita.

Vielleicht war er das. Wie sonst ließe sich ihre Reaktion auf ihn erklären? Ihre Mutter hatte ihr nie etwas darüber gesagt. Dass ihr heiß und kribbelig werden würde. Dass sie eine solch überwältigende Sehnsucht nach einem Mann empfinden würde.

Du musst ertragen, was dein Ehemann von dir verlangt.

Aber wieso hatte sie den Kuss so aufregend gefunden, dass sie es kaum erwarten konnte, erneut geküsst zu werden? Das war ein Rätsel, das sie noch lösen musste.

»Du musst mir beim Ankleiden helfen«, sagte sie zu Carmita, um sich weitere fragende Blicke zu ersparen.

»Und das Essen, Señorita?«

»Ich bin nicht hungrig, und heute Abend ist das Fest.« Sosehr Juliana sich auch bemühte, sie konnte einfach nicht verhindern, dass man ihrer Stimme die Vorfreude anmerkte, die sie empfand. Sie wusste, dass sie dieses Gefühl unterdrücken sollte. Patrick Maclean hatte gegen diese Anziehungskraft zwischen ihnen angekämpft, und dass er die Spanier im Allgemeinen und insbesondere ihre Familie nicht mochte, war ihr bewusst. Schließlich hatte er allen Grund dazu. Und natürlich war zu bedenken, in welcher Gefahr er sich befand und dass sie Teil dieser Bedrohung war.

O ja, all das war Juliana bewusst, und dennoch konnte sie ihre freudige Erregung, ihn heute Abend wiederzusehen, nicht bezähmen.

Vielleicht würde diese Euphorie nicht lange anhalten, doch sie war entschlossen, diesen Moment der Freiheit zu nutzen und dieser Leidenschaft nachzugeben, von der sie gedacht hatte, es gäbe sie nur in Liebesromanen. Sie schloss die Augen und rief diesen magischen Moment in Erinnerung, als Patricks Lippen ihren Mund berührt hatten. Ein seltsames Gefühl hatte sie dabei erfüllt. Sie wusste nicht, wie sie es beschreiben sollte. Alles hatte sich ... so richtig angefühlt.

Was wäre geschehen, wenn Carmita nicht angeklopft hätte?

Juliana wollte es wissen. Wollte alles erfahren, was es zu erfahren gab, bevor sie ...

Bevor sie was?

Langsam kehrten ihre Vernunft und ihre Besonnenheit zurück, und die Helligkeit im Zimmer trübte sich, als wäre eine Kerze erloschen.

Dieser Tag soll mir gehören. Und auch dieser Abend. Morgen ... morgen werde ich über alles nachdenken.

»Und nun«, sagte sie zu Carmita, »möchte ich, dass du mich so hübsch wie möglich machst.«

Bevor Carmita jedoch damit beginnen konnte, klopfte es wieder an der Tür. Felicia und Kimbra kamen herein, um ihr Blumen zu bringen.

»Wir werden Euch noch schöner machen, als Ihr es ohnehin schon seid«, verkündete Felicia, während sie Carmita beiseiteschob und anfing, die Nadeln aus Julianas aufgesteckten Haaren herauszuziehen.

Der große Burgsaal war erfüllt von Stimmengewirr und lautem Lachen. Immer wieder wurden Toasts von den schon ein wenig angetrunkenen Männern ausgebracht.

Es schien fast, als wäre jeder Maclean, der nicht weiter als einen Tagesritt entfernt von Inverleith lebte, zu diesem Fest gekommen. Platten um Platten mit Rind- und Hammelfleisch oder frischem Fisch aus der Bucht wurden in einer schier endlosen Prozession hereingetragen.

Zwei Macleans spielten mit ihren Fiedeln auf, ein dritter blies den Dudelsack.

Patrick fühlte sich in Anbetracht der überschwänglichen Begrüßungen, der Toasts und gutmütigen Neckereien seiner Clanmitglieder wie ein Schwindler. Sie alle schienen sich aufrichtig darüber zu freuen, ihn wiederzusehen, und er würde vielleicht nichts als Tod und Zerstörung über sie bringen. Er war dumm und arrogant gewesen, dass er sich eingebildet hatte, er könnte ihr Retter sein. Dass sie unter seiner Führung die Campbells schlagen könnten. Dabei hatte sein Bruder den Frieden zwischen den Clans längst mit anderen Mitteln errungen.

Einer der Männer stand auf, erhob seinen Krug, wobei er Bier verschüttete, und brachte leicht betrunken einen Toast aus: »Auf Patrick, unseren neuen Laird. Möge er so weise sein wie Rory und so tapfer wie sein Bruder Lachlan.«

Eine für alle unüberhörbare Frage lag in seinen Worten. Patrick wusste, dass er als Erstgeborener zwar die Ländereien erbte, dass aber der Titel *Laird* eine Auszeichnung war, die er nur mit der Zustimmung des Clans erlangen konnte.

Rory wollte aufstehen, aber Patrick legte ihm rasch eine Hand auf den Arm und hielt ihn davon ab. »Sie haben das Recht, sich das zu fragen«, sagte er. »Schließlich geht es um ihr Leben und das ihrer Familien.«

Patrick, der sich der Blicke und der unausgesprochenen Fragen aller bewusst war, trank den Clanangehörigen zu.

Doch er war sich auch Julianas Nähe bewusst, der Spannung, die zwischen ihnen knisterte wie die Luft vor einem Gewittersturm. Man hatte sie neben ihn gesetzt, was sicher Rorys Werk war. Sein Bruder schien für die vor ihnen liegenden Probleme blind zu sein und war offensichtlich entschlossen, seine Pläne in die Tat umzusetzen. Und obwohl Patrick seinen Bruder im Stillen dafür verwünschte, konnte er doch nicht leugnen, wie sehr es ihn freute, Juliana heute Nacht zu sehen.

Sie trug ein blaues Samtkleid, das die violettfarbenen Punkte in ihren Augen dunkler als sonst strahlen ließ. Ein Saphirkollier schmückte ihren schlanken Hals, den er vor Kurzem noch so leidenschaftlich geküsst hatte. Patrick kannte dieses Kollier, es hatte seiner Mutter gehört.

»Noch ein Toast!«, brüllte ein Mann, der an einem anderen Tisch saß. »Auf den Maclean und auf Gott, der ihn uns heimgebracht hat!«

Betrunkenes Geschrei brach an dem Tisch aus.

»Und ein hübsches Mädel hat er sich auch gleich mitgebracht!«, schrie ein anderer Maclean.

Patrick wandte sich Juliana zu und sah die bezaubernde Röte auf ihren Wangen. Der Lärm und die Aufregung um sie herum schienen sie zu faszinieren. Nicht einmal die anzüglichen Bemerkungen störten sie, und ihre Augen funkelten wie Sterne in einer klaren Nacht. Sie hatte nur einige Male an ihrem Wein genippt, der sehr viel besser als der spanische auf der *Sofia* war.

Auch Patrick sprach dem Wein kaum zu. Er verstand nicht, dass er heute so sehr die Kontrolle über sich hatte verlieren können. Das durfte nicht noch einmal geschehen. Er musste sich von Juliana fernhalten, die sein Blut wie ein Fieber erhitzte.

Ein letzter Toast wurde ausgebracht, bevor die Gäste aufbrachen und sich auf den Heimweg machten. Auch Patrick, der nüchterner war, als ihm lieb war, erhob sich. Im selben Moment stand auch Juliana auf.

Eigentlich müsste er sie jetzt zu ihrem Zimmer begleiten, aber da er zu wissen glaubte, was dann vielleicht geschehen würde, beschränkte er sich darauf, sich vor ihr zu verbeugen.

»Danke, dass Ihr mit uns gespeist habt«, sagte er mit kühler, ausdrucksloser Stimme.

Gott, aber sie war so wunderschön, als sie jetzt vor ihm stand und ihn aufmerksam ansah.

»Ich muss zum Schiff zurück«, sagte er, froh über die Ausrede. Aber welchen Grund würde er vorschieben, wenn das Schiff auf dem Grund der Bucht lag und seine einstigen Mitgefangenen abgereist waren? »Diego wird Euch zu Eurem Zimmer bringen.«

»Diego?«, wiederholte sie.

»Aye. Es sei denn, Ihr vertraut ihm nicht.«

»Ich vertraue ihm mehr als jedem anderen hier«, erwiderte sie. Ihre Enttäuschung war ihr an den Augen anzusehen. »Ich würde mich freuen, wenn dieser galante *caballero* mich begleitet.«

Ihre Antwort gefiel Patrick nicht, er empfand sie wie einen Fausthieb in den Magen. Aber er nickte nur und ging ohne ein weiteres Wort hinaus, um sich auf den Weg zum Stall zu machen.

Der Halbmond, der am Himmel stand, spendete genügend Licht, um auszureiten, ohne sein Pferd in Gefahr zu bringen. Außerdem erinnerte sich Patrick an jeden Zentimeter der Straße, die von der Burg hinunter zum Ankerplatz der *Sofia* führte.

Aye, er würde reiten wie der Teufel und dann zum Schiff hinüberrudern. Vielleicht vertrieb das zumindest einige seiner Dämonen.

»Er kann die Augen nicht von Euch lassen«, bemerkte Diego leise, als er mit Juliana vor ihrer Zimmertür stehen blieb. Der Wachposten, der ihm überallhin folgte, wartete nicht weit entfernt von ihm.

»Ihr irrt Euch«, sagte sie. »Er geht mir aus dem Weg, so gut er kann.«

Diego warf den Kopf in den Nacken und lachte.

»Er kann mich nicht ausstehen«, beharrte sie.

Diego zog die dunklen Brauen hoch. »Dann müsst Ihr blind sein, Señorita. Er begehrt Euch, und das macht ihm Angst.«

»Nichts macht Patrick Angst.« Es war das erste Mal, dass Juliana seinen Vornamen benutzte. Und er war ihr so mühelos über die Lippen gekommen, dass sie ihn am liebsten gleich noch einmal wiederholt hätte.

Diego grinste sie nur an. »Gute Nacht, Señorita. Ich glaube übrigens nicht, dass Patrick heute eine haben wird«, sagte er, während er die Tür öffnete und zur Seite trat, um Juliana eintreten zu lassen. Sie hörte ihn leise vor sich hin pfeifen, als er ging.

Für einen Augenblick lehnte sie sich mit dem Rücken an die Tür. Carmita war noch nicht zurückgekehrt. Juliana vermutete, dass sie in der Küche aushalf. Da Patrick Maclean inzwischen die Burg verlassen hatte, wusste sie, dass ihre Herrin sicher war.

Sicher.

Wie wichtig ihr das vor ein paar Tagen noch war. Vor einer Woche. Doch nun hatte sich ihre Welt verändert – zumindest ihre Einstellung dazu. Vor zwei Wochen noch wäre sie entsetzt gewesen, am Hohen Tisch vor fast hundert Männern zu sitzen, von denen einige angetrunken und die meisten nur halb bekleidet waren.

Aber sie hatte dort eine Herzlichkeit und Kameradschaftlichkeit gespürt, die ihr das Herz erwärmt hatte. Sie versuchte, den heutigen Abend mit der kalten, steifen Atmosphäre bei den Mahlzeiten zu vergleichen, die sie mit ihrer Mutter und ihrem Vater eingenommen hatte. Ihr Vater hatte entweder das Wort geführt oder in missbilligendem Schweigen dagesessen. Alle Bediensteten hatten ihn gefürchtet, während die Dienerschaft hier zur Familie gehörte und die Clanangehörigen sogar die Position des Lairds infrage stellen durften. Auch die Musik war neu für sie. Die Klänge des Dudelsacks waren voller Sehnsucht und Melancholie, die der Fideln unbeschwert und heiter.

Sogar *sie* fühlte sich unbeschwert und heiter. Es war mehr als verwunderlich, dass sie sich als Gefangene freier fühlte als je zuvor in ihrem Leben.

Würde Patrick Maclean sich doch nur genauso frei fühlen!

20. Kapitel

Weder der schnelle Ritt noch das Rudern halfen Patrick, seine Erregung abzukühlen.

Der Stallbursche, der ihn begleitet hatte, um Patricks Pferd zurück zur Burg zu bringen, hatte mit Patricks schonungsloser Jagd die Straße entlang nicht mithalten können. Nein, nicht schonungslos, berichtigte sich Patrick. Er würde niemals etwas tun, was seinem Pferd schadete, aber er brauchte jetzt den kalten Wind und das Gefühl der Freiheit.

Patrick kannte diese Straße gut. Oft genug war er hier bei Nacht geritten, um die Campbells zu überfallen. Während der sechs Jahre auf der Ruderbank war er in Gedanken immer wieder jeden Meter dieser Gegend abgeritten, hatte jeden einzelnen Überfall noch einmal Revue passieren lassen und überlegt, wie er die Macleans in Zukunft führen würde.

Und jetzt sollte es plötzlich keine Überfälle auf die Campbells mehr geben.

Er war ein Krieger, für den es keine Kämpfe mehr auszufechten gab.

Zurück auf der *Sofia,* setzte er sich zu dem erstaunten MacDonald, der schon früher wieder an Bord gekommen war, und trank etwas mit ihm und den Männern. Es war ihre letzte Nacht auf diesem Schiff.

Einige vertrieben sich die Zeit mit einem Glücksspiel, als Einsatz diente ihnen das Geld, das er ihnen am Nachmittag ausgehändigt hatte. Felix, der Mann, den er zum Zweiten Offizier ernannt hatte, gesellte sich mit einem Becher in der Hand zu ihnen. »Ich habe Euch anfangs nicht geglaubt«, sagte er etwas betreten. »Ich konnte mir nicht vorstellen, dass Ihr Euer Versprechen halten würdet.«

»Das habe ich auch noch nicht getan«, erwiderte Patrick. »Oder wenn, dann nur zum Teil.«

»Aber jetzt vertraue ich Euch.«

»Du, Felix? Du und jemandem vertrauen?«

»*Si*, Señor. Ihr hattet recht wegen des Schiffes. Es muss verschwinden. Ich möchte eines Tages nach Spanien zurückkehren, und das könnte ich nicht, würde man uns mit diesem Schiff erwischen.«

»Warum willst du dorthin zurück?«, fragte Patrick.

»Ich habe eine Frau und zwei Söhne in Spanien, die ich viele Jahre nicht gesehen habe.«

»Und die anderen? Denken sie wie du?«

»Einige«, antwortete er und trat verlegen von einem Fuß auf den anderen. »Ich, ähm ... war das ernst gemeint, als Ihr sagtet, Ihr könntet Seemänner gebrauchen?«

»Aye. Aber vergiss nicht, dass du eine prall gefüllte Börse haben wirst.«

»Ich ... ich würde das Geld gern meiner Frau schicken ... falls Ihr eine Möglichkeit seht, das zu tun.«

Patrick nickte. »Das kann ich veranlassen. Wo ist deine Frau?«

»In Barcelona.«

»Dann mach dir deswegen keine Sorgen. Und ich bin mir sicher, dass meine Brüder dich brauchen können. Sie haben vor, ein drittes Schiff zu kaufen, und du bist ein guter Seemann, Felix.«

»Obwohl ich Spanier bin?«

»Du bist ein guter Seemann«, wiederholte Patrick, »und ein ebenso guter Anführer, wenn du es willst. *Ich* würde dich auf jeden Fall auf einem unserer Schiffe wollen.«

Felix richtete sich ein wenig auf. »Werdet Ihr als Kapitän ...«

»Nein«, unterbrach Patrick ihn schnell. »Ich habe fürs Erste genug von Schiffen und der See.«

»Dann bleibt Ihr also hier?«

Patrick schüttelte den Kopf. »Nur bis ich sicher sein kann, dass alle glauben, die *Sofia* wäre auf See verschollen.«

»Das werden sie«, versicherte Felix, bevor er wieder ging.

Patrick trank viel in dieser Nacht. Auch Denny kam irgendwann und setzte sich zu ihm, schüttelte aber den Kopf, als ihm etwas zu trinken angeboten wurde.

Denny war ein weiteres Problem. Obwohl Patrick zunehmendes Begreifen in seinen Augen zu sehen glaubte und den Eindruck hatte, dass Denny sich der Ereignisse bewusster war, als viele glaubten, hatte er immer noch kein Wort gesprochen. Patrick wusste nicht einmal, wo der junge Mann zu Hause war. Ob er überhaupt irgendwo ein Zuhause hatte. Er wusste nur, dass er Denny nicht im Stich lassen konnte.

Denny. Manuel. Diego ... Was sollte er mit ihnen allen tun?

Und mit Juliana. Schon der Name war bezaubernd; sein Klang war so weich und poetisch, so verführerisch.

Patrick leerte noch einen Krug Wein und bedauerte, dass es der spanische und nicht der französische war, der auf Inverleith getrunken wurde. Nichtsdestotrotz schenkte er sich noch einen dritten Krug voll ein. Sicherlich würde das die Erinnerung an Juliana und ihren Duft, daran, wie sie sich angefühlt hatte, wenigstens für diese eine Nacht aus seinem Kopf verbannen.

Leider hatte der Wein den gegenteiligen Effekt.

Erst am frühen Morgen begann der Lärm der feiernden Ruderer zu verstummen, und MacDonald riet Patrick, sich schlafen zu legen. »Ich muss auch ins Bett«, sagte er. »In ein paar Stunden habe ich einen langen Ritt vor mir.«

Schläfrig vom Wein, machte Patrick sich zur Kapitänskabine auf und ließ sich auf das Bett fallen. Er brauchte Schlaf. Er brauchte seinen klaren Verstand, denn morgen – nein, in ein paar Stunden schon – erwartete ihn ein anstrengender Tag. Aber sein Körper wurde noch immer von einem fast schmerzhaften Verlangen gequält, und seine Gedanken wurden von einer Frau beherrscht, die die schönsten Augen der Welt hatte. Von einer Frau mit einer sanften Stimme und einer harten Faust.

Die Männer am nächsten Morgen an Land zu bringen war zum Glück kein allzu großes Problem.

Noch vor Tagesanbruch kam Rory mit den Fischerbooten. Es dauerte nicht lange, bis alle Ruderer an Land gebracht worden waren und sich in Richtung Inverleith aufmachten.

Archibald und Douglas führten sie, während andere Macleans dafür sorgten, dass sich keiner von der Straße entfernte. Rory und Patrick, MacDonald und Denny blieben derweil an Bord und setzten Segel für die kurze Fahrt zur Mitte der Bucht, wo das Wasser am tiefsten war.

Patrick begrüßte die anstrengende Aufgabe des Segelsetzens. Er hasste das verdammte Schiff und empfand keinerlei Bedauern über seinen Verlust. Als die Segelleinen sich verhedderten, stieg er auf den Mast hinauf, um sie zu lösen. Von seiner erhöhten Stellung blickte er über die Hügel von Inverleith hinweg, sah in der Ferne die Maclean'sche Burg und dahinter die Insel Mull, auf der ein anderer Zweig des Clans zu Hause war.

Ein paar Minuten blieb er noch dort oben, während Rory das Schiff auf die Mitte der Bucht zusteuerte. Dann stieg Patrick vom Mast herunter und half Rory, das Ruder festzuzurren. MacDonald erschien mit mehreren Äxten an Deck, und gemeinsam begannen sie, die Masten zu zerschlagen und herabzuholen.

Danach stiegen Patrick, MacDonald, Denny und Rory mit ihren Äxten in den Frachtraum hinunter. Ratten stoben auseinander, als MacDonald einen Moment die Laterne hochhielt, bevor er sie auf den Boden stellte. Hier unten wollten sie mehrere kleine Löcher in den Boden schlagen, um Zeit zu haben, ein Feuer zu legen, bevor sie sich mit dem Langboot in Sicherheit brachten.

»Nummer eins«, sagte MacDonald, »du schlägst das erste Loch.«

Nummer eins. Patrick schloss die Augen, als er im Geiste wieder das Schlagen des Hammers hörte, der den Rhythmus vorgab, und das Pfeifen der Peitsche, bevor sie seinen Rücken traf. Er hörte das Stöhnen und die Schreie von Männern, die längst gestorben waren.

Er hob die Axt und schlug mit aller Kraft zu, die er noch besaß. Der Hieb zersplitterte den Holzboden, durchbrach ihn aber nicht. Dann war Denny an der Reihe, danach MacDonald.

Jeder Schlag war wie eine Befreiung. Sechs. Neun. Zwölf. Endlich tat sich ein Loch auf, und Wasser begann in das Schiff hineinzusickern. MacDonald nahm die Laterne, und sie stiegen wieder zum Oberdeck hinauf.

Patrick holte Kanonenpulver, das er an Deck verstreute, dann zerschnitt er die Segel und warf die Fetzen auf das Deck. Sie würden als Nahrung für das Feuer dienen. Als alles getan war, schickte er MacDonald und Denny in das Beiboot. »Du gehst jetzt auch von Bord, Rory«, sagte er.

Sein Bruder zögerte.

»Geh schon!«, befahl Patrick.

Widerstrebend ging Rory zur Reling und kletterte in das Boot hinunter.

Nach einem letzten Blick über das Deck der *Sofia* schleuderte Patrick die Laterne in das Pulver und beobachtete, wie die Flammen den Pulverspuren bis zu den Segelfetzen folgten. Als zischend die ersten Flammen aufschlugen, stieg auch Patrick über die Strickleiter in das Boot hinunter. Zu viert ruderten sie auf das Ufer zu. Das Feuer breitete sich rasend schnell auf dem Schiff aus. Innerhalb kürzester Zeit verwandelte es sich in ein flammendes Inferno. Und dann neigte sich der Bug ins Wasser, und die *Sofia* verschwand unter den Wellen.

***

»Reiter!«

Rory verließ die Große Halle und lief die Treppe hinauf, die zu der hohen Steinmauer führte. Den Männern unten im Hof gab er ein Zeichen, die ehemaligen Rudersklaven in den Großen Saal zu bringen.

Da alle bei ihrer Ankunft schlecht sitzende und nicht zueinanderpassende Hemden und Hosen getragen hatten, waren die Macleans bemüht gewesen, die Ruderer ein bisschen mehr wie Highlander zu kleiden. Aber auch so sahen sie noch immer ganz anders aus als die Macleans. Und die Mauren ... deren Anderssein ließ sich ohnehin nicht tarnen.

Rory sah den Reitern entgegen. Sie befanden sich noch in einiger Entfernung, dennoch erkannte er sofort das weiße Pferd eines der Reiter. Rory fluchte leise. Welch denkbar ungünstiger Moment für einen Besuch von Jamie Campbell. Er war sich ganz und gar nicht sicher, ob Patrick schon bereit dafür war.

Zum Glück war sein Bruder wieder einmal zu einem seiner wilden Ritte aufgebrochen, um seine Dämonen loszuwerden. Wie lange es wohl dauern würde, bis er zurückkam?

Patrick hatte ihn überrascht. Rory hatte seinen älteren Bruder als Einzelgänger in Erinnerung, der sich, wie auch er damals, für nichts anderes als seine Ausbildung im Kampf und an den Waffen interessiert hatte. Er verbrachte mehrere Jahre als Ziehkind und Schüler in einer Familie in den Highlands, deren Männer als vortreffliche Kämpfer galten. Nach seiner Heimkehr damals hatte er Rory im Fechten und Bogenschießen deutlich übertroffen.

Rory hatte den Eindruck, als befürchtete Patrick, das Freundschaft ihn verweichlichen könnte. Er hatte die schlechte Führung des Clans durch seinen Vater kritisiert. Das mangelnde Vertrauen ihres Vaters in seinen ältesten Sohn hatte Patrick schließlich dann auch fortgetrieben.

Seit seiner Rückkehr vor einer Woche hatte Rory jedoch einen anderen Patrick erlebt. In gewisser Weise war er immer noch ein Einzelgänger, aber Rory hatte auch seine Verbundenheit mit seinen ehemaligen Mitgefangenen bemerkt, und den Zusammenhalt zwischen ihnen, von dem Patricks Brüder und alle anderen ausgeschlossen waren. Rory sah die behutsame Fürsorge, mit der er den Mann namens Denny vorstellte, die etwas angespannte Akzeptanz, die er Diego entgegenbrachte, und seine fast schon väterliche Sorge um Manuel.

Sogar mit den überwiegend schweigsamen und mürrischen Mauren konnte er umgehen.

Aber Rory war nicht sicher, ob sich diese neue Toleranz auch auf einen Campbell erstrecken würde.

Patrick war heute brummig und schlecht gelaunt, und Rory glaubte, den Grund dafür zu kennen. Nachdem sie das Schiff versenkt hatten, war sein Bruder zu langen Ausritten verschwunden und hatte ansonsten die meiste Zeit mit seinen ehemaligen Mitgefangenen verbracht. Sogar seine Mahlzeiten hatte er mit ihnen eingenommen und sich geweigert, am Hohen Tisch Platz zu nehmen.

Nur selten erlaubte Patrick sich einen Blick auf die hübsche Señorita, die es ihrerseits ebenso sorgsam vermied, ihn anzusehen. Rory wusste genau, wie sich die beiden fühlten, weil er vor fünf Jahren den gleichen Wahnsinn erlebt hatte.

Er und Felicia hatten sich miteinander verschworen, die beiden zusammenzubringen, doch bisher waren alle Versuche fehlgeschlagen. Sein Bruder schien sehr genau zu argwöhnen, was Rory tat, auch wenn er nichts dazu gesagt hatte.

Rory wusste, dass Patrick wegen seiner und Juliana Mendozas

Anwesenheit auf der Burg sehr beunruhigt war und befürchtete, sie könnte die Macleans in Gefahr bringen. In der Tat waren die Schotten seit Flodden Field sehr geschwächt und konnten sich weder mit England noch mit Frankreich einen weiteren Krieg erlauben. Wie weit würde Königin Margaret gehen, um ihre Untertanen zu beschützen – oder die Engländer zu beschwichtigen, *falls* herauskam, was mit der *Sofia* geschehen war?

Der beste Weg, das zu vermeiden, war die Heirat von Patrick und Juliana. Señorita Mendoza würde gewissermaßen in einer Ehe untertauchen und eine Maclean werden. Was ihren Akzent betraf, so konnten sie sich eine Erklärung dafür ausdenken. Und mit ihrer hellen Haut und den graublauen Augen konnte sie durchaus für eine Schottin durchgehen.

Rory hätte so etwas nie vorgeschlagen, wenn er nicht die knisternde Spannung zwischen den beiden bemerkt hätte. Man hätte schon blind sein müssen, um das nicht zu sehen. Und für Rory war der Gedanke reizvoll, noch eine weitere Nationalität in seinem Clan vertreten zu wissen.

Nachdem er gesehen hatte, welch starken Eindruck Juliana auf seinen Bruder machte, wusste er, dass diese junge Frau auch sehr gut zu Felicia und Kimbra passen würde. Außerdem strahlte sie eine Warmherzigkeit und Freundlichkeit aus, die er nur bewundern konnte. Juliana und Kimbra verbrachten viel Zeit mit Denny, lasen ihm vor und versuchten, ihm eine Reaktion zu entlocken. Und herauszufinden, ob er irgendwo eine Familie besaß.

Und auch der junge Manuel, der mehr als einmal versuchte, etwas von dem Familiensilber zu stibitzen, war ihr offenbar von Herzen zugetan.

Die Reiter hatten inzwischen das Tor erreicht.

Rory überlegte, ob er hinausgehen und außerhalb der Burgmauern mit ihnen sprechen sollte. Aber Jamie Campbell hatte ihm und Lachlan das Leben gerettet, und der ihnen einst so verhasste Campbell war heute Rorys bester Freund, dem er ohne Zögern sein Leben oder das seiner Familie anvertrauen würde.

Vielleicht brauchten die Campbells seine Hilfe.

Rory winkte Jamie zu, stieg schnell die Treppe hinunter und wartete, bis die massiven Tore geöffnet wurden. Jamie stieg von seinem Pferd und umarmte Rory freundschaftlich. »Seit wann lässt du die Tore wieder schließen?«, fragte er, während sein Blick über den Burghof glitt.

»Banditen«, sagte Rory nur und dachte, dass das nicht einmal gelogen war.

»Ihr wurdet überfallen?«

»Nein. Wir haben sie vertrieben, aber sie könnten wiederkommen.«

»Einer meiner Leute, der einer Maclean den Hof macht, hat ein brennendes Schiff gesehen.«

»Da hat er sich wohl vom Nebel täuschen lassen.«

Jamies Augenbrauen fuhren in die Höhe. »Willst du mich nicht hereinbitten und mir nach dem langen Ritt etwas zu trinken anbieten?«

Das war das Letzte, was Rory wollte, aber er wusste, dass Jamie verärgert sein würde, wenn ihm die Gastfreundschaft verweigert wurde. Das Problem war nur, dass die Große Halle von allen möglichen Arten von Gaunern bevölkert wurde und dass sein Bruder Patrick nichts für die Campbells übrig hatte.

Andererseits jedoch konnte Jamie ihnen vielleicht helfen. Er hatte schon immer das Wohlwollen der Königin besessen. Margaret war noch eine junge Frau, und Jamie, obwohl verheiratet, ein gut aussehender junger Mann und zudem Laird des bedeutendsten und einflussreichsten Clans Schottlands.

Aber diese Entscheidung würde er seinem Bruder überlassen müssen.

Jamie starrte Rory so durchdringend an, als könnte er sehen, was er dachte. »Hier stimmt doch etwas nicht, Rory. Ich werde nicht eher gehen, bis ich herausgefunden habe, was es ist. Falls du Schwierigkeiten hast … falls du mehr Männer brauchst, kannst du gern einige meiner Campbells haben.«

»Du bist allein gekommen, obwohl du dachtest, wir wären vielleicht überfallen worden?«

Jamie zog die Schultern hoch. »Ich habe nicht weit von hier noch mehr Campbells.«

»Du meine Güte«, sagte Rory. »Das fehlte mir gerade noch.«

Jamie machte ein beleidigtes Gesicht.

»Komm, lass uns etwas trinken gehen«, sagte Rory. »Aber schau nicht hin, wenn du hereinkommst.« Ihm blieb nichts anderes übrig. Er kannte Jamie und wusste, dass er nach Flodden Field monatelang an der englischen Grenze geblieben war und unermüdlich nach Lachlan gesucht hatte. Er gab so schnell nicht auf.

»Wo soll ich nicht hinschauen?«, erkundigte er sich auch schon argwöhnisch.

»Zu den Mauren. Den vielen Mauren.«

»Ach du meine Güte. Du meinst, du bist von maurischen Piraten überfallen worden?« Jamies Hand glitt zu dem Dolch an seinem Gürtel.

Schlimmer könnte es nur noch kommen, wenn Patrick ausgerechnet jetzt nach Inverleith zurückkehren würde.

21. Kapitel

Widerwillig und erwartungsvoll zugleich ritt Patrick auf das große Burgtor zu. Er wäre nie auf die Idee gekommen, dass man beides gleichzeitig empfinden konnte.

Die Ausritte waren zu einem morgendlichen Ritual geworden, zum einzigen Moment des Tages, an dem er ungestört seinen Gedanken nachhängen und langsam wieder ins Leben zurückkehren konnte. Nach sechs Jahren des Eingeschlossenseins auf dem dunklen, überfüllten Ruderdeck und dem Jahr davor im Kerker genoss er jeden Atemzug der kühlen, herrlich frischen, nach Heidekraut duftenden Luft. Er hatte fast vergessen, wie wundervoll sie war.

Seine Ausritte wurden immer länger, während alle anderen die Ankunft der *Felicia* erwarteten. Seit seinem ... Zusammensein mit Juliana an jenem Abend hatte er es sich zur Gewohnheit gemacht, die Maclean'schen Ländereien abzureiten und sich mit den Pächtern zu unterhalten. Und er schwamm auch gern morgens in dem nahen See, der eisig kalt und so klar und dunkelblau war wie der Abendhimmel.

Und diese Kälte war genau das, was er brauchte.

Leider vermochte jedoch nicht einmal das kalte Bad das brennende Verlangen in ihm abzukühlen, das ihn befiel, wann immer er Juliana sah. Und je bestrebter er war, ihr aus dem Weg zu gehen, desto öfter sah er sie. Sie schien überall zu sein.

Sogar in Lachlans Bibliothek war er gestern Abend auf sie getroffen, als sie Denny dort vorgelesen hatte.

Sie war sichtlich überrascht gewesen, ihn zu sehen, und hatte den Kopf gesenkt, als eine heiße Röte ihr in die Wangen stieg.

Gott stehe ihm bei, aber es kam ihm vor, als würde sie mit jedem Tag schöner.

Wie konnte das sein?

Patrick war froh und dankbar, dass auch Kimbra Denny gleich ins Herz geschlossen hatte. Von Rory hatte er erfahren, dass seine Schwägerin eine Art Heilerin war und dass sie Lachlan nach Flodden Field gesund gepflegt hatte. Auch Denny war ihr gleich sehr zugetan, und oft sah Patrick ihn, Kimbra und Juliana in der Bibliothek zusammensitzen.

Und Julianas liebevolle Bemühungen um Denny ließen ihn sie noch mehr begehren.

Er hatte nicht das Gefühl, Rory etwas vorzumachen, wenn er sagte, er unternähme diese Ausritte, um sich einen Überblick über die Maclean'schen Ländereien zu verschaffen und die Familien kennenzulernen, die sie bearbeiteten. Außerdem hatte Rory ihm schließlich selbst geraten, in dem eisig kalten See zu schwimmen. »Glaub mir, Bruder, ich weiß, wovon ich rede«, hatte er mit unverhohlener Belustigung gesagt.

Patrick hatte sich nach und nach ein Bild über seine Brüder und deren romantische Verwicklungen machen können. Aber *er* konnte und er würde stärker sein als sie. Er konnte seine Gefühle unter Kontrolle halten.

Und deshalb unternahm er diese langen Ausritte.

Als er jetzt, das Haar noch feucht vom Schwimmen, durch das große Tor in den Burghof ritt, sah er seinen Bruder bei einem Fremden stehen, der etwa die gleiche Größe hatte wie er. Der Mann trug ein Plaid, dessen Muster sich nur geringfügig von dem Maclean'schen unterschied.

Patrick erkannte die Farben des Plaids und das Gesicht des Mannes sofort und spürte, wie sein Magen sich verkrampfte.

Die Augen des Besuchers weiteten sich, als ein Ausdruck des Erkennens über sein Gesicht glitt. *Die Campbells sind nicht mehr meine Feinde.* Vom Verstand her wusste Patrick das, aber seine Gefühle sagten ihm etwas anderes. Gefühle, die viele Jahre von seinem Vater geschürt worden waren.

»Patrick? Patrick Maclean?«

»Aye«, erwiderte er kalt. Der Campbell mochte Rorys und Lachlans Freund sein, doch der seine war er nicht.

»Wo zum Teufel hast du nur gesteckt?«

Ärger stieg in Patrick hoch. Was fiel diesem Campbell ein, ihn hier auf seinem eigenen Burghof zu verhören? Und was wollte er hier überhaupt?

»Geht dich das etwas an?«, entgegnete er scharf.

»Ich dachte, ihr wärt vielleicht in Gefahr. Einer meiner Leute hat ein fremdes Schiff gesehen …«

»Da war kein Schiff«, fiel Rory ihm ins Wort.

»Das sagtest du bereits«, erwiderte der Campbell trocken. »Aber auch wenn meine Sorge offensichtlich unbegründet war, könntest du mir nach dem langen Ritt doch wenigstens etwas zu trinken anbieten«, sagte er zu Rory.

Patrick dachte an die Mauren und die anderen Männer, die sich auch in schottischer Kleidung deutlich von den Clanangehörigen unterschieden.

Besorgt suchte er Rorys Blick, aber sein Bruder zog nur eine Augenbraue hoch.

»Der Burgsaal ist derzeit ziemlich überfüllt«, erklärte Patrick steif. »Ich habe einige Männer aus Frankreich mitgebracht, um das neue Schiff zu bemannen, das Rory kaufen will.« Das war keine besonders überzeugende Erklärung, aber auf die Schnelle fiel ihm keine bessere ein. Zum Teufel aber auch – er hätte sich nicht auf Inverleith' Abgeschiedenheit verlassen dürfen. Aber in seiner Kindheit und Jugend waren fast nie Besucher auf die Burg gekommen.

Der Blick des Campbells war unverwandt auf Patrick gerichtet. »Ich wusste gar nicht, dass dein Bruder und du noch Kontakt miteinander hattet. Ich dachte, du würdest vermisst und für tot gehalten, Patrick.«

»Der Kapitän eines Maclean'schen Schiffes war in Paris«, log

Patrick. »Und ich war gerade von einer Reise in den Fernen Osten zurückgekommen. Auf der Heimfahrt begegneten wir Piraten und …« Er unterbrach sich und zuckte mit den Schultern. »Aber das ist eine lange Geschichte, für die du sicher keine Zeit hast.«

»Oh, aber natürlich habe ich Zeit«, versicherte ihm Jamie. »Ich möchte alles über dieses Abenteuer hören.«

»Später«, beschied Patrick ihn kurz. »Ich muss zuerst mein Pferd versorgen.«

»Kein Problem«, erwiderte Jamie lächelnd. »Ich wollte ohnehin Cousine Felicia und die Kinder sehen.«

Irgendetwas an der Art, wie er diese Absicht verkündete, wurmte Patrick. Er hatte das Gefühl, dass Jamie Campbell sein Unbehagen regelrecht genoss. Patrick erinnerte sich an ihre letzte Begegnung während eines Turniers in Edinburgh. Es hatte nachmittags stattgefunden und sehr lange gedauert, weil sie miteinander gekämpft hatten, bis es schließlich unentschieden ausgegangen war. Danach hatte keiner von ihnen beiden mehr aus eigener Kraft aufstehen können. Damals hatte es geheißen, es sei das erste Mal, das Jamie Campbell nicht gewonnen hatte.

»Dein Haar ist nass, Patrick«, bemerkte Rory mit offenkundiger Belustigung. »Wie es aussieht, hast du meinen Rat befolgt.« Es war offensichtlich, dass er die Angespanntheit lockern wollte.

Hol dich der Teufel, Bruder, dachte Patrick und würdigte ihn keiner Antwort, als er sich abwandte und sein Pferd zum Stall führte. Das Letzte, was er jetzt gebrauchen konnte, war ein Campbell auf der Burg.

Juliana saß mit Denny und Kimbra in dem kleinen Wohnzimmer, das eigentlich Lachlan gehörte, weil er hier seine Bücher aufbewahrte.

Kimbra hatte Juliana jedoch schon kurz nach ihrer Ankunft

hierher geführt. »Das ist Lachlans Zimmer«, hatte sie voller Stolz erklärt. »Wann immer er ein Buch findet, das er noch nicht besitzt, kauft er es.«

Seitdem sie auf Inverleith war, hatte Juliana immer wieder Zuflucht in Lachlans Allerheiligstem gesucht, auch wenn sie sogar dort von einem Maclean bewacht wurde.

Dann hatte Kimbra sie vor zwei Tagen dort entdeckt und sie gefragt, ob sie ihr nicht helfen wolle. Patrick habe ihr erklärt, dass Denny kein Wort gesprochen hatte, seit er auf die *Sofia* gebracht worden war, und dass sie daher nicht wüssten, wohin er gehörte oder ob er eine Familie besaß. Kimbra hatte Lachlan gesund gepflegt, und vielleicht konnte sie das Gleiche auch für Denny tun.

Von den beiden Schwägerinnen war Kimbra Juliana die sympathischere gewesen. Felicia war oft mit ihren Kindern beschäftigt, und obwohl auch sie immer freundlich und guter Dinge war, hatte Kimbra etwas ganz besonders Liebevolles und Fürsorgliches. Juliana erinnerte sich an Denny, wie er nach der Meuterei war: ein stummer Schatten Patrick Macleans.

»Patrick sagt, dass Denny nicht spricht, obwohl er Englisch zu verstehen scheint«, sagte Kimbra. »Patrick scheint zu glauben, ich könnte ihn vielleicht zum Reden bringen und herausfinden, wohin er gehört. Lachlan hat ihm gesagt, ich sei eine Heilerin, aber das bin ich nicht. Ich kenne mich nur ganz gut mit Kräutern aus. Allerdings glaube ich nicht, dass Kräuter Denny helfen würden.«

»Was kann ich tun?«, fragte Juliana.

»Ich habe Denny vorgelesen, aber ... ich bin noch nicht sehr gut darin.« Kimbra senkte den Kopf. »Ich lerne noch ...«

Sie brach ab, als wäre sie nicht sicher, ob Juliana einwilligen würde, Denny zu helfen.

Doch Juliana stimme sofort zu, denn sie war froh über diese Ablenkung. Nach jenen magischen Momenten mit Patrick Maclean hatte er sie gemieden. Er verließ sehr oft die Burg schon früh am Morgen und kehrte erst spät wieder zurück. Und wenn ihre Blicke sich zufällig begegneten, wurde ihr immer heiß und ein Prickeln durchflutete sie. Es schien sich tief in ihrem Inneren zu bündeln, und sie empfand eine Sehnsucht nach ihm, die so groß war, dass sie schier daran zu sterben glaubte.

Und deshalb kam Juliana diese Aufgabe wie gerufen. Denny zu helfen war nicht nur eine Beschäftigung, die sie dringend brauchte, sondern auch eine Möglichkeit, ihre eigenen Schuldgefühle zu verringern. Es schauderte sie noch immer, wenn sie sich an die Geräusche und Gerüche aus dem Ruderdeck erinnerte, oder wenn sie an die Narben dachte, die sie bei so vielen der Ruderer gesehen hatte, und an den jungen Manuel.

»Ich glaube, dass Denny seine Erinnerung und seine Sprache durch eine schwere Kopfverletzung verloren hat. An einer Seite seines Kopfes ist eine Narbe. Lachlan hatte seine Erinnerung auch durch eine Kopfwunde verloren«, sagte Kimbra.

»Für wie lange?«

»Wochenlang.«

»Und seit wann ist es bei Denny so?«

»Patrick meinte, seit einem Jahr oder vielleicht noch länger. Auf jeden Fall schon seit er auf die Galeere gebracht wurde.«

Julianas Magen verkrampfte sich. Niemand schien ihr die Grausamkeiten anzulasten, die auf dem Schiff ihres Onkels geschehen waren, aber sie fühlte sich mitverantwortlich. Und davon beschmutzt. Wie konnte ihr das jemand nicht verargen? Ihre Familie trug die Schuld an Patricks Leiden – und dem so vieler anderer Männer.

»Dann ist es also das Gleiche wie bei Lachlan?«, fragte sie.

»Nicht ganz. Lachlan konnte sprechen. Er hatte nur seine Erinnerung verloren. Ich verstehe nichts von Kopfverletzungen, aber ich sehe, dass Denny alles mitbekommt. Ich bin sicher, dass er versteht, worüber wir uns unterhalten. Patrick sagte, er habe sich sehr gut geschlagen, als sie das Schiff eroberten. Daher nimmt er an, dass Denny im Schwertkampf ausgebildet worden ist. Wenn wir ihn doch nur zum Sprechen bringen könnten!«

»Und wenn wir das nicht schaffen?«

»Dann kann er hier bei uns bleiben. Das hat Patrick schon klargestellt. Aber auch wenn er es nicht getan hätte, würden weder Rory noch Lachlan Denny fortschicken.«

»Du liebst Lachlan?«

»Aye. Von ganzem Herzen. Er ist sanftmütig, aber tapfer, und er liebt meine Audra, als wäre sie sein eigenes Kind. Ich hoffe, ihm schon bald ein weiteres Kind zu schenken.«

»Du hast also keine Angst?«

»Vor dem Fluch, meinst du?«

»Si.«

»Ich glaube nicht an derlei Dinge«, sagte Kimbra. »Und selbst wenn ich es täte, würde ich trotzdem keinen Tag mit Lachlan missen wollen.«

Juliana schluckte, als sich ein Kloß in ihrer Kehle bildete. Bevor sie nach Inverleith gekommen war, hatte sie nicht gewusst, dass es wahre Liebe zwischen einem Mann und einer Frau geben konnte. Zwischen ihren Eltern hatte es sie jedenfalls nicht gegeben, und sie konnte sich auch nicht erinnern, sie bei irgendeinem anderen Ehepaar gesehen zu haben. Deshalb hatte sie auch nie erwartet, in ihrem eigenen Leben Liebe zu erfahren – und mit dem Viscount Kingsley schon gar nicht. Das Beste, was sie zu hoffen gewagt hatte, war, dass er nicht so wie ihr Vater sein würde.

»Patrick scheint dir sehr zugetan zu sein«, bemerkte Kimbra zu Julianas Überraschung.

»Nein, so ist das nicht. Er weiß nur nicht, was er mit mir tun soll«, widersprach sie.

»Aber er sieht dich an, wie Lachlan mich ansieht, wenn er ...«

Kimbra errötete, und Juliana dachte wieder einmal, wie hübsch Kimbra war. Und wie liebenswürdig.

Und nur ihre Liebenswürdigkeit war es, die sie zu dieser Feststellung veranlasst hatte. Patrick Maclean hatte sie in den letzten Tagen wie Luft behandelt, genauer gesagt seit dem Tag, an dem er ihre Welt mit seinem Kuss auf den Kopf gestellt hatte.

Selbst jetzt noch stockte Juliana der Atem, und es durchrieselte sie heiß, wenn sie daran dachte.

Juliana versuchte, diese Erinnerungen auszublenden, während sie Denny vorlas. In dem kleinen Wohnzimmer las sie ihm eine Bibelstelle vor und gab ihm dann das Buch. Sie sah, wie seine Augen über die Worte glitten, wie er mit den Lippen etwas formte, aber es kam kein einziger Laut aus seinem Mund. Er hatte ihr nie Angst gemacht auf dem Schiff, so wie die anderen. Trotz seiner Narben und der Tatsache, dass er nach der Meuterei nicht minder blutbefleckt war als die anderen, hatte sie weder Hass noch Zorn in seinen Augen erkennen können.

»Ich wünschte, du könntest mir sagen, woher du kommst«, sagte sie zu Denny.

Kimbra erhob sich plötzlich. »Rory hat Landkarten. Wenn wir Denny eine zeigen und auf bestimmte Orte deuten, vielleicht kann er uns dann zeigen, woher er kommt.«

Kimbras Enthusiasmus beflügelte auch Juliana. Endlich etwas zu tun. Endlich etwas, das der Mühe wert war …

»Ich werde Rory suchen«, erbot sich Kimbra.

»Nein, bleib du bei Denny«, erwiderte Juliana, weil Denny mehr auf Kimbra reagierte als auf alle anderen. Juliana vermutete, dass das so war, weil Kimbra nichts mit dem Schiff zu tun gehabt hatte.

Juliana verließ das kleine Zimmer und durchquerte die Große Halle. Als sie auf den Burghof hinaustrat, sah sie etwas, das sie veranlasste, stehen zu bleiben.

Ein Fremder stand bei Rory. Er war genauso groß wie der

Maclean und sah ausgesprochen gut aus. Sein Haar schimmerte wie gesponnenes Gold, seine Augen waren so blau wie das Meer in Spanien. Seine selbstbewusste Haltung ließ erkennen, dass er ein Mann von Rang war.

Er richtete seinen Blick auf sie, und seine Augen weiteten sich vor Überraschung, während er sie mit unverhohlenem Interesse musterte.

Patrick verließ soeben den Stall. Er ging schneller, als er Juliana sah, und gesellte sich zu den beiden Männern. Seine Haltung drückte Ablehnung aus, sein Gesichtsausdruck war misstrauisch, wenn nicht gar feindselig. Es war offensichtlich, dass er den Besucher nicht als Freund, sondern als Feind betrachtete.

Der Fremde sagte etwas zu Rory. Juliana stand zu weit entfernt, um es zu verstehen, doch sie wusste, dass es um sie ging.

Patrick erwiderte etwas.

Das könnte ihre Chance sein, ihre Gelegenheit zur Flucht. Sie könnte an das Mitgefühl des Fremden appellieren und ihm sagen, dass sie entführt worden war.

Und der Fremde würde vielleicht durch die Hand eines Macleans sterben.

Selbst wenn dieses Risiko nicht bestünde, könnte sie den Fremden nicht um Hilfe bitten. Zu viele Leben standen auf dem Spiel. Würde Rory für seinen Bruder kämpfen? Würde der Fremde bei diesem Kampf sterben? Und würden die ehemaligen Sklaven, würden Manuel, Denny und der Spanier mit ihrem Leben büßen müssen?

Der Fremde kam jetzt auf sie zu. Patrick versuchte, sich zwischen sie und ihn zu stellen, doch der Mann wich geschickt zur Seite aus. Mit einem charmanten Lächeln verbeugte er sich vor Juliana. »Jamie Campbell zu Euren Diensten, Mylady«, sagte er galant.

Dann wartete er darauf, ihr vorgestellt zu werden.

Und wartete.

Schließlich sagte Rory: »Das ist Anna, eine Freundin von Kimbra, die eine Weile bei uns bleiben wird.«

»Anna? Ein schöner Name.« Der blonde Fremde sah Patrick an, der schweigend neben ihm stand und immer grimmiger dreinschaute. »Sie ist mit dir zurückgekommen?«

»Nein«, erwiderte Patrick knapp und ohne weitere Erklärung.

Der Campbell wandte sich wieder an Juliana. »Ihr müsst meine Frau Janet und mich einmal auf Dunstaffnage besuchen.«

»Ich glaube nicht, dass sie die Zeit dazu hat«, sagte Patrick unfreundlich.

»Vielleicht sollte die junge Dame das selbst entscheiden.«

»Ich habe versprochen, für ihre Sicherheit zu sorgen«, versetzte Patrick.

Jamie Campbell zog in Anbetracht dieses Affronts eine Augenbraue hoch, schwieg aber dazu. »Ob du es glaubst oder nicht, Patrick, es ist gut, dich wieder hierzuhaben«, sagte er schließlich und lächelte dabei milde. »Deine Brüder haben dich vermisst, und ich will nur Frieden zwischen dir und mir.«

»Meine Brüder sagten … du hättest ihnen das Leben gerettet. Dafür stehe ich in deiner Schuld.« Patricks Stimme verriet Juliana, wie schwer ihm dieses Zugeständnis fiel.

»Das tust du nicht, denn sie hätten das Gleiche für mich getan. Die Dinge haben sich geändert, Patrick, und unseren Clans geht es seither viel besser.«

Juliana spürte die Spannung zwischen den beiden Männern. Man hatte ihr die Geschichte von Felicias und Rorys Romanze erzählt, und sie wusste von der Verbitterung und dem Hass, der die beiden Clans hundert Jahre lang entzweit hatte.

»Berichte uns vom Königshof«, wechselte Rory das Thema. »Wie geht es Margaret, und wer ist ihr derzeitiger Favorit?«

»Nicht ich, befürchte ich«, erwiderte Jamie Campbell. »Sie

nähert sich zu sehr England an und wird wohl deshalb die Unterstützung der meisten Highlandclans verlieren.«

»Und was ist mit Spanien?«, fragte Rory. »Hast du etwas Neues gehört?«

»Spanien möchte eine engere Bindung zu England. Die Berater Henrys VIII. sind enttäuscht, dass Katharina von Aragon keinen männlichen Erben geboren hat, und seit Englands Vertrag mit Frankreich scheint Henry sich König Louis immer stärker anzunähern. Es gibt sogar Gerüchte, dass er sich mit dem Gedanken trägt, seine Schwester mit dem französischen Regenten zu verheiraten.«

»Um Himmels willen!«, entfuhr es Patrick. »Dann würde Schottland ganz allein dastehen.«

»Aye, und dessen ist sich Königin Margaret durchaus bewusst«, stimmte Jamie Campbell ihm zu. »Und den Clans natürlich auch. Auch ich kann Margarets neuerliche Annäherungsversuche an England kaum noch tolerieren.«

Juliana hörte mit wachsender Besorgnis zu. Ihr Vater hatte in ihrer Gegenwart nur selten über Politik gesprochen. Sie sei Männersache, pflegte er zu sagen.

»Auch Spanien ist beunruhigt«, fuhr Jamie fort. »Es wird davon gesprochen, die Beziehungen zwischen England und Spanien durch weitere Heiraten zu festigen. Spanisches Blut soll sich mit englischem vereinen.«

Jetzt verstand Juliana, warum ihre Heirat mit dem Viscount Kingsley ihrem Vater und ihrem Onkel so wichtig gewesen war. Es war dabei nicht nur um geschäftliche Interessen gegangen, vielmehr hatten auch zwei Nationen fester miteinander verknüpft werden sollen. Ihr Vater war zwar nur ein sehr entfernter Cousin des spanischen Königs, aber immerhin doch ein Verwandter. Er hatte königliches Blut in seinen Adern und Juliana demzufolge auch, so wenig es auch sein mochte. Ihr Vater hatte nur einen nachrangigen Anspruch auf einen Titel.

Aber diese Ehe war eine wichtige Verbindung, wenn sie vom spanischen König gewünscht wurde. Juliana erschrak bei dem Gedanken. War diese Heirat wichtiger, als sie gedacht hatte? Wenn ja, dann war die Gefahr für Patrick noch viel größer, als sie alle glaubten.

Eigentlich müsste ihr das egal sein. Ihre einzige Sorge sollte ihrer Mutter gelten. Ihr und den Menschen, die sie in Spanien zurückgelassen hatte. Sie sollte daran denken, auf welch brutale Weise ihr Onkel gestorben war.

»Wir langweilen die junge Dame«, sagte Jamie, der den Ausdruck auf ihrem Gesicht als Interesselosigkeit auszulegen schien. Und im Grunde war Juliana froh, dass es so war.

Sie wandte sich an Rory und versuchte zu erklären, warum sie ihn bei seinem Gespräch gestört hatte. »Ich ... Kimbra und ich hätten gern eine Landkarte, die möglicherweise eine Hilfe wäre für ...« Sie brach erschrocken ab.

»Eine Hilfe für wen?«, warf Jamie Campbell mit unverhohlener Neugier ein.

»Ihre Tochter«, sagte Juliana schnell. »Wir möchten ihr etwas über die Welt beibringen.«

»Der kleinen Audra?«, fragte Jamie. »Ein reizendes Kind, nicht wahr?«

»Aye«, sagte Juliana, der dieses Wort inzwischen sehr geläufig über die Lippen kam. »Aber die Karte ...«

»Ich werde eine suchen«, unterbrach Patrick sie.

Er nickte seinem Bruder zu, ignorierte Jamie und wandte sich zur Tür, als erwartete er, dass sie ihm folgte.

Und das tat Juliana auch, während tausend Fragen und Gefühle in ihr hochbrodelten.

Er führte sie hinauf zu ihrem Schlafzimmer. Carmita war nicht da, vermutlich half sie wieder einmal in der Küche aus.

Er zog die Tür hinter sich zu. »Was ist mit deiner Heirat?«, fragte er. »Sie war Teil eines größeren Plans, nicht wahr?«

Juliana tat nicht so, als wüsste sie nicht, was er meinte. Sie war über das, was sie gehört hatte, ebenso erstaunt und alarmiert, wie er es offensichtlich war. Bis Jamie Campbell Spaniens Interessen erwähnt hatte, war ihr gar nicht in den Sinn gekommen, dass ihre Heirat mehr sein könnte als eine geschäftliche Vereinbarung. »Mein Vater hat mir nur gesagt, dass er seine Geschäftsbeziehungen mit dem Earl of Chadwick festigen will. Es besteht bereits eine Verbindung zwischen unseren Familien. Meine Mutter ist eine entfernte Cousine des Earls.« Sie zögerte, bevor sie hinzufügte: »Mein Vater sagte, König Ferdinand begrüße diese Heirat.«

»Und warum sollte er sie begrüßen?«, fragte Patrick scharf.

»Das weiß ich nicht. Es sei denn ...«

»Es sei denn was?«, beharrte er.

»Mein Vater ... er ist ein Blutsverwandter von König Ferdinand.«

Ein Muskel zuckte an Patricks Kinn.

»Aber ich kann nicht glauben, dass das so wichtig ist. Wir sind nur sehr entfernte Verwandte und haben ihn so gut wie nie gesehen ...«

»Dein Vater hat also nicht ausdrücklich gesagt, dass deine Heirat auf Ferdinands Verlangen hin arrangiert worden ist?« Patricks Stimme klang angespannt.

»Ich hielt es für eine Prahlerei meines Vaters. Er sprach ständig von seiner Verbindung zur Krone, aber wir haben kaum je Vorteile davon gehabt.«

»Davon hast du mir nichts erzählt.«

»Du hast mich nicht danach gefragt. Und außerdem ist mir das auch jetzt erst richtig klar geworden.«

Er wandte sich von ihr ab und trat ans Fenster, um auf den Hof hinunterzuschauen. Juliana folgte ihm.

Rory und der Campbell waren nicht mehr da. Waren sie hineingegangen?

Sie konnte Patricks Anspannung sehr deutlich spüren.

»Was hat das alles zu bedeuten?«, fragte sie.

»Dass ich meinem Clan weitaus mehr Ärger gebracht habe, als ich dachte«, sagte er. »Womöglich auch Schottland.«

Der Klang seiner Stimme verriet seine Schuldgefühle und seine Besorgnis. Er wandte sich ihr zu, und sie sah ein verräterisches Glitzern in seinen sonst so unergründlichen Augen. Eine jähe Furcht überfiel sie.

»Niemand wird erfahren ...«, begann sie.

»Über hundert Leute wissen, was geschehen ist«, unterbrach er sie.

»In ein paar Tagen werden sie nicht mehr hier sein«, hielt Juliana dagegen. »Und nicht zuletzt steht auch ihr eigenes Leben auf dem Spiel.«

»Manch einer von ihnen trinkt gern zu viel. Da entschlüpft einem schon mal ein unbedachtes Wort. Und auch andere haben die *Sofia* gesehen. Unsere Macleans zum Beispiel, oder einer der Campbells, der Jamie berichtet hat, er habe ein fremdes Schiff gesehen. Und ich kann dich nicht ewig hier verborgen halten, Mädchen.«

Juliana streckte die Hand aus und berührte seinen Arm. Plötzlich war es ihr einerlei, dass er sie in den letzten Tagen gemieden hatte und dass sie sich in dieser Zeit schrecklich einsam gefühlt hatte. Es spielte keine Rolle für sie, ob er ihren Onkel getötet und die Pläne ihres Vaters durchkreuzt hatte.

Nichts spielte noch eine Rolle – außer seinem Schmerz.

»Du hattest keine andere Wahl«, flüsterte sie. »Du wärst gestorben. Und die anderen auch.«

»Und jetzt sollen statt meiner andere sterben? Schottland ist noch lange nicht bereit für einen weiteren Krieg.«

Sie wusste, wie ernst er seine Verantwortung nahm. Manchmal versuchte er, das zu verleugnen, aber sie hatte gesehen, wie er mit Manuel umging, hatte gesehen, mit welch liebevoller Geduld er Denny zu helfen versuchte. Er hatte darauf beharrt, dass die Ruderer bekamen, was ihnen versprochen wurde. Juliana kannte niemanden sonst, den das gekümmert hätte.

Sie versuchte nicht, seinen Schmerz zu lindern, weil sie wusste, dass es ihr nicht gelingen würde. Aber sie konnte seinen Schmerz mit ihm teilen.

»Juliana Mendoza wird es nicht mehr geben. Ich werde von jetzt an Anna sein«, sagte sie und rang sich ein Lächeln ab, wenn auch nur ein kleines. »Mein Englisch ist gut genug, um als Engländerin durchgehen zu können. Und nicht viele Leute haben mich gesehen. Wir waren nicht oft bei Hof. Mein Vater war ... er hat immer gesagt, er müsse sich seiner englischen Frau schämen.«

Sie verzichtete darauf, zu erwähnen, dass ihr Onkel eine Miniatur von ihr an den Viscount Kingsley geschickt hatte.

»Warum solltest du das tun?«, fragte Patrick. »Ich habe deinen Onkel getötet, und wir haben dir deine Mitgift gestohlen.«

»Eine Mitgift, die ich nicht wollte, und einen Onkel, den ich weder mochte noch bewunderte«, sagte sie leise.

»Und deine Mutter?«

Die Frage traf sie wie ein Messerstich ins Herz. Sie könnte alles hinter sich lassen – aber das nicht. Ihre Mutter in dem Glauben zu lassen, sie sei tot, war ein Gedanke, der ihr das Herz zerriss.

Der Kummer ihrer Mutter gegen das Leben so vieler Menschen?

Patrick schloss die Augen und nahm Juliana in die Arme. In ihrer gemeinsamen Verzweiflung und Qual hielten sie einander fest umschlungen.

22. Kapitel

Als Patrick die Qual in Julianas Augen sah, musste er erkennen, wie wirkungslos sein Schwur war, sich von ihr fernzuhalten.

Statt sich zurückzuziehen, nahm er sie in die Arme.

Um sie zu trösten.

Aber wem, zum Teufel, versuchte er das weiszumachen?

Er brauchte Julianas Trost ebenso sehr wie sie den seinen.

Auch wenn er keinen Trost verdiente. Wann hatte er an *sie* gedacht? Er hatte dafür gesorgt, dass sie am Leben blieb und von niemandem belästigt wurde. Doch die verheerenden Folgen, die das alles für ihr Leben haben würde, hatte er nicht bedacht. Er hatte ihr alles genommen und sie zu seiner Gefangenen gemacht.

Und er hatte keine Antworten für sie. Keine Lösungen. Keine Pläne. Keine Strategien. Keine Hoffnung.

Jetzt, da einer der Campbells nach Inverleith gekommen war, wurde die Gefahr für ihn, seinen Clan und seine einstigen Leidensgefährten noch größer. Jamie Campbell hatte Juliana gesehen und mittlerweile vermutlich auch einige der Mauren. Und nicht nur das – Campbells Clanangehörige hatten ihm sicherlich auch schon berichtet, dass sie eine spanische Galeone gesichtet hatten. Und jeder wusste, dass die Engländer und Schotten keine Schiffe hatten, die durch Ruderkraft betrieben wurden.

Patrick senkte den Kopf und legte die Wange auf Julianas Scheitel. Ihr Haar duftete süß. Für einen Moment vergaß Patrick seinen Schmerz und die Einsamkeit der vergangenen Jahre. Juliana war so anschmiegsam, so weich.

Wellen der Zärtlichkeit durchfluteten ihn, und das hatte er noch nie zuvor bei einer Frau erlebt. Diese Gefühle mussten sich in den vergangenen Tagen aufgebaut haben, oder vielleicht auch schon von dem Moment an, als er Juliana zum ersten Mal gesehen hatte. Ihre Tapferkeit, ihre Bereitschaft, trotz ihrer Angst für sich und ihre Zofe zu kämpfen, hatten tief in seiner Seele etwas angerührt.

Juliana wieder in die Arme zu nehmen war vermutlich das Dümmste, was er je getan hatte, doch das kümmerte ihn nicht. Von dem Moment an, als er sie geküsst hatte, war ihm klar gewesen, dass ihm das nicht genug war. Gott wusste, dass er versucht hatte, sich von ihr fernzuhalten, aber ein schon zwanghafter Wunsch, sie zu sehen, führte ihn immer wieder zu ihr zurück.

Er zog sie noch fester an sich und spürte ihren warmen Atem und ihren aufgeregten Herzschlag. Ihr Körper schmiegte sich an den seinen, als gehörte er dorthin. Und dann hob sie ihr Gesicht zu Patrick empor und blickte ihn, zugleich staunend und fragend, an.

Gott stehe ihm bei, aber sie war einfach zu verführerisch. Ihre Augen waren unglaublich groß, die violetten Punkt darin strahlten, und das Blaugrau war so klar wie ein wolkenloser Frühlingshimmel. Patrick beugte sich über sie und streifte mit dem Mund ihre Lippen. Es hatte nur eine flüchtige Berührung sein sollen, doch sie reagierte sofort.

Ihre Lippen teilten sich, und sie schlang die Arme um seinen Hals, als er den Kuss vertiefte. Ihre Finger glitten durch sein Haar und über die empfindsame Haut seines Nackens. Nichts hatte Patrick auf die überwältigende sinnliche Begierde vorbereitet, die ihn durchflutete und die seinen Körper mit einer fast schmerzhaften Erregung reagieren ließ. Julianas leichteste Berührung entflammte ihn, ihren Körper an seinem Körper zu spüren, schürte dieses Feuer, bis das Verlangen in ihm schier unerträglich wurde.

Sein Blut brannte wie flüssiges Feuer und schien jeden Knochen und jeden Muskel in ihm zu versengen. Aber trotz des rasenden Begehrens, das ihn erfasste, hielt er sich zurück und streichelte sanft und zärtlich ihren Nacken.

Sie war noch unberührt, er merkte es ganz deutlich an ihrer Unsicherheit. Und sie war die Verlobte eines anderen Mannes. Wenn er ihr die Jungfräulichkeit nahm, zerstörte er vielleicht für immer ihr Leben. Aber vermutlich hatte er das ohnehin schon getan.

»Patrick«, sagte sie mit einer Stimme, die kaum mehr als ein Seufzen war.

Nicht hier. Carmita ging hier ein und aus und seine Schwägerinnen ebenfalls. Und die kleine Audra und Manuel und …

Patrick stöhnte leise auf, hob den Kopf und betrachtete Juliana verzückt. Ihre Augen waren dunkel vor Leidenschaft, ihre Lippen geschwollen von seinen Küssen. Er sah, wie sie mit der Zungenspitze darüberstrich und sie befeuchtete. Ihre Wangen waren gerötet, eine Locke hatte sich aus den Haarnadeln gelöst und fiel ihr ins Gesicht.

Sie war eine betörende Mischung aus Unschuld und Verführerin – und die begehrenswerteste Frau, die Patrick je gesehen hatte.

Wie konnte er sie gehen lassen?

Um ihretwillen.

Ein Stöhnen stieg in seiner Kehle auf.

»Geh nicht«, flüsterte sie.

»Juliana«, murmelte er rau. Das Verlangen, das wilde, kaum noch zu beherrschende Begehren und das lustvolle Ziehen in seinen Lenden steigerte sich ins Unerträgliche. »Nicht«, murmelte er hilflos. »Wir sollten das nicht tun.«

Juliana stockte der Atem, als Patrick zögerte.

Sie wollte nicht, dass er aufhörte, und schmiegte sich an ihn. Sie ahnte, dass nur er ihr die Erfüllung dieses süßen Verlangens geben konnte, die tief in ihr brannte. Doch sie spürte, dass er sich noch immer dagegen wehrte, der Anziehungskraft nachzugeben, die zwischen ihnen bestand.

»Geh dieses Mal nicht«, sagte sie mit einer Stimme, die sie kaum als ihre eigene erkannte.

»Ich habe dir schon genug geschadet«, erwiderte er und berührte ihre Wange mit einer Zärtlichkeit, die sie niemals bei ihm vermutet hätte. Doch statt die Leidenschaft in ihr zu zügeln, entflammte seine liebevolle Berührung sie noch mehr.

»Wenn du jetzt gehst, schadest du mir noch mehr«, entgegnete sie schamlos. Juliana wusste nicht, was sie wollte, sie wusste nur, dass die Sehnsucht in ihr zu stark, zu tief und zu bezwingend war, um ungestillt zu bleiben. Eine pulsierende Hitze begann, sich von der empfindsamen Stelle zwischen ihren Schenkeln auszubreiten, es war ein so lustvolles Gefühl, dass Juliana vor Verlangen zu vergehen glaubte.

»Hol's der Teufel«, murmelte Patrick plötzlich mit rauer Stimme, und Juliana wusste, dass sie gewonnen hatte.

Er ließ sie los und ging zur Tür, um den Riegel vorzulegen.

Sie beobachtete ihn, genoss seine Gegenwart, seine beeindruckende männliche Präsenz, die den ganzen Raum ausfüllte. Er kehrte zu ihr zurück und nahm sie wieder in die Arme. Ein zufriedener Seufzer entrang sich ihr, als seine Finger die Bändchen am Rücken ihres Kleides lösten. Es fiel zu Boden, und sie stand in Unterkleid und Hemdchen vor ihm.

Seine Finger spielten mit einer losen Strähne ihres Haars und kitzelten damit ihren Nacken, bevor seine Hand in einer langsamen verführerischen Bewegung, die ihr Innerstes in Flammen setzte, zu ihrer Brust hinunterglitt.

Sie lehnte sich an ihn und begann ein starkes Gefühl der Zusammengehörigkeit zu verspüren, das ganz anders als all die berauschenden Empfindungen war, die sich in ihr aufbauten. Sie fühlte das Klopfen seines Herzens, die Hitze seines Körpers und erfreute sich an seinem Anblick, als sie zu ihm aufschaute. Nichts anderes war noch von Bedeutung, als sie ihr Gesicht hob und Patrick ihre Lippen darbot. Sie hatte keinen eigenen Willen mehr. Er war untrennbar mit dem seinen verbunden, und beide gehorchten nur noch dem Verlangen.

Patrick murmelte etwas, was sie nicht verstand, als ihre Lippen sich fanden und Juliana seiner tastenden Zunge Einlass gewährte. Patricks Kuss war hungrig, sinnlich und berauschend.

Falls Juliana noch Bedenken gehabt hatte, verloren sie sich, als Patrick den Kuss vertiefte und die Leidenschaft zwischen ihnen aufloderte wie ein nicht mehr unter Kontrolle zu haltendes Feuer. Seine Zunge spielte mit ihrer, und kühn erwiderte Juliana seinen Kuss und vereinte ihre Zunge mit seiner in einem erotischen Tanz, der voller neuer, wundervoller Entdeckungen für sie war. Die wohlige Wärme, die sie vorher empfunden hatte, wurde zu einer versengenden Hitze. Ein unkontrollierbares Prickeln begann tief in ihrem Inneren und ergriff jede Faser ihres Körpers.

Sie hob den Blick und sah Patrick in die vor Verlangen glühenden Augen. Ihr Herz raste, als neue Empfindungen sie durchströmten. Sanft und sehnsüchtig ... dann ungestüm und fordernd.

Die Worte ihrer Mutter gingen ihr wieder durch den Sinn, aber Juliana glaubte sie schon längst nicht mehr. Aus diesen wundervollen Gefühlen konnte nichts Schlechtes entstehen. Sie kostete jede Berührung, jede Zärtlichkeit aus und wollte sie alle für immer in ihrem Herz bewahren.

Der Kuss genügte ihr nur für eine kleine Weile, denn ein neues, drängenderes Verlangen ergriff von ihr Besitz. Sie schmiegte sich so eng an Patrick, dass sie seinen Herzschlag hörte. Sie spürte seine Erregung, und fragte sich verwundert, wie sie etwas, das sie noch nie erlebt hatte, so sehr begehren konnte.

So viele liebevolle, zärtliche Worte lagen ihr auf der Zunge, aber sie fürchtete sich davor, sie auszusprechen. Patrick hatte nie von Liebe gesprochen, hatte ihr nie süße kleine Nichtigkeiten zugeflüstert. Sein Verhalten in den letzten Tagen hatte ihr bewiesen, dass er gegen die Anziehungskraft zwischen ihnen ankämpfte, und sie wollte nicht, dass er wieder davor floh.

Aber es war nicht leicht. Sie wollte ihm so vieles sagen. So vieles fragen. Sie wollte wissen, warum sie diese Gefühle hatte und wohin sie führten. Sie wünschte sich Worte der Liebe und der Zärtlichkeit von ihm, aber ihr war auch gut bewusst, dass sie in seinen Augen irgendwie noch immer Gegner waren. Er kapitulierte nicht so leicht.

Vielleicht würde es nur für ein paar Stunden sein, dieses Zusammensein mit ihm, aber sie wollte alles, was sie von ihm haben konnte. Sie wollte diese Gefühle und Empfindungen für immer in ihrer Erinnerung und in ihrem Herzen bewahren, um diese Momente der Freude, der Zärtlichkeit und Leidenschaft immer wieder auskosten zu können.

Sein Kuss wurde wilder und verlangender, und Juliana erwiderte ihn mit gleicher Leidenschaft.

Sie merkte, dass Patrick seinen schweren Gürtel ablegte und auf den Boden fallen ließ, dann folgte sein Plaid. In einem langen Hemd aus feinem Leinen, das die muskulöse Schönheit seines Körpers betonte, stand er vor ihr. Als sie die Hand nach dem Halsausschnitt des Hemds ausstreckte und die warme Haut darunter berührte, spürte sie, wie ein Zittern ihn durchlief.

Er stöhnte, und trotzdem waren seine Hände unendlich sanft, als sie über ihren Körper glitten. Julianas Beine drohten unter ihr nachzugeben, als sie seinen warmen Mund auf ihrem Nacken spürte.

Er hörte auf, sie zu küssen und sah ihr in die Augen, während er die Hände nach ihrem Unterkleid ausstreckte. Eine Frage stand in seinen Augen. Und ein tiefes Empfinden. Zum ersten Mal sah sie es in seinen Augen. Er versuchte nicht mehr, seine

Emotionen zu verbergen. Er ließ sie teilhaben an dem, was er empfand.

Juliana schluckte. Zusammen hatten sie ein Feuer entzündet, das nicht mehr aufzuhalten war. Patrick schob die Hände unter ihr Unterkleid, streifte es ihr über den Kopf und ließ es auf den Boden fallen. Sekunden später folgte ihr Hemd.

Eine schier unerträgliche Spannung baute sich in Juliana auf, als Patrick innehielt. Sie sah das Zögern in seinen Augen. Aber sie spürte auch seine heiße Härte und die fieberhafte Erwartung in ihm.

»Bitte«, sagte sie leise, weil sie nicht wusste, was sie sonst sagen sollte. Oder tun sollte. Sie wusste nur, dass sie sich mit jeder Faser ihres Körpers danach sehnte, mit ihm vereint zu sein.

Er murmelte etwas, bevor er den Mund besitzergreifend auf ihren presste und ihre Zungen sich zu einem verführerischen Tanz vereinten, bevor er begann, mit seinen warmen Lippen ihren Nacken zu liebkosen. Juliana spürte seinen heißen Atem, der ein prickelndes Erschauern in ihr auslöste, als er heiser ihren Namen flüsterte.

Bevor sie all diese neuen Empfindungen deuten konnte, die er mit seinen Zärtlichkeiten in ihr weckte, spürte sie seine Lippen auf ihrer Brust. Unbekannte, nicht minder überwältigende Empfindungen durchströmten sie, als sich die zarten Knospen ihrer Brüste unter seinem Mund verhärteten und seiner Berührung entgegenfieberten. Ein Zittern durchlief Juliana, als er mit der Zunge zarte, federleichte Kreise um ihre empfindsamen Knospen zu beschreiben begann. Es war eine Liebkosung, die sie mit einer lodernden Hitze durchfluteten, bis sie die süße Qual nicht mehr ertragen konnte.

Mit zitternden Fingern streifte sie ihm das Hemd ab und berührte das weiche Haar an seiner Brust, das sich warm und feucht anfühlte. Um ihm noch näher zu sein, legte sie den Kopf an seine Brust und lauschte dem wilden Pochen seines Herzens.

Patrick hob sie auf und trug sie zum Bett, auf dem er sie behutsam ablegte. Als er sie wieder küsste, entfachte sein Mund eine wundervolle träge Hitze in ihr. Aufreizend langsam streichelten seine Lippen ihren Körper. Jede seiner Berührungen steigerte ihre sinnliche Erregung bis ins Unerträgliche, und Juliana kostete jede Sekunde dieser aufregenden Zärtlichkeiten aus.

Als sie wusste, es nicht mehr zu ertragen, strich er mit den Fingerspitzen über das weiche Haar zwischen ihren Schenkeln, und für einen Moment verschlug es ihr den Atem, als seine Finger ihr Ziel erreichten und Einlass an der warmen, feuchten Stelle fanden, die verriet, wie sehr sie die Vereinigung mit ihm ersehnte. Als er sich zwischen ihre Schenkel kniete und sie seine pulsierende Härte sah, ertrug sie das Warten nicht mehr und zog ihn ungeduldig zu sich herab.

Und dann spürte sie, wie er langsam und behutsam in sie eindrang. Einen Augenblick lang war sie gewiss, ihn nicht in sich aufnehmen zu können, so groß war er. Sie schrie auf, als ein jäher scharfer Schmerz sie durchzuckte. Patrick hielt inne und spannte sich an. Es war Überraschung, was sie veranlasst hatte aufzuschreien, doch schon nach ein paar Sekunden verdrängte ihr leidenschaftliches Begehren alles andere.

Während der Schmerz nachließ, wurde sie mehr und mehr eins mit ihm. Patrick hatte sich noch nicht in ihr bewegt. Juliana zog ihn wieder an sich und bog sich ihm einladend entgegen, um ihn tiefer in sich aufzunehmen. »Hör nicht auf«, flüsterte sie.

Er zögerte noch immer, doch dann begann er sich langsam und behutsam zu bewegen. Juliana folgte seinem Rhythmus, und jede seiner Bewegungen steigerte ihr Verlangen. In hemmungsloser Lust drängte sie sich an ihn. Hitze durchströmte sie, ihr Körper pochte und pulsierte von den überwältigenden Gefühlen, die er in ihr auslöste, von seinen tiefen Stößen, die ihn unauflöslich mit ihr vereinten. Überwältigt von der Intensität ihrer Vereinigung, schrie Juliana auf. Patrick drang heftiger in sie ein, er steigerte seinen Rhythmus und trug Juliana mit sich einer Erfüllung entgegen, von der sie nur ahnen konnte, dass es sie irgendwo gab. Und sie kam. Auf einer reißenden Woge lustvollster Empfindungen erreichte sie den Gipfel sinnlicher Ekstase und verlor sich in einem Abgrund überwältigender Süße.

Atemlos und schweigend lagen sie nebeneinander, bis die Hitze der Leidenschaft zu wohliger Ermattung geworden war.

Juliana berührte sein Gesicht. »Das wusste ich nicht«, flüsterte sie. *»Mi madre …«* Sie verstummte, weil sie nicht wusste, wie sie es sagen sollte

Patrick sah sie voller Zärtlichkeit an. »Was ist mit deiner Mutter?«, fragte er.

»Sie … sie hatte unrecht.« Juliana kämpfte mit den Tränen, weil es sie unendlich traurig machte, dass ihre Mutter nie etwas so Schönes erlebt hatte wie sie. Egal, was jetzt geschah, sie hatte erfahren, was Leidenschaft und sinnliches Verlangen war.

Patrick trocknete mit der Fingerspitze die Träne, die in ihrem Augenwinkel glitzerte. »Es tut mir leid«, sagte er. »Ich wollte dir nicht wehtun.«

»O nein«, sagte Juliana entsetzt, als sie begriff, dass er sie missverstanden hatte. »Ich bedaure nichts. Absolut nichts. Es war … wundervoll. Es ist nur so, dass meine Mutter so etwas nie erfahren hat. Sie warnte mich davor, dass eine Frau die ehelichen Pflichten … zu ertragen habe.«

»Ich glaube, in manchen Fällen könnte sie damit recht haben«, meinte Patrick und strich mit dem Finger über ihre Wange.

»Hast du … jemals so etwas empfunden? Ich meine«, fügte sie rasch hinzu, »spürt ein Mann …?« Sie unterbrach sich, weil sie nicht wusste, wie sie ihm die wundervollen Empfindungen, die sie immer noch durchfluteten, erklären sollte.

»Nein, Juliana. Ich glaube, das ist etwas sehr Seltenes.« Er beugte über sie, lächelte sie an und küsste sie auf die Nasenspitze. »Jetzt verstehe ich auch meine Brüder besser.«

»Hm«, murmelte sie, sehr zufrieden über seine Antwort. Sie griff nach seiner Hand und drückte sie an ihre Lippen.

Sie hätte ihm jetzt gern etwas Liebevolles gesagt, doch es stand noch immer zu viel zwischen ihnen. Sie wollte diesen Moment der Zusammengehörigkeit nicht zerstören, indem sie auf etwas drängte, das sie nicht haben konnte.

Deshalb beschränkte sie sich darauf, ihm die Hand auf den Rücken zu legen und seine Narben zu streicheln. Sie hätte weinen können über die Qualen, die er ausgestanden haben musste, als sie die Vernarbungen unter ihren Fingern spürte. Zuerst spannte er sich, doch dann überließ er sich der Zärtlichkeit, mit der sie seinen misshandelten Rücken berührte.

»Ach, Mädchen. Stoßen diese Narben dich nicht ab?«

»Nein. Sie beschämen mich. Und für dich sollten sie so etwas wie das Zeichen deiner Tapferkeit sein. Du warst stark und mutig genug, um zu überleben und dich zur Wehr zu setzen.«

Ihre Worte schienen ihn tief zu bewegen, und Juliana wurde bewusst, dass er wirklich geglaubt hatte, seine Narben entstellten ihn. Er sah in ihnen nicht, was sie darin sah. Dass er ein Ehrgefühl besaß, das viel anziehender war als körperliche Vollkommenheit. Er hätte sich nicht um seine Mitgefangenen kümmern müssen, aber er hatte es getan. Er hätte sie und Carmita nicht vor einer aufgebrachten Mannschaft beschützen müssen, und er hätte auch nicht für Manuel und Denny sorgen müssen.

Sie hatte nicht gewusst, dass es Männer wie ihn gab.

Und sie würde dieses Ehrgefühl nicht zu ihren Gunsten ausnutzen.

Aber sie wollte diese Momente des Friedens, der Wärme und der wohligen Gefühle genießen. Und sie wollte diese Zuneigung auskosten, die sie für ihn empfand und die so tief war, dass sie sein Wohl über das ihre stellen wollte.

Deshalb beugte sie sich über ihn und küsste ihn wieder, begann in seinem Nacken und ließ ihre Lippen langsam zu seinem Mund hinunterwandern.

»Ach, Juliana, du verzauberst mich mit der allersüßesten Magie.«

»Nicht mehr, als du mich. Mir ist, als wäre ich mit einem Zauberbann belegt.« Sie zögerte, ehe sie hinzufügte: »Ich wünschte nur, das würde nie vergehen.«

Patrick zog ihre Hand an seine Lippen. Einen Moment lang schwieg er, dann sagte er mit einer Stimme, die kaum mehr als ein Flüstern war: »Alle Zauber enden, Juliana, und dann kehrt die kalte Wirklichkeit zurück.« Seine Stimme brach fast bei den letzten Worten. »Das hier hätte nie geschehen dürfen. Ich habe dir schon wieder ein Unrecht zugefügt, obwohl ich wusste, dass es keine Zukunft für uns gibt.«

»Warum nicht?« Juliana hasste den flehentlichen Tonfall ihrer Stimme.

»Weil ich keine Versprechungen machen kann«, sagte er, und sein schottischer Akzent war jetzt noch ausgeprägter als je zuvor. »Ich ... möchte es ... aber ich kann es nicht. Ich könnte wegen Piraterie oder sogar noch Schlimmerem vor Gericht gestellt werden, und ich möchte nicht, dass du darin verwickeln wirst.«

»Das bin ich schon.«

»Nein, du warst eine Gefangene. Niemand kann dir etwas vorwerfen, oder höchstens ...«

Er sprach nicht weiter, und Juliana fragte sich, ob sie je erfahren würde, was dieses »höchstens« zu bedeuten hatte.

Nach seinem grimmigen Gesichtsausdruck zu urteilen, würde sie es wohl nie erfahren.

»Ich muss jetzt gehen«, sagte er leise und berührte ihr Gesicht mit einer Sanftheit, die sie ihm niemals zugetraut hätte, als sie ihn das erste Mal gesehen hatte. »Es wird Gerede geben, wenn ich hier noch länger bleibe.«

»Das ist mir egal.«

»Aber mir nicht, Juliana. Ich habe mich dir gegenüber nicht korrekt verhalten, und das werde ich mein Leben lang bereuen.«

»Ich nicht«, sagte sie. »Was auch immer geschehen mag, ich werde diese zauberhaften Momente mit dir nie vergessen. Und dir immer dankbar dafür sein.« Es kümmerte sie nicht, ob sie sich töricht anhörte. Sie musste ihre Gefühle in Worte kleiden und dieser ... Liebe, die sie so warm durchströmte, Ausdruck verleihen.

Sie hatte kein schlechtes Gewissen. Was konnte auch schon falsch sein an dem, was sie empfand und was er ihr gegeben hatte?

Patrick löste sich sanft aus ihren Armen und erhob sich. Für einen langen Moment blickte er stumm auf sie herunter. Obwohl seine Augen wieder nichts verrieten, erkannte Juliana an seinem Zögern, dass er nicht gehen wollte.

Doch dann wandte er sich abrupt ab, kleidete sich an und verließ das Zimmer.

Juliana schluckte den Kloß herunter, der sich in ihrer Kehle festgesetzt hatte. Mochte der Himmel ihr beistehen, aber sie liebte Patrick Maclean. Gott hatte ihnen beiden einen wirklich bösen Streich gespielt.

»Und nun erzähl mir, was hier eigentlich los ist«, sagte Jamie, als er mit Rory an der Großen Halle vorüberging. Er warf einen neugierigen Blick hinein und schrak zusammen, als er die dunkelhäutigen Mauren sah.

»Diese Männer sind doch keine gewöhnlichen Seeleute«, bemerkte er.

»O doch. Ich versichere dir, dass sie es sind«, erwiderte Rory schnell. Und im Grunde waren sie das ja auch, wenn auch nicht freiwillig.

»Seltsame Seemänner«, murmelte Jamie.

»Man nimmt, was man bekommen kann.«

Sie begaben sich in das Arbeitszimmer, in dem Jamie sich auf einen Sessel fallen ließ und sich einen Schluck von Rorys hervorragendem Wein genehmigte.

»Ich will die Wahrheit wissen, Rory«, sagte er nach einem Moment.

Rory warf ihm einen rätselhaften Blick zu.

»Du bist kein guter Lügner«, meinte Jamie stirnrunzelnd. »Also sag mir endlich, in was Patrick verwickelt ist. Vergiss nicht, dass meine Cousine hier bei Euch lebt.«

»Sie ist meine Frau«, brummte Rory. »Glaubst du, ich würde zulassen, dass ihr etwas geschieht?« Er schwieg einen Moment. »Patrick ist erst seit ein paar Tagen hier. Er wurde festgehalten, um ein Lösegeld zu erpressen, das aber nie gezahlt wurde. Er ist sich noch nicht sicher, wem er vertrauen kann, was ich ihm auch wirklich nicht verüble. Vater hat schließlich nichts dafür getan, um brüderliche Gefühle zwischen uns zu fördern.«

»Lösegeld?«, fragte Jamie stirnrunzelnd. »Ihr habt Lösegeldforderungen erhalten?«

»Patrick sagt, dass mehrere Forderungen an uns geschickt worden sind.«

»Und wann soll das gewesen sein?«

»Vor sieben Jahren«, entgegnete Rory. Als Jamie ihn nachdenklich ansah, fügte er hinzu: »Könnte es sein, dass du etwas darüber weißt?«

»Nein. Aber ich werde Nachforschungen anstellen. Allerdings ist fraglich, ob sie viel bringen werden. Schließlich ist es eine ganze Weile her.«

Rory nickte.

»Und die Frau?«, wollte Jamie wissen. »Wie ist sie hierhergekommen, und wer ist sie?«

»Ich dachte, das hätten wir dir schon gesagt. Sie ist eine Freundin von Kimbra.«

»Sie spricht mit einem Akzent, den ich kenne.«

»Ich wusste gar nicht, dass du jedermann in England kennst.«

Jamie blinzelte einen Moment, dann grinste er. »Na schön. Keine Fragen mehr. Aber diese Frau ist wirklich eine Schönheit.«

»Aye«, bejahte Rory vorsichtig.

»Und dein Bruder sieht sie an, als wäre sie ein ganz besonderer Leckerbissen.«

»Er kämpft dagegen an«, erwiderte Rory, »aber es wird bei ihm wohl so sein, wie es bei Lachlan und mir gewesen ist: Er wird unterliegen.«

»Dann hat er sich also verliebt?«

»Ihm selbst ist es vermutlich noch nicht bewusst – aber ja, ich denke schon.«

»Das müsste ihn eigentlich ein bisschen umgänglicher machen.«

»Ich glaube nicht, dass es im Augenblick überhaupt etwas gibt, was ihn umgänglicher machen könnte.«

»Kann ich irgendetwas für euch tun?«

»Aye, das kannst du in der Tat. Ich brauche dein Ohr in Edinburgh. Du stehst bei Königin Margaret immer noch in hohem Ansehen.«

»Jetzt nicht mehr ganz so hoch. Ich habe versucht, ihr die Wahrheit über einige ihrer Favoriten vor Augen zu führen.«

»Aber sie empfängt dich doch noch?«

»Ich denke schon.« Jamie zögerte. »Ich bin allerdings nicht sicher, was ich für euch tun kann, ohne mehr zu wissen.«

»Ich kann dir im Moment aber nicht mehr sagen.«

»Ihr habt Schwierigkeiten. Das kann ich riechen, Rory.«

»Das könnte in ein paar Tagen schon vorbei sein. In meinem und Lachlans Namen kann ich dich nur bitten, zu vergessen, was du über ein fremdes Schiff gehörst hast und was du hier gesehen hast.«

»Du meinst, das könnte euch gefährlich werden?«

»Aye. Aber du musst uns nicht helfen. Patrick ist nicht deine Sorge.«

»Wann hat mich das je aufgehalten?«, entgegnete Jamie in seiner bekannten anmaßenden Art. Nach Flodden Field hatte er sich ein wenig zurückgenommen, und es belustigte Rory, zu sehen, dass sie wieder da war.

»Und was ist mit Patrick?«, fuhr Jamie fort. »Ich glaube nicht, dass er sich über Hilfe von mir freuen würde.«

»Das ging mir auch einmal so«, gab Rory schmunzelnd zu. »Es war eine schwierige Lektion für mich.«

Jamie lachte. »Wie lange brauchst du mich bei Hof?«

»Das weiß ich noch nicht.«

»Und was soll ich dort herausfinden?«

»Ob über ein vermisstes Schiff geredet wird. Über eines, von dem inzwischen hoffentlich jeder glaubt, dass es im Atlantischen Ozean gesunken ist.« Er schwieg einen Moment. »Ich versuche übrigens, Patrick zu überreden, sich auch an den Hof zu begeben, um sich als Laird und Oberhaupt des Clans zu präsentieren.«

Jamie zog die Augenbrauen hoch. »Du meinst, er ist dagegen?«

»Das könnte sein.«

»So wie er vorhin auf mich reagiert hat, wird er meine Hilfe nicht wollen. Ich glaube, er mag mich nicht.«

»Ich mochte dich auch nicht«, gab Rory schmunzelnd zu.

»Glaub mir, das habe ich nicht vergessen.« Jamie seufzte. Er hatte mehrere Tage in einem Maclean'schen Verlies verbracht. »Die Macleans brauchen eben eine Weile, um sich an mich zu gewöhnen.«

Rory hielt dies für einen guten Zeitpunkt, ein anderes Thema anzuschneiden. Jamie war immerhin schon so neugierig geworden, dass er bereit war, nach Edinburgh zu reiten. »Wie geht es Janet und dem Kind?«

»Sehr gut.« Jamie grinste. »Sie ist wieder guter Hoffnung. Das ist übrigens ein weiterer Grund, warum ich heute herkam. Um euch die gute Nachricht zu überbringen.«

»Das ist in der Tat eine gute Neuigkeit«, erwiderte Rory, aber es gelang ihm nicht, die Sorge aus seiner Stimme zu verbannen. Janets erste Schwangerschaft war sehr schwierig verlaufen.

»Ich werde dafür sorgen, dass sie diesmal besser auf sich aufpasst«, sagte Jamie. »Auf das Reiten wird sie vorläufig verzichten müssen.« Er zögerte, um nach einem Moment hinzuzufügen: »Sie würde sich über einen Besuch von Felicia und Kimbra freuen. Auch das war ein Grund für meinen Besuch.«

»Es ist kein guter Zeitpunkt für dich, von zu Hause fort zu sein«, meinte Rory schuldbewusst.

»Nein, aber ich schlage dir einen Handel vor. Wenn Felicia in Dunstaffnage bei Janet bleibt, reite ich nach Edinburgh. Aber zuvor will ich mehr über den Grund für das alles erfahren.«

»Das wirst du«, versprach Rory. »Aber nun lass uns über etwas anderes reden. Du könntest mir zum Beispiel sagen, wie dir der Wein mundet, den du da trinkst ...«

23. Kapitel

Patrick fühlte sich wie betäubt, als er am Kopfende des Tisches saß. Er konnte an nichts anderes mehr denken als an Juliana. Er verzehrte sich danach, wieder mit ihr zusammen zu sein.

Er warf ihr einen Blick zu. Sie war nur einen Schritt weit von ihm entfernt, und doch schien sie ihm so fern wie der Winter vom Sommer. Sie sah verändert aus, und er befürchtete, dass das auch niemandem sonst im Saal entging. Obwohl sie sich schon vor zwei Stunden getrennt hatten, glühten ihre Wangen, und ihre Augen glänzten. Falls sie irgendetwas bereute, so war ihr das gewiss nicht anzusehen.

Er dagegen bereute sehr, sehr viel.

Andererseits wusste er, dass er es jederzeit wieder tun würde, wenn er vor die Wahl gestellt würde. Es war schlicht und einfach so, dass er sich weder von ihr fernhalten noch seine Hände von ihr lassen konnte, egal, wie sehr er sich auch bemühte.

Nur die räumliche Distanz könnte daran etwas ändern. Aber bedauerlicherweise gab es keine räumliche Distanz. Ihm blieb also nur seine Selbstbeherrschung, die ihn in letzter Zeit jedoch es Öfteren im Stich ließ.

»Jamie geht nach Edinburgh, um uns über die dortigen Neuigkeiten auf dem Laufenden zu halten«, bemerkte Rory. »Wir sind der Meinung, dass du ihn begleiten solltest. Jeder neu ernannte Laird würde das tun. Zu viele Macleans wissen bereits, dass du wieder hier bist, und da wäre es verdächtig, wenn du nicht bei Hof erschienst.«

Es war offensichtlich, dass Rory glaubte, sein Bruder würde für immer auf Inverleith bleiben. Patrick allerdings hatte diese Absicht nicht, schon gar nicht, wenn seine Gegenwart Gefahr für die Macleans bedeuten könnte. Und er wollte auch nicht in der Schuld eines Campbells stehen. Wie viel mochte sein Bruder diesem alten Feind der Macleans berichtet haben?

»Felicia wird bei meiner Frau bleiben, solange ich nicht zu Hause bin«, ergriff Jamie das Wort. »Sie wird schon morgen mit den Kindern aufbrechen. Archibald und einige eurer Macleans werden sie begleiten. Ich bleibe dann noch ein, zwei Tage, um Lachlan zu sehen, und dann können wir uns nach Edinburgh aufmachen.«

Das war das Letzte, was Patrick wollte. Er hatte kein Interesse daran, eine Königin zu hofieren, schon gar nicht eine, die so unentschlossen zu sein schien. Und natürlich wollte er auch auf gar keinen Fall mit Jamie Campbell reisen.

Andererseits jedoch würde es ihm die dringend benötigte Distanz zu Juliana verschaffen.

In diesem Moment sah sie ihn an, und Patrick wandte seinen Blick schnell ab, weil er befürchtete, dass sein Gesicht zu viel verraten könnte, zumal Rory und Jamie Campbell ihn viel zu aufmerksam beobachteten.

»Ich hoffe, du wirst dich auf Inverleith weiterhin wohlfühlen«, wandte sich Felicia an Juliana. »Kimbra wird dafür sorgen, dass du alles hast, was du benötigst.«

»Danke. Du warst sehr liebenswürdig zu mir«, erwiderte sie.

»Ich hoffe, dass Patrick dich einmal nach Dunstaffnage mitbringt. Ihr werdet euch mögen, du und Janet.«

»Ich weiß nicht, wie lange ich noch hier sein werde«, sagte Juliana.

»Hoffentlich noch sehr, sehr lange.« Felicia warf Patrick einen vielsagenden Blick zu und wandte sich dann mit einem feinen Lächeln wieder Juliana zu.

Juliana erwiderte nichts, sondern begann sich wieder mit ihrem Essen zu beschäftigen. Patrick sah jedoch, dass sie einige Male verstohlen zu Jamie hinüberblickte.

Hoffte sie, dass Jamie ihr vielleicht helfen würde zu entkommen? Patrick war nicht entgangen, wie genau sie sich die Burganlage angesehen hatte. Aber er wusste sehr wohl, dass niemand Inverleith betreten oder verlassen konnte, ohne die großen Tore zu passieren, und er hatte alle Posten angewiesen, jeden, der hindurchging, genauestens zu überprüfen.

Dass sie die Möglichkeit einer Flucht in Betracht ziehen könnte, war ein schmerzlicher Gedanke. Aber wieso sollte sie es nicht tun? Schließlich hatte er ihr so gut wie keine andere Wahl gelassen.

Trotzdem hatte sie sich ihm hingegeben. Nicht nur aus freien Stücken, sondern auch freudig und bereitwillig. Aber das bedeutete natürlich nicht, dass sie nicht nach Spanien zurückkehren oder nach England gehen wollte.

Patrick trank noch einen Schluck Wein, obwohl er wusste, dass er vorsichtig sein musste und sich vom Alkohol nicht den Verstand benebeln lassen durfte.

Er blickte wieder zum Ende des langen Tischs hinüber. Der Spanier saß lachend mit einigen Macleans zusammen. Er verstand es hervorragend, sich überall anzupassen, ganz gleich, wo er auch war. Denny saß still neben ihm, aber er sah sich um, als suchte er etwas.

Auch die anderen hatten die ihnen zugewiesenen Plätze eingenommen. Die meisten Männer zechten ordentlich; einige der Ruderer waren schon etwas kräftiger geworden und schwangen große Reden darüber, was sie mit ihrer Freiheit und ihrem Gold anfangen würden.

Aber wie sollte es mit Juliana weitergehen? In was für eine Lage hatte er sie gebracht? Was wäre das Beste für sie? Doch Patrick musste auch seinen Clan berücksichtigen. Was, wenn das eine mit dem anderen in Konflikt geriet?

»Was für ein grimmiges Gesicht du machst, Bruder«, bemerkte Rory von seinem Platz an Patricks Seite.

»Ich frage mich, wann Lachlan kommt«, log er. »Jede Verzögerung ist gefährlich.«

»Er wird bald hier sein.«

»Er hat sich sehr verändert, seit ich fortgegangen bin.«

»Lachlan ist vielleicht der Tapferste von uns allen«, meinte Rory. »Es erfordert viel mehr Mut zu kämpfen, wenn man das Töten fürchtet und verabscheut.«

»Und du, Rory? Kennst du diese Ängste auch?«

»Seit ich Kinder habe, sogar sehr. Ich will, dass sie in Liebe aufwachsen und nicht so, wie es bei uns dreien war.«

»Dann warst du in den letzten Jahren also glücklich hier?«

»Aye. Ich habe Inverleith lieben gelernt, aber ich bin auch gern in Edinburgh. Mit Felicia und den Kleinen kann ich nicht mehr auf große Fahrt gehen wie früher einmal, aber ich kann unsere Handelsinteressen erweitern. Glaub mir, Patrick, das ist etwas, was ich schon lange tun wollte.«

»Und Lachlan?«

»Aus ihm ist ein guter Kaufmann geworden. Er hat ein Auge für die Waren. Wenn wir dich als Laird hier haben, können Lachlan und ich uns dem widmen, was wir beide am besten können.«

Patrick suchte nach Zeichen von Heuchelei in den Worten seines Bruders, konnte aber keine entdecken. Rory wollte nur, dass Patrick dazugehörte. Dass er den ihm zustehenden Platz einnahm.

Aber was war mit den Lösegeldforderungen geschehen?

Patrick glaubte inzwischen nicht mehr, dass sein Bruder etwas damit zu tun hatte. Wenn er an seine Gefangennahme zurückdachte, wurde er den Verdacht nicht los, dass das Ganze irgendwie geplant war. An dem Tag, an dem sie gegen die Franzosen gekämpft hatten, waren noch zwei andere Schotten bei ihm. Der eine war ein MacHugh, der andere ein McFarland. Als Einziges von diesem Tag war Patrick ein heftiger Schlag auf den Kopf in

Erinnerung geblieben, danach war alles um ihn herum schwarz geworden. Als er wieder zu sich kam, war er gefesselt gewesen, und die anderen Schotten hatte er nie wieder gesehen. Aber die MacHughs waren bekanntermaßen Verbündete der Campbells.

Er hatte in dem Jahr, das er in einem spanischen Kerker hatte darben müssen, lange darüber nachgedacht.

War Jamie Campbell wirklich ein Freund der Macleans? Patrick war fest entschlossen, sich darüber Klarheit zu verschaffen.

Patrick begleitete Juliana nach dem Essen zu ihrem Zimmer.

Auf dem Weg berührten sie einander zufällig, und der flüchtige Kontakt brachte all ihre sinnlichen Empfindungen sofort zurück.

Juliana war versucht, die Hand auszustrecken und seine zu ergreifen. Sie wollte mehr als eine zufällige Berührung oder ein höfliches Gespräch im Großen Saal. Sie wollte das, was sie vor ein paar Stunden mit ihm gehabt hatte.

Als sie ihre Zimmertür erreichten, öffnete sie sie und trat ein.

»Ich werde dir Carmita heraufschicken, damit sie dir beim Auskleiden hilft«, sagte er.

Juliana nickte, während ihr Herz fast schmerzhaft hart gegen ihre Rippen pochte. Sie wollte die überfürsorgliche Carmita jetzt nicht um sich haben. Ihre Zofe hatte sofort gewusst, was geschehen war, als sie, kurz nachdem Patrick gegangen war, das Zimmer betreten hatte, um ihrer Herrin beim Ankleiden zu helfen. Sie hatte nichts gesagt, aber ihr war anzusehen, dass sie alles wusste.

Und Juliana befürchtete, dass inzwischen auch alle anderen im Bilde waren.

Alles in ihr drängte sie, ihre Hand nach Patrick auszustrecken und ihn einzuladen, mit ihr einzutreten.

Aber sie sah kein Entgegenkommen in seinen Augen, die so verschlossen und ausdruckslos waren wie eh und je.

»Schlaf gut, Juliana«, sagte er mit fast ebenso ausdrucksloser Stimme. Doch als sie sich umdrehte, berührte er ihre Wange, so sachte nur, dass es kaum mehr als ein Windhauch war.

Dann wandte er sich ab und ging die Treppe hinunter.

Patrick hatte Juliana nicht so stehen lassen wollen, aber er musste noch mit Jamie Campbell reden, und für dieses Gespräch wollte er seine fünf Sinne beisammenhaben. Juliana hätte ihn nur von seinem Vorhaben abgelenkt.

Langsam ging er durch den großen Saal. Die Mauren saßen in der einen Ecke, die Spanier in einer anderen. Alle lauschten einem Maclean, der seine Laute spielte. Denny war nirgendwo zu sehen.

Als Patrick das Arbeitszimmer am Ende des Saals erreichte, traf er dort auf Rory, der mit Jamie Campbell bei einer Karaffe Wein zusammensaß. Beide tranken aus silbernen Kelchen, Erbstücke früherer Macleans, an die sich Patrick noch sehr gut erinnerte. Sein Vater hatte die Kelche nur bei besonderen Anlässen benutzt.

»Dort ist noch ein dritter Kelch«, sagte Rory. »Setz dich zu uns.«

»Nein, lass uns zu meinem Zimmer hinaufgehen«, schlug Patrick vor. »Dort sind wir ungestörter.«

Rory nickte und stand auf. Der Campbell erhob sich ebenfalls. Rory griff sich die Weinkaraffe, um sie mitzunehmen.

Nachdem sie in Patricks Zimmer Platz genommen hatten, breitete sich Schweigen aus. Schließlich richtete Patrick das Wort an Jamie Campbell, der es sich in einem Armsessel bequem gemacht hatte und das Bild eines müßiggehenden Burgherrn abgab.

»Wie kam es dazu, dass du meinen Brüdern geholfen hast?«, fragte Patrick.

»Durch meine Cousine«, erwiderte Jamie. »Wie deine Juliana sollte auch Felicia mit einem Mann verheiratet werden, den ich weder mochte noch für vertrauenswürdig hielt. Es war vom König so verfügt worden, weil er ein Bündnis zwischen den beiden Clans wünschte. Felicia versuchte zu fliehen, aber bei meiner Cousine ist nun einmal immer alles ziemlich kompliziert. Durch eine Verwechslung wurde sie von den Macleans entführt, die für Rory auf Brautschau waren, und sie ... nun ja, sie weigerte sich, heimzukehren. Die einzige Möglichkeit, Felicia vor einer ungewollten Ehe zu bewahren, war, den Beweis zu erbringen, dass ihr zukünftiger Gemahl ein Wüstling und Verräter war. Rory verfügte über einige Informationen, und ich hatte die Mittel und Wege, sie dem König kundzutun. Wir hatten ein gemeinsames Ziel, könnte man sagen.«

Patrick schwieg und wartete, dass Jamie weitersprach.

»Wir lernten, einander zu tolerieren«, erklärte der Campbell und grinste. »Es war ein ziemliches Durcheinander, zumal Felicia nicht aufhörte, sich einzumischen.«

»Ohne Jamie«, übernahm Rory das Wort, »hätte Felicia einen Verräter geheiratet, und Lachlan und ich wären jetzt vermutlich tot. Als der König drei Jahre später zu einem Feldzug nach England aufrief, zogen Lachlan und Jamie mit. Lachlan verschwand jedoch, und Jamie wollte England nicht ohne ihn verlassen.«

»Mir war langweilig«, sagte Jamie, dem offensichtlich nicht ganz wohl bei Rorys Worten war.

Aber Patrick hätte blind und taub sein müssen, um nicht die Zuneigung zwischen den beiden Männern zu erkennen. Für einen Moment wurde er von einem schmerzlichen Verlustgefühl, ja, sogar ein wenig Neid erfasst, weil er selbst nie eine so enge Verbindung zu seinen Brüdern gehabt hatte. Oder zu einem anderen Menschen.

Er sah Rory an.

Sein Bruder nickte.

»Es könnte riskant für dich werden«, warnte Patrick Jamie. »Und für deine Campbells auch.«

»Ich werde sie bestimmt nicht in Gefahr bringen«, sagte Jamie, »aber ich werde nie etwas von dem verraten, was ich heute Nacht hier höre.«

Patrick fiel es noch immer schwer, diese Veränderung seines Weltbildes zu akzeptieren, wie er es all diese Jahre in Erinnerung hatte. Ein Waffenstillstand zwischen den Campbells und Macleans war etwas, das über sein Begriffsvermögen hinausging. Aber er begann, seinem Bruder zu vertrauen, und sein Bruder vertraute dem Campbell, und niemand zweifelte daran, dass Patrick Hilfe brauchte. Nicht nur für sich selbst, auch für die anderen Beteiligten.

Und ihm blieb auch kaum eine andere Wahl. Er musste sicherstellen, dass der Campbell schwieg. Jamie Campbell hatte schon zu viel gesehen. Patrick trank einen Schluck Wein, und dann begann er, den beiden Männern alles zu erzählen.

Am Ende seiner Geschichte herrschte tiefes Schweigen in dem Zimmer. Auch Rory sagte nichts.

Jamie Campbell stand auf und begann im Zimmer hin und her zu gehen. »Ich werde tun, was ich kann«, versprach er. »Ich werde dafür sorgen, dass jeder Campbell, der das Schiff gesehen hat, davon überzeugt wird, dass es eines der euren war. Der Nebel hat ihnen die Sicht verschleiert – oder der Alkohol, was noch wahrscheinlicher ist«, sagte er mit dem pfiffigen Lächeln, das Patrick schon aufgefallen war, als sie sich im Hof begegnet waren.

Patrick erwiderte das Lächeln nicht.

»Ich stimme Rory zu«, fuhr Jamie fort. »Du solltest mit dem ganzen Stolz eines Maclean bei Hofe erscheinen und deinen Anspruch geltend machen. Alles andere würde Fragen aufwerfen.«

Das wusste Patrick auch, und deshalb nickte er. Inzwischen war es ohnehin zu spät, um einfach wieder zu verschwinden.

»Was ist mit deiner hübschen Gefangenen?«, wollte Jamie wissen.

»Das geht dich nichts an.«

»Das bedeutet, dass du nicht weißt, was du mit ihr tun sollst«, meinte Jamie. »Ihr Macleans habt wirklich interessante Mittel und Wege, eine Braut zu finden. Ich weiß nicht, warum die Brüder Maclean sich nicht mich zum Vorbild nehmen können.«

»Sie ist nicht meine Braut«, sagte Patrick steif.

»Ich habe sie bei Tisch beobachtet. Sie ist in dich verliebt, Patrick. Es scheint alles dafür zu sprechen, dass du dieses Problem nur durch eine Heirat lösen kannst.«

»Meine Zukunft ist im Augenblick noch völlig ungewiss«, erwiderte Patrick. »Selbst wenn Juliana es wollte, was ich stark bezweifle, könnte ich nicht heiraten, solange ich damit rechnen muss, wegen Piraterie oder noch Schlimmerem vor Gericht gestellt zu werden.« Mit sorgenvollem Blick betrachtete er seinen Kelch. Er hatte ihn schon bis fast auf den Grund geleert. »Und würde ich tatsächlich heiraten, würde das sehr viele Fragen über meine spanische Braut aufwerfen.«

»Felicia ist sehr gut im Erfinden von Geschichten«, meinte Jamie hilfsbereit.

Rory verzog das Gesicht. »Und Kimbra ebenfalls, auch wenn sie ein bisschen mehr Skrupel hat als meine Frau.«

Patrick runzelte bei Rorys Worten die Stirn. Er verstand nicht, dass sein Bruder so beiläufig über diese Dinge sprechen konnte.

Zu seiner Überraschung war es Jamie, der verstand. »Nur ein Narr würde nicht merken, wie ihr beide euch anseht, da könnt ihr euch noch so sehr bemühen, einander aus dem Weg zu gehen.«

Patrick zuckte mit den Schultern. »Ich würde ihr keinen Gefallen damit tun. Ich habe ihren Onkel und noch einige andere Männer vor ihren Augen umgebracht. Das könnte sie mir nie verzeihen.« Er schwieg einen Moment, dann fügte er hinzu: »Ihre

Familie lebt in Spanien. Sie hat große Angst um ihre Mutter. Würde sie mich heiraten, könnte sie nie wieder dorthin zurückkehren. Sie würde vergessen müssen, wer sie ist.«

Patrick verstummte. Es war verrückt, über eine Verbindung zwischen ihm und Juliana zu diskutieren. Oder auch nur daran zu denken.

Als Jamie eine Augenbraue hochzog, wurde Patrick klar, dass *er* die Möglichkeit tatsächlich in Erwägung zog.

»Und was ist mit den ehemaligen Sklaven?«, fragte Jamie. »Was wird aus ihnen?«

»Wir bringen sie nach Marokko«, antwortete Patrick. »Oder nach Spanien, falls ihnen das lieber ist, und sie erhalten genügend Gold, um ein neues Leben zu beginnen. Sie alle wissen, dass sie wie ich Kopf und Kragen riskieren.«

»Das vergessen Männer schon mal, wenn sie zu viel getrunken haben«, wandte Jamie ein.

»Genau das ist der Grund, warum ich keine Familie gründen kann.«

Rory wechselte das Thema. »Wie würde wohl Königin Margaret reagieren, wenn sie von dieser ganzen Geschichte erführe?«

»Das hängt davon ab, wie die Engländer reagieren«, sagte Jamie.

»Juliana Mendoza ist mit einem englischen Adligen verlobt«, informierte Patrick ihn.

»Und wer ist dieser Mann?«, fragte Jamie interessiert.

»Viscount Kingsley, der Sohn des Earls of Chadwick.«

Jamie schwieg einen Moment. »Damit hast du jetzt alles noch viel komplizierter gemacht. Kingsley ist einer der englischen Gesandten an Margarets Hof.«

24. Kapitel

Patrick zog scharf den Atem ein.

»Viscount Kingsley ist der Sohn des Earls of Chadwick? Hält er sich in Edinburgh auf?«, fragte er Rory.

»Aye. Schon den ganzen letzten Monat. Er ist ein sehr unangenehmer Zeitgenosse«, antwortete Jamie.

»Du hast ihn kennengelernt?«

»Aye. Es heißt, er sei ein Freund des Earls of Angus, der momentan ein sehr geneigtes Ohr bei Königin Margaret findet.«

»Angus?«, fragte Patrick mit einem abfälligen Schnauben.

»Du denkst jetzt vermutlich an den alten Angus«, sagte Jamie. »Aber der ist im vergangenen Jahr gestorben. Mein Cousin ist der neue Earl, und ich kann nicht behaupten, dass er mein Freund ist. Angus glaubt, der beste Weg für ihn, um auf den Thron zu kommen, ist, Margaret zu heiraten. Schließlich ist sie die Mutter und der Vormund des künftigen Königs James V.«

»Die Intrigen gehen also weiter«, stellte Patrick resigniert fest.

»Aye. Die beiden Hauptakteure am Königshof sind Angus, der zu England tendiert, und der Earl of Arran, der eher auf Frankreich setzt.«

Patrick dachte über Jamie Campbells Worte nach. Als er Inverleith vor Jahren verlassen hatte, war James IV. der König Schottlands. Das hieß, zumindest insoweit, wie Schottland sich überhaupt regieren ließ. Er war ein guter und gerechter Regent, obwohl auch er seine Zwistigkeiten mit den Clanchefs der Highlands und denen der Inseln hatte. Doch er hat viele Ratsversammlungen abgehalten und eine seltene Einigkeit unter den Clans geschaffen.

Und nun sah es so aus, als würde das Land wieder zerrissen werden, zumal der jetzige Regent ein kleiner Junge war, dessen Mutter an seiner Statt regierte. Doch Margaret war nicht nur der Vormund ihres Sohnes, sie war zudem die Schwester des englischen Königs.

Jamie räusperte sich. »Der Earl of Arran führt die Opposition gegen Angus und dessen Pläne an. Angus beabsichtigt, den Duke of Albany als Regenten einsetzen zu lassen.«

Rory ergriff das Wort. »Arran hat fast sein ganzes Leben in Frankreich verbracht. Er ist ein Cousin des jungen Königs und möchte das alte Bündnis mit Frankreich beibehalten.«

Patrick dachte darüber nach, wie viel er in den vergangenen acht Jahren doch verpasst hatte. Aber auch schon vor seiner Gefangenschaft war er nicht am Königshof gewesen, weil er sich nie wirklich für Politik hatte erwärmen können. Und da Jamies Vater einer der Berater James' IV. war, waren die Macleans bei Hofe ohnehin nicht sehr willkommen. Und Patrick hatte auch nichts für die Intrigen übrig gehabt, die dort gesponnen wurden.

Doch jetzt musste er so viel wie möglich über den Hof in Erfahrung bringen. Und über Kingsley.

»Erzähl mir mehr über den Viscount«, bat er Jamie.

»Ich kann dir nur sagen, welche Gerüchte über ihn kursieren. Sein Vater war ein enger Berater Henrys VII. Er zog sich aufs Land zurück, als Henry VIII. gekrönt wurde. Kingsley versucht nun, diese privilegierte Stellung, die sein Vater innehatte, wiederzuerlangen. Deshalb hat er sich bereit erklärt, als englischer Gesandter an den schottischen Königshof zu gehen. Kingsley ist der jüngere Sohn des Earls. Er hat seinen Titel erst geerbt, nachdem sein älterer Bruder gestorben ist. Doch jetzt holt er das Versäumte mehr als nach. Er ist der arroganteste Mann, dem ich je begegnet bin.« Jamies Gesichtsausdruck veränderte sich plötzlich, und eine steile Falte erschien zwischen seinen Brauen.

»Er brüstet sich damit, dass er durch eine Heirat dorthin kommen wird, wo sein Vater einst gewesen ist: an die Seite des Königs.«

Ein Frösteln durchlief Patrick.

Jamie sah ihn eindringlich an. »Er ist ein Scheusal, Patrick. Oder sogar noch Schlimmeres. Ich habe gesehen, wie er ein Pferd fast zu Tode prügelte, weil es ein Rennen verloren hatte. Er wird nicht erfreut darüber sein, dass seine Pläne durchkreuzt worden sind, und dass auch noch von einem Schotten. Alle Welt weiß, dass er für uns nur Verachtung übrig hat.«

Wieder lief es Patrick kalt über den Rücken. Was, wenn er die Meuterei nicht angezettelt hätte? Dann wäre er Juliana nicht begegnet, und sie würde sich jetzt auf ihre Heirat mit diesem Kingsley vorbereiten.

»Ich will alles wissen, was über ihn bekannt ist«, sagte Patrick. »Über den Ruf, den er in London hat, und in welcher Beziehung er zu den Mendozas steht.«

»Das kann Lachlan übernehmen«, schlug Rory vor. »Er kann jeden Akzent nachahmen und in fast jede Rolle schlüpfen. Zudem hat er Freunde unter den englischen Grenzbewohnern, der größten Ansammlung von Dieben und Mördern beider Länder.«

»Das kann ich nicht von ihm verlangen. Das wäre gefährlich, vor allem, da er selbst in Flodden war«, lehnte Patrick ab.

»Er wird es aber tun wollen«, wandte Rory ruhig ein.

»Warum?«

»Weil wir Brüder sind, Patrick. Ich würde es auch tun, aber Lachlan zu nehmen ist sehr viel effektiver.«

»Schickst du immer unseren kleinen Bruder vor?«

Rory wurde kreidebleich, und ein Muskel zuckte an seiner Wange.

Patrick verblüffte diese Reaktion so sehr, dass er Rory nur anstarren konnte. Die Bemerkung war nicht böse gemeint gewesen, er hatte nur versucht, die Atmosphäre ein bisschen aufzulockern.

Auch Jamies Miene wirkte starr. Der Ausdruck leichter Belustigung, den man sonst auf seinem Gesicht sah, war verschwunden.

»Ich wollte damit nicht sagen …«

»Nein«, unterbrach Rory ihn leise. »Du kannst es ja nicht wissen. Als König James zu den Waffen rief, um nach Süden zu ziehen, erbot Lachlan sich, an meiner Statt mitzureiten. Ich willigte ein, weil Felicia erst kurz zuvor unseren Sohn zur Welt gebracht hatte. Und Lachlan hatte Vaters wegen ein so schlechtes Gewissen, dass er geradezu darauf versessen war, in den Krieg zu ziehen. Ich habe lange Zeit befürchtet, er sei tot, und habe mir die Schuld daran gegeben.« Der Anflug eines Lächelns erschien um Rorys Mund. »Ich hatte Angst, beide Brüder verloren zu haben.«

»Und trotzdem würdest du ihn erneut einer Gefahr aussetzen?«

»Lachlan ist ungewöhnlich einfallsreich. Ich weiß nicht, ob du von seiner Gefangennahme gehört hast. Ein Engländer hat ihn als Geisel festgehalten, und es war eine Schachpartie mit diesem Mann, die ihm das Leben rettete. *Viele* Schachpartien.« Rory grinste. »Er ist viel geschickter darin, Geheimnisse auszukundschaften, als ich.«

»Wenn dieser Kingsley Königin Margaret nahesteht und falls sie vermutet, dass ihr mich schützt, riskiert ihr euer Leben. Das kann ich nicht zulassen.«

»Ich habe nach wie vor einen gewissen Einfluss«, stellte Jamie fest. »Und Rory auch. Er und Felicia haben am Hof geheiratet, mit dem verstorbenen König und Margaret als Trauzeugen. Ich glaube, dass Margaret Rory immer sehr gewogen war.«

»Vielleicht sollte ich mit der *Felicia* mitfahren. Dann würde ich zusammen mit den anderen als auf See verschollen gelten«, sagte Patrick, obwohl die bloße Vorstellung ihm den Magen umdrehte. Denn er hatte endlich eine Familie gefunden, dessen war er sich sicher. Sie alle waren bereit, sich für ihn aufzuopfern. Die Qual der Einsamkeit, die ihn in den vergangenen Jahren begleitet hatte, begann endlich zu verblassen.

»Das würde uns jetzt nichts mehr nützen. Zu viele Macleans wissen, dass du heimgekehrt bist«, widersprach Rory entschieden.

»Und was ist mit Kimbra?«, fragte Patrick. »Wie wird sie darüber denken, dass du ihren Mann schon wieder in Gefahr bringst?«

»Ich glaube, Kimbra wird das verstehen«, erwiderte sein Bruder.

»Aber ich nicht. Ich kann nicht zulassen, dass ihr dieses Risiko eingeht. Nicht für mich.« Patrick brachte die Worte kaum heraus. Seine Kehle fühlte sich an wie zugeschnürt. Zu viele unbekannte Emotionen durchströmten ihn, und er musste erst noch lernen, mit ihnen umzugehen. Früher war da nur Zorn, und er hatte gelernt, ihn beherrschen, doch nun …

»Es ist nicht nur deinetwegen«, sagte Rory. »Es empört mich, dass Spanien glaubt, es könnte unsere Leute ungestraft versklaven. Und es ist auch wegen Juliana. Ich möchte auf gar keinen Fall, dass sie diesem Viscount Kingsley in die Hände fällt.«

»Aber wir würden den ganzen Clan gefährden«, wandte Patrick ein. »Womöglich gar zwei Clans, falls Jamies Beteiligung bekannt wird. Der Earl of Angus wird nur allzu froh über einen Grund sein, uns aus dem Weg räumen zu lassen.«

Vom Gang her war ein Geräusch zu hören.

Die drei Männer tauschten einen kurzen Blick, dann ging Rory zur Tür, öffnete sie und sah sich um. »Es ist niemand da«, sagte er und schüttelte den Kopf.

Patrick erhob sich. »Wir hätten die Tür verriegeln sollen.«

»Niemand außer den Dienern kommt hier herauf, und sie sind uns alle treu ergeben«, sagte Rory.

Patrick nickte, aber er war sich dessen nicht so sicher wie sein Bruder.

»Es ist ohnehin Zeit, uns zurückzuziehen. Wir können morgen weiterreden«, sagte er.

»Die Landkarte!«, rief Juliana.

Nach ihrem leidenschaftlichen Zusammensein mit Patrick hatte sie die Karte ganz vergessen. Die Landkarte, die sie Denny zeigen wollten, weil sie hofften, ihm eine Reaktion entlocken zu können.

»Welche Karte, Señorita Juliana?«, fragte Carmita, die ihrer Herrin nach dem Abendessen beim Umkleiden geholfen hatte und ihr jetzt das Haar bürstete.

»Eigentlich wollte ich Rory Maclean um eine Karte Englands bitten, um sie Denny zu zeigen. Vielleicht erkennt er etwas darauf. Aber dann wurde ich … abgelenkt.«

Carmita antwortete nicht sofort. Natürlich wusste sie, was im Zimmer ihrer Herrin vorgefallen war. Das Bettzeug war mit Blut befleckt, und Juliana musste sich sehr zusammennehmen, um nicht ständig zu dem Bett hinüberzuschauen und vor Verlegenheit zu erröten.

»Das Schiff wird jeden Tag erwartet«, sagte Carmita. »Manuel meint, es könnte schon morgen hier sein.«

O Gott, das Schiff! Wie würde es dann weitergehen?

»Was geschieht dann mit uns, Señorita?«, fasste Carmita da auch schon Julianas stumme Frage in Worte.

»Ich weiß es nicht.«

»Werden sie uns fortbringen?«

Juliana konnte nur wiederholen, dass sie es nicht wusste.

»Manuel sagt, er will dorthin, wo wir hingehen.«

Juliana warf Carmita einen scharfen Blick zu. Die junge Zofe lächelte.

»Hat er dir irgendetwas über sein Leben erzählt?«, fragte Juliana sie mit aufrichtigem Interesse.

»Er schätzt, dass er vierzehn Jahre alt ist, aber sicher ist er sich nicht. Er hat keine Eltern und ist in den Straßen von Madrid großgeworden.«

Manuel war von seiner Statur her eher klein, aber Juliana wusste, dass er in vielen anderen Dingen sehr viel älter war. Carmita war sechzehn. Die beiden waren seit ihrer Ankunft auf Inverleith nahezu unzertrennlich.

»Mir gefällt es hier«, sagte Carmita nachdenklich. »Die Leute sind freundlich, und der Maclean hat Manuel versprochen, ihm Englisch beizubringen. Manuel wird mir dann auch Unterricht geben. Und in der Küche lerne ich das Kochen. Die Dienstboten sind nicht wie die in Spanien, die immer Angst hatten, es könnte ihnen jemand ihren Platz wegnehmen.«

»Ich weiß wirklich nicht, was der Maclean mit uns vorhat«, sagte Juliana. »Ich weiß nur, dass er versuchen wird, für unsere Sicherheit zu sorgen.«

»Und Eure Heirat …?«

Die Heirat. Juliana lief es kalt über den Rücken, wenn sie daran dachte. Sie war nicht mehr das unberührte Mädchen, das dem Viscount versprochen worden war. Und nach allem, was in den vergangenen Wochen geschehen war, würde sie auch nie wieder die duldsame, gefügige junge Frau von früher sein. Sie hatte um ihr Leben gekämpft, und genau das gedachte sie auch weiterhin zu tun.

Und sie würde auch für Patrick kämpfen.

Dieser letzte Gedanke überraschte sie, aber sie wusste, dass sie es tun würde. Sie würde für ihn kämpfen. Sie dachte an ihren toten Onkel, konnte aber beim besten Willen kein Mitleid für ihn aufbringen. Nachdem sie das Ruderdeck gesehen hatte, kannte sie nur noch Verachtung für diesen Mann. Und für ihren Vater.

Aber ihre Mutter …

»Señorita?«

Carmitas Stimme riss sie aus ihren Gedanken und rief sie in die Gegenwart zurück. »Ich weiß nicht, was die Zukunft bringen wird, aber ich werde dafür sorgen, dass du in Sicherheit bist«, versprach Juliana. Diese Gunst zumindest musste ihr Patrick Maclean gewähren.

Carmita war mit dem Ausbürsten der Haare fertig, und Juliana stand auf.

Denk an die Karte, ermahnte sie sich.

»Hilf mir, mein Nachtgewand abzulegen und mich wieder anzukleiden«, sagte sie zu Carmita. »Das graue Kleid.«

»Es ist schon spät, Señorita«, erwiderte Carmita mit besorgtem Blick. »Der Maclean ist sicher schon zu Bett gegangen.«

Aber Juliana war unruhig, und vielleicht war Patrick noch bei seinem Bruder. Sie war nicht sicher, ob er vorhatte, mit den anderen Männern in See zu stechen, wohin auch immer ihre Reise gehen mochte. Sie hatte keine Ahnung, welchen Platz sie in Patricks Gedanken und in seinem Herz einnahm. Aber sie musste es herausfinden.

»Carmita«, sagte sie ungewöhnlich streng.

»Si«, erwiderte die junge Zofe. »Ich werde Euch begleiten.«

»Nein. Ich bleibe nicht lange.«

Carmita sah nicht erfreut aus, als sie ohne weiteren Widerspruch das graue Kleid holte. »Was ist mit Eurem Haar?«, fragte sie. »Es ist ungeflochten.«

Das war es. Doch nun, da Juliana ein Ziel vor Augen hatte, wollte sie keine Zeit verlieren. Sie schloss ohnehin aus, dass sie draußen von jemandem gesehen werden könnte. Solange sie innerhalb der Burgmauern blieb, durfte sie sich frei bewegen. Zudem bezweifelte sie, dass sie die Burg überhaupt verlassen könnte, selbst wenn sie es darauf anlegte. Jeder, der kam oder ging, wurde an den Toren aufgehalten.

Innerhalb von Minuten war sie angekleidet. Um keine Zeit mit dem Aufstecken ihrer langen Locken zu vergeuden, strich sie das Haar nur zurück und setzte eine Haube auf.

»Ich werde dich heute Abend nicht mehr brauchen«, sagte sie zu Carmita. »Ich ziehe mich später allein um.« Sie zögerte einen Moment, dann sagte sie: »Du brauchst hier nicht in der Küche zu arbeiten, Carmita.«

»Aber das tue ich doch gern, Señorita. Ich lerne kochen.«

»Bist du denn nicht gern meine Zofe?«

Carmita errötete. »O doch, Señorita, aber wenn die Leute mich nicht mögen, dort, wo wir hingehen ...«

»Was andere mögen oder nicht, spielt für mich keine Rolle. Solange du es willst, Carmita, wirst du bei mir bleiben.« Juliana hoffte nur, dass sie dieses Versprechen auch erfüllen konnte.

Sie verließ das Zimmer. Der Gang davor war leer. Patricks Zimmer befand sich zur Linken, wie sie wusste, gleich nach der Treppe, die nach unten führte. Rorys lag hinter dem seines Bruders.

Sie strich sich eine Locke hinter das Ohr und versuchte, so zu tun, als habe sie nichts anderes im Sinn, als die Karte zu holen. Vor Rorys Tür blieb sie stehen und klopfte an.

Niemand antwortete.

Vielleicht war er bei seinem Bruder. Sie ging zu Patricks Schlafzimmer. Sie erwog, anzuklopfen, aber womöglich schlief er schon, und sie wollte ihn nicht wecken. *Wem versuchst du etwas vorzumachen?* Die Karte war doch nur ein Vorwand, das wusste sie, aber sie konnte einfach nicht anders. Vorsichtig drückte sie die Klinke hinunter und öffnete die Tür einen Spalt breit. Sie hörte Stimmen.

Nun hätte sie die Tür eigentlich wieder schließen oder sich zumindest bemerkbar machen müssen, doch die Worte, die sie hörte, brannten sich mit aller Schärfe in ihr Bewusstsein ein.

»Erzähl mir mehr über den Viscount«, hörte sie Patrick sagen, und ihr Herz begann fast schmerzhaft hart zu pochen, als sie weiter zuhörte. Vor allem bei Patricks letzten Worten: »Aber wir würden den ganzen Clan gefährden.«

Er war bereit, das für sie zu riskieren. Das und das Leben seiner Brüder.

Aber sie nicht.

Leise schloss sie die Tür und wandte sich ab, lief zu der nahen Treppe und eilte die Stufen hinunter. Sie war nicht in der Verfassung, Carmita heute Nacht noch einmal zu begegnen.

Überall im Großen Saal hatten die Männer sich zum Schlafen niedergelegt. Die Wandfackeln warfen flackernde Schatten auf sie. Viele von ihnen schnarchten, einer stöhnte im Schlaf. Ob er von den Schrecken der Galeere träumte?

Juliana öffnete die Eingangstür der Burg und schlüpfte hinaus. Der Mond war voll und hell, auch wenn sich hin und wieder eine Wolke davorschob. In ein paar Tagen würde er nur noch eine schmale Sichel sein und die Nacht nicht mehr erhellen. Juliana blieb stehen und sah sich um. Mehrere Feuer brannten im Burghof, und auf der Außenmauer patrouillierten Wachposten. Das große Burgtor war geschlossen.

Wie kam sie von hier fort? Innerhalb der Mauern durfte sie sich frei bewegen, aber man hatte ihr auch deutlich zu verstehen gegeben, dass sie die Tore nicht passieren durfte. Sie war hier eingesperrt wie in einer Gefängniszelle. Wie war Felicia entkommen, als *sie* hier gefangen war?

Juliana nahm sich vor, das morgen früh herauszufinden.

Sie ging zum Stall. Im Schein einer Laterne blinzelte Fergus Juliana schläfrig an.

»Miss«, sagte er. »So spät habe ich niemanden mehr erwartet.«

»Ich konnte nicht schlafen, Fergus, und dachte, ich könnte die Pferde besuchen.«

Er nickte, aber sein Blick war jetzt hell und wachsam. Offenbar war ihm befohlen worden, ihr gegenüber höflich, aber auf der Hut zu sein.

Juliana ging zu der Stute, die sie schon einmal geritten hatte. Duchess wieherte leise, stieß sie mit der Nase an und bettelte um einen Leckerbissen. Juliana wünschte, sie hätte etwas für sie, aber so konnte sie nur versprechen, ihr am nächsten Tag etwas vorbeizubringen.

Eine andere Stute, die ein Fohlen säugte, hob nun auch den Kopf und wieherte leise.

»Wie schön sie ist«, bemerkte Juliana.

»Aye«, stimmte Fergus zu, der nicht von ihrer Seite wich. Auf Patricks Anweisung?

»Sie sind alle schön.«

»Unser Laird ist sehr stolz auf seine Pferde«, sagte Fergus. »Wie auch alle anderen Macleans. Sie sagen, auch der alte Laird hätte gut für seine Pferde gesorgt.«

»Reiten Felicia und Kimbra viel?«

»Felicia nicht mehr so oft, seit sie Kinder hat. Aber Kimbra reitet fast jeden Tag ihren großen schwarzen Hengst. Sie ist eine sehr gute Reiterin.«

Der zwanglose Umgang zwischen dem Laird, seiner Familie und ihren Bediensteten erstaunte Juliana immer wieder. Es erinnerte sie an die Beziehung zwischen Patrick und den Ruderern. Weder Missgunst noch Überlegenheit waren auf der einen oder anderen Seite wahrzunehmen, nur eine starke Gemeinsamkeit und Verbundenheit. Ihr Vater fände das unerträglich.

Juliana wandte sich wieder Fergus zu, der noch immer Kimbras Reitkünste lobte. »Sie hat den Hengst von der Grenze mitgebracht. Nur wenige können ihn reiten.«

Julianas Gedanken überschlugen sich. Ob Felicia ihr verraten würde, wie sie von hier entkommen war? Und Kimbra – würde die ihr helfen? Vermutlich nicht.

Wieder ging ihr der Gedanke durch den Sinn, der ihr schon seit Tagen keine Ruhe ließ. Es *musste* einen Weg geben, Inverleith zu verlassen und zu verhindern, dass sie Patrick und seine Angehörigen in noch größere Schwierigkeiten brachte. Das schuldete sie ihm. Ihre Familie hatte ihm Jahre seines Lebens geraubt, und das ohne jedes Recht. Sie könnte es sich niemals verzeihen, wäre sie für noch mehr Leid verantwortlich.

Das Fohlen hörte auf zu trinken, und die Stute kam zu Juliana herüber, die ihr die weiche Nase streichelte. Die Stute schnappte nach ihr, aber Juliana kannte sich gut genug mit Pferden aus, um zu wissen, dass es mehr eine freundlich gemeinte Geste als Feindseligkeit war.

Sie beugte sich über das Gatter und konnte nicht länger die Tränen zurückhalten, die ihr in die Augen stiegen. Sie vermisste Joya, ihr eigenes Pferd, so sehr. Trotzdem wollte sie hierbleiben, wollte ein Teil dieser Familie werden, deren Ehemänner ihre Frauen liebten, deren Kinder fröhlich spielten und deren Herzlichkeit und Wärme die ganze Burg erfüllten.

Aber nichts davon war möglich. Sie würde nur Unglück und Verderben über diese Menschen bringen.

Juliana wusste, dass es jetzt noch viel schwerer sein würde, die Ehe mit einem Mann zu ertragen, den ihre Mutter fürchtete und den der Campbell verachtete. Denn inzwischen hatte sie erfahren, dass das Leben auch anders sein konnte. Dass es Liebe, Respekt und Wärme zwischen Menschen geben konnte, nicht nur den kalten, menschenverachtenden Handel mit dem Leben anderer.

Trotzdem wusste sie, was sie zu tun hatte. Sie musste Patrick vor seiner eigenen Torheit bewahren, sie beschützen zu wollen.

Sie wischte sich die Tränen ab und schwor sich, dass sie es sich von nun an nicht mehr gestatten würde zu weinen.

25. Kapitel

Patrick stand später als gewöhnlich auf. Er hatte lange wach gelegen, und als der Schlaf sich endlich eingestellt hatte, war er alles andere als ruhig gewesen. Patricks Gedanken kreisten immerzu um Juliana, und er dachte daran, wie sie sich angefühlt hatte, wie sie ausgesehen hatte. Er brannte vor Verlangen nach ihr und war versucht gewesen, zu ihr zu gehen. Es waren nur wenige Schritte bis zu ihrem Schlafzimmer.

Sie war so nah … zu nah.

Das Gespräch mit Rory und Jamie Campbell hatte ihm deutlich gemacht, dass er seinen Verstand beisammenhalten musste, und das war unmöglich, wenn er bei Juliana war. Er durfte nicht riskieren, dass sie ein Kind von ihm empfing, solange ihre Zukunft so ungewiss war. Patrick verachtete sich für seinen Mangel an Disziplin, auf die er bisher immer stolz war.

Nach der Unterredung gestern Abend war er in sein Zimmer zurückgekehrt. Er hatte aus dem Fenster geschaut und Juliana aus den Ställen kommen sehen. Ihre schlanke, anmutige Gestalt hätte er überall erkannt. Um sich vor dem kalten Nachtwind zu schützen, hielt sie den Kopf tief gebeugt.

Sie beugte sonst nie den Kopf, für niemanden. Wie er sich danach gesehnt hatte, zu ihr zu gehen und sie in die Arme zu nehmen, um sie zu wärmen. Dann war sie durch die Tür zum Großen Saal verschwunden, und wenig später hatte er geglaubt, ihre Schritte zu hören. Sie war einen Moment lang vor seiner Tür stehen geblieben, bevor sie weitergegangen war.

Jetzt kannte er die wahre Bedeutung des Wortes *Versuchung*.

Aber er wusste, dass er ihr nicht nachgeben durfte. Nachdenklich schaute er auf die Bucht hinunter, über der die Burg sich erhob.

Wann würde Lachlan zurückkehren?

Doch selbst wenn er heute Morgen käme, hätte Patrick noch immer keine Lösung für Juliana gefunden. Er kniff die Augen zusammen, als er in der weiten Ferne der Bucht Segel auftauchen sah. Ohne den Blick abzuwenden, wartete er darauf, dass sie sich näherten. Dann hörte er Rufe von den Burgmauern, hörte das Lachen und die Freudenschreie der Gruppe von Ruderern, die es vorgezogen hatten, im Burghof statt im Großen Saal zu nächtigen.

Patrick konnte ihre Freude verstehen. Sie wollten endlich heimkehren. Die Mauren waren die kalten schottischen Nächte und den häufigen Nebel nicht gewohnt; die Spanier machten sich Sorgen, hier entdeckt zu werden, und die anderen wollten einfach nur zurück in ihre Heimat, um dort unbehelligt zu leben.

Auch ihn erfasste beim Anblick des sich nähernden Schiffes Erleichterung. Es war ein Risiko, all diese Männer aufzunehmen. Wären Besucher gekommen, hätte sich das als verhängnisvoll erweisen können. Nach dem unerwarteten Erscheinen Jamie Campbells hatten Patrick und Rory beschlossen, jeden anderen Besucher mit der Erklärung abzuweisen, die Burg werde von einem Fieber heimgesucht.

Bis heute Abend würden hoffentlich alle Männer an Bord der *Felicia* sein und Richtung Osten segeln. Die einzige Gefahr wäre dann, dass sie auf See abgefangen würden, aber Rory hatte ihm versichert, dass das Schiff von einem sehr tüchtigen Kapitän befehligt wurde.

Patricks Erleichterung wurde ein wenig gedämpft von der Erkenntnis, dass er einige seiner früheren Leidensgefährten vermissen würde. Sie hatten gemeinsam gelitten, gekämpft und gesiegt und hatten die aufreibende Reise nach Inverleith überstanden. Viele von ihnen würde er nicht so leicht vergessen.

Würde der Spanier die anderen begleiten? Er hatte sich auf

Inverleith gut eingelebt. Trotzdem er Spanier war, schienen alle Macleans Gefallen an ihm gefunden zu haben. Nicht zuletzt wohl auch deswegen, weil Diego einige von ihnen in der Fechtkunst unterwiesen hatte. Manuel hatte bereits erklärt, dass er bei Juliana und Carmita bleiben wollte, und Patrick vertraute dem Jungen. Was Diego anging, war er sich noch immer nicht sicher. Dennoch würde er ihn nicht zwingen, sich den anderen Männern anzuschließen. Und dann war da noch Denny, der nirgendwohin gehen konnte.

Heute mussten wichtige Entscheidungen getroffen werden, und es würde viel zu tun geben. Patrick fuhr sich mit der Hand durchs Haar, wusch sich das Gesicht mit kaltem Wasser und verließ sein Zimmer.

Er ging den Gang hinunter, vorbei an der Treppe, und blieb vor Julianas Tür stehen. Als er klopfte, kam keine Antwort. Kurzentschlossen öffnete er die Tür und betrat das Zimmer. Es war leer. Nur ein leichter Duft nach Rosen hing noch in der Luft.

Er ging die Treppe zur Großen Halle hinunter, in der schon das Morgenmahl aufgetragen worden war. Unzählige Platten mit Essen standen auf den langen Tafeln bereit. Aber Patrick verspürte keinen Hunger; sein Magen hatte sich noch immer nicht an das reichhaltige Essen gewöhnt.

Viele seiner ehemaligen Kameraden saßen schon am Tisch, Juliana aber war nicht da. Sein Blick fiel auf Carmita, die ihn grimmig ansah.

»Wo ist Juliana?«, fragte er sie.

»In Lachlans Zimmer«, antwortete das junge Mädchen sichtlich widerstrebend und bedachte ihn mit einem anklagenden Blick.

»Danke«, sagte er leise.

»Ihr müsst mir nicht danken«, entgegnete Carmita ungewöhnlich heftig. »Meine Herrin und ich sind Eure Gefangenen.«

Ihre Worte überraschten Patrick, denn Carmita war ihm bisher immer sehr gehorsam vorgekommen. Sie war ein hübsches kleines Ding mit dunklen Augen und schwarzem Haar, aber sie war noch jung und musste große Angst ausgestanden haben. Nein, mehr als das. Sie musste Todesangst gehabt haben.

Doch nun schien sie bereit zu kämpfen, um ihre Herrin zu beschützen. Juliana würde eine solche Verbündete gut gebrauchen können.

»Denny, das ist London, eine der größten Städte dieser Welt«, sagte Juliana.

Sie, Kimbra und Denny saßen an einem Tisch vor der aufgeschlagenen Landkarte, die Rory ihnen überlassen hatte. Heute Morgen war Juliana zu ihm gegangen und hatte ihm erklärt, wozu sie die Karte brauchte.

»Falls dir etwas bekannt vorkommt, dann zeig es uns«, sagte sie nun zu Denny. »Du brauchst nur zu nicken.«

Seine Augen verrieten ihr, dass er verstand. Wie viel, das wusste sie noch nicht, doch manchmal hatte sie den Eindruck, dass er sich der Dinge viel bewusster war, als alle dachten.

Er schien eine fast fanatische Ergebenheit für Patrick zu entwickeln. Wenn Patrick nicht in der Burg war, machte Denny sich offensichtlich große Sorgen, und Patrick schien auch der einzige Mensch zu sein, dem er vertraute.

Als hätte dieser Gedanke ihn herbeigerufen, betrat Patrick das Zimmer.

Julianas Herz schlug schneller, doch sein kühler Blick streifte sie nur kurz und richtete sich dann auf die Karte. Aber dass seine Lippen sich zusammenpressten, konnte er nicht verbergen. Reue?

»Eine Landkarte?«, fragte er.

»*Si.* Rory hat sie Kimbra und mir geliehen«, sagte Juliana

schnell. »Kimbra dachte, sie könnte helfen, Dennys Erinnerungsvermögen zurückzubringen.«

»Das ist sehr freundlich von euch«, sagte er, wobei Juliana der ironische Unterton in seiner Stimme nicht entging. Für einen Moment entstand eine fast greifbare Anspannung im Zimmer. Juliana war sich Kimbras nachdenklichem und Dennys interessiertem Blick bewusst. Ihr Herz schlug noch schneller, und die Brust wurde ihr eng, als sie daran dachte, wie zärtlich Patrick gestern zu ihr war und welche Gefühle seine Berührungen in ihr geweckt hatten.

Würde das immer so sein? Und er? Dachte *er* auch daran?

»Das Schiff ist da«, sagte er.

Die Ankündigung traf Juliana wie ein kalter Wasserguss. Sie senkte den Blick auf ihre rechte Hand, die auf dem Tisch lag und sich zu einer Faust geballt hatte.

Patrick wandte seine Aufmerksamkeit Denny zu.

»Das Schiff ist hier«, sagte er. »Die meisten der … Ruderer fahren damit nach Spanien oder Marokko.«

Juliana beobachtete Denny aufmerksam. Panik flackerte in seinen Augen auf.

Er schüttelte den Kopf. Er hatte alles genau verstanden.

Patrick sah es auch. Er streckte eine Hand aus und legte sie beruhigend auf Dennys Schulter. »Du musst nicht fortgehen, aber ich wollte, dass du das selbst entscheidest.« Er zögerte kurz, bevor er hinzufügte: »Es könnte gefährlich für dich sein, auf Inverleith zu bleiben. Falls wir entdeckt werden …«

Eine flehentliche Bitte in den Augen, die er nicht in Worte fassen konnte, schüttelte Denny den Kopf.

»Du möchtest also hierbleiben?«, vergewisserte sich Patrick.

Denny nickte, und die Panik in seinen Augen verwandelte sich in Dankbarkeit.

»Dann bleibst du. Du hast hier ein Zuhause«, sagte Patrick. »Mein Bruder ist einverstanden.«

Obwohl Patrick Denny für einen Engländer hielt, hatte sein Ton immer etwas Sanftes, wenn er mit ihm sprach. Juliana war sehr wohl bewusst, dass die Macleans für Engländer nichts übrig hatten, und ihre englische Abstammung mütterlicherseits war in Patricks Augen um nichts besser als ihre spanische. Und doch war es diese Sanftheit gegenüber Denny, die Geduld, die Patrick für jemanden aufbrachte, den er einst für einen Feind gehalten hatte, die ihr schier das Herz zerfließen ließ. Patrick bedrängte Denny nicht, sondern wartete ruhig ab, bis der junge Mann genau verstand, was man ihn fragte.

Unvermittelt richtete Patrick den Blick auf Juliana.

»Habe ich auch eine Wahl?«, fragte sie.

»Nein«, erwiderte er. »Im Moment noch nicht.«

»Und wenn ich schwöre, niemandem zu sagen, was geschehen ist?«

»Ihr möchtet uns verlassen, Juliana?«

Nein!, schrie es in ihr. Sie konnte nur hoffen, dass er ihr die Lüge nicht am Gesicht ansah, als sie seine Frage bejahte. »Ich bin nicht gern eine Gefangene.«

»Nicht einmal eine sehr geschätzte?«

»Ein Vogel will selbst aus dem schönsten Käfig heraus«, versetzte sie. Sie ärgerte sich über seine kühle Haltung ihr gegenüber, weil *sie* alles andere als kühl geblieben war.

Er sah sie einen Augenblick lang an, dann ging er, ohne ein weiteres Wort zu sagen. Juliana wandte sich wieder der Karte zu und versuchte, ihre Enttäuschung zu verbergen. »Das ist Northumberland«, sagte sie mit fast versagender Stimme. »Und hier ist London ...«

»Das Meer, Denny«, sprang Kimbra schnell für sie ein. »Kannst du dich an das Meer erinnern? An Klippen und Felsen? Oder an eine Stadt? Ein Dorf?«

»Hast du Familie?«, fragte Juliana, die sich wieder gefasst hatte. »Mutter? Vater? Brüder, Schwestern?«

Für den Bruchteil von Sekunden flackerte etwas in seinen Augen auf, das aber ebenso schnell wieder verschwunden war. Und doch hätte Juliana schwören können, dass es Schmerz war. Ein Schmerz, der so tief war, dass er sie verstummen ließ.

Patrick verließ Juliana mit Schuldgefühlen, die ihn so stark belasteten wie die Eisenketten, die er bis vor Kurzem noch getragen hatte. Er ging zu den Stallungen, wo Rory dabei war, ein Pferd für sich zu satteln. Der junge Stallbursche sattelte derweil noch mehrere andere.

»Bei Gott, ich dachte schon, ich müsste jemanden schicken, um dich zu wecken, Patrick. Die *Felicia* ist eingetroffen und dürfte inzwischen schon vor Anker liegen. Ich habe ein Pferd für dich satteln lassen und ein weiteres für Lachlan, damit er mit uns zurückzureiten kann.«

»Aye, ich habe die *Felicia* von meinem Fenster aus gesehen. Ein schönes Schiff.«

»Mehr als schön. Sie ist mit zwölf Geschützen ausgerüstet und kann sich daher gut verteidigen. Ich habe sie nach meinen eigenen Plänen in Glasgow bauen lassen. Sie sticht normalerweise von Edinburgh aus in See, war aber einiger Reparaturen wegen in Glasgow.«

»Und der Kapitän?«

»Amos MacDowell. Ein guter, zuverlässiger Mann, dem du vertrauen kannst.«

»Was wird er seiner Besatzung sagen?«

»Dass diese Männer nicht weit von uns Schiffbruch erlitten haben. Wir werden auch die Nachricht verbreiten lassen, dass in der Nähe von Inverleith ein Schiff gesunken ist. Eine andere Möglichkeit, den Gerüchten über fremde Seeleute hier bei uns ein Ende zu machen, gibt es nicht.«

»Die Geschichte klingt unwahrscheinlich, aber ganz undenkbar wäre das nicht«, sagte Patrick.

»Felicia hatte die Idee«, erklärte Rory. »Ich sagte dir ja schon, dass sie sehr einfallsreich sein kann.«

»Vielleicht ist es ganz gut, dass deine Frau verreist«, versetzte Patrick trocken. »Ich habe nämlich das Gefühl, dass Juliana einige der gleichen Eigenschaften besitzt.«

Rory zögerte, bevor er aufsaß. »Sie kam heute Morgen zu mir und bat mich um eine Landkarte von England. Sie sagte, Kimbra meinte, sie könne deinem stummen *Sassenach* damit vielleicht eine Reaktion entlocken.«

»Du wirst die Karte zurückhaben wollen, denke ich«, erwiderte Patrick.

»Du glaubst, sie wird versuchen zu fliehen?«

»Würdest du das nicht auch tun, wenn du gegen deinen Willen festgehalten würdest?«

»Ich bin mir nicht so sicher, dass es gegen ihren Willen ist«, sagte Rory.

Patrick erwiderte nichts darauf, sondern schwang sich auf sein Pferd, nahm die Zügel des dritten Tieres und ritt Rory voran durch das Tor. Draußen hielt er einen Moment lang inne und sah zu, wie das Tor geschlossen wurde. Wenn alles gut ging, würden seine Gäste die Burg in ein paar Stunden verlassen haben und auf dem Weg in ihr neues oder altes Leben sein. Inzwischen wusste er, wer von ihnen das Kapital, über das er verfügen konnte, vermutlich gut verwenden und wer wohl eher am Galgen enden würde. Er war voller Zuversicht, was Felix und die Männer anging, die dieser für die Arbeit an den Segeln und Schoten ausgebildet hatte. Weniger Gutes erwartete er für jene, die nach ihrer Befreiung an nichts anderes gedacht hatten, als die Weinfässer zu öffnen. Was die Mauren betraf, so hatten sie sich fast immer von den anderen abgesondert, einige von ihnen hatten sich aber bei ihm für ihre Befreiung bedankt.

Patrick trieb sein Pferd zu einer schnelleren Gangart an. Das Schiff würde in dem natürlichen Hafen der Bucht geankert haben. Er wollte dabei sein, wenn Lachlan und der Kapitän an Land kamen. Je eher er sein Sammelsurium verschiedener Nationalitäten loswurde, desto sicherer würden Inverleith und die Macleans sein. Das Problem mit Juliana und ihrer Zofe blieb allerdings bestehen. Er konnte sie nicht mit der *Felicia* mitschicken. Aber er konnte sie auch nicht ewig gefangen halten. Ihr Anblick heute Morgen wollte ihm nicht mehr aus dem Kopf gehen. Dieser Zorn und diese Verbitterung, die in ihren Augen aufgeflammt waren, als sie ihn angesehen hatte.

Hatte sie die Karte wirklich für Denny gewollt oder für sich selbst? Er konnte immer noch nicht die Möglichkeit ausschließen, dass sie versuchen würde, Inverleith zu verlassen und nach Hause zurückzukehren. Er wäre jede Wette eingegangen, dass ihr Versuch, Denny zu helfen, nicht nur ein Vorwand war. Er sah die beiden noch immer vor sich; eifrig über die Karte gebeugt hatten sie am Tisch gesessen.

Binnen Kurzem erreichten sie den Hafen. Lachlan und ein Patrick unbekannter Mann erwarteten sie bereits am Strand. Wieder war Patrick von Lachlans selbstbewusster Haltung beeindruckt.

Lachlan stand auf, als sie sich näherten. »Was hat euch bloß so lange aufgehalten?«, fragte er mit einem spitzbübischen Lächeln.

»Patrick hat verschlafen«, erwiderte Rory. »Und deswegen bin ich mir gar nicht sicher, ob er unsere Gäste wirklich auf Reisen schicken will.«

Patrick wollte aufbrausen, entspannte sich aber schnell wieder. Es würde eine Weile dauern, sich wieder an brüderliche Scherze zu gewöhnen, selbst an die, die nichts als liebevolle Neckereien waren. *Liebevoll.* Ein Kloß bildete sich in seiner Kehle, als er sich seiner bitteren Gedanken auf der Galeere erinnerte. Wie sehr er sich doch getäuscht hatte!

Der Mann, der bei Lachlan gestanden hatte, kam nun auf sie zu und reichte ihnen die Hand. »MacDowell«, stellte er sich vor. »Lachlan sagte, Ihr wollt, dass wir umgehend wieder auslaufen und dass fast einhundert Passagiere an Bord kommen werden.«

»So ist es.«

»Wir haben uns in Glasgow schon mit Proviant versorgt und können Eure Passagiere daher gleich an Bord nehmen.« MacDowell machte eine Pause. »Lachlan sagte, einige wollen an der spanischen Küste abgesetzt werden und die anderen an der marokkanischen.«

Rory nickte. »Habt Ihr noch andere Fracht?«

»Diesmal nicht, aber wenn Ihr wollt, kann ich auf der Rückfahrt in Frankreich Ladung aufnehmen.«

Lachlan sah Patrick an. »Es wäre sicher vernünftiger, einen bestimmten Zweck mit dieser Reise zu verbinden.«

Es war eine eindeutige Frage, in der Patrick die ihm erwiesene Höflichkeit erkannte. Er hatte eigentlich nichts mit dem Handel der Macleans zu tun, aber Lachlans Frage verdeutlichte MacDowell, dass Patrick nun Laird und Oberhaupt ihrer Familie war und dass die Entscheidungen von ihm getroffen wurden.

Patrick nickte und wunderte sich erneut über die rückhaltlose Akzeptanz und Großzügigkeit seiner Brüder. Und selbst Jamie Campbell war bereit, sich seinetwegen in Gefahr zu bringen. Das alles erstaunte und verunsicherte ihn. Und Gott wusste, dass es ihn weitaus mehr beschämte als die Ketten, die er jahrelang getragen hatte.

»Dann können wir gleich mit der Aufnahme der Passagiere anfangen«, sagte MacDowell.

»Was für eine Besatzung führt Ihr mit?«, fragte Patrick. »Einige der Passagiere könnten ein wenig zu gierig werden, fürchte ich.«

»Das hat mir Lachlan schon erklärt. Ich glaube aber nicht, dass das ein Problem sein wird, denn ich habe noch zusätzliche Männer mitgebracht.«

»Es gibt auch einige Passagiere, die vielleicht eine gute Ergänzung für Eure Mannschaft wären.«

MacDowell nickte. »Gute Seeleute können wir immer gebrauchen.«

»Ich danke Euch«, sagte Patrick. »Wir werden gleich nach unserer Rückkehr damit beginnen, die Männer hierherzubringen. Erwartet die ersten in etwa einer Stunde.«

»Wir werden bereit sein.«

Nachdem Patrick gegangen war, stand auch Denny auf, um auf den Hof zu gehen. Er sah immer sehr verloren aus, wenn Patrick sich nicht in der Burg aufhielt.

Juliana tat das Herz für ihn weh, aber sie drehte sich um und lächelte Kimbras Tochter Audra an, die ins Zimmer gekommen war. Wie immer folgte ihr Bär auf dem Fuße. Bär entlockte Juliana stets ein Lächeln. Der Hund war riesengroß und hatte sehr beeindruckende Zähne, aber er war ein gutmütiges Tier und ging immer sehr behutsam mit der kleinen Audra um.

»Du würdest dich wundern, wie anders er sein kann, wenn jemand ihr zu nahe kommt«, hatte Kimbra gesagt, als Juliana sie darauf angesprochen hatte. »Er wäre einmal fast gestorben, als er ein Rudel Wölfe angriff, das Audra bedrohte.«

Juliana beugte sich vor, um dem Hund die Ohren zu kraulen, und Bär brummte vor Vergnügen.

»Er mag dich«, sagte Audra. »Und er mag nicht viele Leute.«

»Wie Magnus, das Pferd deiner Mutter?«

»Aye«, bestätigte Audra grinsend.

Juliana erwiderte das Lächeln. Sie genoss diese Momente mit Audra, und es widerstrebte ihr zu gehen. Aber sie wollte noch mit Felicia sprechen. Rorys Frau war einst in derselben Situation wie sie, und vielleicht erfuhr sie von ihr, wie sie die Burg verlassen und nach England kommen konnte.

Für den Fall, dass wider Erwarten ein Fremder vorbeikam, vermied Patrick es, alle Männer zusammen zur Bucht zu bringen. Wenn man nicht so genau hinsah, mochte die Geschichte, die Felicia sich ausgedacht hatte, genügen, aber die Anwesenheit der Mauren würde zweifelsohne mehr Fragen aufwerfen, als Patrick zu beantworten bereit war.

Deshalb teilte er die Ruderer in Gruppen auf, nachdem er nach Inverleith zurückgekehrt war. Sie wurden in kleinen Gruppen mit einem Pferdekarren zur Bucht gefahren, während die Männer des Clans die Straße beobachteten. Sobald eine Gruppe am Strand angekommen war, fuhr der Wagen zurück, um die nächste zu holen. Die Männer, die reiten konnten, legten die kurze Strecke zu Pferde zurück.

Bevor eine Gruppe Inverleith verließ, redete Patrick noch einmal mit den Männern und schärfte ihnen ein, wie wichtig es war, Schweigen zu bewahren, da ihrer aller Leben auf dem Spiel stand. Alle schworen, nie ein Wort über das Geschehene verlauten zu lassen, aber Patrick wusste, dass zu viel Alkohol sie das gegebene Versprechen allzu leicht vergessen lassen könnte. Falls das geschah, konnte er nur hoffen, dass ihnen niemand glauben würde.

Er hatte lange darüber nachgedacht, wann sie ihren Anteil an dem Gold erhalten sollten. Vor oder nach dem Auslaufen des Schiffs? Aber er befürchtete, dass sie vielleicht schon nicht mehr daran glaubten, es zu erhalten, und wieder rebellieren würden. Deshalb hatte er für jeden einen Beutel Gold bei sich.

Ihre Augen verrieten ihm, dass sie zwar gehofft, aber nicht wirklich erwartet hatten, das Gold zu bekommen. Sie hatten schon zu viele Enttäuschungen erlebt in ihrem Leben. Einer küsste ihn unter dem Gelächter der anderen, während wieder andere sich bekreuzigten und die Mauren sich vor ihm verbeugten.

Juliana kam zu ihm, als er zusah, wie die letzten Ruderer auf den Wagen stiegen. Er würde mit ihnen zur Bucht hinunterreiten, weil er dabei sein wollte, wenn sie Inverleith verließen. Er hatte sich nie für sentimental gehalten – sein Vater hatte Gefühle immer als Schwäche bezeichnet –, aber er hatte zu viel mit diesen Männern erlebt, um nicht eine seltsame Enge in seiner Kehle zu spüren.

»Darf ich mit dir reiten?«, fragte Juliana.

Patrick wollte schon verneinen, aber dann sah er die flehentliche Bitte in ihren Augen. Er hatte dieser Frau ihr Leben gestohlen, da konnte er ihr doch wenigstens erlauben, sich von den Männern zu verabschieden. In diesen letzten Wochen hatte sie einige von ihnen recht gut kennengelernt.

»Aye.«

Diego wollte auch mitreiten, aber von Denny, Carmita oder Manuel kam keine solche Bitte. Vermutlich wollten sie nur noch all das Schreckliche vergessen, das sie durchgemacht hatten.

Patrick half Juliana aufzusitzen. Das war ein Fehler, wurde ihm sofort bewusst, als er sie berührte. Oder vielleicht hatte er es auch vorher schon gewusst und nur nicht widerstehen können. Oder wissen wollen, ob er dazu in der Lage war.

Aber als Juliana einen Fuß in seine verschränkten Hände stellte und er sie in den Sattel hob, zersprang etwas in ihm, und er wusste, dass er die selbst auferlegte Prüfung nicht bestanden hatte. Sie müsste ihn eigentlich hassen für das, was er sie gekostet hatte, aber ihre Augen, in denen er vor ein paar Stunden noch Wut und Enttäuschung gesehen hatte, sprühten jetzt geradezu vor Freude über diesen kleinen Ausritt. Als sie ihm die Zügel aus den Händen nahm, berührten sich ihre Finger. Die Berührung brannte, als wären sie beide vom Blitz getroffen worden.

»*Gracias*«, sagte sie mit einer Stimme, die wie die süßeste Musik in seinen Ohren klang.

Er nickte nur und beschloss, in den Sattel zu steigen, solange seine Beine noch die Kraft dazu besaßen.

Der Spanier lenkte sein Pferd auf die andere Seite Julianas und plauderte auf Spanisch über schöne Tage und sogar noch schönere Frauen und sagte irgendetwas, das Patrick nicht verstand, Juliana aber zum Lachen brachte.

Wann hatte er sie zuletzt zum Lachen gebracht? War ihm das überhaupt schon einmal gelungen?

Patrick hätte Diego am liebsten zu einem Duell herausgefordert, aber das hätte nur noch mehr unnötiges Aufsehen erregt.

Stattdessen spornte er sein Pferd an und galoppierte den beiden voran, wobei er sich fragte, wann er sein letztes bisschen Vernunft verloren hatte.

26. Kapitel

Juliana sah dem auslaufenden Schiff mit widerstreitenden Gefühlen nach. Die *Felicia* war ihre einzige Möglichkeit, nach Spanien zurückzukehren. Reglos stand sie da und starrte ihr hinterher, bis sie nicht mehr zu sehen war.

»Wärt Ihr gern mitgefahren?«, fragte Diego, als er auf dem Ritt zurück nach Inverleith sein Pferd neben ihres lenkte.

Juliana sah sich um. Patrick ritt mit Rory hinter ihnen, sie schienen ein angeregtes Gespräch miteinander zu führen.

Sie erwiderte nichts auf Diegos Frage, weil sie keine Antwort darauf wusste. Sie machte sich noch immer Sorgen um ihre Mutter, doch was sie selbst anging, so war ihr klar geworden, dass ihr Vater sie doch nur wieder auf einem anderen Schiff nach England zurückschicken würde. Und wenn sie ehrlich war, wollte sie Inverleith auch nicht verlassen. Und Patrick schon gar nicht.

Doch andererseits war sie es leid, wie eine Schachfigur hin und her geschoben zu werden, zuerst von ihrem Vater und ihrem Onkel und nun von den Macleans. Es war so, wie sie es zu Patrick gesagt hatte: Sie war eine Gefangene; zwar in einem goldenen Käfig, aber trotz allem eine Gefangene.

Niemand hatte an *sie* gedacht. Patrick glaubte vermutlich, er beschützte sie, aber dabei richtete er sich nach seinen Maßstäben und danach, was er für das Beste für Juliana hielt. Und das, ohne auch nur einen Moment lang zu bedenken, was sie wollte oder brauchte.

Sie wollte *ihn*. Doch leider schien sie für ihn eher ein Problem zu sein, das einer Lösung bedurfte, als ein menschliches Wesen mit Wünschen und Gefühlen.

Der Ärger darüber war in ihr aufgekeimt und seitdem stetig

gewachsen, seit Patrick nach ihrem Zusammensein aus ihrem Zimmer gegangen war. Sie vermutete, dass er ein schlechtes Gewissen hatte, weil er sie ihrer Jungfräulichkeit beraubt hatte. Schließlich wusste sie inzwischen, wie besorgt er um seine Familie und seinen Clan war.

Aber sie würde sich nicht länger wie ein Besitz oder ein Spielzeug behandeln lassen. Sie hatte gesehen, welcher Respekt Felicia und Kimbra entgegengebracht wurde. Das war etwas ganz Neues für Juliana, und zumindest ein gewisses Maß davon forderte sie auch für sich cin. Sie wollte wie alle anderen auch wie Mensch behandelt werden, der selbständig genug war, seine Entscheidungen zu treffen. Und sie wollte geschätzt werden. Vor allem von Patrick, aber er gab ihr eher das Gefühl, eine lästige Unannehmlichkeit zu sein, die er zwar begehrte, aber nicht begehren *wollte*.

Dennoch hatte sie nicht vor, einen sinnlosen Aufstand zu beginnen.

Sie würde nichts tun, was den Macleans schaden könnte. Sie würde nicht dazu beitragen, dass Patrick noch mehr Ungerechtigkeit widerfuhr. Aber sie konnte ihre Mutter auch nicht länger den Wutanfällen ihres Vaters aussetzen.

Deswegen sah sie nur eine Möglichkeit: Sie musste nach Handdon Castle, zum Familiensitz des Earls of Chadwick und seines Sohns, des Viscount Kingsley, und sie musste es so anstellen, dass nicht der Hauch eines Verdachts auf Patrick und seine Familie fiel.

Natürlich war ihr bewusst, dass ihr Vorhaben nicht ungefährlich war. Wenn sie England erreichte, würde Kingsley dann nicht merken, dass sie keine Jungfrau mehr war? Würde er sie dann überhaupt noch wollen? Wenn nicht, wie sähe dann ihre Zukunft aus? Ihr Vater würde sie mit Sicherheit in ein Kloster schicken, daran hegte sie nicht den kleinsten Zweifel.

Aber alle anderen wären sicher.

Sie musste sich beeilen. Felicia reiste in wenigen Stunden ab. Aber wie konnte sie die Sprache auf Felicias Flucht bringen, ohne ihre eigenen Pläne preiszugeben?

Juliana wünschte, sie könnte ihrem Pferd jetzt einfach die Knie in die Flanken drücken und davonjagen, aber das war leider ausgeschlossen. Ihr Reittier war eine ruhige ältere Stute, die mit einem so schnellen Pferd wie Patricks mühelos einzuholen war.

Nein, sie würde sehr raffiniert vorgehen müssen. Dagegen sprach allerdings, dass sie kaum Erfahrung darin hatte, raffiniert zu sein.

»Ihr plant doch irgendetwas«, bemerkte Diego mit unverhohlener Belustigung.

»Was könnte ich schon planen?«

»Das weiß ich nicht, aber ich sehe Euch an, dass Ihr etwas im Schilde führt. Ihr habt ein sehr ausdrucksvolles Gesicht, und im Augenblick sagt es, dass Ihr angestrengt über etwas nachdenkt.«

»Vielleicht glaubt Ihr das aber auch nur, weil Ihr zu sehr daran gewöhnt seid, selbst heimliche Pläne zu schmieden«, erwiderte sie gereizt. »Ich wüsste zu gern, warum Ihr hiergeblieben seid.«

»Ich mag die Macleans«, erwiderte er schlicht. »In Spanien ist mir nichts geblieben, und nach den langen Monaten auf der Ruderbank habe ich kein Verlangen danach, wieder auf einem Schiff zu sein.«

Seine Antwort überraschte sie, zumal seiner Stimme weder Spott noch die übliche Belustigung anzuhören waren.

»Ihr habt keine Familie?« Diego hatte sie immer schon irritiert. Aufgrund seiner gepflegten Sprechweise und guten Manieren hielt man ihn für einen gebildeten, kultivierten Mann aus guter Familie. Aber sie hatte ihn auch zusammen mit den anderen Ruderern und den Maclean'schen Soldaten gesehen und bemerkt, dass auch er einer von ihnen geworden war. Er war wie ein Chamäleon, dieser Diego.

»Nein«, beantwortete er ihre Frage in einem Ton, der nicht zu weiteren ermutigte.

Könnte sie sich seiner vielleicht bedienen? Ihn überreden, ihr zu helfen? Juliana wäre jede Wette eingegangen, dass er einmal ein Edelmann war. Einige Male hatte er sie ebenso beschützt wie Patrick. Wie groß war seine Loyalität gegenüber Patrick und den Macleans?

Wenn sie es recht bedachte, war es erstaunlich, dass die Macleans ihm erlaubt hatten zu bleiben. Seine Anwesenheit könnte ihnen gefährlich werden. Doch irgendwie passte er auch zu den Macleans. Er hatte das gleiche dunkle Haar wie Rory und sprach ein nahezu akzentfreies Englisch. Aber was wollte er? Und wie vertrauenswürdig war er? Für die Macleans oder für sie?

»Dann plant Ihr also nichts?«, fragte er mit dieser spöttischen Belustigung, die so typisch für ihn war.

»Warum sollte ich?«

Er zuckte mit den Schultern. »Warum? Keine Ahnung. Aber mir ist nicht entgangen, wie es ... knistert zwischen Euch und dem Maclean. Und wie ich hörte, scheint Ihr es auch nicht eilig zu haben, Euren zukünftigen Ehemann zu sehen.«

»Das bildet Ihr Euch ein«, gab sie zurück. »Der Maclean hat kein Interesse an mir, abgesehen von der Tatsache, dass ich für ihn ein Problem darstelle.«

Diego lachte. »Da irrt Ihr Euch aber gewaltig, Señorita.«

Juliana hüllte sich in Schweigen, auch wenn sie liebend gern mehr über ihn erfahren hätte. Diego war ihr ein Rätsel, und sie liebte es, Rätsel zu lösen. Außerdem könnte er ihr vielleicht wirklich eine Hilfe sein.

Aber er wurde bewacht, genau wie sie. Auch er hatte ein Pferd bekommen, das älter und langsamer als die anderen war. Trotz seiner scheinbaren Freiheit war auch er ein Gefangener innerhalb der Mauern Inverleith'. Doch das schien ihn nicht im Geringsten zu stören.

Aber könnte es nicht sein, dass er trotzdem diesem komfortablen Gefängnis ebenso entrinnen wollte, wie er der Sklaverei hatte entkommen wollen? Trotz seiner freundlichen Worte über die Macleans hatte Diego etwas Rastloses an sich. Juliana musste an ein wildes Tier denken, das es hasste, eingesperrt zu sein.

Juliana beschloss, ihn weiter auf die Probe zu stellen. Vielleicht konnte sie ihn überreden, ihr zu helfen – falls das Gespräch mit Felicia nichts ergab.

Patrick konnte den Blick nicht von Juliana abwenden. Sie plauderte angeregt mit dem Spanier, und nicht zum ersten Mal fragte er sich, ob es richtig wohl war, Diego zu erlauben, hierzubleiben.

Eine hässliche Eifersucht erwachte in Patrick, genau wie bei Jamie Campbell, als er Juliana angesehen hatte. Eine unvernünftige, aber dennoch sehr beunruhigende Eifersucht. Am liebsten wäre er zu ihnen geritten, um Diego doch noch fortzuschicken. Er wollte, dass Julianas Augen vor Freude strahlten, wenn sie *ihn* sah, wollte ihr bezauberndes Erröten in ihre Wangen steigen sehen, ihre weiche, melodische Stimme hören und ihre warme Haut berühren.

Er hatte seine ganze Willenskraft aufbieten müssen, um sich von ihr fernzuhalten.

Und nun war er überzeugt, dass ihm das nur gelingen konnte, wenn er Rorys Rat befolgte. *»Du solltest Jamie an den Königshof begleiten. Verkünde dort, dass du heimgekehrt bist und jetzt deinen Platz als rechtmäßiger Laird der Macleans einnimmst.«*

Lachlan hatte dem heute Morgen zugestimmt. *»Es hat sich gewiss schon herumgesprochen, dass du zurückgekehrt bist. Du solltest deine Rechte öffentlich geltend machen und dem jungen König deine Loyalität bekunden. Voller Stolz. Ohne etwas zu verbergen.«*

Trotzdem zögerte Patrick noch.

»Am Hof kannst du dir dann diesen Kingsley genauer ansehen«, hatte Rory ihn zu ködern versucht. »Lachlan hat recht. Du musst dich als Oberhaupt des Maclean-Clans vorstellen. Du hast mit den Franzosen gekämpft, dabei bist du in Gefangenschaft geraten und danach krank geworden. Niemand wird das in Zweifel ziehen.«

Patrick sagte sich, dass sein Bruder vermutlich recht hatte. Er war als namenloser Gefangener in die Sklaverei verkauft worden, nicht als Patrick Maclean. Er konnte also fast sicher sein, dass die Mendozas sich nicht an seinen Namen erinnerten. Von dem Moment, als er das Schiff betreten hatte, war er nur noch eine Nummer gewesen.

Falls sein Plan fehlschlug und er als Rudersklave des vermissten Schiffes entlarvt wurde, konnte er immer noch behaupten, er habe seine Familie belogen. Zudem würde er mit dieser Reise nach Edinburgh Abstand schaffen können zwischen sich und Juliana Mendoza. Die Versuchung, die sie für ihn war, wurde mit jedem Moment stärker.

Er würde Juliana auf Inverleith zurücklassen. Allein. Oder vielmehr mit dem Spanier … Aber Kimbra würde auch hier sein. In den vergangenen Tagen hatte Patrick einen gesunden Respekt vor seiner Schwägerin entwickelt. Ihre Liebe zu Lachlan war ebenso unübersehbar wie die Freude in ihren Augen, wenn sie mit ihrer Tochter oder Rorys Kindern zusammen war. Sie war von einer Gefühlstiefe, die Patrick sehr gefiel.

Die Reise nach Edinburgh wird für alle das Beste sein, sagte er sich. Juliana würde hier gut geschützt sein und Kimbra zur Gesellschaft haben, während er mehr über diesen Kingsley herausfand. Laut Jamie waren viele unschöne Gerüchte über ihn in Umlauf. Falls er in irgendeiner Form diskreditiert werden konnte, würde es vielleicht gar keine Suche nach seiner vermissten Braut geben.

Das war zwar nur eine schwache Hoffnung, aber die einzige, die er hatte, um das Problem mit Juliana zu lösen und ihr die Wahl zu lassen, nach Spanien zurückzukehren oder auf Inverleith zu bleiben.

Zum ersten Mal gestand Patrick sich ein, wie sehr er sich das Letztere wünschte. Wie sehr er wollte, dass sie blieb.

Wegen des Fluches hatte er nie daran gedacht zu heiraten. Der Glaube daran war so tief in den Macleans verwurzelt, dass er eine Ehe niemals in Betracht gezogen hatte, schon gar nicht nach dem Tod von Rorys erster Frau. Er erinnerte sich noch an Maggies fröhliches Lachen, aber auch an ihre Schreie in der Nacht, als sie und ihr Kind gestorben waren. Diese Schreie hatten ihn noch jahrelang gequält.

Aber vielleicht hatte Rory recht. Vielleicht war der Fluch durch seine Heirat mit einer Campbell gebrochen worden. Vielleicht hatte es ihn aber auch nie gegeben und alles waren nur tragische Zufälle gewesen.

Felicia legte Kleider in eine Truhe, als Juliana zu ihr kam. »Juliana!«, rief sie erfreut. »Komm doch herein.«

Der kleine Patrick tapste durch das Zimmer und zog ein hölzernes Pferdchen an einer Schnur hinter sich her. Maggie schlief auf dem Bett, ihr engelsgleiches Gesicht von lockigem rotem Haar umrahmt.

Juliana stolperte fast über das hölzerne Pferd, konnte aber nicht anders als zu lächeln, als sie Patricks Grinsen sah.

»Sie sind beide entzückend«, sagte sie.

»Aye, aber auch ein bisschen wild.«

»Und du verlässt uns?«

»Aye. Janet braucht mich jetzt.«

»Du hast mich hier so freundlich aufgenommen. Ich wollte mich bei dir bedanken, bevor du gehst.«

Felicia warf ihr einen prüfenden Blick zu. »Komm, setz dich zu mir«, sagte sie dann und ließ sich auf dem breiten Bett in ihrem Zimmer nieder.

Juliana kam ihrem Wunsch nach und wich dem kleinen Patrick dabei aus.

»Du bist hier nicht glücklich«, stellte Felicia nach einem weiteren prüfenden Blick auf Juliana fest.

»Warst du es, als du hier eine Gefangene warst?«

»Nein. Zuerst hatte ich furchtbare Angst vor den wilden Macleans. Man hatte mir immer gesagt, sie wären Teufel und Barbaren.«

»Und dann?«

»Einen Teil der Geschichte kennst du ja schon. Ich wurde entführt, weil die Macleans mich für Janet Cameron hielten und dachten, ich würde eine gute Braut für Rory sein. Er wollte aber überhaupt nichts davon hören, da er schon zwei Ehefrauen wegen des Fluches verloren hatte. Oder zumindest glaubte er das.« Sie warf Juliana einen raschen Blick zu. »Du hast von dem Fluch gehört?«

»*Si*«, sagte Juliana.

»Ich hatte Angst, dass er mich töten würde, wenn ich ihm sagte, dass ich eine Campbell bin, und dass die Fehde zwischen unseren Clans nur noch schlimmer würde. Dann lernte ich ihn besser kennen und verliebte mich in ihn. Aber ich dachte, dass er sich ... von mir abgestoßen fühlen würde, wenn er herausfand, dass ich eine Campbell bin, und deshalb lief ich fort.«

»Und wie hast du das angestellt?«

Felicias sanfte Augen sahen Juliana eine ganze Weile forschend an. Dann seufzte Felicia. »Ich bat Douglas, mich auf einen Ausritt zu begleiten. Dann tat ich so, als wäre ich gestürzt. Als er absaß, um zu sehen, ob ich verletzt war, bin ich auf sein Pferd gesprungen, habe mir die Zügel von meinem geschnappt und galoppierte los.« Sie schwieg einen Moment, bevor sie leise schloss: »Ich glaube aber nicht, dass das noch einmal gelingen würde.«

Juliana biss sich auf die Lippe und fragte sich, wie viel sie Felicia verraten sollte. An deren Reaktion war zu erkennen, dass Julianas Fragen ganz und gar nicht raffiniert waren.

Felicia schenkte ihr ein mitfühlendes Lächeln. »Liebst du ihn?«

»Ich … Er ist ein sturer Esel.«

Felicia lachte. »Aye, genau wie Rory. Sie denken beide, sie wüssten, was für alle anderen das Beste ist. Stur und stolz sind sie. Rory hat sich gebessert … ein bisschen jedenfalls. Lachlan allerdings ist ganz anders.«

»Es geht nicht nur um mich«, sagte Juliana. »Meine Mutter ist in Spanien. Sie ist Engländerin, und mein Vater hat sie dafür immer verachtet, obwohl er ihre Familie dazu benutzt hat, seinen Reichtum zu vergrößern. Sollte diese Heirat, zu der er mich zwingen will, nicht stattfinden, wird er keinen Grund mehr haben, meine Mutter am Leben zu lassen. Er könnte eine neue Ehe eingehen, mit einer Spanierin mit einer guten Mitgift.«

Felicias Blick umwölkte sich, und sie nahm Julianas Hand. »Ich hatte niemanden«, sagte sie leise. »Niemanden außer Jamie. Meine Eltern waren gestorben, als ich noch ein kleines Kind war, und Angus Campbell hatte mich aufgenommen. Aber er brachte mir keine Zuneigung entgegen, oder zumindest damals nicht.«

»Hilf mir«, bat Juliana.

»Damit würde ich Patrick vielleicht schaden«, sagte Felicia. »Rory würde mir das nie verzeihen.«

»Ich würde sagen, die *Sofia* sei an der englischen Küste gesunken und ich sei die einzige Überlebende.«

Felicia starrte sie verwundert an. »Aber es wäre eine sehr lange und gefährliche Reise für dich, und dann müsstest du auch noch sehr glaubhaft sein. Ich will dich nicht kränken, aber du bist keine gute Lügnerin, Juliana.«

Die Bemerkung entlockte Juliana ein Lächeln. Und Felicia hatte immerhin nicht Nein gesagt. Und sie war auch nicht hinuntergelaufen, um es Rory oder Patrick zu erzählen. Noch nicht. Eine winzig kleine bittersüße Hoffnung begann in Juliana zu erwachen.

»Ich kann es aber sein«, erwiderte sie. »*Falls* ich hier herauskomme.«

»Und Patrick? Er liebt dich.« Felicia sprach mit einer solchen Überzeugung, dass Juliana versucht war, ihr zu glauben.

»Er will nichts mit mir zu tun haben.«

»Das stimmt nicht. Genau wie Rory fürchtet er sich nur davor zu lieben. Weil dieser Gedanke all das außer Kraft setzt, woran sie glaubten. Für einen stolzen Mann ist es sehr schwer, das zuzugeben.«

»Selbst wenn das stimmte, bin ich hier eine Gefahr für ihn. Und mein Verschwinden könnte für meine Mutter den Tod bedeuten.«

»Was für schwere Entscheidungen.«

An Felicias Ton erkannte Juliana, dass sie vermutlich auch schon schwere Entscheidungen getroffen hatte, und deshalb wartete sie ab.

Der kleine Patrick hatte das Pferdchen mittlerweile im Stich gelassen und trommelte jetzt mit Holzlöffeln gegen den Tisch.

Juliana fragte sich, wie es sein mochte, so glücklich zu sein, wie Felicia es offensichtlich war. Aber sie bezweifelte, dass sie selbst das je erfahren würde.

»Überleg dir gut, was du riskierst«, sagte Felicia leise. »Es ist ein langer Weg nach England, und wenn du dort bist, muss deine Geschichte überzeugend sein. Denn wenn sie es nicht ist, könnten viele Menschen sterben.«

»Das werden sie vielleicht auch, wenn ich es nicht riskiere.«

»Ich habe auch schon versucht, Menschen zu retten, und es ist nie so ausgegangen wie geplant«, sagte Felicia. »Dabei hätte ich

Rory fast verloren und Jamie und Lachlan noch dazu. Pläne, die nobel und mühelos scheinen, sind gewöhnlich keines von beidem.«

»Ich weiß nicht, was ich sonst tun soll.«

Felicia umarmte sie. »Überleg dir das sehr gründlich. Du hast ein gutes Herz, Juliana, und ich glaube, Patrick braucht ganz dringend eines, das für ihn schlägt.«

Felicia suchte ihren Blick. Ihre Augen waren warm und mitfühlend. Wie mitfühlend?

Juliana holte tief Luft. »Wirst du mir helfen?«, fragte sie.

»Nein«, sagte Felicia leise. »Ich kann Patrick nicht verraten, kaum dass er wieder zu Hause ist. Weder er noch Rory würden mir das je verzeihen. Und selbst wenn ich bereit wäre, das zu riskieren, glaube ich nicht, dass es sich machen ließe.«

Juliana erhob sich. »Aber du wirst ihnen doch nichts erzählen?«

»Nein, das werde ich auch nicht tun.«

»Danke«, sagte Juliana.

Felicia zögerte, dann fragte sie: »Du weißt, dass Patrick morgen nach Edinburgh aufbricht?«

Juliana schüttelte den Kopf und spürte, wie ihr Magen sich verkrampfte.

»Männer können solche Narren sein«, sagte Felicia. »Aber mach dich deswegen nicht auch zum Narren.«

Juliana nickte und ging. Sie war jetzt auf sich selbst gestellt.

Patrick schaffte es fast den ganzen Tag, Juliana aus dem Weg zu gehen. Am Morgen begleitete er Felicia und ihre Eskorte, bis sie ein gutes Stück von Maclean'schem Land entfernt waren. Er erinnerte sich noch gut der alten Wege, die sie einst entlanggeritten waren, um den Campbells Vieh zu stehlen. Heute waren diese Pfade unbenutzt und überwuchert.

Gerade noch rechtzeitig zur Abendmahlzeit kam er zurück. Juliana war nirgendwo zu sehen, und ein Bediensteter sagte Patrick, dass sie das Essen in ihrem Zimmer einnahm.

War sie etwa krank?

Patrick ertappte sich dabei, dass er die Treppe hinaufstürmte.

Er klopfte kurz und öffnete die Tür, ohne eine Antwort abzuwarten. Eine solche Panik war er von sich nicht gewohnt.

Aber schließlich hatte er auch nicht aufhören können, an Juliana zu denken, seit er sie zuletzt gesehen hatte. Er war kurz angebunden, ja, schroff zu ihr gewesen, als er versucht hatte, seine Eifersucht zu beherrschen und nicht dem fast übermächtigen Impuls zu erliegen, sie an sich zu reißen und sie vor allen anderen zu der Seinen zu erklären.

Sie war schon im Nachthemd, und ihr wundervolles Haar fiel ihr in schimmernden Wellen auf die Schultern. Auf dem Tisch standen Teller, die Speisen darauf schienen unberührt.

»Du kannst jetzt gehen«, sagte er zu Carmita.

Das junge Mädchen sah seine Herrin an. Erst nachdem Juliana genickt hatte, huschte Carmita zur Tür hinaus.

»Du bist nicht zum Essen hinuntergekommen.«

»Nein.«

»Bist du krank?«

»Nein.«

»Hat Diego dich in irgendeiner Form gekränkt?«

»Nein«, erwiderte sie mit einem Lächeln, bei dem sich ihm das Herz verkrampfte.

Nervös verlagerte er sein Gewicht von einem Fuß auf den anderen. »Nun ja, wenn es dir gut geht, dann …«

»Mir fehlt nichts.«

Patrick kam sich wie ein Narr vor, als er vor Juliana stand. Sie sah so bezaubernd aus, dass er die Hände nach ihr ausstrecken und sie an sich ziehen wollte. Aber er merkte, dass sie verärgert war, und vermutete, dass er der Anlass war.

»Juliana ...«

»Man sagte mir, du hättest vor, morgen mit Jamie Campbell nach Edinburgh zu reiten.«

»So ist es.«

»Hattest du vor, es mir zu sagen?«

»Aye ...«, log er. In Wahrheit hatte er sich davonstehlen wollen wie ein Dieb, weil ihm nur allzu bewusst war, was geschehen würde, wenn er Juliana Lebwohl sagte.

»Du willst also, dass ich bleibe und auf deine Rückkehr warte. Es kümmert dich anscheinend nicht, dass ich mir Sorgen machen werde. Um meine Mutter, um Carmita und sogar um dich.«

Patrick machte einen Schritt auf Juliana zu. Ihre Augen sprühten jetzt vor Wut.

»Juliana ...«

»Du hältst mich gefangen, verführst mich, ignorierst mich und gehst dann auch noch fort, ohne mir ein Wort zu sagen.«

Trotz ihres Zorns konnte er sehen, wie tief er sie verletzt hatte. Er hatte geglaubt, er beschütze sie, indem er sich von ihr fernhielt, doch das war offenbar ein Irrtum. Einer von vielen.

Er streckte die Hand nach ihr aus, aber Juliana wich vor ihm zurück.

»Nein«, sagte sie.

»Ich will dir nicht noch mehr schaden, Mädchen«, sagte er. »Du könntest ein Kind empfangen. Und ich könnte am Galgen enden. Ich ...«

»Du willst mir keine Wahl lassen, nicht wahr? Dann geh«, sagte sie. »Geh nach Edinburgh, und treib deine gefährlichen Spielchen.«

Eine Träne lief über ihre Wange, und sie wischte sie wütend mit dem Handrücken ab.

Patrick strich ihr mit dem Daumen sanft über die Wange, aber Juliana zuckte zurück.

»Mädchen, so versteh mich doch. Ich muss das tun. Aber wenn ich zurückkomme ...«

Er brach ab, denn er sah etwas in ihren Augen, was ihm nicht gefiel. Eine Reserviertheit, die vorher nicht da gewesen war.

Herrgott noch mal, aber er ertrug es fast nicht mehr, sie nicht zu küssen. Sein Körper schmerzte vor Verlangen.

Er beugte sich vor und küsste sie leicht. »Ich hatte nie die Absicht ...«

Plötzlich schlang sie die Arme um seinen Nacken, und erwiderte seinen Kuss. So hart und heiß, so hungrig und verzweifelt, dass Patrick vor Sehnsucht und Verlangen zu vergehen glaubte.

Doch trotz ihrer leidenschaftlichen Reaktion wusste er, dass dies nicht der richtige Moment war. Nicht für ihn und nicht für sie. Er hatte sie schon einmal verlassen, nachdem er sie geliebt hatte. Er konnte ihr das nicht schon wieder antun.

Widerstrebend löste er sich aus ihren Armen. Mit vor Leidenschaft verhangenen Augen blickte sie zu ihm auf, und Patricks Kehle wurde so eng vor Sehnsucht, dass er kaum noch atmen konnte.

Wortlos wandte er sich ab und stürzte aus dem Zimmer, als wäre ihm der Teufel auf den Fersen.

27. Kapitel

In der Nacht vor Patricks Reise nach Edinburgh kam Denny zu ihm.

Verlegen stand der junge Mann da und sah aus, als wollte er irgendetwas.

Patrick bot ihm ein Glas Wein an.

Aber Denny schüttelte den Kopf und wartete mit einem bangen Blick in seinen Augen ab.

»Möchtest du Inverleith verlassen?«, fragte Patrick schließlich.

Denny schüttelte den Kopf.

»Oder bleiben?«

Wieder ein Kopfschütteln.

»Willst du uns morgen begleiten?«

Diesmal nickte Denny.

Patrick war so überrascht, dass er einen Moment lang nicht wusste, was er sagen sollte. Von Kimbra hatte er erfahren, dass Denny ihrer Ansicht nach alles verstand, was vorging, dass er zuhörte und alles in sich aufnahm, sich dann aber in sich zurückzog und auf nichts mehr reagierte.

Patrick fragte sich, ob ein Grund für Dennys Schweigen die Regeln waren, die auf dem Schiff gegolten hatten. Das Reden war den Sklaven streng untersagt gewesen, und die Ruderer wussten, dass jedes Wort eine Bestrafung nach sich zog. Einige hatten sich das Sprechen einfach abgewöhnt.

Patrick sah den jungen Mann prüfend an. Auf der Ruderbank waren Dennys Augen stumpf und seine Bewegungen schwerfällig gewesen, aber nun fragte sich Patrick, wie viel davon Verstellung war, während Denny versucht hatte zu verstehen, was ihm zugestoßen war. Heute, ohne Bart und mit ordentlich geschnittenem Haar, war sein Aussehen das eines Aristokraten. Seine Bewegungen waren allerdings noch immer langsam und vorsichtig.

Patrick fragte sich, ob es irgendwo jemanden gab, der sich um Denny sorgte und auf ihn wartete. Patrick hatte seine Brüder, die sich zu seinem nicht aufhören wollenden Erstaunen wie eine schützende Barriere um ihn geschart hatten. Und er wusste, wer er war.

Aber was wusste Denny von seiner Vergangenheit?

Vielleicht weckte Edinburgh Erinnerungen in ihm, vielleicht tat es ihm gut, ein paar neue Gesichter zu sehen. Und es wäre auch kein Problem, ihn als seinen oder Jamies Diener mitzunehmen.

Jamie. Plötzlich kam Patrick zu Bewusstsein, dass er den Campbell in Gedanken bereits Jamie nannte. Und dass die Welt davon nicht unterging.

Vielleicht würde Denny ja ein ähnliches Wunder erleben?

Juliana sah Jamie, Patrick, Denny und Lachlan nach, als sie aus dem Burghof ritten, und wünschte, sie könnte sie begleiten.

»Wie oft ich das schon getan habe«, sagte Kimbra wehmütig, die neben ihr stand. »Meinem Liebsten nachsehen, wenn er davonreitet.«

Juliana fragte sich, inwieweit sie sich verraten haben mochte. Wussten schon alle, dass sie und Patrick … sich geliebt hatten?

»Warum nehmen sie Denny mit?«, fragte sie, um von diesem Thema abzulenken.

»Er hat Patrick zu verstehen gegeben, dass er sie gern begleiten würde.«

Julianas Blick folgte Patrick, bis er das Tor passiert hatte, erst dann versuchte sie, sich auf Kimbras Worte zu konzentrieren. Sie hätte nicht überrascht sein müssen, denn außer der wachen

Intelligenz, die sie in Dennys Blick gesehen hatte, und seinem verzweifelten Wunsch, seine Erinnerung zurückzubekommen, zeigte er eine ganz ungewöhnliche Anhänglichkeit an Patrick.

Alle hatten Inverleith verlassen. Patrick. Felicia. Denny. Alle außer Rory, der auch nichts anderes im Sinn hatte, als sie hier gefangen zu halten.

»Es könnte sein, dass Dennys Erinnerung zurückkehrt«, bemerkte Kimbra. »Anfangs vielleicht nur in Bruchstücken, denn so war es auch bei Lachlans Kopfverletzung.«

»Aber bei Denny dauert es viel länger«, sagte Juliana. »Hat Lachlan seine Erinnerungen nicht binnen weniger Wochen zurückgewonnen?«

»Nicht alle. Das hat Monate gedauert. Und Lachlan hatte einen Grund, sich erinnern zu wollen, während Denny wohl keinen hat, wie ich vermute. Als er wieder zu sich kam, war er versklavt und wurde schwer misshandelt.«

»Dafür werde ich mich mein ganzes Leben schuldig fühlen.«

»Das solltest du aber nicht. Es war schließlich nicht dein Werk, Juliana.« Kimbra lächelte ein wenig schüchtern. »Aber ich verstehe dich. Als ich erfuhr, dass meiner Familie befohlen worden war, alle Schotten zu töten, ob sie nun verwundet waren oder nicht, empfand ich genau das Gleiche wie du jetzt. Ich schämte mich, dazuzugehören, obwohl ich keine Macht besaß.«

Sie streckte ihre Hand aus, und Juliana nahm sie und drückte sie. Zum ersten Mal fühlte sie sich nicht allein. Und obwohl sie wusste, dass das Gefühl vermutlich nicht von Dauer sein würde, rührte diese Geste sie. Noch etwas, woran sie sich erinnern würde.

»Ich hatte leider noch keine Gelegenheit, Lachlan richtig kennenzulernen«, sagte sie bedauernd.

»Alle mögen ihn. Aber auch er hatte seine Dämonen, so wie

seine Brüder die ihren hatten. Und manchmal glaube ich, dass sie ihn immer noch verfolgen.« Kimbra lachte plötzlich auf. »Du solltest ihn einmal die Laute spielen hören.«

»Ich habe deine Tochter spielen gehört. Sie ist sehr gut.«

»Lachlan hat ihr Unterricht gegeben. Sie sind sich sehr ähnlich, die beiden, obwohl er nicht ihr leiblicher Vater ist.«

Julianas Herz zog sich zusammen. So viel Liebe lag in Kimbras Blick und im sanften Tonfall ihrer Stimme. Das war es, was auch sie sich wünschte, was sie sich von ganzem Herzen und aus tiefster Seele für sich wünschte.

Sie trat vom Fenster zurück. Die Reiter waren nicht mehr zu sehen, und die Tore waren wieder geschlossen worden.

»Ich werde zu den Pferden gehen«, sagte sie.

»Ach, da fällt mir etwas ein – Audra liegt mir schon seit Tagen in den Ohren, mit ihr zu einem Picknick an den See zu reiten«, sagte Kimbra plötzlich. »Vielleicht kannst du uns ja begleiten.«

»Und wann wäre das?«, fragte Juliana erwartungsvoll.

»Vorher muss ich natürlich Rory um Erlaubnis bitten«, sagte Kimbra. »Ich werde im Laufe des Tages mit ihm sprechen.«

»Danke«, sagte Juliana hocherfreut. Ob sie diese Gelegenheit zur Flucht nutzen konnte, wusste sie nicht, aber sie wollte auf jeden Fall aus diesen Mauern heraus und etwas mehr von der Umgebung sehen.

Sie verließ das Zimmer und ging zu den Ställen. Als sie den Burghof überquerte und im Übungsbereich Diego mit einem Maclean fechten sah, blieb sie stehen, um dem Kampf zuzusehen. Sie fochten mit Breitschwertern, und obwohl Juliana schon viel über Diegos Geschicklichkeit gehört hatte, war sie doch erstaunt, wie gut er sich gegen einen sehr viel stämmigeren Mann behauptete. Er war ungeheuer flink und blieb ständig in Bewegung, während sein Gegner in seinen Vorstößen viel berechenbarer war. Diego parierte sauber einen schweren Schlag, der am Rande seines Schilds abprallte, tänzelte zur Seite und ließ sein Schwert auf die Waffe seines Gegners herunterkrachen. Sie entglitt dem Maclean und schlitterte über den Boden.

Damit war der Kampf beendet, und Diego wandte sich ab, aber der Maclean warf sich von hinten auf ihn und stieß ihn hart zu Boden.

Juliana sah den Ausdruck jäher Wut über Diegos Gesicht gleiten. Er trug noch immer eine schwarze Hose, die er sich – wenn sie sich nicht irrte – aus der Kabine ihres Onkels genommen hatte. Dazu ein weißes Hemd, das sich von seiner olivfarbenen Haut und seinem schwarzes Haar kontrastreich abhob. Er war ein Bild der Wut und Eleganz, als er sich aufrichtete und herumfuhr. Seine Faust traf den Maclean mit einer solchen Wucht, dass Juliana es hören konnte, obwohl sie in einiger Entfernung vom Geschehen stand. Der Maclean rappelte sich auf und zückte seinen Dolch. Auf dem Gesicht des Spaniers zeigte sich jetzt unbändige Wut, ein solch unversöhnlicher Zorn, dass es Juliana eiskalt über den Rücken lief.

Mit einem einzigen Hieb auf das Handgelenk des Macleans schlug Diego ihm das Messer aus der Hand. Die Bewegung war so schnell, dass sie fast nicht zu erkennen war. Dann schlug er den Mann nieder und hieb mit den Fäusten auf ihn ein, bis endlich zwei andere Macleans herbeigelaufen kamen und Diego wegzogen.

Der Spanier richtete sich auf, schüttelte die Männer ab und ging davon. Juliana beeilte sich, ihn einzuholen.

Als spürte er eine drohende Gefahr, fuhr er plötzlich herum. Sein Hemd war blutbefleckt, und das dunkle Haar fiel ihm in die Stirn. Er verzog das Gesicht zu dem mokanten kleinen Lächeln, das so typisch für ihn war. »Hat Euch noch nie jemand gesagt, dass Ihr Euch nicht von hinten an jemanden heranschleichen sollt?«

»Ich habe mich nicht an Euch herangeschlichen«, entgegnete

sie, so würdevoll sie konnte. »Aber ich habe Euch beobachtet und dachte, ich könnte Euch vielleicht helfen … Eure Wunden versorgen.«

Er blickte auf sein blutiges Hemd herab und blinzelte überrascht. »Es ist ein Maclean'sches Hemd«, sagte er wegwerfend. »Und was die Wunden angeht, so habe ich schon schlimmere gehabt.«

»Ich weiß«, sagte sie. »Und das tut mir auch sehr leid.«

»Das braucht es nicht. Ihr hattet nichts damit zu tun. Im Grunde wart Ihr vermutlich sogar unser aller Rettung.«

Juliana dachte einen Moment darüber nach. »Wieso das?«

»Weil wir Euretwegen auf dem Weg nach England waren und Ihr eine Ablenkung für die Besatzung wart.«

Sie näherten sich den Stallungen. »Erlauben die Macleans Euch auszureiten?«

»Nicht allein.«

»Ich verstehe immer noch nicht, wieso Ihr nicht fortgegangen seid. Ihr hättet frei sein können, wäret Ihr mit den anderen gefahren.«

»An Bord eines Schiffs zu sein entspricht derzeit nicht meiner Vorstellung von Freiheit, Juliana. Ich habe lieber festen Boden unter den Füßen.«

Es war das erste Mal, dass er sie mit ihrem Vornamen angesprochen hatte, und ihre nicht zu übersehende Überraschung brachte wieder ein Lächeln auf seine Lippen. Aber es war kein nettes Lächeln.

»Ich kann auch Señorita sagen, wenn Ihr das vorziehst«, sagte er nicht ohne Schärfe in seiner Stimme.

»Nein, Juliana ist mir lieber.«

»Gut.«

Er ging weiter auf die Ställe zu, und sie folgte ihm, ohne sich darüber klar zu sein, aus welchem Grund.

Aber nein, natürlich wusste sie, warum. Diego war ihr nach

wie vor ein Rätsel. Nichts an ihm passte zusammen. Seine Ausdrucksweise war die eines kultivierten Mannes, aber er hatte auch etwas Raues, Wildes an sich. Er sprach ein gepflegtes Spanisch und auch ein fast akzentfreies Englisch, und dennoch hatte sie ihn gerade kämpfen sehen wie einen Raufbold.

Sie erreichten den Stall, und Juliana beobachtete ihn, als er, ohne sie weiter zu beachten, leise zu den Tieren sprach. Die Pferde spitzten die Ohren und kamen zu ihm. Er schien mit ihnen genauso gut umgehen zu können wie mit einem Schwert.

Zu ihrer Überraschung ging er dann zum hinteren Teil des Stalls, wo eine Hündin ihre Welpen säugte. Er betrachtete die Tiere mit einem seltsamen Ausdruck auf seinem Gesicht. »Es erstaunt mich«, sagte er dann, »wie gut diese Hündin sich um ihre Welpen kümmert, sogar um den kleinsten und schwächsten unter ihnen.«

»Ich glaube, Tiere werden schon mit dem Wissen geboren, was sie tun müssen.«

»*Si*«, stimmte er ihr zu. »Ein Talent, das viele Menschen nicht besitzen.« Er bückte sich, um einen der Welpen aufzuheben, und streichelte ihm den Bauch. Die Zärtlichkeit dieser Geste stand in krassem Gegensatz zu der Gewalttätigkeit, mit der er vor wenigen Minuten auf seinen Gegner eingeschlagen hatte.

Seine Worte hatten merkwürdig flach und emotionslos geklungen. Mitleidlos. Und doch so voller Bedeutung. Aber jetzt war nicht der richtige Moment, weiter über dieses Thema zu sprechen. Jedoch vielleicht über ein anderes.

Juliana wechselte vom Englischen ins Spanische. »Ihr habt meine Frage vorhin nicht wirklich beantwortet. Warum seid Ihr nicht mit den anderen mitgefahren?«

»Ich dachte, das hätte ich schon erklärt«, erwiderte er auf Spanisch, obwohl er über den Wechsel überrascht zu sein schien. Dann blickte er sich um, sah einen Stallburschen und zuckte mit den Schultern.

»Ihr habt gesagt, Ihr wolltet nicht wieder auf ein Schiff, und die Macleans seien Euch sympathisch.«

Diego antwortete nicht, sondern sah Juliana wachsam an.

»Ich glaube aber nicht, dass das die wahren Gründe sind. So lang wäre die Reise nicht gewesen.«

»Und die Macleans?«, warf er ein.

»Ihr kommt mir nicht gerade wie ein besonders sentimentaler Mensch vor.«

»Ach nein?«

Juliana hätte am liebsten mit dem Fuß aufgestampft, so verärgert war sie darüber, dass er ihr immer wieder auswich. Eine direkte Antwort von ihm zu bekommen, schien unmöglich.

»Werdet Ihr mir helfen?«, fragte sie geradeheraus, weil sie keine Lust mehr hatte, um den heißen Brei herumzureden.

Er zog eine Augenbraue hoch. »Wobei?«

»Ich will weg von Inverleith.«

Seine Augenbraue fuhr noch weiter in die Höhe. »Ihr führt also doch etwas im Schilde. Ihr habt gesagt, das stimmt nicht.«

»Es ist wichtig, dass ich gehe, denn sonst bringe ich hier alle in Gefahr«, sagte sie. »Auch Euch«, fügte sie hinzu, um an seinen Selbsterhaltungstrieb zu appellieren.

»Und deshalb wollt Ihr Euch für uns alle opfern?«, fragte er mit diesem spöttischen Lächeln, mit dem er sie immer wieder von Neuem irritieren konnte.

»Es wäre kein Opfer. Ich würde eine von meinem Vater arrangierte Ehe eingehen und in eine reiche Familie einheiraten.«

»Und warum sollte ich Euch dabei behilflich sein?«

»Ich habe etwas Schmuck. Den könnt Ihr haben.«

Seine Augen funkelten sie kalt an. »Und Ihr glaubt, ich nähme Eure dreißig Silberlinge?«

Juliana begriff, dass sie einen Fehler gemacht hatte.

»Wisst Ihr, im Grunde kenne ich Euch ja überhaupt nicht, Diego«, sagte sie. »Aber wenn Geld Euch nicht interessiert, dann müsst ihr für die Macleans tatsächlich etwas übrig haben. Und in dem Fall müsste Euch eigentlich bewusst sein, dass Ihr und ich eine Gefahr für sie darstellen. Zwei Spanier auf Inverleith, das wird den Leuten mehr als nur ein bisschen seltsam vorkommen. Es wird sich herumsprechen. Und jede Rückfrage könnte Patricks Tod bedeuten.«

»Diese Heirat ... seid Ihr sicher, dass das Euer Wunsch ist?«

Juliana hatte ihm nichts über die Umstände ihrer Verlobung erzählt, und deshalb zögerte sie einen Moment, bevor sie sagte: »*Si.*«

»Ich habe hier nicht mehr Freiheiten als Ihr«, erklärte er. »Wie sollte ich Euch da helfen können?«

»Ich denke, Ihr seid klug genug, einen Weg zu finden.«

»Und wie würdet Ihr Euer wundersames Überleben erklären, wenn Euer Onkel, die Besatzung und Eure Mitgift auf Nimmerwiedersehen verschwunden sind?«

»Ich werde sagen, dass die *Sofia* während eines Sturms gesunken ist. Und dass ich nur überlebt habe, weil Ihr mir geholfen habt. Mein Vater würde Euch sehr gut dafür belohnen.«

»Ich bin ein verurteilter Straftäter, Juliana.«

»Patrick sagte, die ... Rudersklaven seien nur als Nummern bekannt gewesen. Ihr könntet den Namen eines der Besatzungsmitglieder annehmen.«

»Ihr scheint Euch das gut überlegt zu haben. Wart Ihr so sicher, dass ich Euch helfen würde?«

»Nein. Aber ich dachte, wenn Ihr nicht einverstanden wärt, dann würde ich eben allein fliehen.«

»Ich habe nicht gesagt, dass ich einverstanden bin.«

Juliana sagte nichts und wartete ab.

»Ihr habt mir auch noch nicht gesagt, wie ich Euch helfen soll, aus Inverleith herauszukommen.«

»Kimbra hat mich zu einem Picknick eingeladen. Wenn Ihr zur gleichen Zeit ausreiten würdet ...«

»Ich werde es mir überlegen.«

Sein Gesicht verriet ihr, dass sie im Moment nicht mehr bei ihm erreichen würde.

»*Gracias*«, sagte Juliana.

»Dankt mir nicht«, widersprach er. »Es ist ein waghalsiger Plan, und Ihr verlangt von mir, dass ich jemanden verrate ...«

Mehr sagte er nicht.

»Kommt mit in die Burg, dann kann ich mich um Eure Wunden kümmern«, erbot sie sich.

»Nein, das tue ich schon selbst«, versetzte er, und der Blick, den er ihr zuwarf, war alles andere als freundlich. Er war verärgert, und Juliana wusste nicht, womit sie das verursacht hatte.

Sie erschauderte. Würde er jemandem von ihren Plänen erzählen? Und warum war er so ärgerlich?

Aber viel wichtiger war die Frage, wieso sie eigentlich glaubte, ihm vertrauen zu können. Nicht nur, was ihre Flucht betraf, sondern auch während der Reise nach London, die mindestens genauso gefährlich war.

Juliana wusste nicht, ob er erriet, welche Gedanken ihr durch den Sinn gingen. Sie hörte ihn leise auf Spanisch fluchen. Dann verließ er ohne ein weiteres Wort den Stall.

28. Kapitel

Lachlan ritt Tag und Nacht, nachdem er Inverleith verlassen hatte.

Er hatte ein zweites Pferd mitgenommen und wechselte die Tiere unterwegs. Das zweite Pferd war aber auch noch für einen anderen Zweck bestimmt: Es war ein Gastgeschenk für den als jähzornig bekannten Thomas Charlton, einem der gefährlichsten englischen Plünderer an der Grenze. Lachlan war dereinst sein Gefangener gewesen.

Er wollte Charlton um seine Hilfe bitten.

Es war eine etwas merkwürdige Freundschaft, die sie verband. Charlton hatte zwar nicht viel für die Schotten übrig, wohl aber für eine gute Partie Schach. Während seiner Zeit als Gefangener bei ihm hatte Lachlan seine Begabung für dieses Spiel entdeckt, und die beiden Männer hatten sich bei so manch einer Partie aneinander gemessen.

Lachlans Pferd, ein Geschenk Charltons, war ein *Hobbler.* So wurden die Pferde genannt, die in den Grenzgebieten beheimatet waren. Hobbler hatten ein zotteliges Fell und waren von eher kleiner Statur, dabei jedoch ungemein robust und sehr viel ausdauernder als die Pferde aus den Highlands. Im Gegenzug für diesen *Hobbler* brachte Lachlan Charlton nun ein Pferd aus der Maclean'schen Zucht mit. Lachlan wusste, dass Thomas Charlton schon seit Langem versuchen wollte, diese beiden Rassen miteinander zu kreuzen.

Der Ritt war verdammt unbequem gewesen. Am Tag seines Aufbruchs hatte es zu regnen begonnen und während der letzten beiden Tage nicht mehr aufgehört. Lachlan war nass bis auf die Haut, durchgefroren und müde, als er die Turmfeste der Charltons erreichte.

Er hörte, wie Alarm geschlagen wurde, und ritt nahe an das Tor heran, so dass der Posten ihn erkannte und ihm öffnete.

Als er aus dem Sattel stieg, wurde er von Charltons umringt, die wissen wollten, wie es Kimbra ging. Nachdem er ihre Fragen beantwortet hatte, ging er zu der Tür hinüber. Der Turm hatte weder etwas von Inverleith' Schönheit noch von dessen Bequemlichkeit. Mit seinen dicken, groben Steinmauern war der schlichte Turm ein weitaus weniger beeindruckendes Bauwerk. Der einzige Schutz vor Eindringlingen waren die mächtige Eingangstür und die Tatsache, dass die Verteidiger vom Turm siedendes Öl und Steine auf mögliche Angreifer hinunterregnen lassen konnten.

Die Tür wurde geöffnet, und der alte Charlton hinkte heraus. Er breitete die Arme aus, und Lachlan ließ eine derbe Umarmung über sich ergehen. »Wie geht es meiner Kimbra?«, wollte Thomas Charlton wissen.

»Gut, und Audra auch«, erwiderte Lachlan mit einem Grinsen. Bei dem Gedanken an Kimbra musste er immer lächeln.

Der Blick Thomas Charltons richtete sich auf das mitgebrachte Pferd. »Ein zweites Pferd?«, fragte er und sah das Tier begehrlich an.

»Aye. Ein Geschenk für dich.«

Charlton ging zu dem Tier hinüber und strich ihm über die Flanke. »Ein schönes Geschenk.« Dann schärfte sich sein Blick. »Und welche Gegenleistung erwartest du von mir?«

Lachlan grinste. »Nur Informationen.«

»Das gefällt mir so an dir, Maclean. Du redest nicht lange um den heißen Brei herum. Komm herein. Einer der Stallburschen wird sich um die Pferde kümmern.«

Lachlan folgte Thomas Charlton in den Turm. Der Mann mochte ein blutrünstiger Dieb und Straßenräuber sein, aber an seinem Ehrenkodex hielt er streng fest. Für einen Verbündeten und Freund würde er alles tun. Aber mochte Gott seinen Feinden beistehen.

Thomas Charlton führte seinen Gast die Treppe hinauf zu seinem Zimmer. An seinem Gang war zu erkennen, dass die Gicht ihn immer noch genauso plagte wie zuvor. Aber er hatte ja auch nicht mehr Kimbra in der Nähe, um ihm seinen Tee zu mischen und ihm Umschläge zu machen.

Als hätte Charlton erraten, was Lachlan dachte, ließ er sich in einen Lehnstuhl fallen. »Ich hätte euch die Heirat nie erlauben sollen«, brummte er. »Ich brauche eine Heilerin in meiner Nähe.«

»Dann ist es ja gut, dass Kimbra dir ein paar Blätter für deinen Heiltrunk mitgeschickt hat«, sagte Lachlan lächelnd.

»Ich brauche sie aber immer hier. Du hättest *sie* mitbringen sollen«, murrte Charlton. »Also was willst du? Du siehst aus, als hättest du unterwegs keine Rast gemacht.«

»So ist es. Ich brauche Informationen über den Earl of Chadwick und seinen Sohn. Seine Besitzungen liegen nicht weit von hier. Und du scheinst ja immer gut über alle Bescheid zu wissen.«

»Warum interessierst du dich für diese Leute?«, wollte nun Charlton wissen.

»Das kann ich dir nicht sagen. Aber es ist sehr wichtig für mich.«

Thomas Charlton sah ihn durchdringend an. »Ich weiß, wie ungern du um Hilfe bittest. Also muss es wirklich wichtig sein.«

»Aye.«

»Seine Lordschaft hält sich zurzeit viel im Norden auf«, sagte Charlton. »Wie ich hörte, ist er krank.«

»Und sein Sohn?«

»Ah, der Viscount. Ein unangenehmer Mensch, soviel man hört. Er nahm den Platz seines Bruders ein, nachdem Garrett getötet worden war.«

»Wie ist er umgekommen?«

Charlton zuckte mit den Schultern. »Irgendwo in Spanien,

heißt es.« Er schwieg einen Moment. »Ein Jammer. Garrett war bei den Grenzbewohnern sehr beliebt. Er hat an unseren Turnieren teilgenommen und war ein guter Schwertkämpfer. Er war ein Ehrenmann. Und was uns über den neuen Viscount an Gerüchten zu Ohren kommt, spricht nicht unbedingt für ihn.«

»Und sein Vater?«

»Der ist wie die meisten hohen Herren«, erwiderte Thomas Charlton verächtlich. »Ehrgeizig und rücksichtslos. Aber das muss man wohl auch sein, wenn man an der Seite eines Königs sitzt.«

»Hast du etwas über die Geschäfte dieser Leute gehört?«

Charlton schüttelte den Kopf. »Sie besitzen Schiffe, aber sie betreiben keinen Schmuggel – zumindest nicht mit uns. Nicht wie ihr Macleans«, sagte er eine Spur ironisch. Er spielte damit auf Lachlans gelegentliche Grenzbesuche mit einem der Maclean'schen Schiffe an. Der Handel mit Schmuggelware hatte sich für beide Familien zu einem lukrativen Geschäft entwickelt, das den zusätzlichen Vorteil hatte, dass Kimbra diese Fahrten nutzen konnte, um ihre Angehörigen zu besuchen.

»Sie haben einen spanischen Partner«, sagte Lachlan.

»Das überrascht mich nicht. Dadurch bekommen sie Zugang zu Häfen, den die Engländer nicht haben.«

»Einige der Schiffe sind Galeeren, die mit Rudersklaven bemannt sind.«

Charlton zog die Augenbrauen hoch. »Und das missbilligst du?«

»Es kursieren Gerüchte, dass einige der Sklaven Engländer sein könnten, die nichts anderes verbrochen haben, als zur falschen Zeit am falschen Ort gewesen zu sein.«

»Das kann ich mir bei Chadwick eigentlich nicht vorstellen. Sein guter Ruf geht ihm über alles, und die Krone würde diese Praktiken nicht gutheißen. Aber sein Sohn … na ja, dem traue ich das schon zu.«

Lachlan zuckte mit den Schultern. »Das war es, was ich von dir wissen wollte.«

Thomas Charlton legte sein von der Gicht geschwollenes Bein auf einen Schemel. »Du willst diesen Kingsley loswerden?«

Trotz seines derben Äußeren und seines Rufes als Plünderer und Bandit war Charlton kein Narr, auch wenn er Fremden manchmal gern das Gegenteil weismachte. Er war allein durch seine Rücksichtslosigkeit zum Oberhaupt der Familie aufgestiegen und bewahrte seine Stellung durch seine unverbrüchliche Loyalität.

»Ich möchte mehr über ihn wissen, um ihn vernichten zu können ... sofern er schuldig ist.«

»Ich glaube, dass dir die Frage nach seiner Schuld gar nicht so viel Kopfzerbrechen bereitet«, meinte Thomas Charlton.

»Richtig. Wenn er so ist, wie du sagst, dann kümmert mich das in der Tat nicht.«

»Gott bewahre, aber ich möchte wirklich kein Feind der Macleans sein.«

Lachlan zuckte innerlich zusammen. Von dem idealistischen jungen Mann, der einmal Priester hatte werden wollen, hatte er sich weiter entfernt, als er es je für möglich gehalten hatte. Aber er verabscheute Grausamkeit, und die Vorstellung, Juliana in eine Ehe mit einem Mann wie Kingsley zu entlassen, verursachte ihm körperliche Übelkeit. »Wir möchten auch kein Feind der Charltons sein.«

»Dann komm und iss mit uns zu Abend. Danach können wir zwei in Ruhe Pläne schmieden.« Thomas Charlton schien überaus erfreut über die Aussicht.

»Ich habe es eilig«, sagte Lachlan, »und hatte gehofft, du hättest vielleicht irgendwo in London einen Informanten.«

»Du willst nach London?«

»Aye.«

»Morgen bei Tagesanbruch werden Pferde und ein Führer

für dich bereitstehen. Ich kenne genau die richtige Person in London.«

»Ist er ehrlich?«

»Nein, aber der beste Dieb der Stadt. Und er ist über jedermann im Bilde.«

»Ich wusste, dass du mir helfen kannst.«

»Stets zu Diensten«, erwiderte Charlton mit einem Grinsen, das selbst dem Teufel alle Ehre gemacht hätte.

Regen, Regen, Regen.

Juliana hatte einen der Welpen aus dem Stall in Audras Zimmer geholt.

Bär stieß das Hündchen, das die Augen soeben erst geöffnet hatte, mit der Nase an und leckte es mit seiner großen Zunge.

Es regnete seit Tagen, und das Warten auf eine Nachricht machte Juliana verrückt. Sie hatten noch nichts aus Edinburgh gehört, aber schließlich lag die Stadt ja auch mehrere Tagesritte entfernt.

Diego ging ihr aus dem Weg und ließ durch nichts erkennen, ob sie mit seiner Unterstützung rechnen konnte.

Selbst im strömenden Regen übte er sich im Schwertkampf, als müsste er eine Schlacht gewinnen. Juliana beobachtete ihn von ihrem Fenster aus und fragte sich, was diesen Mann antrieb. Was bedeutete ihm etwas? Sie wusste heute nicht mehr über ihn als an dem Tag, an dem sie sich zum ersten Mal begegnet waren.

Sie wusste nicht, ob er ihr helfen würde. Oder ob er Rory Maclean von ihrem Gespräch berichtet hatte. Eigentlich schloss sie es aus, weil ihr Gastgeber sie weder darauf angesprochen noch ihre Wachposten verstärkt hatte.

Die Macleans waren alle sehr darum bemüht, dass Juliana sich bei ihnen wohlfühlte. Rory war charmant und sagte ihr sogar, sie ließe ihn Felicia ein bisschen weniger vermissen. Aber das glaubte Juliana ihm natürlich nicht. Schließlich war ihr nicht entgangen, wie er Felicia ansah. Es lag immer so viel Liebe in seinem Blick, dass ihr dabei ganz weh ums Herz wurde. Wie mochte es sich anfühlen, so geliebt zu werden?

Audra lachte, als der Welpe sich auf den Rücken rollte, um sich den Bauch kraulen zu lassen. *Das hat der Spanier dem Hündchen beigebracht*, dachte Juliana.

Wenn sie noch länger in diesem Zimmer blieb, würde sie Inverleith nicht mehr verlassen. Das Verführerischste von allem war, dass sie das Gefühl hatte, als wäre wirklich allen sehr daran gelegen, dass sie blieb.

»Regnet es hier immer so viel?«, fragte sie Kimbra, die ihre Tochter beaufsichtigte wie eine Tigerin ihr Junges.

»Aye. Viel zu oft. In Spanien nicht?«

»Dort haben wir mehr Sonne«, erwiderte Juliana diplomatisch, um nicht zu sagen, dass dort fast immer die Sonne schien.

»Ich habe das Picknick nicht vergessen«, sagte Kimbra. »Ich kann dir ansehen, wie ungeduldig du schon wirst.«

»Ach, das ist nur so, weil ich die täglichen Ausritte vermisse, die ich gewöhnt bin«, erwiderte Juliana.

Kimbra nickte. »Ja, mir fehlen sie auch.«

Juliana machte sich nicht gern ein gemeinsames Interesse für ihre eigenen Zwecke zunutze, doch im Moment würde sie jede Gelegenheit zur Flucht ergreifen. So schnell wie möglich. Mit jedem weiteren Moment, den sie hier verbrachte, hatte sie das Gefühl, tiefer und tiefer in einer Art Treibsand zu versinken, nur dass dieser Treibsand eine ganz unerwartete Gefahr barg: Je länger sie auf Inverleith blieb, desto mehr wünschte sie, nie wieder von hier fortgehen zu müssen.

Juliana brachte den Welpen wieder zu seiner besorgten Mutter in den Stall und kehrte in die Burg zurück. In Lachlans Zimmer versuchte sie, ein interessantes Buch zu finden, merkte aber sehr schnell, dass sie zu unruhig zum Lesen war. Sie konnte nicht hierbleiben, während andere irgendwo dort draußen über ihr weiteres Schicksal entschieden.

Sie ging ans Fenster und schaute in den wolkenverhangenen Himmel. Es regnete noch immer.

Was ging jetzt wohl in Edinburgh vor? In London? Oder in Spanien?

Und wann würde sie ihr Schicksal endlich selbst bestimmen können?

Seite an Seite ritten Patrick und Jamie in Edinburgh ein. Denny, der wie ein Bediensteter gekleidet war, ritt seiner Rolle entsprechend eine Pferdelänge hinter ihnen.

Jeder Schritt seines Pferdes brachte Patrick weiter von Juliana fort. Er konnte nicht vergessen, wie sie ihn angesehen hatte, als sie mit ihm über seine Reise nach Edinburgh gesprochen hatte. In ihren Augen lagen Wut und Schmerz und eine Entschlossenheit, die ihm Angst gemacht hatte. Er erinnerte sich an den Mut, den sie bewiesen hatte, als sie sich ihm das erste Mal entgegenstellte. Und an die Kühnheit ihrer Worte.

Würde sie etwas Unüberlegtes tun?

Nein, das war ausgeschlossen. Er hatte Rory gebeten, auf der Hut zu sein, auch wenn sein Bruder der Ansicht war, Juliana fühle sich sehr wohl bei ihnen.

Patrick versuchte, sich auf seine Umgebung zu konzentrieren. Seit seinem letzten Besuch in Edinburgh waren fast anderthalb Jahrzehnte vergangen, und damals war er in diese Stadt gekommen, um bei Turnieren gegen den Mann anzutreten, der jetzt neben ihm ritt. Dass Jamie Campbell einmal sein Reisegefährte sein würde, hätte er niemals für möglich gehalten.

Während der Reise hatten sie darüber gesprochen, was mit Denny werden sollte. Sie wussten nicht, wer er war, aber vielleicht könnte man ihnen am Königshof weiterhelfen, zumal sich dort auch englische Gesandte aufhielten. Patrick und Jamie vermuteten, dass Denny aus guter Familie stammte und den privilegierteren Schichten angehörte. Sein Benehmen und einige seiner Fähigkeiten ließen darauf schließen.

Patrick wandte sich zu Denny um, der interessiert die vom Torfrauch geschwärzten Wohnhäuser betrachtete. Es war ein Risiko, den Jungen mitzunehmen, ein Wagnis, das ihnen Ärger einbringen oder gar in einer Katastrophe enden konnte. Aber andererseits was es durchaus möglich, dass Denny irgendjemanden oder irgendetwas sah, was ihm half, sein Erinnerungsvermögen zurückzugewinnen.

Sie hatten ihr Bestes getan, ihn zu verkleiden. Denny trug das safrangelbe Hemd eines Bediensteten, ein altes Plaid und eine Kappe. Auf einen Diener achtete normalerweise niemand. Kimbra hatte Denny mit einer Pflanzenfarbe das Haar dunkel gefärbt, und Felicia hatte vorgeschlagen, dass er sich zusammengeknülltes Papier in die Wangen stopfen sollte, um seine Gesichtszüge zu verändern. Denny war ermahnt worden, sofort in das Gasthaus zurückzukehren, in dem er mit Patrick logierte, falls er jemanden erkannte.

Als Denny hinter ihnen zurückfiel, lenkte Jamie sein Pferd näher zu Patrick. »Du machst dir Sorgen um unseren Freund?«, fragte er mit gedämpfter Stimme.

»Aye. Kimbra sagt, Lachlan habe begonnen, sich an seine Vergangenheit zu erinnern, als er das Maclean'sche Wappen auf einer Brosche sah«, sagte er.

»Wir wissen nicht, ob Dennys Verletzung von der gleichen Art wie Lachlans war.«

»Nein, aber er erkennt und versteht mehr, als ich dachte. Vielleicht sieht er etwas in Edinburgh, das die eine oder andere Erinnerung zurückbringt.«

Ihr Plan war voller Risiken. Doch seit der Unterzeichnung der

Magna Charta verurteilte England die Sklaverei, und Patrick konnte nicht glauben, dass König Henry einen Verstoß gegen dieses verbriefte Freiheitsrecht stillschweigend billigte. Sollte Denny einer einflussreichen englischen Familie angehören, hätte er vielleicht Verbündete, selbst gegen den mächtigen Viscount Kingsley. Und diese Verbündeten könnten auch den Macleans von Nutzen sein.

Jamie beabsichtigte, in den Gemächern zu wohnen, die den Campbells auf Edinburgh Castle zur Verfügung standen. Jamies Vater war ein enger Berater der letzten beiden Könige gewesen, und in Anerkennung seiner Dienste waren den Campbells Räume zu ihrer privaten Nutzung überlassen worden.

Jamie war allerdings darüber informiert worden, dass der Earl of Angus diese Vereinbarung außer Kraft zu setzen gedachte. Er wollte diese Räume für seine eigenen Freunde, die ein Bündnis mit England befürworteten.

Im Moment jedoch gehörten sie noch Jamie, der auch nicht die Absicht hatte, sie an den Earl of Angus abzutreten. Und dort würde er auch wohnen, während Rory und Denny in einem nahen Gasthof absteigen würden.

Patrick sah Jamie nach, als er durch die Tore der beeindruckenden Festung ritt. Jamie wollte bei der Königin um eine Privataudienz ersuchen, um sie über die wundersame Heimkehr Patrick Macleans zu unterrichten.

29. Kapitel

Nach neun Tagen kam endlich wieder die Sonne hinter den Wolken hervor.

Juliana war in diesen Tagen immer unruhiger geworden. Sie hatten weder von Patrick noch von den anderen etwas gehört. Was, wenn er verhaftet worden war? Oder wenn Lachlan in England gescheitert war? Wenn irgendetwas über den Verbleib des vermissten Schiffes herausgekommen war?

Fest entschlossen, Inverleith noch heute zu verlassen, ging Juliana in das kleine Zimmer neben der Großen Halle, um die Morgenmahlzeit einzunehmen. Zu ihrer Erleichterung erfuhr sie dort, dass Rory Maclean die Burg verlassen hatte, um in einem etwa fünfzehn Meilen entfernten Dorf einen Streit um Vieh zu schlichten. Bis er zurückkehrte, würde die Sonne schon fast untergegangen sein.

Zu unruhig, um etwas zu essen, verließ Juliana die Burg, um den Spanier zu suchen. Sie traf ihn beim Satteln seines Pferdes an und sah, dass die Stallburschen noch andere Pferde sattelten.

»Ihr reitet aus?«, fragte sie Diego leise.

»Ich gehe auf die Jagd.«

Sie sah ihn fragend an.

»Leider habe ich wieder nur ein langsames Pferd bekommen«, fügte er hinzu.

»Und was ist mit Waffen?«

»Wer kann schon ohne Waffen jagen?«

»Ich werde Kimbra fragen, ob wir heute dieses Picknick machen können.«

»Wird Audra bei ihr sein?«

»Ich glaube schon.« Juliana wartete.

Schließlich nickte Diego. »Wo soll das Picknick stattfinden?«

»Sie erwähnte einen See in östlicher Richtung von hier.«

Wieder nickte Diego. »Ich weiß, wo er ist.« Dann wurden seine Lippen schmal. »Euch ist doch klar, dass Patrick Maclean uns verfolgen wird?«

»Er ist nicht hier.«

»Er wird uns nachkommen.«

»Nein«, sagte Juliana. »Er wird nichts tun, was seinem Clan zum Schaden gereichen könnte. Es ist für alle besser so.« Und das war es auch. Patrick fühlte sich ebenso stark zu ihr hingezogen, wie sie sich zu ihm. Aber er hatte nie von Liebe und schon gar nicht von Heirat gesprochen. Er war fortgegangen und hatte sie hier zurückgelassen, als wäre sie bedeutungslos. Sie hatten beide Verpflichtungen, er seinem Clan und sie ihrer Mutter gegenüber. Und sie konnte jeden Verdacht hinsichtlich des Verbleibs der *Sofia* aus der Welt schaffen, wenn sie den Earl of Chadwick und ihren Vater davon überzeugte, dass das Schiff in einem Sturm gesunken war.

»Habt Ihr Gold oder Schmuck?«

»Das solltet Ihr doch am besten wissen«, erwiderte Juliana scharf. »Schließlich habt Ihr selbst ihn mir weggenommen.«

»Ich habe Euch das eine oder andere Teil gelassen. Ich dachte, Ihr hättet vielleicht noch etwas versteckt.«

»Nein.«

Er zuckte mit den Schultern, als spielte das im Grunde keine Rolle. »Und Ihr vertraut mir?«

Sie zögerte lange genug, um Diego wieder ein spöttisches Lächeln zu entlocken.

»Habt Ihr keine Angst, in Begleitung eines entflohenen Sträflings unterwegs zu sein?«, beharrte er.

»Nein«, erwiderte sie wahrheitsgemäß. Denn trotz dieses immerwährenden spöttischen Blicks in seinen Augen, als wäre das Leben ein schlechter Scherz, hatte er auf seine Art sowohl Carmita wie auch sie beschützt. Sie hatte einige von Diegos Wutanfällen miterlebt, aber die waren immer genauso schnell wieder verschwunden gewesen, wie sie gekommen waren.

Er war ein interessanter Mann, auch wenn er nie so anziehend wie Patrick auf sie gewirkt hatte. Und sein Englisch war im Gegensatz zu ihrem fast vollkommen akzentfrei. Für ihre Flucht würde seine Sprachgewandtheit äußerst nützlich sein.

»Ich bin noch nicht sicher, dass ich tun kann, was Ihr wollt«, sagte er.

Juliana spannte sich an.

»Man vertraut mir hier noch nicht«, fügte er hinzu. »Und das ja auch aus gutem Grund.«

»Ihr seid raffiniert genug, einen Weg zu finden«, erwiderte Juliana trocken.

»Nehmt Euren Schmuck mit.«

Sie nickte.

»Wir müssen ihre Pferde stehlen. Das werden die Macleans nicht so einfach hinnehmen.«

»Ihr habt doch das Gold aus dem Verkauf der Schiffsladung. Davon könnt Ihr etwas für sie zurücklassen«, wandte Juliana ein. »Der Earl of Chadwick wird Euch reich belohnen, das schwöre ich Euch.«

»Ich glaube nicht, dass es Euch in Eurer jetzigen Lage ansteht, irgendetwas zu versprechen«, meinte er.

»Wir können meinen Schmuck zurücklassen.«

»Den Macleans sind ihre Pferde weitaus wichtiger als Geld und Schmuck.«

»Dann schicken wir sie zurück.«

Sein Blick durchbohrte sie geradezu. »Und wenn ich nicht mitmache?«

»Dann werde ich einen anderen Weg finden.«

»Genau das befürchtete ich«, sagte er. »Ihr habt kein gutes Urteilsvermögen, was Männer anbelangt. Das lässt allein schon Euer Vertrauen in mich erkennen.« Er schwieg einen Moment.

»Ihr solltet jetzt gehen«, sagte er dann. »Ihr wollt doch bestimmt keinen Verdacht erregen.«

Diego hatte recht. Aber es widerstrebte ihr, zu gehen und sich mit ihren Zweifeln und Carmita auseinandersetzen zu müssen. War es wirklich richtig, was sie tat?

Und was Carmita anging ... Juliana konnte sie nicht mitnehmen. Einerseits, weil Carmita eine noch schlechtere Lügnerin war als sie selbst, und andererseits, weil Juliana ihre junge Zofe nie wieder in Gefahr bringen wollte. Sie war überzeugt, dass Carmita auf Inverleith sicher und gut aufgehoben sein würde. Es würde nicht leicht sein, von ihr Abschied zu nehmen, aber was blieb ihr anderes übrig?

Schweren Herzens ging sie und suchte Kimbra auf. »Können wir heute Nachmittag zu diesem See hinausreiten?«, fragte sie.

»Aye. Ich habe mit Rory gesprochen, und er war einverstanden. Natürlich müssen wir eine Wache mitnehmen. Die Köchin bereitet schon ein Picknick für uns vor.«

»Wann brechen wir auf?«

»In etwa einer Stunde.«

»Dann werde ich bereit sein.«

Nun war Eile angesagt. Juliana brauchte Papier, eine Feder und Tinte, und sie wusste auch schon, wo sie all das finden würde. Sie ging zu dem kleinen Raum, in dem Duncan, der Verwalter, die Buchhaltung für Inverleith erledigte. Zum Glück fand sie alles Nötige sofort und schrieb zwei Briefe – einen an Patrick und Rory, den anderen an Felicia –, die sie im Ausschnitt ihres Kleids verbarg.

Kurz darauf stand sie in ihrem Schlafzimmer Carmita gegenüber. Die junge Zofe war damit beschäftigt, eines von Julianas Kleidern auszubürsten.

Juliana winkte ihr. »Komm und setz dich einen Moment zu mir.«

Ein besorgter Blick erschien in Carmitas Augen. Sie ergriff Julianas Hand. »Ist irgendetwas, Señorita?«

»*Si*. Du kennst meinen Vater, Carmita. Ich habe Angst um meine Mutter, falls sie nichts mehr von mir hört«, sagte sie auf Spanisch. »Und ich fürchte für die Macleans, falls irgendjemand erfahren sollte, dass ich hier bin.«

Carmita nickte, aber sie umklammerte Julianas Hand noch fester.

»Ich muss hier weg«, erklärte Juliana leise. »Ich kann dafür sorgen, dass niemand die Macleans verdächtigt, etwas mit dem Verschwinden des Schiffes zu tun zu haben.«

»Aber wie?«

»Wenn es mir gelingt, bis nach Handdon Castle zu gelangen, kann ich den Earl of Chadwick davon überzeugen, dass die *Sofia* während eines Sturms vor der englischen Küste gesunken ist. Ich werde sagen, dass ein Besatzungsmitglied mir das Leben gerettet hat, und dass wir beide die einzigen Überlebenden sind.«

»Dann komme ich auch mit«, sagte Carmita ohne Zögern.

Juliana schüttelte den Kopf. »Das geht nicht, weil ich doch sagen werde, dass nur zwei von uns den Schiffbruch überlebt haben. Ich will, dass du hier bei Manuel bleibst. Er ist glücklich hier, und du bist glücklich mit ihm. Felicia und Kimbra sind sehr nett, sie werden sich um dich kümmern.«

»Ihr wollt ganz allein von hier fortgehen?«, fragte Carmita erschrocken.

»Nein. Diego wird mich begleiten«, sagte Juliana und betete im Stillen, dass sie sich nicht irrte.

Carmitas Augen verengten sich. »Ihr solltet eine *dueña* bei Euch haben.«

»Ich habe einen *Schiffbruch* überlebt«, erinnerte Juliana das junge Mädchen.

»Ich traue diesem Mann nicht.«

»Ich schon«, sagte Juliana. »Und du musst mir vertrauen.« Nach kurzem Zögern fügte sie hinzu: »Du liebst meine Mutter doch auch, Carmita, und weißt, was mein Vater tun wird, wenn er seine Pläne durchkreuzt sieht. Dann wird er meine Mutter nicht mehr brauchen. Aber wenn ich den Viscount Kingsley heirate, kann ich sie nach England holen.«

»Aber Ihr liebt doch ...« Carmita unterbrach sich und legte eine Hand auf ihren Mund.

»Es steht mir nicht frei, jemand anderen zu lieben als den Mann, den mein Vater für mich ausgesucht hat«, erwiderte Juliana steif.

»Ihr könnt nicht fortgehen, Señorita!«, rief Carmita. »Ich werde sagen, was Ihr vorhabt ...«

»Und würdest uns damit vielleicht alle ins Versterben stürzen«, entgegnete Juliana ruhig. »Denn sollte mein Vater je die Wahrheit herausfinden, wird er vor nichts zurückschrecken, um meine Mitgift wiederzubekommen und Rache für den Tod meines Onkels und den Verlust des Schiffes zu nehmen. Gegen einen Sturm kann er nichts tun, das ist höhere Gewalt.«

Carmita begann zu weinen. »Ich traue Señor Diego nicht. Er hat so kalte Augen.«

»Er hat uns nichts getan«, erinnerte Juliana sie.

»Aber dann werde ich ganz allein hier sein!«

»Du hast Manuel. Ich wünschte, ich könnte dir etwas ...« Juliana verstummte und schaute auf den Ring an ihrem Finger. Sie hatte ihn nicht für besonders kostbar gehalten, als ihre Mutter ihn ihr vor Jahren geschenkt hatte, aber einen gewissen Wert besaß er vermutlich.

Die Halskette und das Armband, die beiden Schmuckstücke, die man ihr gelassen hatte, würde sie für die Reise und als Belohnung für Diego brauchen. »Hier«, sagte sie und drückte Carmita den Ring ihrer Mutter in die Hand.

»Das kann ich nicht annehmen.«

»Du kannst und wirst den Ring annehmen«, sagte Juliana. »Ich will, dass du ihn hast.«

Carmita drückte ihn an ihre Brust. »Aber was ist, wenn die Macleans mich nicht hier wollen?«

»Eines habe ich über die Macleans gelernt«, sagte Juliana mit einem wehen Gefühl im Herzen. »Sie werden einen Platz für dich finden. Und hier bist du viel besser aufgehoben als im Hause meines Vaters.« Und auch besser als auf der Burg des Earls of Chadwick, nach dem, was sie gehört hatte.

Die Tränen strömten noch schneller über Carmitas Wangen und brachen Juliana fast das Herz. »Irgendwann werden wir uns wiedersehen«, versprach sie dem jungen Mädchen. »Das schwöre ich dir bei allem, was mir heilig ist, Carmita. Und ich werde auch einen Weg finden, dir Briefe und Geld zukommen zu lassen.«

Sie umarmte ihre junge Zofe. »Holst du mir jetzt bitte mein graues Kleid?«

Carmita erhob sich widerstrebend und ging zum Schrank. Währenddessen schob Juliana die Briefe, die sie geschrieben hatte, unter die Bettdecke. Carmita sollte sie erst später finden. Das Mädchen war ohnehin sehr verunsichert, was ihre Loyalität anging, und Juliana wollte nichts riskieren.

Schnell schlüpfte sie in das schlichte, aber bequeme Kleid und wartete dann, bis Carmita ihr das Haar gebürstet und zu einem Knoten aufgesteckt hatte. Dann setzte sie eine weiße Haube auf.

»Ich bin gleich wieder da«, sagte Carmita unvermittelt und lief hinaus, bevor Juliana sie daran hindern konnte. Und so blieb sie sitzen und fragte sich, ob Carmita wohl zu den Macleans gelaufen war. Wenn ja, würde sie die Burg nicht mehr verlassen dürfen.

Wie lange war sie nicht mehr außerhalb der Burgmauern gewesen?

Juliana ging ans Fenster und schaute zum Hof hinunter. Zwei Pferde und ein Pony standen gesattelt bereit. Ein mit einem Plaid bekleideter Maclean saß schon auf seinem Pferd und wartete geduldig. Auch Bär saß bei den Pferden.

Ein Frösteln durchlief Juliana. Sie würde alles aufgeben, was sie sich je erträumt hatte – für etwas, von dem sie ahnte, dass es ein einziger Schrecken sein würde. Doch bevor sie weiter darüber nachdenken konnte, kam Carmita mit einem kleinen Lederbeutel in der Hand zurück. »Von Manuel«, sagte sie, als sie ihn ihrer Herrin reichte.

Juliana machte große Augen, als sie ihn öffnete.

Er war bis oben voll mit Goldmünzen.

»Das kann ich nicht annehmen.« Ihre Hände zitterten.

»Ihr könnt es Manuel zurückschicken. Er sagt, er hat noch mehr und will, dass Ihr es nehmt.« Carmita errötete vor Stolz. »Er liebt die Pferde hier, und der Maclean hat ihm versprochen, ihm das Reiten beizubringen. Manuel will einmal Soldat werden. Und er versteht, dass Ihr den Macleans helfen wollt.«

Das ehrte den Jungen, aber was würde geschehen, wenn die Macleans es *nicht* verstanden? Wenn sie Carmita und Manuel hinauswarfen? Oder Schlimmeres? *Aber das werden sie bestimmt nicht tun,* beruhigte sie sich. Es war besser für die Macleans, die beiden hierzubehalten.

»Gebt mir den Beutel«, sagte Carmita. »Ich werde ihn in Euren Umhangsaum einnähen.«

»Meinen Schmuck bitte auch«, sagte Juliana und war froh, dass bei dem kühlen Wetter in den Highlands ein Umhang fast immer vonnöten war.

Binnen weniger Minuten erledigte Carmita ihre Aufgabe. Als sie den Umhang aus der Hand legte, klopfte es an der Tür.

Juliana umarmte Carmita noch einmal. »Ich werde dich nie vergessen. Falls du mich jemals brauchst, dann setz dich mit mir in Verbindung.«

»Aye«, sagte Carmita und lächelte ein wenig, als ihr bewusst wurde, wie mühelos ihr dieses schottische Wort für Ja schon über die Lippen kam.

Auch Juliana versuchte zu lächeln, als sie zur Tür ging. *Denk an etwas Schönes.*

»Wir sind so weit«, sagte Kimbra.

Juliana nickte. »Ich freue mich schon darauf.«

Lügnerin.

Die Königin war so hübsch, wie Patrick hatte sagen hören – und Viscount Kingsley erwies sich als der unangenehme Zeitgenosse, den er erwartet hatte.

Alles war abgelaufen wie geplant. Am dritten Tag nach seiner Ankunft in Edinburgh hatte Patrick eine Audienz bei der Königin, bei der er auch dem jungen König James begegnete. Während der dreitägigen Wartezeit hatte Patrick das Schifffahrtskontor seiner Familie besucht und sich wieder mit Edinburgh vertraut gemacht. Und am Abend vor seiner Audienz bei Margaret hatte er sogar ein paar Stunden mit Jamie und dem Viscount Kingsley beim Würfelspiel verbracht.

Kingsley war ein Schwindler und Betrüger, stellte sich heraus. Er benutzte Würfel, die mit Blei präpariert waren. Während seiner Zeit bei der französischen Armee hatte Patrick oft genug Bekanntschaft mit solchen Tricks gemacht, um sich ganz sicher sein zu können.

Aber er sprach den Viscount nicht darauf an. Es war ihm sogar ganz recht, dass Kingsley ihn für einen Dummkopf und Narren hielt. Er erinnerte sich noch gut an ihre Unterhaltung …

»Ein Maclean, eh? Ich dachte, Ihr und die Campbells hassen sich.«

»Das war einmal«, sagte Patrick.

Kingsley zog fragend eine Augenbraue hoch.

»Wie England und Schottland haben auch wir einen Waffenstillstand geschlossen.«

»Und einen ebenso vorübergehenden vermutlich«, stellte Kingsley mit einem herablassenden Grinsen fest. Schon nach wenigen Minuten hatte er erkennen lassen, dass er sich den beiden Schotten haushoch überlegen fühlte.

Patrick schluckte die Galle herunter, die in seiner Kehle aufstieg. Der Gedanke, dass dieser Mann Julianas Ehemann werden sollte, ließ ihm das Blut in den Adern stocken.

Er dachte an Juliana, die in Inverleith auf ihn wartete. An den feinen Rosenduft, der sie umgab, an ihre Haut, die so weich wie die feinste Seide war, an ihr Lächeln, wenn sie ihn ansah, als würde sie …

Doch zunächst musste er sich um Kingsley kümmern.

»Ich hörte, dass auch Eure Familie sich mit dem Seehandel befasst.«

»Seehandel?« Kingsley machte ein pikiertes Gesicht. »Aristokraten wie wir? Aber ganz gewiss nicht. Meine Familie besitzt *Anteile* an verschiedenen Gesellschaften.«

»Ich bin auch an Anteilen interessiert«, sagte Patrick, während er die Würfel warf und kräftig fluchte, als er nur eine Fünf und eine Drei bekam. »Verdammt, aber das Glück ist heute wirklich nur auf Eurer Seite«, sagte er zu Kingsley und beobachtete ihn scharf.

Dieser Narr nahm seine Worte für bare Münze und grinste schadenfroh. Patrick musterte ihn noch einmal. Kingsley war ein gut aussehender Mann – oder könnte es sein, wenn er weniger korpulent und seine Augen nicht so unstet wären. *Und ein zu weiches Kinn hat er auch,* fand Patrick.

Er trank sein Bier, das nicht das Beste war, aber schließlich hatte er auch schon Schlimmeres getrunken – und schuld daran war zu einem gewissen Teil auch der Mann, der ihm gegenübersaß. Der Abend zog sich endlos hin.

Es war schon früher Morgen, als Patrick Viscount Kingsley verließ. Im Gasthaus ging er noch für ein paar Stunden schlafen und machte sich dann mit Denny auf den Weg nach Edinburgh Castle. Er hatte Denny eine neue Kappe gekauft, die ihm fast bis über die Augen reichte, und er selbst trug die Lederbänder um seine Handgelenke, die er auch gestern Abend schon getragen hatte, um seine Narben zu verbergen. Patrick trug ein Plaid, dazu ein Hemd aus feinstem Leinen und weiche Lederstiefel mit hohem Schaft.

Denny hielt sich im Hintergrund und beobachtete alles sehr genau, als Patrick sich vor der Königin verbeugte und sagte: »Euer ergebenster Diener, Eure Hoheit.«

»Ihr seid ebenso stattlich wie Euer Bruder.«

»Und Ihr seid ebenso schön wie in den Gedichten und den Büchern, die über Euch geschrieben wurden.«

Margaret lächelte. »Und Ihr seid auch ebenso charmant wie Euer Bruder«, sagte sie. »Was hat Euch von uns ferngehalten, nun, da Ihr die Fehde mit den Campbells endlich beendet habt? Mein verstorbener Gemahl war sehr erfreut über die Hochzeit Eures Bruders mit der jungen Campbell.« Ihr Gesicht umwölkte sich plötzlich, und auch Patricks Lächeln verlor sich, als er die dunklen Schatten um ihre Augen bemerkte, die Puder nicht verbergen konnte. Sie war noch jung, da sie schon mit dreizehn Jahren verheiratet worden war, und es war offensichtlich, dass sie ihren verstorbenen Gemahl noch immer sehr vermisste.

»Es waren viele unangenehme Umstände, die mich ferngehalten haben, Majestät. Ich habe einige Jahre aufseiten der Franzosen gekämpft, und danach war ich sehr lange krank.«

»Dann seid Ihr wohl für eine Allianz mit Frankreich?«

»Dazu habe ich keine Meinung«, erklärte Patrick. »Ich war zu lange fort, um beurteilen zu können, ob Frankreich oder England der bessere Verbündete ist, doch an Eurer Stelle wäre ich auf der Hut vor unserem Nachbarn im Süden. König Henry ist nicht weit von uns entfernt – und gierig.«

»Er ist mein Bruder.«

»Das bedeutet nicht, dass er nicht gierig ist.«

Patrick hörte, wie jemand scharf einatmete, und nahm eine Bewegung hinter sich wahr. Er wandte sich um.

Der ganz in Purpurrot gekleidete Viscount Kingsley kam mit großen Schritten auf sie zu. »Ihr untersteht Euch, meinen König als gierig zu bezeichnen?«, fragte er aufgebracht und beging den Fehler, Königin Margaret zu ignorieren.

»Dass er Euer König ist, macht ihn nicht unanfällig gegen Gier«, entgegnete Patrick milde.

»Der Maclean hat recht«, warf Margaret augenzwinkernd ein. »Ich kenne meinen Bruder und weiß, wie raffgierig er ist.«

Patrick glaubte, Kingsley würde der Schlag treffen, so puterrot, wie dessen Gesicht sich färbte. Doch dann schien er sich daran zu erinnern, wo er war, und verbeugte sich tief vor der Königin. »Ich wollte Euch nicht stören, Majestät, aber man hat mich zurückbeordert. Ich bin nur gekommen, um Euch zu sagen, dass ich morgen abreise.«

»Ist jemand erkrankt?«, fragte sie mit aufrichtiger Sorge in den Augen, die darauf schließen ließ, dass Kingsley offenbar schon einiges bei ihr erreicht hatte.

»Nein, das nicht, aber das Schiff, auf dem meine Braut reist, müsste inzwischen eingetroffen sein, und ich habe mich schon zu lange aufgehalten.«

»Ach ja, die spanische Braut«, sagte Margaret nun verstimmt. »Mein Bruder ist offenbar entschlossen, sich durch entsprechende Eheschließungen mit jedem größeren Land, zu verbünden.«

»Und Schottland zu isolieren«, warf Patrick scheinbar arglos ein.

Margaret hob ihre Hand. »Keine Politik mehr. Ich heiße Euch, Patrick Maclean, an meinem Hof willkommen, und Euch, Viscount Kingsley, wünsche ich viel Glück zu Eurer bevorstehenden Heirat. Ich freue mich schon darauf, Eure Gemahlin kennenzulernen.«

Und damit erhob sie sich und entließ sie alle. Nachdem sie sich verbeugt hatten, verließen sie rückwärts gehend das Audienzzimmer.

Kingsley stammelte vor Wut, als die Tür hinter ihnen geschlossen worden war. »Ich ... ich ... werde Eure Worte nicht vergessen!«, fauchte er und ging davon.

Jamie seufzte. »Dir scheint viel daran zu liegen, Eindruck auf die Königin zu machen«, bemerkte er ironisch.

Patrick zuckte mit den Schultern. »Du und Rory wart es doch, die wollten, dass ich mich bei Hofe präsentiere und mich als neuer Clanchef der Macleans vorstelle«, sagte er.

»Na ja, du hast keinen schlechten Eindruck gemacht, glaube ich. Obwohl Margaret uns so abrupt entlassen hat, bewundert sie Menschen, die ihre Meinung offen kundtun.«

»Wir werden sehen«, meinte Patrick. »Ich bin noch nie vor einem Kampf zurückgeschreckt.«

»Das ist mir nicht entgangen«, versetzte Jamie trocken.

Patrick sah sich nach Denny um. Ihr Gefährte stand im Schatten einer Wand, wo er mit kreidebleichem Gesicht, zitternden Händen und schweißbedeckter Stirn auf sie wartete.

»Was hast du Denny?«

Sein Blick irrte umher, als suche er jemanden.

Außer der königlichen Garde war nur Kingsley auf dem Gang gewesen. »Suchst du Viscount Kingsley?«, fragte Patrick.

Etwas schwer zu Bestimmendes flackerte in Dennys Augen auf.

»Du hast ihn schon einmal gesehen?«

Auf Dennys Gesicht zeigte sich Verwirrung, sein Körper war vor Anspannung wie erstarrt. Kingsleys Anblick schien irgendetwas in ihm ausgelöst zu haben. Aber was?

»Viscount Kingsley ist der Sohn des Earls of Chadwick«, erklärte Patrick ihm. »Er ist der Mann, dem Juliana versprochen wurde.«

»Woran erinnert er dich, Denny?«, hakte Jamie nach.

Patrick sah etwas in Dennys Augen aufglimmen, das aber sogleich wieder erlosch und einem Ausdruck der Enttäuschung wich. Niedergeschlagen senkte er den Kopf.

Was auch immer er gespürt haben mochte – es war wieder verflogen.

* * *

Es schien ein vielversprechender Tag zu werden, als Juliana mit Kimbra und Audra losritt. Bär sprang fröhlich neben ihnen her, und die Wache, die sie begleitete, hielt sich in unaufdringlicher Entfernung hinter ihnen. Zum Glück war die Luft noch kühl genug, um den Umhang mit dem darin eingenähten Schmuck und Gold zu rechtfertigen, den Juliana trug.

Kimbra unterhielt sich angeregt mit ihr beim Reiten, erzählte ihr von den Macleans und ihrer eigenen Familie und deren Leben an der englischen Grenze. »Aber hier ist es viel schöner«, sagte sie. »Und der See liegt sehr idyllisch. Rory ist früher oft mit Felicia dorthin geritten.«

Schließlich zügelte sie ihr Pferd am Rande eines Sees, der zwischen mit Erika bestandenen Hügeln lag und dessen atemberaubendes Blau in der Sonne glitzerte.

Ganz anders als das Grau der letzten Tage, dachte Juliana.

So unauffällig wie möglich schaute sie sich um. Nichts wies auf die Gegenwart anderer Menschen hin. Ob es Diego gelungen war, seine Wache abzuschütteln?

Sie stiegen von ihren Pferden und banden deren Zügel im Strauchwerk fest. Auch der Wachposten saß ab und zog sich auf einen Fels in ihrer Nähe zurück. Er hatte sie im Auge, war aber weit genug entfernt, um nicht zu stören. Juliana half Kimbra, eine Decke auszubreiten und das mitgebrachte Essen auszupacken. Es gab gebratenes Hühnchen, Käse, frisch gebackenes Brot und Obst; Wein für sie und Kimbra und Milch für Audra, die schon mit Bär durch das Heidekraut tollte.

»Es ist wirklich zauberhaft hier«, sagte Juliana und setzte sich auf einen flachen Stein.

»Wenn es nicht gerade regnet«, erwiderte Kimbra lächelnd.

»Wie ist es an der Grenze?«, fragte Juliana. Soweit sie wusste, hatte der Mann, den sie heiraten sollte, Besitzungen im Grenzgebiet.

»Oh, da gibt es nur Moore, Felsen und Berge. Kein guter Boden, um etwas anzubauen oder Vieh zu züchten. Deshalb haben alle Familien irgendwann zu plündern angefangen.«

»Zu plündern?«

»Stehlen«, erwiderte Kimbra ganz unverblümt. »Sie stehlen Vieh, überfallen Häuser oder berauben Reisende.«

Da Juliana darauf nichts zu erwidern wusste, aß sie etwas von dem Hühnchen. Eigentlich war sie viel zu unruhig, um jetzt etwas zu essen, aber sie wusste, dass es lange dauern konnte, bis sie wieder etwas essen würde.

Falls Diego überhaupt kam. War es dumm von ihr gewesen, dem Spanier zu vertrauen?

Vielleicht hatte er seine Wache nicht abschütteln können.

Audra kam mit Bär zu ihnen gelaufen, setzte sich und nahm sich einen Hühnchenschenkel. Sie sah aus wie ein Kind, das sich geliebt wusste und glücklich war. Juliana tat das Herz weh bei dem Gedanken, ihr dieses Lächeln rauben zu müssen, und wenn auch nur für kurze Zeit.

Eine Weile saßen sie schweigend da und genossen die warme Sonne nach den vielen Regentagen. An ihren Hund gelehnt schlief Audra schließlich ein, und Kimbra stellte Juliana mit gedämpfter Stimme Fragen nach ihrer Heimat Spanien. »Audra und ich haben Lachlan auf einigen seiner Reisen begleitet, und ich hatte gehofft, auch Spanien kennenzulernen. Doch wir gerieten in einen furchtbaren Sturm, und ich wollte nicht, dass Audra das noch einmal durchmachen muss.«

Juliana dachte an den Sturm, den sie auf der *Sofia* miterlebt hatte, und konnte Kimbra gut verstehen. Für sie war es sehr schlimm gewesen, aber sie erinnerte sich auch an die Furcht und die Panik in Carmitas Augen. Wie viel schlimmer war es doch, hilflos die Furcht eines anderen Menschen mitansehen zu müssen, besonders die des eigenen Kindes.

Kimbra schaute über den See, während Juliana gegenüber der Wache saß. Deshalb entdeckte sie Diego sofort, als er sich schnell und leise von hinten an den Mann heranschlich. Es war, als tauchte er aus dem Nichts auf. Er schlug den Posten nieder, der lautlos in sich zusammensackte. Dann legte Diego den Mann auf den Boden und fesselte ihn. Juliana war froh, dass er ihn nicht getötet hatte.

Dann kam Diego zu ihnen, und Kimbra drehte sich um, als spürte sie instinktiv seine Gegenwart.

Als Kimbra aufsprang, blieb Diego vor ihnen stehen und verbeugte sich. Auch Bär war aufgestanden, doch da der Spanier kein Fremder für ihn war, lag nicht Bedrohliches in seiner Haltung.

Kimbra sah Diego und Juliana fragend an, aber dann schien ihr plötzlich klar zu werden, was sie vorhatten, und sie zog Audra beschützend an sich.

»Ich fürchte, wir werden Euch Eure Pferde nehmen müssen«, sagte Diego leise. »Aber ich lasse sie irgendwo zurück, wo Ihr sie finden könnt.«

»Es tut mir leid«, sagte Juliana. »Ihr wart alle sehr gut zu mir, aber ich kann nicht bleiben. Ich würde den Macleans nur Kummer bringen, und ich muss auch an meine eigene Familie denken.«

»Dann warte doch wenigstens, bis Patrick wieder da ist«, bat Kimbra.

»Wenn ich das tue, werde ich nie fortgehen«, antwortete Juliana leise.

Kimbra umarmte sie. »Patrick liebt dich. Daran zweifelt niemand hier. Er wird dir folgen.«

»Nein, das wird er nicht«, widersprach Juliana. »Und du musst ihn davon überzeugen, dass ich von hier fortwollte. Mich erwartet eine gute Partie in England, und ich werde dafür sorgen, dass keiner der Macleans zu Schaden kommt.«

»Juliana?«, unterbrach Diego. »Wir müssen los.«

Sie löste sich von Kimbra, und das war mit das Schwerste, was sie je hatte tun müssen. Sie folgte Diego zu den Pferden, und er half ihr auf die Stute, die sie zuvor schon geritten hatte. Er selbst bestieg das Pferd der Wache und nahm die anderen drei Pferde an den Zügeln. Die Zügel eines Pferdes gab er an Juliana weiter. Für die Wache würde es ein langer Marsch zurück sein, aber daran war nichts zu ändern. Jemand würde kommen, um Kimbra und ihre Tochter abzuholen.

Ohne sich noch einmal umzusehen, trieb Juliana ihre Stute zu einem Trab an.

30. Kapitel

Patrick hatte erreicht, was er wollte, und sah keinen Grund, noch länger in Edinburgh zu bleiben.

Er hatte seine Audienz bei der Königin gehabt und seine Stellung als Laird und Erbe der Macleans gefestigt. Er hatte Kingsley kennengelernt und sich davon überzeugt, dass dieser Mann kein Heiratskandidat für Juliana war. Allein der Gedanke an sie ließ ihn wünschen, so schnell wie möglich heimzureiten.

Heim. Es war das erste Mal seit seiner Rückkehr, dass er Inverleith tatsächlich so betrachtete. Und er konnte es kaum erwarten, dorthin zurückzukehren. Besonders, da Juliana dort wartete. Seine Reaktion auf Kingsley war tiefe Abneigung gewesen, und darum würde er diese Heirat auf gar keinen Fall zulassen. Es zu tun hieße, Juliana zu einem elenden Dasein mit einem elenden Mann zu verdammen. Und Patrick war inzwischen bewusst geworden, dass er sie auf keinen Fall verlieren wollte. Er hatte gesehen, wie glücklich Rory mit Felicia und Lachlan mit Kimbra war, und er wusste, dass er sich das Gleiche für sich und Juliana wünschte. Möge Gott ihnen beistehen, aber er war fest entschlossen, sie gleich nach seiner Rückkehr um ihre Hand zu bitten. Sie würden sich einfach nur eine einleuchtende Erklärung einfallen lassen müssen, wie Juliana nach Inverleith gekommen war.

Patrick hatte sich von Jamie verabschiedet. Er staunte noch immer darüber, aber in den letzten Tagen hatte er festgestellt, dass er ihn wirklich mochte. *Einen Campbell mögen?* Das war tatsächlich kaum zu glauben.

Denny berührte Patrick an der Schulter und sah ihn fragend an. Sie waren in Patricks Zimmer im Gasthaus und hatten soeben ihr Mahl beendet.

»Wir werden bald aufbrechen.«

Erleichterung erschien in Dennys Augen. Er war sehr unruhig, seit er Kingsley gesehen hatte. Patrick war sicher, dass Denny irgendetwas Vertrautes – und Beängstigendes – gesehen hatte. Ob es in Dennys Vergangenheit jemanden wie Kingsley gegeben hatte? Jemanden, der genauso brutal und bösartig war? Aber andererseits war es auch möglich, dass Denny nicht einmal wusste, warum er so verängstigt reagiert hatte.

Patrick hoffte, dass Kimbra und Juliana Antworten auf diese Fragen finden würden. Voller Ungeduld, sich auf den Heimweg zu machen, hob er seine Satteltaschen auf. Im selben Moment ertönte ein lautes Klopfen an der Tür, und sie wurde aufgestoßen, bevor Patrick sie öffnen konnte.

Der vom langen Ritt mit Staub und Schmutz bedeckte Rory trat ein. Der grimmig dreinblickende Jamie folgte ihm auf dem Fuße.

»Sie ist weg«, sagte Rory knapp. »Sie und dieser verdammte Spanier.«

Patrick brauchte ein paar Sekunden, bis er begriff. »Wie?«

»Sie waren ausgeritten, um ein Picknick zu machen. Kimbra, Audra und Juliana. Ich könnte mich dafür ohrfeigen, dass ich ihr vertraut habe.« Rory unterbrach sich kurz. »Ich hatte ihnen natürlich eine Wache mitgegeben. Der Spanier war mit einem unserer Männer auf die Jagd gegangen und ist ihm entschlüpft. Er überwältigte Julianas Wachposten und nahm sie und alle Pferde mit. Bis der Mann nach Inverleith zurückgelaufen war, waren Juliana und der Spanier schon über alle Berge.«

Eine erschreckende innere Leere begann sich in Patrick auszubreiten. »Du glaubst, sie hatten das geplant?«

»*Aye*. So muss es gewesen sein. Ich habe Männer losgeschickt, um nach ihnen zu suchen. Sie fanden die angebundenen Pferde in der Nähe des Strandes. Dort liegen auch immer einige Fischerboote. Eines davon fehlte. Es hat ein Segel.« Rory holte Luft.

»Der Spanier ist offenbar sehr geschickt darin, seine Spuren zu verwischen. Sie könnten überall in der Bucht an Land gegangen sein.«

Mit dem Gold, das Diego als Anteil an der Ladung der *Sofia* erhalten hatte, konnte der Spanier problemlos neue Pferde kaufen. Die Leere in Patrick verwandelte sich in kalte Wut. Diego rechnete zweifellos mit einer großzügigen Belohnung vom Earl of Chadwick.

»Tut mir leid, Bruder«, sagte Rory. »Ich hätte vorsichtiger sein müssen, aber ich dachte, Juliana fühlte sich wohl auf Inverleith. Kimbra macht sich große Vorwürfe, aber trotz allem, was an der Grenze geschehen ist, denkt sie immer noch nur Gutes von den Menschen. Wir dachten ...«

Er brach ab, ohne zu sagen, was sie dachten, doch für Patrick war es auch nicht nötig, dass er fortfuhr. Sie hatten gedacht, es bahnte sich zwischen ihm und Juliana etwas an. Und das hatte er auch gedacht.

Du Träumer, sagte er sich und schimpfte sich einen verdammten Narren. *Hahnrei. Tölpel.* Und die ganze Zeit war ihm bewusst, dass seine Finger sich um die Satteltaschen krallten.

»Sie hat zwei Briefe hinterlassen«, fuhr Rory fort. Er wirkte so zerknirscht und voller Anteilnahme, dass Patrick ihn kaum ansehen konnte. »Einen hat sie an mich geschrieben, um sich zu entschuldigen und den Macleans für ihre Gastfreundschaft zu danken.« Bei den letzten Worten hatte seine Stimme einen ironischen Tonfall angenommen. Dann zog er ein gefaltetes Pergament aus der Tasche, die an seinem Gürtel hing, und gab es Patrick.

Patrick hielt es einen Moment in der Hand, bevor er es vorsichtig auseinanderfaltete und zu lesen begann.

Patrick,

ich habe beschlossen, meinen Ehevertrag zu erfüllen.

Ich werde ihnen sagen, dass wir Schiffbruch erlitten und dass Diego mich gerettet hat. Und dass wir die einzigen beiden Überlebenden waren, als das Schiff nahe der englischen Küste unterging. Damit müsste das Schicksal der Sofia *für immer aufgeklärt sein. Sollte später noch irgendjemand Fragen stellen, könnte das als unschönes Interesse an einer Tragödie erklärt werden.*

Es ist für alle das Beste so. Für meine Mutter, für meine Familie und für die Macleans. Du kannst von nun an ohne Angst um dich oder deine Leute leben.

Ich werde einen Mann aus einer angesehenen Familie heiraten. Mehr kann ich nicht verlangen.

Diego wird mich auf der Reise begleiten, und auch er wird den Untergang der Sofia *bestätigen.*

Ich werde die Macleans und ihre Gastfreundschaft für immer in meiner Erinnerung bewahren.

Juliana

Der kühle Ton ihrer Nachricht traf Patrick bis ins Mark und verursachte ihm körperliche Übelkeit. Mit keinem Wort war sie darauf eingegangen, was zwischen ihr und ihm war …

Und ausgerechnet mit diesem Spanier fortzugehen! Die Bilder, die sich ihm aufdrängten, waren alle gleichermaßen unerfreulich. Juliana hatte das Gefühl gehabt, sich dem Spanier anvertrauen zu können, und hatte ihn um Hilfe gebeten. Sie war nicht zu ihm gekommen. Sie vertraute Diego. Ihm vertraute sie nicht.

Patrick las den Brief noch einmal, und jedes Wort war wie ein Dolchstoß in sein Herz. Er hatte Angst um sie. *Wahnsinnige* Angst. Und er war wütend. Auf beide. Vielleicht waren ihre

Absichten gut gewesen, aber sich wie Diebe in der Nacht davonzustehlen ...

»Ich reite ihnen hinterher«, erklärte Patrick kurzentschlossen.

»Wir wissen aber nicht, wohin sie wollen«, wandte Jamie ein.

»Nach Middlesbrough«, sagte Patrick. »Dort befindet sich der Familiensitz der Chadwicks.«

»Dann können sie uns noch nicht sehr weit voraus sein«, meinte Rory. »Sie mussten Schottland durchqueren, und ich habe fast zwei Pferde zuschanden geritten, um schnell hierherzukommen.«

»Diego ist raffiniert«, erwiderte Patrick mit belegter Stimme. Was, wenn er sich von Anfang an in dem Spanier getäuscht hatte? Aber *natürlich* hatte er sich getäuscht! Es juckte ihm in den Fingern, diesen Verräter umzubringen.

»Aye, das ist mir auch schon aufgefallen«, stimmte Rory trocken zu.

»Wir brauchen eine Landkarte.«

»Meine habe ich nicht mehr«, gab Rory reumütig zu. »Juliana hatte sie sich von mir geborgt.«

Patrick wurde das Herz noch schwerer. Wie lange hatte sie das schon geplant? Seit ihrer Ankunft? Seit sie sich geliebt hatten? Das Gefühl, verraten worden zu sein, wurde stärker.

»Ich könnte mir vorstellen, dass sie über Glasgow und Carlisle nach Middlesbrough reiten werden«, meinte Jamie.

»Edinburgh ist der einfachere Weg«, wandte Rory ein.

»Aber sie wissen, dass Patrick in Edinburgh ist«, widersprach Jamie.

Patrick fluchte und versuchte, so zu denken, wie Diego es vermutlich tat. Der Mann musste wissen, dass sie verfolgt werden würden. »Er wird durch Edinburgh kommen«, sagte er überzeugter, als er wirklich war. »Das ist der schnellste Weg. Diego wird hoffen, dass Rory ihm jemand anderen hinterherschickt und dass der die üblichen vier oder fünf Tage brauchen wird.«

»Einer von uns sollte zur Straße nach Carlisle vorausreiten«, meinte Rory.

»Einer von *uns?*«, wiederholte Patrick mit erhobener Augenbraue.

»Es ist meine Schuld.«

»Es sollte aber auch jemand in Inverleith sein«, widersprach Patrick, »und ich möchte nicht, dass du in diese Angelegenheit verwickelt wirst.«

»Das bin ich schon«, erwiderte Rory ruhig. »Ich kann jetzt nicht zu Hause herumsitzen und untätig abwarten. Da die Campbells nicht mehr unsere Feinde sind, können sich auch Duncan und Archibald um Inverleith kümmern.«

Patrick zögerte und kämpfte mit sich. Er wollte die Macleans nicht noch tiefer in seine Probleme hineinziehen. Aber in den vergangenen Tagen hatte er von Lachlans Schuldgefühlen wegen des Todes ihres Vaters erfahren und von Rorys Gewissensbissen, weil er nicht in Flodden Field gewesen war, und daher würde es vermutlich für alle gut sein, in dieser Angelegenheit nicht untätig zu bleiben. Und deshalb nickte er schließlich.

»Denny wird uns auch begleiten. Er kann kämpfen wie der Teufel, und vielleicht erinnert er sich ja an irgendetwas. Ich hatte den Eindruck, dass sich bei Kingsleys Anblick etwas in ihm regte und er sich an etwas erinnerte, aber … es erlosch wieder wie eine Kerzenflamme.«

»Ich komme auch mit«, sagte Jamie. »Ich bin schon des Öfteren am englischen Hof gewesen. Und ich habe gute Bekannte beidseitig der Grenze.«

Patrick machte sich nichts vor, was die kommenden Tage betraf. Trotz der derzeitigen Verhandlungen zwischen Schottland und England konnten sie alle als Spione verhaftet werden. Und sollte seine Rolle beim Verschwinden der *Sofia* aufgedeckt werden, gäbe es für ihn keine Zukunft mehr. Und auch seine Begleiter würden nicht überleben.

Doch er sah die grimmige Entschlossenheit in den Augen seines Bruders und in Jamies, seines alten Feindes, und es rührte ihn so sehr, dass seine Kehle wieder eng wurde.

»Lachlan hält sich vielleicht noch in der Turmfeste der Charltons auf«, meinte Rory, der schon auf dem Weg zur Tür war. »Er hegt eine merkwürdige Zuneigung zu dem alten Wegelagerer. Und für uns ist es kein großer Umweg.«

»Glaubst du, es könnte Juliana gelingen?«, fragte Rory Patrick plötzlich. »Ich meine, könnte sie es schaffen den Earl of Chadwick und alle anderen davon zu überzeugen, dass das Schiff gesunken ist?«

Patrick zuckte mit den Schultern. »Sie versteht es nicht sehr gut, ihre Gefühle zu verbergen, und Gott weiß, was Diego sagen oder tun wird.«

»Du weißt wohl nicht viel über ihn?«, fragte Rory.

»Nein. Er ist sehr geschickt darin, Fragen aus dem Weg zu gehen, aber ich hätte nicht gedacht, dass er so etwas tun würde.«

»Würde er ihr etwas antun?«

»Wenn er es tut, ist er ein toter Mann.«

Aus Angst, seine Gefühle zu verraten, hob Patrick ohne ein weiteres Wort seine Satteltaschen auf und ging den anderen voraus.

Er war nicht mehr allein.

Die Tage und Nächte vergingen wie in einem Nebel. Juliana und Diego rasteten nur, wenn sie zu müde waren, um weiterzureiten. Diego kaufte einige Male neue Pferde oder tauschte ihre erschöpften Tiere gegen frische ein. Wenn es regnete, suchte Diego eine Unterkunft für sie; einmal in einem kleinen Gasthof, wo er im Gemeinschaftsraum übernachtete, während Juliana sich ein Zimmer mit einer anderen Frau teilte. Sie gaben sich überall als Bruder und Schwester aus, die zu einer sterbenden

Verwandten unterwegs waren, und wenn sie jemandem begegneten, bedeckte Juliana ihr Gesicht mit einem Schal. Sie sei von Pockennarben gezeichnet, erklärte Diego auf neugierige Fragen, was dazu führte, dass die Leute immer sehr schnell den Blick von Juliana abwandten.

Wenn sie allein waren, behandelte er sie wie ein älterer Bruder, der zwar seine Pflicht tat und für ihr Wohlergehen sorgte, ansonsten aber verschlossen war und nichts von sich preisgab.

Die Zeit war von entscheidender Bedeutung für ihr Vorhaben. Die *Sofia* hätte vor zwei Wochen in ihrem englischen Bestimmungshafen eintreffen sollen. Wie lange könnten sie und Diego gebraucht haben, um den Weg zum Tees River und nach Handdon Castle zu finden, nachdem das Schiff vom Kurs abgekommen und auf Felsen aufgelaufen war?

Juliana war in Spanien viel geritten, aber sie hatte noch nie stundenlang auf einem Pferd gesessen, und deshalb tat ihr jeder Knochen weh. Sie konnte sich kaum noch im Sattel aufrecht halten, aber Diego drängte aus Eile.

Julianas Erschöpfung war so groß, dass sie sich wie betäubt fühlte. Im Grunde war ihr das nicht einmal so unlieb, denn so kam sie nicht dazu, darüber nachzudenken, was sie zurückgelassen hatte. Sie wollte nicht daran denken, dass sie Patrick Maclean niemals wiedersehen würde, nie wieder seine Wärme, seine Berührung, den Trost seiner Umarmung spüren würde. Oder diese wunderbaren Gefühle, die er in ihr weckte ...

Sie sprachen nur wenig miteinander, und Juliana war froh darüber. Diego gab sich distanzierter als je zuvor, seine Augen blickten kühl, und sein Benehmen ihr gegenüber wirkte fast schon abweisend.

Es dunkelte schon, als sie sich am sechsten Tag nach ihrer Flucht aus Inverleith einem Dorf näherten. »Ihrer Karte zufolge müssten wir die englische Grenze bereits überquert haben«, sagte Diego.

Sie hatten die Straße, die England und Schottland miteinander verband, den ganzen Tag gemieden. Sie waren durch Glasgow und Carlisle gekommen, bevor sie nach Osten in Richtung Middlesbrough abgebogen waren. Handdon Castle, der Familiensitz des Earls of Chadwick, lag im Süden Middlesbroughs.

Diego hielt vor einem Gasthof, der außerhalb des Dorfes lag. »Ich werde versuchen, Zimmer zu bekommen«, sagte er nach einem Blick auf Juliana.

Juliana war zu müde, um Einwände zu erheben.

Diego kam schon bald zurück. »Sie haben ein Zimmer für Euch. Ich werde im Gemeinschaftszimmer schlafen.«

Er reichte ihr die Hand, und Juliana stieg aus dem Sattel, wobei er sie stützen musste. Als er sie ansah, erschien wieder dieses eigenartige Lächeln in seinen Augen. »Ich hätte nicht gedacht, dass Ihr Euch so gut halten würdet, Juliana, oder dass eine Frau überhaupt dazu imstande wäre.«

Zu erschöpft, um mit einer schlagfertigen Antwort aufzuwarten, erwiderte sie nichts, sondern zog sich die Kapuze über den Kopf und den Schal vor das Gesicht. Seine Schwester habe die Pocken gehabt, hatte Diego auch dieses Mal im Gasthof erklärt.

Er nahm die Satteltaschen, die er unterwegs gekauft hatte, und übergab die Pferde einem Stallburschen. »Pass gut auf sie auf«, sagte er dem Jungen und drückte ihm ein Geldstück in die Hand.

Der Junge wog es in seiner Hand und nickte dann diensteifrig. »Das werde ich, Euer Lordschaft.«

Diego ging Juliana auf der Treppe nach oben voran, brachte die Satteltaschen in Julianas Zimmer und zog die Tür hinter sich zu. Für einen winzigen Moment erschrak Juliana.

»Der Wirt sagt, wir sind in Newcastle am Tyne«, sagte er. »Handdon Castle liegt einen weiteren anstrengenden Tagesritt von hier entfernt.«

»Bisher waren es nur anstrengende Ritte«, sagte sie.

Es klopfte an der Tür, und ein Schankmädchen brachte ein Tablett mit zwei Gläsern Wein und einer großen Platte Rinderbraten mit Kartoffeln und Brot herein, das sie auf den Tisch in dem kleinen Zimmer stellte.

Diego nickte und gab ihr etwas Geld, bevor er sich zu Juliana setzte. Sie hatten heute noch nichts anderes als Brot gegessen.

Juliana konnte die Augen kaum noch offen halten. Sie sehnte sich nach einem Bad und sauberen Kleidern, aber das würde nicht zu dem Bild passen, das sie ihrem zukünftigen Gemahl und seiner Familie präsentieren wollte.

Aber vielleicht würde Kingsley sie ja auch gar nicht mehr wollen, wenn er ihre Geschichte gehört hatte. Immerhin war sie viele Meilen mit einem Mann gereist, der nicht ihr Ehemann war. Sie würde in einem angeblich erbettelten Kleid erscheinen, und Diego trug immer noch die Seemannshosen und das Hemd, die er aus einer der Offizierskabinen der *Sofia* hatte. Zudem hatte er sich Lederbänder gekauft, die er um die Handgelenke trug, um die Narben dort zu verbergen. Juliana war überzeugt, dass er auf alle Fragen, die man ihm stellen würde, die passende Antwort haben würde.

»Noch können wir umkehren«, sagte Diego, der ihre Gedanken zu erraten schien.

»Nein.«

»Die Macleans würden Euch mit offenen Armen wieder aufnehmen.«

»Und Eure Belohnung?«

Er zuckte mit den Schultern. »Man kann nicht immer gewinnen.«

»Warum seid Ihr dann mitgekommen?«

Er antwortete nicht, aber seine dunklen Augen wurden schwarz wie Onyx.

»Ist Diego Euer richtiger Name?«

»Nein«, sagte er, lehnte sich auf seinem Stuhl zurück und trank einen großen Schluck von seinem Wein.

»Wie heißt Ihr dann?«, fragte Juliana neugierig. Diego war ihr nach wie vor ein Rätsel. Er hatte ausgezeichnete Manieren, wenn er wollte. Er verstand es, sich kultiviert auszudrücken, und beherrschte mehrere Fremdsprachen. Aber wenn er wollte, konnte er von einer Sekunde zur anderen in die Rolle eines Seemanns oder eines Dieners schlüpfen.

»Diego reicht für den Moment.«

»Habt Ihr Verwandte?«, beharrte sie, da er ihr zum ersten Mal ein wenig aufgeschlossener als sonst zu sein schien. Was vermutlich auf die Erschöpfung zurückzuführen war, die auch sie zermürbte.

»Niemanden, der mich erkennen würde«, erwiderte er ohne jede Gemütsregung.

»Aber es *gibt* welche?«

»Ihr seid sehr neugierig, nicht wahr?«, fragte er mit dem Anflug eines Lächelns.

»Ich mag Euch, deshalb möchte ich mehr über Euch wissen«, sagte Juliana schlicht.

Wieder glitt das spöttische Lächeln über sein Gesicht. »Mögen?«, sagte er, als ließe er sich dieses Wort auf der Zunge zergehen. »Was für ein nichtssagendes Wort. Ich würde *hassen* oder *verachten* vorziehen …«

»Warum?«

»Etwas ›mögen‹ ist langweilig, Señorita. Ich möchte nicht, dass man mich für langweilig hält.«

»Oh, darüber braucht Ihr Euch keine Gedanken zu machen«, entgegnete sie und war überrascht, wie entspannt und ungezwungen sie sich fühlte, obwohl sie todmüde war.

Als er nichts darauf erwiderte, stellte sie die nächste Frage: »Wenn das Geld Euch nicht wichtig ist, wieso seid Ihr dann hier?«

Er trank noch einen Schluck Wein. »Vielleicht, weil Euer Patrick der einzige Mann ist, den ich je bewundert habe. Ihn und seine Brüder.«

»Aber warum ...«

»Weil ich Euch zustimme, Señorita. Er wird niemals sicher sein – keiner von uns wird das –, bis alle glauben, dass die *Sofia* während eines Sturms gesunken ist. Ihr habt die perfekte Lösung gefunden, aber ich wusste, dass er nicht damit einverstanden sein würde. Dazu ist er viel zu ehrenhaft.« Er sagte es fast so, als wäre das ein Fluch.

Juliana schluckte. Seine Antwort hatte sie überrascht. Sein Eingeständnis, dass es etwas gab, was ihm etwas bedeutete. Dennoch konnte sie nicht umhin, sich darüber zu ärgern, mit welcher Bereitwilligkeit er das Opfer akzeptierte, dass sie brachte. Auch wenn es ihr eigener Plan war. Juliana war bewusst, wie widersprüchlich all diese Empfindungen waren, doch sie war zu müde, um sie zu entwirren.

»Ah, jetzt seid Ihr verwirrt.« Die ihm so eigene Belustigung schwang wieder in seiner Stimme mit.

»Überhaupt nicht«, widersprach Juliana.

»Vielleicht verfolge ich ja auch eigene Pläne«, versuchte er, sie herauszufordern.

Und tatsächlich siegte ihre Neugier über ihre Entrüstung. »Ich verstehe nicht, was Ihr damit sagen wollt.«

»Ihr könnt beruhigt sein. Ich habe nicht die Absicht, Euch den Hunden vorzuwerfen. Ich habe nur etwas gegen Männer wie den Earl of Chadwick oder die Mendozas.«

Eine weitere überraschende Bemerkung und ein weiteres Rätsel. Bevor Juliana etwas erwidern konnte, stand der Spanier auf. »Es wird Zeit, dass ich gehe, um mir einen Platz zwischen den anderen Reisenden zu sichern. Wir brechen bei Sonnenaufgang auf.«

Bevor sie ihn zurückhalten konnte, ging er, zog leise die Tür hinter sich zu und überließ es ihr, über seine Worte nachzudenken.

Angezogen legte sie sich auf das schmutzige Bett. Diego hatte sie heute Abend wieder einmal überrascht, aber sie war zu müde, um die immer neuen Rätsel zu lösen, die er ihr aufgab. Damit konnte sie sich auch morgen noch befassen. Ihre Gedanken wanderten zu Patrick, und der Schmerz über ihren Verlust zerriss ihr schier das Herz. Sie dachte an den Moment zurück, als sie ihn zum ersten Mal gesehen hatte, und an die Furcht, die sie ergriffen hatte. Damals war er für sie der Inbegriff des Kriegers gewesen. Er war es auch heute noch, doch inzwischen sah sie auch die anderen Seiten, die er hatte – seine Sanftheit, wenn er sie berührt hatte, seinen Beschützerinstinkt.

Das war das Bild, das in ihr bleiben würde. Schmerz durchzuckte sie bei dem Gedanken an eine Zukunft ohne ihn, ohne diese sinnlichen Emotionen, die er in ihr geweckt hatte. Ohne dieses wundervolle Gefühl, zu ihm zu gehören, das er ihr gegeben hatte.

Juliana schloss die Augen, als all diese Gedanken und der Schmerz auf sie einstürmten.

Aber sie tat das Richtige. Nach Jahren in der schlimmsten aller Höllen würde Patrick endlich sicher sein. Dafür würde sie sorgen. Es war das Einzige, was zählte.

Patrick und Rory erreichten die Turmfeste der Charltons etwa um die Mittagszeit des zweiten Tages nach ihrem Aufbruch in Edinburgh. Jamie und Denny waren in südwestlicher Richtung geritten, um auf die Straße von Carlisle zu stoßen. Zu Patricks Überraschung hatte sich Denny zögernd bereit erklärt, sich dem Campbell anzuschließen, weil das Grenzgebiet für einen Reiter ohne Begleitung zu gefährlich war.

Sie hatten verabredet, sich in Hartlepool, einem Dorf am

River Tees, zu treffen. Es sei groß genug, um mehrere Gasthäuser zu haben, sagte Rory, der sich an der nordenglischen Küste sehr gut auskannte, da er mehr als einmal französischen Wein dorthin geschmuggelt hatte.

Patrick hatte inzwischen alles über die erste Begegnung zwischen Rory und Thomas Charlton erfahren, die einige Jahre zurücklag und nicht sehr freundlich verlaufen war. Genau genommen hätten die beiden einander sogar fast getötet. Mit der Heirat von Lachlan und Kimbra, der geschätzten Heilerin Charltons, hatte sich die Beziehung zwischen ihnen dann aber entspannt.

Thomas Charlton erzählte den Ankömmlingen, was er über den Earl of Chadwick wusste, und sagte, Lachlan sei nach London geritten, um mehr über den Earl und seinen Sohn, den Viscount Kingsley, herauszufinden. Die vielen Fragen hatten Charlton neugierig gemacht, aber Lachlan hatte ihm offenbar nur sehr wenig erzählt.

»Es geht um ein geschäftliches Angebot«, sagte Rory deshalb jetzt auch nur. »Wir wollen wissen, mit wem wir Geschäfte machen.«

»Schmuggel?«, erkundigte sich Thomas Charlton mit einem schlauen Lächeln. Auch er hatte des Öfteren illegale Waren von den Macleans erworben. »Dem jungen Kingsley ist das zuzutrauen, und ich würde mich davor hüten, dem Mann zu vertrauen. Er würde Euch ohne Weiteres betrügen und Euch alles nehmen.«

»Das habe ich schon gehört«, sagte Rory. »Und sein Vater?«

»Soviel ich weiß, betrauert der alte Earl noch immer den Verlust seines ältesten Sohnes. Er kränkelt, und Kingsley hat viel von seiner Autorität an sich gerissen. Wie ich hörte, versucht er jetzt sogar, sich an König Henrys Hof zu etablieren.«

»Das stimmt«, sagte Rory. »Er ist als Henrys Gesandter in Edinburgh gewesen. Aber er verließ den Hof um ungefähr die gleiche Zeit wie wir.«

»Was Ihr nicht sagt. Er ist in Handdon Castle?«

»Oder auf dem Weg dorthin.«

»Dann seid vorsichtig, Maclean.«

Charlton stellte ihnen Kleider und frische Pferde zur Verfügung. »Ihr wollt in England doch sicher nicht mit diesen Plaids gesehen werden«, meinte er.

»Gibt es viele Gasthöfe zwischen hier und dem River Tees?«

Der Blick Charltons wurde noch neugieriger, aber er verzichtete auf weitere Fragen. »Es gibt einen an der Straße nach Carlisle. Ein weiterer liegt etwa fünfzehn Meilen weiter, und dann gibt es noch einige in Newcastle.«

»Meinen herzlichsten Dank«, sagte Rory. »Ich werde dafür sorgen, dass Eure Pferde zurückgebracht werden.«

»Ich nehme auch gern die Euren im Austausch gegen meine«, sagte Charlton schnell und konnte kaum die Gier aus seiner Stimme fernhalten.

»Das besprechen wir später«, vertröstete ihn Rory, und Patrick merkte, dass sein Bruder keineswegs die Absicht hatte, seine geliebten Pferde gegen die kleinen, robusten *Hobbler* einzutauschen, die ihnen überlassen worden waren.

Sie blieben noch zu einem Essen, und dann machten sie sich wieder auf den Weg. Sie müssten Juliana und Diego schon ein gutes Stück voraus sein, aber Patrick wollte nichts riskieren. Sie würden jeden Gasthof und alle anderen möglichen Quartiere entlang des Weges überprüfen. Sollte Juliana schon eingetroffen sein, würde es sich bereits herumgesprochen haben. Eine Braut, die einen Schiffbruch überlebt hatte, war ein interessantes Gesprächsthema.

Und falls sie und Diego Handdon Castle noch nicht erreicht hatten, gedachte Patrick, dafür zu sorgen, dass es auch nicht dazu kam.

Juliana und Diego verließen den Gasthof bei Tagesanbruch.

Sie hatte versucht, ihr Haar zu kämmen, aber da es in der feuchten Luft fast nicht zu bändigen war, flocht sie es schließlich zu einem Zopf.

Wie an den anderen Tagen ritten sie in gleichbleibendem Tempo. Als sie sich der Küste näherten, roch die Luft immer stärker nach Meer und Salz. In Spanien hatte Juliana diesen Geruch geliebt. Hier aber war er ihr mehr als unwillkommen, weil sie mit jeder Minute einer Zukunft näher kam, die sie fürchtete, und jeder Schritt sie weiter von Patrick fortbrachte. Selbst wenn sie von Kingsley abgewiesen würde, könnte es mit Patrick keine Verbindung geben. Die Vergangenheit würde sie stets verfolgen und eine ständige Bedrohung für sie sein.

Juliana und Diego hielten sich von der Straße fern, solange das Gelände nicht zu uneben und holprig war. Mittags rasteten sie an einem kleinen Fluss, um die Pferde zu tränken und das Brot und den Käse zu essen, die Diego in dem Gasthof gekauft hatte.

Julianas Beine waren steif, ihr ganzer Körper wund vom Reiten. Zum Glück fand sie ein trockenes Stück Boden, wo sie sich hinsetzte und die Augen schloss.

»Aye«, sagte der Gastwirt. »Ich denke, sie könnten es gewesen sein.«

Es hatte ein Goldstück erfordert, um die Erinnerung des Gastwirts aufzufrischen. Das seine war das dritte Gasthaus, in dem Patrick und Rory nachgefragt hatten. Fast hätten sie es verpasst, nachdem sie bereits an Newcastle vorbeigeritten waren. Keiner von ihnen glaubte, dass ein Mann und eine Frau eine so große Entfernung in solch kurzer Zeit geritten sein konnten.

»*Denkt* Ihr es oder wisst Ihr es?«, fragte Patrick den Wirt.

»Ihr sagtet, die Frau hätte blondes Haar, aber das konnte ich nicht sehen, weil sie ihr Haar und ihr Gesicht unter einem Schal verborgen hatte. Ihr Bruder sagte, sie hätte die Pocken gehabt.« Der Wirt bekreuzigte sich. »Aber der Mann war so, wie Ihr ihn beschrieben habt. Sie seien Bruder und Schwester, sagte er, und befänden sich auf dem Weg zu ihrer Mutter, die im Sterben liegt. Und da sie in verschiedenen Zimmern übernachtet haben, bezweifelte ich ihre Geschichte nicht«, schloss er mit einem forschenden Blick auf Patrick.

»Dann sind sie es wirklich«, sagte Patrick. »Ihre Mutter ist inzwischen gestorben, und wir wurden losgeschickt, um es ihnen mitzuteilen. Wann genau sind sie hier aufgebrochen?«

»Bei Tagesanbruch, sagte mir mein Junge.«

»Vielen Dank.« Patrick zögerte einen Moment. »Ich möchte mit dem Jungen reden. Vielleicht erinnert er sich ja noch an etwas anderes. Wir wollen die beiden nicht erneut verpassen.«

Der Gastwirt zögerte.

Patrick zog ein weiteres Geldstück aus der Tasche.

Minuten später hatten sie erfahren, dass ein Mann und eine Frau die gebührenpflichtige Straße in Richtung Süden genommen hatten.

Wie konnten sie so schnell so weit gekommen sein?

Patrick wusste, dass er die beiden nie wieder unterschätzen durfte. *Die Pocken?* Er fluchte im Stillen und trieb sein Pferd voran. Ein Tag noch, und sie würden schon in Handdon Castle sein.

Drei Stunden später kam ihnen ein Mann auf einem Karren mit Fisch entgegen, den er zu einem Dorf im Landesinneren brachte. Sie fragten ihn nach anderen Reitern und sagten, sie versuchten, Freunde einzuholen, die Newcastle vor ihnen verlassen hatten.

Aber der Mann schüttelte den Kopf.

Während der Karren weiterfuhr, überlegte Patrick kurz. »Sie bleiben nicht auf der Straße.«

»Würdest du das tun?«, versetzte Rory.

»Nein, aber ich kann mir nicht vorstellen, dass sie denken, wir könnten ihnen schon so nahe sein.«

»Sie sind bestimmt noch vor uns«, meinte Rory. »Lass uns nach Wegen Ausschau halten, die von der Straße abzweigen.«

Links, wo es zur See ging, bestand die Landschaft zum größten Teil aus Ödland. »Sie werden Wasser für ihre Pferde brauchen«, sagte Patrick. »Und wir auch.«

Dreißig Minuten später überquerten sie eine Holzbrücke, bogen nach rechts auf einen Weg ab, der dem Fluss folgte, und stiegen ab. Rory hielt die Pferde, während Patrick langsam am Flussufer entlangging.

Zuerst entdeckte er die Pferde, die ruhig am Ufer grasten. Dann sah er die schlafende, von einem Umhang bedeckte Frau auf dem Boden liegen.

Als er auf sie zuging, tauchte plötzlich Diego neben ihm auf. »Ich habe mich schon gefragt, wann zum Teufel du endlich kommst.«

Patrick dachte nicht nach, er reagierte nur. Er schlug Diego, so hart er konnte, und sah zu, wie der Spanier zu Boden ging. Dann warf er sich auf ihn.

31. Kapitel

Patrick schlug noch einmal zu und legte all seine Wut, Enttäuschung und Angst in diesen Hieb. Angst, dass Juliana in Gefahr war. Angst, dass er sie verlieren könnte. Wut über das, was er als Verrat empfand von einem Mann, den er in seinem Haus aufgenommen hatte.

Wieder holte er aus, doch Diego packte ihn am Arm. Ineinander verschlungen wälzten sie sich am Boden, bis es Diego gelang, sich auf Patrick zu rollen. Einen Moment lang täuschte Patrick vor, sich zu entspannen. Als Diego daraufhin seinen Griff lockerte, riss Patrick seinen Arm hoch und stieß Diego seine Faust in den Magen.

Diego stöhnte auf, wieder gab es einen verbissenen Zweikampf. Dieses Mal gelang es Patrick, die Oberhand zu gewinnen.

Dann hörte er Julianas Stimme.

»Hört auf damit! Patrick! Diego!«

Aber Patrick hatte nicht die Absicht aufzuhören. Diego war während der vergangenen Tage mit Juliana zusammen gewesen. Allein. Er hatte sich mit ihr davongestohlen, wenn auch, wie es schien, mit ihrer Zustimmung. Sie hatte dem Spanier mehr vertraut als ihm.

Er holte zu einem weiteren Hieb aus, aber Diego wehrte ihn ab und versetzte Patrick einen Stoß gegen die Brust, der ihm für einen Moment den Atem nahm. Zu seiner Überraschung nutzte Diego seinen Vorteil jedoch nicht aus, sondern blieb schwer atmend am Boden liegen.

Dann war Juliana bei ihnen. »Schlag *mich*!«, fuhr sie Patrick an. »Das ist es doch, was du willst.«

Rory stand da und schaute zu.

Diego rappelte sich langsam auf.

Patrick blieb liegen und rang nach Atem.

Er starrte Diego an, dann richtete er seinen erbosten Blick auf Juliana.

Sein Herz setzte einen Schlag aus, als er sie ansah. An ihrem Kleid klebten Blätter, das Haar war zu einem Zopf geflochten, der ihr fast an die Taille reichte. Sie sah bezaubernd aus.

Und ihre Augen ... Der Zorn stand ihr ins Gesicht geschrieben, aber ihre Augen sagten etwas ganz anderes. In ihnen spiegelte sich ihre Sehnsucht nach ihm.

Patrick wollte sie in die Arme nehmen, sich überzeugen, dass sie unverletzt und unberührt war. Dass Diego die Situation nicht ausgenutzt hatte. Er wollte sie festhalten und nie wieder loslassen.

Doch er gab diesem Wunsch nicht nach. Er setzte sich auf, als Diego sich erschöpft an einen Baumstamm lehnte.

Rory bückte sich und bot Patrick seine Hand, um ihm auf die Beine zu helfen.

Patrick war verlegen wie ein junger Bursche. Er hasste seine Schwäche, aber sein Herz flatterte wie wild, und das nicht nur wegen der Schläge, die er eingesteckt hatte. Unvermittelt gingen ihm Diegos Worte durch den Sinn.

»Ich habe mich schon gefragt, wann zum Teufel du endlich kommst.«

Patricks Blick glitt zu Juliana.

»Du hast mir nicht vertraut«, beschuldigte er sie.

»Du hättest nur versucht, mich aufzuhalten.«

Aye, das hätte er. Er wollte ihr sagen, wie töricht sie gewesen war, aber ein Blick auf ihre grimmige Miene riet ihm, dass es im Moment das Klügste war, zu schweigen.

»Hat es dir geholfen, ihn zu schlagen?«, fragte sie.

Sie war nicht mehr die verängstigte junge Frau, die sie auf der *Sofia* war. Ihre Augen loderten vor Zorn. Und noch etwas anderes brannte darin.

»Aye«, sagte er.

»Wie hast du uns gefunden?«

»Durch Nachdenken«, erwiderte er selbstbewusst.

Sie verengte die Augen. »Du wirst mich nicht aufhalten.«

»Das kann ich und das werde ich. Ich lasse nicht zu, dass du dich für mich opferst.«

»Es geht nicht nur um dich, sondern auch um Denny, Manuel und die anderen«, sagte sie. »Und um mich. Ich kann mich nicht für den Rest meines Lebens verstecken. Und ... meine Mutter ... ich würde sie nie wiedersehen.«

»Natürlich siehst du sie wieder. Wir können sie entführen.«

»Dann würdest du sowohl Spanien wie auch England gegen dich aufbringen.« Sie wandte sich an Rory. »Es tut mir leid. Ich habe Eure Gastfreundschaft ausgenutzt, aber ich wollte Euch nur helfen.«

»Das habt Ihr in Euren Briefen erklärt«, entgegnete Rory, »aber ich glaube, dass Patrick darüber nicht erfreut war.« Sein Ton klang kühl, und selbst Patrick nahm die Schärfe darin wahr.

»Warum Diego, Juliana? Warum hast du nicht mit mir gesprochen?«

»Du warst nicht da.« Sie hob den Kopf. »Du warst gegangen, ohne mir eine Wahl zu lassen, wie ich leben will. Du wolltest, dass ich dasitze und warte, während du für mich die Entscheidungen triffst. Das werde ich nicht zulassen. Nie wieder. Ich treffe meine eigenen Entscheidungen, und eine davon ist, den Viscount zu heiraten.«

Rory nutzte diesen Moment, um Diego zuzunicken. »Ich denke, wir beide sollten unsere Pferde tränken.« Er nahm die Zügel seines Tieres und übergab Diego die von Patricks Pferd.

»Ich ziehe es vor zu bleiben«, sagte Diego.

»Nun, ich fürchte, du hast keine Wahl«, entgegnete Rory scharf und legte die Hand an seinen Dolch.

Diego zuckte mit den Schultern. »Mir steht nicht der Sinn danach, mich heute noch einmal mit einem Maclean zu prügeln.« Er führte das Pferd zum Fluss, nachdem er es mit einem abfälligen Blick betrachtet hatte. »Kein sehr schönes Tier«, bemerkte er.

»Diese Pferd ist ein *Hobbler*«, erklärte Rory, der voranging. s »Diese Rasse wird hier im Grenzgebiet gezüchtet. Die Tiere sind ungewöhnlich robust und können den ganzen Tag lang laufen.«

Patrick hörte Roys Erklärung zu, bis seine Stimme sich verlor. Dann richtete er den Blick wieder auf Juliana. »Magst du Diego?«, fragte er.

»Als Freund«, sagte sie. »Er war mir ein sehr guter Freund.« Sie zog den Umhang um sich. »Er hat mich nicht angerührt, außer um mir beim Auf- und Absitzen zu helfen.«

Patrick glaubte ihr, auch wenn er mit dem Spanier noch nicht fertig war. Er wollte wissen, was für ein Spiel er trieb. Oder machte er sich nur einen Spaß daraus, Menschen wie Schachfiguren herumzuschieben?

Als er einen Schritt auf Juliana zumachte, kam auch sie ihm entgegen. Die Luft zwischen ihnen schien zu knistern, als sie hocherhobenen Hauptes vor ihm stehen blieb. Ihre Haltung war starr und unnachgiebig, doch lag etwas sehr Anrührendes in ihrer Widerspenstigkeit.

Patrick blutete das Herz. Das Gefühl, verraten worden zu sein, hatte ihn in diesen letzten Tagen keinen Moment losgelassen. Die widerstreitenden Gefühle, die in ihm brodelten, überwältigten ihn. Es waren Gefühle, wie er sie zuletzt als Jüngling empfunden hatte. Gefühle, die er seit damals eisern unter Kontrolle gehalten hatte.

Aber nun drängten sie mit aller Macht an die Oberfläche, und er wusste nicht, wie er mit ihnen umgehen oder sie zügeln sollte. Sie waren aus ihm herausgebrochen, als er sich mit Diego geschlagen hatte, aber selbst das hatte nicht gereicht, sie zu besänftigen. Er hatte sich eingeredet, keine Mühe damit zu haben, seine Wünsche und Sehnsüchte zurückzustellen, aber er hatte sich geirrt.

Er wollte Juliana in die Arme nehmen und sie berühren und sich vergewissern, dass ihr nichts geschehen war. *Lügner!* Er wollte viel mehr tun als nur das. Er wollte sie in die Arme nehmen und sie nie wieder gehen lassen.

Aber sie hatte ihm nicht vertraut. Diego dagegen *hatte* sie vertraut. Dieser Gedanke ließ Patrick einfach keine Ruhe, und er schmerzte mehr als jeder Peitschenhieb, den er je bekommen hatte.

Juliana musste ihm angesehen haben, was er dachte, denn ohne ihren Blick von seinen Augen abzuwenden trat sie einen Schritt zurück. Es lag nichts Entschuldigendes, nichts Rechtfertigendes in ihrem Blick, nur eiserne Entschlossenheit.

»Warum?«, fragte er.

»Ich wollte die Dinge richtigstellen«, antwortete sie. »Und ich wusste, dass dir das nicht recht sein würde.«

»Und Diego?«

»Ich habe ihm eine Belohnung von meiner Familie versprochen.« Sie zögerte. »Aber das Geld war nicht der Grund, aus dem er mitgekommen ist.«

Patrick wartete.

»Er riskiert sein Leben«, sagte sie. »Und das nicht für Gold.«

Patrick machte ein zweifelndes Gesicht.

»Er hat mir gestanden, dass du der einzige Mann bist, den er je bewundert hat. Und er weiß, dass diese Flucht der einzige Weg ist, die Sache mit der *Sofia* ein für alle Mal aus der Welt zu schaffen.«

»Im Austausch gegen dein Leben?«

»Er sagte, er hätte einen Plan, mich wieder von Kingsley fortzubringen.«

»Und das hast du ihm geglaubt?«

»*Si*. Er ist ein komplizierter Mann mit einem ganz eigenen, merkwürdigen Ehrenkodex, auch wenn er behauptet, das sei nur etwas für Narren.«

Patrick ärgerte sich über die Zuneigung, die er in ihrer Stimme hörte, denn es kränkte ihn noch immer, dass Juliana sich an Diego und nicht an ihn gewandt hatte.

»Patrick?«

Ihre Stimme klang sanft und bittend.

Seinetwegen oder Diegos wegen?

»Wir müssen nach Handdon Castle.«

»Nein.«

Sie streckte eine Hand nach ihm aus. »Vertrau mir.«

Diese Geste wurde ihm beinahe zum Verhängnis. Ihre Augen sahen ihn so ruhig, so aufrichtig und bittend an. Ohne Falsch und ohne Geheimnisse. Aber er konnte nicht tun, was sie wollte. Er konnte sie nicht zu einem Mann wie Kingsley gehen lassen. Und er glaubte auch nicht, dass sie recht hatte, was Diegos Motive anging. Oder dessen Plan, sie wohlbehalten wieder zurückzubringen.

Patrick ergriff Julianas ausgestreckte Hand. Sie war klein und kam ihm sehr zerbrechlich vor. Aber er begann allmählich zu begreifen, dass diese Frau alles andere als zerbrechlich war. Und das beschämte ihn. Ihm waren so viele falsche Gedanken durch den Kopf gegangen, und seine unbedachte, zügellose Eifersucht gehörte dazu. Was auch immer Diegos Motive sein mochten, für Patrick war jetzt klar, dass Juliana seinem Clan zuliebe bereit war, zu einem Mann zu gehen, vor dem sie sich fürchtete. Er dagegen hatte getan, was er sein Leben lang getan hatte: Er hatte sich in sich selbst zurückgezogen und die Türen zugeschlagen, als er gemerkt hatte, dass er zu viel empfand. *Zu viel riskierte*. Er war gegangen, ohne ihr eine Erklärung oder ein Versprechen zu geben, und dass auch, nachdem er ihr die Jungfräulichkeit genommen hatte.

Eine kleine Falte stand zwischen ihren Brauen. Doch ihre Augen blickten ihn zärtlich und verlangend an. Sein eigenes Verlangen spiegelte sich in ihnen wider. Lange Zeit standen sie sich reglos gegenüber, ohne etwas zu sagen, und nahmen begierig den Anblick des anderen in sich auf. Patrick spürte, wie die Kälte in ihm einer wundervollen süßen Wärme wich, die sein ganzes Sein erfasste. Sein Atem beschleunigte sich, als er Juliana in die Arme zog.

Wieder blieben sie einen Moment lang still stehen und ließen die Wärme des anderen auf sich übergehen. Dann legte Juliana den Kopf an Patricks Schulter, und die Zärtlichkeit, die ihn durchflutete, war so groß, dass sie ihm fast den Atem nahm. Jesus Christus, aber er begehrte sie wie noch keine andere Frau in seinem Leben!

Juliana blickte auf, als seine Lippen ihren Mund berührten, ganz sanft nur, doch dann mit einer Leidenschaft, die keinen Zweifel mehr ließ, dass er sie wollte. Ein Zittern durchlief sie. Als Juliana seinen Kuss mit schrankenloser Leidenschaft erwiderte, erfasste ihn ein unbeschreiblicher Glückstaumel. Er wusste jetzt, dass er sie nicht verloren hatte.

Sie seufzte leise und schmiegte sich so verlangend an ihn, dass Patrick für einen kurzen Moment zögerte. Er musste nachdenken, aber sie brachte ihn vollkommen um den Verstand. Das schmerzhafte Pochen in seinen Lenden wurde mit jeder Berührung stärker. Sein Körper schien in Flammen zu stehen, und sein drängendes Verlangen nach ihr verdrängte alles Denken. Doch es war mehr als nur sinnliches Verlangen, das er empfand, es war etwas, das sehr viel tiefer und gefährlicher war.

»Juliana«, flüsterte er rau.

Juliana wusste, dass er sich ihr ergab, als er sie noch fester in seine Arme zog. Hitze durchpulste sie, erfasste jede Faser ihres Körpers und bündelte sich tief in ihrem Inneren. Sie blickte zu Patrick auf. Das Feuer in seinen Augen versengte sie. Ihr Herz raste, als er sie noch fester an sich drückte, und sie hielt den Atem an, als er unendlich zärtlich ihr Gesicht berührte.

Eine prickelnde Erregung durchlief Juliana, und sie wusste, dass es jetzt klüger wäre, sich von ihm zu lösen. Noch stand zu viel zwischen ihnen, noch gab es zu viel Misstrauen, aber ihr Körper weigerte sich, ihrem Verstand zu gehorchen. Sie hatte sich so sehr danach gesehnt, wieder in seinen Armen zu liegen und diese einzigartige Vertrautheit zu spüren, in der sie sich so beschützt und zugleich so wehrlos fühlte.

Seine Finger streichelten ihren Nacken, als seine Lippen ihren Mund berührten. Für einen Moment waren sie die einzigen Menschen auf der Welt. Das Misstrauen war fort, die Anspannung verflogen, als sie sich in den Armen hielten und sich küssten.

Dann murmelte Patrick etwas und löste sich von ihr. Wie benommen konnte sie ihn nur anstarren. Dann hörte sie ein munteres Pfeifen. Als sie sich umdrehte, sah sie Rory und Diego zurückkommen. Ein zufriedenes Lächeln spielte um Rorys Lippen, und Diego – hol ihn Teufel – sah trotz seiner angeschwollenen Wange sehr zufrieden mit sich aus.

»Nein«, sagte Patrick.

»Doch«, hielt Juliana dagegen, als sie darüber diskutierten, wie es weitergehen sollte. Die Luft wurde zunehmend kälter, und sie zog ihren Umhang noch fester um ihre Schultern.

Die drei Männer redeten, und Juliana hörte zu. Sie konnten beschließen, was immer sie beschließen wollten, aber Juliana wusste, was sie zu tun hatte. Sie würde das zu Ende bringen, was sie begonnen hatte, ob mit oder ohne Billigung der drei. Zumindest würde ihr die Erinnerung an diesen Tag bleiben. Patrick war ihr gefolgt, und seine Augen verrieten ihr, was er bisher noch nicht in Worte gefasst hatte.

Sie sah, wie er aufstand. Er trug jetzt Kleider, wie sie in England üblich waren. Ein weißes Hemd wie immer, aber dazu ein Wams und eine Strumpfhose. Seine hohen Lederstiefel waren jedoch immer noch dieselben. »Das kommt nicht infrage«, sagte er entschieden. »Und wenn ich sie an Händen und Füßen fesseln muss.«

»Es kann nichts schiefgehen«, entgegnete Diego ruhig. »Sie ist eine gute Schauspielerin. Kingsley würde sie vor der Hochzeit ohnehin nicht anrühren, jedenfalls nicht, wenn Gäste auf der Burg sind.«

»Gäste?«

»Dein Bruder und ich haben das eben besprochen. Er sagt, Kingsley hat angekündigt, dass er heiraten wird. Rory könnte also ein Hochzeitsgeschenk der Königin überbringen. Man wird ihn sicherlich nicht abweisen, und er könnte ein Auge auf Juliana haben. Wegen des Aufgebots kann die Hochzeit erst in einigen Wochen stattfinden, und Juliana sagte, Kingsley wolle sie in London feiern. Vermutlich wollten sie Juliana vorher nach Handdon bringen, weil ein mit Sklaven bemanntes spanisches Schiff in London zu viel Aufsehen erregt hätte.«

Juliana sah Patrick an. Wenigstens hörte er zu.

»Es wäre ein Leichtes, ihr in London bei der Flucht zu helfen«, fuhr Diego fort. »Bis dahin hätte jeder die tragische Geschichte der versunkenen *Sofia* akzeptiert. Und Lachlan könnte in der Zwischenzeit Julianas Mutter holen.«

Patrick starrte Diego an. »Hast du das von Anfang an so geplant?«

»Nein. Nicht, bis Juliana mich überzeugt hatte, dass sie Inverleith so oder so verlassen würde. Ich dachte, bei mir wäre sie sicherer, auch wenn so manch einer vermutlich anderer Meinung war.«

»Du hättest Rory einweihen können«, brummte Patrick.

»Er hätte es nicht erlaubt. Und du auch nicht. Möglicherweise hätte er versucht, Juliana noch stärker in ihrer Freiheit einzuschränken, aber sie war so fest entschlossen, dass sie auf jeden Fall eine Möglichkeit gefunden hätte.«

»Du wolltest also, dass wir euch verfolgen«, sagte Patrick.

Diegos Antwort darauf war ein Lächeln.

»Meintest du das, als du mich gefragt hast, was zum Teufel mich so lange aufgehalten hat?«

Jetzt war es Diego, dem Juliana einen ärgerlichen Blick zuwarf. Er hatte ein mörderisches Tempo vorgelegt, obwohl er die ganze Zeit vermutet, ja, sogar gewollt hatte, dass sie verfolgt wurden.

Er zuckte mit den Schultern. »Ich wollte wissen, wie entschlossen du warst. Das war wichtig. Und ich dachte mir, wenn die Macleans erst einmal da sind, werden sie den Grund für unseren Plan schon verstehen.«

Juliana hätte ihn am liebsten geschlagen. Er konnte von Glück reden, dass sein Gesicht von Patricks Schlägen schon gezeichnet war. Er verdiente jeden blauen Fleck.

Rory lachte leise. »Das könnte wirklich funktionieren«, sagte er zu Patrick.

»Können ist nicht gut genug.«

»Ich werde sie beschützen«, versprach Rory. »Kingsleys Ansehen bei Henry hängt vom guten Willen Königin Margrets ab. Er wird nichts tun, um das zu gefährden.«

»Ich werde euch begleiten«, sagte Patrick, und Juliana wusste, dass sie gewonnen hatte.

»Jamie sagte, du hättest keinen guten Eindruck auf den Viscount gemacht«, wandte Rory ein.

»Aber ich bin dein Bruder.«

»Er kann dir nicht die Gastfreundschaft verweigern, wenn er glaubt, dass die Königin euch geschickt hat«, unterstützte Diego ihn. »Und bis zu eurer Ankunft werde ich auch dort sein.«

»Was kein großer Trost ist«, brummte Patrick.

Aber es war offensichtlich, dass er nachgegeben hatte.

Er sah Diego an. »Ich werde dich umbringen, falls ihr etwas zustößt.«

»Weniger hätte ich auch nicht von dir erwartet«, erwiderte Diego guter Dinge.

32. Kapitel

Die kleine Gruppe ritt bis wenige Meilen vor Hartlepool und trennte sich dort.

Rory würde nach Newcastle reiten und ein Hochzeitsgeschenk holen, um anschließend im Gasthof von Hartlepool abzusteigen, in dem er sich den anderen wieder anschließen wollte.

Diego würde sich im Wald verborgen halten, da Handdon Castle schon nah war und er nicht mit ihnen zusammen gesehen werden durfte. Schließlich sollte es glaubhaft sein, dass er Juliana auf einer strapaziösen Reise ohne Geldmittel zu ihrem Verlobten gebracht hatte. Er wollte sich am Morgen mit ihnen treffen und dann mit Juliana nach Handdon Castle reiten.

Patrick hatte keinesfalls vor, Juliana die Nacht mit Diego im Wald verbringen zu lassen. Er beabsichtigte, sich der List des Spaniers zu bedienen.

Der Besitzer des Gasthofs rümpfte die Nase, als sie eintraten und Patrick nach einem Zimmer fragte. Sein Blick glitt über Julianas fast vollständig verdecktes Gesicht, ehe er ihn senkte und auf den Boden schaute.

»Meine Frau hat Pockennarben, aber sie ist nicht mehr krank«, erklärte Patrick.

Der Gastwirt spuckte auf den Boden. »Schotten?«

»Aye.«

»Mein Bruder ist letztes Jahr in Flodden Field gestorben.«

»Viele Männer sind dort gestorben.«

Der Wirt zögerte, doch schließlich gewann seine Gier, und er nahm das Goldstück, das Patrick ihm für ein Zimmer geboten hatte.

»Bitte bringt uns etwas zu essen hinauf. Meine Frau ist ... sie zeigt sich nicht gern in der Öffentlichkeit.« Er warf ein weiteres

Goldstück in die Luft, und die fleischige Hand des Wirts schoss vor und fing es auf, bevor es auf den Tresen fiel. Sein Stirnrunzeln war verschwunden.

»Und Wein bitte«, sagte Patrick. »Kein Bier.«

Im Zimmer begann Patrick unruhig auf und ab zu gehen. Der ganze Plan missfiel ihm immer noch. Vielleicht, weil er von Diego stammte, wie er sich mit einiger Beschämung eingestehen musste. Es war nicht leicht für ihn zuzugeben, dass er sich in dem Spanier geirrt hatte. Und auch die freundschaftliche Beziehung zwischen Diego und Juliana störte ihn.

Nervös trat er an das Fenster und betrachtete die Landschaft. Juliana saß müde in einem Sessel, das Gesicht noch immer unter ihrem Schal verborgen, bis das Essen kam. Sie konnten nicht riskieren, dass jemand ihr narbenfreies Gesicht sah.

Der Gasthof lag in einer Bucht oberhalb eines natürlichen Hafens, und einige Fischerboote kehrten von ihrer Fangfahrt zurück. Juliana stand auf und stellte sich neben Patrick. Die untergehende Sonne warf ihren goldenen Schein auf das ruhige Wasser.

»Du kannst immer noch mit mir zurückkehren«, sagte Patrick. »Der Viscount ist ein gefährlicher Mann. Und offenbar kein Dummkopf, da er das Ohr der Königinwitwe gewonnen hat.«

»Es ist das Risiko wert.« Sie trat näher und ließ den Schal vor ihrem Gesicht ein wenig sinken.

Patrick berührte einen Schmutzfleck auf ihrer zarten, makellosen Wange, der deren Schönheit nur noch betonte. »Ich hätte dich beinahe verloren«, flüsterte er.

»Nein«, sagte sie. »Du wirst mich nie verlieren. Ich hätte einen Weg zurück gefunden.«

Er legte seine Stirn an ihre und schloss für einen Moment die Augen, als er sich an die panische Angst und Leere erinnerte, die ihn beim Lesen ihres Briefes überkamen.

Als es an der Tür klopfte, zog Juliana rasch den Schal vor ihr

Gesicht und wandte sich ab. Patrick öffnete, und ein Junge trug ein Tablett herein, auf dem ein Krug Wein und einige Speisen standen. Er war sichtlich bemüht, Julianas Nähe zu meiden, und stellte alles schnell auf den kleinen Tisch. Dann hielt er eine mitgebrachte Kerze an die Öllampe und kniete sich vor den Kamin, um die sauber aufgeschichteten Holzscheite darin anzuzünden.

Patrick drückte ihm ein Geldstück in die Hand. »Wir haben eine lange Reise hinter uns und wünschen heute Nacht nicht mehr gestört zu werden.«

Der Junge nickte und ging. Patrick schob den Tisch vor die Tür, die keinen Riegel hatte. Dann zog er die zwei Stühle an den Tisch heran, beide auf derselben Seite. Er wollte nicht einmal mehr durch einen Tisch von Juliana getrennt sein.

Ihre Mahlzeit bestand aus Brot und Honig, Fisch, Käse und einer Fleischpastete. Der Wein war nicht besonders gut, aber immer noch besser als das englische Bier. Patrick beobachtete Juliana beim Essen und lächelte, als er sah, wie sie den Honig von ihren Lippen leckte. Dann probierte sie den Wein, verzog das Gesicht, trank aber tapfer noch einen Schluck davon.

Auch Patrick trank ein wenig von dem Wein, um seine Sinne zu beruhigen. Er war sich des breiten Bettes nur allzu bewusst. Als sie den Fisch gegessen hatten, bot er Juliana ein kleines Stück von der Pastete an. Sie biss davon ab, und lächelnd beobachtete er, wie die Krümel sich auf ihren Lippen sammelten. Noch immer lächelnd, beugte er sich vor und begann, sie mit der Zunge aufzulecken.

Seine Lippen tanzten mit unendlicher Sinnlichkeit über ihren Mund. Er nahm jeden Krümel auf und probierte dann den Wein auf ihren Lippen und auf ihrer Zunge, als ihr Mund sich unter seinem sanften Drängen öffnete.

Ihre Hände schlossen sich um seinen Nacken und glitten unter sein rötlich braunes Haar, das ihm bis weit über den Kragen fiel. Patrick spannte sich an und versuchte, seine Gefühle und sein drängendes Verlangen in Zaum zu halten.

Aber Juliana ließ es nicht zu. Der Wein, die Wärme des prasselnden Kaminfeuers, der angenehme Duft der glühenden Holzscheite – all das verstärkte das Verlangen in ihr, das sie sich nicht versagen wollte. Bald würde sie die Frau eines anderen Mannes sein, doch heute Nacht gehörte sie noch Patrick. Als er sie auf seine Arme hob und ihr Kopf an seinem Herzen ruhte, wusste sie, dass sein Widerstand gebrochen war.

Er trug sie zum Bett, legte sie behutsam darauf nieder und zögerte, als er dann auf sie hinunterblickte. Um ihm zu helfen, seine Bedenken zu überwinden, griff Juliana nach seiner Hand und zog ihn zu sich herunter. Als ihre Lippen sich wieder fanden, wunderte sie sich, dass Zärtlichkeit und sinnliches Begehren sich auf solch süße, wundervolle Art verbinden konnten.

Mit unerträglicher Langsamkeit begann er, die Bändchen an ihrem Kleid zu lösen. Als er es ihr abstreifte, fühlte sie sich herrlich frei.

Patricks Lippen glitten über ihre Brüste und entfachten tausend kleine Feuer auf ihrer Haut, bis die zarten kleinen Spitzen hart wurden und sich ihm entgegendrängten. Als sie seine sinnlichen Liebkosungen nicht mehr auszuhalten glaubte, begann er, ihren Hals mit federleichten Berührungen seiner Lippen zu liebkosen, dann ihren Mund, ihre Ohrläppchen, bis Juliana vor Verlangen bebte. Sie schloss die Augen, um all die neuen Gefühle begierig in sich aufzunehmen. Wie war es möglich, so viel Lust und Qual zugleich zu spüren?

Sie öffnete die Augen, als er sich von ihr löste. Patrick erhob sich vom Bett und hielt seinen Blick unverwandt auf Juliana gerichtet, als er vor ihr stand und sich langsam entkleidete. Es war so oft geschehen, dass Patrick sie so angesehen hatte, ohne etwas von seinen Gedanken preiszugeben, aber jetzt glühten seine Augen vor Leidenschaft.

Er ließ seine Kleider achtlos auf den Boden fallen und stand stark und schön vor ihr. Einladend streckte sie die Hand nach ihm aus, und er legte sich zu ihr. Sehr sanft begann er sie zu streicheln, und köstliche kleine Flammen glutvoller Erwartung loderten in ihr auf. Juliana erwiderte seine Zärtlichkeiten mit einer Leidenschaft, die seiner um nichts nachstand, bis beide vor Sehnsucht und Verlangen zu vergehen glaubten.

Patrick beugte sich über Juliana und stützte sich auf die Ellbogen, um sie nicht mit seinem Gewicht zu belasten. Behutsam spreizte er ihre Schenkel und ließ sich zwischen ihnen nieder, um sie den Beweis seiner Begierde spüren zu lassen. Aufstöhnend bog sie sich ihm entgegen. Als er langsam in sie eindrang, erbebte Juliana von den lustvollen Empfindungen, die sie durchströmten.

Dieses Mal verspürte sie keinen Schmerz, als sie ihn in sich aufnahm, nur Wogen purer Lust, die mit jeder seiner kraftvollen Bewegungen wuchs, bis sie von einem Strudel überwältigender Gefühle mitgerissen wurde, der sie höher und höher trug, bis sie alles um sich her vergaß. Die Zeit schien stehen zu bleiben, als sie sich in einem uralten, instinktiven Tanz bewegten, langsam zuerst, dann immer schneller, als ihre Lust sie in ungeahnte Höhen ekstatischer Verzückung trug. Und dann, nach einem letzten kraftvollen Stoß, verblassten all ihre bisherigen Empfindungen, wurden verdrängt von etwas Neuem, noch nie Gefühltem, als sich etwas in ihr Bahn brach und sie auf einen Gipfel überwältigender Süße führte.

Als sie wieder zu Atem kamen, rollte sich Patrick auf den Rücken und zog Juliana in seine Arme. Sie lag an seiner Seite, ihr Kopf ruhte auf seiner Brust. Immer wieder glitten seine Hände über ihren Körper und streichelten sie sanft und liebkosend. Die lustvolle Leidenschaft war einer wunderbaren, süßen Zärtlichkeit gewichen.

Sie blieben nebeneinander liegen, bis es dunkel wurde und Juliana umschlossen von Patricks Nähe und Wärme einschlief.

Sie standen noch vor Tagesanbruch auf und verließen den Gasthof. Juliana hatte darauf verzichtet, ihr Haar zu richten, weil ein derangiertes Äußeres ein wichtiger Aspekt ihrer Geschichte sein würde. Patrick sattelte ein Pferd und half ihr aufzusteigen, bevor er sich hinter ihr in den Sattel schwang. Sie trug dasselbe Kleid und denselben Umhang wie gestern, und auch heute Morgen verhüllte ein Schal ihr Gesicht. Ihr langer Zopf sah zersaust und unordentlich aus.

Trotzdem sah sie für Patrick ganz bezaubernd aus.

Juliana lehnte sich gegen ihn, als er das Pferd im Schritt die menschenleere Straße hinunterlenkte. Kaum hatten sie den Ort verlassen, trieb er das Tier zu einer schnelleren Gangart an.

Eine Stunde später trafen sie Diego. Er saß an einem Bach und wusch sich seine Handgelenke. Auf dem Boden um ihn her waren Blutflecken.

Patrick saß ab und half Juliana aus dem Sattel. Verwundert schaute er auf Diegos Handgelenke.

»Ich habe noch immer die Narben von den Eisen«, sagte der Spanier. »Deshalb brauche ich einen Vorwand, um mir die Arme zu verbinden. Wir werden sagen, dass ich mich verletzt habe, als ich Señorita Mendoza über die Felsen getragen habe.«

»Raffiniert«, murmelte Patrick. »Du wirst immer mehr zum Helden.«

»Und so sollte es auch bleiben.«

»Die Wunden sind aber frisch.«

»Ich glaube nicht, dass sie die Wunden in Augenschein nehmen werden. Auf jeden Fall werden sie getrocknetes Blut auf den Verbänden sehen können. Das müsste reichen.«

Auf ihrem Ritt nach Handdon Castle gingen sie ihre Geschichte wieder und wieder durch, bis sie sicher waren, auf jede Frage eine Antwort geben zu können.

Auf der Fahrt nach England, so würden sie berichten, war die *Sofia* in mehrere Stürme geraten, wodurch die Reise sich verzögert hatte. Der letzte Sturm, der heftiger als die vorhergehenden war, hatte das Schiff von seinem Kurs abgebracht. Zudem hatte es den Großmast verloren und war auf Felsen aufgelaufen. Es hatte Schlagseite bekommen und war so schnell mit Wasser vollgelaufen, dass die Rettungsboote nicht mehr rechtzeitig herabgelassen werden konnten.

Julianas Onkel hatte versucht, sie zu retten. Er hatte sie aus ihrer Kabine geholt und sie angewiesen, sich mit aller Kraft an der Reling festzuhalten. Das hatte sie getan, während die Seemänner alles gegeben hatten, um das Schiff zu retten. Am Ende war jedoch nichts mehr zu machen. Ihr Onkel war gefallen und über Bord gespült worden. Andere Seemänner waren ins Meer gesprungen, als die *Sofia* zu sinken begann.

Auch Juliana war gesprungen. Sie hatte sich an einer im Wasser treibenden Planke festgehalten. Diego hatte sich auf dieselbe Weise retten können. Da er einer der wenigen Seeleute war, die schwimmen konnten, schaffte er es, Juliana an Land zu ziehen. Soviel sie wussten, gab es keine anderen Überlebenden.

Rory, der sich an der Küste auskannte, hatte den perfekten Ort für die angebliche Schiffskatastrophe gefunden. Das Wasser war so tief, dass ein auf dem Grund liegendes Wrack nicht zu sehen war, andererseits war die Küste nah genug, um sie schwimmend erreichen zu können. Für Diego war es also schwierig, aber nicht unmöglich gewesen, seine heldenhafte Tat zu vollbringen. Außerdem war es ein öder, menschenleerer Küstenstrich.

Patrick ließ Juliana nur ungern bei Diego zurück. Und die beiden nach Handdon Castle gehen zu lassen widerstrebte ihm noch mehr. Das einzig Beruhigende war, dass sich der alte Earl dort aufhielt, der ein anständiger und angesehener Mann zu sein schien.

Patrick begleitete sie noch ein Stück weit zu Fuß, zum Abschied blieb er vor Diego stehen. »Pass gut auf sie auf.«

»Das werde ich.«

»Rory und ich müssten in etwa zwei Tagen dort sein. Und solltest du uns brauchen, kannst du immer einen von uns in dem Gasthof finden.«

Diego nickte und übergab ihm einen Lederbeutel mit Goldstücken, den er aus seiner Satteltasche genommen hatte. »Verwahre das bitte für mich. Es würde Verdacht erregen, wenn ein armer schiffbrüchiger Seemann einen Beutel Goldstücke bei sich trüge. Und pass auch auf die Satteltaschen auf.«

»Aye.« Patrick zögerte, dann streckte er ihm die Hand hin. »Ich habe an dir gezweifelt, Diego. Dafür möchte ich mich entschuldigen.«

Diego drückte ihm die Hand und zuckte mit den Schultern. »Ich selbst zweifle auch sehr oft an mir.«

Patrick wandte sich Juliana zu, nahm sie in die Arme und küsste sie. »Wenn das hier vorbei ist, möchte ich, dass du meine Frau wirst.«

Zuerst sah sie überrascht aus, aber dann erschien ein glückstrahlendes Lächeln auf ihrem Gesicht.

Bevor er noch mehr sagen konnte, was er vielleicht bereuen würde, stieg Patrick wieder auf sein Pferd und wendete es, um nach Hartlepool zurückzureiten. Er sah sich nicht mehr um, weil er wusste, dass er dann versucht sein würde, Juliana zurückzuholen und mit ihr davonzureiten.

Doch allmählich lernte auch er, was seine Brüder schon gelernt hatten: Wenn man liebte, musste man Vertrauen haben.

Es war kurz vor Sonnenuntergang, als Juliana und Diego von einem Bauern mitgenommen wurden, der mit seinem Wagen voller Lebensmittel auf dem Weg nach Handdon Castle war. Julianas Beine schmerzten, und sie war hungrig, durstig und müde.

An den Toren wurden sie von Wachen aufgehalten und befragt. Den Männern war anzusehen, dass sie ihnen ihre Geschichte nicht abnahmen und sie abweisen wollten, als einer von ihnen zögerte. »Das klingt merkwürdig genug, um wahr zu sein«, sagte er zu seinen Kameraden. »Mir wurde gesagt, dass wir ein Schiff erwarten, mit dem die Braut des Viscounts kommt.«

»Hält sich der Viscount in Handdon Castle auf?«, fragte Juliana.

»Nein, Miss, aber seine Ankunft wird erwartet.« Mit schmalen Augen musterte er sie und schien dann einen Entschluss zu fassen. »Folgt mir«, sagte er.

Juliana schleppte sich durch das Tor der Burg, während Diego neben ihr herspazierte, als wäre *er* nicht meilenweit gelaufen. Der Wachposten führte sie in eine Kammer, die dem Burgsaal gegenüberlag, und hieß sie warten.

Einige Minuten später wurde Juliana über eine steinerne Wendeltreppe zu einem prachtvoll eingerichteten Schlafgemach geführt. Ein alter Mann saß in einem Sessel an einem Fenster, von dem aus er Bucht überblicken konnte.

»Der Earl of Chadwick«, verkündete ein hochgewachsener, dünner Mann. Dann hielt er inne, weil er nicht wusste, wie er die beiden Besucher ankündigen sollte.

Juliana ging zu dem alten Mann, knickste und kniete sich dann neben ihn. Eine Decke lag auf seinem Schoß, sein Gesicht war blass und seine Augen müde. Sein Bart sah ein bisschen ungepflegt aus, und seine Lippen waren zu einem mürrischen Gesichtsausdruck verzogen.

»Ich bin Juliana Mendoza«, sagte sie. »Ich … Unser Schiff ist etwas weiter unten an der Küste gesunken. Mein Onkel und die meisten Seeleute kamen dabei um. In den letzten vierzehn Tagen habe ich versucht, hierher zu gelangen. Aber niemand glaubte uns oder wollte uns Beistand leisten.«

Blaue Augen musterten sie kalt. »Eine unwahrscheinliche Geschichte. Habt Ihr Beweise für das, was Ihr mir da erzählt?«

»Nein. Der Sturm kam nachts. Ich hatte meinen Schmuck in einer Kassette, aber natürlich dachte ich nicht daran, sie mitzunehmen, als der Mast aufs Deck herunterkrachte und sich das Schiff auf die Seite legte.« Sie zögerte einen Moment. »Mein Vater ist Luis Mendoza, meine Mutter Marianne Hartford. Ich glaube, sie ist eine Cousine von Euch. Sie erzählte mir, dass sie früher oft hierherkam und mit Garrett und Harry gespielt hat.«

Der Blick des alten Mannes wurde plötzlich schärfer, und er beugte sich ein wenig vor. »Deine Mutter ... wie sieht sie aus?«

»Ihr Haar ist heller als das meine, und ihre Augen sind von einem auffallenden Blau. Ich habe mir immer gewünscht, die gleiche Augenfarbe wie sie zu haben.«

»Und das Schiff?«

»War die *Sofia*.«

»Wer noch, Mädchen? Wer hat sonst noch überlebt?«

»Ein Seemann namens Diego. Von anderen Überlebenden weiß ich nichts. Er zog mich aus dem Wasser, wobei er sich selbst verletzte, und brachte mich hierher. Ich habe ihm versprochen zu versuchen, dass ihm eine Belohnung zuteil wird.«

Der alte Mann musterte sie misstrauisch, dann winkte er dem Bediensteten, der sie hergeführt hatte. »Gibbs, dort drüben auf meinem Tisch steht eine Miniatur. Bring sie her.«

Gibbs holte sie, und der Earl betrachtete das Bild und verglich es dann mit Juliana. »Jesus Maria, Ihr seid tatsächlich Juliana!« Sein aufmerksamer Blick glitt über ihr verwaschenes, zerrissenes Kleid.

»Mein Kleid war nicht mehr zu gebrauchen«, sagte sie. »Diego hatte ein paar Münzen in seiner Tasche und kaufte mir dieses hier von einer Fischersfrau.«

»Und die Mitgift?«

»Ist mit dem Schiff versunken. Aber mein Vater wird sie Euch gewiss ersetzen.«

Der Earl runzelte die Stirn, dann legte er Juliana eine Hand aufs Haar. »Gibbs, du musst mit Margaret ein paar Kleidungsstücke für dieses Kind heraussuchen, und dann bereitet ihr ein Bad und eine Mahlzeit vor.« Er wandte sich wieder an Juliana. »Mein Sohn müsste jeden Moment hier eintreffen. Er wird sehr erfreut sein, dass Ihr da seid.«

Juliana war sich dessen nicht so sicher, aber zumindest hatte sie die erste Prüfung bestanden.

»Und bring diesen spanischen Seemann her«, trug der Earl seinem Diener auf. »Ich möchte mit ihm sprechen.«

Gibbs ging und ließ Juliana mit dem Earl allein, der traurig aus dem Fenster auf die See hinausblickte. Juliana nutzte die Gelegenheit, um sich in seinem Zimmer umzusehen. Das Bett war so groß, dass es fast den ganzen Raum für sich in Anspruch nahm. Außer dem Sessel des alten Mannes, der vor dem Fenster stand, gab es noch einen reich geschnitzten Tisch mit Stühlen und einen mächtigen steinernen Kamin. Ein großes Porträt hing an der dem Bett gegenüberliegenden Wand. Es zeigte eine sehr schöne Frau mit dunklem Haar und ernster Miene, die mit zwei Jungen im Alter von etwa zwölf bis vierzehn auf einem Diwan saß. Einer der Jungen hatte ein schmales, markantes Gesicht und die gleiche dunkle Haarfarbe wie seine Mutter. Der andere hatte braunes Haar, heitere Augen und ein breites Lächeln. Ein eigenartiges Gefühl des Erkennens regte sich in Juliana.

»Wer ist das auf dem Bild?«, fragte sie.

»Meine Söhne. Die beiden einzigen von sechs, die überlebt haben. Der Dunkelhaarige ist Harry, der andere ... war ... Garrett, mein ältester Sohn. Er ist vor zwei Jahren gestorben.« Die Augen des alten Manns umwölkten sich.

»Habt Ihr noch andere Porträts von ihnen?«

»Es wurde noch eines von Garrett angefertigt, als er um die zwanzig war. Es hängt in der Eingangshalle. Leider habe ich es versäumt, auch eines von Harry malen zu lassen.« Er senkte den

Kopf, doch Juliana hatte den kummervollen Ausdruck in seinem Gesicht noch gesehen.

»Danke, dass Ihr mir Gastfreundschaft gewährt, Mylord.«

»Das ist das Mindeste, was ich für Mariannes Tochter tun kann«, sagte er. »Gibbs wird Euch zu Eurem Zimmer bringen, wo sich Margaret, meine Haushälterin, um Euch kümmern wird. Wir können uns später weiter unterhalten.«

»Danke«, sagte Juliana leise.

»Es wird schön sein, wieder eine Frau hier auf der Burg zu haben«, sagte er. »Und Kinder auch bald, hoffe ich.«

Als sie mit Gibbs hinausging, hoffte Juliana, dass Diego genauso freundlich aufgenommen werden würde. In der Halle sah sie sich im Vorübergehen die dort hängenden Gemälde an. Abrupt blieb sie vor einem stehen.

Sie war so verblüfft, dass sie sich für einen Moment nicht rühren konnte.

Gibbs war schon vorangegangen. »Gibbs!«, rief sie ihn zurück. »Ist das einer der Söhne des Earls?«

»Ja, das ist Garrett.«

Ein Frösteln lief über Julianas Rücken, als ihr klar wurde, dass sie vor einem Porträt von Denny stand!

33. Kapitel

Nach einem wunderbar wohltuenden heißen Bad wusch eine Dienstmagd Juliana das Haar, während andere mit Armen voller Kleider hereineilten.

Wäre die Lage nicht so ernst gewesen, hätte sie jeden Augenblick genossen. Aber so, wie die Dinge lagen, wollte sie nur alles so schnell wie möglich hinter sich bringen. Wie Patrick schon richtig bemerkt hatte, war sie keine gute Lügnerin. Sie hasste Schwindeleien, und im Moment war alles, was sie tat und sagte, eine Lüge.

Seit ihrer Ankunft hatte sie Diego nicht mehr gesehen, doch sie hatte gehört, dass er freundlich aufgenommen worden war, frische Kleider erhalten hatte, und dass ihm eine Schlafstätte bei den Soldaten des Earls zugewiesen worden war.

Der alte Herr hatte seinen Platz am Kopf einer langen Tafel eingenommen, an der mit ihm seine Gefolgsleute und deren Damen saßen, als Juliana zum Essen hinunterkam. Lächelnd hob er eine Hand und winkte ihr, sich neben ihn zu setzen. Seine Augen blickten sie warm an, sein Lächeln war einladend und herzlich.

»Ihr seht bezaubernd aus, meine Liebe«, sagte er in einem Ton, der Juliana auf den Gedanken brachte, dass ihn das nach ihrem ersten Anblick offenbar zu überraschen schien.

»Gibt es schon Neuigkeiten von Viscount Kingsley?«, fragte sie. *Bitte, lieber Gott, lass ihn noch ein paar Tage wegbleiben!*

»Nein, aber wir erwarten ihn jeden Moment. Ich habe ihn schon vor fast zwei Wochen heimgerufen. Soviel ich weiß, hatte er etwas Dringendes mit der Königinwitwe zu besprechen.«

Juliana hätte am liebsten erwidert, dass sein Sohn schon vor Tagen behauptet hatte abzureisen, etwa um die gleiche Zeit wie

Patrick, und dass er es demnach nicht sehr eilig haben konnte, seine Braut zu begrüßen.

Jetzt betrat Diego den großen Saal und setzte sich an das Ende der Tafel. Er trug Kniebundhosen, ein wollenes Hemd und ein Wams, so wie es in dieser Gegend üblich war. An seinem draufgängerischen Grinsen hatte sich jedoch nichts verändert.

Juliana aß ein paar Bissen, ehe sie sich in aller Arglosigkeit an den Earl wandte: »Ich weiß leider nur sehr wenig über meinen zukünftigen Gemahl.«

Der Earl spannte sich an und sagte: »König Henry hält große Stücke auf ihn. Er hat mit allem, was er tut, großen Erfolg.«

Eine bedrückende Aussage, wenn man bedachte, was *nicht* gesagt worden war.

»Und sein Bruder Garrett? Meine Mutter hat oft von ihm gesprochen. Was ist mit ihm geschehen?«

»Er und Harry reisten nach Kastilien zu einer Audienz beim König. Wir wollten die Zugangsrechte für einige spanische Häfen erwerben. Ich hatte der Familie Mendoza geschrieben, woraufhin sie uns sowohl eine Partnerschaft als auch eine Heirat zwischen unseren Familien vorschlugen. Dadurch würden sie unsere Häfen nutzen können und wir die ihren, aber wir brauchten natürlich die Zustimmung von König Ferdinand.

König Ferdinand hat sein Einverständnis mit diesen Plänen kundgetan, und nach der Audienz reisten meine Söhne nach La Coruña weiter. Garrett wollte um Eure Hand anhalten, Juliana, aber auf dem Weg nach La Coruña wurden sie von Banditen überfallen. Es waren Mauren, sagte Harry. Er und sein Diener wurden verwundet, aber es gelang ihnen trotzdem, zu entkommen. Garrett wurde getötet, seine Leiche verbrannt.«

Der Earl schwieg einen Moment, bevor er schließlich hinzufügte: »Meine Frau starb kurz danach. Ich glaube, es war der Kummer über Garretts Tod. Er war alles, was man sich von einem Sohn nur wünschen konnte. Ehrenhaft. Tapfer. Gerecht.«

»Aber Ihr habt noch Harry.«

Der alte Mann nickte. »Er hat sich sehr bemüht, es seinem Bruder nachzutun. Aber nun erzählt mir doch von Eurer Mutter. Sie war immer so fröhlich und voller Lebensfreude.«

Julianas Herz verkrampfte sich, als sie einen Anflug von Traurigkeit über das Gesicht des alten Mannes huschen sah.

Sie konnte ihm unmöglich die Wahrheit sagen. Zumindest jetzt noch nicht.

»Es geht ihr gut«, antwortete sie und verzichtete darauf, ihm zu erzählen, dass ihre Mutter ihre Lebensfreude und Fröhlichkeit schon vor langer Zeit verloren hatte.

Außerdem wollte sie erst mit Diego sprechen und ihm von Garrett erzählen. Diego hatte das Porträt vermutlich noch nicht gesehen.

Deshalb entschuldigte sie sich. »Ich bin müde«, sagte sie und legte eine Hand auf die des alten Mannes. »Danke, dass Ihr mich so freundlich aufgenommen habt.« Sie zögerte. »Ich hätte nur noch eine Bitte.«

»Betrachtet sie als gewährt, mein Kind«, erwiderte er lächelnd.

»Sie betrifft Diego, den Seemann, der mir das Leben gerettet hat. Er würde gern nach Spanien zurückkehren. Er braucht ein Pferd, um nach London zu kommen, und etwas Geld für eine Schiffspassage. Wie ich hat auch er alles bei dem Sturm verloren. Ich werde dafür sorgen, dass Euch die Auslagen erstattet werden.«

Das faltige Gesicht des Earls verzog sich zu einem Lächeln. »Das ist eine leicht zu erfüllende Bitte. Sag ihm, dass er später zu mir kommen soll.«

Juliana dankte ihm und ging. Am Ende des langen Tisches blieb sie stehen. »Sir«, wandte sie sich an Diego, »ich würde Euch gern einen Moment sprechen.«

Diego erhob sich und folgte ihr auf den Hof hinaus. Juliana hatte keinen Umhang dabei und fröstelte in der kühlen Abendluft.

»Was gibt es?«, fragte er.

»In der Eingangshalle hängt ein Porträt des toten Sohnes des Earls«, sagte sie. »Ich würde schwören, dass der Mann darauf Denny ist, obwohl er auf dem Bild viel jünger ist.«

Zum ersten Mal, seit sie ihn kannte, sah Diego wie vom Donner gerührt aus.

»Der Earl sagte, sein Name sei Garrett. Er wurde in Spanien von Banditen getötet. Kingsley konnte gerade noch entkommen.«

Diego hatte sein gewohntes Lächeln zurückgewonnen und zwinkerte Juliana zu. »Dann werden wir Garrett wieder zum Leben erwecken. Ich wollte schon immer Gott spielen.«

»Das sollte aber geschehen, bevor der Viscount wiederkommt. Ich habe den Earl gebeten, Euch ein Pferd zu überlassen.«

»Ich werde reiten wie der Teufel.«

»Der Earl will Euch auch belohnen. Er erwartet Euch nach dem Abendessen in seinem Zimmer. Dort werdet Ihr ein weiteres Porträt von seiner Frau und seinen beiden Söhnen sehen.«

»Ich bin beeindruckt, Señorita.«

»Und ich werde sehr beeindruckt sein, wenn Denny hier erscheint«, erwiderte sie. »Und das hoffentlich so bald wie möglich.«

Diego ritt so schnell er konnte, ohne das Pferd zuschanden zu reiten, das der Earl ihm zur Belohnung überlassen hatte. In Hartlepool suchte er sogleich den Gasthof auf.

Rory war kurz zuvor mit dem Hochzeitsgeschenk für den Viscount, einer kostbaren Silberschale, aus Newcastle zurückgekommen und saß nun in Patricks Zimmer und trank einen Becher Wein.

»Die Schale war hoffentlich nicht allzu teuer«, sagte Diego. »Ich glaube nämlich nicht, dass wir sie brauchen werden.«

Patrick sah ihn durchdringend an. »Sprich nicht in Rätseln, Diego. Wie geht es Juliana? Ist Kingsley schon zurückgekommen?«

»Juliana geht es bestens. Aber Kingsley ist noch nicht da.« Er schwieg einen Moment. »Habt ihr inzwischen etwas von Jamie oder Denny gehört?«

»Nein, aber sie müssten auch bald hier sein. Sie hatten den schwierigeren Weg.«

Diegos Augen funkelten belustigt, und Patrick musste sich zusammennehmen, um ihn nicht anzufahren. Er wollte hören, wie Juliana aufgenommen worden war und wie die Dinge sich entwickelt hatten.

»Der Earl of Chadwick war genauso angetan von Juliana wie wir alle«, sagte Diego. »Er hat ihr von seinem ältesten Sohn erzählt – von dem, der nicht mehr lebt. Und er hat ihr ein Porträt von ihm gezeigt.«

Patrick hatte Mühe, seine Ungeduld zu zügeln.

»Dieser Sohn starb in Spanien«, fuhr Diego fort. »Er und sein lieber Bruder wurden von Banditen überfallen ... doch nur dem Glückspilz Harry und seinem Diener gelang es zu entkommen.«

Patrick begann zu verstehen. »Du meinst, sie haben Garrett umgebracht?«

»Sie haben es offenbar versucht.«

Diego war der aufreizendste Mensch, der Patrick je begegnet war, doch nun begann ihm langsam zu dämmern, was Diego ihnen zu verstehen geben wollte. »Er lebt?«

Patrick warf Rory, der völlig reglos dasaß, einen Blick zu.

»Juliana hat den Sohn auf dem Porträt erkannt«, sagte Patrick.

»*Si.*«

»Und sie kennt nicht viele Leute.«

»Nein.«

»Denny!«, sagte Patrick. Es war eine Feststellung und keine Frage mehr.

Patrick wechselte einen Blick mit Rory. »Wir haben Kingsley ein paarmal in Dennys Gegenwart erwähnt. Er hat keine Reaktion gezeigt, aber Juliana sagte, dass er auf der Landkarte etwas zu erkennen schien.«

»Vielleicht will er sich ja nicht erinnern«, warf Rory ein. »Als Lachlan seine Erinnerung verloren hatte, *wollte* er sich erinnern, und trotzdem hat es Monate gedauert, bis es so weit war.«

»Falls sein Bruder versucht hat, ihn umzubringen, und ihn dann zu dieser Hölle verdammt hat …«, sagte Patrick leise.

»Wir müssen ihn finden und zu seinem Vater bringen, bevor Kingsley dort auftaucht«, sagte Rory.

Patrick schüttelte den Kopf. »Wer weiß, ob der Earl ihn jetzt noch wiederhaben will.«

»Oh, das denke ich schon«, wandte Diego ein. »Juliana sagt, er redet über Garrett ganz anders als über Harry.«

Rory griff nach seinen Satteltaschen. »Ich werde die Straße nach Carlisle nehmen. Vielleicht finden wir ihn dort.«

Patrick wollte sich ebenfalls sofort auf die Suche machen. Verflucht noch mal, warum hatte er Denny nicht gleich mitgenommen! Nun, er hatte es nicht getan, weil er gesehen hatte, dass Denny Vertrauen zu Jamie Campbell gefasst hatte. Und weil er überzeugt war, dass es gut für Denny war zu lernen, auch anderen Menschen zu vertrauen. Zudem wäre es für Jamie zu gefährlich gewesen, allein zu reiten. Es gab an der Grenze zu viele Plünderer und Straßenräuber. Und Denny war ein Mann, der kämpfen konnte.

»Nimm einen der *Hobbler*«, sagte Patrick. »Sie halten länger durch.«

Rory nickte.

Als er fort war, wandte sich Patrick an Diego. »Kannst du unter irgendeinem Vorwand nach Handdon Castle zurückkehren?«

Diego nickte. »*Aye*. Ich scheine vom Pech verfolgt zu sein. Zuerst sinkt mein Schiff, und dann beginnt auch noch mein Pferd zu lahmen.«

Patrick lachte. »Du bist eben sehr anstrengend für Mensch und Tier.«

»Das ist ein Talent, mein Lieber.«

***

Patrick hasste es, allein und untätig zurückbleiben zu müssen. Er hasste es, das Zimmer des Gasthofes nicht verlassen zu können, aber er hatte den Leuten dort eine gut ausgedachte Geschichte erzählt. Seine Frau sei noch im Zimmer, hatte er allen gesagt, aber sie wolle niemanden sehen und niemanden einlassen. Seit jener ersten Nacht mit Juliana wurde ihm das Essen vor die Tür gestellt.

Niemand hatte Einwände erhoben. Das Wort »Pocken«, beschwor solche Ängste und Schrecken herauf, dass niemand auch nur in die Nähe eines Menschen kommen wollte, der daran erkrankt war. Aber dieser raffiniert ausgedachten Geschichte wegen konnte Patrick den Gasthof nun auch leider nicht verlassen.

Er glaubte, vor Sorge um Juliana noch verrückt zu werden. Was, wenn Kingsley inzwischen auf Handdon Castle eingetroffen war? Er würde niemanden verschonen, würde er sich in Gefahr wähnen. Das hatte er in Spanien bewiesen.

Es war noch früh am Tag darauf, als Denny, Jamie und Rory im Gasthof eintrafen. Als Denny Patrick sah, verzog sich sein Gesicht zu dem ersten Lächeln, das Patrick je bei ihm gesehen hatte. Patrick sah sie alle an, und Rory schüttelte den Kopf. Sie hatten Denny also noch nichts gesagt.

»Setz dich, Denny«, sagte Patrick und zeigte auf einen der beiden Stühle. Dann setzte er sich ihm gegenüber.

»Sagt dir das Wort Kingsley irgendetwas?«

Denny konzentrierte sich, aber dann schüttelte er den Kopf.

»Als du dir die Landkarte angesehen hast, scheinst du irgendetwas darauf erkannt zu haben. Weißt du noch, was das war?«

Wieder schüttelte er den Kopf.

»Was ist mit Chadwick? Handdon Castle? Garrett?«

Ein Ausdruck des Erinnerns schien über Dennys Gesicht zu gleiten.

»Spanien?«, versuchte Patrick es weiter.

Furcht flackerte in Dennys Augen auf.

»Du warst mit deinem Bruder Harry in Spanien«, fuhr Patrick fort. »Ihr wurdet angegriffen.«

Ein Muskel zuckte an Dennys Kinn. Er stand auf und begann nervös im Zimmer herumzugehen.

»Denny«, sagte Patrick sanft. »Wir glauben, dass du Garrett, der Sohn des Earls of Chadwick und der rechtmäßige Viscount Kingsley bist.«

Denny versteifte sich, eine spürbare Anspannung ging jetzt von ihm aus.

»Er braucht dich, Denny. Dein Vater braucht dich.«

»Mein ... Vater?« Dennys Stimme klang wie eingerostet.

Patrick und Rory sahen sich in freudigem Erstaunen an. »Aye«, bestätigte Patrick dann leise. »Der Earl. Juliana hat ihn gesehen. Er ist krank.«

Patrick war nicht sicher, wie viel Denny verstand. Er besaß so viele Fähigkeiten ... aber gehörte dazu auch die Erinnerung an Menschen und Orte?

»Wir brauchen deine Hilfe«, sagte Patrick. »Wir möchten, dass du mit uns nach Handdon Castle reitest. Wir wollen dich dort haben, wo dich viele Menschen sehen können und deine Existenz sich nicht länger verleugnen lässt.«

Denny schwieg einen Moment, dann nickte er.

»Wir brechen früh am Morgen auf«, sagte Patrick. »Wir alle

vier. Diego wird schon heute Abend wieder in Handdon Castle sein.« Er sah Denny an. »Du bist uns immer willkommen auf Inverleith. Falls du dich auf Handdon Castle nicht wohlfühlst oder wir uns irren sollten, werden wir zusammen nach Hause zurückkehren.«

Juliana war im Burghof und sah zwei Rittern bei einem Tjost zu, als vier Reiter herangeritten kamen. Ihr Herz begann zu rasen, als sie den ersten der vier erkannte.

Die Tore standen offen. Diego war nirgendwo zu sehen, vermutlich saß er mit irgendjemandem beim Würfelspiel zusammen. Er war gestern zurückgekommen und hatte sein lahmendes Pferd am Zügel geführt. Vermutlich hatte sich das Tier einen Stein eingetreten. Juliana wäre dem Spanier am liebsten entgegengelaufen und um den Hals gefallen. Er war ihr sehr ans Herz gewachsen, wenn auch auf ganz andere Art als Patrick.

Sie wartete, bis die Reiter näher gekommen waren. Sie ritten hintereinander auf den Burghof, aber es war der Letzte in der Reihe, der die Blicke aller auf sich zog. Sie sah, wie Mann nach dem anderen auf dem Hof in seiner Beschäftigung innehielt und mit großen Augen und ehrfürchtiger Miene Denny anstarrte.

Einer von ihnen fasste sich schließlich und lief hinein, so schnell er konnte.

Die vier Reiter stiegen in perfektem Einklang miteinander von ihren Pferden, und Juliana dachte, dass sie wohl nie ein schöneres Bild gesehen hatte. Patrick. Rory. Jamie. Denny. Der Letztere schaute zur Burg auf und ließ seinen Blick über die hohen Mauern schweifen. Juliana wünschte nur, auch Lachlan wäre hier, aber er war entweder noch in London oder bereits auf dem Weg zurück.

Dann kam der Earl of Chadwick aus der Tür. Sein Blick richtete sich sofort auf die vier Männer, die noch bei ihren Pferden standen. Ein Ausdruck solch überwältigender Überraschung und Freude erschien auf seinem müden Gesicht, dass Juliana ihre Tränen kaum zurückhalten konnte.

Auf seinen Stock gestützt, hinkte er zu Denny. »Garrett«, flüsterte er. »Mein Garrett.«

Er streckte eine zitternde Hand aus. Denny zögerte zunächst, aber dann ergriff er sie, und der alte Mann zog ihn in seine Arme.

Juliana warf Patrick einen Blick zu und sah das frohe Lächeln, das um seine Lippen spielte. Hatte sie ihn schon einmal lächeln gesehen? Bestimmt nicht so. Ihr Herz pochte so laut, dass sie glaubte, jeder auf dem Hof müsse es hören.

Dann trat der Earl zurück. »Was ist passiert? Dein Bruder sagte, du wärst tot.«

Dennys Hände zitterten.

»Ich glaube, das sollten wir in Ruhe besprechen«, meinte Patrick.

Wie mühelos er die Führung übernimmt, dachte Juliana. Er war der Maclean, das Oberhaupt seines Clans, aber er nahm seinen Brüdern damit nichts weg, das wusste sie. Rory und Lachlan hatten alles dafür getan, um das zustande zu bringen.

Sie gingen hinein, wobei der Earl an Dennys Seite blieb und sich offensichtlich nicht an dessen Schweigen störte. Im Schlafgemach des Earls blieb Denny vor dem Gemälde seiner Mutter stehen. Tränen liefen über seine Wangen. »Ist sie … tot?«

Sein Vater nickte. »Ich muss wissen, was geschehen ist«, sagte er nach kurzem Schweigen.

»Thomas Charlton sagte, Ihr seid ein Ehrenmann«, bemerkte Rory.

Der Earl erwiderte seinen prüfenden Blick und nickte.

»Wir haben Euch Euren Sohn zurückgebracht. Aber wir haben andere damit in Gefahr gebracht.«

»Ich gebe Euch mein Wort, dass Euch kein Schaden daraus entstehen wird.«

»Wir glauben, dass Euer Sohn Harry versucht hat, Denny umzubringen«, sagte Patrick. »Er hat überlebt, aber die Verletzungen kosteten ihn sein Erinnerungsvermögen. Vielleicht wollte er sich auch einfach nicht an den Verrat erinnern.«

Die Augen des alten Mannes umwölkten sich vor Schmerz, und er legte eine Hand auf Dennys Arm. »Ich hätte es wissen müssen. Vielleicht wusste ich es auch und wollte es mir nur nicht eingestehen. Ich konnte nicht verstehen, wieso er diesen Überfall überlebt hat und du nicht. Ich weiß, dass *du* nicht hierher zurückgekehrt wärst und ihn dort tot zurückgelassen hättest.«

Er schwieg einen Moment, dann fragte er: »Aber wo bist du nur in all diesen Monaten gewesen?«

Als Denny schwieg, richtete der Earl seinen Blick auf Patrick.

Juliana erkannte, wie sehr Patrick mit sich rang. Menschen zu vertrauen fiel ihm immer noch nicht leicht. »Er war ein Rudersklave. Auf einem von Mendozas Schiffen«, sagte er schließlich.

Der Earl schloss für einen Moment die Augen. Dann sah er Patrick an. »Kommt mit«, forderte er ihn auf. Er verließ das Zimmer und rief einen Diener. »Ich will, dass zwei Männer mir John Davie herbringen!«, befahl er. Anschließend wandte er sich wieder Patrick zu. »John war Garretts Diener. Jetzt ist er Hauptmann unserer Garde. Auf Harrys Wunsch.«

Als der Diener ging, sah der Earl Patrick mit Tränen in den Augen an. »Wird mein Junge wieder gesund werden?«

»Es geht ihm schon viel besser. Als er an Bord kam, schien er überhaupt nichts zu verstehen. Aber inzwischen versteht er alles, glaube ich. Er will sich nur nicht erinnern. Als er vorhin jedoch dieses Gemälde sah, kamen offenbar Erinnerungen in ihm hoch.«

»Ich danke Euch«, sagte der Earl.

Patrick zögerte. »Wie werdet Ihr mit Eurem anderen Sohn verfahren?«

»Ich will Beweise. Ich werde mit ihm sprechen und mir anhören, was er zu sagen hat. Dann werde ich tun, was nötig ist.« Er maß Patrick mit einem durchdringenden Blick. »Warum habt Ihr das getan?«

»Denny ist mein Freund«, sagte Patrick. »Und ich liebe Juliana Mendoza und würde nicht wollen, dass sie einen Mörder heiratet.« Er war schockiert über seine eigenen Worte. Es war das erste Mal, dass er sie ausgesprochen hatte.

»Ich hätte sie gern als Braut für Garrett gehabt«, bemerkte der Earl traurig und zögerte dann einen Moment. »Ich weiß nicht einmal Euren Namen, Sir.«

»Patrick Maclean. Die anderen sind Rory Maclean, mein Bruder, und Jamie Campbell.«

»Ich habe schon von Euch gehört. Es gibt so manche Legenden über die Macleans und die Champbells«, sagte der Earl. »Bisher konnte ich sie nicht glauben, aber jetzt tue ich es. Ich bin Euch sehr dankbar für alles, was Ihr für meinen Sohn getan habt.« Er zögerte. »Wärt Ihr gern dabei, wenn ich John Davie befrage?«

Zwei Tage nach diesen Ereignissen traf Viscount Kingsley auf Handdon Castle ein.

Während sie auf ihn gewartet hatten, hatte Patrick Juliana den Hof gemacht, weil ihm bewusst geworden war, dass er das bisher versäumt hatte. Außerdem hegte er keinen Zweifel daran, dass der Earl sie noch immer gern als Braut für Garrett gesehen hätte, auch ohne die Mitgift der Mendozas.

Nach einiger und nicht allzu sanfter Überredung hatte John Davie gestanden, dass Kingsley sich mit Luis Mendoza zusammengetan hatte, um Garrett zu töten. Garrett, sagte er, hatte Dinge über die Mendozas gehört, die ihm nicht gefielen, und wollte sich deswegen jeglicher Geschäftsverbindung zwischen den beiden Familien widersetzen. Er hätte keine Sklaverei geduldet.

Doch es war nicht leicht gewesen, Garrett zu töten. In der Nähe des Anwesens der Mendozas in La Coruña war er überfallen, zusammengeschlagen und niedergestochen worden. Die gedungenen Mörder hatten nur von ihm abgelassen, weil zufällig jemand am Ort des Verbrechens vorbeigekommen war. Später erfuhr Harry, dass Garrett von einem Kaufmann gepflegt worden war. Als alles darauf hindeutete, dass Garrett den Verstand verloren hatte, forderte Mendoza ihn für sich und schickte ihn auf die Galeeren. Er hielt es für die perfekte Rache an jemandem, der ihn schwer gedemütigt hatte. Ein paar Monate auf den Ruderbänken, und Garrett würde tot sein.

Juliana hatte in sprachlosem Entsetzen zugehört. Sie hatte sich nie Illusionen über ihren Vater gemacht, aber Mord ...

»Ich werde ihn vernichten«, schwor der Earl of Chadwick.

»Aber nicht meine Mutter!«

»Natürlich nicht, Juliana. Ich werde Marianne zu mir holen. Sie hat hier ein Zuhause.«

»Und auf Inverleith«, warf Patrick ein und legte einen Arm um Juliana. Sie schaute mit Augen zu ihm auf, die ihm alle Kraft zu nehmen schienen. Sie war so unbeschreiblich schön.

Als Harry an jenem Nachmittag zurückkehrte, wurde er sofort von zwei Soldaten ergriffen und in das Zimmer seines Vaters hinaufgebracht. Als er Patrick sah, begann er zu protestieren, aber dann glitt sein Blick zu den Schatten, in denen Garrett stand. Seine Augen weiteten sich vor Schreck. Sein Mund öffnete sich wie zu einem Schrei, aber nicht ein einziger Laut kam über seine Lippen.

»Kain«, sagte sein Vater. »Dein Name ist Kain. Und wie Kain verstoßen wurde, verstoße ich dich. Du wirst noch heute gehen, mit nicht mehr als dem, was du am Leibe trägst. Ohne Pferd und ohne Geld.«

»Du kannst doch nicht glauben ...«

»John Davie hat uns alles erzählt.«

Kingsleys Gesicht verzerrte sich vor Hass, als er seinen Vater anfuhr: »Du hast ihn mir immer vorgezogen! Ich existierte nicht für dich. Egal, was ich tat, du hast dich immer nur für Garrett interessiert.«

Und damit zückte er einen Dolch und stürzte sich auf Garrett. Patrick warf sich zwischen die Brüder, und der Dolch traf ihn in die Seite. Trotzdem ergriff er mit der freien Hand die Waffe, drehte sie um und stieß Kingsley die Klinge ins Herz. – Dann brach er ohnmächtig zusammen.

Patrick und Juliana gingen zu den Klippen über der See, um an ihrem letzten Abend auf englischem Boden den Sonnenuntergang zu betrachten.

Er legte die Arme um sie und dachte, wie sehr sich sein Leben in den letzten Monaten verändert hatte. Wie glücklich er sich schätzen konnte. Aus Hässlichkeit und Elend war Schönheit geworden; aus Hoffnungslosigkeit schier unfassbares Glück und Friede.

Und alles nur durch Juliana.

Er beugte sich zu ihr und berührte ihre Stirn mit seinen Lippen. Wegen der Stichverletzung hatten sie sich seit der Nacht im Gasthof nicht wieder geliebt, aber das gedachte er schon bald zu ändern.

Und jetzt konnten sie auch endlich heimkehren. Seine Wunde heilte gut, und morgen würden sie nach Inverleith aufbrechen.

Seit dem Kampf war Juliana nicht von seiner Seite gewichen. Seine Brüder hatten mehrmals jeden Tag nach ihm geschaut, ebenso wie Jamie und Diego. Lachlan war zu ihnen gestoßen und hatte sich ein wenig verstimmt darüber gezeigt, dass er all die Aufregung verpasst hatte. In London hatte er herausgefunden, dass der Viscount Kingsley in mehrere unschöne Angelegenheiten verwickelt war, zu denen auch Schmuggelgeschäfte gehörten. Lachlan war hocherfreut über seine Entdeckungen gewesen, bis er in Handdon Castle eintraf und erfuhr, was in der Zwischenzeit alles geschehen war.

Jetzt wartete auch er ungeduldig darauf, dass Patricks Wunde heilte und sie Handdon Castle verlassen konnten, um nach Hause zu reiten. Auch Jamie und Diego würden sie begleiten – um sicherzugehen, dass sie sich nicht in noch mehr Schwierigkeiten brachten, wie beide meinten. »Wölfe, die Schafe hüten wollen«, bemerkte Patrick lächelnd zu Juliana.

»Ich käme nie auf die Idee, die Macleans als Schafe zu bezeichnen«, entgegnete sie spitz.

Das war vor zwei Tagen gewesen, und morgen nun würden sie aufbrechen.

Patrick dachte an Denny. Seinem Freund ging es täglich besser. Als er seinen Bruder sah, hatte er sich an den Überfall erinnert, und nach und nach waren auch andere Erinnerungen zurückgekehrt. Nicht alle. Einige würden vielleicht nie zurückkehren, aber er sprach zumindest wieder. Langsam und stockend nur, aber es war klar, dass er nun endlich wieder wusste, wo er hingehörte. Und der Earl sah Jahre jünger aus. Er würde geduldig sein mit seinem Sohn, das wusste Patrick.

Was keiner von ihnen wusste, war jedoch, wie lange Diego bleiben würde. Er bezeichnete sich gern als Wandervogel, doch sowohl Patrick als auch Juliana hatten ihm gesagt, dass er ihnen auf Inverleith immer willkommen war …

Die See war aufgewühlt, und der Himmel klar. Der morgige Tag versprach schön zu werden.

»Es wird Zeit, heimzukehren«, sagte Patrick. »Heim nach Inverleith.«

Juliana schwieg, und plötzlich wurde ihm bewusst, dass er schlicht und einfach vorausgesetzt hatte …

Vielleicht war er ein Narr – aber das war er die ganze Zeit schon, seit er ihr begegnet war.

Er drehte sie zu sich herum und nahm sie in die Arme. »Wirst du Inverleith auch zu deinem Zuhause machen, zu deinem und dem deiner Mutter?« Er schwieg einen Moment, bevor er die Worte aussprach, die er – wie er nun erkannte – fast vom ersten Tag an, als er ihr in der Kabine der *Sofia* begegnet war, in seinem Herzen getragen hatte. Worte, die auszusprechen ihm so unendlich schwergefallen war.

Er berührte ihre Wange und hauchte einen Kuss auf ihren Mund. Dann sagte er: »Ich liebe dich, Juliana Mendoza. Wirst du meine Frau werden, sobald wir wieder zu Hause sind?«

»Aye«, sagte sie mit einem schüchternen Lächeln, das ihn mitten ins Herz traf. Er hatte sie noch nie schüchtern erlebt. Sie war stark und kühn und tapfer, und er liebte sie von ganzem Herzen.

Sie stellte sich auf die Zehenspitzen. »Mein geliebter Krieger«, sagte sie und küsste ihn. Nicht sanft oder behutsam, sondern mit Leidenschaft und Liebe und süßer Zärtlichkeit.

Das warme Glücksgefühl, das Patrick durchflutete, war so überwältigend, dass es ihm für einen Moment den Atem raubte.

»Das bin ich nicht mehr, Liebste«, sagte er sanft. »Meine kriegerischen Zeiten sind vorbei.«

Er hörte ein tiefes Lachen hinter sich und sah sich um.

Rory und Lachlan standen hinter ihm, beide hatten ein breites Grinsen im Gesicht.

»Verschwindet!«, befahl Patrick.

»Aye«, sagte Rory und wandte sich ab. Doch dann hielt er inne und drehte sich noch einmal zu Patrick um. »Ich glaube, die Macleans haben den Fluch endlich gebrochen.«

Epilog

Patrick hatte gewusst, dass Diego sie irgendwann verlassen würde. Er hatte es schon am Abend zuvor geahnt, als sie gemeinsam aßen.

Diego war ungewöhnlich still und nachdenklich gewesen. Patrick fand es sehr bedenklich, dass er allmählich zu verstehen begann, wie der Spanier dachte.

Er war vor zwei Monaten mit ihnen nach Inverleith zurückgekehrt und bei ihnen geblieben. Juliana hatte ihn gebeten, bei ihrer Hochzeit anwesend zu sein, und er hatte zugesagt. Und nun waren Patrick und Juliana seit zwei Tagen verheiratet – zwei wundervolle, herrliche Tage, an denen die Sonne heller schien, der Himmel blauer war und die Sterne funkelten wie nie zuvor.

Sie hatten ungeduldig auf Julianas Mutter gewartet, die vor einer Woche endlich eingetroffen war – zusammen mit Julianas Stute Joya. Der Earl of Chadwick hatte sie persönlich nach Inverleith begleitet, nachdem er König Ferdinand die Beweise für den Mordversuch an seinem Sohn vorgelegt und gegen Luis Mendoza Anklage erhoben hatte.

Der Earl hatte darauf bestanden, höchstpersönlich nach Spanien zu reisen, nachdem er Patrick klargemacht hatte, dass er sich nur wieder in Gefahr begeben würde, falls er selbst die Reise unternahm. Es war der Earl, der den Rechtsanspruch – und die Stellung – hatte, Anklage gegen Mendoza zu erheben und Julianas Mutter unter seinen Schutz zu stellen. Ein englischer Adliger war entführt worden, und nicht nur er, sondern auch Schotten. König Henry forderte Wiedergutmachung von Spanien. Während man einen Schotten vielleicht dafür gehängt hätte, ein Schiff in seine Gewalt gebracht zu haben, wurde ein englischer Aristokrat für die gleiche Tat gefeiert. Denny – oder vielmehr Garrett – war ein Held. Obwohl seine Erinnerung nach und nach zurückkehrte, meinten die Ärzte, dass er sich an einige Ereignisse vermutlich nie erinnern würde.

Luis Mendoza saß inzwischen in einem spanischen Gefängnis, und nicht einmal seine Verwandtschaft mit König Ferdinand würde ihn jetzt noch retten können.

Die Tür zu den Ställen öffnete sich, und der Spanier kam herein. Er zuckte zusammen, als er Patrick sah, der an einem Pfosten lehnte und die Zügel zweier Pferde in den Händen hielt.

»Ich dachte, ich begleite dich ein Stück«, sagte Patrick.

Diego fragte nicht, wieso Patrick wusste, dass er Inverleith verlassen würde. Er sah nur das Pferd an. »Das ist nicht meines.«

»Du hattest keines«, erinnerte ihn Patrick.

»Ich wollte euch ein weniger wertvolles Tier stehlen. Dieser Hengst ist eines deiner Lieblingspferde.«

»Aye, und jetzt gehört er dir.«

»Warum?«

Patrick zuckte mit den Schultern. »Ein Anfall von Wahnsinn«, erklärte er und schwang sich in den Sattel.

Diego tat es ihm nach. »Um gute Pferde streite ich mich nicht.«

Sie verließen den Stall in dem Moment, als sich die Tore auf dem Hof öffneten.

»Ich verstehe nicht, wie du Juliana allein lassen kannst«, sagte Diego, als sie die Burg hinter sich gelassen hatten.

»Sie wird nicht lange auf mich warten müssen.«

Diego warf ihm einen raschen Blick zu. »Ich bin gerührt von deinem Geschenk und deiner Begleitung«, bemerkte er trocken.

»Warum wolltest du dann verschwinden, ohne dich zu verabschieden?«

»Ich verabschiede mich nie.«

»Und wo willst du hin?«

»Nach London, denke ich. Um mein neu erworbenes Vermögen zu vermehren.«

»Du kannst auch bei uns bleiben.« Das Angebot war ausgesprochen, bevor Patrick sich recht besonnen hatte. Diego war, um das Mindeste zu sagen, ein sehr beunruhigender Zeitgenosse. Und er hatte immer das Gefühl, dass Diego ein sehr genauer Beobachter war, dessen Augen nichts entging.

Dennoch stand er tief in Diegos Schuld.

»Inverleith ist dein Zuhause, nicht das meine«, sagte der Spanier. »Aber ich werde deine Einladung nicht vergessen.« Er trieb den Hengst zum Trab an, und ohne ein weiteres Wort ritten sie zu der Steilküste, die sich über dem natürlichen Hafen in der Bucht erhob. Dort zügelten sie ihre Pferde.

»Hier kehre ich um«, sagte Patrick und streckte Diego die Hand hin. »Danke für alles.«

Diego drückte Patricks Hand und nickte.

»Solltest du jemals etwas brauchen, melde dich bei uns. Jeder von uns wird dir helfen.«

Zum ersten Mal, seit Patrick Diego kannte, wirkte dieser verblüfft.

»Ich verstehe immer noch nicht, warum du dein Leben in England riskiert hast«, sagte Patrick.

»Weil ich es unterhaltsam fand.« Aber dann schwand der Humor aus Diegos Augen, und er sagte ernst: »Ich habe noch nie zuvor einen Freund gehabt, Patrick. Oder ein Zuhause. Ich hätte auch nie gedacht, dass ich mir einmal eines wünschen würde. Beides schien mir unwirklich und unmöglich zu sein.« Er zögerte. »Aber du und deine Familie habt mir gezeigt, dass es beides geben kann. Das war sehr aufschlussreich für mich. Und dafür schuldete ich dir etwas.«

Patrick fühlte sich beschämt, weil er Diego nie wirklich als

Freund betrachtet hatte. Aber andererseits war es ja auch für ihn etwas Neues, Brüder zu haben und ein Ehemann zu sein. Vielleicht hatte auch er etwas über Freundschaft gelernt. »Sag mir wenigstens, wie dein wahrer Name ist.«

»Diego genügt«, erwiderte der Spanier, wie auch schon Monate zuvor. Nur sagte er es dieses Mal mit einem Grinsen. Dann wendete er sein Pferd zur Straße und blickte sich noch einmal um. »Du wirst mich wiedersehen, Patrick Maclean. Du und deine Juliana. Ich glaube, das ist unser Schicksal.«

Dann stieß er seinem Pferd die Fersen in die Flanken und ritt davon.

Leidenschaft, Magie und Abenteuer …

Sue-Ellen Welfonder
RITTER MEINER LEIDENSCHAFT
Roman
Aus dem amerikanischen Englisch von Ulrike Moreno
400 Seiten
ISBN 978-3-404-18749-2

Als Jamie Macpherson erschöpft von harten Kämpfen in sein Castle zurückkehrt, erblickt er im hellen Mondlicht ein feengleiches Wesen. Der Gedanke an die unbekannte Schönheit lässt sein Herz höher schlagen und sein Blut in Wallung geraten. Dann erfährt Jamie, dass sie seine Braut ist – und kann sein Glück kaum fassen … Aveline Matheson erliegt sogleich der Anziehungskraft des gut gebauten Highlanders und kann es kaum erwarten, sich mit ihm den sinnlichen Freuden des Ehelebens hinzugeben. Doch schon bald wird das Glück der Liebenden getrübt: Der schlimmste Gegner der Familie will die Macphersons auslöschen. Aber Jamie wird für seine Liebe kämpfen …

Bastei Lübbe Taschenbuch